网络文学
名作典藏丛书

JIANG YE

猫腻◎作品

# 将夜

精修典藏版

## 玖

### 神来之笔

作家出版社

# 《网络文学名作典藏》丛书

**总策划**

何 弘 张亚丽

**主编**

肖惊鸿

**统筹**

袁艺方

# 主编的话

　　《网络文学名作典藏》丛书聚焦网络文学，遴选名家名作，工于精修校订，集于精品丛书，力图成为记载中国网络文学成长的历史见证，和致敬中国网络文学发展的一座里程碑。

　　网络文学名作的实体出版极为重要。这是扩大网络文学影响力、推动网络文学经典化的重要途径，也是展现网络文学成果，引领大众阅读和传播以及拉动文化产业发展的有力手段。

　　在中国作协的支持下，网络文学中心领导和作家出版社领导担纲总策划，落实主编责任制，确定经过时间验证和社会公认的名家名作，组织精修团队，在作家本人参与下，与责编共同负责精修工作。

　　回顾网络文学发展历程，这样的一套丛书是前所未有的。精修，意味着与作家的高度共识，意味着对作品的深度把握，完成去粗取精、去伪存真的过程，以实体出版的"固化"形式，朝着网络文学经典化、精品化的目标迈进。精修团队本着为作家负责、为读者负责的态度，重视作品的文学性、思想性，尊重读者的阅读体验，为新时代网络文学高质量发展贡献出集体智慧。

　　愿更多的读者阅读它、检验它。愿中国网络文学真正成为新时代文学的一座高峰。

肖惊鸿

2021 年 5 月 18 日

# 《将夜》精修成员

## 总负责人

肖惊鸿　袁艺方

## 修订

菜　籽　清　白　茹八一　当代贝克特　王　烨

## 校订

田偲堂　李伟元　程天翔　王　颖

# 1

春雨里的古寺，空气很清新，那些把后寺碾成废墟的巨大崖石，则生出一种残破感，于是细雨也变得凄迷起来。因为桑桑的身份，观海僧不敢让寺中僧人相陪，自己陪着宁缺二人在雨中漫步，至天音殿处，却有僧人匆匆赶来禀报。

"西陵神殿骑兵已至山下镇前。"那名僧人的脸色有些苍白，他根本不知道发生了什么事情，为什么西陵神殿的骑兵会忽然出现在烂柯寺前？道门究竟想做什么？观海僧猜到西陵神殿的骑兵与宁缺二人有关，但他想错了其中的因果，神情也变得有些凝重紧张。

宁缺说道："不用担心，他们不会进寺。"

话是这般说，观海僧哪里能真的放心，烂柯寺被骑兵围困，怎么看都是寺毁僧亡的前兆，对方肯定要己方交人。"他们不是来抓逃犯的。"宁缺有些不好意思，"你把这些骑兵想象成她的保镖便是。"观海僧这才醒过神来，心道原来如此。

宁缺见他依然有些不安，便让他自去前寺处理事务。

"贵客远来，我身为寺中住持，当然要陪着。"

"两夫妻雨中漫步，一个大光头在旁边杵着，这叫什么事儿？"

"后寺残破，有些不好行走。"

"又开始说笑话了。"

观海僧笑了起来，心想自己这话确实很没道理，世间哪有什么艰难险阻，能够拦住宁缺，更何况昊天就在他的身边。

大黑伞像黑色的莲花，盛放于微雨之中，宁缺撑着伞带着桑桑在寺内随意行走。那年秋天，他们曾经在这里住过很长一段时间，对古寺里的一切都很熟悉，虽然烟雨凄迷遮人眼，也不会走错方向。宁缺先去塔林，在那座满是青苔的坟墓前静静地站了会儿，对墓里那位彻底改变修行界格局的舞女说了声好久不见。接下来他穿过雨廊，来到曾经住的禅房看了看，又去到偏殿，对着那几尊石尊者像沉思，然后向后寺那些残破的殿宇走去。

烂柯寺后寺的大殿，早已完全垮塌，崖石上已经生出了青苔，石间偶尔能够看到破损的佛像，沧桑的感觉油然而生。站在残破的旧寺前，看着满山巨石，宁缺沉默不语。进入烂柯寺后，桑桑便一直没有说过话，无论是在墓前，还是在殿前，或者是在此时如墓般的大殿前。

烂柯寺，改变了轲浩然和莲生的命运，也改变了宁缺和桑桑的命运。

数年前的那个秋天，他带着桑桑在这里治病，在这里学习佛法，桑桑被揭露身世，变成了举世皆欲杀的冥王之女。他们从这里开始逃亡，通过佛祖棋盘，逃至悬空寺，逃到月轮，再逃到东荒，遇见夫子，乘舟出海，到今天再次回到这里。在这些年里，发生了太多事情，宁缺看着残破的殿宇，回忆着当时在这里做的事情，情绪变得非常复杂。

曾经的千里逃亡，同生共死，其实都是假的，只是昊天的一个局，这个局欺骗了他，瞒过了夫子，颠倒了红尘，甚至她自己都不知道。站在雨中殿前，宁缺想起和歧山大师的那番对话，下意识地望向身边的桑桑，在心里默默说道：天意果然难测。

顺着巨石里的缝隙，他们离开了后殿，走过烂柯寺破损的寺墙，来到了瓦山深处，沿着那条曾经走过的山道，过树下的棋枰，过溪上的桥，看雨中的树，来到山腰间的那间禅室小院。小院里陈设依旧，朴素干净，榻上的棉褥还是那般软。园墙上有扇形的石窗，站在窗前，可以看到烟雨里的瓦山景致。那时候的桑桑重病将死，在榻上缠绵咳嗽，对他说了很多话，交代了很多遗言，他站在石窗前沉默了很长时间。

他站到石窗前，仿佛昨日重现。桑桑走到他身旁，轻轻咳了两声。

宁缺转身看着她，说道："要不要用热水烫个脚。"

桑桑沉默不语。

不是当年情在今日带来惘然，而是她真的病了。这个病叫作虚弱。

来到人间，从在断峰间醒来的那一刻起，她便不停地在变弱，她的身体变得越来越沉重，她的神力越来越少。这里是充满红尘意味的人间，不是客观冰冷的神国，她在人间的时间越长，便会变得越来越虚弱。她现在依然很强，比人间所有修行者加起来都更强大，但和在神国的她相比，她已经变弱了很多，因为虚弱，所以开始善感。

离开别院，来到瓦山峰顶。那座曾经高耸入云的佛祖石像，现在只剩下小半截残躯，隐约可以看到袈裟的流云痕迹，绝大部分都已经被君陌的剑斩成了顽石。桑桑背着双手，静静地看着天空。那里曾经有佛祖慈悲平静的面容，但现在什么都没有，只有雨丝。但她依然静静地看着那处，仿佛看着佛祖的脸，不知道在想些什么。

宁缺有些不安，问道："在看什么呢？"

桑桑看着雨空里虚无的佛祖面容，说道："我见过他。"

宁缺心想，佛祖是无数轮回里的至强者之一，你既是昊天，自然对他会留下相对深刻的印象，就像你曾经见过老师那样。

桑桑知道他在想些什么，说道："不，我见过他。"

宁缺有些不解，说道："佛祖在世时，你自然见过他。"

"不，佛陀在世时，一直不敢让我看见。"

宁缺微微皱眉，问道："那你何时见过他？"

"就在先前那一刻。"

宁缺沉默很长时间，说道："在你见到这座残破佛像时？"

"在我抬头看他之前，便看见了他。"

宁缺不明白这句话的意思，但从这句话里隐约推断出一个很震撼的事实："你是说……佛祖并没有真的涅槃？他依然活着？"

"他已经死去，但还活着。"

桑桑收回目光，看着他说道："或者说，他同时活着，并且死去。"

宁缺望向残缺的佛祖石像，看着雨空里什么都没有的那处。大黑伞因为他的动作向后倾斜，雨丝落在他的脸上，有些微湿微凉，他仿佛看到佛祖正在雨中微笑，慈悲的面容上满是泪水，他说道："我还是不懂。"

桑桑向佛像莲座后方走去，说道："就是你说过的那只猫。"

宁缺想起很多年前在岷山的时候，有个夜晚实在太无聊，她又闹着不肯睡觉，于是他给她讲了个很可怕的故事。那个故事的主角，是一只姓薛的猫。对于他来说，又生又死的猫只不过有些费解，但对一个三岁多的小丫头来说，听不明白之余，自然显得很可怕。

宁缺看着雨空里那座并不存在的佛像，忽然也害怕起来。


这场春雨出乎意料地变大了，山道上积水，变得湿滑难行，宁缺带着桑桑走进后山那座洞庐，暂作歇息。"这场雨来得正是时候。"宁缺收起大黑伞，坐到石桌旁的蒲团上，看着头顶被雨水击打得啪啪作响的山藤，"我本就打算带你来这里看看。"

洞庐是歧山大师的居所，他和桑桑曾经在这里下过一盘棋，用的是佛祖的棋盘，落下的是一颗黑子，局中有无数劫。

"你带我来烂柯寺究竟想做什么？"桑桑问道。

宁缺说道："我想带你看这旧寺，解些心事。"

桑桑坐到桌前，说道："继续。"

宁缺说道："在南海畔，你有所感慨，那令我很紧张，因为我无法想象，如果你对整个人类失望以至愤怒，这局面该如何收拾。"

桑桑说道："人类需要我的时候，奉我如神，不需要我的时候，弃我如草，如果站在我的位置，你会有怎样的情绪反应？"

"不知道，因为我毕竟不是昊天，我没有承受过人间无数亿年的香火，自然也无法体会那种被背叛的愤怒。"宁缺说道，"我想告诉你的是，人类并不像你想象得那般冷漠无情，你在世间依然拥有无数虔诚的信徒。"

桑桑说道："那是因为信我，对那些人类有好处。"

宁缺说道："不是所有人类都只从利益角度出发，我们还会被很多别的事情所影响，我们不是天性本恶，我们对自己以及生活的世界，其实始终还是保留着一份善意，我带你来烂柯寺，便是想你能看到那份善意。"

桑桑说道："你想我看到的善意是什么？"

宁缺说道："歧山大师，便是人类最简单又最干净的那缕善意。"

歧山大师，乃是佛宗最德高望重的大德，以毕生修为在滔滔洪水里换得百姓安康，他曾收留莲生，也想治好桑桑。在德行方面，大师是最无可挑剔之人，对于当年的宁缺和桑桑来说，他是位慈爱的师长，无论佛法还是别的方面。

桑桑承认宁缺的看法，但她不同意宁缺的说法，"歧山本善，但他善意的出发点，依然是人类的利益，无论是收留莲生，还是想用佛祖棋盘助冥王之女避世，都是如此。"

宁缺说道："这岂不正是大善？"

桑桑静静地看着峰顶，说道："佛陀要普度众生，佛家弟子精励修行皆如此，但我并不在众生之中，佛法如何度我？"


齐国都城也在落雨。微寒的雨水，打湿了街畔的银杏树，也打湿了街上行人的衣裳。偶尔能够看到苦力拉着车在雨中走过，满是苦难皱纹的脸上，只有麻木和沉沦，很难找到唐人身上鲜活的向上气息。前些年那场血案后，龙虎山一脉断了传承，事后的调查，随着隆庆回归道门自然中断，西陵神殿在齐国的地位愈发尊崇，各地大修道观，民众对昊天的信仰愈发虔诚，但民众的日子也越来越难过。

西陵神殿的道殿，在都城的正北方，道殿表面涂着白粉，镶着无数宝石，檐角和雨道上涂着金粉，显得异常华贵庄重，只是今天的春雨着实有些大，宝石被洗得无比明亮，道殿本身却显得有些凄冷。道殿的执事哪里肯冒雨在殿外值守，早已避至门后，借着雨水的遮掩，不担心被信徒看见，正在饮着美酒，享用着美食。

这时雨中传来清楚的马蹄声。有执事掀起门上的探视孔向外望去，只见一匹神骏的黑马破雨而至，后面拖着辆很普通的车厢。马车停在了道殿门外。

车厢里，宁缺看了看桑桑，说道："冒雨赶路有些容易着凉，在这里先歇歇，上次我们在这里留了些药，不知道能不能用。"再寒冷的雨，又如何能够让昊天着凉？他的这句话显得有些荒唐，但事实上，桑桑的脸色有些微白，显得有些疲惫。

雨中漫步烂柯寺后，桑桑便着凉了。这件事情很难理解，宁缺感知她的身体，没有发现任何问题，她身躯里的神力也没有减少，但她就是着凉了。

只有人类才会着凉，才会生老病死。

桑桑没有觉得特别难受，不像当年那趟旅途一般，病重将死，咳血不止，只是觉得有些昏沉，有些恹恹的，做什么事情都没兴趣。

宁缺最开始的时候没有当回事，可后来发现她连对美食的兴趣都降低了很多，才知道这真是出了大问题，变得紧张起来。他找到了观海僧。观海僧也很紧张，马上通知了宁缺曾经在瓦山三局里见过的那两位前代高僧，集全寺之力开始替桑桑看病。

歧山大师以医术闻名于世，烂柯寺继承了大师的手段，自然比世间庸医强上无数倍，而替昊天治病，毫无疑问是烂柯寺最大的荣光。烂柯寺对这件事情非常紧张，调动了所有医学知识和能力，查阅遍了寺中藏着的医书，然而最终还是没有办法开出对症的药来。因为他们根本查不出，桑桑到底得了什么病。

宁缺有些恼火，揪着观海僧衣襟，表示虽然自己是病人家属，但就算她得了绝症，自己也绝对不会医闹，只想知道到底发生了什么。观海僧很无奈，最终按照桑桑的感觉，判断大概是被春雨打湿青衫，所以得了风寒。宁缺觉得昊天会得感冒这件事情，太不可思议，却也没有别的办法，只好按照寺中僧人的药方煎药，希望桑桑一夜醒来便好了。

离开烂柯寺后，桑桑的身体依然没有好转，精神倦怠，宁缺买了辆马车后，她便每日坐在车厢里犯困。其实除了精神不大好，桑桑没有太多别的症状，也没有什么痛苦，如果是别人看着，大概会认为她是在犯春困。宁缺却很紧张，因为他知道她不会春困，更不应该着凉，这种倦倦的模样，像极了那年秋天他带着她去烂柯寺治病时的情形，这让他非常不安。途经齐国都城，桑桑显得愈发疲惫，他想起当年在此间道殿留下过一些珍稀药材，所以决定在这里暂歇一夜，而且他准备带着桑桑在这里重温一些旧事旧人，从而说服她一些事情。

雨中的道殿紧闭着门，有些前来求医问药的信徒，跪在殿前的石阶上，虔诚地叩首，浑身已经湿透，显得格外可怜。看着这幕画面，宁缺对道殿里的人们有些不悦。走到殿前，他敲了敲门，指节有些微微发白，他在心里默默数着，如果三下时间到了，还没有人开门，那么他便要踹开这扇门。

　　吱呀一声，殿门缓缓开启，一名佝偻着身子的中年人走了出来，也没有抬头，声音微哑问道："有什么事情？"宁缺打量着这个中年人，觉得有些奇怪，此人明明穿着代表尊贵身份的神官袍，给人的感觉，却像是一个极不起眼的杂役。他问道："那边求医问药的信徒，为什么没有人接待？"

　　那名中年神官叹了口气，正准备说些什么，身后忽然传来数道极为骄横的声音，随声音而至的，是浓郁的酒香和肉香。

　　"你这个死跛子，让你不要开门，你耳朵瞎了！"

　　"赶紧把门关上！"

　　"你还以为现在是以前？陈村老头儿已经死了！谁还来护着你？"

　　宁缺目光下移，才发现这名中年神官的腿脚有些不便。他知道道殿里那些人说的陈村老头儿是谁。陈村是光明神殿极资深的红衣神官，被排挤出桃山，于齐国主持道殿事宜，那年秋天，宁缺和桑桑曾与他在这座道殿里相见。

　　其后又是一个秋天，宁缺和桑桑被困月轮国朝阳城，举世追杀，有三名红衣神官以光明神术自爆，助他们逃出生天。朝阳城外的原野上，出现了一辆燃烧的马车，那便是最后一名苍老红衣神官以神术自爆的场景，那个人便是陈村。

　　宁缺也想起了这名中年神官是谁，他说道："抬起头来。"

　　中年神官抬起头来，看着他的脸，觉得有些面熟，眼神有些疑惑，然后忽然间变亮，因为他认出了宁缺是谁，也因为他的眼里开始流出泪来。

　　两年前在朝阳城，陈村等三位红衣神官，以神术自爆，助宁缺和桑桑逃出生天，在其后的逃亡旅途里，光明神殿的神官们，也一直在暗中帮助他们。当时的桑桑是冥王之女，这些人的行为，在外人眼中很难理解，对于道门来说，更是无法忍受的背叛。西陵神殿震怒，尤其是掌教等大人物，对此更是愤怒到极点，于是一场血腥的清洗惩处，便在道门内部悄无声息开始，短短数月时间里，不知道死了多少人。

陈村死后，齐国道殿转到掌教宠信的某位红衣神官手中，忠于老神官的下属们遭到了极严苛的折磨，中年神官身为陈村的亲信，更是无法幸免，他把数十年来积攒的大笔财产尽数奉献给新任红衣神官，总算是侥幸地活了下来，但只能在道殿里做些杂务，虽然还是神官，却再也不可能有以前的地位，连普通执事都不如，甚至就连看门的护卫都敢把他训斥得像条狗一样。中年神官本以为自己的人生就这样了，但他宁愿承受无尽的羞辱，也依然不肯离开道殿，因为他想替陈村继续看着这里，他想等待光明神殿的复苏，最重要的是，他在等待那年曾经来求药的那对年轻夫妻。

信仰昊天的，必有福报，这是西陵神殿教典开篇明义的话，中年神官终于等到了自己的福报，等到了宁缺的到来。春雨微寒，道殿正门前的地面湿漉一片，宁缺静静地听着中年神官对这两年生活的讲述，问道："光明神殿……别的人呢？"通过中年神官的回答，宁缺才知道，在那场血腥的清洗里，本就已经积弱十余年的光明神殿，遭到了怎样的灭顶之灾，光明神殿派往诸国的那些老家伙们，基本上都已经死光了，竟再难续上曾经的传承。

中年神官一面说着，一面痛声哭泣。

宁缺沉默不语。

便在这时，他身后的车厢里响起桑桑冷漠的声音："进去。"

去年春天，桃山上的光明神殿发生了变化，道门里有很多人都已经隐约猜到真相，中年神官身为光明神殿一系，更是如此。他在新任红衣神官的威压和那些执事的嘲笑中苦撑了又一年时间，便是因为他有希望。他知道宁缺和昊天之间的关系，听到车厢里响起的声音，脸色顿时变得极为苍白，身体剧烈地颤抖，仿佛下一刻便会昏厥过去。但此时此刻，他怎能昏迷？中年神官咬破舌尖，强行用痛楚让自己清醒过来，然后拼命地把道殿的正门推开。

道殿的正门很厚很沉重，他仿佛用上了全部的力量，牙齿咯咯作响，关节喀喀作响，脸上的神情似哭似笑，近乎癫狂。此时负责道门齐国事务的，是掌教宠信的那位红衣神官，负责殿门安全的执事亲卫，自然都是他的亲信，此时正在殿门后围炉饮酒作乐。先前中年神官把殿门推开一条缝，那些人便极为恼火，此时看着他非但不听从，反而把殿门完全推开，不由更是愤怒。殿门开启，外间的风雨便落了进来，寒风吹得铜炉下的积灰到处乱飘，雨水冲淡了铜锅里的肉汤，他们如何能够不愤怒？

"你他妈是不是疯了？没看见我们在涮肉！"

"再不把门关上，我抽你丫的！"

喝骂声，在桌旁不停响起。如果是平时，被这些红衣神官的亲信如此训斥，中年神官早已怯怯认错，然后赶紧补救，但今天他却没有任何反应。他牵着缰绳，领着马车向道殿里走去，神情谦卑，眼中却没有那些人。看着这幕画面，那几名执事护卫觉得有些讶异，有人更是气极反笑，还有名执事拿着筷子敲着锅沿，干脆破口大骂起来。

宁缺看着这几名形容可憎的执事和护卫，想着先前道殿外那些在雨中苦苦叩首求医问药的信徒，忍不住摇了摇头。

那名执事把铜锅敲得更响，骂的话愈发污秽。

宁缺的手落在刀柄上，刀柄上有水，微凉。他没有出手，因为这里是道殿。


那名骂人的执事，忽然间发现有样东西，落在了身前的铜锅里，沸腾的汤水一煮，那东西顿时开始散发出浓郁的肉香。执事有些诧异，伸筷子在汤里荡了荡，发现是块很嫩的口条肉，"这么大块猪口条，也不说切切再下锅？"他习惯性地想要埋怨斥骂，却发现自己只是在张嘴，根本没有发出声音来，而桌旁的同伴们，看着自己的眼光很震惊，很怪异。

那些人就像看到了鬼。

执事怔了怔，然后才发现自己的衣袍前襟上全部是血，他恐慌地大叫一声，却依然叫不出声来，而是喷出了一大蓬血花！直到此时，他才发现自己的舌头不知何时断了！自己的舌头正在沸汤里翻滚！他脸色苍白，神情变得浑浑噩噩，下意识里，用颤抖的手握着筷子，伸进汤里，想把那块已经半熟的舌头捞出来。

这时，一道笔直的血线，出现在他的手腕上。

他拿着筷子的右手，齐腕而断，落入沸腾的火锅汤里，溅起无数汤水。

滚烫的汤水落在身上，他完全没有任何反应，因为他已经傻了。桌旁的那些执事护卫则被烫得哇哇乱叫，只不过他们的叫声也只维持了很短的一段时间，因为下一刻，他们也失去了自己的舌头。道殿正门处，顿时变得鸦雀无声。诡异而恐怖的气氛里，那些执事和护卫痛得脸色苍白，拼命地捂着嘴，下一刻，他们终于醒了过来，拼命地向殿内奔去。

宁缺没有阻拦这些人。车厢里也依然安静。中年神官拉着缰绳，看着那些人的背影，就像看着死人，显得格外冷漠，眼眸最深处，却有复仇的火焰在熊熊燃烧。

道殿里警钟大作，到处可以听到盔甲与兵器相撞的声音。行至道殿深处，马车缓缓停下，只见数百名神官执事还有全副武装的骑兵，从道殿四处涌了过来，形成了严密的包围。一名神态骄然的红衣神官，从人群里走了出来。他看着中年神官和宁缺，还有那辆看似普通的马车，神情漠然地缓缓举起双臂，掌心对着不停落雨的灰色天空，"我不管你们是谁，但这里是昊天的神殿！就让本座以昊天的名义，用最圣洁的神辉，把你们送至幽冥的最深处吧！"话音落处，一道神辉从红衣神官的掌间缓缓生出。

宁缺发现这道昊天神辉非常精纯，不由得有些意外，心想熊初墨清洗光明神殿，选择的人还真是有些能耐。看着那道圣洁的神辉，道殿里的数百名神官执事还有骑兵，脸上都流露出敬畏的神情，就连那几名捂着嘴巴浑身是血的家伙，都开始变得兴奋起来，但他们怎么也想不到，接下来会发生什么事情。那道昊天神辉，直接落到了红衣神官自己的身上！

圣洁的火焰在他的身上猛烈地燃烧，他身上的神袍瞬间便被烧成灰心，皮肤被烧裂，露出血色的肉，看着异常凄惨！昊天神辉的威能无比恐怖，只需瞬间，便可以把铜铁烧成汁液，更何况是人类的身躯，然而不知为何，那名红衣神官并没有瞬间死去……这更加恐怖，因为他要不停地承受烧蚀所带来的痛苦！

车帘微微掀起，桑桑面无表情地看了场间一眼。那名红衣神官身上的昊天神辉，顿时变得更加猛烈，烧蚀的速度却变得更加缓慢，不只身躯，而且开始焚烧他的道心！哪怕是道心最虔诚的昊天狂信徒，也根本无法承受这种肉身与精神上的双重绝对痛苦，更何况是这名耽于俗世享乐的红衣神官？熊熊圣火里，忽然响起一道凄厉至极的惨嚎声！这声凄厉的惨嚎声，直接冲破了道殿上空落下的春雨，冲破了齐国都城高空上的那层雨云，然后落入都城的大街小巷，无数人家。齐国都城，数十万人同时听到春雨里传来了一声惨嚎！

这声惨嚎饱含着无限的痛苦与后悔，无比清晰深刻，以至于听到惨嚎的人都觉得自己身上带着无数的罪孽，纷纷跪倒在地。道殿里的数百名神官执事和骑兵，更是如此。他们早已跪倒在了雨中，黑压压的一片。

桑桑的神情微倦，理都没有理这些人，直接向殿里走去。

跪在雨中的人们，看着她高大的身影，生出无限恐慌，想要发起攻击，却发现自己的身体颤抖得仿佛要散架，哪里能够站得起来？

道殿外的风雨里忽然响起如雷般的蹄声。一名西陵神殿骑兵统领来到场间，浑身已然湿透。看着此人的盔甲，跪在雨水里的人们认出了他的身份，眼中流露出希冀的神情，心想神殿骑兵必然是追击强敌而至。那名女子再如何强大，又如何能是神殿骑兵的对手？雨中的人们这般想着，却完全没有意识到，今天的事情，早已经超出了他们的想象能力。

啪的一声，这名神殿骑兵统领双膝跪下，雨水四溅。他对着桑桑的背影，以额重触湿漉的地面，根本不敢抬起。宁缺看着这名统领说道："解决干净，不要太吵。"

"是。"统领毫不犹豫应下，起身抽出鞘中的佩刀。在雨中待命的数百名西陵神殿骑兵，悄无声息涌入殿内。

跪在雨中的人们，终于绝望了。

道殿里很安静，只有宁缺的脚步声，回荡在走廊里。顺着石梯走到道殿上层，他望向走廊临街一侧的石窗畔，微雨从殿外飘来，轻轻洒落在桑桑的青衣和没有表情的脸颊上。看着这幕画面，宁缺情绪有些复杂，被春雨洗面的她，仿佛变得轻了很多，气息也变得清澈了很多，似乎随时会离开人间。

　　在烂柯寺看到残破的佛祖石像后，桑桑便病了，像人类一样，开始疲倦，偶尔会咳嗽，但同时她却变得越来越不像人类。被人间红尘意留下，还是重新回到神国，这是桑桑面临的问题，也是书院想要解决的问题，宁缺知道，这必然是一个漫长而艰险的过程，就像拔河一样，肯定会有往复，所以他有些紧张，但并不以为意。他走到桑桑身边，望向石窗外雨中的齐国都城，两个人都没有说话，沉默并肩站着，似想把春雨里的街巷刻进眼中。

　　街道被雨水洗得非常干净，然而片刻后，上面积着的雨水渐渐被染红，看色彩的浓淡，应该是从道殿里流出了很多血。道殿依然死寂，那名西陵神殿骑兵统领和他的下属们，对宁缺的要求执行得非常完美，屠杀的过程里没有发出任何声音。又过了段时间，下方响起道殿正门开启的声音，宁缺看到数百骑神殿骑兵，以极快的速度冲进春雨中，然后分成数个方向疾驰而去。这些骑兵要赶回桃山，把最新的情况报告给神殿里的大人们，另外他们也要通知都城外驻扎着的那些神殿骑兵和主事者。

　　两千西陵神殿骑兵一路跟随，宁缺一直有些好奇主事者是谁。

　　向着城南街道狂奔的那名西陵神殿骑兵，忽然高高举起了手中仿佛血幡一般的旗帜，大声喊着话，似在对街旁的民众训诫。春雨虽然并不暴烈，但隔得这么远，还是让那名骑兵的声音变得有些含混，只是宁缺的感知何其敏锐，把那句话听得清清楚楚。

　　"对光明不敬者，必遭天谴！"

　　宁缺很清楚天谴只不过是个说法，他和桑桑在一起厮混了二十年时间，何时见她亲自去批评谁？更何况还要费力气去拿把刀捅人。人类历史上代表昊天谴责并且诛杀，或者说以昊天的名义谴责并且诛杀异类的，永远是西陵神殿，昊天甚至根本都不知道那些事情。

桑桑有些疲倦，自去歇息，他站在石窗畔，看着雨中的齐国都城，听着雨中隐隐传来的哭泣声和喊杀声，脸上没有表情。每隔一段时间，便有西陵神殿骑兵小队来到道殿前，解开鞍下的布袋，把袋子里的事物倒在殿前的石阶上。那些袋子里装的都是人头。

一天一夜时间就这样过去，道殿前石阶上的人头变得越来越多，血腥味变得越来越浓，雨水根本无法冲淡半分。齐国都城周遭数郡，曾经参加过前次道门血腥清洗的神官执事，还有普通道人，共计一百八十名，尽数被西陵神殿骑兵砍头。石阶上堆得像座小山，有的头颅不甘地圆睁着双眼，有的头颅脸上满是追悔恐惧的神情，无论这些头颅的主人生前是尊贵的红衣神官，还是被迫卷入洪流的小人物，现在脸上都满是污血，看不出来任何区别。

桑桑醒来，在他的服侍下吃了碗白粥，和两个牛肉萝卜馅的包子，然后走到石窗旁，看着殿前堆成小山的头颅，有些满意。晨光是那样的清新，殿前的画面则是那样的血腥，圣洁的火焰在头颅堆上燃起，迅速变得猛烈起来，雨水无法浇熄，反而更助火势。熊熊火焰里，隐约能够看到那些头颅容颜被烧得变形，仿佛那些已经死去的人还能感知到痛苦，五官扭曲，愤怒而惊恐。难闻的焦臭味弥漫在道殿四周。春雨中，数千名齐国民众正在看着眼前这幕画面，他们脸上的神情终于不像平日那般麻木，显得有些惊恐，更多的则是看热闹的兴奋。

"我是昊天。"桑桑看着烈火中的那堆头颅，面无表情，"我的意志，人类必须服从。"

宁缺想了想，说道："或者可以把服从换成另外一种形容。"

桑桑看了他一眼，说道："比如？"

"我虽然没有信仰，但想来这里面，应该也有爱的成分。"

"人类永远不会爱我。"

宁缺看着殿前那名满脸泪水的中年神官，说道："我带你来齐国，便是想提醒你，有人一直在爱你，哪怕因之而死。"

桑桑说道："那是因为我是昊天。"

宁缺摇头说道:"当年为了救你,陈村死了,华音死了,宋希希死了,光明神殿里很多人都死了,那时候的你不是昊天,只是冥王之女。"

"那是因为他们相信卫光明的话。"

"但这种相信,难道不珍贵吗?"

桑桑沉默不语。

宁缺说道:"你说歧山大师救你只是为了挽救众生,而你不在众生之中,所以他不是真的爱你,那么光明神殿里的人呢?你的老师卫光明呢?他们只是爱你,不知道你是昊天的时候,他们就爱你,知道你是昊天的时候,同样爱你,他们没有条件地爱着你,那么你为何不能给予他们相同的爱?"

"所以我应该爱世人?"

"西陵神殿第一篇里说过:神爱世人。"

"我不爱了。"

"因为太累?"

桑桑看了他一眼,说道:"你的笑话,经常没有任何逻辑。"

"那不然为何不爱?"

"我为何要爱世人?"

宁缺想了想,发现这确实是个问题。

无论是哪个世界,所有问题都害怕一直追问,就比如人类一直念念不忘的爱字,一旦追问,哪里就一定会有回响?是啊,为什么一定要爱呢?母亲为什么爱自己的子女?女人为什么要爱自己的男人?子民为什么要爱自己的国家?哪怕看似没有任何条件的爱,往最深处去看,最终也只能得到一个冰冷、冷得连呼吸都困难的答案吧。

宁缺不知该如何回答这个问题,正如在大河国的时候,他和她没有解释清楚爱情,那么现在,他也无法给她解释什么是爱。

就在这时,春雨里的长街那头,缓缓行来一座神辇。神辇周围的幔纱是深红色的,被雨水打湿后,仿佛在淌血,显得格外肃杀。裁决神座,再次降临人间之国土。宁缺没有意外,在南海畔的时候,他已经隐约猜到西陵神殿骑兵的主事者是谁,这一天一夜的血腥清洗,则让他肯定了自己的判断。在如此短的时间内做出如此重要的决断并且有能力实施，西陵神殿只有寥寥数人，而直接统辖神殿骑兵的她，最有可能。

"我不想见这些人。"

桑桑转身走进房间，声音显得有些疲惫。

"齐国三郡，对光明不敬的人都死了。"叶红鱼说道，"神殿的正式诰令应该会在近日发往诸国，裁决神殿已经提前出动，相信用不了多长时间，这场清洗便会结束。"

宁缺看着她，微微皱眉，总觉得这件事情没有这么简单。

叶红鱼摘下神冕，看着他说道："我要见昊天。"

宁缺说道："她不想见神殿的人。"

叶红鱼想了想，说道："也好，我也不想对她下跪。"

宁缺说道："看来你的信仰并不像你以前说的那样坚定。"

叶红鱼沉默片刻，忽然问道："信仰和仇恨，哪个更重要？"

宁缺不明白她为什么会问这个问题，想着在长安城的复仇，想着雪湖杀人，他说道："如果是我，自然是报仇更重要。"

"当然，那是因为我本来就没有什么信仰。"他看着叶红鱼，神情凝重，"至于你该如何选择，我无法给出具体的建议，我只想说，怎么做能让你高兴，你就去做吧。"

叶红鱼想了想，说道："这就是从本心出发的道理？"

宁缺说道："不错，本能和本心，总是最强大的。"

如今算来，相识已有好些年，曾经不共戴天，也曾携手并肩，宁缺和叶红鱼之间的关系一直都很微妙。光明祭前，他曾去裁决神殿找过她，叶红鱼给他留了退路，这便是再次承情，所以他的回答很认真，他想要帮她。信仰与仇恨哪个更重要？宁缺知道叶红鱼像自己一样，不是务虚者，那么她的这个问题必然有具体所指，只是指向何处？

"你和昊天离开之后，观主上山。"叶红鱼说道，"掌教看似屈膝臣服，实际上道门还是处于均势之中，隆庆变得很强大，有很多事情我都不喜欢。"

"于是你选择离开桃山。"

“我只是来看看你准备把昊天带到什么地方去。”

“你为什么要见她？”

叶红鱼沉默片刻后说道：“或者，是想通过她来获得某种勇气。”

宁缺隐约明白了些什么，说道：“事实上，你已经开始做了，我很想知道，你和熊初墨之间究竟有怎样的深仇。”

从昨夜开始的这场道门清洗，是光明神殿借助昊天神威的一次反动，裁决神殿不应该响应得如此迅速而坚决，但如果想明白，上次道门对光明神殿进行清洗的主要势力是掌教的亲信，那么便能明白其中的缘由。这场清洗到最后，必然会动摇掌教的根基。

叶红鱼没有回答他的问题，说道：“我只是在执行昊天的意志。”

宁缺说道：“你这是在挟昊天以令道门。”

叶红鱼看着他微讽道：“这不正是你一直试图要做的事情？”

既然她不肯讲述这场仇恨的具体来由，宁缺自然也不便往深处询问，沉默片刻后问道：“就算你成功了，以后怎么办？”

“先成功，再论以后。”

“成为西陵神殿新一任掌教，或者观主，又有什么意思？”

去年在长安城，他曾经对她说过类似的话。

“书院做任何事情都要讲究意思，但对我来说，做事情不看这一点，也不看有没有意义，只看那件事情是不是值得去做。”叶红鱼说道，“我的事情我自有想法，而你究竟想带昊天去哪里？现在整个人间都在猜测你们这趟旅程的终点在何处。”

宁缺说道：“我没有能力带着她走，事实上是她自己要看人间，我们去的这些地方，都是她自己要去的。”叶红鱼不知该说些什么，现在的局面在人类历史上从来没有出现过，即便是观主对此也没有任何经验，只能静静旁观。

“现在我只能走一步看一步，看看最后能走到哪一步吧。”

“就像摸着石头过河。”

宁缺想起和桑桑过大河时的画面，摇头微笑说道：“我们过河不用摸石头。”

这场谈话就此结束，叶红鱼带着两千西陵神殿骑兵回到桃山，昊天对道门的降罪必将持续，谁也不知道这场风波何时能够真正停息。

宁缺和桑桑离开了齐国都城，向着西方继续自己的旅行，他们行走在春雨里的青色山丘间，来到了那座已经被烧成废墟的红莲寺。看着满地瓦砾和瓦砾间新生的野草、焦木以及湿木间新生的野菌，宁缺沉默了很长时间，想着叶红鱼的那句话，情绪有些复杂。

当年正是在这座破寺前的雨中，隆庆带着堕落骑兵围攻他和桑桑，他于绝境之中爆发，以饕餮大法重伤隆庆，并且破境知命。现在，隆庆变得更强大了。宁缺知道叶红鱼何等样骄傲自信，隆庆在世人眼中是煌煌美神子，但在她的眼里，只是普通的下属，没有任何特殊的地方。现在连她都不得不承认隆庆的强大。那么这说明隆庆现在真的很强大。

在很多人眼中，宁缺和隆庆是一生之敌，最终必将以某人的死亡及另一个的最终胜利而结束这段并行的人生。如果隆庆真的强大起来，宁缺应该是最头痛的那个人，但实际上，他只是看着春雨里的残寺有所感慨，并不如何紧张。

叶红鱼以昊天的名义，在道门展开血腥清洗，削弱掌教的势力，便无人敢反对，他现在带着昊天到处旅游，又哪里会担心人间的力量？

挟昊天以令道门，道门自然清静。

携昊天以游人间，人间自然太平。

宁缺和桑桑离开西陵神殿，南下大河，沿海入瓦山访烂柯，再至齐国，过红莲寺，一路行来逾数月时间，终于进入南晋国内。

对桑桑来说，这是她与人间的一场战争，对于宁缺来说，这是留下她的手段，对于他们来说，这是数年前秋天那场旅行的倒溯。对人间来说，这场旅行则被赋予了更复杂、更神圣的意义，无数双眼光注视并且追随着他们的脚步，很多人因此而屏息敛声，随着他们的行走而心情起伏不定，废了寝食，乱了心事，自然也忘了彼此间的纷争。

南晋东方有片无名小湖，与北面浩荡的大泽相比，寒酸得令人直欲掩面，而且地处荒僻深山间，湖畔也没有人住，显得格外清静。

宁缺坐在湖畔烤鱼。篝火被控制得极好，桑桑不用动手，他对昊天神辉的理解用在烹饪之上也自有妙处，鱼表已被烤得金黄，肥嫩的鱼肉却依然弹舌。桑桑从宁缺手里接过烤好的鱼，没有像往常那样面无表情地进食，然后用速度表示满意与否，而是继续看着湖面发呆。

这片湖很小，在群山间显得很可怜。

但只要坐在湖畔，便一定能够看到湖水里的那轮月亮。

今天是满月，浑圆的明月悬在夜空里，把所有星星的光彩夺走，向人间洒落无数银辉，湖水里的鱼儿都被照亮了眼睛。

桑桑看着随着湖水轻轻起伏的明月，脸色有些微白，神情显得有些疲倦。宁缺早就注意到了这个现象，每当夜空里的月圆时，桑桑便会变得虚弱起来，而当月缺或者有云时，她便会回复强大。当然这种强大或虚弱，只是相对于她本来近乎无限的威能而言，即便最虚弱时刻的她，依然比人间所有修行者加起来都还要强大。

夫子与昊天之间的战争，虽然发生在苍穹之间，但战争的结果，最终还是会落回到人间，因为昊天也在人间。月有阴晴圆缺，人有生老病死。桑桑变得越来越像人类，于是她开始会生病。如果这样持续下去，她会不会老死？

宁缺能想明白其中的缘由，她又怎么可能想不明白？

"你就这么想我死吗？"桑桑看着湖水里的明月，对身旁的宁缺问道。在光明神殿露台栏畔，她看着宁缺不惜一切代价也要破云坠深渊求死时，曾经在心里默默问过这样一句话。现在，她当着宁缺的面问了出来。

宁缺沉默了很长时间，说道："会有办法的。"

桑桑说道："这是客观题，不是主观题。"

宁缺不知该如何回答。

湖畔安静无声，夜风轻拂水面，明月被揉碎，然后随着水面轻荡，慢慢地慢慢地再次聚拢起来，仿佛什么都没有发生过。

桑桑的眼眸深处，无数星辰幻灭重生，那是她的愤怒。

夜穹里无数万颗星星，忽然间大放光明，前一刻还是淡至不能见，下一刻便夺目非常，瞬间掩盖了明月的光辉。深夜的人间，忽然间变得亮如白昼。尤其是群山里的小湖，更是如同变成光明的神国。无数神辉落下，湖水开始沸腾，弥漫出无数雾气，水里的鱼儿惊恐不安，四处游动，拼命地向水草和湖石深处钻去，却哪里能够逃脱天威？

一声雷般的轰鸣，在群山间响起。湖水向着夜空喷涌而上，如一道极大的喷泉，水花越过后方的峰顶。落下，便是一场温热的雨，似极了眼泪。满天繁星渐敛，湖山渐静。数百条鱼躺在湖泥里，翻着肚皮，冒着热气，已经被煮熟。

宁缺和桑桑浑身都被湖水打湿，看着很是狼狈。雨水重新聚入湖中，渐渐重新变得清澈。

桑桑的脸上，沾了些泥，像顽皮的孩子般。宁缺端了盆湖水，蹲在她身前，把毛巾打湿替她洗脸，把脸上沾着的那些泥点一一擦掉，动作非常温柔仔细。


天若有情，只是一时，更多的时候，桑桑平静而沉默，平静是因为所有的一切依然在她的计算里，沉默是因为她不觉得有哪个人类够资格和她进行精神方面的交流，宁缺或者有，但她越来越烦他了。就这样平静而沉默地行走着，两个人离开深山野湖，来到阡陌交通的田野间，车厢早已被崩散，只有大黑马沉默地跟随着。

顺着官道，到达南晋都城临康，宁缺熟门熟路地来到东城，走进了贫民区深处。街巷依然逼仄，气味依然难闻，家家户户临时搭建的建筑还是那样弱不禁风，茅厕外的布帘还是短得能够看到人头，但终究有了变化。街巷里的污水少了很多，变得相对干燥了些，蚊蝇自然也不像以前那般猖獗，最重要的是，行走在里面的人们，仿佛多了很多生气。一年时间不到，便发生这么多变化，宁缺有些惊讶，对那位在陌巷里传道的男人，更是生出了很多佩服。

破屋前围拢了数百人，正在听人讲道，讲道的那人穿着浅色的旧衫，梳着道髻，髻里插着根旧筷子，神态平静从容。他讲的内容是西陵教典，阐述之道则大为不同。

桑桑看着那处，忽然说道："这些人都应该被烧死。"

## 2

和宁缺上次在临康城见到时相比，叶苏显得更加瘦削，脸色也更加苍白，神情却更加平静，再难找到任何骄傲的痕迹。听他讲道的民众有数百人，把街巷完全挤满，黑压压的一片，却没有任何人发出杂音，场间难以想象的安静。他的声音在破屋前的静巷间不停响起，不时夹杂着几声痛苦的咳嗽，讲的内容主要还是西陵教典，阐述之道与普通的神官则是大相径庭。

宁缺的目光落在那些听道的民众身上，这些信徒衣着虽然简单朴素，有很多人的衣服上还有补丁，但都洗得非常干净，东南侧数十人的衣饰明显要富贵很多，但也像同伴们一样静静地坐在泛白的蒲团上。通过观察，他发现叶苏的传道比想象的要顺利很多，于是更加担心——因为桑桑说这些人都应该被烧死，他知道她做得出来这件事。

叶苏在临康城开始传道不久，宁缺就来到了这里，他明白这是叶苏对自我的救赎，也是他想带领世人展开自我的救赎。道门要求信徒以对昊天的信仰为根基，把欲望转变为奉献，把希望落在神国，而叶苏所说的救赎，则是求诸于己。对于昊天道门来说，这种改变看似微小，实际上却是极令人震撼的革命，因为这场革命发端于最底层，由对现世的爱，取代了对神国的向往，要求信徒自己拯救自己，如果这一切能够成功，那么昊天又该处于什么位置？

"昊天在看着你。"叶苏站在破屋前，看着信徒们平静地说道，"无论你做什么，无论你在想什么，都在昊天的注视之下，所以你要时时刻刻反省自己的行为，从清晨到日暮，从醒来到沉睡，你可有违背昊天的教义，你可有行善，你可有制恶？"

宁缺听到这段话，忍不住看了身旁的桑桑一眼。

桑桑正在看着叶苏。昊天正在看着他。

她没有说话，只是静静地听着他传道，没有任何表情。

"其实……他说的也不是完全没有道理。"宁缺说道，"省去西陵神殿这个中间环节，信徒把敬爱直接奉献给你，从物流的原理来看，可以提高效率，节约成本。"

桑桑说道："神国的归神国，现世的归现世，那么他们信仰的昊天，究竟是我，还是他们每个人自己？"

宁缺无法回答这个问题，叶苏的传道，本来就是从根本上推翻昊天道门的教义，把信仰的具体所指，分散成自我的认知。从这个角度上来说，这些信徒的信仰，并不是昊天所需要的信仰，因为昊天极有可能再也无法吸收到他们的信仰之力。

二人谈论的时候，今天的教义讲座已经结束，数百名信徒很有秩序地先后离开，留下一群孩子开始整理场地，同时准备下午的工艺课程。叶苏以手捂唇，轻轻咳了两声，正准备把挂在窗前的黑板取下来，忽然看到人群外的宁缺和桑桑，身体不由变得有些僵硬。


破屋的门被推开，宁缺和桑桑走了进去，意外地看到躺在床上的陈皮皮，同时看到正在角落灶边煮饭的唐小棠。陈皮皮睁开眼睛，看着宁缺笑了起来，然而他来不及挥手，笑容便僵硬在了脸上，唐小棠手里的锅铲也僵在了半空中。他们没有见过此时的桑桑，但既然看见宁缺，便自然知道跟在他身旁的这个女子是谁。

叶苏已经掀起前襟，规规矩矩地跪在了桑桑的身前。

桑桑背着双手，神情漠然地打量着屋子里的一切。

她没有说话，于是叶苏始终没有起身，谦卑地跪着。

桑桑的目光落在他的身上，没有一丝温度，"二十年前，荒原之上，你称唐为邪魔，称七念为外道，如果当年的你，看到现在的你，会如何称呼？"很多年前的那天，她降生于长安城某大夫府中，宁缺拿着染血的柴刀翻过围墙，荒原上出现一道黑线，叶苏说过几句话。

宁缺的神情有些复杂。

叶苏沉默了很长时间，平缓而坚定地说道："今日之我，不以昨日之我为愚，昨日之我，必不以今日之我为恶。"

"亵渎，如何不是恶？"

"人为蝼蚁，也想活得更好些。"

"无数年来，我不曾施过罪与罚。"

"永夜何解？"

"不过剪枝罢了。"

"每枝每叶皆是命。"

"佛陀妄言。"

"佛陀不言，命亦是命。"

破屋里一片死寂，桑桑和叶苏的声音不停响起，气氛变得越来越沉重，越来越压抑，唐小棠在灶前拿着锅铲，身后传来淡淡的焦味。曾经的道门行走，此时跪在昊天身前，居然敢于直指昊天之非，敢于坚持自己的看法，已成废人的叶苏，要比世间绝大多数人都要强大。

"世人若要我搭救，何苦自救？"

"昊天爱世人，怎能不允世人自救？"

桑桑看了宁缺一眼，说道："我为何要爱世人？"这个问题，她曾经问过宁缺，宁缺无法做出回答。叶苏的学识远胜宁缺，也无法做出回答，但他可以做出反问，"既然如此，世人为何要爱昊天？"

桑桑的柳叶眼骤然明亮，寒冷无比。

滋啦一声响，唐小棠身后铁锅里的菜叶子终于糊了。宁缺用力拍掌，说道："忽然好饿，好想吃饭！"陈皮皮从床上坐起身来，冲着唐小棠恼火地嚷道："炒个青菜也能炒糊！你还让不让人吃饭了？你想饿死亲夫吗！"唐小棠明知道这两人想做什么，还是觉得很委屈，挥舞着锅铲愤怒地喊道："在部落，在后山，我都没做过饭，凭什么让我做！"

宁缺走到桑桑身前，问道："你饿了没有？想吃点什么？"陈皮皮一骨碌从床上爬起，把叶苏从地上扶到床边坐好，然后望向桑桑说道："说正经的，好几年没吃过你做的菜了，今天要不要亮一手？"唐小棠见没人理自己，用锅铲不停地翻着铁锅里的糊菜，丁丁当当响个不停，模样显得委屈极了。

转瞬间，屋内便从死寂一片，变得嘈杂无比，转瞬间，屋内便充满了人间的烟火气，转瞬间，一桌饭菜便做好了。桑桑有些不适应这种转变，显得有些惘然，还没等她想明白，便被宁缺牵到桌旁坐下，唐小棠把一碗白米饭塞到她的手里。

宁缺和陈皮皮对视一眼，看出彼此眼中的余悸，擦掉额头上的冷汗，人间只有这对师兄弟能反应如此迅速，敢这样糊弄昊天吧！

坐到饭桌旁，宁缺对叶苏说道："正式介绍，我妻子桑桑。"

叶苏也有些没有醒过神来，下意识里点点头，对桑桑说道："就是些家常菜，随意吃些，不要客气，就当是自己家。"说完这句话，他才觉得这事儿有些怪异。

桑桑没有说话，静静地看着手里的白米饭和上面的那根青菜。

坐在桌边的几个人都很担心她会忽然醒过神来，陈皮皮拼命地挤眉弄眼，想让唐小棠说些话，唐小棠瞪圆了眼睛，心想自己本就不擅长说话，这个工作难道不应该由你和宁缺来做？陈皮皮不停咳嗽，心想你难道不是她最好的朋友？唐小棠看着桌旁如同泥塑般的男人们，忽然发现好像少了些什么，问道："大黑马呢？听说它也离开了桃山，我还以为它会跟着你们。"

任何话题，只要有人开始，宁缺便有能力把它扯到天边去，故作愕然地问道："你们怎么知道西陵神殿发生的事情？"陈皮皮恰到好处地插话道："我们和剑阁弟子们一道离开西陵，现在又住在临康城，修行界城的事情，柳亦青自然会通知我们。"

唐小棠非常及时地把话题再次拉回来："大黑马呢？"

"憨货身量太大，我怕在巷子里会撞着人，所以让它在城外山里待着。"宁缺说道，"说起来，你们这段日子怎么过的？"

陈皮皮无奈说道："天天听师兄给人讲课，耳朵都起茧了。"

唐小棠狠狠瞪了他一眼，宁缺恨不得掐死他，心想都说你是道门和书院最天才的那个家伙，怎么这时候忽然变成猪脑子了？大家好不容易才把话题扯开，你又扯回叶苏传道，这是要闹哪样？陈皮皮也发现自己说错了话，心下惴惴，偷偷瞄了桑桑一眼。

桑桑哪里不知道他在偷看自己，面无表情地说道："吃饭。"

大家很老实地应了声，然后开始埋头吃饭，再也不敢说话。

食不语便是专心，专心自然就吃得快，没多长时间，桌上饭菜便被清扫一空，陈皮皮非常没有担当地躲到灶房去洗碗，把重任留给别人。

桑桑站起身来，看着唐小棠说道："你。"

唐小棠有些紧张地站起身来，说道："啥事儿？"

桑桑背起双手，向屋外走去，说道："随我来。"

唐小棠看了众人一眼，不知道该怎么办。

宁缺安慰道："没事儿，我没见过她吃人。"

"有你这么安慰人的吗？"陈皮皮手里拿着湿抹布赶了过来，看着他悲愤地说道。然后他望向桑桑的背影，颤声说道："没什么事儿就早些回来，晚上有酒肉。"

冬天的时候，这片街巷里的排水进行了全面的整修，虽然还不能像南晋皇宫那样暴雨不湿阶，但前些日子连续的春雨，没有在这里留下太多痕迹，证明在叶苏的带领下，信徒们的劳动终究收到了可喜的回报。

桑桑背着双手在街巷里走过，唐小棠跟在她的身后，乌黑的辫子在春风里摆荡，就像她此时的心情，始终难以安定下来。她和桑桑确实是最好最好的朋友，但桑桑现在是昊天，她是魔宗中人，怎么看曾经的友情也不可能延续下去，那么桑桑带她出来究竟想做什么？唐小棠很不习惯曾经黑黑瘦瘦的朋友，变成现在白白胖胖的模样，也很不习惯这一路的沉默，轻轻踢着街面上的石子，像是百无聊赖，其实是聊解紧张。

走到街口一家菜铺前，桑桑忽然停下脚步，说道："他现在是个废人。"

唐小棠怔了怔，才明白她在说谁，说道："雪山气海被你锁死了，身体也虚，每天都喜欢赖在床上，确实快废了。"

桑桑走进菜铺，看着架子上那些没有任何特殊处的青菜，说道："我离开了桃山，想来神殿已经开始追杀你们。"

唐小棠说道："是啊，清河那边拦得特别严，不然我们早就回长安了。"

桑桑停下脚步，转身看着她问道："那么，为什么呢？"

唐小棠有些不解，问道："什么为什么？"

桑桑说道："一切都是天命所定，为什么你还要去桃山救他，为什么还要陪着他在世间颠沛流离？你若愿意臣服于我，我愿赐你以永生。"在临康城一间极不起眼的菜铺里，在各种菜味和泥泞味道混杂中，她以昊天的姿态，平静地说道要赐对方以永生。

唐小棠怔了很长时间，才醒过神来，有些不自然地说道："感觉好突然……我们还是先把晚上的菜买了吧。"

便在这时，菜铺女贩认出她是谁，热情而略带谦卑地迎了上来，当她看向什么青菜时，就一把抓起放进菜篓中。桑桑有些不解，指着菜篓说道："买菜为什么不用钱？"

这些天，唐小棠和陈皮皮与叶苏一处生活，平时也会给街巷里的孩子们讲些课程，对生活在这片街巷的人们来说，住在破屋里的叶苏和圣人没什么区别，这种尊敬和喜爱，自然也落在了她和陈皮皮的身上。

女贩以为桑桑是唐小棠的普通朋友，很亲热地拍了拍她的肩膀，笑着说道："这是哪里来的外道话？几棵青菜值当什么钱？"

桑桑注意到女贩刚刚翻拣过菜叶，还带着些浊水，不由微微蹙眉。唐小棠赶紧把女贩拉到身边，笑着说了几句话，让她自己先去忙，然后望向桑桑紧张地说道："你可不要生气。"

桑桑说道："我只是不解，越穷苦的人越吝惜金钱。"

唐小棠想着桑桑还是人类的时候最是吝啬不过，不由笑了起来，说道："有时候太喜欢了，便想用这些来表达善意。"

桑桑想了想，说道："就像道门信徒，为我奉献财富以及生命？"

唐小棠说道："差不多，但……还是有些差别。"

桑桑问道："差别在何处？"

唐小棠想了想，说道："喜欢和敬畏？"

桑桑忽然觉得有些不愉快，然后她忽然发现，自己居然开始在乎被人喜欢这些事情，于是变得更加不愉快。

菜篓里塞满了青菜，唐小棠想要付钱，被女贩坚决地拒绝。

走出菜铺，桑桑说道："你还没有回答我先前的问题。"

"为什么？"唐小棠伸出空着的那只手，牵起她的手，看着她同情地说道，"你跟宁缺去了这么多地方，还没有想明白吗？"

桑桑说道："不一样，他如果死了，我也要死，所以我只好跟着他。"

唐小棠微笑着说道："其实是一样的，他如果死了，我也不想活了。"

桑桑想了想，说道："人类真是愚蠢。"

唐小棠说道："其实愚蠢起来，有时候也挺高兴的。"

桑桑看着她的手，说道："你同情我，让我很不高兴，你触碰我的身体，也让我很不高兴，所以我不明白，愚蠢有什么值得高兴的地方。"

唐小棠笑着说道："你活着对书院、对明宗都不是好事，但见到你还活着，我就很高兴，这或许便是愚蠢带来的高兴？"


两个女人买菜谈心去了，破屋里的三个男人则是相对沉默无言，知道彼此都还活着便好，至于怎么活下来的真的并不重要。

陈皮皮看着宁缺担心地问道："她肯跟你回长安吗？"

宁缺摇了摇头，说道："她没有说过，但总归是离长安城越来越近。"

"她知道书院想做些什么吗？"

"老师说过，昊天无所不知。"

陈皮皮沉默片刻，说道："既然如此，你没有丝毫胜算。"

宁缺看着窗外的蓝天白云，说道："老师还说过，这个世界上有很多事情，就算你知道不可能做到，还是会去做的。"

"小师叔就是这样的人，老师也是这样的人，你我或许将来可能成长为这样的人，但这不可能影响到她，因为她根本不是人。"

"我希望她能自己做出选择。"

"没有人会做出毁灭自己的选择。"

宁缺笑了起来，说道："你才说过，她不是人。"

"即便如此，那你怎么办？"

宁缺的情绪变得有些复杂，说道："我希望到时候能够找到办法，原来想的那个办法，现在看来似乎行不通。"

"难道没有她，就不能修好惊神阵？"

"解铃还须系铃人，她在长安城里生活的那些年，用她的脚步和气息破坏了惊神阵，如今自然需要她再去走上一遭。"

陈皮皮静静地看着他，说道："我只希望你到时候不要后悔，如果你要后悔，不如趁现在，事到临头那便怎样都避不开了。"

"我离开长安，去桃山接她，便是已经做好了思想准备，如果到那天真需要做出选择，其实也很简单。"

陈皮皮听出他言语里隐藏的决然，叹息无语。

叶苏一直没有说话，静静地看着窗外的街巷与天空，瘦削的脸上带着清澈的笑容，苍白的脸色被光线洗得无比温柔，他忽然说道："与天竞算，算的只是自己。"

宁缺望向他，诚恳请教道："那难道我们就什么都不用做？"

叶苏转过身来，微笑着说道："把自己的事情做好，要比什么都更重要，正所谓昊天的归昊天，人间的归人间，有何相干？"

昊天的归昊天，人间的归人间，这便是他的道。

宁缺若有所悟，又问道："西陵神殿断然不会允许你继续传道，就算剑阁，也不能一直护着你们，接下来你打算怎么办？"

叶苏说道："临康城正在变好，我准备离开。"

陈皮皮第一次知道师兄要离开临康，很是吃惊。

"难道你要去长安？"宁缺也很吃惊，心想既然西陵神殿不可能允许叶苏继续传道，那么离开南晋后，便只有唐国才能给他提供传道的土壤。

"我说过，唐国太好，人间太坏。"

叶苏平静地说道："我既然是要去体会人间苦难，拯救人间苦难，自然要去真正苦难的那些地方，去认识那些苦难的人们。"阳光穿透窗户，落在他的身上，那身薄旧的布衫仿佛闪闪发亮，道髻里插着的那根筷子，似比最名贵的乌木还要漂亮。

宁缺忽然说道："还记得我们第一次相遇吗？"

叶苏摇了摇头，当年在荒原天弃山脚下，他和宁缺第一次相遇，那时的他还是骄傲的道门行走，看到的是大师兄的位置，对宁缺根本没有任何印象。

"我对你的印象非常深刻。"宁缺看着他说道，"我从来没有见过一个人能那么孤单，好像他的双脚站立的不是人间的地面，而是另外一个世界，而且他明明是活着的，却感觉已经死了很多年，这个说法也不准确，应该说当时我眼中的你似乎是活人又似乎是死人，我觉得你很可怜。"

叶苏笑了起来，说道："现在的我应该更可怜才是。"

宁缺摇头说道："不，虽然你现在远没有当年那样强大，你虚弱苍白，近乎废人，但你一点儿都不可怜，因为你会成为一个圣人。"

"千年才有圣人出，你这话过了。"

"你若能让人人成圣，你自然便是圣人。"

便在这时，破屋的门被推开，唐小棠提着菜篓，兴高采烈地说道："看我和桑桑带了多少菜回来！"晚饭很简单，以青菜为主，因为确实有很多青菜。

为了不让昊天觉得被欺骗，陈皮皮去肉铺里割了一块五花肉，做了一碗白菜帮子熬肉片，又去隔壁提了两桶淡酒。肉酒最能助兴，不多时，破屋里的气氛便变得飞扬起来。宁缺酒量极差，早已醉态毕现，借着酒兴，扯纸磨墨，写了半幅陋室铭。

"山不在高，有仙则名。水不在深，有龙则灵。斯是陋室，惟吾德馨。"

桑桑背着双手，静静地看着字幅，忽然问道："吾是谁？"

宁缺恼火地说道："这种哲学问题，你问我做甚？"

桑桑指向纸上那个"吾"字。

宁缺这才明白过来，指着叶苏准备说话，忽然想起，她既然问这个问题，必然有所期许，话锋一转道："我说的我自然不是我。"

"那是谁？"

"我就是你，你就是我，你说我说的是谁？"

桑桑虽然知道他是在撒谎，但还是比较满意。

陈皮皮非常不满意，痛心地说道："先看这句，只觉得你果然还是那么无耻臭屁，再听你的解释，才发现你已经堕落成这样了。"

宁缺大怒，说道："我就没种，又怎么的？"

众人告别。桑桑自然不耐这等人间俗态，背着手站在远处。

陈皮皮看着宁缺说道："一路保重。"

"我会的，看看她就知道，轻不下来，必然极重。"宁缺笑着应道，走到桑桑身边。

桑桑忽然转身，看着叶苏说道："你会被烧死。"

此时暮色正浓，残霞如血，又如火焰。叶苏站在暮色里，如在火焰中。

破屋前的暮色里，陈皮皮和唐小棠不安地看着叶苏，不知道该说些什么，昊天的批示便是预言，天算从不会错，那么谁能跳出？叶苏对着桑桑的背影跪拜行礼，他的脸上没有什么紧张的神情，只有平静，今日的相遇，对他的传道来说，非常重要。

宁缺和桑桑在暮色里渐行渐远，待出了临康城，他终于忍不住开口说话，无奈地摇头问道："你就不能说点儿吉利话？"

桑桑说道："我说的是真话。"

宁缺恼火地说道："就因为是真话，所以才不吉利！"

桑桑没有理他，背着手向北方行去。没有人知道叶苏最后的结局是什么，会不会真的被烧死，桑桑虽然无所不知，但她毕竟已经算错了很多与宁缺有关的人和事。

宁缺回头望向夕阳下的临康城，沉默不语。

大黑马自山间狂奔而出，欢嘶连连。


有人未经西陵神殿允许，在临康城传道，这件事情最开始没有惊动西陵神殿，直到神殿发现那名传道者的身份，而且发现那名传道者的信徒越来越多，才变得严肃起来，尤其是在神殿发现那人传道的内容近乎亵渎之后。昊天神殿万道光线组成的帘幕后方，掌教的身影还是那般高大，只是挥舞的手臂和如雷般的吼声，表明他现在非常愤怒。

隆庆站在帘前的石阶下，看着跪在身前的数百名神官执事，神情平静。他清楚掌教大人的愤怒，并不仅仅因为叶苏在临康城传道，更多来自桃山看似平静实际上暗流涌动的局势，还有掌教现在尴尬甚至渐渐变得危急的处境。裁决神殿以昊天的名义，开始在道门内部展开血腥的清洗，不到二十天的时间，各国无数座道观都有人被缉拿，幽阁现在已经人满为患，而这些被打落尘埃的人绝大多数都是掌教的亲信。墨玉神座上的那个女人已经亮出了她的道剑——没有人明白她为什么会忽然向掌教发起攻势，但同样没有人会误判局势。

掌教乃是西陵神殿之主，执掌道门俗世权柄数十年，自然根基深厚，他本应该做出更强势的回击，甚至可以直接镇压，但这一次，掌教却显得那般束手无策，因为观主离开了知守观，来到了桃山，更因为裁决神殿的这次清洗行动，是在执行昊天的意志。数百名神官和执事领命而去，昊天神殿渐渐变得安静，至于怎样突破南晋剑阁的封锁，进入临康城，那是他们需要考虑的事情，如果他们胆敢在此时表示出自己的疑惑，那么必然要迎接掌教的怒火。

隆庆对着光幕后的掌教行礼，便离开了昊天神殿。他在崖坪上沉默地行走，走进那座黑色肃杀的裁决神殿，很熟练地经由地道进入幽阁。裁决神殿和幽阁的看守十分森严，尤其是当前道门局势动荡，谁都知道裁决神座正在对掌教发难，即便是昊天神殿的人都无法进入。但隆庆是特例，不仅仅是因为他现在有知守观传人的身份，更因为他曾经在这座神殿里生活过很长一段时间，他曾经是裁决司的司座大人，在这里拥有无数忠诚的部属，现在叶红鱼在世间行血腥清洗之事，那么谁敢拦他？

干燥的通道两侧的牢房里没有任何声音，那些被抓回桃山的神官和道人们，早已被裁决司的酷刑折磨得奄奄一息，连呼痛都已经做不到，只能躺在干稻草上绝望地等待着死亡。事实上，幽阁已经很久没有这样热闹过了，现在桃山的山腹里，关押着数百名被裁决司从各国押解回来的神官道人执事，昏暗的光线里混杂着血腥的味道，让气氛变得很是压抑。

隆庆行走在安静的山道里，神情平静，没有觉得丝毫压抑，看着眼前晃动的光线，闻着传入鼻端的血腥味，觉得心跳都因为兴奋而开始加快。他穿着寻常的道袍，道袍下的胸口上有个洞，心脏在洞里跳跃，道袍的表面随之起伏，光线有些摇荡，像极了南海上的轻波。

推开一座囚室的栅门，隆庆走到榻前，看着草堆上那名满身血污的老者，平静地说道："曲神官，好久不见。"

曲奉池是西陵神殿驻宋国首席红衣大神官，是掌教大人最忠实的下属，在道门里地位极高。年前对光明神殿残余势力的清洗，他下手最为狠辣，于是现在他便成为了裁决神殿最重要的清洗目标。裁决神辇亲赴宋国，叶红鱼在道殿里直接斩了曲奉池双臂，让神殿骑兵拖回桃山，变成了如今的死狗模样，而掌教对此根本没有任何办法。

曲奉池这些天不知道经受了多少残酷的折磨，又始终不见掌教来救自己，早已心灰意冷，只是疲惫地等待着死亡的那天到来。然而，今天却有人来看自己？曲奉池艰难地睁开眼睛，望向榻旁，发现来看自己的是名年轻道人，这道人脸上有数道非常凄惨的伤疤，睹之令人生畏。他是宋国首席红衣大神官，哪有不认识隆庆的道理。

"隆庆皇子？"曲奉池有些震惊，眼眸里生出不解的情绪，旋即忽然明亮起来，因为他想到了隆庆和叶红鱼的关系，也想到了隆庆如今在道门的地位。现在连掌教大人都选择了抛弃，那么如果说还有人能够救自己，除了隆庆和他身后的观主，还能有谁？

已经绝望的曲奉池，忽然看到了希望，顿时精神一振，眼神里充满了希冀与乞求，急促地说道："曲奉池愿将生命与灵魂，都奉献给观主与皇子您，若能复归宋国，宋国道观及财富，尽数归皇子调配。"在他看来，隆庆来看自己，必然是存着解救利用之意，而现在的他，除了宋国的无数座道观和自己私藏的财富，还有什么能够打动对方？

隆庆静静地看着他，说道："你看着我。"

曲奉池有些不解，望向他的双眼。隆庆的眼睛很正常，黑白分明，然而就在他的目光落下时，诡异的变化发生了。黑色的瞳孔与白色的眼仁之间的那道分界线，不知因何缘故瞬间消失不见，线两端的世界开始接触，然后融化。黑瞳变淡，白仁变黑，黑白相混，便是混沌初开时的灰色，只是呼吸之间，隆庆的眼珠便完全变成了灰色。

看着这双灰色的眼眸，曲奉池忽然觉得非常恐惧，身体变得极度寒冷，下意识里想要转头移开视线，却发现自己已经无法控制自己的身体。曲奉池的脸颊骤然间变得瘦削起来，身上染着的那些血污都在渐渐变淡，他嗬嗬作声却说不出话来，他想伸手把隆庆推开，然而双臂早已被叶红鱼斩断，只能绝望地感受着身体里的一切不停向外流淌。

确实是一切，没有丝毫遗漏，曲奉池所有的生命包括精神、修为境界和念力，都被隆庆那双有若仙魔的灰色眼眸所夺取。

转瞬之间，曲奉池便没有了呼吸，隆庆缓缓闭上眼睛，再重新睁开，灰色的眼眸已经变回黑白分明的模样，看不出有任何的特殊之处。谁也不知道，他的身体里现在又多了一个人，他的识海里多出一份极为丰富的感知和一些崭新的知识，他又强大了一分。

干草堆上，曲奉池的尸体蜷成一团，显得特别凄惨，他至死也没有想明白，自己能够打动隆庆的不是藏在宋国的财富，而是他自己。隆庆神情平静地走出囚室，来到相邻囚室，推门而入，看着榻上那人平静地说道："穆神官，好久不见。"过了段时间，隆庆走出囚室，向下一间囚室走去。安静而令人恐怖的过程不停地重复，他在东荒左帐王廷里吸取了无数草原强者的修为，灰眸功法已至大成，直到清晨才停止。

晨光从囚室的石窗透进来，落在隆庆的脸上，他神情非常平静，眼睛黑白分明，看上去就像是一个心无杂念、通体清澈的青年，脸上的那些疤痕还在，没有因为境界的提升而变淡，反而变得更深了些，看上去十分恐怖，仿佛就像是神殿壁画里的那些魔神。隆庆看着窗外的晨光，轻轻叹息一声，转身向幽阁外走去。

强者行走之间自有悠长呼吸配合，呼吸之间，他胸口洞中的粉色湿润的心脏和肺叶不停挤压，显得非常恶心。然而在这烂肉的污秽世界里，却有一朵桃花若隐若现，将要盛放，那朵桃花一时纯黑，一时金色，无论哪种颜色，都是那般圣洁。


走出裁决神殿，来到崖坪上，隆庆向崖畔那几间不起眼的石屋走去。

当年荒原之行，叶红鱼为了破莲生之缚强行堕境，几成废人，在西陵神殿饱受冷眼与欺辱，便选择僻居于此间的石屋里。隆庆去石屋不是要抚今追昔，也不是想要向那个不在桃山的女人证明自己现在多么强大，而是因为那间石屋是观主在桃山上的居所。

观主是道门真正的领袖，尤其是当掌教不敢反抗，选择在他身前跪下之后，按道理来说，他应该住在桃山最高的昊天神殿里。不知道为何，观主没有住进昊天神殿，而是住进崖畔不起眼的石屋，而且他也没有对西陵神殿的事务进行任何干涉。

　　隆庆不明白观主在想些什么，既然掌教已经被证明虽然境界高深，但道心孱弱至极，那观主为什么不直接除了他的掌教之位？在俗世诸国里，掌教的势力确实依然强大，但在桃山之上，观主拥有赵南海等南海一脉的绝对忠诚，再加上那些老人，还有师叔和自己，如果雷霆暴动，绝对可以很轻松地把掌教从昊天神殿里驱逐出去。他站在石屋前静思片刻，发现还是想不明白，摇了摇头，推开年久失修的木门，伴着那声刺耳的吱呀，走进幽暗的世界。

　　石屋里的光线非常昏暗，如果不仔细去看，甚至没有办法看清楚轮椅上观主的脸，至于轮椅后的中年道人，更是仿佛与幽暗已经融为一体。观主轻轻咳了两声，伸手准备端水喝。中年道人的手一直扶在轮椅的后背上，从来没有离开过，隆庆快步上前，在石桌上提起水壶，斟满水碗，恭敬地递到观主身前。观主喝过水后精神显得好了些，看着他："你有困惑？"

　　隆庆不敢隐瞒，把心中的那些不解说了出来。

　　观主没有解释得太具体，平静地说道："你想做的事情，裁决神座如今正在做，既然如此，你何必如此焦虑？"隆庆明白了，但他还是不明白，叶红鱼为什么会向掌教发起如此强悍的攻击，而现在看来，观主应该早就清楚其间隐藏着的原因。

　　观主忽然问道："你对叶苏如何看？"

　　隆庆认真想了想，然后说道："师兄大才。"

　　观主缓缓点头，说道："不错，你师兄确实拥有道门罕见的天赋，我以往认为他的天赋在皮皮之下，如今想来却是错了。"

　　隆庆心想师兄如今已经变成废人，观主这话所指必然不是修为境界，而是因为他最近在临康城传道而生出的感慨。"掌教很是愤怒，已经派人去临康城彻查。"他说道，"但依弟子看来，师兄传道时日尚短，他的信徒大多愚顽，实在无须多虑。"

　　观主看着手中册子，说道："我本想把你师兄磨砺成为道门最锋利的一柄剑，可惜在青峡之前，他这把剑因君陌而折，但没想到，他反而因此进入另一个领域，甚至可能有超出我想象的成就。"那本薄薄的小册子，是西陵神殿派人去临康城抄录的，记述了叶苏传道时的所有讲话内容，语句简陋，道理浅显，却令他都有些心神摇晃。

石屋里很安静，隆庆看着观主手里的那本簿册，想要说些什么，最终出口的话，却与最开始的想法，已经有了很远的距离，"青峡未通，唐人南下艰难，又有清河在北，南晋乃是孤地，剑阁已无柳白，无人能护临康，若要杀，我随时可以去杀。"

"此事不急，等那件大事定下再说。"观主说道，"今日有贵客前来，你在旁安静站着，若有领悟，莫要错过。"隆庆微凛，心想如今夫子离开人间，柳白身死，讲经首座从不轻离悬空寺，世间还有谁有资格被观主称为贵客？

便在这时，石屋外响起了叩门声。声音很是零乱，没有任何节奏，似乎那人已经很久没有做过客，又或者那人喝醉了。隆庆开门，伴着刺耳的吱呀声，扑面而来的是一场清风，风里有醉人的酒香，还有一个穿着普通布衫的中年男人。中年男人看着很寻常，有皱纹却不觉苍老，有银发却不感沧桑，因为他的皮肤比年轻少女的还要娇嫩，他有黑发比新生儿还要乌黑。这是一个看不出来年龄的人。或者说，这是一个没有年龄的人。

隆庆微微一怔，忽然想到一件事情，眼瞳急缩，胸洞里的桃花开始瓣瓣绽放，做好了拼命一击的准备！此人不是西陵神殿的人，能直入桃山，来到崖坪畔，令神殿无数强者包括他自己都没有任何反应，只能说明一种情况：此人无距！

下一刻，隆庆的眼神忽然平静下来，狂暴的念力尽数敛回识海，胸口洞里的那朵桃花缓缓垂落，花瓣收回，再不肯释放。因为中年男人解下腰带上的酒壶，开始饮酒。他饮得非常豪迈，如龙卷风行于海面，酒壶迟迟没有放下，却始终有酒水不停倾出。此人无量！

无距和无量都是修行五境以上的大神通，能够身兼两者，道门千年以来便只有观主一人，如今隆庆终于看到了第二人。面对这种层次的大能，隆庆知道自己拼不拼命没有任何意义，所以他反而变得平静下来，同时也猜到，这便是老师所说的贵客。

"前辈，请。"

酒徒走进石屋，一手拿着酒壶，一手背在身后，仰头打量着石屋里的布置，微嘲道："很久没来西陵，没想到道门居然衰败成这样了。"他的声音还是如以往那般苍老，仿佛是古砖旧铜在不停摩擦，显得非常刺耳，甚至直接要刺到每个人的心里去。

　　隆庆的脸色变得有些苍白，觉得自己的雪山气海，竟因为对方这句话，便有了不稳和垮塌的迹象，强行深吸一口气，凭借着霸道至极的念力，终于是极为艰难地稳住了自己的道心和雪山气海。酒徒转身望向他，有些意外这个年轻道人居然能够自行平静下来，说道："我收回先前那句话，道门的年轻人比我想象的要强。"

　　观主现在已然是个废人，然而却似乎根本没有受酒徒声音的影响，看着隆庆微笑着说道："是的，他这些年进步不小。"

　　酒徒望向轮椅后面那个中年道人，说道："你更不错。"

　　中年道人微笑着说道："多谢。"

　　这名中年道人很普通，普通得很容易被人遗忘，容易被幽暗所掩没，他在道门和世间没有任何名声，即便是掌教和隆庆，也只知道他是观主的师弟，是知命境的修行者，却连他的名字都不知道。他仿佛就是个无名氏，然而这数十年来，观主被夫子一棍逼至南海，轻易不敢重踏陆地，知守观乃至道门的所有事务，事实上都是他在主持，能够悄然无声、平平静静做这么多事的人，又怎么可能真的很普通？普通人看不出，但酒徒是何等样人，自然能够看出他的不凡。中年道人不在意虚名，但既是修道之人，哪能真正清静，所以能够得到酒徒的评价，他觉得非常满意。

　　"当然，最不错的还是你。"酒徒望向轮椅上的观主，"我必须承认，若你还是全盛之时，我和屠夫加起来都不见得是你的对手。"

　　观主微笑着说道："俱往矣。"

　　酒徒话锋一转，说道："所以我不明白，你现在已经是个废人，为什么还敢邀我上门，难道你就不怕我杀了你？"他先前赞过隆庆，赞过那名隐藏在昏暗里的中年道人，但称赞只是称赞，如果他愿意，依然可以杀死石屋里的这三个人。

"如果我没有算错，昊天应该去小镇上找过你们二人，所以你才会在长安城外出现，道门能够有喘息之机，也要多谢你。"观主看着他微笑说道，"所以，你为何要杀我？"这句话的意思很清楚，既然现在你我都是在为昊天做事，那你为何要杀我？

酒徒盯着他的眼睛说道："你若没有变成废人，大概有资格与我相提并论，然而如今你们只是些蝼蚁，我便把你们杀了，昊天又怎会理会？"

观主平静地说道："若神国不能重开，你也终将是只蝼蚁。"

酒徒微微色变，没有想到此人已然半废，居然还能知道这等秘密，寒声说道："天穹之事，你们这些蝼蚁起不到任何作用。"

观主说道："听说首座讲经之时，曾经有无数飞蚂蚁浴光而起，虽然未能飞至天穹，却燃烧成无数光焰，仿佛极乐世界之门。"这句话里的首座，自然是悬空寺讲经首座，酒徒明白了他的意思，眉头微皱说道："如此狂妄，真不知昊天何以认为你虔诚？"

"昊天对世人的看法，不会受到世人行为的影响。"

"我不是昊天，我会受影响，我此时更想杀死你了。"

"为何想要杀我？"

"因为你的狂妄让我感到恐惧，而且我酒徒杀人，需要理由吗？"

观主平静地说道："你不用伪装狂士，因为那对我没有作用，我知道你不是轲浩然，也不是柳白，你只是个贪酒之人。"

酒徒神情微凛，说道："在你眼里，我究竟是什么人？"

"贪酒是放纵之欲，贪肉是口舌之欲，你们二人修的就是欲望，人类的欲望是那样的强大，那样的不可摧毁，所以你们可以熬过漫长的永夜，但也正是因为你们修的是欲望，所以你们是那样的怯懦，贪生的欲望太强了，自然就怕死。"观主看着他微笑着说道，"先前你说很久没有来过西陵……我知道这是句谎话，因为你从来没有踏入西陵神国一步，因为你不敢，你怕被昊天看到。"

酒徒的神情变得严肃起来。

观主继续说道："在我昊天道门的教义里，人类的欲望便是原罪，你与屠夫更是罪孽深重，但既然昊天已经同意洗清你们身上的罪孽，我想你们就不应该还像这无数年来那般怯懦了。"

酒徒寒声说道："但你要做的事情，违背了她的意志。"

观主摇头说道："你错了。"

酒徒说道："错在何处？"

"说回欲望，再加上一些佛家说的因果，我们便能看清楚大部分事情的真相，看清楚每个人要的是什么。熊初墨要的是光彩与高大，要的是在俗世里的虚名，为此他什么都不在乎，而他要的是力量……"他看了眼隆庆，又望向酒徒说道，"你和屠夫要的是永生，而昊天要的是回到神国，也许她自己会忘记这件事情，那么我们身为信徒，便是要提醒她想起这件事情，如果她实在记不起来，那么我们便要想办法把她送回去。"

酒徒说道："所以并不算违背她的意志？"

观主说道："不错。"

酒徒沉默了很长时间，感慨道："我从来没有遇见过像你这样奇怪的人，恕我不能奉陪。"

观主平静地说道："你必须陪。"

酒徒嘲讽道："无数年来，道门都不敢招惹我，难道现在变了？"

"昊天呢？"

"如果她亲口对我说，那是一个道理，你猜测她的想法，那是另一个道理，更何况你的想法，可能违背她的意志。"

"你可以先看看，然后替我带句话。"

酒徒微微皱眉，说道："给谁带话？"

观主缓声说道："西行路漫漫，我现在行动不便，便只有麻烦你了。"

酒徒终于真的确认他的所有想法，神情剧变，说道："你胆子太大了！这没有任何希望！就算她现在变弱了很多，但她依然是昊天！无数劫来，逆天行事者有多少？就连夫子也最终败在她的天算之下，更何况你我！"

"你错了，这不是逆天行事，而是……"观主平静地说道，"替天行道。"

奉天传道，天若不言，那该如何办？奉天行事，天若不肯，那该如何办？道不行，如何办？乘桴浮于海？这些都不是观主的选择。他的选择非常坚定，既然天不行道，那我便替天行道，只要我奉的是天道，行的是天道，那么天都不能说我错了。

3

酒徒像看着白痴一般看着观主，声音微颤着说道："你疯了。"

观主微笑着说道："不，我从来没有这样清醒过。"

酒徒的眉头皱得极紧，说道："如果……我是说如果……她无法回到昊天神国，而你选择替她行道，这个世界会变成怎样？"石屋的门一直没有关。观主静静地看着崖坪外的湛湛青天，说道："这个世界依然不会有任何变化，因为包括你在内的所有人似乎都忘了一件事情。"

酒徒神情凝重地问道："什么事情？"

观主举起右手，指着青天说道："昊天在人间，但昊天也在天上。"

酒徒懂了，于是沉默。

"我知道你最终还是会答应的。"观主看着他平静地说道，"她若长留人间，你又如何能得永生？"酒徒不解地问道："你先前说，世间之事，最终就是需要看清楚每个人要的是什么，我要的是永生，那你呢？你想要的究竟是什么？"

"我要的是永恒。"观主说道。

酒徒细细体会这两个字，从中感受到无限渴望。

观主又道："不变才能永恒，任何变化，最终都会指向终结。"这便是书院和道门最根本的理念冲突，酒徒这等境界，自然非常清楚，微微皱眉，说道："哪怕是一潭死水？"

"你我生活在这里，无数祖辈和无数后代都将在这里生活，有青树招展，有桃花盛开，谁能说这里是一潭死水？"

"这句话大概不能说服夫子。"

"即便是一潭死水……那也是永恒。"

"我要永生，是因为我贪生，永恒真的这么重要吗？"

观主沉默了很长时间，说道："自悟道以来，我一直在思考这个问题，我发现我没有办法接受没有永恒的世界。"石屋里一片安静，只剩下他的声音在不停回荡，仿佛要惊醒桃山里的每一只鸟，要唤醒神殿前后的每一枝花。

"如果一切都将终结，那么曾经在时间里存在过的一切，还有什么意义？每每想到这种可能，我便感到无比绝望，难道你们不会绝望吗？"

观主看着酒徒认真地问道，同时也是在问屋里的师弟和隆庆，也是在向世间所有人发问，那些人里包括夫子和书院里的人们。酒徒觉得有些苦涩，他不知道该如何回答这个问题，因为细细思之，发现其中真的隐藏着大恐怖，那份恐怖甚至让他不敢继续深思，他问道："那你自己呢？如果你不能与天地一道永恒。"

"每个人都是天地的一部分，天地不朽，我们自然不朽。"

"哪怕没有自己的主观意识？"

"知将永恒，必然欣慰。"

酒徒摇头说道："你的想法已经背离了生命的本意。"

观主微笑着说道："这不正是你我修行的目的？"


人生就是一场修行。宁缺忘了这句话的出处在哪里，但因为一直觉得这句话有些装逼过头到了高贵冷艳的程度，所以始终没有忘记。随着桑桑在世间游历，越过大江大河大山，遇见很多陌生人和亲近的故人，他忽然发现，这句话原来很有道理，然后才发现，原来自己把人生是一场旅行和人生是一场修行这两句话记混了。

旅途中的风景在不停变换，心情自然也在变换，离开临康，绕过大泽，顺着东面的燕南，进入唐境后，宁缺的心情变得非常好——终于回家了，青青的田野那样漂亮，风中飘来的粪肥味道都不怎么刺鼻。心情好的时候，人们的表现各有不同，宁缺的习惯是不停重复做同一件简单的事情，似乎只有这样才能尽情抒发心里的愉悦。

比如拿根树枝在泥地上不停写写画画，比如拿柴刀在磨刀石上不停蹂躏，比如不停重复哼唱某个曲子的片段。他骑在大黑马上，把桑桑搂在怀里，虽然因为身材的缘故，想要抱紧有些困难，但这并不影响他的心情。

"hey jude，啦啦啦啦啦……"

这首前世的歌，他只记得第一句，重复除了喜悦之外便有了另外的道理，他越唱越高兴，眉毛都飞了起来，仿佛在跳舞。桑桑本来没有什么反应，但一路听他唱着这句歌，脸色变得越来越难看，沉郁得仿佛被露水打湿了脸颊。

这样的情形持续时间长了，宁缺再如何迟钝，也终于注意到她的不悦，凑到前面看着她的眼睛，不解地问道："怎么了？"

桑桑说道："我不喜欢被人称为黑猪。"

宁缺这才反应过来，忍住发笑的冲动，说道："你现在生得这般白，怎么会是在说你？别这么多心好不好？"

桑桑说道："就是因为你还想着以前的黑，所以我不高兴。"

这样因为曲子发生的误会，终究只是旅途中的小插曲，二人骑着大黑马一路东来，见满野油菜花，看色彩鲜艳的农宅，终于到了长安城前。

雄城入云，壮阔无双。多年前他们自渭城南归，看到这座雄城的时候，曾经生出很多感慨，而现在他们则很平静，因为他们在这里生活过很长时间。宁缺的内心其实还是有些激动，因为他带着昊天回家了。


"我没有说过要进城。"

桑桑的这句话就像是盆冰水，把他淋了个透心凉。

他想了想后说道："我确实没有道理要求你进城。"昊天降临人间，如果说有什么能够威胁到她安全的存在，那么便是长安城里的惊神阵，哪怕是残缺的惊神阵，也让她感觉警惕。来到官道旁的离亭里，看着远处的雄城，他沉默了很长时间，问道："如果这里不是这场旅行的终点，那么哪里是？"

桑桑说道："如果这里是你旅行的终点，那么你可以离开。"

宁缺沉默不语，直到回到长安城前，他才明白这场昊天与人间的战争，远远还没有到结束的时候，旅行还将继续。他可以用自杀来威胁她，要求她必须跟着自己进长安城，但他不想这样做，因为这样做没有意义，那并不代表胜利。

桑桑自己愿意走进长安城的那一天，才是胜利的那一天。

离亭距城有十里。宁缺看着十里外，仿佛能够看到古旧的青砖城墙，然后他看到城门缓缓开启，一名书生牵着个少年走了出来。在温暖春日里依然穿着棉袄的，自然是大师兄。书院守国，大师兄牵着的少年，自然便是如今的大唐天子。

少年皇帝容颜清俊，眼眸极正，此时却有些疑惑："老师，我们为什么要出宫来这里？"

大师兄温和地说道："我带你来见两个人。"

少年皇帝向官道远方望去，没有看到任何身影，他知道从十天前开始，长安城便开始全面戒严，昨夜开始更是城门紧闭，严禁任何人出入，"老师，我们要看的人是谁……和这些天宫里的紧张气氛有关系吗？来的人是敌人？是道门的敌人还是金帐王廷的国师？"

大师兄微笑着说道："那是两个很有趣的人，其中那名女子正在学习如何成为人类，或者学习怎样拒绝成为人类，而那个男子要做的事情更加困难一些，他要让她喜欢上成为人类并且教她如何变成人类。"想着皇宫里的那些传言，少年皇帝隐约听懂了，神情变得有些紧张不安，下意识里握紧了老师的手掌，说道："小师叔回来了？"

大师兄说道："是的，你的小师叔回来了，你的父亲母亲，把这座长安城和这个国家都托付给了他，而他从来不会令任何人失望，他把自己的生命和珍视甚于生命的东西都暂时抛到了脑后，在拼命地努力。"少年皇帝抽出手，对着远方郑重行礼。

大师兄看着离亭，默默想着："小师弟，我把陛下带来给你看一眼，长安如昨，勿念，凡事尽力便好，莫勉强，莫违本心。"他牵着少年皇帝的手走回城内。

城门没有就此关闭，数十名青衣青裤的青皮汉子，用极结实的绳子，把一辆黑色车厢从门里拉了出来，显得非常吃力。过了很长时间，黑色车厢才被拖到离亭前。齐四爷带着数十名鱼龙帮里的兄弟，对着亭下的桑桑跪下磕了个响头，然后看着宁缺笑了笑，转身向长安城走去。曾静大学士夫妇原来也在人群中。曾静夫人走到离亭里，看着桑桑的背影，情绪非常复杂，怎么也无法把这个负手而立的高大女子和女儿联系起来。

宁缺对桑桑说道："俗世尘缘，你总有些是要还的。"

桑桑转身，望着曾静夫人面无表情地说道："我赐你永生。"

宁缺觉得很是无奈，心想你当永生是啥？大白菜咩？

曾静夫人却根本没有听清楚她说了什么，听着熟悉的声音，心都颤了起来，下意识向前两步，觉得她的气息是那样的熟悉。她毫不犹豫抓住桑桑的衣袖，然后把她紧紧搂在了怀里，颤着声音哭道："我的儿啊，你这是怎么了？"

桑桑蹙眉，有些不悦。宁缺看着她想道，如果你来到人间是一场修行，那么此时春风离亭里的拥抱和哭泣，便是你无法避开的历练。桑桑知道他在想什么——不是说猜到或者算到，而是真的知道他在想什么——她听到他的声音，于是她安静下来。她静静让曾静夫人抱着，任由对方滚烫的泪水打湿自己的繁花青衣，脸上始终没有什么表情，不知可有体会到什么。

既然是离亭，自然有离别，曾静轻声安慰着怀里的妻子，夫人不时回头，泪眼婆娑地看着离亭里的桑桑，难舍难分。桑桑的脸上依然没有表情，低头望向曾静夫人在她衣襟上留下的泪水，泪水迅速消失，再也找不到任何痕迹。

宁缺看着远处的雄城，默默想着：世间安得双全法，不负长安不负卿？


城南数十里外一个村庄的打谷场上，酒徒缓缓放下手里的酒壶，看着某处，脸上流露出非常复杂的情绪，有些感伤，有些不解。城南无数里外的桃山崖坪上，观主坐着轮椅，看着石窗外的青天，发出一声感慨的叹息，说道："看来昊天真的需要我们的帮助。"

隆庆问道："我们需要做些什么？"

观主说道："其实应该做些什么，昊天她自己非常清楚，我们要做的事情，便是为她的将来做好准备，迎接她的到来。"

长安城城门紧闭，四野空旷无人，看上去异常冷清，却没有人知道，此时此刻正有无数双眼光看着城南的那间离亭。桑桑知道有很多人正在看着自己，等待自己做出的决定，但她并不在意，她是昊天，无论做什么事情，都不需要向人类进行解释。

大黑马自觉地拉上了沉重的黑色车厢。走进车厢，宁缺发现书院已经把自己需要的东西全部准备好了，从暗格里取出一样事物，嵌进车壁符线的交汇处，随着一道极淡的清光浮现，车厢壁上的符阵瞬间启动。桑桑走进车厢的时候，他正在整理行李——黑色的箭匣，黑色的铁刀，黑色的伞，还有黑色的车厢，真的很像一个夜的世界。

黑色马车驶过笔直宽敞的官道，驶过颜瑟与卫光明的墓地，驶过那些在春天里像麦苗一般青绿的旱芦苇，来到青青草甸之间。青色的草甸后面有座高耸入云的大山，山前有别致清雅的建筑，建筑之前有新近修好的石牌坊，朗朗的读书声从牌坊里传出。

"想回书院看看吗？"宁缺看着熟悉的屋舍景物，对身边的桑桑问道。

桑桑没有说话，只是摇了摇头。

忽然间，书院课舍里的读书声不知为何停止，然后响起两道极清扬悠远的乐声，箫琴和谐而奏，似要欢迎某位贵客。宁缺走下车厢，看见抱琴横箫的西门、北宫两位师兄，看见了七师姐和剩下的几位师兄，看到了黄鹤教授，也看到了今天依然穿着蓝布大褂的数科女教授，不知为何，他觉得自己的眼睛有些湿润。

桑桑坐在车厢里，静静听着琴箫之声，不知道听了多长时间，终于掀起车前的青帘，来到草甸花树之间。

书院里很多学生都跑了出来，用好奇和困惑的眼光打量着草甸上的这辆黑色马车，心想来客是谁？竟然惊动了整座书院。前院的这些普通学生是今年新招的，宁缺一个都不认识，也没有人认识他，他对四师兄说道："希望他们能够活得更长久些。"

在前年那场天下伐唐的战争里，书院历届学生中无论是在军队里的，还是在艰苦边郡为官的，死伤都极为惨重，他带着桑桑在人间行走，承受无尽痛苦与折磨也不肯放弃，自然不想这样的事情再次发生。

四师兄看着他说道："那便要看小师弟你了。"

宁缺说道："请师兄放心，我会努力。"

四师兄欣慰地点点头，然后转身望向花树里的桑桑，长揖及地，书院后山诸弟子还有书院的教习们，随之长揖行礼。虽然与道门敌对，但绝大多数唐人还是昊天的信徒，所以无论桑桑来到何处，只要知晓她身份的人，必然会大礼参拜。书院毕竟是书院，对昊天行礼是理所应当之事，却不会下跪，因为他们曾经和她一起生活过，更因为昊天是仇人。

行礼之时，自然无法操琴吹箫，乐声早已停止。西门未央抱着古琴，直起身来时，眼圈早已变得微红，他盯着花树间的桑桑，泪水终于流了出来，说道："你怎么还不死呢？"桑桑依然面无表情，说道："我永远不会死。"

七师姐此时已经在草甸上铺好了花布，正把大家早已备好的饭食放到布上，听着这话，赶紧说道："先吃饭，他们还要接着上路哩。"就像在南晋临康城陌巷里一样，有过书院生活经历的人们，永远会认为吃饭是一件大过天的事情，哪怕那个天是昊天。有趣的是，桑桑似乎也还保留着当初在书院后山生活的习惯，沉默地接受了木柚的说法，走到花布旁坐下。

西门未央擦掉脸上的泪水，坐到她身旁，拿起筷子，便把她曾经最喜欢吃的醋泡青菜头全部拨到了自己的饭碗里，然后不停往自己的嘴里送，塞至两颊都鼓了起来，才想起应该要嚼两下。他拼命地咀嚼，醋泡青菜头在牙间发出脆脆的声音，不知道是因为太酸还是别的什么缘故，他的眉皱得非常厉害，显得有些痛苦。桑桑有些不悦，西门未央便高兴起来，他哪里管你是昊天，你只要想一想，自己便会灰飞烟灭，反正你今天别想吃高兴了。

送行饭不是断头饭，没必要吃得凄凄惨惨，但这种场面，也着实没有可能吃得欢欢喜喜，如果不是担忧宁缺此一去便再难见到，书院后山里的人们，又怎么可能请桑桑吃饭，请她吃几刀倒是很有可能。青草花树间的野餐很快便结束了，桑桑回到马车里，围观的学生渐渐散去，宁缺与师兄师姐们说完话，正准备离开时，却被七师姐木柚拉到一旁，低声说了几句话，听着师姐的交代，他的眉头忍不住皱了起来。

"往哪个方向去？"走进车厢，他看着疲惫的桑桑问道。

"西。"

宁缺沉默片刻后说道："为什么所有人都要往西去？"

"君陌已经去了吗？"

宁缺说道："二师兄是要去修佛法，你去悬空寺做什么？"

桑桑没有解释。

铁轮轻碾着草甸间的石道，悄然无声。黑色马车向西而去，仿佛要回到当年去追溯一番。而就在宁缺和桑桑刚刚起程的时候，有人已经到了西边。


荒原极西处，有一道无边无际的悬崖。悬崖向地底而去，陡峭无比，横越不知多少里连在一处。其间是无比幽深的天坑，天坑底部是无比宽漠的原野，正中间是一座无比雄峻的山峰，这座山峰如果是在地面之上，或者要比天弃峰更高，而因为它是坐落在天坑之中，所以在地面上望去，只能看到青翠的峰顶。巨峰上古树无数，绿意森然，树木间隐藏着不知多少座黄色的寺庙与佛殿，这些寺庙与佛殿加在一起，便是佛宗不可知之地：悬空寺。

酒徒站在悬崖边，看着远处那座巨峰，看着与自己视线平行的峰顶，沉默了很长时间，脸上的神情渐渐变得冷峻起来。如果以修行的时间来论，佛祖要比他和屠夫更晚，然而如果以在人间开创的基业和最终抵达的境界来论，却是远胜于他。正如观主所言，酒徒和屠夫修的是欲望，他们已经修到了人类的极致，而佛祖修的是自身，最终涅槃时已经超越了人类的范畴。佛祖在世传道时，酒徒从来没有来过悬空寺。佛祖涅槃后，他曾经来看过两次，但从来没有进去过，就像他从来没有进过西陵神殿。

他一直隐隐不安。此时看着峰间的黄色寺庙与佛殿，他心里的那分不安变得越来越沉重，他隐隐觉得观主的想法，揭露了一个令人很难想象的事实。巨峰间一座寺庙里忽然响起清澈悠远的钟声，钟声穿林掠檐而出，用了很长时间才传到天坑旁的荒原上，传进他的耳中。

从长安城去西荒有两条路，一条路是直接向西，越过葱岭，进入月轮，再斜上直入西荒，还有条路则是先北入荒原，再直行向西。桑桑说去西边，没有说怎么去，宁缺便自行选择先行北上，因为这条路线的沿途有很多熟悉的风景事物，在他想来对她应该有所触动才是。

一路向北，黑色马车经河北郡，直入岷山，路过当年他拣到她的那条道路，经过老猎户当年生活的山林，她的神情却始终没有任何变化。宁缺没有失望，他相信总有一天，桑桑会被回忆感动，让她的人性战胜神性，变成真正的人类，到那个时候，他就可以和她一起唱歌。当然不是唱黑猪，而是念那首来杀人的歌诗。

宁缺一直保持着这种乐观的想法或者说希望，直到马车经过北山道口，来到那座熟悉的土城外时，他才发现原来一切都已经变了。

中原正是春深时，北方边塞不觉冷，反而提前开始酷热，最近这些年的天气，就像昊天的心情那样，总是令人捉摸不透。随着酷热一起到来的，还有干燥，荒原边陲向来少雨，如今更是尘土飞扬，原野上的草虽然倔强地保持着绿意，但灰头灰脸的很是难看。

渭城更是如此，土墙被西北风刻出了无数道痕迹，浮土飘扬得到处都是，如果是往年，浑身泥土的老兵这时候应该正在简陋的营房里骂娘，那个姓马的将军则是对着手里碗中浑浊的泥酒唉声叹气。如今依然尘土飞扬，那些画面却已经无法再重现眼前，墙角残留着两年前那场战争的痕迹，风能把土墙割出伤口，却无法抹去那些陈旧的发黑的血渍，井水微涩的斜井早已经被蛮人用沙填死，那些简陋的营房也早已垮塌，破落废弃的小城已经根本无法居住，里面一个人影都没有。

渭城里没有人，但城外有人。数十个帐篷在风沙间屹立不倒，不时传出祈祷祭天的念咒声，依然习惯野居的蛮人们看来过得很是幸福。宁缺看着如死城般的故土，沉默不语，谁也不知道他在想些什么。桑桑的精神却比前些日子要好很多，她坐在车窗畔，看着那些帐篷，感受着那些发自内心的纯净的精神力，神情平静。经过道门无数年来的不懈努力，荒原上最强大的势力——金帐王廷终于改变了原始信仰，拜倒在昊天的神辉之下。他们祭拜的是长生天，也就是昊天，也就是桑桑。

渭城外的风渐渐停了，不知何处飘来了一抹云，恰恰挡住了烈日，荒原深处吹来的风也变得清凉了很多，蛮人们走出帐篷，感受着难得的舒爽，脸上带着欢快的笑意，有些虔诚的老者亲吻地面，感谢昊天赐福。

宁缺回头望向桑桑，说道："你的云？"

桑桑没有回答他，掀起青帘，走下马车，在帐篷里缓步行走，感受着蛮人对自己的敬爱，双眉渐展，青衣上的繁花渐盛。离开西陵神殿后，她去过大河和烂柯寺，还有南晋和唐国，在那些地方她从来没有这样的感受，直到此时她才觉得是行走在自己的世界里。


日头渐渐西沉，气温愈发怡人，走出帐篷的蛮人越来越多，妇人们开始准备晚餐，男人们开始堆柴准备晚上的篝火，很是热闹。没有人能够看到桑桑和他。

帐篷四周的蛮人忽然发出一阵欢呼，宁缺转身望去，只见一片黑压压的马群从渭城南方而来，驱赶马群的是数十名金帐骑兵。他脸上的情绪变得有些复杂。那些马群不是野马，而是唐国在向晚原蓄养的神骏战马，在他亲自主持签订的和约里，向晚原连同七城寨，一起割让给了金帐王廷。大唐的战马变少，再难做出补给，在西陵神殿的计划里，只要再过三年，唐军便没有可用的战马，就算战争再次开启，唐国也必败无疑。换句话说，从唐国割让向晚原的那天开始，唐国便再也没有办法翻身。

来到渭城外的马群有一千匹，是王庭收割的最后一批战利品，蛮人们自然兴高采烈，帐篷间的篝火堆顿时加大了一圈，宰杀的羊也翻了倍，更有贵人命令奴隶搬出来了无数坛美酒，于是引来了一阵更猛烈的欢呼声。夜色渐至，篝火被点燃，所有蛮人都从帐篷里走了出来，围着火堆开始吃肉饮酒，待酒至酣时，他们开始摔跤嬉戏，年轻的男女开始热情地对舞。

宁缺站在外面，看着这幕画面，神情很平静，实际上他用了很大的力气，才控制住自己没有望向已成废墟的渭城。蛮人部落越热闹，那座土城便越冷清，蛮人们越高兴，那座土城便越悲伤，那堆篝火越旺盛，那座土城便越愤怒。

大黑马感受到他此时的心情，缓缓低下头去，此时桑桑结束了对自己世界的巡游，走回马车旁，看着他问道："你很愤怒？"

宁缺平静地说道："是的，我很愤怒。"

桑桑问道："原因？"

宁缺没有看她，说道："这是人类的情绪，和你没有关系。"

"我虽然不是人类，但能分析这种情绪。"

"你不会懂的。"

"那你可以告诉我。"

"我愤怒，自然是因为这些蛮人，但我更愤怒于你的不愤怒，这让我很伤心失望，甚至有些开始怀疑自己的想法。"

"我为什么要愤怒？"

宁缺转身看着她，看了很长时间，声音微冷地说道："你在这里生活过。"

桑桑神情不变，说道："我在很多地方生活过。"

宁缺盯着她的眼睛说道："渭城里的人们，曾经那样地爱你。"

桑桑望向夜色中废弃的土城，沉默了一会儿时间，然后她指向正在篝火堆旁狂欢的蛮人们说道："这些人也很爱我。"

宁缺压抑着心头的怒火，说道："这能一样吗？"

桑桑平静地说道："都是我的子民，我待他们完全一样。"

宁缺再也无法控制自己的情绪，愤怒地喝道："如果你没有变成白痴，那就应该很清楚，渭城里的这些人……是因为你死的！"

桑桑的神情依然没有什么变化，声音里的情绪还是那样冷静，或者说没有任何情绪，以至于让人觉得无比冷酷："除了这一次呢？无数年来，人类早已习惯了以我的名义自相残杀，难道每一次都需要我负责？"

宁缺看着她的眼睛说道："你也知道……是除了这一次。"说完这句话后他没有再继续，沉默着走上马车，挥起马鞭在空中狠狠地抽了一记，鞭声响亮，抽散了微凉的夜风和篝火投射过来的光线。马车刚刚驶过帐篷群，便再次停了下来。

今夜月弯如钩，并不明亮，夜穹里繁星点点，星光洒落在荒原上，微微照亮了黑色的原野和一个极大的石堆。石堆里支着数十根木架，架子上是已经腐烂然后被风吹干的尸体，从已然残破如缕的衣饰上，可以认出这些死者都是唐军。宁缺不知道这是那场大战后金帐王廷的炫耀，还是去年唐军向荒原派出的谍探游骑被抓捕后遭受了极其残酷的折磨。

铮的一声，铁刀出鞘，隔着数十丈的距离，他向那座石堆砍了一刀，铁刀破风无声，却隐隐能够听到一声朱雀的戾啸。石堆轰的一声从中断成两截。一道熊熊火焰，从刀锋射出，落在石堆上，瞬息间，把那些木架以及架子上的唐军尸体全部烧成了最洁净的灰烬。

宁缺收刀归鞘。马车继续前行，他没有坐进车厢，而是坐在车辕上，听着车轮与野草的摩擦声，看着夜色沉默不语。不知道过了多长时间，桑桑的声音在车厢里响起："我以为你会把渭城外的那些人类全部杀死，或者用火慢慢烤死。"

宁缺没有回头，毫无情绪地问道："你会阻止吗？"

桑桑说道："我不知道。"

宁缺嘲讽道："昊天也有不知道的事情？"

桑桑说道："因为有些事情，我忽然不想去算。"

宁缺想着那些英姿飒爽的草原男儿、那些被篝火把脸蛋儿烤红的美丽姑娘，渐渐变得平静，脸上甚至露出一丝微笑，"在长安城皇宫里我说过，在清河郡的时候说过，我在很多地方说过很多次，这些人都会死的，一个都不会剩下，所以我不急。"

篝火旁的狂欢，对舞的年轻男女，虔诚的老人，懵懂但已经会骑马的少年，这样的美好如果被毁灭，那将是怎样的另一种美好？

桑桑的声音微冷："你觉得我会允许？"

宁缺说道："所以我会先战胜你，然后再杀光他们。"

这场旅行就是倒溯，由烂柯寺至长安是其中一段，由渭城至西方是另一段，同样的两个人，同样的黑马黑车，只不过那年来时，天穹上云集相随，黑鸦声声，今日却是那样的沉默安静。离开渭城后，宁缺和桑桑说话越来越少，看着青草原野发呆的时间则是越来越长。经过梳碧湖时，按照原先的想法，肯定会在这里歇一夜，让桑桑再重温一些过往，然而他忽然改变了主意，连夜继续进发。

桑桑明白他的情绪问题，但她并不在乎，至少宁缺看不出来她在不在乎，而且她要考虑的事情确实更重要一些。昊天能算世间一切，她算出此行会有一个非常圆满的结果，但于天地青原间散发思绪的时候，却再次确认她有件事情算不出来。所以她要亲眼去看，在看遍属于自己的人世间之后，她要去看看超出人世间之外的人或者事，然后便是离开。


## 4


宁缺沉默是因为失望和愤怒这些负面情绪，桑桑本来就很少说话，如今变得更加沉默，那是因为离开了蛮人聚居地，满目荒芜辽阔的风景却没有人烟，离人烟越远便离人间越远，只不过两个远字不同罢了。

沿曾经走过的路线横穿荒原，当夏天来临的时候，黑色马车也来到了那片叫作"泥塘"的大沼泽边缘，湿腐的味道与雾气出现在宁缺眼前，自然知晓沼泽雾瘴里隐藏着很多凶险，他毫不在意，因为昊天就在车厢里，也因为他知道这片沼泽的主人是谁。

黑色马车进入雾中，车厢里散发出温暖的光线，那些光线来自桑桑的身体，并不如何炽烈刺眼，却显得格外强硬，无论雾再如何湿重，也无法阻止光线无止境地向远处蔓延，只需瞬间，马车四周的雾气便被光明清扫一空，露出上方湛蓝的天空，也让沼泽露出了它的真实容颜。到处都是稀泥，看似极浅的水面上覆着绿至发腻的草藓，下面不知隐藏着多少可怕的暗潭，普通人根本没有可能活着走出去。

对宁缺和桑桑来说，这并不困难，黑色马车轻若鸿毛，车轮辗过水面，没有留下任何痕迹，甚至就连那些草苔都没粘上些许。潭水里阴险的毒蛟、水杨林里潜伏着的异兽，在远处窥视着他们的马车，它们因为智力缘故，感受不到昊天的神威，但本能里也觉得恐惧，根本不敢近前招惹，但大黑马依然有些警惕，它可不想被咬。

宁缺的铁刀忽然变烫，鞘口处溢出一道鲜红火焰，在车前空中化作一只殷红的朱雀，对着远处雾中某个方向厉啸不止。朱雀是惊神阵的杀符，能够惊醒它的，自然不是那些毒蛟异兽，而是更加强大的敌人。进入沼泽后，一路平安无事，宁缺颇有些狐假虎威的感觉，此时见朱雀反应如此激烈，不由神情微凛，有些警惕不安。

桑桑不紧张，只觉得朱雀叫得有些难听刺耳，她伸手穿过青色的车帘，于微闷的风中握住它的颈，于是啸声戛然而止。朱雀是知命巅峰境的神符，尤其是在长安一战里突破恐惧，向观主发起攻击之后，更是骄傲自信，绝对不会愿意承受这等减压，然而被她握在手里，它根本不敢挣扎，两只眼睛骨碌碌转着，显得很是可怜。

远处那片大雾里隐隐传来蹄声，只过了很短的一段时间，那些蹄声便迅速变得清楚起来，暴烈如雨，整片沼泽都开始震动不安。宁缺一直警惕地看着那个方向，在听到暴烈如雨的蹄声后，却忽然间放松下来，因为他已经知道来者是谁。

没有雾遮掩，沼泽里的一切都能看得非常清楚，当远处那片大雾被黑影冲散后，伴着密集的蹄声冲过来的，是一望无尽的野马群。马群最前方有八匹世间难觅的骏马，八匹骏马拉着一道极为破烂的旧辇，旧辇里坐了个浑体黝黑、唇染白雪的懒驴。

嘎嘎来了。

以它懒散的性情，它的王辇应该在野马群的最后方，它应该四蹄朝天地傻躺着，而以它秉承书院风格的贪吃习性，这时候它应该正在不停嚼着身旁那筐橙黄色的果子，而根本懒得理会天地间发生了什么事情。今天的嘎嘎非常不同，它看都没有看一眼破辇上的那筐果子，前蹄已经蹬烂了辇前的枯木，双眼通红，杀气十足地带着野马群就这样冲了过来！

桑桑掀起车帘，面无表情地站到车前，看着气势恐怖的野马群，身上的繁花青衣随风摆动，伸手捉下一片狂风。然后她挥了挥手，沼泽里狂风肆虐，潭里的死水如暴雨般离开地面四处飞溅，无数苔藓漫天飞舞。野马群骤遇天地之威，乱成一团，冲在最前面的八匹骏马更是被狂风直接吹倒在泥沼之中，浑身是泥。破辇落在地上，摔成无数碎片，那筐橙黄色的果子，被震成无数汁液和絮状物的混合体，黑驴更是被震到了天空上！嘎嘎！嘎嘎！愤怒而狂躁的叫声，从天空传到大地，黑影迅速变小，暴怒的黑驴自天而降，破空踩向桑桑的头顶！

桑桑抬头望向空中，然后再次伸出自己的右手。她觉得朱雀的啸声太难听，所以伸手捉住它的颈，让啸声戛然而止，她也觉得这头驴嘎嘎的叫声很难听，所以准备像先前那样办理。黑驴在沼泽荒原上养尊处优多年，脖子很是结实粗壮，按道理来说，不可能被一只手随便抓住，而且它自高空而下，狂暴来袭，恐怖的前蹄蓄势待发亦在颈前，她怎么能先捉住它的脖子？对桑桑来说，没有那么多为什么，也不需要解释，她想做的事情就一定能做到，她能在天空里摘下一朵白云，抓住一把狂风，那她一定能抓住一头黑驴。她抓住了黑驴的脖子，把它举在身前的空中，嘎嘎只能瞪着她，不停地踢着四蹄，模样显得有些滑稽。

"打不过她，算了吧。"宁缺看着黑驴劝解道，他知道嘎嘎为什么会如此暴怒，身为小师叔的黑驴，对昊天又怎么可能有任何好印象？黑驴跟着轲浩然行走世间，养成了一身孤耿暴躁骄傲的脾气，哪里是跟宁缺学会了无耻劲的大黑马能够比拟的，自然不肯听他的劝解，依然拼命地蹬着蹄子。


再如何骄傲，在绝对的实力差距面前，最终也只能放弃，嘎嘎身为沼泽的君王，在昊天面前依然无可奈何，而且它虽然继承了小师叔的傲骨，但也没有忘记书院最根本的风格。打不赢的时候，那就暂时不打，等能打赢的时候再说。

宁缺在旁边把破了的旧辇勉强修补好，然后走到它身前，从怀里掏出药膏，涂抹在它已经有些斑秃的毛皮上。做完这些事情后，他低声说了几句话，嘎嘎爱理不理地点了点头，于是他的脸上流露出欣喜的笑容。回到车旁，与桑桑的眼光相触，从她清澈而明亮的眼睛里，他便知道她已经看穿了自己的计划——不过他并不在意，因为她必然会知道，而那些安排本就是后续的事情，所有一切都必须建立在自己战胜她的前提上。

嘎嘎坐着破辇，带着无数野马向沼泽另一头的大雾里走去，它没有办法替自己的主人报仇，但它已经尽了力，应无遗憾。看着野马群留下的烟尘，宁缺沉默了很长时间，然后问道："小师叔……究竟是一个什么样的人呢？"小师叔轲浩然是书院后山的传奇，也是人间的传奇，宁缺继承了他的衣钵，却并不是很了解他，听了很多故事，依然如此。

他为什么会决然地拔剑向天？他是怎么离开人间的？在那一刻他是怎么想的？当时这片荒原上究竟发生了什么事？本来这是没有人知道的秘密，就连夫子都不知道，只有死去的小师叔和昊天知道，而现在昊天就在身旁，所以宁缺想要知道。

桑桑沉默片刻后说道："他是一个疯子。"

轲浩然被世人称为轲疯子，就连昊天都认为他是个疯子，如果仔细琢磨，大概便能明白，这是一个人类最大的荣耀与骄傲。

离开沼泽，便进入西荒，宁缺和桑桑一路向西，只是行路，并未赶路，所以当黑色马车来到西荒深处时，秋意已至。荒原的秋天并不像中原那般清旷，拥有某种萧瑟的美感，只是一味寒冷肃杀，晨风刚刚停下不久，便落下一场雪来。

荒芜的原野上有些起伏的丘陵，某座丘陵旁有株早已死去的枯树，被雪霜包裹的树枝仿佛是妙手工匠雕成的玉雕，在风雪里轻轻颤抖，仿佛是在缓缓点头，对前来探望自己的故人表示感谢。宁缺和桑桑走下马车，来到枯树前，树枝的颤抖骤然变疾，上面的雪霜簌簌落下，紧接着，树前土地裂开，露出一个洞。他低头把洞里的东西拾起，走回车厢，桑桑也走了回去，枯树前的土地骤然合拢，雪霜重新裹住树枝，一切回到先前的模样。

黑色马车继续向西行走，车厢里，宁缺很仔细地把那些黑布拉直铺平，然后看着那张棋盘问道："为什么要来这里？"

桑桑说道："我要确认一件事情。"

那棋盘不知是用什么材料做的，看着似铁，透着股冰冷坚硬的味道，但当宁缺用手指去敲时，却不会发出任何声音。佛祖留给人间的棋盘，自然不凡。宁缺看着棋盘，沉默片刻后问道："什么事情？和佛祖有关？"

桑桑说道："不错，我想知道他到底是死是活。"

宁缺震惊无语，他有想过桑桑是想通过悬空寺里的佛宗秘传寻找回到神国的方法，甚至猜测她可能是要去灭掉悬空寺，却怎么也想不到，她要做的事情居然是确认佛祖的死活！这意味着佛祖难道还活着？

"我不明白，佛祖不是早就涅槃了吗？"

"在烂柯寺的时候，我就对你说过，他已经死去，但还活着。"

宁缺想起来了，那日在瓦山峰顶，她看着春雨里已经不存在的佛祖石像，忽有所感，说佛祖便是那只姓薛的猫。当时他觉得很莫名，所以没有深思，却没有想到她竟是真的认为佛祖还有可能活着，还为了这个原因来到了西荒之上。

宁缺非常不解，佛祖明明已经涅槃，怎么可能还活着？

"什么是涅槃？"桑桑问道。

宁缺微怔，说道："涅槃是佛宗的最高境界……"

桑桑面无表情地说道："如果涅槃就是死，为什么不干脆叫死？"

这个问题很简单，甚至带着一种不讲理的味道，但宁缺没有办法回答，因为他很清楚，她的这个问题，实际上已经说明了问题。桑桑望向窗外飘着雪的荒原，说道："如你老师那般，佛陀亦曾思考如何能够胜我，他想用智慧来洞悉我，却不能成事，于是他想勘破因果，再跳出因果，熬过时间，便能熬过我，然而谁能真的跳出因果，超越时间？"

"所以？"

"佛陀把自己藏了起来，让我找不到他，然后机缘到时，自会苏醒。"

所谓机缘，难以定述，或者是她回归神国之时，或者是她难离人间，日渐虚弱之时，似佛祖这样的大能，必然自有妙算。宁缺明白了一些，却有更多的不解，昊天无所不能，无所不知，又怎么可能不知道佛祖的生死？就连夫子当年，也不可能完全避开昊天的眼光，只不过他与人间合为一体，昊天没有办法确认他的本体罢了。

"我确实无所不知。"桑桑说道，"所以我不解，所以我要来看看，如果佛陀还活着，我便把他杀死，这样我便知晓他的生死。"不知佛祖生死，那么便找到你，如果你已死便罢了，如果你还活着，那么我便杀死你，于是你的生死便能确定，这是何等霸气的宣言。

只有她有资格说这样的话。

宁缺忽然觉得在这样的妻子面前，自己确实只能做一个居家男人，所以他很自觉地拿起那些黑布，开始缝补大黑伞。


如那年秋，宁缺和桑桑又从烂柯寺来到西荒。只不过当时他们是通过佛祖的棋盘来的，现在佛祖的棋盘在他们的手里。

荒凉的原野上，有一棵孤零零的树。树干灰白，叶若蒲团，于微雪间青青团团，正是菩提树。菩提树下有几处微陷的痕迹，里面光滑如镜，十分洁净，没有落叶，没有积灰，也没有雪花，里面什么都没有。佛祖于菩提树下侧卧闭目涅槃，这些便是他留在人间最后的痕迹。

黑色马车停在菩提树前，宁缺和桑桑走了下来。

菩提树下有名老僧。

这位老僧头戴笠帽，手持锡杖，身体仿佛与荒凉无垠的大地紧紧相连，其重如山，其实如原，便是罡风也不能撼动微毫。老僧不是佛祖，而是当今人间之佛：悬空寺讲经首座。朝阳城一别，已是匆匆数个秋。首座是宁缺此生所见的最强者之一，夫子之下便是观主与他，此时看着他坐在菩提树下，难免有些紧张。

讲经首座没有看宁缺，而是看着他身边的桑桑，眼里的情绪非常复杂，有怜惜有悲悯有同情，最多的则是坚定。桑桑要去菩提树下，看佛祖涅槃留下的痕迹。首座坐在菩提树下，他若不让，怎么看得到？全盛时期的大师兄和二师兄联手，都不见得是讲经首座的对手，宁缺根本没有想过凭自己，便能越过这道山脉。是的，讲经首座便是大地间一道无形却极为雄峻的山脉，他的双脚仿佛生在原野之间，手中的锡杖便是山脉里的巨树。

"请前辈让路。"宁缺说道。

首座静静地看着他，说道："为何要让路？"

宁缺说道："我们想看一眼菩提树。"

首座轻叹一声，说道："菩提本非树。"

宁缺说道："我们不是出家人，不打机锋。"

首座说道："即便菩提是树，也是我悬空寺的树。"

桑桑忽然说道："这树上刻了悬空寺的名字？"这句话好不讲理，好像顽皮的小孩子抢夺玩具时讲的道理，讲经首座哪里想到昊天居然会说出这样的话，不由怔住。

悬空寺讲经首座，乃是修行界最巅峰的人物，但在桑桑的眼里，不过是个凡人，就算他与原野连为一体，也就是块有些笨重的石头。

桑桑向菩提树下走去。

宁缺的神情变得紧张起来。柳白纵剑入桃山后，这便是昊天与人类最强者的对话。

首座缓缓闭上眼睛，不看向树下走来的她。他坐在树下，便是一道山脉，其根深植于地壳之间，其峰高耸入云，已至青天，即便昊天来到人间，又如何逾越？

桑桑向首座身上走去。她的脚落到首座的膝头上。首座的身躯并不如何高大，甚至有些瘦削，她却如此高大，如此丰满。她向首座的身上走去，就像是一只白象要登上园林里秀气的假山。但她的脚落在首座身上后，假山便变成真的山脉，这道山脉无比雄峻。她毫不在意，继续向上，左脚落在首座的肩膀上。山脉再如何高，她只需要走三步，便能登顶。青色绣花鞋，与笠帽相触，大地震动不安，天上乱云横飞。

她站在首座的头顶，负手静静地看着身前的菩提树，看着远方的悬空寺，仿佛站在峰巅看风景。对桑桑来说，人间没有她不能逾越的山脉。

哪怕这道山脉如此雄峻，其峰快要接天，但与天之间依然有丝距离。

哪怕这道山脉与原野相接，其下便是无尽厚土，但她依然可以压制。

她用天穹的力量，来压制大地。

大地的震动仍然在持续，而且变得越来越剧烈。青青的菩提树没有倒下，蒲团般的叶子却落了满地。首座的身体也开始剧烈地震动起来，身上的袈裟碎成无数蝴蝶，向四野逃散，苍白的身躯泛着淡淡的白色光泽，如同雕像一般。

宁缺看着树下的画面，震撼无语，想起当年在朝阳城里，无论是元十三箭还是铁刀，都无法在首座的身躯上留下一点痕迹。首座已经修至肉身成佛，无论身心皆金刚不坏，此时看来，即便是天穹压顶，居然也能继续支撑！

桑桑背着手站在首座头顶，神情漠然不动。她不在乎被自己踩在脚下的老僧能支撑多长时间，她只是要看那棵树。大地继续剧烈地震动，荒芜的原野上，出现了无数深不可见的黑色裂缝，远处甚至有红色的岩浆溢出！桑桑的繁花青衣在风中轻飘，薄雪轻扬中，缓缓向下。她踩在脚下的讲经首座，缓缓向大地里陷落，挤出无数黑色的泥土，发出令人牙酸的磨擦声和岩石断裂声！没过多长时间，讲经首座便完全陷进了地面，只剩下头露在地上，两缕白眉在烟尘里飘着，看着异常惨淡。

不离大地，便金刚不坏，这是讲经首座修行的无上佛法，即便是观主重新恢复境界，想必拿他都没有什么办法。桑桑的方法很简单，她直接让他与大地真正融为一体。

讲经首座的头在地面上，闭着眼睛。

桑桑从他的头顶走了下来，只是一级很矮的石阶。

她没有回头看这名佛宗至强者，背着手走到菩提树前。她先前对首座说过，菩提树上没有刻悬空寺的名字，所以这树不是悬空寺的，事实上，这棵菩提树上刻着她的名字，所以是她的。那年秋天，她和宁缺从烂柯寺逃难来到此间，其时被这个世界追杀，正暗自神伤，宁缺带着她来看佛祖的遗存，然后在菩提树上刻了一行字：

"天启十六年秋，书院宁缺携妻冥王之女桑桑，到此一游。"

看完菩提树下佛祖涅槃时留下的痕迹，她背着双手，离开菩提树，向远方那座与地面平齐的高峰走去，峰间便是悬空寺。宁缺看着菩提树上那行字迹笑了笑，看着地面上讲经首座的脑袋叹了口气，驾着马车向原野间她的高大身影追去。

来到悬崖前，看着眼前的天坑巨峰和峰间的寺庙，宁缺沉默不语。这是他第二次看到悬空寺的真容，依然觉得很震撼。

崖壁十分陡峭，从荒原地表忽然下陷，看着颇为惊心动魄，宁缺把大黑马和车厢留在了地面，跟着桑桑向下走去。他和桑桑以前来过这里，远远看了眼便转身离开，根本不敢下去，现在的情形和当年自然有所不同。脚落处尽是碎石，桑桑神情平静，背着双手缓步而行，仿佛迎风飘落的一朵雪莲花，身后的宁缺不免显得有些狼狈。

正是午时，初秋的阳光足够明亮，把光滑的崖壁和碎石堆成的羊肠小道照得非常清楚，只是崖深数千丈，越往下去，光线越昏暗，温度也渐渐降低，很是幽冷，崖石间竟然出现了积雪，令人觉得很神奇。在寒冷的冰雪世界里继续前行，二人不知道走了多长，终于走出荒原投射在天坑里的影子，来到了明媚的阳光中，阳光下有片无垠的原野。

天坑底部的原野非常宽阔，即便以宁缺敏锐的眼力，也没有办法看清楚远处的画面，原野里散布着各式各样的毛毡房，靠近崖壁的地面，生长着耐寒的草甸，拖着长长绒毛的牛羊在草甸间低头进食。和走下悬崖的过程相反，二人向着天坑原野中间走去，温度变得越来越高，仿佛要从寒冬回到暖春，原野里天然生长的青草，渐渐被人工培育的物种所取代，田间的穗子在微风里不停地摇摆问好。

宁缺走到田里摘下一枝穗，用手指搓开外壳，发现里面的谷粒比中原人常见的米要小很多，散发出来的谷香也有些陌生。他拔出一根，发现这种植物的根系相当发达，猜想，这大概是某种特殊的稻子，可以凭借对地暖的汲取来抵抗严寒，看稻叶的形状，大概对光明的需求也相对较少。

这片远离人世的地底原野，光照自然不如地表那般充分，好在昊天总是公平的，原野土壤本身的温度有些高，流经其间的那些大大小小的河流，也和宁缺想象中的寒河不同，泛着淡淡的雾气，竟如温泉一般。这片地底原野，对宁缺来说，是一个完全崭新的世界，当然，因为贫苦出身和书院熏陶，他最关心的事情果然还是吃的东西。

便在这时，远方忽然传来微弱的钟声，紧接着，原野间四面八方响起虔诚无比的嗡嗡声，吸引了他的注意力。他望向远方，隐约看到原野远方有无数人黑压压地跪倒，明白应该是供奉悬空寺的那些农民，听到钟声后开始诵经。钟声起处更远，来自广阔原野正中央的那座巨大山峰，却不知是峰间哪座黄庙殿宇里的僧人在敲击。

桑桑向着那座山峰走去，宁缺忽然间想到了一些什么，却又错过，再也想不起来，有些遗憾地摇了摇头，加快了脚步。那座山峰非常雄峻高大，远在无数里外，便能感觉到一股扑面而来的威压，仿佛近在眼前，但事实上山依然在天边。

桑桑没有说话，向着那座山峰行走。她和宁缺虽然没有刻意，速度亦是极快，饶是如此，二人依然走了很长时间，才走到山峰之下，其时天色已暮。

暮时的世界应该是温暖的，但对于天坑里的世界来说，只有黑暗与寒冷。西沉的斜阳根本照不到这里，坑底广阔的原野和整座山峰都被阴影笼罩，只是最高处的峰顶还在暮色里，就像是一点烛火。看着夜色里的山道，宁缺默默调息，做好了战斗的准备，虽说桑桑强大到难以想象，便是讲经首座也只是她脚下的一块顽石，但这座山峰上的悬空寺，毕竟是佛宗不可知之地，传承无数年，底蕴深厚，谁知道其间隐藏着怎样的凶险？

桑桑忽然停下脚步，转身望向来时路。

宁缺有些奇怪，顺着她的眼光望去，只见今日午时下来的那道悬崖，已经变成了无比遥远的风景，崖间的雪早就看不到了。天坑四周的悬崖，距离峰底极为遥远，按照寻常想法，悬崖应该变成一道不起眼的黑线才是，然而此时却依然是那般的高耸。

那道漫长的悬崖实在是太高了——悬空寺所在的山峰，比地面世界任何山峰都要高，峰顶却只能与荒原地表平齐，稍稍露出一小截，这说明那道把天坑围住的悬崖，和山峰一样高，比世间所有别的山峰都要高。宁缺和桑桑站在此间望向四周，觉得天坑就是个巨大的枯井，那道高险的崖壁就是井壁，站在井底的人，便是被井壁挡住了去路。

生活在这里的人们，世世代代看到的天空都是圆的，而原野间那些田地，则是方方正正，无比规整，这就是天圆地方？宁缺看着眼前的画面，有些震撼地想道。

桑桑不觉震撼，对这个佛祖创造的神奇世界，只做了这样一句评价：

"坐井观天。"

二人没有继续停留，借着夜色直接向峰间走去，隐在夜林幽花间的山道，不再那般陡峭，却是漫长得仿佛没有尽头。

大黑马和马车都留在了地面，不能离身的事物，自然都是由宁缺背着，在桑桑豪迈地决定来悬空寺确认佛祖生死的那一刻起，他便明确了自己的身份——他是杂役、搬运工、厨夫、洗脚技师以及暖床的。对此他没有意见，两口子过日子嘛，总是需要有人主外有人主内，既然妻子有能力主外，自己主内又何妨？

沉重的箭匣与铁刀，大黑伞和形状非常碍事儿的佛祖棋盘，被他非常细致地整理好，装进了行李里，此时正在他的背上。行李实在是太过沉重了些，峰间山道又是如此的漫长，哪怕他修行浩然气后，身体棒得不像话，力气也极大，还是觉得有些辛苦。

这座山峰实在是太大，隐藏在山峦林木里的黄色寺庙实在是太多，都说月轮国是佛门盛世，有烟雨七十二寺之景，他和桑桑半个时辰里，便已经看到超过这个数量的寺庙。桑桑既然是来找人的，自然每座寺庙都要去，这就意味着要走更远的距离，也就意味着宁缺背着沉重的行李要走更远的距离，而且是在爬坡上坎。

经过每座寺庙时，桑桑并不细看，看不出来她是用什么方法在寻找，待二人走到某道崖畔时，宁缺终于一屁股坐到了石头上。"歇会儿再走。"他擦着汗水，喘着粗气说道，"我觉得这么瞎找不是个事儿。"

桑桑自然不会累，只是像离开桃山后这一路上那样，觉得有些疲惫，有些倦，在峰间行走的大部分时间里，她竟都是闭着眼睛在行走，看上去就像是真的在睡觉，当然，看着也确实很像瞎子在走路。听着宁缺的话，她神情漠然地说道："你就这么想我死？"

宁缺明白她为什么要急着确认佛祖的生死，如果佛祖还活着，便是现在人间唯一能够威胁到她的存在，她必须趁着自己还足够强大的时候把佛祖杀死，不然等到她登天回神国或是变成凡人的那一天，便会极为危险。既然如此，她这句话便有道理，他捂着额头说道："能不能换个说法？你都说了这么多遍了，腻不腻？你能不能不要动不动就寻死觅活的？"

桑桑没有理他，说道："我要寻人，自然就要寻，你要寻的人呢？"

宁缺来悬空寺主要是陪她，但也是要来找个人。在书院外，七师姐专门交代过他，让他来这里看看，那个骄傲的男人，现在拜倒在佛祖身前，是不是还那样骄傲。自山脚下一路行来，桑桑寻遍了下半段山峰里的数百座黄庙，他却始终只是跟着，看不出来有在找人，他说道："师兄肯定不会在这里修佛，何必费力气。"

桑桑问道："为何？"

宁缺很肯定地说道："师兄那般天才人物，悬空寺谁有资格教他？他肯定在峰顶庙里自行看佛经，又怎么会在山下这些破庙里盘桓。"

桑桑想了想，看着他说道："白痴。"宁缺心想自己的推论如此有道理，你想不到就罢了，居然还骂我是白痴？"我哪儿白痴了？"他恼火地问道。桑桑哪里会理他，背着双手继续向峰上走去。宁缺背起沉重的行李，跑到她身后跟着，愤怒地不停地质问自己究竟哪里白痴？明明知道你男人最喜欢骂人白痴，你怎么能无道理地骂你男人白痴？

一路寻寻觅觅，夜寺冷冷清清。二人把山峰下方那数十道崖坪里的数百座黄庙全部寻遍，依然没有任何发现，终于来到了上方，而此时夜晚已经过去。新生的朝阳还在荒原地表上躺着，晨光最先照亮了西面的那道崖壁，紧接着是峰顶，仿佛熄灭一夜的烛芯被点燃，然后光明以肉眼可见的速度，从峰顶向着下方蔓延，钟声响起，梵唱声声，佛国就此醒来。

佛国醒来，无数黄庙里的僧人也自醒来，但正所谓桑桑在手，人间我有，宁缺哪里会担心被悬空寺发现自己，依然如昨夜一般四处寻找。每座黄庙他都会走进去，仔细观察，看看有没有师兄的踪影，这是很耗时间的事情，于是现在轮到桑桑觉得麻烦了。

在一道被青藤遮掩的崖坪上，她转身望向宁缺说道："你在找君陌？"

"当然，我可没能力帮你找佛祖。"

"白痴。"

说完这句话，她继续向崖坪前方走去。

宁缺怔了怔，不像昨夜那般恼火愤怒，而是不解，心想为什么她要说自己是白痴？

青衣向前，青藤自行分开，桑桑迤迤然走过，宁缺借着青藤还没有荡回来之前，加快脚步也跟了过去，然后发现崖坪这地方有些古怪。崖畔有株不知名的树，青盖遮光，很是清幽，树后有间很小的庙，黄漆早已剥落，石阶上满是灰尘，似是很多年都没有人来过。

自峰底一路行来，无论哪间寺庙，都或金碧辉煌，或庄严神圣，宁缺和桑桑从来没有看到过这样破旧的庙宇，这便是古怪。

更令宁缺觉得古怪的是，他觉得破庙里隐隐传出一股熟悉的气息，他和桑桑在烂柯寺里修过佛，能察觉到气息里的无上佛性。那丝佛性非常纯净慈悲，而且十分强大，甚至比昨夜他们在各间寺庙里感受到的佛性加起来还要强大，拥有如此精纯佛性的庙，怎会如此破落？悬空寺里的僧人怎么会遗忘这间庙？这间破庙以前曾经住过什么人？

难道这就是桑桑想要寻找的地方？难道佛祖就藏在这里？

站在崖畔树下，宁缺看着破旧的小庙，忽然觉得有些寒冷，下意识里向桑桑身边靠过去，问道："是这里？"桑桑的神情有些凝重，却没有说话，直接向庙里走去。

庙门推开，吱呀一声，蛛网将落，便有清风拂来，卷去了崖下的无尽深渊。进来后，宁缺才发现这是一座假庙，站在崖坪上看到的是庙的前脸，里面连禅寺都没有，只有一道满是灰尘的走廊。走廊直通崖壁，壁上有个幽深的洞口。

宁缺的心情愈发紧张，桑桑却是神情不变，直接走进洞中，背着双手四处打量一番，脸上流露出一抹淡淡的烦躁。山洞很幽静，也很干燥，里面的陈设异常简单，比宁缺在书院后山闭关的崖洞还要简单，只有一张蒲团。那张蒲团静静地躺在最深处的洞壁前，满是灰尘，其间的线早已断开，宁缺觉得只要自己的呼吸稍微有力些，蒲团便会散开。

蒲团对面的石壁上，有道影子，仔细观察，便能发现那道影子是人影，边缘处甚至还隐约能够看到袈裟的流云边。很久以前，曾经有位僧人在此静坐面壁，他一坐便是无数年，甚至于将自己的身影都印在了石壁上，这是哪位高僧？

宁缺很是震撼。

桑桑根本不理会当年在这里面壁的得道高僧是谁，她看了眼，便知道那个人肯定不是自己要寻找的佛陀，所以有些烦躁，"你动作太慢，不要跟着我。"

说完这句话，她向山洞外走去。

宁缺看着她的背影，说道："我也要找人。"

桑桑没有回头，说道："白痴。"

宁缺懒得生气，说道："就算是白痴，我也要找人啊，我们走丢了怎么办？"

桑桑说道："我能找到你。"


桑桑走了，山洞里就只剩下宁缺一个人，他看着石壁上的那个影子摇了摇头，准备离开，却在洞口处缓缓停下脚步。先前在崖坪树下，他就觉得这间破庙里传出的气息很熟悉，此时在洞里，这种感觉便越来越明显，便是石壁上那个影子，都仿佛在哪里见过。

宁缺想了想，转身重新走回山洞深处，看着石壁上的影子，静思了很长时间，直至觉得有些累，便向地上坐去。他忘了石壁前的蒲团早已陈旧不堪，哪里还禁得起人坐，身体刚刚触到蒲团，蒲团便散成了无数根蒲草，飘得到处都是。

"这叫什么事儿？"宁缺看着满地蒲草，无奈地摇了摇头，伸手把散草全都拢到一处，然后很自然地从行李里取出针线，非常熟练地开始做缝补工作。没有用多长时间，蒲团便被他补好了。他试了试，确认蒲团不会再被坐烂，便塞到臀下，坐着继续看石壁上的那个影子。

石壁上的影子乃是前代高僧佛性所烙，确实是极神奇的佛法，如果在人间诸寺，必然会受到无数佛宗信徒膜拜，但这和他有什么关系？宁缺也不知道为什么石壁上的影子会对自己有这么大的吸引力，目光落在上面，便不想再离开，总觉得其中有无数妙诣正在等待着自己去发现。站得累了所以坐，坐着看了很长时间，也有些累了，所以他抱住了双膝，把头搁在膝上，过了会儿，他又换了个姿势，以手撑颌静静地看着石壁，就像是乡间那些看社戏的孩子，看得是津津有味。

在看壁的过程里，宁缺没有盘膝，没有起莲花座，没有结手印，没有以禅定念，显得非常散漫，看上去就像是在发呆。但事实上，他在识海里坐了莲花，结了大手印，在烂柯寺看过的、从歧山大师处学得的佛法在心里不停飘过，只是不打坐。

不知道过了多长时间，桑桑回到了幽暗的山洞里，她先前去悬空寺三大殿寻找了很长时间，还是没有找到那人。看着宁缺对着石壁发怔，她的眼睛微亮，却没有说什么，再次转身走出洞口，这一次她去了西峰的戒律院本堂。西峰有无数参天古树，却还是没有佛的痕迹，她的神情变得愈发凝重，站在古树探出崖壁的虬曲树根上，看着天穹上的太阳，沉默不语。

天算算不出，便没有天机，天心又该落在何处？

桑桑再次回到那道偏僻的崖坪，走进破旧的寺庙，来到宁缺的身后。

宁缺还在对着石壁上的影子发呆。

桑桑再次离开，这一次她去了满是嶙峋怪石的东峰，然而依然一无所获，她站在石间看着天穹上的太阳，依然沉默不语。

她再次回到旧庙山洞。

宁缺依然在面壁。

她再次离开。

再次回来。

如是者无数次。

她虽然是昊天，都觉得有些厌倦了，又觉得有些不解，天算不能，未见天机，天心为何始终落在这个家伙的身边？难道自己真的离不开他？想到这种可能，桑桑看着宁缺的背影，眼神里涌出无限的厌憎与烦躁，恨不得把他杀死，然后再镇压到大地的最深处。

只是终究还是不能杀，她依然还想继续是她，于是她只能挥一挥衣袖，不带走一点尘埃，再次离开山洞，继续自己的寻找。宁缺根本不知道桑桑曾经动过杀念，自己险些死亡，他依然撑颌看着石壁上的那个影子，神情不停变化，一时静穆，一时痴笑。

　　一天的时间就这样过去了，夕阳落时，崖畔那棵不知名的青树生出一朵白色的花，只开刹那，便离开枝头，向地面落去。这朵白花落在崖间，与尘埃相触，被崖外清风吹起，如有双无形的手缓缓托起，飘进残破的庙门，飘到洞中石壁前，轻轻落在宁缺的肩上。

　　宁缺伸手在肩上摘下这朵小白花，手指轻轻拈动细嫩的花柄，望向石壁上的影子微笑着说道："原来你以前就是在这里学的佛法。"随着这句话，他识海最深处那几块已经沉睡了很多年的意识碎片，忽然亮了起来，然后渐渐淡去，就像是珍珠老去之前发出最夺目的光彩。

　　暮时悬空寺的钟声再次响起，回荡在峰间每个角落。宁缺醒来，对着石壁上的影子参拜行礼，然后起身走出山洞，来到崖畔那棵青树下，神情平静地看着眼前的佛国风景。这间旧庙是莲生的旧居，当年莲生在悬空寺学佛，于洞里面壁数年，留下影子，也在人间留下了佛宗山门护法的传说。在魔宗山门里，他继承了小师叔的衣钵，也继承了莲生的所有。

　　莲生临死之前，曾经对他说了这样一段话："你已入魔，若要修魔，须先修佛。然后请勇敢地向黑夜里走去，虽然你没有什么成功的机会，可能刚刚上路便会横死，但我依然祝福你，并且诅咒你。"宁缺早就忘记了这段话，虽然在烂柯寺里跟随歧山大师修过佛，但那是为了给桑桑治病，自己并没有主动地学习过佛法。直到今日来到悬空寺，对着石壁上的影子静坐一日，他才想起那句话，想起莲生的交代，才真正补上了这极重要的功课。

　　面壁一日，宁缺有很多收获，虽然表面上没有任何变化，修为境界还是停留在知命境，然而他的心里已经种下了一粒菩提子，说不定什么时候，那粒菩提子便会破土发芽，开枝散叶，最终青青团团，遮住天与佛的眼。暮色钟声里，桑桑回到了崖畔。

　　"看样子你还是没有找到佛祖。"

"你也没有找到。"

"我根本就忘了找师兄。"

"你在做什么？"

"我在看好看的。"

桑桑漠然地说道："一个老和尚残留的佛念，有何好看？"

宁缺走到她身前，把手里的小白花插到她的鬓里，喜不自胜地说道："真好看。"

在这种时候，聪明的姑娘一般不会说话，只是微羞低头，更聪明些的姑娘，大概会趁势依偎进男子的怀里，只有聪明过头的姑娘才会问出那个问题：你说的好看，究竟是花好看，还是我好看？桑桑不会问这种问题，脸上也没有什么羞意，更不会偎进宁缺怀里，她就像是什么都没有听见，直接向崖坪那头走去。宁缺有些失望，但看着她鬓角的小白花在暮风里轻轻颤抖，注意到她没有把花摘下来的意思，又觉得非常满意，很是欢喜。

"你有没有看见我家二师兄。"他扒开密密的青藤，追到桑桑身后问道，在他看来，二师兄应该便是在峰顶或戒律院什么地方静思佛法，桑桑寻佛祖时应该顺道见过。

桑桑没有转身，背着手继续前行，说道："白痴。"

宁缺记不清楚这是她第几次骂自己白痴，愤怒早已变成了麻木，无可奈何地摇头，待看见山峰下方的画面，才明白自己真的是白痴。暮色渐深，被崖壁围住的天坑变得昏暗无比，只有靠近山峰的原野上，因为黄色寺庙殿顶的反光，还能隐约看清楚画面。

山峰下的原野上有无数黑点缓慢地移动，看着就像是辛勤工作的蚂蚁，宁缺知道那些是自己和桑桑曾经见过的农夫们。那年在天坑边，根据看到的画面，宁缺推算悬空寺有逾千名僧人，原野上至少生活着十余万人，才能维持这个佛国。如今来到悬空寺，他发现这座山峰里有无数座寺庙，供养的僧侣远远超出自己的想象，至少有数万之众，那么说明只怕有数百万农夫，生生世世都生活在幽暗的地底世界里。想要维持悬空寺的存在，僧人们必然要像驱使牲畜般驱使这些农夫，从这个意义上来说，那些农夫更像是中原早已废除的农奴。

越是艰苦的地方，阶级越是森严，宁缺看着峰脚下缓慢移动的黑点，明白那些农奴肯定是在对僧侣进行日常的供奉，脸上的神情渐渐变得凝重起来，仿佛看到了那些并未真实看到的悲惨画面。当年他和桑桑只看了眼悬空寺便悄然离开，其时他便想着，如果自己是大智大勇之人，可能会攀下悬崖峭壁，偷偷去到云层下的悲惨世界，发动那些农奴起义造反，推翻这个畸形的有若蚁窟的悬空寺，但他不是。

　　有人大智，而且大勇。那个人自然是二师兄君陌。君陌离开长安城，万里迢迢来到悬空寺，为的是修佛，然而以他的性情，见着悬空寺的真实情形，哪里能够静心修佛？修佛不是礼佛，君陌见世界如此悲惨，莫要说在佛前叩首问道，必然是要怒而拔剑，先把寺里的僧人和那个佛斩杀了再说！宁缺在悬空寺里寻找君陌的身影，难怪会被桑桑说是白痴。

　　"师兄肯定在下面。"他看着山脚下渐趋黑沉的悲惨世界，说道，"我要去那里看看他，你要不要和我一起去。"桑桑来悬空寺是为了寻找佛祖，他以为她不会愿意耗费时间陪自己去找二师兄，没有想到她居然同意了。

　　昨夜登峰，今夜再落，沿途所见有了另一番模样，在宁缺眼中，佛国古寺与魔宗山门里那座白骨山没有任何差别。他昨夜登山时，见庙宇华美庄严，想着此乃佛门圣地悬空寺，觉得理所当然，如今却知其不然，悬空寺与世隔绝，却能如此丰华绝世，那便是吸取了峰下农奴们的骨髓，庙宇越是华美，山下的世界越是悲惨。走下巨峰，远离佛国古寺，来到真实的悲惨人间，昨日眼中青青可喜的原野，此时在夜色里显得那般阴森。

　　夜色无法完全遮住宁缺的眼，他与桑桑沉默前行，眼光在原野间缓缓扫过，看见种着异种稻谷的田野，看见冒着热气的地下河流，甚至看见了几座山，只是这些山与巨峰相比太不起眼，就如土丘一般。在河流转弯的地方，他看到了淘金沙的场所，也看到了很多被人用利器斩断的手臂，在小山的后面，他看到了青草里的宝石与翡翠，也看到了被秃鹫啄食成白骨的尸体，偶尔还能听到怪异的鸟叫。

　　原野间并不是一味漆黑，可以看到很多篝火正在散发光明，帐篷与毛毡房散落在地面上，鲜血和美酒混杂在一起，贵人们显得那样的欢愉，那些怯懦而麻木的农奴们，只能对着山峰里的寺庙不停跪拜，像极了无用的蚂蚁。怯懦就罢了，麻木也能理解，然而当那些农奴们用双手把金银和女儿奉献给僧侣时，神情竟然显得那样欣喜。宁缺看着远处的那间帐篷，听着那里传出来的诵经声和呻吟声，沉默片刻后摇了摇头，说道："真难看。"

桑桑鬓间的小白花在夜风里轻轻颤抖。

他望向她问道："为什么？"对于人间丑陋悲惨的一面，宁缺的体会非常深刻，自幼不知见过多少，只是他无法理解，这样的社会构造极不稳定，为何能够维持这么多年，生活在这里的人们为何能够忍受这么多年，甚至还显得很高兴。

"我说过，这里就是一口井。"桑桑看着远处夜空里的崖壁，说道，"坐井观天，什么都看不到，他们看到山上的僧人，便以为是真佛，而佛陀那套，最能骗人。"

宁缺想了想，说道："二师兄说得对，和尚都该死。"

桑桑说道："书院向来只看天上，不管人间。"她的脸上没有嘲讽的神情，但宁缺知道她想说什么，然而即便是强词夺理打他，在看到这个悲惨的世界后，也没有办法做出辩解。

"你说得不错。"他说道，"但既然二师兄来了，书院必然就会管。"

因为要看，宁缺和桑桑走得有些慢，直到第二天清晨来临，晨光照亮峰间的悬空寺，他们离崖壁还有很远的一段距离。离崖壁越近，离悬空寺所在的山峰越远，温度便越低，物产便越贫瘠，农奴们所受的奴役更重，生活越是凄惨。

原野间的农产物渐渐变得稀少，耐寒的野草渐渐茂盛，拖着灰色长毛的牛羊在草甸间缓慢地行走，草间有石堆，上面挂着破烂的布幡。前天来时，宁缺看见过些石堆和布幡，只是没有怎么注意，此时从近处走过，才发现石堆上有散开的黑色血迹和淡淡的腥味。再往前走，他和桑桑看到了更多遭受过酷刑的残疾农奴，有人的舌头被割了，有人的耳朵被割了，有人的小腿骨被直接敲碎，各种凄惨，很难看，不忍再看。

宁缺知道师兄必然在最苦的地方，所以知道自己没有走错路，桑桑找不到佛祖，想要找个人却不是难事，带着他向草甸深处走去。草甸散着牛羊，像云一般美丽，一片湖水自然漫过，浸出一大片湿地，水草丰盛至极，一个穿着脏旧皮衣的小姑娘，挥着小鞭，驱赶着四只小羊。宁缺和桑桑看着小姑娘，下意识里想起了唐小棠。小姑娘大概是第一次看见陌生人，却根本不害怕，笑着向他们挥手，黝黑的小脸上笑容是那样的干净，牙白得令人有些眼晕。宁缺看着她笑了笑。小姑娘赶着羊来到他们身前，也不说话，牵起宁缺的手，便把他和桑桑往毛毡房那里带，意思是要他们去做客。

这片原野深在地下，与世隔绝，不见外人，外人也根本找不到这里，但这里依然是人间。宁缺想着这一夜看到的那些残酷画面，再看着牵着自己手的小女孩，忽然想到已成废墟的渭城和渭城外篝火堆旁跳舞的青年男女们。地狱天堂，皆在人间。

桑桑说道："无知就是天真，天真就是残忍，你还看不破吗？"

宁缺说道："就算如此，又何必说破。"

便在这时，他看到了湖对岸的画面。那里黑压压跪着一地人，围着一位僧人。那僧人穿着一件肮脏的土黄色僧衣，右臂的袖管在风里不停摆荡。如果是旁人，这身打扮自然很难看，但配着他肃雅的风姿，却显得那样的端正有方，不容人挑出半点毛病。

5

悬空寺下的原野里，行走的僧人都是受到戒律院的惩处，自然对待信徒没有什么耐心，严酷处较诸部落里的贵人更加可怕。

湖边那位僧人如此卓尔不凡，自然便是君陌。隔着湖面，风有些大，宁缺随意听着，没有听清二师兄在讲些什么，牵着小姑娘的手往那边走，渐渐加快脚步。

便在这时，草甸侧方传来急促的马蹄声，十余名威武雄壮的汉子骑着骏马奔驰而至，为首的那名穿着裘皮的男人，挥舞着手里的皮鞭，看着场间那些跪在地面上的牧民们厉声呵斥了数句，大概是要他们散去。牧民们畏惧起身，想要避散，又担心部落好不容易请来的上师被皮鞭挥到，惶急地挥动着双手，向马背上那男人辩解了几句。

"巴依老爷，这是……"

话还没有说完，皮鞭便狠狠地挥了下来，落在老牧民肩头，抽出一道血痕，这还是那男人没有坐稳的缘故，不然若让他这一鞭抽实，只怕会被生生扯下一块血肉。

跟着那名贵人到来的汉子们纷纷抽出鞍旁的佩刀，对着湖畔的牧民们大声喝骂，不禁挥刀恐吓，甚至催动身下的坐骑前去驱赶。那名贵人看着被牧民们死死围在身后的君陌，厉声呵斥道："活佛说了，他是外教的邪人，根本不是什么上师！你们还不赶紧让开！"

牧民们惊恐地看着马上的贵人，却没有让开，不是他们勇敢到敢违反巴依老爷的命令，而是他们坚信君陌就是上师，不然怎么会对低贱的自己如此慈悲，所以他们很害怕巴依老爷伤着上师，会受到佛祖的惩罚。那名贵人也知道，和这些愚蠢的贱民们说不清楚，举起手中的马鞭，指着君陌说道："把这个残废绑起来，活佛说了，要把他烧死。"那些汉子应声，一夹马腹便向湖边冲了过去，手里的刀反射着阳光，显得极为锋利，牧民们被吓得四处逃散。

眼看黄衣僧人要被撞倒，那名贵人的眼神变得残忍起来，活佛确实说了，要把这名邪人活捉然后烧死，但这个邪人竟敢挑唆自己的奴隶造反，在烧死他之前，怎么也要让他受些活罪，待会儿是把他的耳朵割了，还是把他剩下的左胳膊砍了，还是把他的脸皮给剥下来？

正这般想着，贵人忽然感觉到脑后有道寒风袭来，他哪里来得及闪避，只觉得耳间一寒，紧接着左肩一轻，然后便是脸上感到了一道湿意。碧蓝的湖水里生出波浪，仿佛有异兽要上岸，只见一道黑影破浪而出，呼啸着破空而飞，最后落在了那名黄衣僧人的手中。

那是一柄方正宽厚的铁剑。君陌挥剑，十余颗人头破空而起，十余道血花从那些汉子的颈腔处向着格外高远的天穹狂喷，仿佛要把这罪恶的天空洗净。铁剑虽然宽厚，但用剑的人从来不知何为宽厚，他只知道方正的道理。

没有什么激烈的画面，甚至谈不上战斗，君陌只是挥了一剑，一切便结束了。那名贵人看着这幕面画，脸色惨白，张着嘴半天说不出话来，然后他才渐渐感觉到疼痛，伸手一摸发现脸上全是血。铁剑破湖而出，落在君陌手中，刚好经过他的坐骑身旁，只是一擦身，那名贵人便落了一只耳，断了一臂，脸上被削了块血肉。

　　贵人满脸血污，断耳断臂，看着极为凄惨，当他自己发现这一切之后，更是痛苦兼恐惧，险些就此晕厥过去。不愧是在如此严酷环境上生活的人，他竟然强撑着没有从马背上摔落，只是看着湖畔君陌的眼神，早已变得无比恐惧。贵人根本没有想到，这名邪教妖人竟然如此强大，毫不犹豫用剩下的手臂猛拉缰绳，骑着坐骑便向自己的部落赶去。他不敢回头，也不敢说些什么狠话，当然，他肯定是会回来报仇的，到时候他要把这里的人全部杀死。

　　四处逃散的牧民们渐渐走了回来，看着湖边那十几具尸体，和因为失去主人而有些惘然的马匹，他们的眼神也很惘然。在残酷的地底世界里生活，他们曾经见过很多血腥的画面，甚至比这更残酷的画面也见过不少，但他们从来没有想象过，巴依老爷最强大的屠夫们，居然有一天会被人用如此简单的方式变成死人。

　　看着湖畔的黄衣僧人，人们纷纷再次跪下，脸上写满了敬畏与恐惧的情绪，还有隐隐的不安，不知道接下来该怎么办。先前那名老牧民走到君陌身前跪下，亲吻他鞋前的土地，颤着声音说道：“伟大而仁慈的上师，请您赶快离开吧。”

　　君陌面无表情地看着他的头顶，说道：“因为我留下会连累你们？”

　　“不！”老牧民抬起头来，黝黑的脸庞上满是皱纹，皱纹里满是痛苦的泪水，说道，“您若能够拥有时间，便一定能成为最强大的上师，甚至是活佛，但现在的您虽然强大，仍然还不足够，至于我们必然是会死的，还请您不用担心。”

　　君陌的神情渐渐变得温和起来，说道：“那人会带着无数的刀箭甚至是你们口中说的活佛前来，所以我要留在这里。”

　　老牧民颤声说道：“就算上师您能够杀死巴依老爷所有的勇士，甚至战胜活佛，可那样会激怒神山上的佛祖……"

"佛祖吗？"

君陌看着远处那座极高的山峰，面无表情地说道："在你们看来，那座神山很高，但如果你们有机会走到地面上，便会知道，那座山其实很矮，在地面上看过去，只不过是座不起眼的小土丘。"听到这段话，湖边忽然变得极为安静，只能听到湖水里先前被铁剑吓坏的鱼儿到处游动的摆尾声，牧民们的神情显得很惘然。

他们从来没有听过这样的话，他们不知道什么是地面，难道自己站着的原野不是地面吗？还有别的地面吗？那个地面是哪里？为什么站在那个地面上，看神山便会像座小土丘？不，神山怎么可能是座小土丘呢？

一道清稚的声音打破了场间安静，宁缺牵着的小女孩，好奇地问道："上师，你说的地面在哪里？"湖畔的牧民们神情显得格外惊恐，在他们看来，小女孩的这个问题都不该问，因为这意味着对神山、对佛祖的亵渎。

君陌看到了宁缺，也看到了桑桑，微微一怔，然后没有理他们，对着那名小女孩说道："我们现在是在地下，地面是上面。"他指着身后，"爬上这座悬崖，便到了真正的地面。"他身后是那道极高陡的崖壁，无数年来，正是这道崖壁把无数代农奴牧民囚禁在地底，用桑桑的话来说是井壁，实际上便是一堵监狱的墙。

牧民们顺着他的手指望向崖壁，根本看不到尽头，时常有云雾缭绕，心想这道崖壁都快有神山那般高了，怎么可能爬得上去？无数年来，从来没有人爬上过这道崖壁，在僧侣们的教谕中，这种思想都渐渐变成了亵渎佛祖的行为，谁敢尝试？

牧民们看着崖壁，忽然醒过神来，发现自己居然真的想看看崖壁上面的"地面"是什么，不由觉得罪孽深重，连连叩首不停。

君陌看着这些牧民，问道："你们真不想知道上面有什么吗？"没有人回答他，那名老牧民虔诚地说道："上师，那处乃是佛祖神国，岂是我们这些罪孽深重的凡夫俗子能够去的地方？"君陌没有理他，看着人群，想要听到有人做出不一样的回答，然而过去了很长时间，湖边依然安静一片。他的神情显得有些疲惫，有些淡淡的失望。

就在这时，那名小女孩开口说话了。不知道是不是因为宁缺的手很温暖，给小女孩带来了很大的勇气，她用湖水般透亮的声音，轻声说道："我想上去看看。"

无数双目光望向她，小女孩低着头，显得有些不安和害怕。

宁缺轻轻捏了捏她的手，安慰道："不用怕。"

小女孩抬起头来，指着崖壁中间某处，说道："我不只想，而且我真的上去过，虽然没有爬多高，但我爬到了那里。在那里，能够看得远一些，跑到戈兰湖那边的小羊，都被我看到了，然后找到了，再然后，我在崖上面看到了一朵雪莲花。"

湖畔的牧民们震惊地抬起头来，顺着小女孩细细的手指望向崖壁那处，发现那里并不高，确实可以爬上去，那里居然有雪莲花？

"崖壁再高，只要敢爬，那么总有一天可以爬到最高处，可如果爬都不敢爬，那么雪莲花再近，又怎么能被你们看到？"君陌看着崖壁那处，平静地说道。

"可是……可是崖上是佛祖的神国啊！"湖畔的牧民们颤着声音说道，眼中的希翼与好奇，被敬畏和不安取代，但有些情绪，只要出现了，便没有办法真正抹去。

"我是从地面上来的，他们两个人也是从地面上来的，如果说地面便是佛祖的神国，你们可以把我们看成佛祖的使者。"君陌看着牧民们平静地说道，开始讲述佛经里的故事，那个完美的、没有暴风雪也没有贵人欺凌的极乐世界，那个世界里有天女散花，有无数琉璃，四季如春，拥有所有人类最美好的想象。

桑桑看着那处，忽然说道："书院的人果然都很疯癫。"

宁缺发现原来像二师兄这样的君子，居然也会骗人，也很唏嘘，感慨地说道："只有真正慈悲，才会做出这样的牺牲。"

桑桑在旁说道："论起骗人的本领，君陌应该向你学习。"

他无奈地说道："能不能有那么一天，你可以不说我坏话？"

桑桑的回答很简洁明快，不是不能，而是："凭什么？"

君陌的讲经声在湖畔不停回荡，如最温暖的春风，牧民们听得如痴如醉，早就忘记了先前的恐惧与不安。讲经结束，牧民们纷纷跪拜行礼，然后各自散去。君陌向宁缺走来，伸手拍了拍他的肩膀，然后看着桑桑问道："你在寻找回去的路？"

面对昊天时能够如此自然，不是谁都能做到的事情，观主做不到，讲经首座做不到，酒徒屠夫做不到，便是大师兄也做不到。君陌能够做到，因为他此生只敬老师与师叔以及大师兄，那么他自然无所畏惧，视昊天为寻常。而且多年前，在长安城北的无名山上，从看到桑桑跪在崖畔捧灰那幕画面开始，他就决定把她当作值得怜惜的小女孩，现在亦如此。

桑桑离开西陵神殿后，尤其进入唐境后，有过类似的感觉，但除了宁缺，这还是她第一次看到人能真正地以寻常心对待自己。她微微蹙眉，不知是该愤怒，还是该寻常待之。

君陌根本不理会她在想些什么，继续说道："留在人间有什么不好？老师说过你会很可怜，如今看来确实如此。"

桑桑真的有些愤怒了。在西陵神殿她曾感受过宁缺的怜惜，在大河国墨池畔，她感受过莫山山的怜惜，此时她从君陌处得知夫子也觉得自己可怜，不由震怒。昊天哪里需要凡人可怜？包括夫子在内，所有人类都是自己的手下败将，你们有什么资格有什么立场可怜我？

她把手伸向君陌。

君陌微微挑眉，握着铁剑的左手微紧。这把铁剑能够在烂柯斩碎佛祖石像，能在青峡前横扫千军，能令叶苏惘然，能让柳白知难而返，却拦不住这只手。

桑桑的手落在了君陌的脸上。

她出了手，便没有出手。

她静静地看着君陌，湖畔的气氛变得有些诡异起来。

宁缺一直不明白，她为什么会不去寻找佛祖，而愿意陪自己来找二师兄，看着这幕画面，他才知道，其中果然隐藏着一些什么。

桑桑的手开始在君陌的脸上移动，滑过他的眉，他的鼻，他的唇角。

宁缺愕然想着你这是在做什么？这可是你大伯啊！身为亲夫，他看着她的手在君陌的脸上摸来摸去，醋意油然而生，很是生气。

君陌的僧衣随风而起，怒意也随之而起。

气氛陡然变得极为紧张，局面一触即发。

便在这个时候，宁缺忽然向前扑倒，一把抱住君陌的大腿，哀求道："师兄，你再忍忍，你可打不过她呀！"天人之间一场悲壮的正剧正要上演，忽然间就被他这个不速之客给捣乱成了闹剧，君陌的眉微微颤抖起来，恨不得一脚把他踹飞。

桑桑的手终于离开了君陌的脸，她转身向着湖畔一座很小的帐篷走去，微微皱眉想着，居然也不是，那佛陀究竟藏在何处？为什么自己会找不到他？她知道那间帐篷便是君陌的居所，走到帐篷前，很不客气地掀起帘布，便准备走进去，只是在进去之前想起了一件事情。

她回头望着君陌说道："我赐你永生。"

君陌想都未想，说道："待你真正永生再说。"

桑桑来到人间后，已经赐了好些人永生，那些人的反应各不相同，酒徒和屠夫是喜不自胜，唐小棠觉得太过突然，建议她先把晚上的菜买了，曾静夫人只顾着抱着她哭，哪里明白她在说什么，宁缺则是很干脆地选择了拒绝。大多数情况下她都没有听到自己想要的，而今天君陌又给了她一个非常出乎意料的答复，这令她感到非常不解。

"随你。"她站在帐篷外想了想，说道，然后走了进去。

看着帐篷，宁缺很是无奈，说道："永生真被你卖成了大白菜，而且是大甩卖，只是方法这般粗暴，再便宜也没人愿意买啊。"

君陌问道："她这是在做什么？"

宁缺说道："师兄你以前待她极好，所以她想还你这份情。"

君陌是何等样人物，只听了这一句，便明白了昊天的意思，说道："居然想用这种方式来斩尘缘，真是白痴。"

宁缺叹气道："我也觉得很白痴。"

君陌说道："看来她还没有找到回神国的方法，所以才会如此胡闹。你呢？有没有找到让她留在人间的方法？"

记起在长安城前想到的那句话，宁缺说道："还没有找到，本想来悬空寺看看有没有什么灵感，但现在看来没有意义。"君陌说道："这些天夜观月色，老师似乎撑得有些辛苦，如果她再回去，人间必败无疑，所以师弟你要辛苦些。"

宁缺沉默片刻后说道："如果真到了那一天，说不得只好用最后的法子了。"

"违逆人伦，为我所不取。"

"师兄是君子，我不是。"

君陌看着手中的铁剑，想了想后说道："我依然认为不对。"

宁缺不想再继续讨论这个问题，说道："师兄来悬空寺应该有些时日，不知道遇见过什么新鲜事?"君陌举起手中铁剑，遥遥指向远处那座雄峻的山峰，说道："在这等腌臜地方，除了腌臜的人和事，还能有什么?"宁缺心想自己问得确实有些白痴，以二师兄的性情，哪里会有访古探幽的兴趣，说道，"师兄在原野间讲讲经杀杀人，倒也快活。"

君陌摇头说道："你们来得巧，我今天才刚开始杀人，前些天一直在给牧民和那些农奴讲佛经里的故事。"

宁缺觉得有些不好理解，心想师兄你此生最厌佛宗，最恨和尚，便是连佛经都没怎么看过，又如何给那些佛宗虔诚信徒讲经?

君陌说道："在后山读过些佛经，旅途上又读了些，这些牧民连字都不识，拣些浅显故事来说，更有效果。"

宁缺赞道："师兄大德，讲经之时，想必也能有所感悟。"

君陌神情漠然，说道："在我看来，佛经都是骗人的，能有何感悟?"

宁缺不解。

"这里的人们世代生活在地底，用他们的血肉供奉着悬空寺，然而竟从未听过佛法，所以我讲经时，他们欣喜若狂，视我为真正上师。"君陌望着渐渐变得寒冷幽暗起来的原野，声音也渐渐变得寒冷起来，"佛宗说普度众生，却把众生视为猪狗，佛宗说佛经里有无尽妙义，却连自己的信徒都不给看，那么这些佛经和废纸有何区别?他们和骗子有何区别?"

宁缺问道："师兄接下来准备怎么做?"

君陌说道："我本是来静心修佛的，哪里想到，这佛竟是如此可恶，观三千悲惨世界，哪里能够静心？这些秃驴都该死。"

宁缺提醒道："七师姐说了，不能用秃驴骂人。"

君陌轻抚新生的青黑发茬，说道："既生新发，自可痛骂。"

宁缺赞道："有理。"

君陌望向夜穹里那轮弯月，说道："老师在与昊天战，身为弟子，我本应服其劳，奈何修为低末，登不得天，又胜不得她，那便只能在人间做些书院该做的事情，行人间道，先把这悬空寺除了再说。"

宁缺再赞："师兄真正慈悲。"

君陌转身望向他，说道："今日既然开始杀人，其后必然每天杀人，我要杀越来越多的人，你的事情，我只能暂不理会。"先前湖畔一战，那贵人断耳舍臂削脸而走，宁缺知道那是师兄的安排，不然那人必死无疑，目的自然是为了明日杀更多的人。

"杀了那些贵族，必然引来僧兵，杀了僧兵，便会引来什么上师和活佛，师兄剑撼世间，最终必然会惊动悬空寺，只怕杀之不尽。"宁缺有些忧虑。

"我对那些牧民说，崖壁再高，只要肯爬，那么总有爬到上面的那一天，杀人同样如此，只要不停地杀，总有杀完的那一天。"君陌望着夜色里威势更盛的巨峰，说道，"看那边黑洞洞，待我先将地底的那些狗杀干净，再赶将过去，杀光寺里的秃驴，再一把火烧了这山。"

宁缺再次赞道："修佛便是杀佛，师兄大德。"

"错，杀佛才是修佛。"

"或许这才是真正的佛家慈悲。"

"不错，即便是佛祖重生，站在我面前，我也是这句话。"

宁缺沉默片刻，说道："佛祖或许……真还活着。"

"莫调皮。"君陌说道，"当然，就算佛祖还活着，还不是一剑斩了。"

遇佛杀佛，这就是他修的佛。

宁缺问道："若斩不死怎么办？"

君陌说道："那便是我死。"

他说得云淡风轻，宁缺却听得惊心动魄，沉默不语很长时间后再次开口说道："师兄，佛祖真的可能还活着。"君陌断然不信，肃容教训道："糊涂，佛祖早已涅槃，若他还在人间，老师怎会不知，昊天她又怎会不知？"

宁缺叹息道："她确实不知佛祖生死，不然为何要来悬空寺探看？"

君陌沉默片刻，说道："那便先找到再说。"

二人回到湖畔的小帐篷里，桑桑正在睡觉。原来昊天竟是觉得困了。听到脚步声，她睁开眼睛望着宁缺说道："我饶他一命，就算斩了这道尘缘。"

君陌说道："青峡之前，我便说过，我之命何须天来饶？"

宁缺语重心长地说道："尘缘不是你想斩便能斩，讲些道理好吗？"

桑桑坐起身来，看着君陌说道："若讲道理，我极不明白，佛陀若要设局杀我，应是书院最想看的事情，你为何站在我这一方。"她是昊天，自能从君陌的神情里知道他的倾向，至于她之所以不提宁缺的立场，那是因为她已经习惯了宁缺的跟随。

君陌平静地说道："不齿。"不齿便是不齿与其同伍。

宁缺的回答更直接些，说道："书院丢不起那人。"


离开崖壁前的湖泊草甸，宁缺和桑桑在地底的原野间四处行走，想要寻到佛祖还活着的痕迹或是已经死去的痕迹。有时候在湖畔烤鱼的时候，他会想二师兄现在在做什么，是在拿着铁剑不停地斩杀贵族和僧兵，还是在和那些活佛不讲道理地讲道理。

在今后甚至可能是数十年的漫漫时光里，想来君陌都会握着铁剑，在这个悲惨的世界里不停搏杀，已经沉寂了无数年的佛土，必将掀起无数惊涛骇浪……想着那些画面，便是冷血如他也觉得有些情绪激荡，恨不得与师兄携手并肩，只是现在他有更重要的事情要做，即便做完了佛祖这笔买卖，再做完昊天这笔买卖，他还要回到长安去做人间的那笔大买卖。

寻找佛祖的旅程继续，宁缺和桑桑走遍了天坑底广阔的原野，没有任何线索，两人变得越来越沉默。未知令人不安，对原本无所不知的人来说，更是如此。踏遍原野，再登山峰，桑桑在林崖间无数座寺庙间来回，在那些静穆庄严的佛像前沉思，站在崖畔对着天空发呆。

在西峰，戒律院本堂，他们站在参天古树间，听板子重重落在僧人身上的声音，在东峰，他们站在崖石阴影里，看武僧不停跺着地面。在峰顶的大雄宝殿里，他们看到禅定的七念，在殿后的草屋中，看到一名正在熬粥的瘦削老僧，然后看到了一座古钟。峰间的悬空寺显得那样肃静而宁和，与峰下的世界截然不同，看着这些画面，宁缺很是不解，佛宗号称慈悲为怀，他们在峰间静修，黎民在峰下受苦，坐在峰上想着峰下，怎能静心，又如何能够禅定？

在峰顶下方那道崖坪的黄庙里，宁缺看到了一位熟人，正是离开长安回悬空寺重新问佛的黄杨大师，其时桑桑正在别处，黄杨便只看见了他。黄杨大师有些吃惊，宁缺简单地把这段日子的经历讲了一遍，大师才明白世间已经发生了这么多事，说道："你还是早些离去为是。"

宁缺微微皱眉，问道："悬空寺有事？"

黄杨大师摇头，说道："我不知有何事，所以应该有事。"

黄杨大师是大唐御弟，在俗世里的身份极为尊贵，这让他在悬空寺自然也备受礼遇，然而这些天来寺中供奉依旧，却没有僧人前来看望自己，给人一种感觉，悬空寺仿佛在刻意地隔离他，这让他觉得有些警惕。在看到宁缺的那一刻，大师便知道事从何来。

在荒原上，桑桑把讲经首座踩进坚实的大地，但首座并未死亡，悬空寺知道她和宁缺到来的消息，也并不如何出乎意料。宁缺并不担心，正所谓昊天在怀，谁是敌手。黄杨大师知道他是怎么想的，却有些不一样的想法，解下腕间的那串念珠，递到他的手里，神情凝重："我佛慈悲，亦有雷霆动时。"在悬空寺里听着我佛慈悲四个字，宁缺下意识里便有些不舒服，走到寺前石阶上，指着峰下被云雾遮掩的世界："那里可有慈悲？"

黄杨大师知道他在峰下的世界里行走了很长时间，说道："无数年前，佛祖以极大愿力开辟佛国，于峰间建起无数黄庙，又集无数罪孽深重之徒于此耕作放牧，以此供养僧众，得佛法熏陶，望能洗去他们身上的罪孽。"

宁缺说道："都是放屁。且不说当年被佛祖掳来此地的凡人是不是真的罪孽深重，即便是也自有法度处置，他只是个修行者，有何资格定罪？即便那些人真是罪孽深重，甚至是十代恶人，这些人的后代又有何罪孽？凭什么要世世代代生活在这不见天日的鬼地方？"

黄杨大师心有佛祖，自不能同意他的指责，但也清楚此事辩无可辩，沉默很长时间后说道："此生最苦，来世或许最乐。"宁缺在石阶上转身，看着殿内的佛像，说道："来世再多欢愉，又怎抵得过无数代苦难？你们拜的这佛，实在是恶心至极。"

"或许是错的，但佛祖定下的规矩，谁敢违抗？"

"修佛要的便是静心，僧人们坐在峰间，享受着那些奴隶的供养，难道你们真的能静心？真的能入禅定？"

"绝大多数寺中僧人，终其一生都未曾到过峰下。"

"但他们不是傻子，很清楚峰下的世界如何，而且悬空寺也要入世，要出天坑，便必须经过原野，你们的眼中，怎么能没有那些可怜的人？"

"你说得有理，悬空寺传承无数年，自然会有真正慈悲的高僧大德，哪怕违反佛祖的戒律，也想做出改变，然而他们都没有做成，最令那些高僧大德感到茫然的是，当他们试图做出改变时，峰下的那些人竟会变得无所适从，苦难竟仿佛已经成为他们生活的依赖。"

"信仰便是瘾，要戒除，最开始的时候自然难免痛苦，然则怎能因为一时的痛苦，就这样放手不管？"

"可如果佛国都开始崩塌，又能怎么管？"

"这等鬼地方，塌便塌了，何必去管。"

黄杨大师无奈摇头，心想你身为方外之人，这般想自然无错，然而寺中僧人身为佛祖弟子，又怎能眼看着佛国毁灭？

宁缺又道："若那些高僧真有慈悲心，又如何能忍？"

"不能忍，又无法管，便只能离去。"

"所以你当年便离开了悬空寺，回到了长安。"

黄杨大师说道："不错，像我这样离开悬空寺的僧人还有很多。歧山大师少年时便通读所有佛经，悟所有佛法，被悬空寺当时的首座视为不二传人，然而大师不忍见峰下黎民苦楚，最终破山门而出，去了烂柯寺。"

宁缺看着殿里这尊金身佛像，想着瓦山洞庐里久劳成疾的歧山大师，沉默了很长时间，说道："不忍之心，才是佛心。"

宁缺回到那道偏僻的崖坪，拨开青藤，来到莲生旧居前的树下。他不知道这是棵什么树，只记得前些天来时，整棵树只结了一朵白花，被风吹到他的肩头，现在正插在桑桑的发鬓间。只过了数日，这棵树上便结满了小白花，在并不繁密的青叶间吐蕊展瓣，散发着极为清怡的花香，混入清风渐行渐远。

桑桑走到他身旁，就像她前些天说的那样，无论宁缺在哪里，她都能很轻易地找到他，绝对不会让他走丢。

山崖间的清风拂过，青叶和小白花微微颤抖，以肉眼可见的速度，青叶渐厚，小白花渐渐枯萎，画面显得极为神奇。只有桑桑鬓间的那朵小白花依然娇嫩欲滴，新鲜如初。青叶渐厚，白花渐萎，并不意味着凄凉，也可能是丰收，因为只有花落时才会结出果实，没过多长时间，树间便结满了青梨。

宁缺这才知道，崖畔这棵树竟然是梨树。他伸手在枝头摘下一颗青梨，发现这梨比世间常见的梨要小很多，梨表的青色极淡，嫩滑如玉，看着就感觉极为香甜多汁。宁缺见过这种青梨，桑桑也见过，那是数年前在瓦山佛像后的洞庐里，歧山大师拿出一颗青梨请桑桑吃，然后桑桑分了他一半。这青梨确实很好吃。

宁缺看着手里的青梨，有些犹豫，甚至有些警惕不安，因为上次他和桑桑吃了这颗青梨便进入了梦乡，被收进了佛祖棋盘。如果是别的时候倒也罢了，然而现在他和桑桑是在悬空寺中。宁缺一直不解，为什么悬空寺里的僧人始终这般平静，即便他们找不到桑桑和自己，总该有些紧张才是，然而峰间的无数座寺庙依旧如常，诵经的诵经，入定的入定，戒律院还在惩罚僧众，武僧不停跺地。晨钟暮鼓，依然清心，现在的悬空寺太过平静。

悬空寺里的僧人们究竟在等什么？等佛宗讲究的缘法？他们在等待缘法到来的那一刹那？那一刹那在哪儿？难道就在这颗青梨上？宁

缺看着手中的小青梨，微微皱眉。

便在这时，峰顶忽然传来一道极为悠扬的钟声。

可以清心否？

宁缺并不这样觉得，当钟声入耳时，他的心脏骤然紧缩，仿佛被一只无形的手用力握住，下一刻便会被压裂！这道钟声，不能清心，只能惊心！宁缺脸色瞬间苍白，痛苦得险些把手里的小青梨握碎。紧接着，他噗的一声，喷出一口殷红的鲜血！

穿过崖间清风的她的手，不知何时握住了他的手。那是桑桑的手。一道至为纯净强大的神性，从她的手中传来，瞬间占据了宁缺的身心，以难以想象的速度，将他已经破裂的心脏修复如初。宁缺从绝望的处境里摆脱，望向峰顶钟声起处，衣襟上满是血污，脸上也带着血水，眼睛里余悸难消。

这道悠扬的钟声来自悬空寺的大雄宝殿，来自他与桑桑曾经看过的那座古钟，然而他哪里能够想到，这道钟声竟是如此恐怖！随着浩然气修为渐深，他的身体强若钢铁，普通的刀箭根本无法破开他的肌肤，更何况是体内的心脏，更是被浩然气层层包裹。然而悬空寺里一道钟声便震破了他的心脏，险些杀死他！

感受着手里握着的温暖，宁缺再次感受到所谓桑桑在手，天下我有的感觉。就算这道钟声再如何恐怖，就算悬空寺再如何强大，只要我紧紧握着桑桑的手，就算你把我斩成无数段，我依然能够活着。这是宁缺在光明神殿和幽阁里无数血泪惨痛得出的结论，他很有信心。

握着桑桑的手，他不再恐惧，便能认真听那道钟声。那道钟声在崖壁间，在无数座寺庙里不停回荡，那般悠远。渐渐地，有无数道诵经声，开始融汇到钟声里。无数座寺庙，无数僧人正在诵读佛经，无数道诵经声混杂在一起，嗡嗡而响，根本听不清楚他们读的是哪卷佛经。

世间佛寺，都是由钟声开始一天，是为晨钟。晨钟响起，僧人醒来，开始虔诚地诵读经文，是为早课。悬空寺醒来，佛祖留在人间的真正佛国，也开始显露它真实的容颜。

一道佛光出现在崖坪上，把桑桑罩在其中。

宁缺看着这幕画面，浑身冰冷，心脏都仿佛停止了跳动。

因为他想起了多年前，在烂柯寺后殿里的一幕画面。

多年前的那个秋天，曾经有一道佛光，穿透殿宇，落在桑桑的身上。那道佛光是那样的慈悲，又是那样的冷酷。佛光中，桑桑的脸显得愈发苍白，瘦弱的身子显得愈发渺小。她看着佛光外的宁缺，默默流着眼泪。从那一刻开始，她便成为了冥王之女，承受了无穷无尽的痛苦与恐惧，然后她开始和宁缺一起被整个人间追杀。

那道佛光，对宁缺和桑桑的人生来说，毫无疑问是最根本的一次转折，其后发生的所有故事，其实都开始于此。宁缺怎么可能记不住？此时看着崖坪上的这道佛光，看着佛光里的桑桑，他仿佛回到了当年，那些最痛苦的、最寒冷的情绪，全部涌进了他的脑海。

"不要！"他痛苦地喊道。


这道佛光出现的是如此突然，把崖坪与天穹连在一起，即便是桑桑，也无法分辨出究竟是自天而降，还是从崖坪地底生出。更准确地说，佛光是把这道崖坪与云层连在了一处。

山峰上方不知何时飘来无数层云，把真正湛蓝的天空完全遮住。

桑桑背着双手，抬头望向佛光深处，神情平静。她的脸本就极白，此时被明亮的光线照耀，更是如雪一般。既然要背起双手，自然她没有再继续牵着宁缺的手。因为即便是她，面对这道佛光，也不能太过分神。

然而就在这时，她听到身后传来宁缺痛苦的喊声。

便是佛光都没有令她蹙眉，宁缺的声音，却让她的眉微微蹙起。

她转身望向宁缺，问道："不要什么？"

宁缺被佛光波及，正在痛苦地吐血，又因为担心她的安危，脸色变得极为苍白，哪里想到，事情的发展与自己的想象完全不一样。他看着佛光里的桑桑，不知道该说些什么。

桑桑没有哭，没有吐血，没有恐惧，没有喊他的名字。

桑桑不像当年那般瘦弱，那般可怜。

她的身影是那样的高大，即便万丈佛光，也不能稍夺她的光彩。

他这才想起来，桑桑已经长大了。她现在是无所不能、无所不知的昊天，不再是不能离开自己的小侍女，她已经不再需要自己的保护，相反她开始保护他。

"没什么。"宁缺微笑着说道，然后发现真的不知道该说什么，于是又吐了口血。

桑桑有些烦躁，心想人类真是麻烦的生物，一时惊恐，一时微笑，自己居然算不清楚他的脑子里到底在想些什么。看着宁缺唇角溢出的血水，她以为自己明白了他的意思——以宁缺的境界，没有被她牵着手，自然在佛光的威压之下痛苦难当，他说不要，是不要自己松开他的手，至于接着说没什么，那自然是雄性动物无趣的自尊心作祟。

"没空。"桑桑对他说道，"你自己不会撑伞？"

以前是她吐血，现在轮到自己吐血——宁缺正沉浸在这种变化所带来的感伤情绪中，听着这句话才醒过神来，赶紧取出大黑伞撑开。

从烂柯寺那年秋天开始，大黑伞在这些年里饱受折磨，早已破烂得不成模样，宁缺从那棵玉树下取回旧布进行了缝补，模样还是极为丑陋难看，就像是乞丐身上打了无数补丁的衣服，因为多年未洗满是黑泥，哪还有当初黑莲盛开的美丽感觉。

宁缺哪里会在乎，待发现黑伞能够挡住佛光后，很是喜悦，顺着桑桑的目光向佛光深处望去，想要看清楚敌人究竟在哪里。他的心情不错，桑桑的心情也不错，悬空寺终于有了反应，她非但不惧，反而很是期待，只要有变化便是好的，佛祖下落的线索，或许便在其间。然而接下来的变化，有些出乎二人的意料。

回荡在山崖间的经声渐渐变得整齐，那道洪亮悠远的钟声没有把经声掩盖，更像是风箱里的风，帮助经声变得越来越洪亮。随着钟声与经声的变化，崖坪上的那道佛光也随之发生变化，光色变得越来越澄静，其间蕴藏的佛威越来越恐怖。

桑桑依然背着双手站在佛光里，神情平静从容。

宁缺握着伞柄的手则微微颤抖起来，越来越辛苦，赶紧把青梨塞进袖子里，用两只手握住伞柄，才勉强支撑住。

峰顶，悬空寺大雄宝殿后。古钟旁没有僧人，却在风中自行摆荡。

钟声响彻整座巨峰,响彻峰下的原野,直至传到极远处的崖壁,然后被撞回,如此不停反复,悠远,令人沉醉。

大雄宝殿前的石阶上,数十名僧人盘膝而坐,合十闭目静心,随着钟声的节奏不停诵读着经文,有若吟唱。七念坐在最前方,这位苦修闭口禅多年的佛宗强者,今日读的经文要比以往十余年间说的话要多上无数倍,经声里的威力无穷。其余数十名僧人都极为苍老,白眉仿佛要垂至胸前,合十的双手比崖间最老的树的树皮还要皱。

大雄宝殿里也有人在诵经,当年在葱岭前被大师兄一瓢重伤的七枚大师,以最虔诚的姿势跪在佛像前,不停地诵读着经文,他的后脑严重变形,从嘴里念出的经文有些含混,然而待出殿之时,却变得无比清晰。

在东峰西峰的数座黄色大庙里,数百名身穿红色袈裟的僧人盘膝坐在崖坪上,双手合十,神情坚毅,不停地唱诵着经文。在山腰雾气里的数十座寺庙里,数千名身穿灰色袈裟的僧人盘膝坐在禅室里,双手合十,神情紧张,不停唱诵着经文。在山下幽暗的数百座寺庙里,无数身穿杂色僧衣的僧人盘膝坐在佛像前,双手合十,神情惘然,不停唱诵着经文。在天坑底的广阔原野间,数百万黎民对着悬空寺的方向双膝跪倒,无论衣衫褴褛还是穿金戴银,神情都无比虔诚,不停祈祷着。

在佛国里的位置不同,穿的衣裳便不同,表现也不同,佛宗强者不需要坐在佛像前,普通僧人则需要靠佛祖来替自己增加勇气,至强者神情平静,强者神情坚毅,弱者神情紧张,神情惘然的僧人根本不知道发生了什么事。

原野间那些神情虔诚的信徒,他们也不知道发生了什么事情,然而信仰却最坚定,他们没有学过经文,但祈祷的效果却是最强大。但无论是哪种人,他们都在诵经,都在祈祷。钟声、经声、祈祷声,佛国处处皆是。

云层平静,渐渐显现出很多痕迹。那是经文投射在云间的影子。真正的经文在空中,数千个寺庙大小的文字泛着淡淡的金光,飘过牧民的头顶,飘过真正的寺庙,飘过崖间的青树,在天空里不停排列组合。幽暗的原野被这些金光经文照耀得十分明亮。

在原野间黑压压跪着的信徒们，脸上流露出无比激动的神情，更加虔诚，向佛之心更加坚定，祈祷的声音越来越整齐明亮。在崖壁近处的某个蓝湖畔，与跪着的牧民们相比，静静站立的君陌显得非常特殊，他的身影显得那样孤单而强大。

他看着向巨峰飞去的那些金光经文，眉头微挑。

数千个泛着金光的经文，从四处聚来，绕着巨峰缓缓转动，把峰间的青树寺庙照得明暗不定，崖坪上那道佛光变得更加明亮。

佛光里，宁缺双手紧握伞柄，脸色苍白，苦苦支撑。

桑桑看着佛光深处，脸变得越来越白，但她依然没有出手，因为她想要看清楚这道佛光究竟来自哪里，佛祖在哪里。

宁缺看着她的背影，有些紧张，他虽然不知道悬空寺鸣钟诵经的手段，也不知道空中那些散着金光的字意味着什么，但他在符道方面的天赋举世无双，只凭直觉便推算出，如果那些金字最终排列成一篇佛经，便是佛宗真正一击到来的时候，只怕桑桑要应付都会觉得很麻烦，她为什么还不出手？

桑桑抬头看着佛光深处，看了很长时间。

忽然，她望向脚下的崖坪，说道："原来如此。"

悬空寺所在的这座山峰，是世间最高、体量最大的山峰。

然而这座山峰却永世隐藏在天坑里，从地表看只是座不起眼的小土丘。

其中意味，与佛道自然相符。

因为这座山峰，是一个世间最高却不愿现世的人。这道崖坪不是真的崖坪，而是那人向天张开的手掌。崖畔的那棵梨树不是真的树，而是那人指间拈着的一朵花。

那个人便是佛祖。

宁缺和桑桑站在崖坪上，站在梨树旁，实际上便是站在佛祖的手掌心里，站在他指间拈着的那朵小白花下！

桑桑摘下鬓角的小白花，扔进风里，看着峰顶微讽道："这座山峰只是你的尸体，并不是你，这样就想把我困在你的掌心里吗？"

是的，这座山峰不是佛祖，而是佛祖涅槃后留下的遗蜕所化。

然而毕竟是佛祖的遗蜕，在世间最高。

谁能逃得出佛祖的手掌心？

## 6

山是佛，崖坪是佛的手掌，那道充满寂灭威压的万丈佛光，不是自天而降，而是来自于佛的手掌，来自悬空寺和坑底原野无数僧侣、信徒的虔诚信仰。在峰间缭绕的那些经文亦是如此，无数年前由佛祖亲笔写成，无数年后由他的弟子和信徒们虔诚唱出，佛性给经文镀上金边，自然佛法无边。

桑桑静静地看着崖坪，看着空中飘舞的经文，看着这道佛光，不同的视野，都在她的一眼之间，然后她看到了数年前秋天的烂柯寺。那年的烂柯寺，也有一道如此寂灭的佛光，那道佛光来自于瓦山峰顶的那尊佛祖石像，开始于戒律院首座宝树手里的清脆铃响。

今年的悬空寺，看似悲悯的佛光依然冷酷，这道佛光来自崖坪，来自佛祖遗蜕的手掌，开始于峰顶宝殿后方响起的悠远钟声。那年烂柯寺的佛光，为的是镇杀冥王之女，今年悬空寺的佛光，为的是镇压昊天，昊天便是冥王之女，佛光也还是佛光，其实没有任何变化。

所有的事情都清楚了。为了夫子，昊天布置了一个千年之局，而佛祖在此之前，便看过天书明字卷，写过笔记，他知晓将来之事，预言夜将来临时，必有明月出现，只是未曾言明，昊天会来到人间，并且变得越来越虚弱。

于是佛祖也布下了一个局。

他在人间留下了很多法器，比如盂兰铃，比如棋盘，万丈佛光说的是要镇压冥界的入口，然而以佛祖之能，又怎么会不知道冥界并不存在？

从开始到最后，佛祖要杀的人都是她。

佛祖要灭昊天。

盂兰铃被君陌捏成了废铁，瓦山峰顶的佛祖石像被君陌斩成了碎块，那张棋盘被宁缺和桑桑带到了荒原上。然而佛祖遗蜕化成的巨峰，比瓦山上的石像要高大无数倍，悬空寺的钟声要比盂兰铃的声音响亮无数倍，佛光自然也强盛无数倍。

桑桑看破了所有的一切，她与宁缺心意相通，宁缺自然也知晓了所有的前因后果，才知道原来悬空寺所在这座大山，竟然是佛祖的身体。他很震撼，这种时候没有人能够不震撼。他脸色苍白，除了太过震撼之外，也因为山峰外缭绕飞舞着的那些金光文字，已经渐渐寻找到了顺序，快要组合成一篇完整的经文。

一个字便有一座庙宇大，数千个字便是好大一篇经文，金光灿烂的经文，飘拂在悬空寺上方空中，竟把云层都遮住了。铮的一声，宁缺握住刀柄，铁刀半出鞘口，寒光逼人。

就在他准备出刀之时，桑桑挥了挥衣袖。

满是繁花的青衣，在万丈佛光里闪闪发光，就像是最尊贵的皇袍。

她本就是这个世界的君王。她对着天空轻挥衣袖，便有狂风呼啸而起，如龙般高速咆哮穿行于峰间的密林寺庙之间，不知把多少僧人砍落山崖。

风来到峰顶大雄宝殿之前，古钟微摇，钟声微乱。石阶上草屑乱飞，七念及诸老僧闭着双眼，不怕被迷眼，然而禅心却渐趋不宁，渐要迷乱，口鼻处渗出血来。便在这时，殿内佛像前的七枚由跪姿变成坐姿，神情坚毅决然，手持木杖，重重敲在身前的木鱼上，木鱼瞬间碎裂。几乎同时，佛像旁尊者手里持着的金刚杵破空而落，重重击打在七枚的头上，只闻噗的一声，七枚头骨尽碎，脑浆与鲜血到处洒落。斑斑血痕染了佛像，在狂风里摇摇欲坠的大雄宝殿，骤然间稳定，与山峰紧密地联成一体，僧人们也终于稳住了身与心。

桑桑挥袖成风，便是天风，自不会就此湮灭，自峰顶飘摇而上，瞬间来到天空里那篇由数千字组成的经文处。高空云乱，云层下的那些金光大字更是四处散逸翻滚，金光乱摇中，将要成形的经文边缘被打乱很多，很难看懂其间的内容。

桑桑挥袖便破了佛祖留下的经文，神情却变得凝重起来。

因为挥袖之间，她便对身遭的环境有了更多的认知，有些不解地发现，自己居然没有办法带着宁缺离开这道崖坪。禁制崖坪的力量不是规则，也不是普通的修行法门，修行依然是在规则之内，即便是五境之上的小世界，依然在昊天的世界里，在那种情况下，她纵使来到人间后虚弱了很多，依然动念便能破三千世界。

此时困住他们的，是个大世界。

在昊天的世界里，怎么可能有真正的大世界存在？

佛祖把自己的身体化作了山峰，峰间起无数寺庙，峰下蓄无数信徒。

山峰本无觉无识，无神无命，但无数年来，山间寺庙香火不断，僧人诵经不止，原野间的信徒顶礼膜拜，终熏陶出了佛性。那佛性便是僧众信徒的觉识！无数年，无数人，无数觉识，无数性命，终于让这个世界变成了佛国，真正的佛国是真正的世界，极乐的大世界。

此世界在人间极西处，故名西方极乐世界。

哪怕身处西方极乐世界，无法轻离，桑桑也不在意，她是昊天，即便与数百万甚至更多的佛宗信徒开战，也没有输的道理。然而她来到人间时日已长，夫子灌进她身体里的人间之力，在不停地削弱她，如果她要打破西方极乐世界，必然要付出很大的代价。将这片西方极乐世界毁了，人间还有长安城，还有书院，还有惊神阵，到那时虚弱至极的她，又该怎么办？

所以她有些犹豫。

宁缺不知道她为什么犹豫——现在的局势非常糟糕，被天风吹散的那篇佛经，并没有就此消失，散乱的部分向着崖坪落了下来！那些泛着金光的、寺庙般大的文字，在向崖坪飘落的过程里，慢慢变小，最终变成有若花瓣般的存在，散发着异香。

佛国有天女散花，画面非常美丽。宁缺的神情却极凝重，由经文变化而成的花瓣，落在了大黑伞的伞面上，每片花瓣仿佛便如一颗巨石，无比沉重。佛光本就威压极重，无数花瓣落下，在大黑伞的伞面上厚厚铺着，那更是人类难以承受的重量，不过瞬间，便觉得手臂要断了。宁缺把伞柄插入崖坪间，相信山峰既然是佛祖的身体，必然撑得住。他看了眼站在佛光里沉默不语的桑桑，抽出铁刀，向着漫天飘落的花瓣斩去。

刀出留痕，痕便是字，字便是神符，乂字符。

花瓣看着是花瓣，实际上依然是字，是佛经里的字。

佛法无比，才会字重如山。

佛祖如果留下的是别种手段，以宁缺五境之内的修为境界，只能抓着桑桑的衣袖，老老实实躲在她身后。但既然这是篇经文，落下的是文字，那么他便能破。因为他是人间最好的书法家，最强的神符师，他在书院的旧书楼里不知拆了多少字，他这辈子最擅长的就是拆字。

七道乂字神符，出现在崖畔的空中。

落下的花瓣触着符意，便碎成丝絮，因为花里的字都被拆成了无意义的线条。

花瓣继续飘落，数千字便是数千花，如绵绵春雨，久久不歇。七道乂字神符与佛祖威能对抗，没有支撑太长时间，便自行消失。看着空中还残留着大半的那篇经文，看着微乱的经文下方不停飘离落下的文字与近处的花瓣，宁缺毫无惧色，挥刀再斩。

这一次他没有拆字，而是在天空中写了一个字。他写得非常随意，连自己都不知道那个字是什么。佛祖就算死后亦能知五百年，也不可能猜到。铁刀在经文上画出的笔画，更像是在涂鸦。再浅显易懂的经文，只要顽童在上面胡乱涂几笔墨渍，便能让最有学问的高僧大德，也看不懂其中的意思。

佛国经书，就此被宁缺乱刀所破。他是夫子和颜瑟共同培养出来的怪物，他不属于昊天的世界，更不属于佛祖的世界，他最不想待的地方就是西方极乐世界。用文字之道对付宁缺，就像是在夫子门前切鱼脍，临四十七巷前卖酸辣面片汤。

他收刀归鞘，望着桑桑说道："你还不出手？"

桑桑不知道在想什么事情，没有理他。

宁缺抖落大黑伞上的花瓣，撑到她的头上，替她挡住佛光。

桑桑微微皱眉，说道："这些手段，如何奈何得了我？"

"看你这小脸白的，何必逞强。"

"我本就强，何必逞？"

宁缺心想，到底是昊天，太爱面子，在这种时候还要硬撑。

他把伞柄塞进她手里，望向峰顶大声喊道："我们认输，别打了成不？"

桑桑再次皱眉，有些不喜。

宁缺严肃地说道："你看我，从来就不知道面子是什么东西。"

悬空寺清楚，昊天不可能认输，回答宁缺的是满山满崖的钟声，无穷无尽的庄严诵经声，还有一道声音："既与天争，书院为何要站在天的身旁？"这道声音宁静而威严，仔细品味，仿佛只能用恢宏二字来形容，而且所问之事，直指最根本的所在，任谁都难以回答。

听到这话，宁缺却乐得笑出声来："首座你现在应该还被埋在土里，居然说话中气还这般足，实在是令人佩服。"

宁缺的笑声极为快意，从崖畔飞出，穿过青青梨树，飘过佛光与凋残的经文花瓣，回荡在无数座寺庙之间，即便数百万人的诵经声与悠远仿佛自万古以前而来的钟声，都无法压过。

自在光明祭上人间无敌之后，他被桑桑折磨了无数次，根本没有还手之力。带着桑桑踏上旅途，遇着事都是她出面，她出手，他则只能可怜地站在后面，哪有出手的机会？在京都皇宫看似胜了王书圣，其实还是她的力量，最终他沦落到只能挑着担，只能牵着马，然后做些缝缝补补洗洗涮涮的工作……而今日对着万丈佛光，满天落花，桑桑受到了压制，他抽出铁刀写了数道符，便破了佛祖的遗威，怎能不觉得爽利？

首座的声音在佛光里再次响起："佛门当年要杀她，你帮她，如今你依然帮她，到底为何？书院难道已经背弃了夫子的意志？"

"书院逆天是书院的事，她是我妻子，我们之间就算有问题，也是我们的家庭内部矛盾，佛祖这算怎么回事？躲躲藏藏无数年，趁着别人两口子不留神打得狠了些就跳出来想占便宜？恶心。"

"因果因果，最终看的还是果。"

"如果佛祖的果，便是让人间变成山脚下那样，那么书院必然不会让他的因果成立。"

首座肃然问道："为何？"

宁缺说道："因为恶心。"

首座沉默不语。

宁缺情绪正高，自不会就此停止，大声说道："我佛慈悲，悬空寺数万僧人，可有一人有脸来说这慈悲在何处？"

首座淡然说道："那你便与昊天一道去吧。"

宁缺说道："你这等装逼模样，颇有我当年的风采，果然恶心。"

桑桑撑着大黑伞，看着宁缺说道："你现在也挺恶心。"

宁缺无奈地说道："认清楚自己的位置和立场，好吗？"

此时天上那篇大佛经被涂鸦，依然散作无数花瓣落下，不再散发异香，也不再像先前那般佛威强大，但仍是极为凶险。首座不再说话，还有很多说话的人，峰间无数座寺庙及峰下原野里的无数信徒不停地诵经或者祈祷，崖坪上佛光渐盛。佛祖为昊天留下无数伏笔，浩瀚有如大海无量，哪里是宁缺能解决的，而真正凶险的那道法器，直到此时还停留在人间。


朝阳城落了一场秋雨。

微雨中的七十二寺非常肃穆庄严。

当西荒深处的悬空寺响起钟声时，七十二座寺庙同时响起钟声，钟声回荡在城市的每条街巷里，回荡在所有信徒民众的心间。佛钟可以清心，可以警心。无论是巷角纳鞋底的老妇，还是皇宫里容颜稚嫩的小皇帝，都在钟声的指引下，来到寺庙中。

朝阳城所有佛寺，都挤满了信徒，男女老少跪在佛祖像前，不停地叩拜祈祷，白塔寺更是如此，湖前的石坪上跪满了信徒，黑压压的一片。湖水很净，也很平静，湖面倒映着美丽的白塔与岸边的垂柳，正是朝阳城最著名的风景，对生活在这里的人们来说是最美好的记忆。

秋风轻拂，湖水生波，倒映在湖面上的白塔渐渐变得扭曲起来，这本是极常见的画面，然而在湖畔不停祈祷的信徒们异常震惊——因为随着白塔在湖间倒影的扭曲，湖畔那座真实的白塔也扭曲了起来！塔影是虚妄，如何能够影响到真实的白塔？

秋风渐渐变大，在湖面呼啸而过，拂得湖水摇撼不安，湖面上的塔影与树影尽皆被揉成碎片，再也看不清楚画面。湖畔的白塔也渐渐虚化，仿佛要消失在空中！

湖面颤动得愈发剧烈，泛着白沫的浪花像极了天空里的云，又像是锅里煮沸的清水，白塔的倒影变成泡沫，终于消失不见。轰的一声巨响！湖水忽然间消失无踪，只剩下干燥的湖底！湖畔的白塔也不知去了何处！那座白塔，陪伴了月轮国的信徒们无数年，早已变成他们的精神信仰，或者说是生命记忆，然而今天就这样消失在他们的眼前。

所有看到这幕画面的人，都生出一种感觉，他们再也看不到白塔归来，朝阳城最著名的风景，再也不可能重生。信徒们震惊无措，无限感伤，不知道此时该做何想法，只知道跪在湖畔，对着白塔残留的底坛不停磕头祈祷，比先前更加虔诚。


悬空寺上方的天穹，始终被厚厚的云层覆盖。

佛祖既然要灭昊天，自然不能让她看到湛湛青天。

忽然间，极高的天穹处响起一道极恐怖的风声。云层正中央的位置，忽然向着地面隆起了数百丈，隆起的云团将要触到巨峰的峰顶，最下处雷鸣电闪，然后雨水哗哗落下。

这片雨不是真正的雨，而是来自无数里之外的人间、白塔寺边的那片湖水，里面甚至还有很多游鱼和莲花残枝！暴雨滂沱，向着地面隆起的云团忽然裂开。一座白塔破云而出，落向峰间那道崖坪！白塔也来自无数里之外的人间，带着佛祖在人间所有信徒的觉识，破开空间来到西方极乐世界，便要把昊天镇压在塔下！

数年前的那个秋天，讲经首座便曾经想过要把桑桑镇压在白塔下，数年后的这个秋天，佛祖留下的手段，终于让这一幕变成了现实！


暴雨落在崖坪上，梨树被打得枝头低垂，青叶里的那些小青梨，却没有被淋落到地面上，无数水流顺着崖畔流下，变成细细的瀑布。桑桑撑着黑伞，站在湖水化成的暴雨中间，神情依旧平静。宁缺没伞，瞬间便被雨水打湿全身，肩上挂着几根像死蛇般的莲枝，怀里还钻进去了一只滑溜溜的泥鳅，看着极为狼狈。

真正令他感到不安的，不是湖水，而是破云而出的那座白塔。云层向地面隆起的那处距离峰顶很近，出云后的白塔很快便过了峰顶的大雄宝殿，毫不动摇地向着他和桑桑所在的崖坪镇压而去！自天而降的白塔里蕴藏着无上佛威，崖坪间的佛光也变得愈加强大，二者之间隐隐形成某种联系，根本无法破开。

崖坪是佛祖遗体的手掌，白塔落下，便是要落到佛祖掌中，因为这本来就是佛祖留在人间威力最大的一件法器！佛祖要收回自己的宝贝，宁缺没有意见，但他和桑桑正站在佛祖的手掌心里，无法离开，白塔落下，他们便会被镇压，那还能翻身吗？

白塔落下，佛威渐近，宁缺手执铁刀，四顾茫然，完全不知道该怎样应对，转头望去，只见伊人还在伞下发怔。

他喷出一口鲜血。

待擦完唇角的血，伊人还在发呆。

宁缺很是无奈，非常痛苦，对着她喊道："老天爷啊！都这时候了，你还在发什么呆？还不快快使出神通！"

桑桑抬起头，望向正在佛光里落下的白塔。暴雨骤停，云层骤静，白塔的下落之势骤缓，慢得仿佛悬停在了空中。只是缓，并不是真的停止，即便再慢，只要不停落下，白塔终有一天，会落到崖坪上，会把她和宁缺压在塔底。

要摆脱当前的局面，便必须离开崖坪，而要离开崖坪，则需要强行破开这个由佛光、经文和数百万信徒觉识组成的大世界——佛祖的西方极乐世界。

桑桑不愿意付出如此大的代价，因为人间还有书院。她背着双手，面无表情地看着空中的白塔，静静思考。看着她这样，宁缺很是无奈，挥出铁刀斩破飘到崖前的数字经文，掠至她身边，挤进大黑伞里，在她耳边大声喊道："醒醒！"

桑桑神情不变，说道："我此时并未睡着。"

"赶紧想想办法，我可不想当许仙！"

"被镇在塔底是白娘子。"

宁缺很恼火，说道："你如果变成白娘子，我难道还能在塔外边待着？"

桑桑看着那座白塔，说道："我被你们书院变弱，破不了这塔。"

宁缺说道："这还成了我的责任了？好吧……就算是我的责任，但你是昊天，身上总得带着些什么宝贝吧？"

桑桑看着他，指了指大黑伞。

宁缺很不满意，说道："你看看佛祖留了多少宝贝？你就留了这么把破伞？"

他把那个破字说得很重。

大黑伞现在确实很破，但如果它有感知，肯定觉得很委屈。

桑桑不委屈，因为委屈是孱弱的人类才会有的情绪，说道："弱者才会做这么多准备，我来人间什么都不需要。"在她看来，佛祖便是弱者。

"你说的那个弱者，现在快把你这个强者镇压了。"

桑桑看着他说道："你觉得佛陀的这些手段便能胜我？"

"我正看着这出悲剧在上演。"

"异想天开。"

"他想的不就是开天？"

"我说不开，天便不能开。"她忽然望向宁缺身后的行李，看着那张佛祖留下的棋盘，面无表情地说道，"因为我是昊天，而你……什么都不是。"

说完这句话，桑桑的气息陡然变化，她明明还是站在崖坪上、梨树下，就在宁缺身旁，共用一把伞，然而在宁缺的眼中，她仿佛瞬间变得高大了无数倍，仿佛要触着天穹，居高临下俯视空中的白塔。面对佛祖的至强手段，她以佛宗的无量相应。宁缺看过观主的无量，看过酒徒的无量，唯有她的无量，才是真正的无量。

悬空寺感受到她的变化，满山崖的钟声，无数座寺庙里响起的诵经声，没有因此而停止，反而随着她的气息变化，变得更加响亮。寺庙里的僧人们诵出的经文，每字都重如庙宇，东西两峰飞石渐落，数万僧众的身体摇晃不安，鲜血从口里汩汩流出，却依然诵经不止。

宁缺发现桑桑的脸色有些略微苍白，不由很是担心，桑桑知道他在想什么，平静地说道："这是我的世界，谁也别想困住我。"然而这里是佛国，是一个很大的世界。

随着悬空寺的钟声响起，朝阳城内秋雨里的七十二座寺庙同时鸣钟；极遥远海畔的瓦山烂柯寺开始鸣钟；长安城里的万雁塔寺没有秋雁孤鸣，却有钟声；早已变成废墟的红莲寺，只有一口被烧至变形的废钟，此时在秋风的吹拂下也开始发出声响，呜咽有如鬼魂在哭泣。

燕国都城外有间极破落的庵堂，已经废弃多年。从去年开始，有十余名丧夫无子的妇人被家族赶出家门，夺走田产与房舍，妇人们聚到破庵堂里，她们用瓦片剃去尚未花白的头发，伴着残灯破佛，绝望地准备就此度过漫漫余生，或是某夜突然惨死于强盗手中。

今天，她们忽然听到了一道极悠远的钟声。妇人们被冰冷残酷的生活折磨得早已失去任何希望，这道钟声却仿佛向她们的身体里灌注了某种力量，她们跑到庵堂后方那口破钟前，握紧拳头不停地向钟面砸去，砸到拳头溅血，她们仿佛想将这些年来的怨恨和绝望都用钟声发泄出来，以此在来世寻找慰藉。破钟发出的声音很哑，很难听，很像她们在号啕大哭。

朝阳城内，无数僧人跪拜在佛祖像前，不停地诵读经文，无数信徒跪在已经消失的湖水与白塔前，不停地向着佛祖祈祷；长安城万雁塔寺，僧人们愕然听着院后响起的钟声，那些石尊者像仿佛都要活了过来。瓦山烂柯寺里，住持观海僧神情凝重，对着峰顶的佛祖石像残迹，跪倒沉默不语。城市乡野间，所有受过苦修僧恩惠的人，无论老妇还是稚童，在无所不在的钟声里虔诚跪下，对着不知何处的佛祖祈祷不停。

钟声、经声、祈祷声，在人间每个角落里响起，人间便是佛国，只要相信佛祖，那么人们便会进入他留下的大世界——西方极乐世界。

桑桑的脸色变得越来越白，她还是低估了佛祖的威能，但她并不慌张，因为既然这些都是佛祖的安排，那么佛祖必然没死。只需要找到佛祖，真正杀死他，佛祖在人间布下的极乐世界自然便会毁灭，所有的这些手段，都会变成梦幻泡影，不复存在。

而她已经找到了佛祖在哪里。

宁缺看着她的脸色，很是担心。

桑桑忽然转身看着他，说道："把你袖中那颗青梨吃了。"

宁缺怔住，他的袖子里确实有颗青梨，是先前崖畔梨树结出来的第一个果子，只是她为什么要自己这时候把青梨吃掉？很快他便以为自己明白了桑桑的意思，就像那年在瓦山佛祖像下、歧山大师的洞庐里那般，只要吃了青梨，便能进入佛祖的棋盘。进入那张棋盘便能离开佛祖的西方极乐世界。

宁缺很信任桑桑，与夫妻感情无关，而是因为她是昊天，能算尽世间一切事，然而此时也不禁有些犹豫，因为上次吃完青梨后，他和桑桑进入棋盘的是意识或者说灵魂，身体却还在棋盘之外，而且就算桑桑使出大神通，让二人的身体和灵魂同时进入棋盘，棋盘里又会有怎样的危险？他看着从行李里取出的棋盘，看着上面有些模糊的棋路线条，生出非常可怕的猜想，佛祖万一就是躲在这棋盘里，那该怎么办？

"没有万一，佛陀就在棋盘里。"桑桑收起大黑伞，看着自天飘落的经文花瓣，看着崖坪间生出，笼罩自己和宁缺全身的佛光，看着那座缓缓落下的白塔，说道，"我来到此山中，悬空寺静，佛陀无言，因为我是昊天，他们哪里敢动我？"

宁缺不解地问道："那为何现在动了？"

桑桑看着他说道："因为树上的梨熟了，被你摘在了手中。"宁缺看着右手里的那颗小青梨，看着拿在左手里的棋盘，隐约想明白了些什么——当年烂柯寺强者云集，佛祖法器、法像皆被二师兄毁去，唯有棋盘依然静默如故，此时想来果然很有问题。

"青梨熟了，便能进棋盘，便能见到佛陀真身，山间的和尚开始恐惧，佛陀开始恐惧，所以拼了万年基业，也要阻止你我。"

"当年在烂柯寺进棋盘，为何没有看到佛祖？"

"当年我还未醒来，所以我看不见他，而他看见我也没有意义。"

"意义？佛祖或许也在等着见身为昊天的你？"

"不错。"桑桑看着他手中的棋盘，心想难怪在人间寻找不到佛陀的痕迹，难怪在悬空寺里四处寻找时，天心总是要落回宁缺的身旁——原来不是我离不开这个男人，而是因为我早已察觉佛祖藏在棋盘中，这样很好。

宁缺觉得手里的棋盘忽然变得非常沉重，任谁知道自己拿着的是佛祖涅槃后的世界，或者说佛祖的棺材，都会有这种感觉。

"知道佛祖在里面，我们还要进去？"他有些不安。

桑桑说道："我为杀佛而来，知道佛在何处，当然要去。"

宁缺还准备说些什么，忽然间觉得嘴里多了样事物，紧接着，便是香甜清美的梨汁顺着咽喉流入腹中，那颗青梨就这样被他吃了。木已成舟，米已成粥，梨已落肚，已经发生的事情，没有办法再改变，他很快便接受了这个残酷的现实，然后向崖畔的青树走去。

"你要做什么？"桑桑问道。

宁缺伸手准备摘梨，说道："你还没吃。"

桑桑说道："我不用，我曾进过这棋盘，棋盘里便也是我的世界。"说完这句话，她的手指间多了一枚棋子。数年前，在烂柯寺，她与歧山大师下瓦山三局棋的最后一局，大师让她选子，她毫不犹豫选了颗黑子，令大师很是唏嘘感慨。

两年前，在荒原上，她握在手心的棋子已经从黑色变成了白色，车厢里的夫子看到这幕画面，于是天地变色，夫子知晓了所有的前因后果，开始带着她和宁缺进行那场漫长的人间旅行，为昊天来到人间做安排。那颗棋子一直在桑桑的手里，现在却看不出来是什么颜色，似是黑色又似是白色，在时间里不停地随意变化，如同天意不可测。

宁缺看着她手中的棋子，想起很多事情，沉默着端平棋盘。

她把这颗棋子放到棋盘上。

没有任何声音，也没有风起。

宁缺和桑桑的身影，在崖坪上消失无踪。

棋盘在空中停留片刻，然后落在了崖坪上，溅起几缕雨水。几缕雨水流出崖畔，变成数道大瀑布，在山谷间震出如雷般的水声。再没有天威阻拦，那座远自朝阳城而来的白塔呼啸破空落下，重重地落在棋盘上，伴着声巨响，被震飞到崖后的旧庙上。旧庙被震碎成废墟，通往崖洞的路，被白塔堵死。棋盘在崖坪上弹动数下，然后静止，掀起一缕极清柔的风。

清风拂过，崖畔的青树不停摇晃，落下无数颗小青梨。

白塔破云前，有万顷湖水自朝阳城而来，如暴雨般冲洗崖坪，然而却无法打落一颗青梨，此时这些青梨却随着这阵清风如雨落下。啪啪啪啪，如雨般的嘈乱声音里，青梨纷落，落在被雨水泡软的崖坪上，瞬间被震碎成汁液，只留下数百个梨核。梨核被清风拂动，顺着那数道大瀑布，落下山下深渊，再也无法找到。这棵梨树，乃是佛祖当年亲手所植，五百年开花，五日结果，五刻落地，触地成絮，随波逐流，不得复见。

悬空寺无数年来，只留下了三颗青梨。

歧山大师离开悬空寺时，把这三颗青梨全部带到了人间。

第一颗青梨，被歧山大师用来救治南晋水灾后患上疫病的数万灾民，也因为这个缘故，他禅心受到反噬，就此境界全失，成为废人。

第二颗青梨，被歧山大师用来点化当年借宿寺中的莲生公子，莲生于悬空寺崖畔梨树旁面壁悟道，不得不说其中自有命数或是佛缘。

第三颗青梨，被桑桑和宁缺分而食之，让大师知晓了桑桑的那一个身份，就此人间开始了一场血雨腥风的逃亡旅程。

五百年后，悬空寺的青树梨花盛放，结出数百青果，只有一个存活，又被宁缺吃了，而这一次将要决的事情比较简单。

这颗青梨，将要决定一场生死。

昊天与佛祖的生死。


崖坪间清风徐拂，白塔生于破庙乱檐之间，自不似在朝阳城湖畔被万民敬仰喜爱那般光彩夺目，黯淡无比，所以感觉颓败。暴雨落了无数叶，风又拂落数百果，崖畔的青树枝条散乱，棋盘躺在崖坪上的雨水里。

遮掩着天穹的云层已经散去，崖坪上的佛光也没了踪迹，泛着金光的经文随云流散，不再有花瓣飘落，满寺的钟声和诵经声也已停止。

黑压压的僧人们从悬空寺的各间寺庙里走出，望向上方那道崖坪，情绪由不安渐渐归静，各自归寺，重新开始每天必行的功课。

世间无数座寺庙的钟声也已停止，寺庙里那些长老和住持们看着佛像，神情惘然无语，忽有知客僧来报，某郡王妃或某世子前来上香。无论长老还是住持，听到这话，迅速变了脸色，摆出得道高僧的模样，移步前去相迎，窃喜想着，今日要收多少香火钱才算合适，当然，不要露出太多烟火气，以免贵人不喜，此时哪里还记得佛祖是谁。

人间的无数万信徒也醒了过来，他们揉着磕破的额头，有些慌乱地看着四周，不知道先前究竟发生了什么事。有老妇忽然听到孙子的哭泣声，回头望去只见乖孙滚落到床下，额头上磕了一个和自己额上极相似的包，不由好生慌乱。她赶紧撑着有些酸麻的身体爬起来，把孙子抱进怀里不停哄着，对着地面一通乱踹，说都是这地不好，此时哪里还记得佛祖是谁。

燕国都城外的破庵堂里，妇人们看着再怎样砸也砸不响的破钟，脸上的神情异常惊恐，忽然间，她们开始放声痛哭，来世就算能得再多的福报，今生这悲惨的日子该如何过？她们失魂落魄地走回铺着稻草的房间，双手合十跪倒，对佛祖不停祈祷。

天坑底部的原野间，数百万跪在地面上的人也纷纷醒来，贵人们发现自己居然和那些贱民跪在一处，不由很是恼怒，挥动手里的皮鞭，在几个农奴的身上抽出了十几道血渍，才觉得心情好了些。那些农奴被抽了十几鞭，很是疼痛，却哪里敢反抗，撑着疲惫的身体去做活，直到夜深时，吃过极糟糕的食物，在睡前又开始对着佛祖不停祈祷，默默祈祷仁慈的佛祖早些指引自己去西方的极乐世界。

人间的信仰，在很多时候就是这么回事，无论佛祖还是昊天，都很容易被遗忘，当然，有时候也很难被忘记。幸福的人们容易忘记他们的信仰，而这却是不幸的人最后的希望，从这个角度上说，信仰或许是好的，但同时却意味着不好。

或许正是因为如此，书院后山才会有那样一群无信者。能想明白这个道理的人有很多，只不过因为身处的位置和立场的关系，那些人无法也不敢就这个问题发表意见。

黄杨大师走出禅室，听着山峰上下传来的诵经声，感受着无数座寺庙里散发出来的宁静意味，发现这里仿佛什么事情都没有发生过一般。

事实上已经发生了很多事情。

桑桑和宁缺自行进入棋盘，但在悬空寺看来，自然是佛祖以无上佛法，把昊天和他的侍从收进棋盘中，正在度化。黄杨大师僧衣飘飘，直上山道，便要来到那道崖坪。他要去拾那张棋盘，因为宁缺在棋盘里。宁缺对唐国来说太过重要，他无法看着他就此死去。

黄杨大师是佛宗高僧，但首先，他是唐人。

便在这时，远处传来一道宁静而威严的声音："如是我闻：有山名般若，其重十万八千倍天弃山……"这道声音来自遥远的崖壁地面上，来自讲经首座。这是佛宗至高法门：言出法随。当年在朝阳城白塔寺里，讲经首座便对大师兄说过这段经文。

这段经文形容的是一座名为般若的山。

悬空寺所在的巨峰，便是般若。

佛言既出，山崖有回音，有回应，雄峻的般若山，忽然间变得更加沉重，飞掠在山道里的黄杨大师，骤然停住了脚步。喀嚓一声，黄杨大师腿骨尽折，竟是被山峰本身重伤！


天坑边缘的崖壁上方。

讲经首座的身体依然被埋在地面里，只剩下脑袋在地面上，两道白眉耷拉在尘土里，脸色苍白，显得很是虚弱。首座被桑桑以神通融进大地，这些天他在大地无尽力量的挤压下苦苦支撑，已然疲惫，此时又施出言出法随的手段，更是辛苦。

一阵秋风起，极淡的酒香在荒原的风里弥漫开来，依旧穿着文士长衫的酒徒，就这样凭空出现在讲经首座的头前。酒徒没有看首座此时有些滑稽的模样，而是盯着巨峰间那道崖坪的位置，脸色非常苍白，眼睛里尽是惊惧不安的神情。

首座艰难地抬头望向他，说道："看来你已知道发生了何事。"

酒徒的脸色非常难看，说道："如此大的动静，整个人间都知道了，我即便想装作不知道，又如何能够？"人间处处钟声经声时，他一直在燕宋之间的那座小镇上，然而即便与屠夫在一处，他依然觉得极为不安，与朝老板喝了很长时间的茶。

"我没想到，你们真的敢对昊天下手。"酒徒喃喃地说道。

首座缓声说道："这是佛祖的安排。"

酒徒看着他颈下那道小裂缝，伸手拣起一块石子，扔了进去。首座颈部与地面之间的那道裂缝，瞬间扩展开来，那是因为石子正在里面不停地膨胀，正是佛宗无量境界。

片刻后，讲经首座从地底爬了出来，修至金刚不坏的佛身上没有留下伤痕，但身上的袈裟包括手里的锡杖都已经被大地碾成了粉末，此时站在荒原秋风间，不着一缕，哪里还有半点佛宗高僧的模样。首座从酒徒手里接过一件衣服，说道："当年你从佛祖处学得无量法门，我凭此脱困，如今想来，一切皆是佛缘。"

"这是昊天的世界，天意不可测，自然无佛缘，若不是她去了棋盘里，我也没办法把你从地里拉出来，所以不是佛缘，是天意。"

"自今日起，再无天意，只有佛缘。"

"真不知你这和尚的信心来自何处。"

"随我来。"

二人离开崖壁，来到巨峰间的崖坪上。首座看着那株很是破落的梨树，沉默很长时间后说道："此树乃佛祖亲手种下，梨便是离，意味着与人间分离。"

酒徒神情凝重地说道："五百年一开花，难道昊天一去便是五百年？"

首座说道："其内不知年岁，昊天……再也无法回到人间。"

酒徒微微挑眉说道："若昊天把佛祖杀死，自然便能回。"

首座平静地说道："佛祖已涅槃，如何能被杀死？"

酒徒皱眉，直到此时，依然没有人知道佛祖是生是死，这座名为般若的巨峰，是佛祖的身体所化，那佛祖的意识在哪里？

首座对着雨水里的棋盘跪倒，赞道："我佛前知五千年，后知五千年，他不在悬空寺，不在佛身，佛就在这一方小小棋盘里，等了昊天整整五千年，终于等到今日相会，这是何等样的智慧，何等样的慈悲？"

酒徒神情微凛，觉得愈发听不懂，如果佛祖的意识确实在棋盘里，那首座为何说昊天无法灭掉？涅槃到底是什么？看着那张普通的棋盘，他沉思良久，依然无所得。这张棋盘是佛祖等待昊天的战场，除非夫子回到人间，再没有谁能够进去，没有谁有资格参与进去，即便是他也不行。值得思考的是，昊天进棋盘的时候，身边还有个人，确实无人能进棋盘，但那人已经提前进了棋盘，他会对这场战争造成怎样的影响？

酒徒说道："有个问题。"

首座说道："什么问题？"

酒徒说道："有个人。"

棋盘里除了天与佛，还有个人。

首座平静地说道："宁缺虽然境界提升颇快，然则不过知命境，哪有资格参与到这样层级的事情里？"知命境乃是修行五境巅峰，然而讲经首座和酒徒都是逾五境的至强者，自不会在意，连他们都无法触碰这场天佛之战，更何况宁缺。

酒徒神情严峻地说道："即便他不能影响棋盘里的事情，但他能够影响棋盘外的人世间，他在棋盘里，书院怎能不管？"书院有大师兄和二十三年蝉两名逾五境的至强者，还有个谁都不知道发起飙来会到何等境界的君陌，如果让这些人知晓，佛宗把宁缺困死在棋盘里，他们会怎样做？他们会做些什么？君陌会不会发飙？

首座微笑着说道："观主让你来传讯，不正是算到了今日的情形？"

谁都想不到桑桑和宁缺这时候在哪里，甚至连他们自己都没有想到。

看着有些熟悉的街道，有些印象却还是陌生的民众服饰，二人沉默了很长时间，宁缺想着事情，甚至忘了收大黑伞。街旁有很多神龛，里面供着佛像或尊者像，到处弥漫着香料的味道，有佐食的香料，也有佛前的燃香，行人们神情安乐无比。

他和桑桑进了棋盘，却到了朝阳城。

"这是怎么回事？"

"你问我，我去问谁？"

宁缺望向桑桑，叹道："当然是你去问佛祖啊。"

桑桑背起双手，向街中走去，说道："那得先找到他。"

## 7

街旁不远处一座寺庙里，忽然响起钟声。

宁缺正在收伞。他在悬空寺里被那道钟声折磨得极痛苦，这时候又听到钟声，不由吓了一跳，一把抓住了桑桑的手。桑桑看着他，目光里没有什么情绪。宁缺才想起来已经离开了悬空寺，有些不好意思地松开手，学她的样子背到身后。

朝阳城里的钟声越来越响，竟是所有寺庙都在鸣钟，宁缺听得清楚，最响亮的钟声，来自城北方向，应该是白塔寺里那座古钟。行人们有的正在吃凉粉，有的正捧着蕉叶吃手抓饭，有的正在看猴戏，各种喜乐，听着钟声，赶紧放下手中的事情，向最近处的寺庙走去。有些人无法离开，直接跪在街道上，双手合十祈祷不停。耍猴戏的汉子，也诚惶诚恐地跪到地上，还顺手把顽皮的猴子按到地上磕头。还站着的人只有宁缺和桑桑，那些虔诚的佛宗信徒们，虽然没有向二人投来敌意的目光，也不免有些疑惑不解。

钟声带来的变化其实很可爱，很像宁缺在那个世界里曾经见过的某种快闪活动，那只被主人轻轻摁着的小猴子不停转着眼珠，也很可爱，但因为在悬空寺下看到过那个悲惨的世界，宁缺觉得有些恶心。桑桑自然更厌憎这些画面，轻拂衣袖，袖上繁花盛放，街道上生起一阵狂风，吹倒了凉粉摊，吹跑了蕉叶上的饭粒，眯住了很多人的眼睛，耍猴戏的汉子去揉眼睛，又忘了抓绳，得到自由的小猴子嗖的一下跑了出来，也没有跑远，只在翻飞的蕉叶里寻找香辣的饭粒，吃得很是开心。街旁寺庙的钟，也被这阵风吹乱了，钟声的节奏变得乱糟糟的，风依然未停，向天穹而上，把朝阳城上空的云都吹得乱作无数团。

桑桑有些满意，背着双手继续向前走去。

宁缺看着她的背影，却沉默了起来。

当初在西陵神殿里，她什么都不需要做，甚至未曾动念，只是情绪稍有不宁，眼眸里便有星辰生灭，便有无数云自万里外来，在桃山峰顶雷电交加。而离开西陵之后，尤其是进入荒原深处后，战斗或者动怒时，她却开始拂动青袖……

如今的桑桑，神威之强大依然远远超出人类能够想象的范畴，但相对于曾经真正无所不能的她来说，确实变得虚弱了很多。宁缺有些不安，却没有办法说些什么，因为她之所以会逐渐虚弱，是因为夫子在她体内留下了人间之力，因为两年前那趟漫长而欢愉、如今想来却是那般凶险的旅程，更因为他带着她在人间行走，不让她回去。

街道上到处是被风拂起的烟尘，烟尘里满是香料的味道，有些呛人，不知是不是这里的人们自幼习惯了，竟听不到什么咳嗽声。走在烟尘里，也是走在旧路上。宁缺和桑桑在这座城里生活过很长一段时间，他曾经背着她在这里逃亡，很多街巷都留下过他的足迹，也留下过很多被他杀死的民众的血迹，只是近三年时间过去，那些血迹早就已经看不见了。


在悬空寺崖坪上进入棋盘，出来时便到了朝阳城，看似不可思议，实际上只有一种可能，就像那年在烂柯寺里一样，悬空寺与朝阳城之间，也有条佛祖开辟的空间通道，这张棋盘便是开启这条空间通道的钥匙。当年宁缺和桑桑从东南隅的烂柯寺，直接来到西荒深处的悬空寺外，今日则是从悬空寺，直接来到了朝阳城里。

二人此时在朝阳城里行走，看起来自然是为了寻找佛祖踪迹，但其实，无论桑桑还是宁缺都很清楚，佛祖不可能在这座城里。在人间，便不可能瞒过昊天的眼睛。宁缺没有说破这一点，桑桑也没有说，二人看起来，是真的在寻找佛祖，而既然是寻找，那么自然需要时间。

"先找个地方住下，再慢慢找。"他说道。桑桑没有说话，沉默便是她表示同意，如果她要反对，会直接开口说话，或者把宁缺千刀万剐，以此来表明自己的态度。

城北某处嘈杂的街区里，有栋很幽静甚至显得死寂的院子，正是二人以前住过的那个小院，数年时间过去，依然无人问津。推开院门，小院还是那般安静，当年宁缺蒙在窗上的黑布都还挂着，只是染上了很多灰尘，抹在柴房窗缝里的腻子已经干裂剥落。

桑桑看着破旧的小院，有带着湿意的风从院后飘来，瞬间便把所有房屋里的灰尘带走，小院顿时变得十分干净。她推开柴房的门，想了想，没有进去，转身走进卧室，躺到了床上，现在她不再是冥王之女，自然不需要躲着谁。"晚上多做些青菜吃。"她说道。

宁缺应了声，走到院里准备做饭的柴火，看着那株孤零零的小树，却又有些舍不得下手，当年树枝上的黑鸦现在到哪儿去了？院后的小溪自然还在，溪畔依然有树，他用手掌砍下足够的木枝，正准备离开的时候，忽然在一棵树上看见了一个很深的拳印。

当年他要照顾病重的桑桑，要时刻警惕佛道两宗的追杀，时刻都在焦虑紧张的情绪里，在快要支撑不住的时候，他到溪边想对着树砸拳发泄一番，却哪里想到他的拳头是那样的硬，一拳就险些把那棵树给砸断了。看着树上的拳印，宁缺笑了起来，他很高兴这棵树没有断，也很高兴自己的拳印也还留着，因为这些都是他最珍惜的回忆。

就像院子里的那棵树，和曾经落在树上的黑鸦一样。

把木枝堆到院角，他推开卧室门走到床边，看着熟睡中的桑桑问道："你想吃些什么菜？我对月轮国的出产不熟。"桑桑睁开眼睛，眼神明亮而清澈，没有一点醒后的倦意或恼意，宁缺一直弄不明白，睡眠对她来说，究竟有什么意思。她想了想，说道："我和你一起去买。"

二人去了菜市场，买了很多菜，然后去杂货店买齐了生活需要的米油盐醋锅碗瓢盆，还割了一斤五花肉，回家做了顿很丰盛的晚餐。提菜自然是宁缺的事，做菜也是他的事，洗碗更是他的事，在这些过程里，桑桑只是背着手跟在他身边，有时候看看他，有时候看看天。

宁缺蹲在盆前洗着碗，觉得这工作要比自己当年杀马贼还要辛苦，没一会儿便觉腰酸背痛，看着门口桑桑背着双手的模样，不由恼火起来。"我现在打不过你，多做些家务事也就算了，你不帮忙也就算了，昊天嘛，当然尊贵，哪里能沾葱姜水，就算你在旁边看热闹也罢了，但能不能麻烦你一件事情，可不可以不要背着手？"他抱怨道，"你这就像领导在检查工作，很伤工作热情的！"

桑桑没有理他，走进屋里，背着手看了看，说道："要喝茶。"

明明她可以变出无数种好茶来，但不知道为什么，她偏要宁缺去买。

宁缺确实有些累，但也有些高兴，因为他知道，桑桑这样的表现，证明她与人间的联系越来越深，她越来越像人类。当天夜里，他敲开了朝阳城最大那间茶庄的门，用二两银子买了七十四种各国最出名的茶叶，同时还打包了好些套名贵的茶具。

喝了三天茶，桑桑忽然又说道："要下棋。"

于是宁缺屁颠屁颠地到处去搜刮最好的棋具，只是这一次要满足桑桑的要求比较麻烦，因为下棋这种事情总是需要对手的。

"你水平太差。"桑桑看着满棋盘的白子，对他说道。

"我们这些卑微的人类，哪里是伟大昊天的对手。"这是桑桑对人类最常用的评价，从宁缺嘴里说出来，则很幽怨。

桑桑神情不变，说道："人类确实卑微，但有些人相对要好些，陈皮皮在这些方面就要比你强很多。"

宁缺大怒："我可没办法把他从临康城里弄过来。"

桑桑说道："那你就要想别的办法。"

第二天，朝阳城里最著名的三名棋手被宁缺请到了小院里，或者说绑架比较合适。

除了喝茶下棋听戏，宁缺和桑桑有时候也会去朝阳城里逛逛，去看看白塔，去湖边走走，她还是习惯性地背着双手。几十天就这样平静地度过了。他们好像在朝阳城里寻找什么，但事实上什么都没有找，不问去哪里，不问怎么办，只问明天吃什么，默契地沉默着。

某天夜里，宁缺剥了个山竹，把白色的果仁对着桑桑的脸，哈哈大笑说道："你看这像不像屁股？"桑桑的脸上很少有表情，他一直有些不甘心。这次他又失败了。

桑桑静静地看着他，看了很长时间，忽然说道："我们很贪心吧？"

宁缺沉默了片刻，把手里的山竹喂进她的嘴里，然后走到院子里耍了套刀法，打来溪水洗了个澡，说道："我先去睡了。"桑桑坐在桌旁，看着窗外的那株树，没有说什么。

她曾经是那样地想回到昊天神国，因为这是她的使命，只要去除佛祖这个隐患，再把宁缺杀死，她就可以回去。但她和宁缺互为本命，如果宁缺死了，她也就死了，回到神国的将是昊天，而不再是拥有桑桑这个名字的她，她将不再是她。她想继续是她，她想继续拥有桑桑这个名字，更令她愤怒和不安的是，她竟然想继续和他在一起，就这样在小院里过下去。青菜肥肉白米饭，清茶对弈闲看天，这样的体验不是很糟糕。

于是她不想佛祖，不想书院，不想道门，不想神国，不理人间，只要这样的日子持续，她就将继续是她，她的身边继续有他。是啊，她真的很贪心。

宁缺也是。他并不怕死，他当时其实可以用自杀威胁桑桑进长安，然后书院便会用惊神阵镇住她，无论佛宗还是道门对此都没有任何办法。但他……舍不得。所以他带着她住在朝阳城的这个小院里，不去理会人间正在发生什么事情，不去想书院，不去找佛祖，什么都不想。是啊，他也非常贪心。


贪一时之欢，有一时便是一时，有一日便是一日，在那夜的谈话之后，宁缺和桑桑再也没有说过这方面的事情。寻常的人间生活就这样平淡地持续着，他们来到朝阳城已经过了半年，外界的风雨与他们没有任何关系。

开春后的朝阳城很热闹，到处都有戏台，某天傍晚，宁缺和桑桑看戏归来，在街上顺便买了半斤猪头肉，很简单便解决了晚饭。桑桑看着碗里剩下的几片猪头肉，忽然说道："菜太少。"宁缺心想日子过久了，谁家耐烦天天弄一桌子菜？他很自然地转了话题："明天弄些好吃的，对了，今天的戏觉得好看吗？"

桑桑脸上没有表情，起身向院外走去。

宁缺微怔，把碗筷放进盆里，擦净手上的水，追到她的身旁。

站在溪旁的树林里，她背着手，看着天空沉默不语。

宁缺看着树上那个拳印，发现不过半年时间，因为树皮重生的缘故，竟变得浅了很多，自然也显得淡了很多。他的心情变得淡起来，终究是要离开吗？

"在一起，不是就真的在一起。"

宁缺明白她的意思，沉默片刻后说道："在一起，是因为我们应该在一起，不是我想用这种方式把你留在人间。"

桑桑很长时间没有说话。

"你能知道我在想什么。"

"是的，我知道你是这样想的，但这依然是贪心。"

宁缺看着她的侧脸，问道："贪心不是罪。"

桑桑看着天空，说道："是错。"

什么是贪？喜欢就是贪。因为喜欢，所以才会贪。

哪怕在人间一晌贪欢，便胜却神国无数。

只是一晌，终究太短暂。

宁缺望向树上的拳印，问道："究竟哪里错了？"

桑桑没有说话，背手走回小院，他跟在她的身后。初春微寒，院里那棵树依然没有发出太多枝叶，她走到那棵树下，看着轻颤的寒枝说道："既然不是，那你就让我走。"既然宁缺认为在一起不是他想把她留在人间的方法，那么当她想要离开时，他便不应该阻拦。

"你随时可以走。"宁缺在她身后说道。

桑桑看着树丫，扑扇声中，一只黑色的乌鸦落在她的目光落处。

她说道："我若真要离开，你便会自杀。"

宁缺沉默不语。

桑桑转身，看着他问道："你就这么想我死？"

这是她第六次对宁缺说出这句话，或在心里想起这句话。

"我只是不想你走。"宁缺没有回避她的眼光，说道，"就算走，你又能走到哪里去呢？你已经来过人间，又如何能在冰冷的神国里枯坐漫长岁月？"

"我本来就应该在那里。"

"那里又是哪里？你经常说，这是昊天的世界，神国也必然在这个世界里，那么神国和人间究竟有什么区别？"

"现在你的老师在那里。"

"你为什么一定要阻止老师，为什么一定要阻止我们？难道你就不想知道，在这个世界的外面究竟有什么？"

"这是我的世界，我是这个世界的规则，我的存在来源于这个世界独一无二的特性，你们想要破坏这个世界的特性，那我便不能存在。"桑桑看着他的眼睛，平静地说道，"这是我与你老师以及书院之间最根本的矛盾，无法解决，如果你坚持，就是要我死。"

"你就这么想我死吗？"

这是第七次。

宁缺静静地看着她，说道："不要回去，变成真的人，我们一起活着。"

"人会死。"

"修行可得长生，我们一起修。"

"我要维持这个世界的存在。"

宁缺说道："我不理解，明明可以有别的方法解决这个问题，你为什么一定要守着这个旧世界，你究竟在守护什么？"

"我也不理解，你们以及历史上的某些人类，为什么一定要离开这个世界，你们究竟想知道什么？"

"我们想知道的事情很简单，就是外面有什么。"

"我不想知道。"桑桑所有的思维逻辑，更准确地说，她的全部生命都带有规则的客观性，如果说人类本能里就有对自由的向往，那么她的本能就是封闭自洽。

宁缺向前走了一步，站在她的身前。

树枝上的黑鸦有些冷漠地叫了声。

他牵起她的手，看着她的眼睛说道："变成人类，然后我们一起活着，一起修行，一起买菜，一起吃饭，一起做很多事情。"桑桑来到人间后，从来没有照过镜子，她按照人类最中庸的面容拟成的脸，按照自己的心意形成的高大身躯，都让她并不怎么愉快，所以此时，她看着宁缺眼睛里的那个女子，觉得很陌生，而且有些惘然。

"为什么要这样做呢？"

"就算是为了人类，当然，最主要是为了我，请你留下来。"

桑桑眼中的他眼中的自己的那张普通的脸，忽然间破碎成无数片光影，再也无法重新聚拢在一处，于是她的眼神也回复漠然。"不。"她看着宁缺平静地说道，"无数年前，人类选择我，让我从混沌中醒来，便是要我为他们带来永恒的平静。"

宁缺不知道该说些什么，不明白为何那句话会让她反应如此剧烈，他本以为是人类的选择让她醒来，听到她的下句话才知道是因为自己。

"我现在能够理解，对世界之外的想象与好奇，是人类本能里的渴望，但那些人里恰好不应该包括你，因为你本来就不是这个世界的人。"桑桑看着他说道，"你来自世界之外，你很清楚外面的世界有什么，从二十年前开始，你就一直在给我讲述那个世界，我没有忘记，而且我现在在你的意识里也能清晰地看到那个世界的画面。"

宁缺觉得自己的身体渐渐变得寒冷起来，说道："那个世界……很美丽，很生机勃勃，也有数不尽的真实的太阳，到处充满了温暖。"

"你在撒谎。"桑桑的声音还是那样的平静，没有一丝多余的情绪，然而这句话却像雷霆般在朝阳城的上空炸响，惊得无数万人抬头望天。"你的那个世界到处充满着危险，正在燃烧的太阳，随时可能爆炸，随时可能熄灭，而绝大多数地方，都寒冷得有若幽冥。无论是脆弱的普通人，还是相比强健的修行者，都不可能在那个世界里生存下去。"

"恒星的寿命有很多亿年，怎么可能随时爆炸？我承认确实大多数地方都是寒冷的，但那个世界真的很大，总能找到合适的地方。"

"即便是亿亿亿年，对于需要永恒延续的生命来说，都只是很短的时间，更何况你的那个世界，最终必然会走向寂灭，什么都剩不下来。"

宁缺沉默了很长时间，说道："或许，还能剩下些回忆？"

桑桑的言语没有给温情留下一方寸的生存空间："没有温度，什么都没有。寂灭，便是终结，没有永恒，那便是大恐怖。"

宁缺摇头，说道："不是这样的……我承认你说得对，外面的那个世界或许真的最终会寂灭，但在那之前的漫长岁月里，生命可以走到世界的边缘，或者直接打破世界，找到通往新世界的道路。"

桑桑说道："如果找不到呢？"宁缺不知为何有些生气，沉声说道："你又没有在那个世界里生活过，你凭什么确定人类就一定找不到新的世界？"

"因为我不是人类，我从来不以欺骗自己来作为安慰。"桑桑看着他平静地说道，"和我的世界相比，外面的那个世界更像是幽冥地狱，而你想做的事情，会让我把你当作冥王之子。"

宁缺已经有很长时间没有听到冥王之子这四个字，还是多年前，包括光明大神官在内的有些人，一直在猜测他是冥王之子，后来这个头衔曾经短暂地落在了隆庆的身上，最终还是由桑桑接过了这个名字。现在的他自然知道，根本没有冥王，昊天就是冥王，但同时他又必须承认，在某种程度上桑桑说的是对的。

他曾经生活过的那个世界，相对于这个世界而言是那样的寒冷，那样的动荡，那样的危险，就像是冥王的国度。他从那个世界来到这里，把那个世界的信息带到了这里，坚定了书院和夫子的信念，如果昊天世界真的最终被破开，去往那个更加广阔的宇宙，却最终寂灭，那他的到来，便是给这个世界带来了冥王的阴影。

这种推想让他身体很寒冷，下意识愤怒起来，看着桑桑喊道："你总是什么都要赢，哪怕是讨论，你也从来没有认输过哪怕一次，为什么？"

桑桑静静地看着他，神情微悯。

她的神情让他更加愤怒，走到树下重重一掌拍下，枝头的黑鸦低头看了他一眼，没有飞走，也没有发出难听的叫声。

"这么多年了，从你会说话开始，我什么都在听你的，在别人眼里，你是我的小侍女，天天服侍我，我说往东你不敢往西，我说吃干饭，你绝对不敢把饭煮稀，但真实情况是什么样，你自己应该很清楚，我说往东之前你先往东边看了一眼，我说吃干饭那是头天夜里你把剩的稀饭全倒了！"宁缺转过身来，看着她愤怒地喊了起来。

"在岷山里，那年我拼了命才逮了只小鹿，你只看了我一眼，我就放了！在渭城你八岁那年，胖婶替她远房侄儿给你提亲，你不高兴，我当天夜里就差点去把那个小子宰了！你说要回长安城，我就回长安！你说要卖字，我就写字来卖！

"你说要租临四十七巷那间铺子，我就租！结果好啊，我差点把这条小命给朝小树卖掉！为了你，我把隆庆的脸都抽肿了，就因为他用你来威胁我，我不管得罪西陵神殿，也不怕给书院惹事，直接一箭把他射成了废人，结果倒好，被叶红鱼追杀得像条狗一样！还有这这这这个破地方！"他指着小院，看着她，声音微颤，"你把自己变成冥王之女，很好玩吗？对我来说，这个事情真的很不好玩，全世界都想要杀你，就我一个人把你背在身上，我当时真的很害怕，我打不过他们，你知不知道，但我还不是去打了？"

桑桑没有说话，只是静静地看着他。

"我从来没有违背过你的意见，你要如何，我就如何，我更不会伤害你，我的意识里根本没有这个可能，从我在河北道拣到你的那天开始，就是这样了，我怜惜你，我心疼你，我把你看得比我自己的命还要重。"宁缺的声音渐渐低落下来，但情绪却显得更加激荡，说道，"因为当时的我也被全世界抛弃，那时候只有你在我身边，你能活下来，是因为有我，而我能活下来，何尝不是因为我要养活你？什么是本命？这就是本命。"

桑桑抬头，看着渐被夜色侵袭的天空，没有说话，树枝上栖着的黑鸦，微微偏头望着院子里的二人，似想弄清楚当前的情形。

"小师叔是你杀的，但我那时候还没有出生，所以我可以不去理会，但……老师的死，我再也没有办法说和自己没有关系。"不知道是因为说话太多，还是情绪太过激动的原因，宁缺的声音变得有些沙哑，非常低沉，疲惫到似乎随时可能脱力。

"当时在泗水畔，我本来可以阻止你，因为你是我的本命，但我没有……我以为这是因为我自己忘记了，但后来才知道，我没有忘记，只是当时的我本能里让自己忘记了这一点，因为我，真的很怕你死。"他抬头看着夜穹里的繁星和那轮将要出现的月亮，沉默片刻后继续说道，"这件事情我从来没有对任何人说过，但其实，大家都知道，书院里的师兄师姐们都知道，可是他们也从来不提这件事。

"为了你，我可以什么都不要，我可以不要脸，可以不要命，更不要提什么忠义廉耻，道德又是什么玩意儿？如果是以前，为了你我可以把全世界的人全部杀光，只要你活着，只要你好好的，我根本不在乎别人怎么看我，怎么议论我，怎么嘲笑我，怎么恨我，怎么怕我。"宁缺收回目光望向她，微笑着流泪说道，"但……这次不行，书院里的师兄师姐们，长安城里的那些人，他们对我很好，对你也很好。如果让你回去，老师会死，唐国会亡，人间再也不会有书院，所以我不能听你的。"

月亮终于在夜穹里出现，就在他的身后，只是并不明亮，因为月有阴晴圆缺，今夜的月儿那般黯淡，仿佛随时可能熄灭。

"我也会死。"在宁缺说话的时候，桑桑一直沉默，直到此时。她看着他平静地说道，"如果不是因为书院和你，在悬空寺里，我不会被那些僧人逼得如此狼狈，你应该很清楚，我正在一天一天变得更加虚弱，如果你不让我回到神国，那么总有一天我会死。不要说什么变成真正人类，然后修行的话，我说过，我不喜欢欺骗自己，我是昊天，怎么可能变成人类呢？变成人类的我，还会是现在的我吗？你又如何保证我能活着呢？"

天不生夫子，万古如长夜，夫子是昊天世界无数万年来的第一人。昊天来到人间，这也是历史上从来没有发生过的事情。至于他这个由域外世界而来的客人，更是特殊，谁也不知道他们三人书写的故事，最终的结局是什么。

昊天不知道，夫子不知道，宁缺更不可能知道，所以他无法回答这个问题，他只能走到厨房门口，回头对她问道："我给你煮碗面吃？"

桑桑静静地看着他，眼神里没有失望，只是有些淡。

"我没有胃口。"说完这句话，她走回卧室，上床盖好被褥，像赌气的孩子那样，把被子拉得很高，高到盖住了脸，似乎这样会好受很多。

没有过多长时间，宁缺走进了卧室，掀开被褥，把她扶起来。

她说道："我说了，我不想吃面。"

宁缺说道："把脚烫一下再睡。"桑桑这才看见，床前一盆冒着热雾的清水。宁缺蹲下，替她把鞋脱掉，试了试水温，发现刚好，把她那双如白莲花的脚放入水中，仔细擦洗。

一夜无话。

清晨醒来，桑桑没有起床，而是继续躺在被窝里看着屋顶，干净的房梁结出了一道蛛网，蜘蛛在网的边缘静静等待，待有昆虫撞网，它便殷勤地爬过去，以最热情的姿势，把食物杀死，然后贪婪地汲取其间美味的汁液。

　　"不能继续这样下去，需要决定。"她侧身，看着宁缺的脸，说道，"如果你不让我离开，我就把所有人都杀死。"

　　宁缺揉了揉眼睛，说道："没米了，买菜的时候，记得提醒我买一袋。"

　　用米缸里剩下的米煮了锅粥，两个人喝完后，便去了菜场，先去了米店，就在宁缺准备付钱的时候，忽然发现米袋里多了个人头。

　　米店老板的人头。鲜血从袋子里渗出来，至于袋子里的米，更是早已被染成了殷红色，看上去就像齐国特产的血稻，泛着令人作呕的血腥味。伙计和买米的妇人们，看到这幕画面，惊得连连尖叫，向铺外冲去，然而他们还没有来得及跨出门槛，便变成了死人。

　　昊天要让一个人死，有无数种方法，她可以让人死得悄然无声，神情喜乐，仿佛还在酣睡，并且正在最甜美的梦境中。但很明显桑桑没有选择这种方法，为了让宁缺的感觉更直接，更展现自己的决心，她用的方法很血腥，米铺里到处都是断肢残臂。

　　宁缺脸色苍白，看着她，想要说些什么，却什么都说不出口。

　　他走出米铺，根本不敢再去买菜，低着头在菜摊间快步走过，无论那些已经相熟的菜贩如何喊他，他也不理，甚至忘了手里还提着染血的米袋。

　　桑桑没有放过他的意思，虽然他什么都没有做，但随着他的脚步移动，他所经过的菜摊全部变成了血泽，那些菜贩凄惨地死去。"够了！"宁缺在菜场门口停下，前方的街道上满是人群，他不敢向前再走一步，他只能转身，望向桑桑愤怒地喊道。

　　菜场里到处都是血，已经淹过了他的鞋底，桑桑在血海里走来，脸上没有任何情绪。看着这幕画面，宁缺的身体颤抖起来。然后，他渐渐平静，苍白的脸颊上写满了疲惫，他看着桑桑说道："这对我没用。"

桑桑说道："我想试试，而且，如果死的是唐人呢？"

宁缺没有说话，开始紧张。

因为她已动念。

动念便是嗔。

嗔是愤怒。

而愤怒，来自不同。

愤怒来自不同，立场不同，姓名不同，生命本质的不同，豆花咸或者甜，粽子荤或者素，以及生或者死。"因为选择不同，便要起念杀人？你知道我很冷血，你杀唐人，会让我愤怒和心痛，但并不会让我改变主意。"宁缺看着已成血海的菜场，看着菜摊周遭的断肢残臂，说道，"你是人类选择的，没有人类你不会出现，你不能这样对待他们。"

桑桑皱眉，说道："我醒来确实是人类的选择，难道就因为这样，我就要被人类决定生死？难道父母就能决定子女的生死？"

宁缺说道："没有人想你死。"

她平静而坚定地说道："当年我在人间出生，便被那个主妇令管家偷偷送出府，要把我淹死在粪坑里，也正是那天，在柴房里，另一个管家拿着柴刀向你逼去，我的生死险些被人决定，你的生死也险些被人决定，最终你夺过了那把柴刀，而我活下来后，也不想再被别人决定自己的生死。"

宁缺沉默片刻，说道："是的，生死只能由自己决定。"

桑桑说道："我活着，便不想死去。"

宁缺心里的愤怒渐渐变成惘然，他不知道该怎样劝说她平静下来，她微微颤抖的双手能够杀人，她动念也能杀人。他走过血海，来到她身前，伸手握住她的手，把她轻轻拉进自己怀里然后紧紧抱住，在她耳畔难过地说道："我也不想你死。"

桑桑的身体有些僵，然后渐渐变得柔软，有些笨拙地靠在他的肩头，因为体量差不多高的缘故，看着有些不协调。

"我宁愿自己死，也不想你死。"

二人站在血海与残破的尸身间紧紧相拥，神情平静甚至有些神圣，无数极淡的光点像星辉般从他们身上飞舞而出，向四面飘去。光点落下，菜场地面上有些黏稠的血污渐渐变淡，血水里的尸身也消失不见，仿佛得到了神圣的净化。

菜场里再也闻不到刺鼻的血腥味，只能闻到鸡屎味，河鱼的土腥味，洋葱令人感动的味道，以及青菜特有的气息。那些青菜上还有露水，晶莹剔透，衬得菜色青翠诱人至极，摊上新出土的嫩笋被排得很整齐，还带着泥土，不觉脏反而极美。菜场里响吆喝声，讨价还价声，母亲打孩子，小狗争骨头，野猫受惊吓，啪啪，汪汪，喵喵，热闹得一塌糊涂。

"就这水葱，要您两文钱不贵吧？"宁缺睁开眼睛，看着卖菜的大婶正把一把水灵灵的嫩葱伸在自己面前，脸上满是得意的神情，似觉得你不买能好意思吗？

他笑着摇了摇头，轻拍怀里的桑桑让她醒来，然后牵着她的手，向菜场外走去，手里没有提米菜，却不担心回到小院里没有吃的。

只要有情，饮水也饱。


桑桑没有离开，她和宁缺继续在朝阳城里过着寻常的日子，躲着外面的风雨，在小院与菜场之间行走，在溪畔散步。宁缺负责做饭，桑桑负责吃饭，偶尔心情好，她会亲自下厨，给宁缺做碗煎蛋面，那碗清汤煎蛋面里，还是只有四颗花椒，三十粒葱花。

过日子这种事情，如果要避免乏味和厌倦，就要想着法子寻找新鲜的趣味，看没有见过的风景，或不时重温旧时。宁缺很聪明，依靠记忆里的味道，自学酸辣面片汤成功，根据桑桑的表情反馈，味道至少有临四十七巷那家七成的水准。他在院子里那棵树下埋了两罐黄酒，在灶房里做了坛泡菜，里面塞满了豇豆嫩姜和青红两色的朝天椒，启盖时谁都会流口水。桑桑对他做的泡菜很满意，但不知道为什么，她还是最喜欢吃简单的醋泡青菜头。

他们经常出院散步，看湖上的落日，听寺里的钟声，把朝阳城逛了个遍，仿佛就像这座慵懒的城市，也变得懒散起来。春雨如烟时，他们踏遍了传说中的七十二座寺庙，秋高气爽时，他们去了月轮国别的一些大城市，寒雪纷飞时，他们去了北方，在雪拥蓝关的肃杀风景里，看了整整一夜，做这些事情的时候，他们始终牵着手。

可能是因为走的时间有些长，桑桑有些累，回到小院便去睡觉，从那天开始，她便变得有些嗜睡，而且睡眠时间越来越长。她睡觉的时候，宁缺就躺在她的身边看书，一手拿着书卷，一手伸进被窝里握住她的手，有时候翻页后忘了把手再伸回去，熟睡中的桑桑会下意识里伸出手来，把他的手拉回被窝里，紧紧抱在胸前不肯放开。

某个秋天某日，朝阳城里都在说白塔寺高僧放生的消息，宁缺听说数桶泥鳅和各种鱼被投入湖里后，会出现很搞笑的血腥画面，觉得很有意思，准备带桑桑去看，她有些疲倦，不想出院，于是便自己去了。放生确实很热闹，那些泥鳅黄鳝和各种鱼类的自相残杀，也确实很血腥，那些高僧做出来的事情确实很搞笑，宁缺看完后正准备回家，忽然生出一种怪异的感觉，看着湖面和湖对岸的白塔，总觉得这里少了些什么。黑压压的信徒与游客渐渐散去，暮色渐浓，白塔寺渐趋安静，他站在岸边看着湖塔沉默不语，那种感觉始终挥之不散。

便在这时，寺里响起晚课的钟声。

这道钟声，同时在他的心里响起。

佛钟可以清心，可以助信徒禅定，宁缺的识海深处有莲生的意识碎片，自然感应更为清晰，下意识里向禅寺深处走去。循着钟声，他来到白塔寺正殿前，只见槛内有数百名僧人正在虔诚诵经，随着经声，殿内的那尊佛祖像显得愈发慈悲。佛祖在静静地看着他。

经声入耳，便是佛音，美妙至极。宁缺站在槛外，渐渐痴迷其中。

小院内，桑桑醒来。枝头那只黑鸦，怪叫一声，振翅而飞。

她的目光随着黑鸦，落到了天空上。

她觉得天空有些眼熟，很是好看。

她看了很长时间，神情渐痴。

痴，起于情。

情爱里无智者。

情不知所以。

痴，便是愚。

## 8

殿里走出一名僧人，那僧人年岁不大，面色黝黑，有些微胖，两眼间的距离有些远，看着有些憨傻，或者说稚拙，眼眸子却极清亮。僧人手里拿着个白白胖胖、冒着热气的馒头，一路啃着，脸上满是开心喜悦的神情，没有看清楚路，一头便撞到了宁缺的身上。

"哎哟哎哟！"僧人揉着头顶，手指在香疤上拂过，左手依然紧紧攥着馒头，手指都陷进了白软的馒头里，眼里满是泪花，看来真的很痛。相撞是因为他没有看见路，不关宁缺的事情，但不知为何，宁缺看着僧人憨痴的神态，自然生出怜惜，温言道歉。

僧人看着宁缺的脸，忽然怔住，忘了疼痛，忽然变得高兴起来，把馒头伸到他的眼前，眉开眼笑地说道："我请你吃。"宁缺觉得好生突然，问道："为何要请我吃？"

僧人说道："因为你和我很像，师父说我是好人，那你也是好人。"

宁缺看着他憨傻的模样，心想自己哪里和你像了？问道："你是谁？"

僧人憨憨地说道："我叫青板子。"

宁缺看他的神情和说话语调，便知道此人心智大概有些发育不全，随意问道："青板子从哪里来？"青板僧不肯回答，把馒头举得更高了些，快要触到他的嘴。

宁缺明白了，从他手里接过馒头咬了口。

青板僧开心地拍了拍手掌，牵着他的手向寺墙某处走去，指着某道侧门外满是青苔的石阶说道："我从这里来。"

宁缺看着石阶，隐约明白了，此人大概是个弃婴，被亲人抛弃，扔到白塔寺外的石阶上，然后被寺中僧人收留，就这样长大成人。

"为什么你说我和你很像？"他好奇地问道。

青板僧抿了抿嘴唇，有些害羞："师父说我是痴儿，有宿慧，寺里的师兄弟们也都说我痴，你先前看着也挺痴的，那你自然有慧根。"

宁缺心想，一代高僧莲生便在自己的意识里，自己当然有慧根，只是……寺里僧人说青板痴，那是痴呆，和宿慧又有何涉？青板僧天真憨稚可喜，宁缺自然不会说破这些事情给他增添烦恼，从而让自己徒增烦恼，任他牵着自己的手在寺里闲逛着。

寺里钟声悠远，宁缺心境渐宁，先前在湖畔看着白塔与水影所产生的奇怪感觉渐渐消失，这让他觉得很舒服。在寺里偏殿的禅房里，青板僧把他师父留给他的三百多册佛经全部搬了出来，请宁缺观看，就像是小朋友向同伴炫耀自己的宝贝。宁缺不忍令他失望，随意拾起一本佛经开始阅读，不时赞叹两句，青板僧在旁抓耳挠腮，满脸喜色，说不出的开心。

经书之中自有真义，宁缺先前只是随口附和赞美，待看进去后，发现确实有些意思，竟渐渐沉浸其中，忘了归去。醒来时，偏殿外早已夜色深沉，他很是不安，赶紧起身，摇醒蒲团上早已睡着的青板僧，离开白塔寺走回小院。他之所以不安，是因为自己贪看佛经，不知时间流逝，竟然忘了做晚饭，现在把吃饭睡觉当成最重要的事情的桑桑，会怎么看自己？桑桑不在小院里，而是在院外的溪畔树下，听到宁缺的脚步声，她没有转身看他，而是继续看着天，鬓间的小白花在夜风里轻颤。

宁缺走到她身边，对今天忘记做晚饭一事表示了最真挚的歉意。桑桑的心情很好，因为她看了整整一天的天，天很好看，她早就忘记了要吃饭的事情，所以对宁缺展示了自己宽容。

当天夜里，在院中吃完晚饭，宁缺说起今天在白塔寺的所见所闻，提到那个天生痴傻的青板僧，说道："明天你要不要跟我去看看。"

"有些新朋友，总是好的。"桑桑这般说道，却没有答应明天陪他去白塔寺，因为她想留在院里看天，天真的很好看，她怎么看都看不够。随后的日子里，宁缺除了陪她在城里闲逛外，很多时间都留在了白塔寺里，与青板僧说些不知所以的话，听着钟声读那些佛经，心情颇为宁静，有时候也会从寺里带些素斋回去给桑桑吃，桑桑却不怎么喜欢。

桑桑依然嗜睡，睡醒后就看天，从清晨到日暮，在树下，在溪边，她静静地看着天，觉得天很好看，又觉得这片天有些奇怪。

有一天，宁缺说白塔寺里也能看天，桑桑觉得很有道理，便跟着他去了白塔寺，虽然不喜欢寺里的素斋和那些和尚，但觉得那片湖很美丽，湖里倒映出来的天又是一番好看，于是她便开始坐在湖边看天。日子就这样持续着，在晨钟与暮鼓里，宁缺与桑桑看湖看天看佛经，心静意平，喜乐安宁，时间缓缓流逝，渐渐不知年岁。


明亮的钟声回荡在雄峰的山峰间，回荡在数百座寺庙里，与悬空寺以往悠扬静远的钟声相比，显得那样强硬，甚至隐隐带着些焦虑，因为这些钟声是警讯。钟声响起传递无数讯息，亦指明了方向，百余名僧兵自西峰黄色大庙里走出，向着峰下急掠，于山脚间换乘骏马，化作一道烟尘，顺着山道高速向着阴暗的地底原野某处驶去，僧衣飘飘，声势震撼。

地底的原野广阔无垠，在过去的无数年里，始终显得那样沉默安静，然而今日原野某处早已杀声震天，到处都是烟尘，到处都能听到呼喝狂吼的厮杀声、兵器的撞击声，而其间又隐着悲悯的诵经声，显得诡异。曾经的佛国，已经变成了战场，曾经虔诚的信徒，早已变成了嗜血的修罗，然而如果杀人便是罪孽，其实这里一直都是修罗场。

百余名僧兵手持铁棍，来到这片血腥惨烈的战场外围，缓缓停下前进的脚步，坐骑渐分，四名戴着笠帽的僧人走了出来。为首的那名僧人面容质朴，神情坚毅，即便是笠帽的阴影，也无法掩去他眼睛里的宁静禅意，正是佛宗行走七念。另外三名戴着笠帽的僧人，容颜非常苍老，都是悬空寺戒律院的长老。

七念静静地看着杀声震天的战场，目光却穿越马蹄掀起的烟尘，落到极遥远的那道崖壁上，崖上有人，他要负责的是崖下的世界。数十个部落的贵人武装联合，经过数十日的拼命厮杀，终于将那些奴隶拦在了这片废弃金场旁的草甸前，悬空寺更是派来强大的僧兵和强者，按道理来说，战争的胜负已经失去了悬念，但七念依然有些隐隐不安，因为他总觉得那个人不会就这样轻易地承认失败。

地底原野上的农奴叛乱，已经持续了一年时间。最开始的时候，这场叛乱只是崖畔某个穷苦部落牧羊人的骚乱，杀死了十余个人，那个部落试图强力镇压，甚至请来了一位被戒律院罚下神山的僧人，没有想到，部落的贵人武装，竟在那场镇压里全部被杀死，那名僧人也没有活下来。悬空寺依然没有怎么在意，统治地底世界无数世代，寺中的僧人早已习惯了隔些年头，便会有罪人的后代忘记了佛祖当年的慈悲，忘恩负义地试图获得他们根本没有资格获得的待遇，但不管那些罪民闹得如何凶猛，到了最后，只需要派出几名僧人，便能轻而易举地镇压，还能借此向信徒们证明神山的强大，何乐不为？

但这次的农奴叛乱和过去无数次叛乱非常不一样。贵人们集合了两百名骑兵去镇压那支百余名老少病弱牧羊人组成的罪人，没有成功，于是他们集结了更多的军队，依然没有成功，到后来贵人们出动了千名骑兵，甚至还请来了专门的猎奴人，却还是未能成功。对那些叛乱者的围剿始终没有停止，然而非但始终没有成功，甚至让叛乱者的队伍变得越来越大，有数名游方的苦修僧也在战斗中死去。地底世界开始流传这支叛军的消息，一起流传的，还有叛军找到通往真正极乐世界方法的传说，对自由的渴望，对疾苦与不平等的憎恨，让这支叛军拥有了越来越多的同情者，甚至开始有人响应。

和崖畔部落的叛乱相似，地底世界其他部落叛乱，往往也是由牧羊人发起，那些世代与牛羊相伴，相对自由迁徙的人们，对自由的渴望最为强烈，对剥削的反抗也最坚定。参加叛乱的人越来越多，地底世界的原野越来越混乱，维持佛国数千年的秩序开始受到威胁，尤其是随着更多的游方苦修僧被叛乱者杀死，悬空寺再也无法像以前那样平静旁观。

悬空寺里的僧人是修行者，对地底原野的农奴们来说，就是曾经顶礼膜拜的活佛，无论从精神上还是从力量上，这些僧人的出现，对叛乱的农奴都是最致命的打击。

在很短的时间里，地底世界的绝大多数叛乱都被镇压了下去。

然而某些事情一旦开始便很难结束，某些思想一旦产生便很难泯灭，某些篝火一旦点燃便很难被浇熄，草甸间的这场叛乱之火，看似已经快要被碾熄，然而在那些野草的下方，谁知道藏着多少火星？数月后，地底世界里又发生了数十起大大小小的叛乱，悬空寺的僧人们镇压完一处，便要赶往另一处，疲于奔命，令他们感到疲惫和无奈的是，每当他们镇压完一处没有多久，那里便会有新的叛乱产生。

这便是星星之火，可以燎原。

叛乱以燎原之势蔓延，已经波及了近三分之一的部落。最开始掀起叛乱也是现在实力最雄厚的那支叛军的人数已经超过四千。这支叛军是那样的强悍，竟用了整整一年的时间，从极其遥远的悬崖边杀到了离巨峰不到两百里的地方！虽然现在看来，佛国的根基还没可能被真正动摇，但悬空寺已经感觉到危险，僧人们绝不允许那些叛乱者登上神山。

佛宗行走七念，自叛乱渐盛，他便坐镇在上峰必经的那条山道上，颇有某人当年在青峡前一夫当关，万夫莫开的威势，然而随着叛军渐近，他再也没有办法安坐了。七念知道这场叛乱与以往无数年里的无数场叛乱最大的区别是什么，以前只是农奴们本能里的愤怒，而现在，农奴们非常清楚他们想要的是什么，所以才会如此坚定、如此勇敢。

有个人把希望带给了农奴们，同时给他们指出了一个明确的方向，同时那个人还与农奴们站在一起，在战场上永远冲杀在前。想到那个人的名字，七念的神情便变得凝重起来，笠帽阴影下的眼神愈发坚定，正是因为知道那个人便在叛军中，他才会离开峰前，来到这片战场，他知道，三名戒律院的长老不见得拦得住对方。面对那个人，悬空寺怎样谨慎都不为过，如果首座不是在崖坪上蛰伏不动，今次肯定会亲自出手。远处满是烟尘的战场上，爆发出最狂野的厮杀声，七念从沉思中醒来，望向那处沉默不语，知道今天的战斗快要结束了。

暮色来临，几个大部落死了近千人，才极其艰难地把叛乱的奴隶们拦在草甸里头，到处都能听到悲嚎和呻吟。战事暂歇，七念等僧人看着远方的草甸，脸上的情绪有些复杂，在叛乱农奴的营地里，搭着十几个很简陋的帐篷，老人们正在救治受伤的年轻人，帐篷侧方有炊烟升起，火堆上架着大锅，应该在煮羊肉，最中间那个帐篷前，隐隐可以看到很多人围坐在那处，似乎正在听谁说话。

地底的夜晚，要比峰上的寺庙更长，与地面的真实世界相比，更是漫长得令人有些厌倦，七念没有厌倦，他静静地站在原野间，一直站到繁星消逝，晨光重新洒落，才带着僧人们缓步向战场上走去。十余名衣着华丽的贵人，跪在草甸上，神情激动而敬畏，根本不敢抬起头来看一眼，对他们来说，从神山下来的都是真正的佛。

骑兵们已经醒来，正在奴隶们的伺候下洗漱进食，远方草甸间的叛军营地也传来了声音，那里没有奴隶，但有老人妇人和小孩。这支从崖畔一直打到峰前的叛军，始终带着老弱病残的家眷和同族的孤儿，从军事的角度上来看这很愚蠢，也很令人生畏。

七念走到前方，贵人们面带虔诚狂热之色，不停亲吻他踩出来的脚印，他没有理会这些人，静静地看着远方的草甸，站在他右手方的戒律院长老，看着那片晨光里的草甸，看着那些衣衫褴褛却神情喜乐的奴隶，不知为何忽然觉得极为愤怒。

"所有的罪人，都要下地狱。"随着这声冷酷判决，惨烈的战斗再次开始，数个大部落联合召集的千名骑兵，向着对面的叛军冲去，马上的骑兵们挥舞着雪亮的弯刀，布满血丝的眼睛里满是残忍的神情。部落骑兵的装备，自然要比那些叛乱农奴强上无数倍，尤其是冲在最前方的两百余名骑兵，更是全身盔甲，和敌人形成了鲜明的对照。蹄声疾如暴雨，刀锋亮若阳光，部落骑兵冲到农奴们前方数百丈外的原野间，喊杀之声仿佛要震破天穹。

一片箭雨落下。

以悬空寺僧人们的眼力，自然能看清楚，叛乱农奴阵中，只有数十名箭手，而且他们手里的弓箭是那样简陋，有的箭上甚至连尾羽都没有，这样的箭能射中谁？就算射中，又如何射得穿盔甲？戒律院长老脸上流露出怜悯，这种怜悯自然是嘲讽，然而七念的神情却依然凝重——他的眼力更好，很清楚地看到，那些箭并没有箭镞，而是绑着棱状的石头。

草甸上方忽然起了一阵风，这风有些诡异，因为不像自然里的风方向难测，乱拂不停，而仿佛受了命令，笔直向着部落骑兵吹过去。没有尾羽的箭，在这样暴烈的风里，也能飞行，更不需要什么准头，在风中变得越来越快，甚至变成了道道呼啸的箭影！砰砰砰砰，数十道沉闷的撞击声几乎同时响起，冲在最前方的部落骑兵，如同被镰刀割过的野草，簌簌倒了一地！那些摔落到地面上的骑兵，痛苦地翻滚着，嘴里不停喷着带血的沫子，哪里还能爬得起来，下一刻便不甘地闭上了眼睛。

死去骑兵们的盔甲上都有一处清楚的凹陷，叛乱的农奴们缺衣少食，更没有什么资源，不可能制造出锋利的箭镞，即便有那阵狂风的帮助，也无法射穿他们的盔甲，但农奴们的箭上绑着石头，借风势而落，一块石头便是一记猛锤，落在盔甲上，直接震得那些骑兵腑脏尽碎！箭石造成了极惨重的杀伤，但部落骑兵的数量太多，冲锋之势只是稍挫，便继续向着对面狂奔而去，草甸之前顿时杀声一片。

这是一场很不对称的战斗，部落骑兵们穿着铁甲或皮甲，手里拿着锋利的刀，而那些农奴们衣着破烂，黝黑瘦削，有老有少，手里拿着的武器非常简陋，大部分人的手里握着的是竹矛，有几个农奴手里甚至拿着的是根骨头，看新鲜程度，只怕就是昨天锅里的羊腿骨棒子！对于战斗来说，装备确实很重要，但真正重要的，永远是人，农奴们没有盔甲，没有锋刀，但他们有勇气，有渴望，有骨头。看着如铁流般涌来的骑兵，农奴们脸色苍白，却一步不退，他们端起手里的竹矛，哪怕双手颤抖得像是在抖筛，却没有谁放下逃走。

扑哧，看似脆弱的竹矛刺穿了看似坚硬的盔甲！喀嚓，竹矛被骑兵的巨大冲力带断，双手被震出无数鲜血的农奴们，疯狂地喊叫着，便把那名骑兵吞噬。

相同的画面，发生在草甸四周所有的地方，看似不可一世的骑兵，在看似不堪一击的农奴阵线前，竟纷纷倒下，然后被活活堆死！

骑兵失去了速度上的优势，农奴们开始发挥人数上的优势，他们举起石头，挥着骨头，疯狂地围住最近的骑兵，然后开始砸！他们用石头砸，生生把骑兵的胸甲砸到变形，把骑兵的脑袋砸到变形，他们用手里的骨棒砸，生生把骑兵砸晕，然后再把对方的腿骨砸断，骑兵痛得再次醒过来，胡乱挥着手里的刀，然后终于被砸死。草甸上到处都是鲜血在泼洒，到处都是骨折腿断的声音，农奴们像野兽一般，嘶声大喊着，不停地砸着。

他们祖祖辈辈生活在这片阴暗的原野上，他们祖祖辈辈被贵人和上师们奴役，他们曾经被这些人用石头生生砸死，他们被这些人敲骨吸髓，而今天终于轮到他们来砸死这些人，轮到他们来把这些人的骨头敲碎！佛祖对他的弟子和信徒们总在说轮回，说因果循环，说报应不爽，那么这便是报应，这便是因果，这便是轮回。

看着战场上血腥而惨烈的画面，看着部落越来越不利的局面，那名戒律院长老的眼里再也没有悲悯的神情，只剩下愤怒与冷酷。

七念沉默片刻，然后说道："我佛慈悲。"

"我佛慈悲！"

一百余名来自悬空寺西峰的僧兵单手合十，齐声同宣佛号，他们的声音里没有慈悲意，只有冷漠与坚毅。伴着这声佛号，僧兵们手里的铁棍重重插入原野间。仿佛一道雷霆炸响在原野之间。一道强大的力量，从密集如林的铁棍底部，向着草甸那方传去，原野震动不安，仿佛有金刚行于地底。

十余名农奴被震得飞了起来，然后重重落下，竟是被生生震死。

"我佛慈悲！"

僧兵再宣佛号，从原野里拔出铁棍，向着战场里掠去，一时间棍影重重，僧衣飘飘，庄严莫名。眼看着已经获得胜利的叛乱农奴们，忽然听着佛号声声，望向那些僧兵，脸色变得非常苍白，眼神里写满了惊恐。

对他们来说，这些来自神山的僧兵便是活佛。他们是凡人，怎么能与活佛战？便在这时，草甸中间那顶帐篷里忽然响起一道声音，仿佛是在念诵经文。听着那道声音，农奴们的神情忽然间变得坚狠起来，握着铁刀与竹矛，挥舞着满是刀痕的骨棒，向着那些僧兵冲了过去。

僧兵们在宣佛号，佛号声声如雷。

农奴们也在念经，他们在重复帐篷里那人念的经文，这段经文很短，他们背得很熟，一字便是一句，字字铿锵有力，如真正的雷。

那经文真的很短，只有一句，农奴们念经的方式也很特别，把一字当成一句，前字断然喝出，然后静默，待以为再无下文时，又是齐声一喝！天上的雷霆，亦是如此。

百余僧兵，诵着我佛慈悲四字，僧衣飘飘而来，禅心坚定，眼眸里却毫无慈悲意，尽是金刚怒，威势何其威猛。数千农奴齐喝经文，竟然抵抗住了佛号之威，重新生出无尽的勇气，挥舞着手中的简陋武器，向着僧兵攻了过去！

佛号声声，僧兵如佛降人间。

断字如雷，凡人如鬼出地狱。

原野被血染遍，战斗异常激烈，观战的贵人们脸色苍白，哪里想到这些贱民，居然能和神山来的活佛打得如此激烈。戒律院长老们想不明白，这些罪民哪里来的勇气，居然能够抵抗百余僧兵借来的佛言之力，看着眼前的血海世界，仿佛见着无数厉鬼修罗！

七念神情凝重至极，他一直在听那些农奴断喝出来的经文，听了很长时间，终于听清楚，那根本不是经文，只是一句话。

"士！不！可！以！不！弘！毅！"

这句话很简单，只有七个字，这句话的意思很深远，足以品味七百年，这句话的威力很大，轻松地把佛言碾成碎片。

贵人们想不明白，戒律院的长老们想不明白，七念也想不明白，但他想到了一件事情，他曾经听已死的七枚说过，当年在白塔寺前，书院大先生临战悟道，只用一句话便破了讲经首座的佛言。当时大先生说的那句话是："子不语怪力乱神。"

此时七念很自然地想到这件往事，难道此时罪民们正在喊的这句话……也是夫子说的？就算如此，那个人的道怎么可能到这一步？他想错了，此时回荡在原野间，为农奴们带来无数勇气与坚毅气质的话，并不是夫子说的，而是那个人说的。这句话不是子曰，只是那个人对自我的要求，对众生的期许，里面饱含着他这一生的精神与气魄，千人同喝便是雷霆。

士不可以不弘毅。

此时在战场厮杀的那些普通人，祖祖辈辈都是奴隶，他们不是士，但当他们说出这句话，他们就是士，他们是高贵的人。

于是，他们就有士气。

农奴们向着残兵与曾经心中的活佛杀去，其声如雷。

在佛经里，佛祖曾经这样解释天穹上的雷声，说那是云与天空的摩擦或者撞击，而在今天的战场上，雷声是铁与铁的撞击。

烟尘在草甸间飘拂，一道铁剑忽然现身。

这道铁剑很直，世间再也找不到更直的存在。

这道铁剑很厚，厚得不像是剑，更像是块顽固的铁块。

铁剑呼啸破空斩落。

一名僧兵举起铁棍相迎，只听得一声雷响，铁棍骤然粉碎，僧兵跌落于地，口吐鲜血，身发无数清脆裂响，就此身碎而死。十根铁棍破空而至，如群山压向那道铁剑。铁剑傲然上挑，仍然只是一剑，也只有一道雷声，十根铁棍就像是十根稻草，颓然变形，散落在四处，没入野草不见。手握铁棍的那十名僧兵，更是不知被震飞去了何处。

草甸间只闻一声暴喝，僧兵首领张嘴露牙瞪目，似佛前雄狮状，凝无数天地元气于铁棍之上，砸向那道铁剑！便在这时，一只手从烟尘里伸了出来，握住了铁剑剑柄，这只手的手指很修长，手掌很宽厚，握着铁剑，有一种说不出的和谐感。

如果非要形容这种和谐感，大概便是浑然天成四个字。

烟尘里隐隐现出一道身影，那人握着铁剑，随意一挥，便格住了僧兵首领挟无数天地元气砸落的那一棍。铁剑铁棍相格，其间有火光四溅，有春雷爆绽，有瞬间静默。

僧兵首领只觉一道恐怖的力量从铁棍传来，那道力量给人的第一感觉非常狂暴，但更深的层次里，却是那样的冷静而有秩序。他知道自己不是这种层次力量的对手，必然落败，但身为悬空寺戒律院顶尖的强者，心想总要阻铁剑一瞬，断不能堕了佛宗威严。

所以他不肯松手，死死握着铁棍。

在旁观者眼里，那道铁剑只是在僧人铁棍上一触便离，烟尘里那道身影，再也没有理僧兵首领，在旁平静走过。轰轰轰轰，真正的雷声直到此时才炸响，在僧兵首领的身体里炸响，他的手指尽数碎成骨渣，手腕断成两截，紧接着是手臂……僧兵首领紧握铁棍的两只手臂，被那道铁剑直接震成了两道血肉混成的乱絮，被原野上的风轻拂，便随烟尘淡去不见。

烟尘渐静，那道身影渐渐显露在众人眼前。

他的头发很短，锋利的发茬就像书院某处的剑林，对着高远冷漠的天穹，他的右臂已断，轻摆的袖管上却没有一丝皱纹。他穿着件土黄色的僧衣，僧衣一年未洗，满是尘埃，此时又染着鲜血，很是肮脏，但他的神情，却像是穿着华服参加古礼祭祀。

他的神情还是那样平静而骄傲，脸上涂满了血，僧衣上染满了血，左手握着的铁剑不停在淌血，他浑身都是血。看容颜，他就是个普通僧人，但这般浑身染血，自血海般的战场里走出，就像是自地狱里走出的一座血佛。

原野间一片死寂。

七念和戒律院长老们，看着书院后山最骄傲、最恐怖的二先生，想着他这一年里在地底世界所杀的人，叹息道："我佛慈悲。"

他说道："佛祖可悲。"

七念合十说道："那年在青峡前，你力敌千军，然而此地不是青峡，是佛土，你没有书院同门相助，便是战至时间尽头，也无取胜之可能。"

他说道："士者，君子也，士不可以不弘毅，任重而道远，仁以为己任，不亦重乎？死而后已，不亦远乎？"

七念说道："汝道不通，何如？"

他看着身前这些僧人，面无表情地说道："我叫君陌，得先生教诲，唯愿此生行君子之道，敢拦道者，必死无葬身之地。"

9

七念看着君陌空荡荡的袖管，说道："你被柳白断了一臂，也等于被留在了尘世里，现在的你，最需要的是我佛的慈悲，所以你才会远离长安来到此间，既然如此，你为何还要抗拒，何不真正皈依我佛？"

君陌望向原野前方的山峰，山离此间只有两百里，已是极近，所以越发显得雄峻，他微微挑眉，问道："如何皈依？"

七念看着他手中那把淌血的铁剑，说道："放下屠刀，立地成佛。"

"有佛像，也有尸骨像，有金铸的法器，也有镶银的头骨，僧人颈间有念珠，贵人颈上系着耳朵，这里不是佛国，是地狱，这里也没有活佛，只有恶鬼。"君陌收回目光，看着他，面无表情，"如果真要成佛，不把你们这些真正的恶鬼除尽，如何能成？既然要杀你们，又如何能放下屠刀？在人间放下屠刀或可立地成佛，在这里，拾起屠刀才是成佛之道。"

七念沉默了很长时间，然后看着那些衣衫褴褛的农奴，说道："莫非你真以为凭一己之力便可以带着这些人离开？"

君陌说道："我本想带着这些人修一条通往地面的道路，崖壁虽然高，但如果世世代代修下去，总能修出来，只是现在觉得时间有些紧迫，所以我换了一个法子，既然出不去，先带他们到山上去看看风景。"地底世界里有很多座山，但只有一座真正的山，那就是般若山，此时正在众人的视线中反射着晨光，光芒万丈。那座山是佛祖的遗骸，君陌要做的事情，就是带着地底世界如鬼般的数百万农奴，去佛祖的遗骸上撒野，去享受阳光与温暖。

七念双眉微挑，隐显怒容，喝道："休自欺！你一人如何能做到！"

君陌站在数千名农奴前，喝道："睁开眼！看看究竟有多少人！"

七念怒极反笑，说道："难道你指望依靠这些人来乱我佛国？不要忘记，这些愚昧之辈，便如蝼蚁一般，岂能飞天？"

君陌神情冷淡，说道："二十余年前，你在荒原上曾经说过，有飞蚂蚁听首座讲经，浴光而起，如今你连自己的想法也要抹灭？"

七念胸口微闷，禅心骤然不宁，说道："这些人有罪，所以愚痴。"

君陌说道："你可知佛祖当年为何会立下戒律，严禁寺中僧人传授他们文字知识，更不准他们学习佛法？"七念沉默不语，因为包括他在内，历代高僧都没有想明白这个问题，不传文字知识可以理解，然而让这些罪民修佛，岂不是能让他们的信仰更加虔诚？

"七念，你的信仰并不如你自己想象的那般坚定，地底世界数百万农奴，随便挑个老妇出来，在这方面都要超过你百倍。"君陌喝道，

"因为你识字，因为你修佛，修行这种事情，向来是越修越疑，不疑不修，所以修道者最终会怀疑道，修佛者自然会怀疑佛！"

七念脸色苍白，僧衣后背被汗打湿，渐生不安。

君陌看着他的眼睛，说道："佛祖很清楚，只有真正愚昧的人才会拥有真正坚定的信仰，所以他不允许你们这些弟子传授地底世界黎民佛法，他要的就是这些人愚昧痴傻，唯如此他才能造出西方极乐世界，继而自信成白痴到敢想去困住昊天。你说这些人有罪所以愚痴？混账话！他们愚痴就是你家佛祖犯的罪！"

七念想要说些什么，君陌不给他机会，继续说道："除此之外，佛祖严禁你们授他们佛法知识，是因为他怕！如果众人醒来，人人成佛，那他还如何维系这个万恶的极乐世界？你们这些秃驴，不传他们文字，不讲佛经，他们自然愚，我如今传他们文字，醒他们心志，他们自然清醒，我挖的便是你们的根基，我要毁的就是这片佛国，我倒要看看，你们究竟如何阻止我。"

君陌身后站着数千名农奴，看上去，他们似乎和以前没有什么变化，依然衣衫褴褛，浑身肮脏，甚至有的人还带着饥色，但如果仔细观察便能发现，他们的眼神依然平静，却不再像以往那般麻木，变得鲜活起来——人类的眼睛用来看见自由，寻找自由，才会鲜活，仿佛有生命一般，那是真正的生命。

农奴叛乱一年间，除了四处征战，或是躲避围剿，花时间最多的一件事情就是学习，最开始，君陌教崖畔那个部落的牧民识字，然后那些牧民变成老师，教别的同伴识字，从来与知识或者说文明没有接触的他们，显得那样饥渴，竟以难以想象的速度开始成长。

七念看着那些农奴的眼睛，知道君陌没有说谎，想着在这个过程里，君陌所付出的心力与精神，他有些无法理解，问道："你为何对佛宗、对佛祖有如此大的恶意？"

非有极深的恶意，不可能付出如此大的心意。

"为何有恶意？因为你们本就是恶的。"君陌说道，"我此生最厌僧人佛寺，在人间的你们不事生产，专门骗取那些穷苦人的金银财宝，在此间更是如此，何其可恶？我如何能不厌恶？当然，道门那些神官做的事情，和你们也没有什么区别。"

七念默然想着，佛宗弊处，道门亦有甚至更重，既然你清楚此点，为何却偏偏要把厌恶之意更多地放在佛宗身上？

"因为道门从来没有隐瞒过他们的目的，西陵神殿里的神官们要的就是统治这个世界，要的就是权势与财富，满足各种欲望，即便他们也会挂一层仁慈爱人的幌子，但他们挂得很随意，已经没办法骗更多的人。"君陌说道，"佛宗不同，你们挂的幌子更高，戏演得更好，牌坊立得太大，骗人骗得更深，我看着更不顺眼。"

七念说道："这便是真小人与伪君子的区别？"

"是强盗与小偷的区别。"君陌这句话把高贵的佛道二宗直接贬到了尘埃里，然后他看着四周的那些农奴，"当然，在这里你们兼而有之。"

"我宗亦有无数师兄弟于世间刻苦清修，谨守戒律，不贪不嗔，以慈悲为怀，难道你看不到这些？"

君陌看着远方的巨峰，大笑道："清规戒律？看你们这一寺的男盗女娼，满山的私生子，居然好意思谈这些？"

"歧山大师乃前代讲经首座血脉，你如何看？"

"大师真正德行无碍，所以他少年时便离开了悬空寺，你想拿大师给悬空寺佛像上贴金？那佛像还要脸吗？"在君陌看来，佛宗尽是些虚伪的秃驴，就像当年七念所做的那样，凭着一脸慈悲模样，欺大师兄仁厚，在烂柯寺设下杀局，何等无耻。

当年他以铁剑斩七念，先问君子可欺之以方？后喝君子当以方欺之，以手中方正铁剑，斩了七念的身外法身，今日在悬空寺前，在佛国之中，他以言为剑，斩得七念脸色苍白，苦不堪言，为何？因为他占着理。有理，就能行遍天下，不管是巷陌还是大道，都能行。

修闭口禅近二十年，七念本就不擅辩论之道，又被君陌一言刺痛禅心最深处，哪里还能说出话来。辩无可辩，那便只能打。

七念向着草甸上的君陌伸出一根手指，指破秋风，看似随意地画了一个圆圈，他的头后，便多出了一个圆，散发无尽佛光。他收回手指，合十静持于胸前，身体也开始散发佛光，僧衣轻飘间，身体边缘的线条奇异地向着空中扩展，瞬间变大了无数倍。

原野间又出现了一个七念，满脸怒容，眉挑如剑，眼中雷霆大动，仿佛能镇世间一切邪祟，正是他的身外法身：不动明王！先出圆融佛意，再请身外法身，七念的施法却依然没有停止，只见不动明王法身在空中伸出右掌，微屈食指，正是佛宗真言大手印！

他修的是闭口禅，不需要口出佛言，便自有佛言响彻于天地之间！佛言声里，如山般的不动明王法身，以手印镇向君陌。手印依然如山。山山相叠，无穷无尽，便是般若妙义。

七念果然不愧是佛宗强者，天下行走，出手便是三重神通般的境界！

对此强敌，便是君陌也神情渐肃。

怎样破了这三重神通？

就像先前在战场上面对那些僧兵一样，君陌出剑。

他还是只出了一剑。

这并不代表君陌轻视七念，把他看作与那些僧兵同样水准。

先前只出一剑，是因为一剑便足够。

现在他只出一剑，是因为只有一剑才足够。

君陌看似简单的一剑，实际上把他所有的修为境界，全部包含了进去。

至简，故至强。

宽直的铁剑，破秋风而起，刺在不动明王的大手印上。明王法像如山，手印亦如山，在原野间投下大片阴影，君陌手里的铁剑，相形之下，看上去就像是一根不起眼的木刺。细细的木刺，撑住了自天落下的手掌。木刺甚至刺破了掌心。

再强硬结实的手掌，一旦让细木刺刺进入肉里，必然会很痛苦。

铁剑刺进不动明王的手印。

七念脸色微白，合十的双掌间渐有鲜血流出。

管你什么神通，一剑破之，不是因为那些神通太弱，只是因为那道铁剑太强，以势相逆，铁剑能破不动明王法身，便能破肉身。

只是照面，七念便受伤，他身旁的三名戒律院长老神情骤变，瘦削的胸膛忽然高高涨起，不知吸了多少秋风，呼吸之间，一连串异常复杂难懂的音节随着空气从唇间高速喷出，呼啸之声甚是煞人。用这种方法，戒律院长老们在极短的时间内便念完了那段文字，那段文字确实难懂，因为不是普通的佛宗经文，而是某种咒语。

修道者有诸多手段，比如符、念，佛宗强者也有自己特殊的本领，经咒之术便是其中极强大的一种，戒律院长老们此时念的经咒，更是悬空寺无数前代高僧大德面壁苦思后练成的一种绝妙手段——大日如来降魔咒。

悬空寺前代诸僧最需要考虑的事情，便是怎样维系西荒深处的这座佛国，佛祖涅槃后，若真有大神通的邪魔到来，佛宗该如何应付？要说佛祖在这片地下佛国留下了很多遗泽，莫说那棵佛祖亲手植下的梨树，那些佛祖亲手炼化的顽石，只说这座般若巨峰是佛祖的遗蜕，他们便不应该担心才是，然而遗憾的是，寺中僧人们根本不知道该如何用这些应敌。

无数高僧冥思苦想，终于以集体智慧寻找到一种可以利用佛国力量的方法，这种方法类似于言出法随，但对施法者的要求更低，只要施法者愿意牺牲自己的血肉寿元，便能从佛国里借得佛祖留下的无限威能。这种方法便是经咒，便是大日如来降魔咒，因为这种手段对施法者来说很残酷，而且总透着某种不祥的血腥意味，一旦施展又会有极大的威力，一旦伤及无辜便再无挽回的可能，所以悬空寺一直将这种手段秘藏于戒律院里，只有戒律院三位长老才能修行，也只有讲经首座才能决定何时使用。

君陌一道剑道修为惊世骇俗，如今带着农奴要撼动佛国根基，自然便是悬空寺无数代警惕的大邪魔，此时不用何时再用？

大日如来降魔咒响起。地下世界顿时生出感应，原野间狂风呼啸，乱石滚动不安，二百里外的般若巨峰仿佛在微微颤抖，悬空寺戒律院所在的东峰，更是松涛如怒，黄庙大放光泽，须臾间，便有一道佛光自东峰向天而起。

般若巨峰乃是佛祖的身体所化，峰顶的大雄宝殿是佛头，左手掌心向天摆在身前，正是梨树所在的崖坪，右掌单手合十处又是一方妙地，东西两峰则是佛祖身体的左右两肩，佛光腾空而起，便如佛肩上多了样东西。

金刚降魔杵。

狂风大作。散着佛光的金刚降魔杵，自东峰飞落原野，砸向君陌的头顶。

这根降魔杵并无具体形状，但佛光明亮之域足有数十丈宽，君陌即便能避，他身后的数千农奴，只怕要被这一杵砸死绝大多数。

君陌脸色骤然苍白，一声清啸，僧衣乱飘，铁剑飘于身前空中，他不再以左手执剑，而是伸出右手握住了剑柄！他的右臂在青峡之前被柳白斩断，只剩下空荡荡的袖管，以没有的右手去握剑柄，便是以袖卷剑，铁剑之威陡然剧增！

轰的一声巨响！

铁剑与佛祖的金刚降魔杵，在草甸上空相遇。

这根金刚降魔杵，虽然不是佛祖亲手施出，却是戒律院三长老以经咒借了佛祖之威，金刚杵里竟似有整个佛国的威势。

君陌以剑道著称，柳白死后，便是毫无争议的世间第一人，但他一生剑道尽在右手里，是以断臂后再无一窥天道的希望，便是境界实力也下降了很多，所以他才会想着来悬空寺修佛，希望能够另觅道路。整整一年时间，他哪里修过佛，自然也没有寻找到第二条道路，但他却在原先的那条道路上越走越远，越走越坚定。

谁说没有右手，就不能以剑入天道？不管左手剑，还是右手剑，反正，都是剑！

只要精神气魄还在，他想以右手握剑，便能以右手握剑！

君陌一剑当国，哪怕是佛国也尽皆碎去！佛光摇撼，金刚杵碎裂！化为无数朵金花，飘落在草甸与溪流上，比废弃金场流出的沙金还要美丽。

戒律院三长老受到经咒反噬，神泽骤黯，面容渐枯。

君陌以铁剑斩佛祖之杵，自然也不可能好过，如飞石般被震出数百丈，脚下野草尽碎，金花碾平，唇角渗出鲜血。一路后掠之势终于止住，他盘膝坐下，就此闭目静思，开始恢复念力疗伤，不管唇角不停流下的鲜血，也不理会别的事情。

数千农奴战士骤然分开，然后骤然合拢，将他围在了人群最深处，举起兵器盯着远方的敌人，神情警惕而坚狠，给人一种感觉，如果这时候有人想要杀君陌，那么首先必须把这些农奴全部杀死，必须是全部，剩一个都不行。

"保护活佛！"

农奴战士们用嘶哑的声音高喊道，给自己的同伴加油壮胆，虽然有些不安，但没有人表现出来慌乱，有条不紊地快速布好阵营。

七念先前说得没有错。君陌当初在青峡前力敌千军，令西陵神殿联军不能踏前一步，那是地势的关系，也离不开书院同门的帮助，而且那只有七天。现在他带着老弱病残的农奴们战斗了整整一年，苦战于野，早已疲惫不堪。今日他以铁剑斩破大日如来降魔咒，受了不轻的伤，念力更是急需恢复，好在与农奴战士们配合得极为熟练，不然真的很危险。

此时场间百余僧兵或死或残，戒律院三长老盘膝调息，如果要强行突破那些农奴战士的舍命防御，杀死君陌，便只能是七念出手。七念看了眼掌心那滴殷红的血，然后望向远方那些衣着破烂的人们，情绪很是复杂，复杂到他很难做出搏杀的决定。

那些农奴的眼神是那样的愤怒，那样的仇恨，谁都不知道他们会爆发出来多么恐怖的战斗力，更关键的是，佛国能战胜受伤后的君陌吗？修行界近些年来开始出现所谓真命一代的说法，一寺一观一门二层楼这些不可知之地里，出现一代天才人物——魔宗行走唐，道门行走叶苏，书院大先生和二先生，这里面自然也有七念他这个佛宗行走。柳白与王书圣比他们这些人早半代，叶红鱼、陈皮皮和宁缺、莫山山、唐小棠、隆庆则要比他们晚半代，之所以他们这些人被称为真命一代，是因为他们的境界最强，最有希望，最有生命力和想象力。

这代人中，书院大师兄李慢慢最强是被公认的事实，伐唐之战里，这位温和的书生展现出来的高妙境界也证明了这一点。大师兄之下，是君陌、叶苏、唐、七念四人并肩而行，没有人知道究竟谁更强一分，谁稍慢一步。直至青峡一战，君陌胜了叶苏，变成了四人里的最强者，但马上便被柳白断臂，强者之位再难保持。

七念以为如今自己能稳胜君陌，今日看来并非如此，在地底世界这一年的漫长艰苦战斗里，君陌变得虚弱了很多，因为损耗太大，但同时他也变得强大了很多，因为他的意志被打磨得更加强大，强大到甚至能够影响现实。看君陌剑破不动明王，再斩佛祖金刚杵，七念便知道他的境界至少已经恢复到全盛时期的九成水准，以剑道论，甚至更有过之！

他究竟是怎样做到的？七念有些惘然，有些犹豫，正是这一刹那，便错过了出手的最好时机，只见远方人群渐分，君陌手执铁剑重新走了回来。他的唇角依然溢着鲜血，脸色依然苍白，但既然他握着铁剑重新站起，便说明他短暂时间的冥想已经恢复了足够的念力，至少他认为足够战胜七念。

七念再次默默自问：他究竟是怎样做到的？

敌人的震撼与惘然，便是同伴的信心来源，农奴战士们高举着手中的竹矛与骨棒，看着君陌的身影，觉得仿佛看着一尊不可战胜的天神。

"上师威武！"

"活佛法力无比！"

七念听着这些话，想到先前农奴喊着保护活佛，忽然笑了起来，看着君陌嘲讽道："你要灭佛，最终还是以佛祖的名义，才能驱使这些愚昧罪民，难道你不觉得这样很可笑？"

君陌举起铁剑，身后狂热呼喊声瞬间停止。他把铁剑背到身后，数千名农奴虽然不解，却没有人犹豫，以最快速度向后撤去，带着那些重要的辎重，逃往原野深处。

七念看着那些像海水退潮般快速撤走的农奴，微微蹙眉，有些不解。

"有何可笑？"

"你若是佛，灭佛可要先灭了自己？"

"我是真佛，你们的佛是假佛。"

"佛祖在前，竟敢如此妄言！"

君陌伸直铁剑，说道："我若是佛，佛祖来见我，他便只能是假佛。"

一名戒律院长老听着这话，怒极说道："今日我便送你去见佛祖！"

君陌理都不理此人，看着七念说道："你难道还没有明白？"

七念想到某种可能，神情微变，说道："你究竟想做什么？"

君陌说道："我带着三千义军长驱七百里，就是要你和这些老僧过来。"

七念盯着他的眼睛说道："然后？"

君陌说道："此时峰上再无强者，我只要过了你们，便与师兄在崖坪上会合，先杀了首座，再一剑把那棋盘斩了，可好？"

七念脸色苍白，说道："你的目标一直都是那张棋盘？"

君陌说道："当然，小师弟在棋盘里，我怎能不救。"

七念沉默片刻，忽然说道："你确定能过得了我们？"

君陌说道："本来不知，因为无法确定自己恢复了几成境界，先前斩明王，破佛杵，让我很确定，只要不在峰间，你们确实拦不了我。"

七念看着他说道："你可知那棋盘里是什么？"

君陌看着他说道："先前我说，就算佛祖在我身前，我也要说他是假佛。"

七念说道："你要见佛祖？"

君陌剑指般若巨峰，说道："山不来就我，我去就山，佛祖若在山中，他不来见我，我便去见他。"

"就算你能见到佛祖，又能如何？"

"要毁了这地狱般的佛国，哪有比把佛祖杀死更快的方法？反正都是一剑，总得试试。"

由始至终，君陌想做的事情，就是推翻悬空寺对地底世界的统治，但眼前，他最想做的事情，是到崖坪上夺走佛祖留下的棋盘——因为宁缺现在被困在棋盘里，生死未知，因为宁缺是他的小师弟。

那座雄峻的山峰里有无数寺庙、佛阵，更有七念和戒律院长老这样的佛宗强者，他不认为自己能够硬闯上去，于是他带着叛乱的农奴在原野间不停厮杀，借势把七念和戒律院长老诱到了此间。只要能够越过这四人，君陌便能直上峰间，如果能够顺势把这四人杀死，那自然是更好不过，不论他能不能带走那张棋盘，灭佛已经成为他生活里最重要的一部分，始终是要继续下去的。

直到此时，七念才明白为何这些日子里，叛军的战斗风格和以往会发生这样大的变化，行军路线不再奇诡，悍勇至极地向着峰下突进——完全不顾忌悬空寺的实力，就算杀到峰下，最终也只能被歼灭——原来这是敲山震虎，他们要把山里的虎诱至平阳，君陌想做的事情是进山抢棋盘！

看着那些如海水退潮般撤退的农奴叛军，七念沉默不语，知道凭自己和三位戒律院长老，还真不一定能把君陌拦住。通过先前一番较量，君陌已经完全掌握了双方之间的实力对比，他很有信心能够越过这道屏障，不然他不会让那些追随自己的人先行撤走。

如果是在山峰里，还是在那条山道上，七念有信心，就算君陌变得更强，他在悬空寺万余僧人的帮助下，也能不让他踏上石阶一步。现在这片原野如此开阔，怎么拦？七念脸色苍白，眼睛的情绪却很平静，看着缓步向自己走来的君陌，看着他左手里握着的铁剑，深深地吸了口微寒的秋风。僧衣狂舞，因秋风骤疾，他只是深深吸了口，天地之间的秋风，便尽数进入他双唇之间，开始拂洗佛心不停。

如此佛威，天地自然有所感应，碧蓝天空上飘着丝状的云，那些云被牵扯得更加细长。四周约一里范围内的野草忽然折下腰身偃倒于地，如在膜拜，露出那些不知人类还是兽类的白骨与蒙着尘的宝石，被风吹得不停滚动。在废弃沙金场间流动的溪水，是那样浅而清澈，此时却被这阵狂乱的秋风，吹出无数片鳞状波纹，溪底泥沙泛起浑了水色。

七念启唇，便是修行二十年的闭口禅。

禅法闭口不言，启唇自然无声，只有一缕清风自双唇间缓缓游出，这缕清风是那样的温柔，那样的慈悲，其间隐隐有檀香弥漫。在无尽秋风肃杀意，找到那抹春风温柔意，这便是闭口禅的本事，淡淡檀香与风之清味相依并不相融，一味平静。

佛法无声，并不是真的无声。

于无声处听惊雷，如雷佛吼，便蕴在那缕清风缓缓送出的檀香之中，就像暴雨总是在棉褥般的厚云里积蕴。厚云骤散，便有暴雨滂沱，便有雷声轰隆，那声佛吼，便将把君陌镇压在这荒凉的原野上，同时通知峰间悬空寺里的僧人。呼吸是人类身体最经常做，也是最容易忘记的动作，所以自然，而且快速，在佛家里，呼吸也是一种时间度量，极短。

呼吸之间，七念便启动了佛宗的大神通，谁能比他更快？

君陌的剑，比呼吸更快，比秋风更快，比暴雨更快，不用一息时间，只是一眨眼，便来到了七念的身前、眼前，双唇之前！这道铁剑，竟似比没有发出的声音还要更快！

君陌的剑，来到了七念的身前一尺。

君陌的剑，就是君陌。

七念，自然也来到了君陌的身前一尺。

从柳白开始，人间的剑道便发生了翻天覆地的变化，寂寞而无敌的剑圣，最终只能真的去想把那天翻过来，然后死去。但他的剑道真义，留在了人间，并且在很多人的手中开始散发光彩，剑阁弟子、宁缺、叶红鱼，他们手里都有柳白的剑。

最有资格继承柳白的剑道，甚至有可能更进一步的人，当然是也只能是君陌，他是柳白此生在剑道上最强的对手，自然也是知己。桑桑都不能避开柳白的身前一尺，只能以自己的世界相接，那么又有几个人能够避开君陌的身前一尺？至少七念做不到。

七念知道自己避不开这一剑，所以从一开始，他就没有想过避开，他只是向着那道铁剑轻轻地吹了一口气。还是那缕温柔清风，来自美好春天，却是肃杀秋风凝练而成，其间自有佛法真义，万物凋谢重生之轮回，能弭世间一切杀机。

君陌的铁剑无法前进，因为它无法刺破生命的循环。

正面之剑无法落下，他转腕，铁剑与那缕清风一触即走，在没有一丝秋风的空中陡然翻转，一剑横直斩向七念颈间。铁剑破风呼啸，七念眼眸骤然明亮，如佛像上的宝石，他依然避不开这一剑，所以他依然不避，先前合十于身前的右手，不知何时来到脸畔，三指自然轻垂，两指似触未触，如拈着朵虚无的花，迎向剑锋。

铁剑宽厚，本就无锋，但有锋意，七念指间拈着的无形花，却有宁静禅意，这花不是人间花，纵在春风里也不请蜂落，于是剑锋难落。

铁剑被七念的手指轻轻拈住。

君陌收剑。这个动作看似简单，实际却代表了极度令人震撼的境界，能于拈花指里说走就走，不理虚妄与真实，世间几人能做到？正面施剑无功而返，君陌神情依旧平静，右袖轻拂，向右方踏前一步，左手握着的铁剑被袖风拂至身后，反手向七念的脸颊拍下。正一剑，反一剑，反正都是剑，看你还能怎么挡。

七念挡不住，只能硬接，佛光绽现，不动明王法身再次显迹于原野之间，然后于刹那间敛入他的身躯之内，从此不见。看不见不代表不存在，不动明王法身被七念收回身躯，从这一刻起，便不再是身外法身，而是身如法身，他的肉身坚若金刚。

铁剑重重落在七念脸颊上。啪的一声脆响，如同耳光响亮。七念脸颊上出现一道极清楚的红印，然后他的脸以肉眼可见的速度变肿，牙齿被拍落，被震成碎屑，鲜血从唇角流下。身如不动明王法身，坚若金刚。只要不是讲经首座那样肉身成佛，真的修成金刚不坏，便没有君陌的剑砸不烂的道理。

七念觉得很痛，而且觉得很羞辱。他是佛宗行走，修行界公认的真命一代强者，而今天，却被同代人物君陌，用这种近乎轻蔑的方式击败，怎能不羞辱？

因为痛和羞辱，他禅心难定，开始颤抖起来，溢着鲜血的唇角也开始抽搐，唇间吹出的那缕清风难以为继，散作一团护住面门。虽然他很愤怒，但清醒地知道，如果不把最危险的面门护住，君陌下一剑，极有可能直接把他的头拍成碎片。

君陌没有继续攻击，因为三名戒律院长老，此时在七念身后做好了出手准备，他只想突破入山，自不愿意在此久留。血色僧衣微飘，君陌腾空而起，右脚踩中七念头顶，强横地打断他正在准备的第二道闭口禅，落在三名戒律院长老之中。

三名戒律院长老，分坐三地，形成一个品字形，彼此之间的距离完全相同，正是标准的三三之数，暗合佛理之数。修为境界最高的那位长老，坐在通往峰下的方向之前，也就是在君陌的道路之前，君陌如果想要上山，便必须在七念转身之前越过此人。

来到那名长老之前的，是那道铁剑。

戒律院长老神情微凛，手中念珠散发着光泽，便拖住了铁剑。

其余两名长老开始吟诵经文。

君陌伸手握住铁剑，念珠骤然崩断，变成满天的佛珠。

戒律院长老们齐声断喝。那串念珠瞬间爆散，佛威笼罩原野之间。

君陌掠起，踩着长老头顶，高高跃起，然后落在远处的地面上。

他就这样完全不讲道理地冲了过去。

那些佛珠里的神通，尽数落在了他的身上。

戒律院长老看着原野间高速前掠的君陌，看着他身上新流出来的鲜血，知道他必然受了极重的伤，不由有些错愕。没有真正出一剑，就这样走了？居然宁肯受伤，也不肯停下脚步战一场？这还是那个骄傲自负的君陌吗？

荒凉的原野里，血色的僧衣在秋风里飘拂，君陌如惊鸿一般，借着天地元气之势，转瞬间便掠至极远处，向着山峰冲去。他还是那个骄傲的君陌，但他只是自信，从不自负。无论遇着怎样的强敌，他都不惧，反正都是一剑过去。但如果遇着需要的时候，他可以暂时不理自己的骄傲。他要去抢那张棋盘，便要趁着七念和三名戒律院长老不在峰间的时候，抢至峰里，他需要的便是时间，除此之外一切都可以不管。

这不代表他会不在意今天受的伤，只不过以后的事情以后再说。今后在战场上，他相信自己还会遇到七念，还会遇到那三名戒律院的首座，反正都会重逢，到时候自然会再来一剑。

### 10

一道烟火，照亮了光线昏暗的地底原野。

一道烟尘，割开原野表面，向着前方的巨峰快速延伸。

烟尘最前方是君陌，他借天地元气乘风而掠，铁剑在身前破风无声，便如一把真正的剑，以难以想象的速度前行。那道烟花是警讯，巨峰里警钟之声大作，无数僧人奔出寺庙来到山道上，准备布下佛阵，镇压来侵之敌。

变成剑的君陌，速度实在太快，甚至隐隐要比那道烟火射向巨峰间的光线都要快，佛门大阵未成，他便已经来到山脚。秋山静寂，山道两旁青竹忽然摇动起来，僧人们眼前一花，便看到了君陌来到场间，看到了他手里的那道铁剑。悬空寺僧人们出手，君陌自然出剑，他来得太快，峰间山道上的佛阵未成，竟就这样毫不讲理地强行冲了过去！

直到此时，才有秋风骤起，在竹林与山道间呼啸来回，青色竹节上多出数十道血迹，看上去就像是红色泪痕。不管染上青竹的血是僧人的，还是君陌的，总之他已经进入巨峰深处，正疾掠在自己的道路，他的君子之道上。君陌所持的君子之道，必然会先与敌人讲道理，若你不听，再碾过去，在山下的原野，他已经讲了很多道理，悬空寺既然不听，那么他自然不会迂腐地继续讲，直接碾压便是。

七念和戒律院三长老，此时尚在原野上苦苦赶回，峰间诸寺里的强者，也没有来得及做出反应，君陌一路碾压而上。

他手执铁剑，直接杀到了崖坪上，浑身是血。

天坑的边缘，全部都是陡峭的崖壁，崖壁在荒原上割出极深的口子，然后绵延而行，最终在远处相汇，看着令人极为震撼。荒原里秋风未起，不远处那株孤零零的菩提树，青叶依然团团，纹丝不动，然而挨着崖壁的方向，却有一道烟尘。所谓烟尘，其实只是依着崖壁的空间里，有无数微尘和碎石子在以难以想象的高速移动，看着就像是无数道极细的丝线。崖壁有多长，这道烟尘便有多长，漫漫数千里，没有开始，也看不到尽头，把崖下的世界包围，仿佛神迹一般，不知为何会出现。

烟尘里隐隐可以看见数千道身影，事实上并非如此，那些身影移动速度太快，甚至超过了肉眼视物的能力，每瞬间都能在无数位置上重叠，才会产生这种错觉。

数千道身影，其实只是两个人。

两个不停追逐的人。

忽然间，远处巨峰传来悠扬的钟声。崖壁边缘的数千里烟尘骤然静止，然后缓缓落下，归于原野。烟尘落处，出现了两个人。

那名穿着棉袄的书生，腰间系着布带，里面有根不起眼的木棍，神情温和，满身尘土却干净无比，正是书院大师兄。对面的那名中年文士，腰间系着只酒壶，正是酒徒。

数百根细线，从大师兄身上的棉袄里渗出来，拖了数百丈远，在秋风里轻轻飘拂，很是飘逸。无距境界的追逐，速度实在太快。大师兄的棉袄不普通，没有在如此高速的移动中破裂，但棉袄夹层里的棉花却从棉布细孔里被挤了出来，变成极细的棉线。这画面有些难以形容，尤其是随着风势渐变，有些棉线落在他的脸上，看着更是滑稽，或者说可爱。

酒徒取下酒壶，饮而不尽，经历了如此长时间的无距追逐，他依然轻松，只是握着酒壶的手有些微微颤抖。大师兄看着他饮酒，没有说话。待酒意渐生，酒瘾稍解，酒徒放下酒壶，看着他情绪复杂地说道："李慢慢，你变得更快了，但你还是没有我快。"

大师兄温和一笑，说道："前辈没有追到我。"

酒徒沉默片刻，然后问道："为什么？"世上有很多个为什么，至少超过十万，他此时要问的，自然是书院为什么要与佛宗作对，要知道这代表着站在昊天一方。

"其实我有时候也在问自己这个问题。"大师兄想了想，然后说道，"我后来想明白了，小师弟与昊天被困棋盘，他们又是那样的关系，那么我们要救小师弟出来，便必须救昊天出来，我们不是要与佛门为敌，也不是要与昊天为友，我们只是要救人。"

对书院来说，救人始终是最重要的事情，无论是救人类，还是救师弟，总之是要做的，至于其间的利弊只能暂时不去考虑。

一旦开始考虑那些利弊得失，那书院就不是书院了。

酒徒微微皱眉，问道："书院究竟想做什么？"

大师兄微笑着说道："老师有老师的想法，弟子也有弟子的计划，书院想做的事情，或许在您看来有些无稽，但应该是有趣的。"

酒徒说道："佛祖也有他的计划，他等了无数年，终于等到昊天被你们书院变弱，等到她与能死的普通人成为本命，对于你们书院口口声声要代表的人类来说，这大概便是唯一也是最后的希望，你们怎么忍心破坏？"

大师兄摇头说道："书院从来没有想过要代表人类，我们只是做在我们看来对人类有益的事情，而且是自己先做。"

酒徒说道："那你为何要阻止佛宗杀死昊天？"

大师兄说道："首先，还是先前与前辈说的那个原因，我们要救人，其次，神国也有昊天，所以桑桑是杀不死的。"桑桑就是昊天，昊天就是桑桑，但桑桑在人间，昊天在神国，如果不能同时把这两个存在抹去，那么昊天永远都杀不死。

大师兄又道："既然如此，佛宗杀死桑桑，非但不能杀死昊天，反而会让她就此散为规则，回到神国，昊天会变得更加强大。"这段话听上去有些难以理解，但对于酒徒和大师兄这样的人来说，非常好理解，所以书院其实一直没有想明白，酒徒为什么要这样做。

酒徒沉默不语。

大师兄懂了，叹息道："这就是观主的想法？"

酒徒抬头望向灰色的天空，说道："不错。"借佛祖之劫，或让桑桑死，或让桑桑醒，无论哪种结局，都能够让她回到昊天神国，这就是观主的想法。

"观主……"大师兄发现，对观主这样的人，用什么样的言语去形容都不合适，"看来那张棋盘，真的有可能杀死她。"

酒徒说道："她必死无疑。"这是观主的判断，虽然他现在已经是个废人，但无论酒徒还是大师兄，都很清楚，他的判断必然是准确的。

大师兄静静地看着远处的山峰，然后，伸手抽出腰间的木棍。他以前不会打架，所以从来不带武器，后来在葱岭前，他被迫学会打架，便打碎了从不离身的那只水瓢。在那年与观主的追逐中，他在南海某个小岛的沙滩上，拾起木棍，从那天起，这根木棍便变为了他的武器。

这根木棍是夫子留在人间的。大师兄抽出木棍，这代表他开始准备打架，或者说，他开始准备拼命。观主说桑桑在佛祖棋盘里必死无疑，那么与她本命相连的宁缺，自然也必死无疑，那么作为宁缺的师兄，他自然要拼命。

修行界都清楚，书院的人都很擅长拼命，拼起命来，谁都害怕，莫说上一代那个著名的轲疯子，这一代也是如此。君陌拼起命来，大军难前，黄河倒流，余帘拼起命来，敢直上青天，敢把彩虹斩断，而要说真正恐怖，还是书院大先生。

大师兄的性情非常温和，很少动怒，更不要说拼命，但越是这样的人，一旦拼起命来，那真是天都会怕。观主境界全盛时，堪称人间最强，但即便是他，面对拼命的大师兄，也没有什么好的方法，此时的酒徒，自然也不愿意正面相拦。

酒徒侧身，不与那根木棍相对。

大师兄棍指巨峰，说道："前辈不担心我就这样走了？"

酒徒平静自信地说道："你不如我快，我能追上你。"

大师兄说道："前辈已经追了我三个月，也一直没有追上。"

酒徒笑了笑，说道："只要你不进悬空寺，我为何要追上你？"

大师兄也笑了笑，说道："前辈难道没有发现，我们一直相对而立？那是因为我一直在倒退，如果我转身，您还能追上我吗？"

酒徒脸色骤变。

崖畔的原野上，忽然秋风呼啸，一道如雷般的声音炸响，一团气浪向着四面八方喷散而去，形成一道极大的空洞。

数百根棉线，在风中缓缓飘落。

大师兄消失无踪。

下一刻，他的身影便出现在那道崖坪上，那棵梨树下。

几乎同时，君陌也来到了崖坪上，浑身是血。

君陌看着树下的师兄点头致意。

师兄弟好久不见，此番重逢，没有叙旧，而是同时望向某处。

崖坪里的破庙上，生着一座白塔，塔前盘膝坐着位老僧。

老僧的身前，有一张棋盘。

白塔檐上落下一道蛛网，披落在老僧的头顶身上，几乎完全覆盖，老僧闭着双眼，神情依然平静，两道银眉在风中轻飘，与面前蛛丝轻触，仿佛便是网里的两段丝絮，若不仔细看，根本分辨不出。老僧虽然闭着眼睛，但给人一种感觉，他的目光依然在世间，正落在身前那张看似普通的棋盘上，一刻都没有离开过。

老僧自然便是悬空寺讲经首座。自宁缺和桑桑进入棋盘后，他看山间春叶夏花秋实冬雪变幻，听寺里晨钟暮鼓，任凭风吹雨打，始终沉默不语。

君陌来到崖间，与梨树下的大师兄对视一眼，未及寒暄，也未对那老僧说话，直接走到老僧身前，举起手里的铁剑砍将过去。宽直铁剑重重地砍在棋盘上，发出震耳欲聋的巨响，崖坪上溅起无数烟尘，待烟尘敛去，棋盘依旧静静地躺在老僧膝前。

棋盘表面没有留下任何痕迹，甚至连颤抖都没有。君陌全力挥出的铁剑，只怕能够斩断一座石山，未料到，却不能撼动棋盘丝毫！棋盘承受住了铁剑的威力，崖坪却有些承受不住，伴着清晰的碎响，崖坪表面出现了数道裂缝，缝里幽暗不知多深，只怕要深入山体数百丈之内，这些裂缝向着崖畔蔓延，在梨树下破开了崖壁。

年前棋盘溅水，化成数道大瀑布，其水虽然无源无根，却持续向着山崖下流淌，直到此时，终于被君陌的剑斩断了。一剑能断瀑布，却不能断棋盘。首座依然闭着眼睛，双手却不知何时落在了棋盘上，先前棋盘金刚不坏，或许是他的手段？君陌不能确定，他也不用确定，举起手里铁剑，再次向着身前斩下，只不过这一次，他斩的不是棋盘，而是首座。

剑落风先至，铁剑轻而易举地撕破那些看似麻烦的蛛网，然后落在首座头顶，落在那几道庄严戒疤之间。铁剑很厚实，讲经首座的头顶很圆，所以君陌的行为，看上去不像以剑斩人，更像拿着根棍子在敲，这便是棒喝。

首座闭着双眼，神情宁静，只是银眉飘拂得有些狂乱。铁剑没能在他头顶留下任何痕迹，更不要说伤口，他也没有流血。首座修至肉身成佛，身心皆金刚不坏，对他来说，当年宁缺的元十三箭就像是稻草，君陌的铁剑也不过是根木棍罢了。

只是他忽然变得矮了些。之所以变矮，是因为他的身体陷进了崖坪表面，他依然盘膝而坐，只下陷了数寸，但终究还是被铁剑砸进去了些。

君陌还是没有说话，举起手里的铁剑，准备继续砍下。

便在这时，崖风微乱，大师兄来到他的身旁。

这便是并肩。

君陌收回铁剑，因为大师兄的手里拿着根木棍，走到首座身前，敲了下去。他的动作有些慢，棍子敲得似乎很轻，然而当木棍落到首座头顶，却爆出比先前君陌铁剑砍落更恐怖的声响。轰的一声，首座身后白塔出现无数道裂痕，看上去就像先前那道蛛网，檐楼上悬着的铜铃清脆乱响，然后炸成粉碎。首座闭着眼睛，银眉飘舞之势愈乱，脸色有些苍白，身体更是陷进崖坪半尺之深。虽然陷落，首座依然没有真正受伤，他手下的棋盘，随着向崖坪里陷深，变得更加坚固，大师兄感叹道："还是砸不动啊！"

君陌举起铁剑，说道："继续砸便是。"

便在这时，崖坪间又有清风起，酒香微溢。

酒徒来到场间，看着大师兄沉默不语。

君陌回头看了他一眼，说道："你想阻止我们？"

酒徒说道："我不想拼命。"

书院大师兄二师兄同时在场，即便是他，也要拼命，然而大师兄却觉得有些不解，问道："你不担心我们把棋盘抢走？"

酒徒说道："首座金刚不坏，就算是我带着屠夫过来，也不见得能把他砸开，你们也不行，那么我有什么好担心的？"

君陌没有再说什么，转身挥起铁剑，再次砍向首座的头顶。

又是轰的一声巨响！白塔上的裂纹更深，崖坪间的裂纹也更深，山崖洞里的石壁上，也出现了很多道裂纹，整个世界似乎都要崩碎了。

但首座依然如前。

"师兄，到你了。"君陌退开，把位置让给大师兄。

看着已经完全陷入崖坪地面的棋盘，大师兄想了想，说道："不砸了。"

酒徒微微一笑。

君陌微微皱眉。

大师兄看着他微笑着说道："你撬一下。"

君陌忽然想起很多年前书院后山的一件往事。

那时他和师兄刚刚入门，都还很小，奉夫子之命去整修后山那条山道，遇着一处山崖崩落的岩石，很是碍事。小时候的君陌，比现在更骄傲，更自信，也更执拗，他拿着一把开山斧对着那块大岩石不停地砸，整整砸了三天三夜。砸到最后，他虎口流血，身体疲惫不堪，就连开山斧都快举不动了，那块岩石却只被砸掉了极小一部分。

在他砸石头的时候，师兄什么都没有做，就在一边看着，他知道师兄身体有些弱，但最后因为愤怒无助，还是有些生气。再生气，君陌也不会指责师兄，更不要说恶言相向，但是他又觉得很委屈，竟不知道为什么，就这样哭了起来。

师兄看着那块巨岩，看了很长时间，当发现小君陌在哭，又看了他很长时间，然后什么话都没有说，就这样离开了。师兄如此无情无义地走了，君陌自然不会再哭，哭给谁看呢？他用冰凉的溪水洗脸，恢复了些精神，重新拿起斧头，准备继续去砸。

便在这个时候，师兄又走了回来，怀里抱了十几根坚韧的大毛竹，额头上布满了汗水，把这些竹子拖下来，让他很是辛苦。师兄把那些毛竹塞进岩石与崖壁之间的缝隙，通过计算，确认准确，然后把君陌喊到身前，说道："你撬一下。"君陌向来很听师兄的话，虽然那时候的他，不明白师兄要做什么，那些毛竹又有什么用，但他还是依言去撬。

那块巨岩被开山斧砸了三天三夜，都没有被砸动，然而当君陌去撬的时候，却发现岩石很快便松动了，滚落山道变成山溪里的一处风景。

那件事情已经过去了很多年，君陌还是很听师兄的话，师兄既然让他撬，他就去撬，他走到首座身前，把铁剑插了进去。铁剑刺进了棋盘的边缘。

酒徒面色微变。

君陌挥动铁剑，撬之。崖坪上天地元气大乱，狂风呼啸，白塔表面的石块簌簌剥落，不停砸在首座头上，溅起无数烟尘。首座依然巍然不动，那张棋盘依然在崖坪里。铁剑前端承受着难以想象的重量，那就是一座真正的山。君陌要把这座山给撬起来。一声清啸从他的双唇迸发而出，其亮如凤鸣，其啸如山崩。

酒徒腰间的酒壶微微飘起。

大师兄背对着他，站在他的身前。

清啸声里，君陌手中的铁剑微弯，然后再直。他的剑永远是直的，山都无法压弯。那张棋盘，终于被撬了起来，缓缓向着地面上升！

首座银眉飘舞，双手骤然一翻，按在了棋盘上。大山再次落在棋盘上。

君陌清啸骤绝，如雷般厉喝道："起！"

崖壁崩乱，梨树乱摇，青叶如雨落下，棋盘起！首座依然保持盘膝而坐的姿势，手在棋盘上，随之而起。铁剑强直，然而棋盘与首座重如般若巨峰，纵使起，也只能撬起很小的一道缝隙，那道缝隙比发丝还要细，再小的蚂蚁都无法爬进去。

但这已经足够了。有缝隙，便说明棋盘与山峰已经分离。

棋盘与山峰分离，没有与首座的手分离。接下来，是大师兄的事情。他的手不知何时落到首座肩上，崖坪间，气流爆散，发出一道嗡响，如钟如磬。

白塔之前，只有君陌执铁剑而立。

大师兄和首座，还有那张棋盘，都已经消失无踪。

他们去了哪里？

他们去了天上。

巨峰虽然雄峻高大，堪称人间第一峰，但深在地底，如果从地表看，峰顶只比荒原高出很短一截。天空要比峰顶高很多。湛蓝的天空里飘着白云，白云里出现了两个人。

大师兄松开手。

首座破云而落，向着地面而去。


崖坪上，酒徒抬头望天，神情凝重。先前在荒原上被摆脱，已经让他很震惊，此时看着这幕画面，心情更是震撼无比，某人展现出来的境界，远远超过当初长安一战时的水准，甚至已经超出了他的想象。

"李慢慢，你真要成为最快的那个人吗？"

酒壶在秋风里轻颤，醇香渐溢，酒徒的身形骤然虚化，便要破碎空间，去到九霄云上，助首座一臂之力。他刚才没有出手，那是因为他相信，以首座金刚不坏的佛门神通，李慢慢和君陌根本没有办法，但事实推翻了他的猜测，君陌用铁剑把首座和棋盘撬离了崖坪，李慢慢带着首座和棋盘来到了天上。

从山崖里跌落的人很多，从天空里落下的人很少，数年前在长安城里，曾经有三个人从地面打到天空上，然后再从天空落下，最后的结果是，余帘身为魔宗至强者，亦身受重伤，那么首座呢？首座正抱着棋盘从云中坠落，向地面而去，他肉身成佛，金刚不坏，实如大地，如果与真实的大地相遇，那会是什么结果？酒徒不再像先前那般有信心，他不能看着首座受伤，最重要的是，他不能看着书院把那张棋盘抢走，所以他准备动了。

便在这时，一道铁剑破风而至，简简单单地斩向他的面门。君陌出剑，他知道酒徒很强大，所以他出手便是右手。铁剑被右袖卷起，斩向酒徒，他的手虽然不在，剑还在，意还在。

酒徒这才知道，在地底原野厮杀一年，君陌竟然已经恢复到这等程度，微微挑眉，也未见他如何动作，双掌便出现在身前。他的境界远超君陌，但应对却很谨慎，用的是佛宗无量。酒无量，寿无量，意无量，佛威无量。酒徒的手掌有若两座大山合拢，君陌的铁剑如同被山镇压，无法动弹，也无法抽出。

事实上，他根本没有想过要收剑——他知道自己境界较诸酒徒还有一段距离，但他毫不在意，因为今天他不是一个人在战斗。崖坪秋风再起，棉袄带着数十道细线，出现在梨树下，大师兄瞬息便从高远的天空里，回到了场间，毫不犹豫举起手里的木棍，砸向酒徒。

他没有砸酒徒的脸，也没有砸酒徒的身体，因为他现在虽然学会了打架，木棍亦不是凡物，但终究他的风格不够强硬。只要未至绝对强硬，境界高深难测的酒徒，便能有足够多的时间，施出足够正确的手段，来应对他手里的这根木棍。所以他的木棍砸向铁剑，君陌手里的铁剑，木棍落在铁剑上，悄然无声。

这就像是打铁，君陌的铁剑是把铁锤，被酒徒压制的同时，也把酒徒这块坚硬的铁块压在了下方，然后木棍变成第二把铁锤落下。

崖坪上一片死寂，然后忽然爆出一声巨响。秋风乱拂，酒徒唇角溢血，披头散发，脸色苍白，双手颤抖不安，身体也跟着颤抖起来，再也无法镇住铁剑。他一声怪啸，转身便走。他的声音苍老难听，这声叫啸就像是锈蚀的青铜器被砸扁了，显得那般凄凉。崖坪上秋风再起，气流爆散，酒徒消失无踪。

君陌右袖轻卷，铁剑破空再回，落在他的左手里。大师兄没有去追酒徒，伸手牵起君陌空荡荡的袖管，二人也在崖坪上消失。

崖坪上的战斗很凶险，很难用语言准确描绘，但发生的时间非常短，从酒徒欲起，到君陌出剑，到大师兄归来，再到酒徒逃走，不过瞬间。当崖坪上战斗结束，首座还在空中坠落。无数层云被撞破，首座的银眉被风吹得向着天空飘起，不停颤抖摆荡，佛祖的棋盘被他抱在怀里，他闭着眼睛，神情平静。

地底原野间光线微暗，草甸被风吹得纷纷偃倒，大师兄和君陌出现，伴随着凄厉呼啸声，某个重物高速落下。他们没有看天，而是看着身前原野。空气仿佛撕裂，原野温度骤然升高，那重物终于落到地面，砸进草甸，大地不停震动，无数黑色泥土掀起，原野上出现了一个极大的坑，宽数百丈，深数丈，坑底的岩石都被震碎，铺满其中，看上去就像是天坑的缩影。

首座盘膝坐在坑底，袈裟早已破碎如缕，半裸的瘦削身体上满是泥土与石屑，看着异常狼狈，但他依然没有睁眼，身上一丝血都没有。佛祖的棋盘，还在他的怀里。

大师兄和君陌就在坑边。君陌神情漠然掠入坑底，右袖卷剑，再次砍向首座的头顶。首座低着头，不闪不避。铁剑落下，紧接着木棍落下，铺满坑底的碎石被震起，悬浮在空中。首座的脸色变得更加苍白，头顶的泥石屑被铁剑震飞，更加明亮，还是没有流血。

坑底风起，悬在空中的碎石簌簌落下，酒徒出现在二人身后。

大师兄转身，只是一转身，便来到他的身前。酒徒挑眉，一掌拍落，坑底骤然阴影，仿佛有物遮天。大师兄朝天一棍，捅向遮住天空的手掌。掌未落下，棍未断，大师兄脸色苍白，疾退。他退至首座身旁，手再次落在首座的肩上。

君陌的铁剑，不知何时已经刺进了首座与坑底的碎石之间。一声长啸，无数鲜血从君陌的身上喷溅而出，打在坑底的崖壁岩石之上。首座如山般沉重的身躯，被他再次强行撬起。依然只有一丝，但依然够了。

大师兄和首座再次消失，下一刻，他们来到了东峰之上的天空里。东峰上有无数嶙峋怪石，乃是悬空寺无数代高僧苦修碾压而成，其硬度强逾钢铁，其棱角锋逾刀剑。大师兄想知道，如果首座砸在东峰这些怪石上，会不会流出血来。

但酒徒这时候已经到了，他没有理会君陌的铁剑，拼着受伤的危险，以无距离开地面，同样来到了天空里，来到大师兄的身前。酒徒坚信，只要自己愿意付出一些代价，便没有道理比对方慢——他修行了数万年，怎么可能比不过一个只修行了数十年的人？

无距境，也不能在天空里真正自由地飞行，只是可以从地面来到天上某处，或者回到地面，能够在天上停留的时间很短。大师兄带着沉重如山的首座来到天上，已然非常辛苦，正在向着东峰落下，他此时应该放手，然而酒徒在侧，他放手没有意义。不放手又能怎么办？

寒风里，大师兄看着酒徒，忽然笑了笑。

这笑容并不决然，但却是决然的邀请。他带着首座，向着遥远的天坑边缘的崖壁飞去。不是真正的飞，他要带着首座进入崖壁深处，那道崖壁的深处，便是荒原的地底！

无距，是依靠天地元气里的湍流层而高速移动，将两地之间的距离缩至极短，将海角天涯变为咫尺之前。实质有形的事物里，也有湍流层，但自古以来，能够修行至无距境的大修行者们，都不会尝试通过那些通道穿行。因为那很危险，因为那意味着，你可能要在瞬间之内，面对无数道山崖，那些山崖不是真的山崖，而是崖间蕴着的天地气息。

大师兄就这样做了，酒徒敢跟上来吗？

天坑东面的崖壁深处，忽然传来沉闷的轰隆声。

崖壁下方的原野上，无论是那些正在放牧的农民，还是那些正在开会筹划如何镇压叛乱农奴的贵人们，都听到了这道声音。无数人走出帐篷，望向远方崖壁，眼神惘然。

轰隆声越来越响亮，离崖壁表面越来越近。忽然间，崖壁某处爆射出无数石块，落在下方的原野和湖泊里，打得水花乱溅，泥土乱飞，牛羊惊叫不安。

烟尘渐静，崖壁上出现了一条幽深的洞口。

这条洞很深，直入崖壁数里。

君陌站在原野间的坑底，看着远处崖壁上的洞，微微皱眉，有些担心。

酒徒落在他身旁，看着他说道："李慢慢死了。"

坑底响起一阵咳嗽声。大师兄出现在君陌身旁，看着酒徒说道："有些幸运，我没死。"

他的棉袄上多了很多道口子，正在溢血。

酒徒神情有些惘然，"怎么这样都能不死呢？"

"首座在前，能开山辟石。"

说完这句话，大师兄牵起君陌空荡荡的袖管，在原地消失。

下一刻，酒徒出现在崖壁上方。他低头看着那道幽深的洞口，脸色变得很难看，因为洞口已经被乱石堵上，看痕迹正是铁剑所为。

十余里深的崖洞尽头，没有一丝光线，漆黑有如永夜。

大师兄和君陌站在首座的身前。首座依然低着头，不言不语。

君陌也不言语，走到他身前，举起铁剑，准备砍下。

大师兄忽然说道："再撬一撬。"

君陌没有询问，因为他懂了，直接把铁剑刺进首座的身下。

首座看着很是凄惨，浑身石屑，连续与大地撞击，又撞进十余里深的荒原地底，即便金刚不坏，也撑得有些辛苦。但他神情始终宁静，直到此时，他终于有了反应。他还是没有睁眼，但双唇微微颤抖，似准备要说话。很奇怪，这不是君陌第一次尝试要把他撬离地面，先前他不闻不问，为什么这时候忽然有了反应？

君陌没有理他，将一身霸道境界，尽数灌注于铁剑之中。

首座唇动，用苍老而沙哑的声音说道："如是我闻……"

他猜到了书院二人准备做什么——绝对不是像先前那样，把他带到半空里再扔下。此时酒徒暂时无法进入崖洞里，大师兄和君陌有了更多的时间，便可以尝试另外的方法，让他离开地面，便是这个方法的前提。所以他必须动了。

他动唇，说的是佛言，用的是言出法随的至高法门。

然而大师兄怎能想不到他会做什么。

当如是我闻四字，刚刚在漆黑的崖洞里响起时，随之响起的还有另外一句话。

"子曰……"

以子曰，对佛言。崖洞一片静寂。

君陌厉啸一声，身上无数汗眼溢出鲜血，浑如血人。

他的铁剑，终于再次把首座撬离了地面。

大师兄伸出双手，扶住首座的双肩，似要保证他的平衡，什么都没有做，实际上在瞬间之内，他已经带着首座走了很远很远。行走，就在崖洞之内，就在方寸之间。大师兄带着首座，在一寸间的距离里往返。总之，他不要首座与地面接触。

大师兄的棉袄再次溢血，如此密集进入无距，对他也造成了极大的损伤。

首座实如大地，与地面分离，便要虚弱，他脸色微白。君陌的铁剑已经落下，落在他头顶，只听得一声清鸣，如金石相交。首座的头顶，溢出一滴殷红鲜血，佛宗至强的金刚不坏境，终于被大师兄和君陌携手而破！

然而……这只是一滴血。

大师兄和君陌，付出如此大的代价，只能让首座流出一滴血，如果让旁人来看，这实在太不划算，甚至会觉得绝望。这样砍下去，想砍到首座重伤，那要砍多少剑？要砍多少年？但书院里的人们从来不会这样想。

君陌握着铁剑，一剑一剑向首座的头顶砍下去，似永远不会觉得累。

大师兄扶着首座的双肩，神情平静，似永远不会觉得累。

肉身成佛又如何？只要你开始流血，那就行，那代表着你会继续流血。

不管要砍好几年，只要这么砍下去，总能把你砍死。

君陌就是这样想的。

大师兄也是这样想的。

而当他们两个人想做同一件事情，那件事情就很少有做不成的时候。


## 11


多年前，烂柯寺的那场秋雨里，道门行走叶苏、佛宗行走七念，还有人间最强的那把剑，对他们二人毫无办法，只能看着那座佛祖石像垮塌。今天在西荒的悬空寺外，他们在酒徒这样强大的修行者面前，还能把讲经首座这位人间佛打得如此狼狈，甚至破了首座的金刚不坏。

因为他们很强，更因为他们配合得太过完美，因为他们之间有天生的默契，那种默契代表着绝对的信任与自信。只有书院才能培养出这种性情，只有夫子才能教出这样两名弟子，当他们并肩携手的时候，便是天都要感到畏惧，更何况敌人。

当君陌不知斩下第多少记铁剑的时候，讲经首座终于睁开了眼睛，一道很细的鲜血从头顶淌下，刚好流进他的眼睛，视线一片血腥。首座觉得很痛，而且他发现，这两个书院弟子，竟是真的准备天长地久无绝期地砍下去，他暂时还不想死，他还没有看到佛祖重新出现在人间，所以他必须做些什么，虽然他清楚那样做的后果。

铁剑再次落下，首座松开紧紧抱着棋盘的手，单手合十在身前，举得有些高，刚好挡在铁剑去路的前方。首座的手没有握住那道铁剑，因为就在他松手的那瞬间，大师兄也松开了手，握着木棍，向他砸了下来，重重地砸在他的虎口上。

首座气息微窒，从虎口到手腕再到胸间，一身金刚佛骨喀喀作响，仿佛下一刻便会碎开。他只伸出一只手，因为一只手便可拦住君陌的铁剑，却未想到，来的是那根木棍，他想不明白，书院二人难道能够看穿人类的想法？大师兄和君陌看不透别人在想什么，但他们不需要交谈，便能知道彼此在想什么，所以铁剑没有落下，来的是木棍。

君陌铁剑落向下方，向首座怀里的棋盘砍去。

只听得一声清鸣，如瓷杯落在地上。

黑暗崖洞里，忽然出现一道极明亮的光，那是天光。

极深的裂缝从原野深处蔓延到地面，大地震动，崖壁坍塌，崩出无数石块泥土，在天坑东面，塌陷出一个十余里长的豁口，画面令人极度震撼。斜向天坑塌陷的豁口里，有无数蚁窟，有无数鼠洞，有无数秋草的根与被偷的果实，石间有极细的水流，渐渐染湿乱石。

首座坐在乱石之中，满脸尘土，沾着血水，看着很是惨淡。

他怀里的棋盘，已经被君陌的铁剑挑走。

酒徒站在塌陷的崖壁边缘，看着这幕画面，脸色骤变，君陌恢复到青峡前的境界，李慢慢更是境界提升极快，这令他极为震撼警惕，然而他依然没有想到，这两个人居然能够真的破了首座的金刚不坏，而且抢走了棋盘！

首座看着大师兄和君陌，神情悲苦又有惘然解脱诸等变幻不停，声音低沉如钟，惘然说道："没有用。""什么没有用？""就算你们拿到棋盘也没有用，你们不可能打开棋盘，把里面的昊天和宁缺救出来，因为这是佛祖留下的法器，它超脱了时间的规则，真正金刚不坏。"

大师兄看了君陌手里的棋盘一眼，没有说什么，伸手抓住他的衣袖，两个人就此消失，回到崖坪畔那棵青树下。下一刻秋风再起，酒徒带着讲经首座同至，首座坐在白塔前，看着树下二人："真的没有用。"

君陌没有理他，拿起铁剑便向棋盘砍去。大师兄站在棋盘之前，脸色微白，明显念力消耗过剧，但他就这样站着，无论酒徒还是首座，都不想尝试过去。崖坪上不停响起铁剑落在棋盘上的声音，清脆而决然暴烈，和寺庙钟声没有任何相似之处，其间有无数金戈铁马。

不知道砍了多少次，也不知道时间过去了多久，山崖回荡着那道声音，仿佛大军誓死攻城。佛城难破。君陌继续砍，砍到手指磨出鲜血，脸上神情不变，每次挥剑的动作还是那样一丝不苟，确保能够发挥出最大威力。首座沉默地看着这幕画面，什么都没有做，于是酒徒也什么都没有做，只是在旁静静地看着，越看越觉得心情复杂。明明应该已经确知没有任何希望，却如此坚定不移地继续着，甚至让旁观者产生错觉，那把铁剑能够在绝望里砍出希望来——这是何等样的心性？夫子怎么能教出这样的弟子？他在哪里找到这样的弟子？

君陌忽然停止，不是因为他累了——虽然他确实很累——而是因为铁剑一边已经变形，本来无锋的剑刃已经变成了平面。铁剑坚不可摧，在青峡之前，不知斩了多少道剑，便是柳白的剑，也被铁剑斩断过，然而今天却在棋盘之前变形。他望向讲经首座，问道："如果真的没有用，你为何会在崖坪上看这棋盘整整一年？无论风吹雨淋都不敢离开半步。"

首座说道："看一年，是因为我要看。"这句话首尾两个看字，读音可以不同，意义也自会不同，前一个看字是看守，后一个看字是看见，或者说去看。

大师兄问道："您要看什么？"

首座的两道银眉在秋风里轻轻飘拂，说道："看佛祖，看众生。"

君陌没有听懂，摇了摇头，把手里铁剑换了个边，继续砍向棋盘。首座神情微变，酒徒神情愈发凝重，他们都没有想到，君陌停手，不是因为放弃，而只是因为他要把手里的铁剑换个边——那么，就算铁剑真的被砍废了，他也会换个东西，继续去砍吧？

大师兄忽然说道："佛祖的棋盘砍不开，昊天也杀不死。"

酒徒望向他，想要阻止他继续向下说，但想了想，没有动作。

大师兄继续说道："佛祖就算在棋盘里毁灭她的存在，也只能让她变回纯净的规则，自然归于神国，这样做又有什么意义？"

首座合十道："佛祖前知五千年，后知五千年，自然能够算得到今日之事。"

大师兄平静地说道："老师思考千年，才最终想出法子把她留在人间，佛祖能算到老师的手段？佛祖能算到昊天被我书院分成了两个存在？不，佛祖什么都算不到。"他的语气很寻常，神情平静却自有光彩，书院做的事情，便是昊天都没有算到，何况佛祖。

首座懂了，于是他沉默了很长时间。酒徒在西陵神殿那间石屋里听观主说过，所以他早就懂了，才会来到这里，帮助佛宗。佛祖为昊天布下生死局，但他哪里能算到，今日的昊天已经变成了两个，用大师兄的话来说，这个局还有什么意义？

"没有意义。"在极短的时间内，首座变得苍老了很多，因为他明确了道门的意图，也承认书院是对的，佛祖的这个局没有意义。

如果昊天只有一个，那么佛祖棋盘只要把他杀死，永世镇压，不与世界相通，昊天自然无法回到神国复活。然而现在昊天有两个，就算佛祖能够杀死桑桑，又如何能够让她死后散化成的规则不与世界相通？昊天还在，规则与规则自然相通，没有任何力量能够阻拦。

"没有意义。"看着依然在砍棋盘的君陌，首座把这四个字又重复了一遍。

"你们做的事情也没有意义，这是佛祖的棋盘，只要佛祖不让他们归来，他们便永远没有办法归来，至于棋盘里的昊天是生是死，死后会不会回到神国，那便要看佛缘，或者天意，我们这些凡人在此之前，本就无意义。"峰间钟声还在持续，很多僧人来到崖坪上，却不敢上前，听着这话，纷纷合十行礼，七念和戒律院三长老也来到了此间。

这场书院与悬空寺之间的战斗，看上去似乎是书院占了上风，但只要书院没有办法把棋盘打开，那么便注定是输家。

君陌终于停下，忽然说道："不能打开，那便进去。"

大师兄微笑着说道："此言甚是有理。"

首座说道："不是想进便能进。"

大师兄说道："首座您难道没有想过，我们既然已经拿到了棋盘，为什么没有离开，而是来到崖坪上？"

首座银眉微飘，若有所察。

大师兄望向青树，伸手轻抚树叶，说道："这就是那棵梨树？"

首座沉默不语，青藤后的七念诸僧神情微变。

大师兄说道："听说这棵梨树五百年开花，五日结果，五刻落地，触地成絮，随波逐流，不得复见，真是神奇。"

酒徒说道："这树一年前开过花，结过果。"

大师兄靠着青树坐下，说道："既然如此，那我再等四百九十九年，待开花结果那日，我再进棋盘去找。"

君陌提起棋盘，也坐到了树下。

便是要再等五百年，也会一直等下去，听晨钟暮鼓，看春风秋雨，默待时间流逝，总有满树梨花如雪盛开时，这是何等毅力，又是何等气魄？看着梨树下的二人，首座沉默了很长时间。他没有想到，书院居然连佛宗最大的秘密也都知晓，那个看似普通的书生，果然如传闻里那样，博览群书，学识渊博，无论哪个领域，都能做到最好。

酒徒走到崖畔另一处，解下酒壶，开始饮酒，沉默不语地看着远方的天空，他要做的事情是帮助道门把昊天送回神国，棋盘至少还有五百年才能开启，对此他一点都不着急，他最擅长做的事情，便是与时间对抗。

首座说道："五百年很长，足够人间发生很多事情，你们在梨树下等梨花开，道门不会错过这个机会，书院怎么办？唐国怎么办？"不愧是悬空寺讲经首座，这一代的人间佛，很简单一句话便让场间变得沉默，大师兄和君陌在梨树下静待五百年，谁来守长安？

"这株青树，乃是无数年前佛祖亲手所植，当年的纤瘦树苗，如今已难双掌合围，五百年后你们再来时，或许青树已然参天。"首座此言颇为感伤，亦是建议。

君陌说道："梨树不在眼前，书院不得放心。"

首座说道："这梨树乃佛祖留下的圣物，本寺必当好生看视。"

君陌说道："小师弟在棋盘里，书院不得不慎重，况且你们这些秃驴最是无耻善变虚伪狂热，只怕我们一离开，你们就会毁了此树。"

青藤后方悬空寺诸僧，听着这话，脸色很是难看。

首座的神情很平静，说道："书院准备怎么办？寺中逾万僧众，禅心坚定，若真要来夺，你们能守住五百年？"

君陌不再理他，望向大师兄问道："师兄，可行？"

大师兄想了想，说道："可行。"

没有说任何具体的内容，他便知道君陌问的是什么意思，于是他缓缓站起身来，握着木棍，站到了梨树前方。君陌随后起身，静默调息片刻，然后把铁剑刺进崖坪。

崖坪坚实，铁剑入而无声。

酒徒猜到书院二人要做什么，眉梢微挑，觉得有些不可思议。

大师兄看着他说道："我知道前辈你要的是什么，但如果前辈今日还试图阻止我们，那么书院会不惜一切代价杀死你。"大师兄性情温和，很善良，做什么事情都慢条斯理，说话轻言细语，是最最可亲的人，极少动怒，更没有威胁过人，所以他的威胁很有力量，就像他很少与人拼命，所以他拼命的时候，谁都要害怕。

酒徒皱眉，他要的是真正的永生，可如果为了永生，却逼得书院发疯，不惜一切代价也要杀死自己，未免有些不划算。今天之前，他根本不相信书院能够杀死自己，但现在他发现这并不是完全不可能的事情，当然，就算书院能杀他，只怕也要拿书院来陪葬，甚至拿整个唐国来陪葬，从道理上来看，这种局面应该不会发生。只是如果书院真的发疯怎么办？如果这些人真要和自己拼命怎么办？

酒徒说道："道门请我来西荒，要我转述一句话，我的话一年前便已经带到了，而且我也试过把棋盘留在悬空寺，既然没有成功，我自然不会再出手。"

大师兄说道："多谢。"他知道酒徒之所以这样说，是因为通过今日的战斗，此人已经确认佛祖留下的棋盘确实没有办法凭借外力打开，但他不想说破。

酒徒能猜到书院想做什么，是因为他认识夫子，他见过轲浩然，知道书院看似肃雅平和，其实都是一群疯子。悬空寺诸僧不了解书院，自然猜不到书院准备怎样做，他们看着站在梨树前的大师兄，神情渐渐变得紧张起来。

首座看着君陌，看着他手里的剑，神情微变。

君陌没有看他，握着剑柄，一声断喝，铁剑开始在崖坪里行走。

铁剑的行走，便是切割。

只听得一阵极恐怖的摩擦声响起，石砾激飞，烟尘大作，铁剑绕着梨树，在崖坪表面强横地移动，最终破崖壁而出。崖坪地面上出现了一道缝，大师兄弯腰，把手伸进缝中。

君陌再次问道："师兄，可行？"

大师兄说道："有些辛苦，但可行，你呢？"

"我……还不能走。"君陌提着铁剑，看着峰下晦暗阴冷的地底原野，说道，"那里有很多人需要我。"

"师弟大善大勇。"

"但求心安。"

"唯善能令心安，是为善，能勇而精进向前，是为勇。"

被师兄如此赞美，君陌依然平静，因为他相信自己配得起这二字，"我送师兄一程。"

大师兄说道："我送师弟一程。"

说完这句话，他的手微微一震，崖坪间那道裂缝骤然变宽。摩擦之声大作，一块数丈大的崖坪，缓缓离开山体，那株梨树便在崖坪上。这座巨峰是佛祖的身体，山崖何其坚固，君陌的铁剑竟把山崖切下来了一块。而现在，大师兄要带着这块崖坪离开。

看着这幕画面，悬空寺诸僧震撼无言，忘了自己要做些什么。

大师兄把木棍插进腰里，抓住君陌的袖管，然后他们消失不见。崖坪上也缺了一块，缺口处异常光滑。大师兄和君陌就这样走了，他们带走了佛祖留下的棋盘，带走了佛祖留下的梨树，甚至还带走了佛祖手掌上的一块肉。

首座沉默不语，脸色苍白。

酒徒喝了口酒，感慨道："疯子，从老的到小的，都是一群疯子。"


大师兄把君陌送回了地底的原野，然后回到书院。

从这一天开始，书院后山多了一棵梨树。

梨树下有张棋盘。

很多人围着棋盘看，废寝忘食，甚至忘了时间的流逝。他们不看佛祖，也不看棋盘里的众生，只是在看怎样才能把这张棋盘打开，把小师弟从里面给救出来。

书院后山尤其是镜湖附近向来四季如春，而且这棵梨树本就不一般，自然没有萧瑟之感，满树青叶，洒下一片阴凉。众人坐在阴凉里，对着那张棋盘发了很长时间呆，依然没有看出来，这张棋盘究竟有什么特殊的地方，更没有想出打开棋盘的方法。

木柚用绣花针拨了拨鬓间的飞发，有些恼火："还没想到法子？"

四师兄看着棋盘，神情凝重："我想了七十三种方法，但既然大师兄和二师兄都打不开，那些方法必然不行。"

木柚说道："总得试试。"

众人离开梨树，来到溪畔打水房，看着四师兄把棋盘搁在炉上，任其被幽蓝的高温火焰不停烧蚀。北宫未央抱着古琴，满脸担忧："就算这佛祖棋盘不会被烧烂，但小师弟在里面，会不会被烤熟？"西门不惑用洞箫指着炉上的棋盘："烧了半天，黑都没有黑，这棋盘不是烧烤盘，小师弟又不是猪肉。"

四师兄没有理会这些插科打诨的家伙，待确认棋盘被烧至极高温度后，用铁钳夹起，扔进了打铁房后清冷的溪水里。只听得哧哧声响，溪水里白雾大作，正蹲在水车最上方眺望远方的大白鹅被吓了一跳，挥着翅膀飞到溪畔，对这些人很不满意地叫了两声。热胀冷缩，对坚硬物体最好的破坏方法，然而令书院诸人失望的是，棋盘没有任何变化。

接下来的日子，书院诸人对这张棋盘做了很多事情。

木柚把棋盘扔进云门阵法，试图让大阵把它撕开，没有效果；王持熬了一锅据说是世间最毒、腐蚀力最强的汤汁，把棋盘扔进去煮了整整三天三夜，熏得溪里的鱼死了大半，大白鹅愤怒到了悲伤的程度，棋盘依然没有动静；四师兄取出宁缺留在后山的小铁罐，试图把棋盘炸开，最终也只炸死了镜湖里一半的游鱼，大白鹅伤心得不想活了，棋盘依然如故。

某天，五师兄宋谦忽然说道："棋盘这种事情……我总觉得，既然是用来下棋的，那么总得和棋有关。"众人眼睛顿时明亮，满怀希冀望向他，木柚问道："然后？"

宋谦摸了摸头，说道："然后……没有然后了。"

众人闻言恼怒，心想既然说不出来道理，为何要忽然开口说话？王持却是直接从自己的院子里取了两匣棋子，问道："那……该把棋下在哪里？"四师兄想了想，接过他手里的棋匣，把匣里的棋子一股脑儿倒在了棋盘上，只听得清脆的声音不停响起，棋盘上堆满了黑白棋子。众人围着棋盘，紧张地看着，然而，还是什么都没有发生。

自从棋盘和梨树来到书院后山，六师兄便一直没怎么说过话，直到此时，众人流露出垂头丧气的神情，开始绝望的时候，他提着一把大铁锤站了出来，"最后还不是得砸？"

他看着众人憨厚地说道："让我来砸吧。"

木柚说道："两位师兄在悬空寺也没有砸开。"

六师兄说道："我们时间多些，可以一直砸。"

四师兄想了想后叹气道："似乎也只能如此了。"

安静的书院后山，从这一天开始变得嘈闹起来，镜湖畔不停响起沉闷巨响，六师兄挥动铁锤，不停砸着棋盘。他虽然很强壮，这辈子不知道挥了多少记铁锤，但终究有累的时候，当他累时，四师兄和五师兄等人，便会上前替手。痴于棋的人离开了自己的棋盘，痴于沙盘的人也离开了沙盘，痴于阵的人也离开了阵，在佛祖的棋盘旁，变成了勤劳的铁匠。

痴于音律的人却没有什么变化，北宫未央和西门不惑太过瘦弱，尝试了两下，连铁锤都举不起来，被大家赶到一旁。看着同门们热火朝天、大干苦干，二人难免有些失落，于是坐在一旁操琴吹箫，奏个慷慨激昂的曲子，替大家助威，也替棋盘里那个家伙加油打气。

砰砰砰砰，铁锤不停落到棋盘上，后山崖坪的地面震动不安，前些天侥幸活下来的鱼儿惊恐地躲进水草深处，大白鹅瞪着眼睛好奇地看着棋盘，心想那头憨货不知道在不在里面，小白狼在山林深处对着夜空里的明月低啸，想要学会父辈的威风模样，却被山下传来的撞击声弄得有些心神不宁，唯有老黄牛依然神情宁静，坐在草甸上，不时低头吃两口青草。

无数锤落下，棋盘依然没有动静。

木柚的晚饭做得有些迟，做铁匠的师兄弟们早已饥肠辘辘，自然有些不满，有些人开始怀念以前做饭的那个姑娘。

"她是昊天，做的饭当然比我做的好吃！想吃？那就把她从棋盘里救出来！"

木柚很是愤怒，蹲下看着棋盘，语重心长："小师弟，你到底什么时候才能出来啊？记得带着你的媳妇，一起出来。"


临康城某道观前，陈皮皮正在对广场上数千信徒授课，神情平静，言辞清晰而明确，秋风拂起他身上的道袍，飘然欲飞，看起来还真有几分道门使者的风范。

叶苏已经离开南晋，由他在陋巷陋室里开创的新教，却没有就此颓败，反而以难以想象的速度兴盛起来。因为陈皮皮在努力地继续他的事业，而且有剑阁帮助，南晋从官方到民间，没有谁敢阻拦新教传道，至于那些坚持效忠西陵神殿、冥顽不灵的道人和神官，早就在某些漆黑深夜，变成了大泽里的尸体。此时讲经授课的盛大场面，便是新教在南晋受欢迎程度的体现，数千信徒里有老有少，有穷苦民众，也不乏身家不凡的富人。

陈皮皮今天讲的是西陵教典第三卷，原本深奥难懂的教典，在他平缓声音地解析下，变成最简单明了的话语，不失教典本义，却又有与西陵神殿截然不同的阐释。

传道结束，数千信徒对着道观前的陈皮皮虔诚行礼，然后纷纷散去，按照新教要求，他们要想展现对昊天的虔诚，首要事情，便是与人为善，与己为善，过好自己的生活。这种要求很简单，所以新教的教义推广很轻松，任何宗教信仰最开始传播的时候，似乎都如此。

陈皮皮在数名剑阁弟子和南晋军队的保护下，离开道观向自己居住的街巷走去，沿途遇见的信徒，都恭敬地避让到一旁。回到陋巷里的那间陋室，他看着站在窗边的那名瞎子，一面脱道袍，一面埋怨道："每次都要派这么多人跟着，很烦的。"

柳亦青转过身来，阳光从窗外漏入，把他蒙着眼的白布照亮，他微笑着说道："听说自从派人跟着之后，你受到了更多尊敬。"

"我不知道那叫尊敬还是畏惧。"陈皮皮用湿毛巾擦着身上的汗水，白花花的肥肉不停颤抖，看上去哪里还有半分先前在道观前飘然若仙的感觉？

柳亦青说道："尊敬，很大程度上来自于畏惧……比如对神殿的态度。"

陈皮皮沉默了会儿，把湿毛巾扔到盆里，说道："我知道你想说什么，神殿如果真要杀我，你们也没有办法。"

任何强大的组织，最害怕的事情就是内部分裂，叶苏的新教，毫无疑问便是西陵神殿现在最警惕的对象，南晋承受了西陵神殿极大的压力，要他们交出陈皮皮。柳白身死，剑阁与西陵神殿成了敌人，南晋当然不会交人，问题在于，西陵神殿随时可能派人进入临康城，把陈皮皮杀死——现在的陈皮皮雪山气海被锁死，形同废人，再也不是当年那位修道天才——所以剑阁方面才会如此紧张，派了这么多人来保护他。

"据我所知，神殿暗中派了位红衣神官进入临康城，已经与皇宫里那位见过面了，我担心南晋皇室的态度会发生变化。"柳亦青说道。

陈皮皮看着他笑着说道："你反正已经杀过一个皇帝了，再杀一个又何妨？"

柳亦青声音微涩："我不能把南晋人全部都杀光。"

陈皮皮沉默片刻："或者，我们可以离开。"

柳亦青说道："我想问的是，书院究竟准备什么时候动手？"

陈皮皮走到他身旁，看着窗外的落日，说道："我想应该快了。"

"那么我想，神殿也应该快要动手了。"

"是的，家父绝对不会错过这个机会。"

柳亦青问书院何时动手，所指是清河郡。只要清河郡被拿下，南晋与唐国联为一体，西陵神殿再想动手便没有那么容易。西陵神殿动手的目标，自然是南晋。南晋国势强盛，道门想要战胜唐国，怎么可能放弃此间，更何况南晋本来一直都是神殿的势力范围。

柳亦青还准备再说些什么，唐小棠买菜归来，他不便多言，与二人揖手告别，带着屋外的剑阁弟子离开。陈皮皮看着渐渐消失在暮色里的剑阁弟子，沉默了很长时间，他知道南晋受到了西陵神殿极大的压力，尤其是最近这段时间。宁缺和桑桑被佛祖困进棋盘，对于能够与书院保持联系的他来说，不是秘密。因为这个变故，书院最初拟订的计划不得不做出相应调整，道门、他的父亲怎么可能错过这种机会。

"我自幼修行道法，从无障碍，被观里的人们称赞为道门千年难遇的天才，其后入书院考了个六科甲上，被老师直接召进二层楼，成为书院后山的一分子，糊里糊涂就进了知命境，修行对于我来说，从来都不是难事。"陈皮皮站在窗前，看着长安城方向说道，"或许是因为这个，也可能是因为不想与师兄争道统，我对修行其实很不用心，对力量更是不感兴趣，然而现在，我变成废人再也无法修行，我却忽然开始渴望力量。"

他想要帮书院做些事情，所以才会渴望力量。

唐小棠走到他身旁，握住他的手，说道："不要太担心。"

"没有办法不担心。"陈皮皮最敬爱的两位师兄——君陌和叶苏，现在都在做着最艰难的事情，每每想到这些，他便觉得焦虑不安。

"四师叔来信，说书院一直没办法弄开棋盘，你好像不怎么担心这件事情？"

"佛祖的棋盘困不住宁缺。"

唐小棠不解，问道："为什么？"

"因为他和昊天在一起。"

"可是……佛祖不就是想要毁灭昊天吗？"

"就算佛祖能把昊天算得清清楚楚，但佛祖算不到宁缺，他本身就是变数。"

唐小棠很相信他，既然他不需要担心，便真的不担心了，"为了庆祝，晚上多吃碗饭？"

陈皮皮叹息道："不行啊，还是没有食欲。"

唐小棠有些惘然："你还担心什么？"

"既然这事与道门有关，必然是父亲的安排，无论佛祖棋盘能不能困住昊天和宁缺，只怕最终昊天都会回到神国。"陈皮皮说道，"到那时，人间的战争再次打响，书院还能撑得住吗？每每想起此事，我吃饭便如同嚼蜡，哪里有胃口，今天晚上只能吃五碗了。"


宋国某城，叶苏站在一间破道观的旧院里，对着十余名刚刚发展的信徒，温言讲解着西陵教典。离开临康城后，他便在世间行走，希望能够把新教的教义传播得更广，觉醒更多的贫苦信徒，最终他来到了宋国，这个道门势力最强大、民众对昊天的信仰最虔诚的国度。

在宋国传道，自然要比在临康城传道艰难无数倍，他选择这里，便已经做好了心理准备，只是没有想到民众的敌意来得如此直接。几块破砖从围墙那头飞了过来，落在地上碎成数截，吓得那十几名信徒脸色苍白，有些慌乱。紧接着，道观的木门被人野蛮地踹开，数十名民众拿着棍棒涌了进来，两个孩童混在大人的队伍里，兴奋地看着这些画面，手里拿着砖头跃跃欲试，想来先前那些破砖便是他们扔的。

臭鸡蛋与烂菜帮子，在道观院子里到处飞舞，不多时，叶苏身上便狼藉一片。那十余名信徒，更是被棍棒打得极惨，头破血流，苦苦哀求才得以被放出道观。道观里便只剩下叶苏一人，他看着这些愤怒的民众，眼神里没有怨恨，没有失望，没有佛宗高僧常见的悲悯，神情平静甚至带着微笑。他的反应让民众们愈发愤怒，某些人举起棍子便砸了过去。

道观外围了很多人，黑压压一片，听着墙里嘈杂，那些无处发泄愤怒的人们再难忍耐，拼命地向门里挤去。道观真的很小，最多只能容纳数十人，然而片刻间，便挤进来了数百人，一时间场面变得极为混乱，很多人被挤倒在地，根本无法站起。到处都在踩踏，拥挤的人群里不时响起骨头断裂的声音和惨呼。

叶苏已经被打得浑身是血，但他始终站在原地，没有躲避，直到此时，他终于弯下腰身，蹲到了地上。最前面的几名汉子根本不理会四周拥挤，也不理会那些惨叫，凭着蛮力把人群分开，举着棍子继续向他身上砸下。不知过了多久，人群终于平静下来，才发现场间如此混乱，很多人都受了重伤，赶紧把伤者扶出门去寻医治疗。

道观外忽然响起一道凄惨的声音："我的孩子！我的孩子！我的孩子在哪儿？你们谁看见我家俩小子？"一名衣着朴素的妇人，哭喊着冲进道观，在地上那些受伤的人群里到处寻找，今日来砸场的都是街坊，互相认识，赶紧上前帮手。

地面上到处都是血，一时间没有找到，那妇人脸色苍白，哭得上气不接下气，一屁股坐到地上。道观里的人们面面相觑，心想先前那般混乱，就连那些壮实的男人都被踩成了重伤，那两个小孩莫不是被踩死了？想是这般想的，却没人敢当着那妇人的面说。

"都是你造的孽！你这个罪魁祸首！"一个老汉走到叶苏身前，气得浑身颤抖，举起手里的拐杖便向他砸了下去，只听得一声闷响，叶苏一口血吐到了地上。那老汉还未解气，有些青年男子也拿着棍棒跟了上去，心想今天定要把这个渎神的道人活活打死。

然而下一刻，所有人都停下动作，手里举着的拐杖和棍棒，再也没有办法砸下去，因为他们看到了一幕画面。叶苏松开双手，虚弱地坐到了地面上，他的怀里有两个小孩。两个小孩脸色苍白，根本不清楚究竟发生了什么事情，看着街坊和叔伯们拿着棍棒围在四周，再一看，发现自己和叶苏如此之近，下意识拿起手里的砖头便向他砸了过去。

叶苏的脸上鲜血横流，被砖头砸中，也不过是又多了道伤口，他看着两个小孩微笑着问道："没事吧？"小孩不知道怎么回答，道观里没有人知道应该怎么回答，一片安静。那名老汉的神情有些惘然，手里的拐杖缓缓落下。片刻后，他醒过神来，伸手在俩小孩脑袋上重重拍了两下，训道："糊涂蛋玩意儿！谁都能打哩？"

妇人冲过来把两个小孩搂进怀里，对叶苏连连道谢。

老汉看着身后那些青壮男人，骂道："愣着做什么？还不赶紧去请大夫！"

那些男人有些慌乱无措，说道："大爷，大夫都在外面。"

老汉喊道："快请进来，给这位先生看看。"

这就是叶苏如今的生活。他做的事情其实和君陌在地底原野上做的事情很像，他们都想让民众知道更多。比如崖壁上方的原野里有什么，比如西陵神殿里没有什么，比如我们可以这样做，比如我们其实不需要做什么。

信仰是不幸者最后的希冀，但信仰不能成为不幸的根源，更不能成为解释不幸的理由，真正的信仰，应该让人勇于改变自己的不幸。那么首先，人应该学会信仰自己。

叶苏和君陌，曾经同样骄傲、无限光彩的两个人，在青峡之前分道而行，最终却走到了相同的道路上，这条道路值得鼓掌。但对佛宗和道门来说，这当然不是一件好事，如果人类都选择信仰自己，那么佛祖和昊天自然会变得虚弱。

西陵神殿崖坪石屋前，有个轮椅。

观主坐在轮椅里，似乎畏惧崖上风寒，有些困难地把身上的毯子裹得紧了些，然后说道："待昊天重归神国，就去把他们杀了吧！"

## 12

轮椅不大，观主坐在里面却显得很宽敞，因为他现在很瘦弱，哪怕裹着毯子也占不了太大地方，就像再伟大的人死之后，也只用一个匣子便能装下，当然，我们并不能用这一点来否认那人生前的伟大。他静静地看着灰色的天空，早已不似进长安城那天意气风发。

如果不去思考善恶道义或者人类前途这些问题，观主当然是位伟人，哪怕变成废人，风烛残年时刻要做的事情，依然是伟大的。

把昊天都放在自己的筹谋之中，谁敢说这不伟大？

隆庆在旁低声应下，沉默了很长时间，忍不住问道："万一？"

"没有万一。"观主是千年来道门最了不起的人物，他是最虔诚的昊天信徒，哪怕他在算计昊天，依然如此，他永远不会怀疑昊天无所不能，"没有人能杀死昊天，夫子不能，佛祖自然也不能。"

隆庆看着灰色的天空，说道："但佛祖把昊天收进了那张棋盘。"

"那张棋盘里才是佛祖的极乐世界，我虽然看见佛祖涅槃，但我知道涅槃是什么，我知道他想做什么，只是徒劳。"

"弟子不解。"

"昊天无所不知，无所不能，哪怕她认为自己不知道，她还是知道，天算算不到，还有天心，她的天心落处便在那张棋盘，她自己想去，不然她为何要在人间寻找佛祖的踪迹？"

"昊天为何要找那张棋盘？"

"因为那张棋盘能让她重回神国。"

"弟子还是不明白。"

"不要说你不明白，便是她自己都不明白。"

隆庆眉头微皱："但老师您明白。"

"因为昊天给过我谕示。"观主指向晦暗的天空，"不是道门想算昊天，更不是我想借佛祖之局杀死昊天，而是昊天自己想回去。"

隆庆沉默了很长时间，他明白观主的意思，就算佛祖在棋盘里杀死昊天，那也只代表帮助昊天恢复成最纯净的规则。只是……这真是她自己的想法吗？还是神国里昊天的想法？她和神国里的昊天究竟是什么关系，谁才是真正的昊天？

"都是昊天。"观主说道。

"如果佛祖真的在棋盘里，把昊天永远镇压，甚至占据，既不杀她，又不让她出来，那她如何回到神国？"隆庆说道，"讲经首座一年前便说过，只有佛缘，没有天意。"

听到他说的话，观主忍不住笑了起来，很是欢愉、天真无比，甚至流下泪来。

"除了昊天自己……哪里还有永远这种东西？她或者死在里面，从而重归神国，或者活着出来，还是重归神国。"观主接过隆庆递过来的手帕，擦掉脸上的泪水，笑着说道，"谁能困得住天？天空又怎么可能被困住？纵使能逃得过天算，又如何逃得过天心？就算你能逃过这方天，又如何能逃得过那方天？连昊天都逃不过她自己的心意，更不要说什么夫子什么狗屎佛祖了，真是可笑啊！"

隆庆还是没听懂，昊天如果死在棋盘里，或许能够变成规则重回神国，可观主为什么如此肯定，就算她活着出来，也会回到神国呢？

观主有些冷，举起枯瘦的右手。

中年道人在轮椅后面，一直没有说话，此时推着轮椅向石屋里走去。

观主给隆庆留下一句交代，疲惫地闭上眼睛，开始养神。

"告诉熊初墨，开始准备吧。"

晨钟与暮鼓，春花与秋实，泡菜与米饭，黑鸦与小溪，佛经与天空，湖水与白塔，时间与空间，似在流动又似静止。宁缺读完数百卷佛经，又开始读那些前代高僧留下的笔记，伴着钟声静默修行，佛法渐深，心思自然宁静如井，水痕不生。

桑桑还在看天，有时候在小院里看，有时候在湖畔看，有时候看溪水里凌乱的天空，有时候看湖水里静谧的天空，怎么看都看不厌。

某日清晨，宁缺做完早饭来到白塔寺里，如往常一样与那位叫青板僧的痴呆和尚说了些闲话，便自去禅房读经。看着佛经妙处，他心生喜乐祥和之念，只觉禅心通透，听着远处殿里传来的钟声，仿佛要忘却一切烦恼忧愁。

忽然间，他看到墙上出现了一个影子，那是烛光落在他身上从而在墙上留下的身影，那影子正盘膝而坐，似在修行。他这才发现窗外天色已暗，已到了深夜，不由暗自感慨，佛法果然高妙，读佛经能够忘却时间流逝，自然能忘记忧愁苦厄。桑桑今天没有随他来白塔寺，想着她还在家里等着自己回去做晚饭，宁缺把桌上佛经收拾好，吹熄蜡烛，便准备离开。

就在跨过门槛的时候，他忽然收回了脚步。

他站在槛内，沉默了很长时间，额上渐有汗珠渗出。

他想要回头却有些不敢回头，心里有种极为强烈的感觉，只要回头，便会发生很可怕的事情，美好生活会一去不复返。他挣扎了很长时间，最终还是转过身去。

因为他很好奇，对于人类来说，这是最能战胜恐惧的一种情绪。

宁缺再次看到了墙上的那个影子。他没有在桌旁读佛经，桌上的蜡烛已经熄灭，寺庙上方的星辰被云遮着，一片阴暗，然而……那个影子还在。

这不是他的影子，那么是谁的影子。

宁缺看着影子，再次沉默了很长时间，然后向墙边走去。

他的脚步很沉重，神情也很沉重。

走到墙前，他沉默地观察了很长时间，甚至伸手去摸了摸，发现这个影子没有任何奇怪的地方，就是纯粹的阴影，只能看到，无法触摸到。荫是树的影，晷是日的影，阴是山的影，这个影子是谁的？世上怎么可能会有单独存在的影子？

宁缺想了想，在这道影子前盘膝坐下。

直到盘膝坐下，他才发现，这就是自己的影子，因为一模一样。

先前他坐在书桌旁，看到影子盘着膝似在修佛却没有注意，他忽然想起，在悬空寺崖洞深处的石壁上曾经看到过一个影子，那是莲生大师的影子。难道自己修佛大成，已经到了莲生当年的境界？宁缺有些惊喜，在识海里坐了莲花，结了大手印，开始修佛。他有些担心这道影子会逐渐淡去，所以想要加强一下。只是刹那，他便进入物我两忘的禅定境界。

然而令他感到震惊的是，墙上的影子忽然挣扎了起来！

影子不再盘膝，在墙上站起，举起双臂向着头顶撑去，仿佛要撑起什么极重的事物，不，这影子竟似要撑破这片天空！这片天空太过沉重，影子没能成功，开始抱着头不停地扭动身体，扭成各种奇形怪状的模样，显得极为痛苦。影子继续挣扎，像极了黑色的火焰，在白墙上不停地燃烧，就像在跳一场怪异的舞蹈，要让天地都随之起舞！

宁缺怔怔地看着痛苦挣扎的影子，不知为何，竟能感觉到对方的痛苦，从影子的挣扎里，他体会到极深的不甘与愤怒，那份不甘与愤怒是那样绝望，绝望得整个世界都要随之流泪。一股浓郁的辛酸意直冲眉间，宁缺就这样哭了起来。

便在这时，白塔寺里响起了钟声。

晚课早已结束，为何寺里会有钟声响起？

钟声是那般悠扬，可以清心，可以宁神。听着钟声，宁缺渐渐平静，墙上的影子也随之平静，但不过瞬间，影子便再次挣扎起来，而且因为钟声的缘故变得更加疯狂暴烈！

嗡的一声巨响！不是寺里的钟声，而是宁缺脑里的声音，他觉得仿佛有人正拿着一把锋利巨斧，向着自己的头盖骨狠狠地砍下！一道难以言喻的极致痛楚，从他的头顶向着身体四处蔓延，他脸色苍白，双唇颤抖，竟是痛得喊不出来声音！

寺里的钟声停止，一片安静。宁缺脑里的声音还在持续，那把巨斧不停地斫着他的头盖骨，仿佛要把他的脑袋劈开，痛得他抱着头在地上不停翻滚！

这是怎么回事？

因为剧烈的痛楚，他的汗水湿透了衣裳，神思有些恍惚，根本没有发现，自己的识海最深处，有几片意识碎片变得异常明亮，仿佛要爆炸一般。

他唯一残留的意识，就是要找到在自己脑袋里拿斧头狂挥的那个人，他要把那个人杀死，他要从这种可怕的痛苦里摆脱出来！他艰难地爬到墙前，看着那个疯狂挣扎的影子，抽出铁刀，用尽全部力量砍了下去，他知道这一切肯定和这个影子有关，他要砍死他！铁刀落在墙上，烟尘大起，石砖乱飞，然而影子还在，还在他的眼前。

便在这时，夜寺上方极高远的天穹里，忽然也响起了一道钟声。

这道钟声落入禅房，落在他的身上，也落在他的心上。

这道钟声，又是一道巨斧。

有人在他的脑袋里拿着斧子狂砍。

有人在天上拿着斧子狂砍。

他蜷缩在墙角，脸色苍白，目光散乱而痛苦，仿佛随时会死去。

如果墙角有洞，宁缺绝对会钻进去，不管是无尽深渊还是传说中的幽冥，但没有，所以他只能抱着脑袋，痛苦地浑身颤抖，汗出如浆，唇角不停向外淌着鲜血，涕泪横流，衣襟早已被打湿。他从没体会过如此可怕的痛苦，比当年在荒原上被马贼抓住严刑逼供还要难熬无数倍，脑袋与天空里那把无形巨斧不停地落下，仿佛永远不会停止，令人绝望无比。

到后来，他的身体甚至开始抽搐，眼神开始涣散，就连双唇颜色都已经变成不吉的灰暗，真的和死人没有太多差别。不知过了多久，来自天穹上的那道巨斧终于停止，脑袋里那把斧子虽然还在砍，但稍微好过了些，他用难以想象的毅力扶着墙壁站起身来，向着禅室外冲去，根本不敢回头看那道影子一眼。

逃出白塔寺，他在朝阳城民众惊愕的眼光里，一路咳血，踉跄前行，终于走回了小院。待看见树下桑桑的身影，精神顿时松懈，再也无法抵抗痛苦带来的虚弱感，眼前一黑就这么昏了过去。他醒来时，窗外天色已亮，桑桑坐在床边也已经睡着，桌子上放着一碗草参粥，粥上还冒着淡淡的热气，看来昨夜她热了很多遍。

宁缺想起多年前在渭城、在长安的那些夜晚，心情微暖，起身把她扶到床上，把被子替她盖好，腹中传来一声鸣响，才发现自己已经饥肠辘辘，端起碗把粥喝完，擦了擦嘴，正准备像往常那样去白塔寺，脸色骤然苍白。他想起昨夜禅房里发生的事情——动念便觉得脑里又传来一阵剧痛，明明没有人拿斧头在砍自己，但痛苦的余威还在。

桑桑睁开眼睛，静静地看着他，看了很长时间，指着他的脑袋说道："你那里面有个人，他想出来。"没有什么能够瞒过昊天的眼睛，但她也不知道究竟发生了什么，为什么宁缺脑袋里有人拿斧子不停地砍，就算能够解释这个问题，那又如何解释天穹上落下的无形巨斧？

宁缺走到窗边，看着灰暗的天空，声音微颤："那天为什么要劈我？"

桑桑想了想，说道："大概是因为最近这些天，你很少陪我，还经常忘了给我做饭，所以才会被天打雷劈？"

"没有雷，只有天在劈。"

"那有什么区别？"

宁缺脸色微白，转身看着她，说道："天为什么要劈我？"

桑桑指着自己，说道："我就是天，或许是我想劈你。"

宁缺问道："是你在劈我吗？"

桑桑看着窗外的天空，说道："也许是那个我，看不惯你这样对我。"

宁缺想着昨夜那种痛苦，愤怒地喊道："我娶你当媳妇儿，还要被你的孪生兄弟姐妹管？还有没有天理？"

桑桑神情不变，说道："我们的道理就是天理啊。"

宁缺觉得这种说法蛮不讲理，也不知道她的道理到底有没有道理，反正他决定今天不去白塔寺——虽然他很想知道墙上那道影子是怎么回事，为什么脑袋里和天上都有斧子要劈自己，但他不想再次重复昨夜那种痛苦，人类的好奇心确实能够战胜对未知的恐惧，却不见得能战胜那种痛苦。

当天他留在小院里陪桑桑看着天空发呆。

每当寺庙响起钟声，他的脸色便会变得有些苍白，因为他在害怕。

桑桑有些不解："你以前不是这么怕疼的人。"

"以前也怕疼，只不过要照顾你，只能装着不怕。"

"你现在也要照顾我。"

宁缺想了想，说道："有道理，总要弄明白这是怎么回事，不然会出问题，但过些天再说吧，我真的有些怕。"他终究还是低估了人类的好奇心，或者是要照顾桑桑这件事情战胜了他的恐惧，他没有等更长的时间，第二天便回到了白塔寺。

青板僧像往常一样与他说闲话，他没有精神理会，直接走到那间禅室里，昨夜被他砍碎的那面墙已经被修好了。他对着那面墙壁，沉默良久，墙上没有影子。他坐回桌旁开始读佛经，暮色渐至，他点燃了桌上的蜡烛，点火时他的手有些颤抖。影子重新出现在墙上，最开始因为烛火轻摇有些发虚，然后只用了很短的时间，便变得清楚起来。

宁缺站起身，这个简单动作仿佛耗去了他所有力气，以至于走向墙壁的脚步有些发虚。

影子盘膝而坐，似在修佛，宁缺深呼吸数次，对着墙壁盘膝坐下。

"你究竟是谁？"他看着影子问道。

影子自然不会回答他。

宁缺死死盯着影子，仿佛要把他看破。

影子没有眼睛，自然也不会看他。

就在宁缺以为今夜就这样平静度过时，白塔寺里忽然响起钟声。像前夜那样，晚课早已结束，钟声却开始回荡，他甚至有些分辨不清，这钟声究竟来自于佛殿，还是响起于心底。

有极强清心宁神效用的钟声，却让墙上的影子疯狂起来，不再盘膝，站起身对着天空挥舞手臂，不知在呼唤谁，又像是对着天空某处破口大骂。影子变成黑色的火焰，不停舞动，似要烧毁一切，又像是火刑架上痛苦的囚徒，身躯被火焰烧蚀变焦，显得格外恐怖。

宁缺心头微酸，开始流泪，他再次感受到影子的不甘，绝望与愤怒，那无穷无尽的苍凉悲伤。流泪不止是因为这些情绪，也因为他知道，自己马上便要开始承受前夜那样的痛苦。

嗡的一声巨响！

宁缺觉得有人站在自己的识海里，拿着把锋利巨斧，向着头骨狠狠砍下，似乎要把自己的头破开，然后跳出来。剧烈痛楚从头顶向四肢蔓延，他甚至觉得皮肤正在被无数根细针扎着，那种感觉，就像是被剥了皮，然后撒上了无数把海盐！

宁缺的脸色骤然苍白，身体不停颤抖，就像是一座随时可能崩塌的山，但他今夜已有准备，竟是强行保持着盘膝的姿势。"莲生！你到底要做什么！"他看着墙上的影子，愤怒地喊道。影子没有回答他，依然在拼命挣扎，对着天空不停地痛骂，不停地击打，于是那把斧子依然在不停地砍着他的脑袋。

宁缺强忍痛苦，紧紧咬着嘴唇，颤抖而嘶哑的声音从齿缝渗出，格外惨厉："你再不住手，我就灭了你！"莲生的意识碎片在他识海深处已经静静躺了很多年，当宁缺遇到危险才会偶尔明亮，给予指示。莲生的意识非常强大，但毕竟是死后残余，宁缺相信以自己的念力强度，绝对可以将其镇压。影子依然没有理会他，显得很是轻蔑。

因为痛苦，宁缺眉心不停跳动，衣裳早已被汗水湿透，他知道自己再也没有办法忍下去，决然调动念力便向识海深处潜去。虽然有些可惜和不甘，但他还是要把莲生留下的意识碎片碾灭，不然他真的可能在这种痛苦中发疯，甚至直接死去。

只是他忘了，有两把斧子。

他刚刚调动念力，白塔寺上空，又响起一道如雷的钟声。

那把无形巨斧，从高远的天穹上落下，直接砍在了他的身上。在这瞬间，他觉得自己的身体仿佛被劈成了两半，心脏也被劈成了两半，他咬着嘴唇也无法阻止一声极凄惨的痛嚎从唇间迸将出去。他痛苦地倒在了地上，不停吐血，身体不停扭曲，就像是被塞进热锅里的泥鳅，地面很快变得血迹斑斑。

来自天空的斧子继续砍，来自识海的斧子继续砍，他眼神涣散，再也无法承受，就这样昏了过去，可即便昏迷中他的身体依然不时抽搐，很明显两把利斧还在不停劈砍。他在禅房里醒来时，窗外天光大作，竟昏迷了整整一夜，好在钟声停了，斧子也停了。

他擦掉唇角血渍，艰难地走出禅房，来到湖畔。青板僧正在湖畔，看着他苍白的脸色和身上的血迹，有些吃惊，愣愣地说道："师兄，你在禅房里念经还是杀生呢？"

宁缺看着湛蓝的天空，问道："你有没有听到钟声？"

青板僧神情惘然："什么钟？"

宁缺的神情也很惘然："为什么只有我能听到呢？"

回到小院，坐在树下静思了三天三夜，宁缺觉得自己的精神已经完全恢复，起身向外走去，桑桑说道："如果搞不明白，何必去受苦？"

宁缺没有回头，说道："已经受了这么多苦，当然要弄明白。"

来到白塔寺，静阅佛经和前代高僧笔记，待暮色至时，他点燃了桌上的烛火，这些过程他已经很熟悉。烛火微亮，影子重新出现在墙上。他走到墙前盘膝坐下，想了想，又抽出铁刀放在身旁，同时从袖中取出几张符纸，准备稍后使用。

其实他很清楚，无论是铁刀还是神符，对墙上的影子和那两道巨斧，都没有任何意义，因为这是一场非普通意义的劫难，但这样做能够让他稍微安心一些。

没过多久，白塔寺里钟声再起。

他看着墙上的影子，说道："来吧。"

影子站起身来，开始狂暴地无声嘶吼，开始挣扎。

那把巨斧再次在宁缺的脑海里疯狂地挥动。

宁缺脸色骤然苍白，额角青筋随着斧落的节奏不停浮现，紧咬的牙齿开始渗血，但他始终保持着盘膝的姿势，不肯投降。现在他已经非常清楚，墙上的影子是自己的，也是莲生的，脑袋里那把巨斧，其实便是莲生的意识碎片在发难。三天前，他承受不住痛苦的时候，想要用念力把莲生的意识碎片镇压，但就在那时，天空里那把斧子落了下来。

最开始的那个夜晚，他虽然没有弄明白事情的真相，但于意识模糊间，本能里想要把莲生的意识碎片毁掉，也是那时，天空响起钟声。

他没有能力同时抵抗两道巨斧，他想试试能不能抵抗住脑袋里这把斧。

"你这么不停地扭动，知道的人知道你在难受，不知道的人只怕会以为你真的疯了，你究竟想做什么呢？"宁缺看着墙上正在痛苦挣扎的影子，脸色苍白，问道，"你想要什么你就说啊，你不说我怎么知道你想要什么呢？"

影子还是没有回答他。

斧子在他脑袋里不停地砍着，黄豆大的汗珠顺着鼻梁流下，流进嘴里，微咸，却不知是汗还是血。宁缺死死瞪着墙上的影子，忍受着越来越可怕的痛苦，双手紧握，指甲深陷进掌心，"你他妈的到底要什么！"他痛苦而愤怒地喊道。

影子忽然静止，变成一片幽影，向着四周散开，最终把整间禅室都占据，无论烛光还是窗外星光，落在墙壁和地面上都是暗的。在这片幽暗世界，宁缺看到了魔宗山腹里那些悬于空中的石梁，看到那座无字碑，看到白骨山，看到山里那位干瘦如鬼的老僧。

老僧是佛，老僧也是魔。

老僧说道："欲修魔，先修佛。"

宁缺说道："我一直在修佛。"

老僧说道："不疯魔，不成佛。"

宁缺醒过神来，记起自己曾经听过这些话，才明白莲生不是在回答自己的问题，而只是死去之后的一缕意念在重述过往。老僧的眼窝很深，里面仿佛有鬼火闪耀，他面容扭曲，显得极为痛苦，嘶声喊道："但这些都是假的！佛是假的！魔也是假的！"

宁缺醒来，冷汗涔涔。

吱呀一声，禅室的门被人推开，满室阴影骤敛，变成墙上盘膝而坐的影子。

桑桑走到他身后，静静地看着那个影子，说道："他不是莲生。"

宁缺的脑袋还在剧痛，有些恍惚："那是谁？"

桑桑看着他，说道："是你。"

宁缺问道："为什么是我？那来自天空的钟声呢？"

桑桑说道："不知道，不知道。"

她是无所不知的昊天，但这两件事情，她都不知道答案。

随后的日子里，宁缺偶尔还是会去白塔寺，对着墙上的影子痛苦相询，愤怒痛骂，却依然没有找到答案。最令他感到痛苦的是，如果他不去白塔寺，脑里那把斧子便不会砍他，但无论他在哪里，天空里的钟声始终在持续，那把无形巨斧不停砍斫着他的身心，仿佛不把他砍成两截，誓不罢休。

没有人能够听到天空落下的钟声，就像是没有人能够听到白塔寺夜晚的钟声，也没有人能看到那把从天而降的巨斧，桑桑也看不到。

宁缺有时候甚至会觉得这些都是幻觉，但无比清晰的痛苦不断地提醒他那把斧子真的存在，真的有人在不停地砍他。无时无刻都有巨斧临身，那是何等样的痛苦，他身体变得越来越虚弱，精神变得越来越涣散，有时实在承受不住，他冲到院子里对着天空破口大骂，却发现根本没有任何意义。

桑桑把时间都用在照顾他上，替他擦去额上的汗水，替他驱散噩梦的阴影和夏日的虫蝇，牵着他的手，偶尔看天。三年时间就这样过去了，宁缺被斧子劈了整整三年，时间在痛苦的折磨里变得那般漫长，那般难以忍受，他甚至想过自尽，却舍不得桑桑。

深秋里的某一天，宁缺从床上爬起来，走到桌旁，伸出颤抖的手指，端起茶碗喝了口茶，他用了很大的力气才没有让碗落下。真切的痛苦，会让人的身体做出本能的反应，绵绵无绝期的痛苦，对精神是一种极大的折磨，对身体也是一种极大的伤害。他推门走出房间，看着正在厨房里准备午饭的桑桑，说道："没有胃口，随便吃些就行。"

桑桑站起身来，静静地看着他，忽然笑了笑。

宁缺以为自己脸上有什么，伸手摸了摸，却发现自己变瘦了很多。忽然，他神情微变，想起自己已经很久没有痛了，他抬头望向秋高气爽的天空，喃喃道："不砍了吗？"

桑桑说道："要不要出去走走？"

这三年里宁缺很少出院散步，他不想牵着桑桑的手，走到河畔垂柳下，忽然间就面色苍白倒地不起，那样很没面子。但……既然天空里那把斧子不砍了，或许可以出去走走？只是，为什么斧子不劈了，自己却觉得有些失落？"好啊。"他笑着说道，只是因为无时无刻不在的痛苦，他已经很长时间没有笑过，所以笑容显得有些生硬。

桑桑把手上的水在围裙上擦干，问道："去哪里？"

宁缺想了想，说道："还是去白塔寺。"


走进禅房，掩上门，宁缺坐到墙壁前。

桑桑在禅房外静静地看着天空。

蜡烛已经点燃，墙上的影子渐渐浮现。

"好久不见。"

宁缺看着影子说道："我不知道你究竟是莲生，还是我自己，但我想，你应该不会害我，那么你究竟想要告诉我什么？"

就像过去三年里那样，影子还是不说话。

宁缺说道："不管这是怎么回事，我都不想再忍下去了，趁着天上那把斧子没落下，我还清醒，来最后问你一次。"

影子缓缓站起身来，望向上方。

"如果你还是不肯给我答案，那么……我或许只能去死了。"

宁缺惨笑着说道："我真的顶不住了。"

影子忽然望向他。

影子没有眼睛，但宁缺知道他是在看自己。

宁缺盯着他说道："我死，你也会死。"

影子忽然弯下腰，不停颤抖，似乎在发笑，笑到眼泪都止不住。

宁缺正准备再说些什么，影子忽然直起身体，一掌拍向自己的头顶！白塔寺钟声再起！宁缺脑袋里那把巨斧，狠狠地砍向他的头顶！这是三年里，最重的一斧！

几乎同时，天空上响起一道极为暴烈的声音！

一把无形而锋利至极的巨斧，来自天空，转瞬即落，落在宁缺的身上！

两把斧子，在宁缺的头顶相会，只隔着天灵盖。

嗡的一声巨响！

宁缺觉得自己的身体与心脏，真的被劈成了两半。剧烈的痛苦让他眼瞳骤缩，舌根发麻，便是想要咬舌自杀，都已经无法做到。

下一刻，疼痛如退潮的海水般缓缓消失。他觉得自己的头被劈开了一道缝，缝里有他的眼睛，能够视物。他看着墙壁，同时却也看着天空。他觉得自己浑体通透，以前看不到的画面，现在都可以看到，以前看不透的事物，现在清清楚楚，这就是慧眼？

稍早些时候，书院后山诸人围在梨树下，六师兄拿着铁锤，不停地砸着那张棋盘，其余的人在为他不停加油助威。他们一直在砸这张棋盘，只要宁缺一天不出来，他们便会砸一天，他们相信，总有一天能把这张棋盘砸烂。

秋风微起，大师兄来到梨树下，众人纷纷上前行礼。大师兄接过铁锤，说道："你歇歇，我来试一锤。"铁锤落下，烟尘大作，其声如雷。

西门不惑赞叹道："师兄不愧是师兄，这声音多响。"

北宫未央看着棋盘，失望地说道："不一样没砸烂？"

大师兄有些不好意思地笑了笑，把铁锤交了出去。


## 13


宁缺站起身来，神情有些惘然，然后喷出一口鲜血。

噗的一声，墙上顿时鲜血淋漓，血染禅室灰墙，影子在墙上，自然也在血里。影子单手合十，似极喜乐，转身向血海深处走去，渐渐地消失。

宁缺看着这幕画面，忽然觉得很是悲伤，似乎以后再也看不到他了。

影散，灰墙渐散，原来，这墙是假的。

他回头望向桌上的蜡烛，原来蜡烛也是假的。

他望向禅室的木门，原来，门是假的，门槛也是假的。

他望向禅室屋顶，眼光透过房梁，落在灰暗的天空上。禅室是假的，寺也是假的。那么朝阳城？这片天空呢？宁缺推开禅室木门走了出去，便在这时，天空里的阴云骤散，露出太阳，世界顿时变得无比清明，白塔清湖美丽如画。阳光洒落在脸上，他微微眯眼，天上的阴云再次飘来，遮住阳光，紧接着便是一场寒冽的秋雨落下，湿了这一塔湖图。

桑桑不在禅室外，应该像这些年那样，在湖畔看天。

宁缺向湖畔走去，神情平静，仿佛已得解脱。

青板僧站在湖畔柳下避雨，看着他脸上神情，微微一怔，然后脸上流露出真心欢愉的情绪，憨喜地问道："师兄明悟了？"

宁缺看着这痴僧，说道："是的，全都悟了。"

青板僧睁大眼睛，急切请教道："师兄悟了些什么？"

宁缺说道："什么都是假的。"

青板僧不解，下意识里重复了一遍："什么都是假的？"

"不错。"宁缺站在湖畔，看着对面正在被秋雨不停洗刷的白塔，说道，"这塔是假的，落在塔上的雨水是假的，这湖也是假的……寺是假的，城是假的，国是假的，人也是假的，雪拥蓝关是假的，烟雨里的七十二寺也是假的。"

青板僧抓耳挠腮，很是心急，听不明白，又想明白他究竟是在说什么，忽然想到一件事情，从僧衣里取出一个馒头。"我是真的。"青板僧憨憨地说着，把馒头啃了一口，用力咀嚼，含混不清地说道："我在吃馒头，那这馒头自然也是真的。"

宁缺看着他，眼神里流露出怜悯的情绪，没有说什么。

青板僧拿着馒头指向身前的湖、湖对岸的白塔，委屈地嚷道："明明这些都在，我都能看见，怎么可能是假的呢？你不讲道理。"

宁缺看着他，沉默了很长时间，说道："你也是假的。"

青板僧憨痴地看着他，完全不懂他在说什么。

宁缺说道："很多年前，其实你就已经死了，你只是剩下的一缕佛性……寺中僧人说你的宿慧，当然没有错，你前世是佛宗高僧，只可惜刚刚入世，便被人杀死，不然你真有可能会成为悬空寺里德行高深的大德。"

青板僧有些糊涂，问道："我被人杀死？谁会杀我？谁杀的我？"

宁缺静静地看着他，说道："杀死你的人就是我。

"你叫道石，你的母亲是月轮国主的姐姐，叫曲妮大师，你的父亲是悬空寺戒律院首座宝树大师，因为我曾经羞辱过你母亲，所以你离开悬空寺后，先在月轮七十二寺成就法名，便去长安城找我，然后就被我杀了。

"后来你父亲宝树大师为了替你报仇，当然最主要的是想要镇压冥王之女，顺便杀死我，带着盂兰铃离开悬空寺，与佛宗行走七念一道做了个局，最后那个局被我书院破解，你父亲死在书院手中，也等于是死在我的手中。

"更后来我和她逃到了朝阳城，被无数信徒和佛道两宗的强者围困在这座白塔寺里，你母亲曲妮大师当时在这里清修，被我掳为人质，我本来准备随后放了她，但因为某些原因，最后还是杀死了她。"宁缺看着青板僧，平静地说道，"你是我杀的，你全家都是我杀的。"

"可是……可是，你为什么要杀我，要杀我全家呢？"青板僧完全没有仔细听宁缺的话，只觉得很糊涂，挠头说道，"而且我叫青板子，我不叫道石，你是不是弄错人了？"

宁缺说道："青板……就是铺道的石，道石。"

"师兄这是在说笑话哩。"青板僧憨笑着说道，"我叫青板子，是因为那年方丈和住持通宵打麻将牌的时候，最后好不容易听了个清板子，结果因为听见我在石阶上哭，结果手一抖，把自摸的一张二筒给扔了出去，所以我才叫青板子啊。"

宁缺没有再说什么，既然他不相信，何必非要让他相信？

青板僧却不肯罢休，跟在他的身后，不停地问道："你怎么证明？"

桑桑一直坐在湖畔看天，把他二人的对话听得清清楚楚，回头望向宁缺，神情略显惘然，有相询之意。宁缺可以不用向青板僧证明什么，但他必须给她证明，只有让她相信，她才能真正醒来，他们才能离开这里。

"长安城在什么方向？"他问道。桑桑坐在湖畔，指向东方某处。

他解下箭匣，在很短的时间内把铁弓组好，然后挽弓搭箭，瞄准她指向的遥远处，待弓弦如满月时骤然松开。一道圆形的白色湍流，在箭尾处出现，黢黑铁箭消失于湖面，不知去了何处，隔了很长时间都没有任何回音。

"你看，我就说这是假的。"

"为什么？"

"如果长安城在那里，铁箭射过去，书院必然就能知道。"

桑桑想了想，说道："然后？"

宁缺说道："过了这么长时间，大师兄还没有来，说明这个世界里没有大师兄，那么这个世界自然就是假的。"

桑桑有些不解，问道："李慢慢一定会来？"

宁缺说道："是的，当年他来，现在也会来。"

桑桑没有说话。

宁缺指着她身前的湖水和白塔，说道："很多年前，我们进入棋盘之前，这白塔与湖水便到了悬空寺，为什么会在这里？"

桑桑说道："我们离开了悬空寺，塔湖自然也能回来。"

宁缺的箭，宁缺的话，依然不能说服她，她还没有醒来，或者说，她有些不愿意醒来，只是静静地看着湖面倒映的天空。

"其实……我也不愿意醒过来，醒来那一刻，我很不安，甚至是恐惧，身心寒冷，神识激荡，吐了很多血。"宁缺走到她身旁坐下，轻轻地握住她的手，看着灰暗的天空，说道，"虽然世界是虚妄的，但这些年，尤其是最开始那些年，真的很幸福，令人不想离去。"

桑桑靠着他的肩，神情惘然。

宁缺轻抚她鬓上的小白花，说道："你觉得这天很好看？"

桑桑轻轻嗯了一声。

宁缺说道："你觉得天空很熟悉、很亲近，所以想看？"

桑桑望向灰暗而高远的天空，明明知道答案，却不敢说出口。

宁缺有些犹豫，说道："你在天空里出生，你在那里长大，那里就是你的家，所以你才会觉得熟悉和亲近，你一直都想回去。"

听完这句话，桑桑眼神里的惘然渐渐淡去，渐渐归于平静，就像她身前被秋雨扰至不安的湖面，渐渐平静，倒映的天空清晰起来。

她眨眼，湖动波摇，便如她的眼神。湖面倒映的天空，被切割成了无数片光影，再也找不到天空原来的模样。湖水蒸腾而空，白塔消失不见，既然在悬空寺，自然不能在她的眼前。桑桑望向天空，雨云骤然散开，露出后面的湛湛青天，然而这依然不是她想要看的天，青天上忽然出现了数道裂缝，就像一件精美的瓷器被扔到地上，天空就这样碎了。

她静静地看了数百年天空，今天在宁缺的帮助下，终于把天空看破，看到漆黑与虚无。是的，这个世界是假的，或者，是真实的，但无论如何都不是她的世界，这里是棋盘内部，是佛祖的世界。她缓缓站起身来，背起双手。

青板僧看着忽然漆黑的天空惊慌不已，抓住宁缺的衣袖，声音颤抖："师兄，这是怎么了？"

"我们准备离开这里，你去找个地方藏好。"

"你们要去哪里？"

"我们要去外面。"

"外面……外面是哪里呢？"

青板僧怔怔地看着他，忽然伤心地说道："难道说我真的已经死了。"

宁缺没有说话。

青板僧不停地流泪，用僧袖不停地擦拭，却怎样也擦不干净。

宁缺的神情忽然变得凝重起来。

青板僧以袖拭泪，泪水擦不干净。他以袖拭面，把脸擦得很干净，只见他用袖子一擦，眉毛便少了一道，再擦，鼻子没有了，再擦，眼睛也没有了。他似乎觉得有些不好意思，以袖掩面，憨厚地说道："我不想你走。"

青板僧用衣袖把自己擦成了掩面佛。

他说不想宁缺和桑桑走。

他不让宁缺和桑桑走。

佛经记载，有位大德面容清俊，与佛祖极像，无数信徒误以为他是佛祖，争相敬拜，大德羞惭，以为误苍生，于是持利刃自割颜面，变得极为丑陋，出门之时必掩面而行。每遇孩童必被掷石，遇恶犬被吠被咬，曾经极受欢迎的他被世人厌恶，但他不出恶语，无恶容，任世人羞辱殴打亦不还手，憨痴可喜，终成佛位，具大神通，是为掩面佛。

宁缺不理解，为何青板僧只是用僧袖擦拭数下，便成为传说中的真正佛座，沉默片刻后，沉声说道："你已经死了，就算立地成佛，你还是死了，既然是死人，又怎么把我们留下来？"

"想便是意，意便是力，我不想你走，你便要留。"青板僧以袖掩面，脸上无眼无唇，却能说话，言语间自有悲悯气息、庄严气象，佛光透袖而出，华美至极。话音方落，僧袖便向宁缺面上落下，其间有无尽佛威。

宁缺早有准备，铮的一声，铁刀出鞘，横空而斩。僧袖与铁刀相遇，悄然无声，湖畔的秋树却被狂风吹得弯下腰身，只听得密集的喀嚓声响，无数株树从中断折，露出白色的木茬。一抹僧袖在风中飘拂，铁刀破袖而出，落在青板僧颈间，黝黑刀身不知何时变得通红，朱雀在火焰里凄啸不止。青板僧的脸上没有五官，很难表现情绪，但此时却能清晰地看到震愕二字。他想不明白，为什么宁缺的铁刀能如此轻而易举地破掉佛威。

"以前在长安城里，我杀过你一次，当时在识海里，我就向你证明过，我心中无佛，如今我虽然修佛多年，依然如此。"宁缺手里刀锋在青板僧的颈间划过，说道，"所以我还能再杀你一次。"刀锋收回，青板僧的头颅，就像熟透的果实般，从他的肩上跌落，骨碌碌滚到湖畔的断树下。

青板僧的身体还站立着，颈腔里无数金色液体流动，向着空中缓缓蒸发。

树下，青板僧的脸上重新出现五官。他有些艰难地眨了眨眼睛，想起了无数年前在白塔寺里读经礼佛的画面，才知道原来一切都是空。他看着遥远东方流露出复杂的情绪，有些惘然，有些悲伤，然后缓缓地闭上双眼，想必再也不会睁开。

直到此时，青板僧或者说道石才真正醒来，才真正死去。

青板僧留下的无头身体表面，忽然出现很多裂璺，裂璺渐宽，有金色液体从里面流出，遇风而化，变成最纯净的佛性光辉。宁缺沉默地看着眼前画面，没有注意到坐在他身后湖畔的桑桑，她看着这些金色佛性，眉头微蹙，脸色有些苍白。

一刀斩灭掩面佛，除了他先前说的原因，最重要还是他现在变得非常强大。

在西陵神殿，他被桑桑割肉断肢，又以昊天神力复生，等若经历了无数次易筋洗髓。在悬空寺崖洞，他完成了莲生大师布置的功课——欲修魔，先修佛。佛魔两宗皆源于贪天避日，一旦相通，何其强大。他佛魔道皆通，再加上夫子教诲，浩然气已至大成，已经来到知命巅峰，甚至隐隐看到了那道门槛！现在的他动禅念亦能杀人，挥刀更能杀人，不要说青板僧这个伪佛，便是悬空寺戒律院长老那等强者，他亦能挥刀斩之。

桑桑在湖畔轻声说道："原来是这样。"

她看破了天，自然看破了这个世界的一切，朝阳城是假的，白塔寺是假的，小院里的孤树和黑鸦也是假的，那么菜场里的青菜、厨房里的泡菜坛子，自然也是假的，如果都是假的，那么谁才是真的？这里是棋盘里的世界。在悬空寺崖坪上，她带着宁缺进入棋盘，便是要寻找佛祖，却在此一误千年，就像当年，她在烂柯寺进入棋盘后那样。

梦里不知身是客。当时她在那座山上，看到了真实，也看到了虚妄，体会过无尽的孤独。和当年相比，这次她身旁多了一个人，似乎不再那般孤独，但她更明白，如果没有那个人，佛祖根本无法困住自己这么多年。她站起身来，静静地看着宁缺："一颗青梨入梦来，我们在这里虚耗了多少岁月，你便误了我多少岁月。"

宁缺不理她，只是自己在想二人在这棋盘世界里究竟生活了多久，越想越不安，因为岁月漫长得竟连开始那些年的画面都模糊了，"歧山大师当年说过，从棋盘正面进，一瞬便是一年，从棋盘反面进，一年便是一瞬，我们是从哪面进的？外面过了多少年？"

桑桑本来准备动怒，听着宁缺的问题，才发现他根本不在乎自己动怒，沉默片刻后说道："既然是我进来，佛陀哪能如此自如。"

宁缺问道："能不能大概算到？"

桑桑想了想，"最多不过数年。"时间流速这种层次的概念，宁缺哪怕已经到知命巅峰，也根本没有办法理解，但对昊天来说，这不是太困难的事情。

"很危险。"桑桑看着遥远的东方，"险些迷失在时间里。"

"好在，还是醒过来了。"宁缺看着天空，想着那道斧声，有些不解。

现在他自然明白，在白塔寺里修佛是非常危险的事情，他渐渐痴于佛法，如果是别的修行者，哪怕再高的境界，都很难从那种恬静喜乐的世界里苏醒过来。醒不过来，便看不破这棋盘的世界，便无法回去真实的世界。

幸运的是，他的识海里有莲生残留的意识碎片。

莲生是得道高僧，又是血海狂魔，曾痴于佛，更厌恶佛，唯这样神奇的存在，才能在无边佛法中保持清明，用意识碎片化为利斧不停劈砍他的脑袋，想用疼痛让他醒来，那么天空里那道斧子又是来自何处，是谁想要警醒他？

桑桑说道："如果你醒不过来，我大概真的永远无法醒来，既然这样，那么你欠我的便与此相抵消，我不罚你。"宁缺知道她说的是什么意思，如果没有他，她对人间怎会有眷恋，世俗日子怎会将她牵绊如此之深，棋盘怎么困得住她。

他笑了笑，没有说话。

便在这时，漆黑的天穹上忽然出现了数道光线。

宁缺神情微凛，上次在烂柯寺，他在棋盘中也曾看到这些纯净的光线，知道它们便是棋盘世界的规则。世界规则在崩塌，是最恐怖的力量，他并不害怕，他有对付这种情况的经验。他取出大黑伞，对桑桑说道："走吧？"用的是疑问句，没有直接说走吧，也没有任何情绪，因为宁缺有些不安，他担心她还想留在棋盘里，继续寻找佛祖并且杀死他这个已经看似不可能完成的任务，又担心她离开棋盘回到人间后会回到神国。

按照桑桑以前的行事准则，她肯定会选择留在棋盘世界里，继续寻找佛祖——那个强大的敌人不知不觉间便困了她数百甚至上千年——越是如此，她越要把佛祖杀死，因为她是伟大的昊天。今天她的表现却有些出乎宁缺意料，桑桑走到他身旁，平静地说道："走。"

宁缺怔了怔，把伞递了过去。

砰的一声轻响，桑桑撑开大黑伞，仿佛撑开一片夜色。

夜色把她和宁缺全部罩了进去。

一刹那过去了，一瞬过去了，一须臾过去了，一弹指过去了，一刻过去了，一时过去了，一昼夜过去了。仿佛无数劫过去，黑伞还在湖畔，宁缺和桑桑还在伞下，什么事情都没有发生，他们没能离开，他们还留在棋盘里。

宁缺想起青板僧临死说的那句话：我不想你走。

这个世界不想他们走。

他脸色微白，牵着桑桑的手微微颤抖。

可是，这是为什么呢？在烂柯寺，他们进入棋盘，世界的规则追杀桑桑，他们撑开黑伞，世界的规则便再也找不到他们，他们就此消失。为什么今天撑开黑伞，却没有离开？桑桑看着黑暗的天空，沉默片刻后说道："我感知不到外面的世界。"

她就是规则，只要能够与棋盘外世界的规则相通，便能回到人间，就像她即便死去，依然能够回到昊天神国，这是同样的道理。大黑伞能让这个世界的规则找不到他们，也能帮助她与外面世界的规则相通，如果她感知不到，那么只有两种可能。

伞坏了，或者说她出了问题。

大黑伞没有坏，那么便是桑桑出了问题。

没有等宁缺询问，她说道："我变弱了很多。"

纵使被夫子灌注人间之力，纵使被宁缺带着入世，沾染无数红尘意，她变得越来越虚弱，但她依然神情漠然，无比自信。因为她非常强大，即便弱些，依然强大到难以想象的程度。然而现在，她发现自己是真的很虚弱，弱到难以想象的程度。

她闭上眼睛，开始思考其中缘由。

天空虽然是黑暗的，却有光。

桑桑举着大黑伞，双脚站在光明里，身体在黑暗中。

她闭着眼睛，睫毛不眨，她在思考一个问题：佛祖再强，也强不过夫子，强不过人间，那他究竟用了什么手段，把自己变弱了这么多？静思里，有无数画面在她的意识里高速闪回，浮光掠影，却是那样的清晰，数百年的时光，开始倒溯，展现真容。

小院里的安宁，那些茶与酒，棋与五花肉，牵手行走，于湖畔徜徉，于巷间撑伞，看烟雨古寺，风雪边关，是为贪。小院里的争吵，菜场里的血海，渐远的身影，愤怒质问，生与死的对抗，暴躁情绪，低落心情，是为嗔。剩下那些起于贪嗔，或引出贪嗔的，就是痴。

贪嗔痴，便是佛门说的三毒。

大乘义曰："贪者，以迷心对于一切顺情之境，引取无厌者。嗔者，以迷心对于一切违情之境起忿怒者，痴，心性暗钝，迷于事理之法者。亦名无明。"

智度论曰："有利益我者生贪欲，违逆我者而生嗔恚，此结使不从智生，从狂惑生，故是名为痴，三毒为一切烦恼根本。"

涅槃经曰："毒中之毒无过三毒。"

桑桑中了毒，贪嗔痴三毒。只有这种毒，才能让她都避不过。

上次在烂柯寺里，佛祖便想灭她，只是当时她未醒来，佛祖要灭的，是她体内的烙印，如今她醒来，佛祖要灭的便是她。欲使其毁灭，必先使其虚弱。如何能让昊天变得虚弱，夫子想出的方法和佛祖想出的方法，其实是一样的，只不过所使用的手段有些分别。

——把神变成人。夫子用的是人间之意，走的是春风化雨的路线，想要改变她，或者说改造她，佛祖用的是人间之毒，想要沉沦她。

桑桑与宁缺互为本命，她想些什么，她思考的结论，宁缺都能知道，他脸色变得更加苍白，紧紧握住了她的手。在佛祖的棋盘世界里度过这么多年，她中毒很深，不知不觉已经变得极为虚弱，虚弱到无法离开，那么迎接她的将是什么。

"不用担心。"宁缺把她搂进怀里，低声说道，"就算佛祖杀了你，你也能回昊天神国……也许某一天，你会想起我和书院，到时候……"他说不下去了，如果桑桑真的用死亡来回归，那么便不可能有那个时候，昊天就是昊天，人间不再会有桑桑。

佛祖算不到夫子把昊天一分为二，算不到书院把其中一个昊天留在了人间，所以他没有算到，就算杀死桑桑，也无法杀死昊天。但桑桑是会死的。

"我不想死。"

"桑桑不想死。"

有桑桑之名的昊天不想死。

宁缺看着遥远的东方，说道："那我们便不死。"

桑桑转身向白塔寺外走去，宁缺撑着黑伞，跟在她身旁。走出寺外，她指着檐下被雨水淋湿半边衣裳的某个妇人，说道："你有没有觉得很奇怪，过了这么多年，她一直没有变老。"

"无数年来，信佛之人，死后留下的觉识，都会来到这个棋盘里，这里是真正的佛国，他们是死人，自然不会变老。"

"但你也没有变老。"

宁缺心想确实如此，过去了至少数百年，自己没老也没死。桑桑看着黑暗天穹上那些代表规则的光线，确定这个世界的规则没有崩塌，那么为什么没有死亡？

桑桑问道："你知道什么是涅槃吗？"

宁缺答道："佛法最高境界，便是涅槃。"

"涅槃，是一种状态。"

"什么状态？"

"宁静寂灭，不知生死，清凉寂静，恼烦不现，众苦永寂；不生不灭，不垢不净，不增不减，远离一异、生灭、常断。"桑桑说道，"这就是涅槃，也就是成佛。"

宁缺突然想起在瓦山佛祖石像前，桑桑曾经提起过那只姓薛的猫，说道："涅槃如果是这个意思，难怪连你也算不到佛祖是死是活。"

"这里的人也一样。"

"你是说这里的人都不死不活，所以没有死亡？"

"不是不死不活，是又死又活。"

宁缺想了想，说道："你是对的，在没有观察之前，谁都不知道是死还是活，对象处于死与活两种状态的叠加区域。"没有人知道佛祖的生死，昊天和夫子都不知道，正是因为佛祖涅槃后进入了这种状态，在看到他之前，没有答案。

"所以这里没有活着，也没有死亡。"

"但我们在这里生活了数百年，我们看了他们很长时间。"

"他们只是棋盘的附属物。"

"你是说棋盘里的这些人，都是佛祖涅槃状态的延展？"

秋雨已停，白塔寺外渐渐变得热闹，行人在摊边挑着货物，母亲追逐着贪玩的孩子，根本没有人发现天空已经变得黑暗无比。桑桑说道："可以这样理解，所以他们根本不知道自己已经死去，他们只是随着时间行走，不会思考任何别的问题。"

宁缺情绪复杂："难道这便是佛祖说的极乐。"

桑桑平静地说道："没错，如果你我没有醒来，最终也会成为这个世界的一部分。"宁缺看着街上的行人，感觉浑身寒冷，生不知生，死不知死，到底是极乐，还是极悲？

这就是涅槃的真义，天佛皆能算，佛涅槃，天便算不到佛，佛却能算到天，佛并没有跳出因果，却能看透因果，顺势而行。因果，就是因为所以，也是书院讲的道理。因为宁缺当年在河北道畔拣到那个女婴，因为夫子收宁缺为徒，因为宁缺想让桑桑变成人类，因为他们相爱，所以才到了如今。

宁缺说道："我们终究还是醒来了，佛祖还能用什么方法来杀你？他既然涅槃，按道理，便什么事情都不能做。"桑桑把黑伞交给他一个人握着，背着双手向街巷里走去，"我也很好奇，我很想知道那个不死不活的和尚，能拿我怎么办。"她的语气很平静，很骄傲。宁缺举着黑伞，不敢离开她半步，看着天空里那些光线，又望向她有些苍白的脸颊，叹道："都病成这样了，能不能别吹？"醒来不代表能够离开，贪嗔痴三毒让桑桑变得非常虚弱，她没有能力挥手便破了这局，那么接下来的事情，必然还会很麻烦。

在街巷拥挤的人群里穿行，宁缺忽然停下脚步，望向遥远东方某处，青板僧死前也望着那里，然而那里什么都没有。回到小院，宁缺做了顿丰盛的晚餐，最诱人食欲的还是那碗青红泡椒和嫩姜，当然，他没有忘记桑桑最喜欢吃的醋泡青菜头。

大黑伞支在桌上，菜盘摆在伞柄旁边，他和桑桑坐在伞下，低头吃饭，画面显得有些诡异也有些好笑。桑桑用筷子拨弄着碗里混着肉汤的米粒，看着桌上被伞影笼罩的菜肴，说道："明知道是假的，为什么还能吃得这么开心？"宁缺正在埋头吃饭，泡椒把他辣得满头大汗，很是痛快，听着这话，他拿起毛巾擦了擦嘴，说道："感觉是真的，就痛快地吃。"

桑桑看着上方的大黑伞，微微蹙眉："吃个饭还要撑着伞，真不知道哪里来的痛快，我不高兴。"无所不能的昊天，居然被黑暗天穹上那几道代表规则的光线，逼得吃饭都要撑着伞，确实有些憋屈。

"别不满意了，你得感谢这把伞一直在，更得感谢我把它补好了。"宁缺指着大黑伞，笑着说道，"新三年，旧三年，缝缝补补又三年，这把黑伞将来肯定会成为我们的传家宝。"有大黑伞在身边，他们不用担心被那些代表规则的光线发现，但是怎么离开呢？吃完晚饭后，他们开始思考这个问题。

在棋盘里已经过了很多年，宁缺和桑桑都不怎么着急，至少表面上不怎么着急，他们以为还有足够的时间来破局。贪嗔痴三毒，果然不愧是毒中之毒，桑桑没有办法破解，宁缺也想不到法子，既然如此，日子总还是要继续过下去。

昨夜的晚饭太过丰盛，家里又没有菜了，宁缺去菜场买菜。现在不用他请求，桑桑自然也会跟着，因为他们只有一把伞。

到了菜场他们才发现，自己的想法是错的。

有大黑伞，那些光线确实找不到他们，但人能找到。

站在满是露水的青菜摊前，宁缺正在与那位相熟的卖菜大婶唠些闲话，为随后还价做些情感上的铺垫。大婶觉得他很可爱，所以笑了起来。

她笑得很好看，笑得很端庄，笑得很慈悲，笑得眉心多了粒红痣。

宁缺最开始的时候也在笑，然后笑容渐渐敛去。

他看着卖菜大婶，认真请教道："您又是什么佛？"

# 14

卖菜大婶不说话，只是看着他微微笑，左手拿着根山药，右手拿着把细芹菜，两样都是菜，也是药。宁缺忽然笑了出来，说道："难道您就是传说中的药师佛？"

大婶微笑着说道："不错。"

宁缺想了想，说道："药师佛能治病，我家娘子患了重病，应该是中了毒，不知道您能不能帮着看看，写个方子。"

大婶看看桑桑，悲悯地说道："这毒无药可救，不如归去。"

宁缺指着天空，说道："归不去怎么办？"

"死便是解脱。"

"这话倒也有几分道理。"

宁缺笑着说道，他抽出鞘中铁刀，砍向菜摊后的大婶。菜摊上堆满了青菜，菜叶上满是露水，看着很是新鲜。按道理，宁缺的铁刀，应该会很轻易地把菜摊劈成两半，把菜叶劈成无数片，把那些露珠都劈成湿润的水沫。

但没有。

因为菜摊变成了一片原野，摊上的青菜变成了郁郁葱葱的植物。

左手的山药变成了果枝，右手的细芹菜变成了佛钵，卖菜大婶变成了真正的药师佛，发髻乌黑饱满，双耳垂落肩上，面相庄肃，无数光环、祥云在其身后围绕。药师佛身前，有数千彩幡飘扬，正是这些彩幡挡住了宁缺的刀。

宁缺看着近在眼前，却又仿佛远在天边的佛像，震撼地说道："还真是啊！"

药师佛微微一笑，眉心那粒红痣大放光明，照亮身周无数里的原野，彩幡飘动愈疾，原野上的植物快意地生长变高。宁缺和桑桑站在原野间，双腿瞬间被青藤缠住无法离开。

药师佛宣了声佛号，缓缓倾斜手中的佛钵，钵中泛着药香的黑汁淌到地面，化作一条河水，向着宁缺二人扑面而来。药是用来治病救人的，也可以用来杀人，良药在某些时候可以变成最厉害的毒药，闻着药河里的异香，宁缺只觉得胸口一阵烦闷，紧接着剧痛难当，捂着胸口咳嗽起来，似乎要把自己的内脏都咳出体外。

桑桑站在他身旁，看着远方的药师佛，微微皱眉，说道："真是可笑。"

她眨了眨眼睛，原野便被眨破，茂密的植物变成碎絮，那道泛着异香的药河被震出河道，向着四周蔓延。菜摊还是那个菜摊。宁缺挥动铁刀，只听着一道凄厉的摩擦声，刀锋在大婶的身体上划过，切开一道整齐的刀口，里面隐隐散出金光。

卖菜大婶，看着二人微微一笑。

喀嚓一声响，她的身体被分成了两半，散落在地上，平滑的切口上金光氤氲，仿佛有无数熔化的黄金在流动。那些黄金遇风而化，散成金色的雾，逐渐向着菜场四周飘去。有些金雾，飘到桑桑身前，她微微蹙眉，脸色变得更加苍白，显得有些痛苦。


把卖菜的人都杀了，自然没办法买菜，回到小院，宁缺心情有些沉重，想着最后那幕画面，更是不安。不管是真药师佛，还是假药师佛，在他和桑桑的面前，就像青板僧变成的掩面佛一样，没有太强的抵抗能力。但他们死后散发的佛息，对桑桑却似乎能够造成伤害，如果以后再遇到怎么办？他们必须尽快离开这个世界。

"得想办法把你身体里的毒解掉。"他看着桑桑说道。

桑桑脸色有些苍白，说道："如果解不了怎么办？"

宁缺不想让她焦虑，笑着说道："解不了毒，你也不会死，日子总得过。"

桑桑静静地看着他的眼睛："日子，就是毒。"

宁缺懂了，不知该如何回答，沉默片刻后说道："走吧。"

这一次他没有用疑问句，因为他说的走，不是离开棋盘世界，而是离开小院，或者也要离开朝阳城，他要去给桑桑治病解毒，就像很多年前那样。在小院里生活了很多年，自然留下很多回忆，宁缺整理出来的行李却很简单，武器、食物、一坛子泡菜。

桑桑问道："去哪里？"

宁缺下意识里再次望向遥远东方，却隐有畏惧，说道："往南走。"

桑桑苍白脸颊上，忽然出现两抹不健康的红晕，说道："你要去见她？"

宁缺怔了怔，才明白她在说什么，笑着说道："这个世界的南边没有大河国。"

"可你习惯性地要去南边。"

"所以？"

"你心里面就想着要去见她。"

宁缺有些生气，说道："这都什么时候了，还说这些做什么？"

桑桑沉默不语，发现自己确实有些问题。不是说对他的态度有问题，她是昊天，他是凡人，就算他们是夫妻，她无论怎么对他，都是有道理的。

问题在于她的心境有些不稳。

这便是嗔，其间还有贪痴，她身上的毒越来越重了。

宁缺明白了些什么，把她抱进怀里，说道："我一定能治好你。"

把行李捆到身后，宁缺撑着大黑伞，离开小院，向城门走去，桑桑牵着他的手。

想要破开佛祖的棋盘，便需要桑桑恢复实力，便需要解了她体内的毒，便需要找到解毒的方法，便需要寻找，那便要离开。青板僧不要他们走，药师佛不要他们走，朝阳城不要他们走，这个世界不要他们走，他们自然没有办法轻易离开。

街拐角有家店，专门卖灯油和灯具，也兼卖蜡烛，宁缺常在这买灯油，与老板相熟，但今天看到老板后，他神情微变。老板不在店里，老板在街上，老板拦住了他们的去路。

宁缺抽出铁刀，问道："你是何方佛？"

老板戴着顶帽子，面容可亲，微笑着说道："你猜？"

宁缺看着店里密密麻麻的油灯，有些不自信地问道："燃灯古佛？"

确实是燃灯古佛。街上再没有油灯店的老板，只有一位苍老的古佛。

佛身外，一切事物皆为明灯，无数光线散发，就连墙角里的蚁穴都被照得清清楚楚，甚至就连黑暗的天空仿佛都亮了起来。光线开始燃烧，街上温度开始升高，桑桑的鼻尖出现了一滴汗珠。还是普通人的时候，因为先天阴寒，她很少出汗，变成昊天之后，神躯冰凉如玉，更不会出汗。但在燃灯古佛面前，她出汗了。

浩然气起，宁缺掠到燃灯古佛身前，一刀斩落。燃灯古佛落灯，那盏看似普通的铜油灯，却仿佛有一个世界那般重，轻描淡写地将宁缺的铁刀镇住。

古佛开始点灯，点起千灯万灯，世界大放光明。只是瞬间，便有万余盏灯点燃，以宁缺的应变速度，竟有些反应不过来。就在第一万六千盏灯被点燃的时候，桑桑终于出手了。她伸出右手食指，轻轻抵住铜油灯底部。哪怕是古佛，也不可能与天一较高低，燃灯古佛手里的铜油灯，再也无法落下。宁缺抖腕，铁刀横于小臂之前，在燃灯古佛颈间掠过。

燃灯古佛头颅未落，只是颈间出现了一道极清楚的刀口。依然没有血，只有极浓郁的金光，然后有流动的黄金顺着刀口缓缓渗出，打湿古佛僧衣向着地面淌落。那些黄金般的液体，都是佛息，有无穷佛威，亦有无穷佛意，遇风化成金雾，折射光线，都是佛光。

宁缺神情微变，牵着桑桑的手，向街那头奔去。他的速度非常快，根本没有时间回头去看燃灯古佛是生是死，只是拼命地奔跑，直到跑到长街尽头。桑桑脸色很苍白，似极痛苦，看着她繁花青衣下摆上的那滴金液，宁缺才知道，还是没有避过。

"下次站到我身后，佛光便落不到你身上。"

他把桑桑拉到身前，看着她的眼睛，非常认真地说道。

桑桑看着伸出衣摆的鞋尖，低声说道。

"我怕走丢了。"

宁缺沉默片刻，把沉重的行李解下，取出箭匣和装符纸的锦囊，扔掉了剩下的所有东西，包括那个泡菜坛子。他把她背到身后，用绳子把彼此的身体系死，把大黑伞交给她，一手提着箭匣，一手握着铁刀，向着城门方向走去。

街面上，泡菜坛子已经裂开，散着香味，那是陈年老坛才能有的味道。


宁缺背着桑桑，向朝阳城外走去，路上还遇到了很多佛。

音律院的官员，拿着定音器，变成了最胜音佛。

瓦巷里的说书艺人，变成了难沮佛。

某间小庙里的头陀，变成了持法佛。

很多人都变成了佛，然后被他杀死。宁缺想不明白，为什么这些人都会变成佛，为什么能有这么多佛，这些佛都是从哪里来的，他们凭什么能够成佛？

"人人皆能成佛。"桑桑靠在他的肩上，虚弱地说道，"这便是众生意。"

生活在悬空寺下的农奴们，一生只知如井圆的天空与佛，他们没有选择，于是信仰最为纯净。无数代过去，信徒们死去，觉识来到佛祖棋盘，构成了这个极乐世界。在佛家学说里，怎样的世界有资格被称为极乐世界？那便是人人都能成佛的世界，此时的朝阳城，无论走卒贩夫还是官员僧人，尽皆慈悲显面，诵经不止，他们便是佛，人人都是佛。

宁缺和桑桑想知道，在自己醒来后，佛祖会用什么手段来镇灭自己，现在他们看到的便是答案：诸生相与众生意。男女老少，诸生成佛，向他们围来，他们面容庄严慈悲，口诵经文，未曾曰杀，但众生之意便是杀，要杀昊天，杀桑桑。

有挑了数十年担，双肩磨出老茧的男人，那是厚肩佛，有迎朝阳而悟的少女，那是日生佛，有河里打鱼的老汉，那是网明佛。又有名闻佛、法幢佛、名光佛、杂色宝华严身佛、香上佛、香光佛、宿王佛、见一切义佛，还有诸多无法号之佛。满城皆佛，拥挤不堪，这佛踩了那佛的袈裟，那佛撞碎了这佛手里的玉花，佛挤着佛，佛推着佛，向宁缺和桑桑涌去。

看着这幕震撼的画面，宁缺仿佛回到了当年，也是在朝阳城里，无数人想要杀死他背上的桑桑，想要杀死冥王之女。当他看到那个耍猴戏的汉子也变成了佛，甚至蹲在他肩上的猴子也变成某个脾气暴躁的斗佛时，他再也无法忍受，挥起铁刀便冲了过去。

在出城的道路上，他已经杀了很多佛，本想暂时收手。因为他很清楚，这些佛被杀死会变成佛光，那些佛光会让桑桑痛苦。但现在如果不把这些佛杀死，他根本没有办法背着桑桑逃出朝阳城，他只有握着铁刀，向那些佛砍将过去。铁刀在满脸庄容的无数佛间来回飞舞，刀锋割破佛的颈与胸，无数佛倒下，黝黑刀身涂满了金色液体，然后变成纯净的光线。

宿王佛死了，倒在地上仿佛沉睡，然后被别的佛踩成金片；厚肩佛死了，他的右肩被铁刀整个削掉，就像是没有完工的金像；日生佛死了，少女清丽的容颜上多出一道金色的刀口，看着极为恐怖。

宁缺挥刀前进，铁刀每次落下便有佛死去，他脸上没有任何情绪，不管面前是谁，老人还是孩童，都一刀斩断。众佛受伤不会流血，但画面依然显得很血腥，宁缺表现得无比冷血，甚至比当年在朝阳城还要冷血。书院登山那夜，他曾经如此冷血过，无论拦在身前的是旧识还是新知，是亲人还是朋友，都被他一刀砍死，因为他知道，那些都是死人。

这些佛也都是死人，既然已经死了，再杀一遍又算得什么？

佛终究是佛，各有其法其器，宁缺虽然已经变得很强大，还有身后桑桑相助，想要杀死他们，依然很是辛苦，把所有的佛都杀死……他从来都没有想过。

一刀把笑颜佛脖子砍断，看着落在地上依然满脸笑容的佛首，宁缺觉得有些累，便在此时，一道佛威自天而降，从右后方袭向他的后背——那是一块金光灿烂的金砖，被如须弥山佛自远处扔来！宁缺如果不动，这块蕴着无穷佛威的金砖，便会落在桑桑身上，只能匆忙侧身避开，让那块金砖砸中自己的右臂上方。

啪的一声闷响！

宁缺觉得自己的灵魂仿佛要被这块金砖从身体里拍出来，喷出一口污血，桑桑受到波及，亦是一口血喷出，打湿了他的衣领。如果是佛道两宗的修行者，被如须弥山佛的金砖砸中，只怕臂骨早已粉碎，幸亏他现在浩然气大成，身躯坚若金刚，只觉得疼痛。

铮的一声，他把铁刀收回鞘中，自肩上解下铁弓，把弓弦拉至满月，射向远处那座身高近三丈的如须弥山佛。弦上无箭，只是虚发，然而下一刻，如须弥山佛胸口上，出现了一道极深的裂口，裂口里不停淌出金色液体，形状像极了一道弓。宁缺以弦杀佛。

终于到了城门，他身周依然到处是佛，那些佛流了很多血，血变成了无数光，把朝阳城简陋的城门照耀得清清楚楚。万道佛光里，桑桑的脸色变得越来越苍白——佛祖的手段是众生意，众佛以佛光杀天，这些佛光便是她最害怕的东西。宁缺清楚地感知到她的痛苦，他心头微颤，甚至也开始痛起来，但他没有理会，也没有安慰她，继续向着城门外的原野冲去。

左手执铁弓，右手拉弦，嗡嗡嗡嗡，仿佛琴弦断，又似乎有人在弹棉花，城门四周的佛身上出现无数裂痕，然后死去。佛光从那些裂缝里渗出，弥漫在原野间，变得越来越浓郁，桑桑的眉头皱得越来越紧，喷出来的鲜血越来越多。


桑桑惊醒，看着漆黑的洞底，沉默不语，眼神有些黯淡，不知道在想些什么。

宁缺把她抱进怀里，问道："怎么了？"

桑桑说道："我做了一个噩梦。"

宁缺怔住，强行挤出笑容，问道："这倒是新鲜，梦见了什么？"

昊天不会做梦，只有凡人才会做梦。开始做梦，说明她开始变成真正的凡人，无论是夫子留在她体内的红尘意，还是佛祖在她体内种下的贪嗔痴三毒，都在变得越来越强。

"我梦见了很多佛，他们拿起刀子在脸上和身上乱割，让自己流血，他们用力地挤压伤口，想要血流出来得更快些，脸上没有疼痛的表情，又有些佛在烧柴火，想让那些血蒸发得更快些，甚至还有些佛从山崖上跳了下来。"桑桑脸上没有表情，眼里却有恐惧。

宁缺想着杀出朝阳城门时的画面，手指微凉。

桑桑现在很虚弱，这个充满了佛光的世界对她来说太过可怕。

"再坚持一下。"他轻轻抚着她的后背。

"如果再这样走下去，我会死的。"死亡意味着终结，对于任何有自我意识的存在，这都是最恐怖的事情，她从来没有想过自己会死，所以她不曾恐惧，直到现在。

"我不会让你死。"

"这种话你说过很多次，除了安慰你自己，没有别的意义。"

宁缺看着她的眼睛，说道："故事的结局，不应该是这样。既然我们已经醒来，那么我们一定能够找到离开的方法。"

"你以前说过，这不是书上的故事。"

"不管这是什么故事，总之我是男主角，你是女主角，那么我们便不应该死。"

"也许，在这个故事里我们只是配角。"桑桑看着山洞外漆黑的夜空，看着原野远处渐渐弥漫过来的佛光，听着那些渐渐清晰的经声，说道，"因为这是佛祖的故事。"

宁缺沉默了很长时间，说道："再睡会儿，还可以再停留一段时间。"桑桑侧过身去，继续睡觉。宁缺看着她不时皱起的眉头、有些委屈的唇角，觉得很是酸楚，伸手想要把她的眉头抹平。桑桑醒着的时候，从来不会流露出痛苦的神情。

清晨离开山洞，按照最开始的计划，继续向南行走，没有走多长时间，便进入了植被茂密的深山老林。宁缺的心情略微放松了些，心想这里如此荒僻，总不可能像朝阳城那般，放眼望去到处都是佛。他想得没有错，但不够准确。南方的深山老林里，确实没有那么多佛，但依然有佛，在山道上遇到的樵夫是佛，深夜，又有佛骑着斑斓大虎而至。

宁缺继续杀佛，杀得很辛苦，身上的伤越来越多。

桑桑越来越虚弱，在三毒的折磨下脸色苍白如雪。

为了放松心情，他又开始唱那首黑猪的歌，桑桑很不高兴，她愤怒地喊道："你就只会趁着我虚弱来欺负我！"便在这时，一头浑身黑泥的野猪从林子里窜了出来，那野猪傻乎乎地看着宁缺，大概是感觉到了危险，赶紧跑掉。

桑桑虚弱地说道："乌鸦落在猪背上，秃驴和书院都是黑心贼。"

只听着嘎的一声怪叫，一只黑鸦飞来，落在林中某处，片刻后，那只浑身黑泥的野猪，垂头丧气地从林子里走了出来。那只黑色乌鸦站在它的背上，耀武扬威。

桑桑说道："晚上吃猪肉。"

宁缺恼火地说道："乌鸦落在猪背上，你在我背上，难道我就是猪？"

桑桑靠在他肩上，低声地说道："你如果不是猪，怎么会在这里？"

宁缺笑了起来，他知道她的意思，听懂她在述说他的情意，更好的是，这种述说里也有她的情意，所以他很开心。

在溪畔杀了野猪，生起篝火，肉在火上发出滋滋的声音，油汁渐流，香味四溢，两个人饱饱地吃了顿饭，然后休息。宁缺想起白天她说的那句话，说道："以后别把书院和佛宗放在一起比较，你怎么说书院都行，这可不行。"

桑桑躺在被火烧热的地面上，问道："为什么？"

宁缺说道："书院有那么恶心吗？"

桑桑微微一笑，说道："你老师在我体内灌注人间之力，你带我行走世间，是想让我变成人类，佛陀把贪痴嗔三毒种在我体内，也是想让我变成人类，两者有什么区别？"

宁缺正在溪畔磨铁刀，听着这话，停下手上动作，想了想后说道："区别在于，佛祖把你变成人类，是想杀你。"

"那书院呢？难道只是想把我变成人类？如果没有你的话，我处于如此虚弱的状态，书院的人不会想着把我杀死？"

"世上没有如果，我一直都在你身边，书院自然不会想着杀死你。"

桑桑问道："哪怕我杀了轲浩然？"

宁缺沉默片刻，说道："不算棋盘里的岁月流逝，你来到人间已经二十年，只有这二十年里，你是桑桑。"桑桑明白了他的意思，在她出生之前发生的事情，便不应该由她来负责，书院没有把小师叔的死亡归到她身上，只是归到昊天的身上。

桑桑问道："如果……最终你们老师也被我杀死？"

宁缺有些郁闷，说道："你能不能说点有意思的？我都说了，世上没有如果，你能不能不要这么烦？不要这么无聊？"

桑桑微笑着说道："那说些有意思的……接下来我们去哪里？"

在如此荒僻的深山里，都能遇着佛，可以想见，这个棋盘世界里到处都是危险，众生变成的佛正在寻找他们。漫无目的地行走没有任何意义，他们就算能走到最南方天的尽头，也一样找不到离开棋盘的道路。

宁缺问道："如果解掉你身体里的毒，你能不能打破这张棋盘。"

桑桑说道："你才说过世上没有如果。"

宁缺叹道："不要调皮。"

"如果不能，我们离开朝阳城做什么？"

"按照佛家的说法，只有修佛，才能解贪嗔痴三毒。"

"那是骗人的。"

"佛经又不是童话，我想这话有些道理。"

"除非修成真正的佛，不然三毒难清。"

宁缺把刀身上的溪水擦净，走回她身边，静静地看着她的眼睛，说道："要不要试着，把自己修成佛祖？"在他想来，如果她能够在这里立地成佛，那么便能祛除体内的贪嗔痴三毒，甚至于那些诸生化成的佛，更无法再威胁到她。

桑桑说道："不要。"

宁缺皱眉问道："为何不要？"

桑桑用他先前的答案做出回答："恶心。"

宁缺很是无奈，说道："活着总比什么都重要，你就忍忍。"

桑桑说道："这里是佛祖的世界，我无法在这里修成佛祖。"

宁缺想了很长时间，说道："总得试试。"有些事情必须尝试，因为已经没有别的选择，还是书院的那句老话，最后的选择，就是最好的选择，因为唯一。

桑桑说道："你想试什么？"

宁缺的目光越过溪水，落在遥远的东方，说道："我想试试能不能找到佛祖。"

桑桑微笑着说道："然后呢？你能杀死他吗？"

宁缺说道："不能，但我要去见他。"


清晨，二人在溪边醒来，篝火已成灰烬，尤有余温。

宁缺把桑桑系到背上，撑起大黑伞，继续向峰顶攀行，穿过浓雾来到山顶，却没有继续向南，而是折向东行。桑桑睁开眼睛，看了看方向，没有说什么。密林难行，宁缺以铁刀开道，走了两天一夜，终于走出了这片莽莽群山，来到开阔的草原间，背着桑桑继续前进。

草原上前些天一直在落雨，他的脚踩在松软的地面上，留下清晰的脚印，形成一条笔直的线条，对准遥远的东方。当草原上的脚印超过一百后，地表忽然下陷，那道直线变成了真实的存在，泥土四裂，青草被吞噬，漆黑无比。

天地震动不安，那些在天穹上巡走的光线，忽然间来到宁缺二人的头顶。因为大黑伞的遮蔽，没有落下，悬停在漆黑天空，光线前端变得越来越明亮，然后忽然炸开，向地面撒落无数金色的天花。宁缺停下脚步，转身望向西北方向，只见那处的黑暗天空上出现了一些光泽，应该是倒映出地面的佛光，可以想象那里有多少佛。

桑桑看着那处，说道："我听到了他们的经声。"

"他们害怕了，佛祖害怕了。"

"佛祖涅槃，根本不会知道这些事情。"

涅槃是生死的叠加，也可以简单地理解为沉睡，佛祖根本不知道他们向着东方行走，又怎么可能害怕？

"那么就是这个世界开始害怕了。"宁缺望向遥远的东方，说道，"我们的方向是对的，佛祖就在那里。"

桑桑靠在他的身上，指头轻挠他的耳朵，说道："你真要去找佛祖？"

宁缺说道："修佛当然要见佛，我要去见他。"

桑桑动作微僵，说道："你若去见他，他便会醒来。"

宁缺举起刀柄挠了挠痒，说道："我就是要让他醒。"

桑桑神情严肃："若是以前，我没有中毒，我早就去找他了，并且让他醒来，然后把他杀死，但现在我杀不死他，你更杀不死他。"

"醒来只是一种形容，正确的描述应该是，我见到佛祖的那一刻，才会知道他的生死。"

"然后？"

"佛祖可能活着，可能死了……换句话说，他的生死便在我们一眼之间，五五之数。"

"你这是在赌命。"

宁缺笑着说道："赌佛祖的命。"

"也是在赌自己的命。"

"我们都快死了，凭什么不赌？赌，我们至少还有一半的机会。"

"我不喜欢赌命。"

"为什么？"

"因为昊天不玩骰子。"


昊天无所不知，无所不能，天算能算一切事，一切尽在掌握中，那么她当然没兴趣玩骰子，因为那没法掌握。宁缺知道这是桑桑的本能，但他更清楚，现在的她已经不能无所不知，更不能无所不能，如果不去见佛赌命，最终二人只有死路一条。

好在现在她在他的背上，他要往哪里走，她也没有办法。走过雨后草原，走过荒芜田野，来到一片丘陵间。宁缺注意到侧后方天空里的佛光越来越亮，说明这个世界里的众生佛已经渐渐聚拢，并且离他们越来越近，他加快了脚步。走过丘陵三日后，来到一大片森林前，无数红杉在他眼前高耸入云，林间薄雾如烟，仿佛仙境，前面远方隐隐传来水声。

一位面貌寻常的僧人从一株红杉后走了出来，一位身材臃肿的富翁从另一株红杉后走了出来，越来越多的人，从树后走了出来。这个世界上诸生成佛，所有佛都来到了这里，密密麻麻，根本数不清楚，有很多佛是从朝阳城追过来的，身上还带着宁缺用刀箭斩出的伤口，不停向外渗着金色的液体，那些液体遇风而化，变成佛光。佛光万道，瞬间将林间薄雾驱散干净，所有佛礼拜合十，向宁缺二人行礼，然后开始诵经，经声里大有慈悲意。

桑桑脸色苍白，看着树林里的无数佛，厌憎地说道："扰耳。"

金色佛光弥漫，树林里很是肃静，只有经声起伏，无数佛神情庄严，目光慈悲，然而在宁缺眼里，这幕画面却是那样的阴森。他没说话，拉弯铁弓，便是一道虚箭射出。红杉树上染了斑驳金血，一佛盘膝坐毙于旁，胸腹间多出一道极深的伤口，有金液从伤口里淌出，化成佛光。树林里佛光更盛，桑桑更加痛苦。

宁缺神情凝重，在逃亡的过程里，这些佛越来越少抵抗，再没有使用法器，甚至感觉就像是等着他在杀。他杀一尊佛，世界的佛光便明亮一分，桑桑离死亡便近一步，他现在是不杀不行，杀也不行，就算横下心来杀也杀之不尽。

"让开！佛挡杀佛，人挡……"宁缺看着树林里的无数佛喝道，他本想说人挡杀人，但想着这个世界里没有人，说道，"佛挡，我还是杀佛。"

话音未落，他背着桑桑便冲进了森林里。

浩然气陡然提至巅峰，他的人变成闪电般的影子，锦囊捏破，数十道符纸在密林里泛起异样的光彩，铁刀横斩竖切，朱雀厉啸不止，恐怖的火焰四处喷扫，铁弓铮铮作响，无数难以合围的红杉树纷纷倒塌。

在极短的时间里，宁缺把自己最强大的手段，全部施展了出来，至少有数十尊佛倒在了血泊之中，显得强悍至极。然而无论他怎样杀，森林里的经声没有停止，众佛的脸上除了悲悯没有任何反应，通向遥远东方的道路还是被挡着的。数十尊佛的死亡，让这片幽暗森林染上了极明亮的金色，佛光变得前所未有的明亮，甚至给人一种厚实的感觉。

佛光太强，宛若实质，硬生生挤破了黑伞后补的那几道缝隙，落在桑桑身上，她无力地靠在他肩头，不停咳血。宁缺觉得无比寒冷，握着刀的手都开始颤抖起来，"你不能死。"他看着从自己身上淌落的鲜血，脸色苍白地说道。

桑桑已经不行了，她在他的耳边说道："我要进来。"

宁缺不明白她这句话是什么意思，下一刻，他觉得自己的身体里多了一个人。

桑桑还在他的背上，桑桑已经到了他的身体里。大黑伞不能保护她，她只能希望宁缺保护自己。宁缺低着头，沉默了很长时间，呼吸从急促渐渐变得平缓，和背上桑桑神躯的呼吸节奏渐趋一致，直到完全相同。他不明白发生了什么，但知道桑桑必然付出了极大的代价。

他抬起头来，收好大黑伞插到背后。

他看着森林里的无数尊佛，说道："现在，我们再来打过。"

## 15

森林里一片幽暗，诸佛身上散发着淡淡金光，如无数油灯。看着宁缺持刀而立，诸佛有伤恸者，有悲愤者，有敬畏者，反应各有不同。诸佛感觉到宁缺发生了一些很重要的变化，察觉到那些变化，会对佛祖的极乐世界带来某种影响，只是不解那种变化到底是什么。

宁缺对这种变化也不了解，他知道桑桑的身体还在自己的背上，但她却已经进入了自己的身体，他觉得自己充满了力量，无所畏惧。

诵经声在森林里再度响起，金光大盛，无数佛在四处现身，向着他缓缓围拢，没有给他留下任何离开的通道。诸佛神情慈悲，看着他眼露悯意，然而从朝阳城到现在，诸佛从来没有试图进行说服教化，也没有与宁缺进行过任何真正的交流——因为宁缺拒绝与他们进行交流，任何分歧到最后还是要凭力量来解决。

这个时候依然如此，他深深呼吸，眼眸变得异常明亮，握紧铁刀缓缓提起，向着身前的森林里，看似很随意地斩落两刀。两道数百里长的刀锋，出现在幽暗森林里！狂风呼啸而起，无数地薛翻起，杂草低偃，岩石裂开，数百里刀锋所过之处，没有任何事物还能保持原本的形态，而那些站在刀锋所向区域里的诸家生佛，更是被刀锋直接碾成了碎末，金粉弥漫！

如果佛在云端，俯瞰这片原野，应该能在这片森林里，看到一个数百里长的大字，那个字很简单，又是那样的横戾。

乂！

以铁刀写神符！

宁缺写出了一道如此宏大的神符，贯穿了整片森林！

恐怖的符意，冷漠而强悍地切割着接触到的所有事物，数人围抱都无法合拢的巨大红杉树的树皮上出现清楚裂痕，甚至就连其间呼啸吹拂的风，都被符意切割成了无数片段，变成徐徐的清风，拂得那些金粉飘向高空。

宁缺斩出两刀，便至少有数百尊佛在乂字神符之前死亡，然而森林里还有很多佛，那些佛神情坚毅，继续向他走来。

他此时如果停留在符意之间，根本不需要担心那些佛的到来。但符道自有其先天限制，符意不可能永远飘留在天地自然里，再强大的神符，随着时间的流逝，也会逐渐散去，到时候怎么办？宁缺本来就没有想过，靠这道宏大而霸道的神符来保命，他说要与这些佛再来打过，那么他要做的事情只能是进攻。一声清啸从地面直冲天穹，向着森林深处传播，似乎天地都为这声充满骄傲和暴戾情绪的啸声所兴奋，幽暗的森林顿时变得明亮起来。

伴着啸声，宁缺右脚重重踩向地面，脚落处，数丈内的地面出现极深的裂缝，他双手横握铁刀，便向森林里冲去！那两道贯穿森林的凌厉符意，竟然也随着他的前掠和铁刀的横行，缓慢而不可阻挡地开始移动，向着东方前进！

符道与别的修行法门有本质上的不同，符道是要将意思讲与自然听，然后调动天地气息。符师与自然的沟通是请求，从某种意义上来说，是一种被动的行为，也因此才能调动如此多数量的天地元气。从来没有符师，能够带着他的符意移动，因为人类不可能拥有那么多念力，因为真正的天地不可能听从卑微人类的命令。

宁缺今天做到了，这是人类修行史上从来没有发生过的事情。

两道凌厉符意有数百里之长，贯穿整片森林，随着宁缺横刀前行，变成了两把无形的锋利巨刀，刀锋之前，挡者辟易！死神的镰刀在麦田里进行收割，哪有麦秆能够逃开？森林里有无数佛，佛有高低胖瘦，刀锋所过之处，有佛头断落，有佛身被切断，有佛天灵盖被削掉，有佛双腿齐断，无数佛流血倒下。

金色的血液从那些佛的身体里流淌出，被符意切割成最细微的碎片，然后变成金色的粉末，飘浮在森林里，幽暗的世界早已光明一片。佛光明亮至极。逃亡多日，宁缺受了很多伤，疲惫憔悴，脸色本就有些苍白，此时被万道佛光照耀，更是雪白一片。

他眯着眼睛，低头横刀继续前冲，脸上没有一丝惧意。

如果他还背着桑桑，就算撑着大黑伞，只怕桑桑也会被这些佛光杀死，但现在他背着的只是桑桑的身体，桑桑在他的身体里。

森林东面有水声传来，他向着那边冲去，横着的铁刀之前，那道磅礴的义字神符也随之前行，无数树皮与金色的佛血溅向空中。无数佛纷纷倒地，森林里没有惨嚎声，没有哀鸣声，只有满怀悲悯之意的诵经声，那些诵经声往往会戛然而止，代表那佛死在了无形刀锋之下。宁缺低着头不停地奔跑，不知道奔跑了多长时间，直到他觉得自己握着铁刀的双手开始颤抖，呼吸重新变得急促，才停下脚步。

水声潺潺，很是静柔，一条大河出现在他眼前。他背着桑桑冲出了这片森林。

他回头望去，只见森林里到处都是金光，然后从西方远处开始，不断有红杉树倒下，大地震动，掀起无数烟尘。那些红杉树都是被符意切断的，只是符意太过锋利，巨树断而不倒，直到此时某株树倒下，然后所有的树都被震倒。红杉树很高，直入云层，最矮的也有数百丈，随着这些巨树倒塌，烟尘弥漫，冲天而起，其间隐隐传来苍鹰惊惶的啸声。

方圆数百里的森林，就这样变成了平地，无数巨树叠在一起，把潮湿的地面砸得一片狼藉，至于林里的那些佛更无幸免。

三千三百三十三尊佛，死在林中。

一符。

两刀。

数百里。

三千佛。

这甚至已经不能称为神符，其威如天，是天符。

人间从来没有出现过如此强大的符，颜瑟大师没有写出来过，王书圣没有写出来过，往前追溯无数万年，也没有出现过。

宁缺是知命境巅峰，是很强大的神符师，但他没有逾过五境，按道理来说，无论如何也写不出这道符。但现在桑桑在他的身体里，她哪怕虚弱得马上就要死去，一滴神力，对人间来说，便是一片沧海，因为她是天——天人合一，谁能敌？

无数红杉树倒塌，森林尽毁，方圆数百里内，只见烟尘不见佛，只闻鹰啸兽嚎，不闻经声，佛光仍盛，诸佛已死。宁缺望向远方，黑暗天空边缘有金色的微光。他知道这个世界里还有很多佛，那些佛正在向这边赶来，不知何时能追到。

他转身，望向身前这条大河。

大河宽约千丈，水势平缓，河水极清，除了靠着岸边的地方有些水波，其余水面静如明镜，甚至能够看到河底的石头与游鱼。这条大河贯穿棋盘世界南北，看不到来处，也望不到去处，如果想要去往东方，无论怎么走，都必须过河。

宁缺看着河东遥远某处，微微皱眉。

走到倒在河畔沙地里的红杉树前，他切断巨大树干，然后用铁刀进行整理，掏空树干又仔细地切磨树干的另一面。没有用多长时间，一只木船便在铁刀下成形，但他没有停止，依然拿着铁刀不停地切掉那些多余的木茬，很是仔细，很有耐心，似是根本不在意棋盘世界里无数佛正在向河边赶来。

沉重铁刀在他的手里变成一把小雕刀，仿佛在红杉树干上雕花，没有漏过任何细节，到最后，他甚至真的在木船舷畔雕了一朵花。他知道自己在做什么，他在练手。木船终于做好，外观非常精美，他还用铁刀削了两个船桨，桨面光滑，连根木刺都没有，到这时他才觉得满意。他用微颤的手把铁刀收回鞘中，把木船推下河，爬了上去，挥动船桨，沉默地划船，直到划到河面三分之一处才停下。佛祖的棋盘世界充满了佛光，也充满了恶意，只有来到这条清澈大河的中间，他才觉得有了些安全感，才敢把桑桑从背上解下。

他把桑桑的身体抱在怀里，伸手到她鼻端，发现没有呼吸，但他知道她没有死，这具身躯本来就可以很长时间不用呼吸。他怀里的身躯很高大，有些胖，抱着不方便，但他还是这样抱着，静静地看着她的眉眼，忽然笑了起来，伸手捏了捏她的鼻子。

这个动作很亲昵，是小夫妻间常见的动作，只不过他和桑桑这对夫妻有些与众不同，平时桑桑醒着的时候他哪里敢做这些。他还想掐她胖乎乎的脸蛋，还想揪她的耳朵，这般想着，他的手在桑桑的脸上不停捏弄，揪完耳朵后，甚至把她的鼻子向上顶起，让她做了个鬼脸，看上去就像是可爱的小猪。

宁缺看着她的脸，笑着唱道："嘿，猪……"

"我说过，不喜欢被你叫黑猪。"桑桑的声音，忽然在他的心里响起，"而且如果你再敢对我的身体做这些事情，我就杀了你。"

宁缺吓了一跳，看着怀里她的脸，有些不安地问道："你醒了？"

"我本来就没有睡着……你是不是很希望我永远醒不过来？这样你就可以随便羞辱我的身体，而且还把她娶回家。"躺在宁缺怀里的桑桑，闭着眼睛，双唇不动，仿佛沉睡的神明，但她却在说话，这让他感觉有些奇怪，有些难以适应。

听着她的话，他有些恼火，说道："都什么时候了，还只记得吃醋发嗔，你越这样，中毒越深，到时候你真死了，我就真去找她！"

桑桑说道："你去啊，你不去就是我孙子。"

宁缺觉得她现在就像个不讲道理的小孩，懒得继续和她争吵，问道："现在到底是个什么情况？你在哪里？"

"我在你身体里。"

"身体里什么地方？识海里？"

"你想我在哪里，我就在哪里。"

宁缺想了想，认真地说道："我一直把你放在心里，你当然应该在我心里。"

桑桑沉默了会儿，说道："我就在你心里。"

宁缺笑了起来，说道："听起来，你好像害羞了。"

"我又不是人类，怎么会有这种卑微的情绪。"

"我教你啊，你刚才就是害羞了。"

"无聊。"

不用再担心她被佛光杀死，宁缺觉得浑体通泰，很是安心，所以快活，正准备与她再斗斗嘴，忽然想到这事，埋怨道："你既然能够离开神躯，为什么不早这么做？何至于被那些佛光伤得这么重。"

桑桑与他互为本命，能合为一体，但她毕竟是昊天。当初在桃山光明祭时，宁缺夺了掌教的天启，她只是给了他一道神力，他便被撑得到处流血，现在她非常虚弱，才能使用这种方法。桑桑没有回答他的问题，因为她嫌烦。她进入他的身体，便是真正的身心合一，她与他之间的牵绊，将会强大得难以形容，将来她要离开，便会变得无比困难。

她的沉默，让宁缺觉得不解，又隐隐不安，他想了想，想不明白，笑着伸手在她的脸上轻轻拍了拍，然后拾起双桨继续划船。

木船向着河对岸缓缓而行，就在船首刚刚划过河面正中间那条无形的线时，对岸东方的原野上，忽然飘来了一大片黑云。那片黑云飘到大河上方，便不再继续飘行，云里蕴藏着的湿意，变作雨水哗哗落下，一时间电闪雷鸣，风雨大作。

红杉树干很宽很厚，木船很大很结实，雨水再如何狂野，也不可能在短时间内把船里灌满水，他并不担心，接下来发生的事情却让他的眉头缓缓蹙起，神情渐渐变得凝重而警惕。

暴雨落在清澈的河水里，击出无数水花，河水渐渐变得浑浊起来，可能是上游的山洪进入河道，可能是暴雨太烈，掀起河底的沉泥，应该是很正常的事情，可河水浑得如此之快，颜色瞬间变得如墨一般，很不正常。天上的云很黑，落下的雨水也很黑，黑如墨汁，河水也变成了墨汁，开始散发淡淡的墨臭，然后是各种腥秽的臭味，非常古怪。

宁缺没有任何犹豫，伸手收起大黑伞，把桑桑的身体重新背到身后，用绳子仔细绑好，然后用微颤的手抽出铁刀，对准河面。先前在岸边，他完成造船后，收刀时手也有些微微颤抖，这时候拔刀也在颤抖，因为他很累，从桑桑开始做噩梦后，他就没有睡过觉。

忽然间，木船缓缓下降，向河水里沉去。宁缺看着船内，没有看到漏水，那么敌人必然在河水里。河水本来十分清澈，在岸边都能看到河底的石头，但现在，河水已经变得漆黑无比，以宁缺的眼力，也看不到水下一尺的动静。河水很诡异，甚至就连他的念力感知仿佛都能屏蔽，木船继续向河水里沉降，他却连敌人都没有找到，那么如何应敌？

宁缺知道必须离开了。他踏向船底，木船下沉的速度顿时变快，而他的身体已经腾空而起，下一刻，便准备斜直向前掠出。这里距离河岸还有四百丈距离，以他现在的境界，很难在如此暴烈的风雨里一息奔出如此之远，但他想尝试一下。河面被暴雨击打得到处都是水花，就在宁缺刚刚掠起的那瞬间，一朵水花忽然绽开，一道白影鬼魅般刺破风雨，卷住了他的脚踝。脚踝处传来一股巨大的力量，宁缺根本没有低头去看，手腕微颤，风雨里便有刀光一闪，如闪电般明亮。那道白影骤断，然而随后，又有数十道白影从河水里鬼魅般探出，缠住他的全身，数十道恐怖的力量，拖着他向下坠落！

刀光如电，照亮晦暗的河面，数十道白影在铁刀之前，纷纷断裂，然而他的前掠之势也被中止，不得不重新落回船上。看似应对得很轻松，宁缺的心情却有些沉重，他想不明白，那数十道白影是什么，竟然能够承受如此大的力量，强行把自己拉了回来。

脚边传来啪啪的声音，他低头望去，才发现那数十道白影都是鞭子，都是白骨做的鞭子，更令人心寒的是，那些白骨都是人类的骨头。这些白骨鞭仿佛有生命，被切断后还在不停地扭曲挣扎着，拍打着船身，在坚硬的红杉木上拍出极深的痕迹，自身终于也崩散成碎骨。

就在这时，木船终于沉到了河面之下。就在河水被破开的那瞬间，浪花微卷，漆黑的河水稍微清澈了些，宁缺终于看清楚了，船的四周有无数双手。那些手抓着木船的底部，不停地向下用力，木船才会沉。木船是坚硬的红杉木削成的，光滑而坚硬，那些手为什么能够死死地抓住船壁？那些手白如美玉，但很不美丽，因为就像先前那些白骨鞭一样，这些手上没有血肉只有白骨，锋利的骨指深深楔在船壁里。

无数双骨手拖着木船，拖着船上的宁缺，拖着宁缺背上的桑桑沉向黑暗的河水深处，仿佛要把他们拖进地狱。河水幽暗，除了无数双惨白的骨手，他什么都看不到，也什么都听不到，四周黑暗死寂一片，格外诡异而恐怖。

"助我。"宁缺在心里说道。桑桑听到了他的声音，下一刻，他的眼睛变得异常明亮，其间仿佛有星辰正在爆炸，氤氲无限光辉，那些是最纯净的昊天神辉。现在，她是他的眼，他的眼里有神威，被遮蔽的视线恢复，宁缺看到那些骨手的主人——数万只骷髅密密麻麻围在四周。宁缺的听觉也已经恢复，他听到了湍急的暗流声，听到了黑暗的河水深处传来凄厉的鬼哭声，听到了数万只骷髅快活的笑声。

那些笑声如此快活，为何却又显得那样绝望？

沉船四周的河水渐清，昊天神辉出于他的眼睛照亮四周，河水里飘荡着的数千骷髅，看着这片光明，不知为何显得呆滞。这些骷髅已经无数万年没有看见过光明，觉得很陌生，很向往，然后意识深处，却又生出无穷无尽的恐惧。沉船四周的那些骨手，忽然间簌簌剥落，就像被风化的石头，被水流冲洗而净，在船壁上残留的骨指，也瞬间化为青烟消散。

骷髅们终于醒过神来向四周黑暗的河水里逃跑，然而无论是昊天的世界还是佛祖的世界，谁能比光线跑得更快？宁缺站在沉船上，向四周望去，昊天神辉在阴秽黑暗的河底大放光明，无数骷髅被净化，化作黑烟。那些黑烟并未散去，而是向着沉船涌了过来，在很短的时间里，把河水染得更黑，宛若实质，把他紧紧包围在其中。

宁缺把铁刀向前斩出，居然没能把黑烟斩破，刀锋处传回的感觉非常怪异，有些滑腻，又极厚实，仿佛是某种皮革，又像是内脏。随着这种诡异感觉从刀身一道传回他身体的，还有一道极狂肆浓郁的欲念，那道欲念非常纯净，除了贪婪什么都没有。

胸口微闷，宁缺想起先前看到的那数万只骷髅眼洞里的贪婪神情，有些警惕，调起念力便想将这道欲念逼出身体。想也是欲望，那道欲念遇他雄厚的念力，就像是火遇上油，猛然增大无数倍，熊熊燃烧着向他的意识里侵去。宁缺的心脏瞬间被麻痹，脸色苍白，他不明白发生了什么事情，就算自己不能逼出这道欲念，为什么会出现这种情况。

"这些黑烟是魔。"桑桑在他心里说道。宁缺依然不解，这些魔为什么无形无质。

"佛家的魔是心魔……贪嗔痴之毒，亦是一属，只是更加纯净，在心而不在身，我在你心上，你的心上便染了毒。"桑桑说道，"心魔乱欲入体，自然毒发。"那道来自黑烟的欲念逐渐深入，宁缺心脏的跳动变得混乱起来，桑桑带过来的贪嗔痴三毒终于暴发。

噗，宁缺痛苦万分，一口血吐到身前的黑烟里。

只听得滋滋声响，黑烟被无形的火焰燃烧，像风中的乌云般不停绞动，显得极为痛苦，深处隐隐传来痛苦的意念。此时桑桑在助他，他的身体里充满了昊天神辉，血液里也同样如此，充满了圣洁光辉的力量，鲜血进入黑烟后，自然开始净化。

宁缺明白了应该怎样做，举起铁刀在掌心用力一割，鲜血渐渐渗出，涂上黝黑的铁刀。他抬起头，左手紧握刀柄向前方这片浓重的黑烟狠狠刺出，刀锋传来的感觉依然那般坚韧腻黏，但随着鲜血染进黑烟，那种感觉逐渐淡化，刀锋也逐渐深入，直至进入黑烟一尺。宁缺浩然气起，右手像铁锤般重重击打在刀柄上，两道强大的力量前后叠加，就像河面的浪一般，只听得噗嗤一声，铁刀完全没进了黑烟里。

无数昊天神辉从铁刀上喷涌而出，黑烟不停地挣扎，就像是内脏在蠕动，看着有些恶心，也有些恐怖。黑烟里传来浓烈的焦糊味道，光明发于刀身，然后以肉眼可见的速度，向四周蔓延，照亮河底，也照出了心魔的本来面目。

心魔乃虚物，无形无体，就是黑烟，但像幕布般垂落在河底的黑烟里，有无数冤魂，有无数欲念，宁缺甚至在里面看到了自己的脸。他很清楚，继续和心魔这样相持下去，最终会进入意识层面的战斗，如果是以前，他自然不惧，但现在桑桑在他的心里，而且他也染了贪嗔痴三毒，断然不肯让心魔进入自己的身体里，那样太过危险。

昊天神辉继续燃烧，仿佛无穷无尽，插在黑烟里的铁刀，变得松动了些，宁缺站在沉船船首，将浩然气灌注到双臂内，用力一拖！只听得哗啦一声巨响——不是水声，这里是河底，不是河面，再大的波浪也不会发出这种声音——是黑烟被割破的声音，数千只冤魂小鬼，和十余道欲念化成的黏稠物，从铁刀割破的口子里涌了出来。

宁缺就当没有看见这幕恶心诡异的画面，低着头继续运腕，铁刀在黑烟中不停行走，转瞬间便把黑烟割成了无数碎片。黑色的幕布碎裂，心魔本体覆灭，就像鱼缸被打破，无数冤魂小鬼和欲念化成的黏稠物，就像从鱼缸破口涌出的水一般，向着沉船涌来。

无数冤魂避开燃烧着神辉的铁刀，爬到了宁缺的衣服上，拼命向他身体里钻。还有很多向桑桑的神体爬去，它们感觉到这具身躯更鲜美更强大，却在靠近的瞬间被净化成虚无。

宁缺的双眼仿佛星辰，把这些画面看得清清楚楚，更清楚的感觉来自皮肤，他能感受到无数冤魂小鬼带来的极致寒意，还有那些极怨毒的戾气和不甘，很像当初在桃山绝壁上感受到的幽阁阵意。有桑桑相助，他现在的身体有无尽昊天神辉，按道理来说，他这时候应该逼出体内的昊天神辉，直接把这些冤魂小鬼烧死，但想着桑桑中毒已深，见着佛祖之后的战斗才是重中之重，他想节省些，所以什么都没有做，任凭无数冤魂小鬼爬上自己的身体。

很短的时间内，沉船便被无数冤魂小鬼占据，桑桑身体所在的船中段很干净，船首则是热闹得多，也恐怖得多，数千只冤魂小鬼已经在那里挤成了一个极大的黑球，就像是海底里的鱼群，宁缺便在最深处。他的目光穿透眼前的鬼魂，看到一只小鬼正在向自己的鞋里拼命地钻，抬膝然后落下，把那只小鬼踩成数道魂丝。随着他的动作，附着在他身体表面的冤魂小鬼像水草般飘动，却没有一个落下，那些鬼魂贪婪地撕着他的衣裳，啃噬着他的皮肤，向他的身体里传去无数怨毒的憎念，想要钻进去啃食他的血肉与灵魂。

对修行者来说，这种局面很可怕，宁缺却很平静，他体会过这种感觉或者说痛苦，他知道只要心定意稳，便不会有任何危险。自幼行走生死间，受尽世间苦难折磨，其后入书院修绝世法，在悬空寺面壁，又在棋盘世界里修佛无数年，论起心定意稳，世间有几人能超过他？

宁缺不动，河水里冤魂小鬼不停扑向沉船，魂团变得越来越大，甚至快要触到水面，他在魂团里闭着眼睛，等待着那一刻的到来。片刻后，河里的冤魂小鬼绝大多数都来到了沉船上，围到他的身边，不停地得意低叫着，嗡嗡作响，偶有几只小鬼飘在外面，显得很是着急。

"小鬼们，不要太调皮。"宁缺这样想道。

随着他的意念微转，一道极鲜艳的红色出现在昏暗的河底，伴着一声极暴戾的啸声，殷红的朱雀飞离铁刀，绕着他的身体高速飞舞。朱雀的双翼所过之处，河水蒸发成气泡，炽火狂喷，围拢在宁缺身旁的冤魂小鬼，哪里来得及逃走，在哀鸣声中纷纷变成青烟！

瞬间，船首便变得清明无比，宁缺的身周只剩下清澈的河水，哪里还能找到冤魂小鬼，哪里还有寒冷与怨毒的意念？

有十余只冤魂小鬼没有挤进船上，本有些不甘，却没想到局势变化如此之剧，拼命向河水的黑暗处逃去，不停发出惊恐的尖叫。朱雀哪里会让这些阴秽之物逃脱，戾啸一声，振翅再飞，向着那些冤魂小鬼追去，火翼轻掠，那些冤魂小鬼便化成了青烟。

然而，就在朱雀得意洋洋，准备飞回沉船之时，黑暗的河水里，忽然出现了一道白影，闪电般探出，把朱雀缚住！朱雀愤怒戾啸，振动双翼不停挣扎，却动不得分毫！

看着这幕画面，宁缺神情微凛。

他很清楚，身为惊神阵的杀符，朱雀的实力近乎知命巅峰全力一击，那道白影能如此轻松地镇压它，那么必然拥有五境之上的实力！那道白影是什么？宁缺觉得有些眼熟，仔细一看，果然是道白骨鞭，只是比先前在河面上遇到的那些白骨鞭，要粗无数倍。

# 16

　　一根白骨，从黑暗的河水里缓缓探出，画面很诡异，很恐怖，白骨后方有个庞大的黑影，散发着无穷威势。河水渐分，白骨前行，然后又有两根白骨在下方出现，这两根白骨没有骨节，很光滑，很锋利，看着就像是两杆枪。

　　原来最开始出现的那道粗长白骨，根本不是什么鞭子，而是一根极长的鼻子，上面血肉厚皮尽销，只剩下森然的白骨。只有大象的鼻子才会这么长，下方两根锋利的白骨是象牙，宁缺看着昏暗河水里那个庞大的身影，缓缓握紧手里的刀柄。

　　河底出现了一头巨象，身高数十丈，如山般庞大，沉船与其相比显得非常渺小。象身上的血肉早已蚀空，只剩下森白的骨头。骨象缓步向沉船走来，由无数细碎白骨组成的长鼻前端卷着朱雀鸟，朱雀鸟已经无力挣扎，看着已经不行了。随着巨大骨象的行走，一道充满威严与幽冥意味的佛息，压向船首，宁缺的身体变得有些僵硬，心里却想着，象鼻应该没有骨头才是。这里是佛祖的极乐世界，幽冥地狱一般的河底，大象的鼻子要有骨头，冤魂就是不肯散去，他到哪里去讲道理！

　　不能讲道理，那便只能战，然而看着骨象背上坐着的那名僧人，感觉到对方身上散发出来的强大佛威，宁缺哪里敢随便动手。那僧人头戴佛冠，冠上缀着十方宝石，身披袈裟，绣着万里金线，手持九环金杖，河水穿过杖头，发出清脆的鸣响。僧人端坐在骨象背上，面容慈悲坚毅，无数河水流过眼前，亦宁静无波，给人一种深不可测的感觉。

　　在这个世界里，宁缺已经遇到了很多佛，比如青板僧化成的掩面佛，还有街上那位燃灯古佛，有的佛很强大，有的佛很弱小，但再强大的佛，在他与桑桑联手之前，也无法支撑太长时间。直到此时，看到这头骨象，看到骨象背上这名僧人，宁缺知道，自己和桑桑终于遇到了真正强大的对手，他甚至有些恐惧。

骨象缓缓走到沉船之前，河水渐清。宁缺看着那僧人，喝道："你是何佛？"

那僧人应道："我不是佛，我是菩萨。"

宁缺微怔，说道："我在这极乐世界里，已经见了无数佛，未曾见过有哪位佛比你更强，为何你还没有成佛？"

僧人平静应道："地狱不空，誓不成佛。"

很简单的八个字，让宁缺沉默了很长时间，情绪复杂地问道"地藏？"

僧人佛冠里的宝石大放光明，袈裟上的金线大放光明，让这条数万里的大河，都变得清明起来。原先躲藏的骷髅游魂都显出了身形，它们并不畏惧这道佛光，反而变得平静了很多，对着骨象上的僧人跪倒，无数万骷髅，无数万游魂，俱顶礼膜拜，河底响起密密麻麻的沙沙声，那是骨头与骨头摩擦的声音，便是那些被宁缺斩碎的碎骨片都飘了起来。

幽暗有如地狱的大河，被大慈大悲所净化，这便是地藏菩萨的境界。

他身居菩萨位，却散发出比所有佛更强的佛光。

如果是佛家信徒，看着这幕画面，只怕会感动得热泪盈眶，就连宁缺都有些动容，只是他冷静得更快——只有虔诚信仰佛祖的信徒，死后觉识才会来到棋盘，那么这条大河下面的冤魂小鬼和骷髅又是从哪里来的？

地藏菩萨仿佛知道他在想什么，慈悲地说道："罪孽深重的人，只要深信我佛，死后也会被接引至此极乐世界。只要他们诚心皈依，以善意善念善行修得善果，最终便能得解脱。"

此言一出，万鬼再拜，万鬼同哭，河水里满是忏悔之意。

宁缺看着地藏菩萨说道："你和别的佛差不多，都爱扯淡。"

此言一出，万鬼同起，万鬼同怒，河水里满是愤怒之意。

地藏菩萨不怒，说道："你这话错了……"

宁缺哪里愿意讲道理，说佛法，他举起铁刀，阻止菩萨继续说话，看着对方，双眼变得异常明亮，若有金辉溢出。"或许我错了，但我不会看错，你哪里是什么地藏菩萨？"他看着僧人喝道，"休想逃得过俺的火眼金睛！快快显出真身来，不然吃俺一棍！"

他自觉这话得意又得趣，却只有心里的桑桑听得懂。

地藏菩萨哪里能听明白，神情微惘，而无数鬼魂则开始愤怒地咆哮，当着菩萨的面说他是尊假菩萨，何等不敬！地藏菩萨依然未怒，微笑着说道："你说是便是，你说不是便不是，是不是菩萨不重要，所做的事情才重要。"河底万鬼聆得妙义，喜不自禁，纷纷再拜。

宁缺不为所动，喝道："安忍不动如大地，静虑深密如秘藏！你生前不知是悬空寺哪代首座，修得金刚不坏，圆寂后便来到此间镇守鬼河，佛祖倒是给你安排了个肥差，但要说起慈悲，却是不嫌羞臊！"

地藏菩萨神情微凛，静静地看着他，看了很长时间后说道："先开慧眼，如今又有天眼，你说得不错，我便是悬空寺第二任首座。"悬空寺第一任首座是佛祖，他是第二任首座，那便是佛祖的大弟子，从俗世角度或者修行界传承来看，更是悬空寺首佛。

宁缺听他承认，心想难怪境界如此强大，嘲讽道："果然是个假菩萨。"

地藏菩萨说道："佛祖生前乃俗国王子，涅槃后为佛祖，我生前乃悬空寺首座，圆寂后为菩萨，有何不可？"

宁缺语塞，心想确实是这个道理，无论诸佛还是菩萨位，本就是佛宗自己的事情，都是佛祖分配的职位。他的反应如此强烈，其实是因为觉得自己的情感受到了欺骗，他不是佛教徒，但对地藏菩萨依然十分崇敬，却没想到……

"你生前是悬空寺首座，自然知道山下那个悲惨的世界，地狱不空誓不成佛？那里才是真正的地狱，你连人间的地狱都没有清空，甚至那个地狱就是佛祖和你亲手打造出来的，你怎么有脸说出这八个字？"宁缺盯着骨象背上的地藏，说道，"我家师兄现如今正带着数百万饿鬼，要把你们留下的那间地狱打破，他要带那些被你们镇压了无数代的饿鬼回到人间，地狱不空，誓不成佛？就算要成佛，也自然是我师兄成佛！"

他意念一动，被地藏菩萨抓在手里的朱雀鸟，骤然间化作一团火，向着河水四面散开，然后消失于无形。下一刻，朱雀回到了铁刀，闭眼覆羽，开始静养。朱雀是惊神阵的一道杀符，完全受宁缺的意念控制，他让那头骨象抓住朱雀，想的是战斗时让朱雀暴起发难得些便宜。现在收回朱雀，是因为地藏菩萨的境界太高，朱雀就算偷袭也没有意义。

"菩萨，吃俺一棍！"

做戏便要做全套，宁缺自船首向斜正方疾掠，来到骨象之前，双手紧握铁刀，如扛着根铁棍，向地藏菩萨的头脸砸去。

骨象一声怒吼，河水骤乱。地藏菩萨静静地看着空中的宁缺，搁在膝上的左手不知何时已经结出一道如意宝印，右手里的九环金杖金色渐褪，变成锡杖。地藏菩萨曾发大愿，要度尽六道轮回里的众生，故常现身于六道之中，各有不同法像，所持法宝各异，是为六地藏。

此时坐在骨象上的，是宝印地藏，专门济度畜生道。宁缺修佛无数年，哪有不识的道理，见宝印地藏现身，更是愤怒难遏，浩然气与昊天神辉尽数灌进铁刀，暴烈斩下！

地藏菩萨神情不变，举起九环锡杖，河水在杖头加速流过，激出更加密集清脆的声音，伸到骨象上空，击向宁缺的铁刀。轰的一声巨响，清澈的河水卷起无数漩涡，强大的力量向四周扩展，无数万骸髅捂住不存在的耳朵，无数万游魂把头藏在怀里，不敢去听。

铁刀前端传来一股巨力，宁缺觉得自己仿佛砍在了一座大山上，根本撼不动对方分毫，手腕都快要被反震之力震断。地藏菩萨生前乃是悬空寺二代首座，金刚不坏早已修至巅峰，圆寂之后佛威更盛，他连人间的首座都斩不动，又如何斩得动这位？

宁缺右脚踏向骨象的头部，举刀欲再斩，身形却已后倾，准备借着水势退走，然而就在此时，骨象的鼻子鬼魅般袭来，紧紧卷住他的腰。骨象鼻异常坚韧，他竟无法挣脱，还未等他做出反应，地藏菩萨左手里的如意宝印，已然轰在了他的胸上！宝印里有无限佛威，可镇畜生道里的一切邪祟，宁缺鲜血狂喷，感受着胸间传来的源源不断巨力，知道如果再无法摆脱，必然会被这道宝印生生轰死，只听得一声暴喝，他腹内的浩然气骤然爆发，铁刀狂舞而落，重重砍在骨象的鼻子上，震松象鼻一瞬，身形一转，化作道轻烟，向沉船逃了回去。

落在船首，他又是一口鲜血喷出，竟险些没有站稳。

地藏菩萨静静地看着他，右手里的九环锡杖在河水里轻轻作响。

身周尽是河水，宁缺伸手在脸上擦了擦，那些血水便很快被洗干净，他看着骨象上的地藏菩萨，神情变得极为凝重。他知道对方很强，却没有想到对方强到这种程度，砍不动倒也罢了，那只骨象竟然也拥有如此恐怖的实力，那道宝印竟是避无可避！

地藏菩萨看着他慈悲地说道："放下屠刀，立地成佛。"

宁缺根本没有思考，毫不犹豫地说道："好。"

地藏菩萨微觉诧异，河底的冤魂骷髅却得意地笑了起来，这些冤魂骷髅脸上没有血肉，自然没有表情，笑声便是牙齿撞击的声音，听着很是阴森。

铮的一声，宁缺真的把铁刀收回鞘中，然后他取出铁弓，站在船首挽弓搭箭，黝黑的铁箭在河水里纹丝不动，直指骨象。

地藏菩萨微微皱眉，宣了声佛号。

弓弦上的铁箭是元十三箭。

元十三箭在人间不知杀过多少强者，掀起无数血雨腥风，堪称修罗之器。数年前在白塔寺里，他没能射穿讲经首座，但他现在境界更高，身体里又有桑桑的神力，他相信这道铁箭，一定能够把骨象上那僧人射死！

船首生起一团白色的湍流，带动着河水高速旋转，弦上的铁箭骤然消失，下一刻便来到了骨象之前，此时地藏菩萨的佛号才刚刚出唇。一声轻响，像绣花针落在了石板上，又像是宴会开始的乐声，骨象之上水流骤乱，搅得光线有些昏暗，河水重新清澈后，铁箭重新现出身形。铁箭没能射穿地藏菩萨，甚至连菩萨的袈裟都没有射穿，因为铁箭根本没有射到菩萨的身前，而是钉在了一把伞上。

那是一把看似普通寻常的伞，伞缘悬着无数串金刚石，在河水里缓缓旋转，伞柄被地藏菩萨握在手中，菩萨另一只手已经换了手印。宁缺震惊无语，心想那把伞是什么材料制成的，竟能接住自己以昊天神力射出的元十三箭，其强度已经快要赶上大黑伞了！

悬绳之伞是为幢，这把伞便是佛经里传说的金刚幢！地藏菩萨右手金刚幢，左手无畏印，正是持地地藏，专门济度阿修罗道！

地藏菩萨执掌六道，具六法象，铁刀砍不动，铁箭射不穿，安忍不动如大地，静虑深密如秘藏，不可战胜！宁缺震撼却毫不气馁，再次抽出铁刀，遥遥向着骨象方向斩出两刀，刀锋割裂河底的水流，变成两道极强大的锋利符意。正是他现如今最强大的手段，乂字神符！

地藏菩萨法象再变，他左手持宝珠，右手结甘露印，变身成为宝珠地道，专门济度饿鬼道，能镇一切意，包括符意！两道极强大的符意，连流动的河水都切开，在水里留下两道极清楚的空间，却被那颗宝珠抵住，无法向前分毫！连无形的符意都能用有形的法器抵住，这颗宝珠到底是什么东西？佛宗怎么有这么多宝贝，地藏菩萨究竟有多强大？

宁缺最强大的手段，都被地藏菩萨轻而易举地化解，此时他终于感到了不安，甚至有些绝望，便在这时，心里响起一道声音。

桑桑的声音有些虚弱，却很平静："放着我来。"

宁缺想起多年前长安城的那个夏天，一场暴雨过后，他终于学会了符道，于是无论桑桑做什么事情，他都要去抢，老笔斋里不停响起他的喊声。

"放着我来。"

后来桑桑长大了，桑桑变成了昊天，她虚弱得随时可能死去，依然比他强大很多，现在轮到她来喊这句话。站在微寒的河水里，宁缺觉得心里传来道道暖意，平静喜乐，但难免会有些担心，因为她现在实在是太过虚弱。

"你撑得住吗？"

"或许可以，事后可能要睡很长一段时间。"

"那么，小心。"

宁缺闭上眼睛，下一刻便发现自己已经无法再控制自己的身体，桑桑的意识占据了主导地位，他只能静静旁观。这种感觉很奇异，也很无力，稍后与地藏菩萨的战斗，无论桑桑遇到怎样的危险，他都没有办法去帮助，只能这样看着。

金刚幢被河水冲击，叮当乱响，伞缘垂着的那些金刚石，渐渐被水洗得千疮百孔，最终变成无数白森森的人类头骨。地藏菩萨右手的无畏印也已散开，指尖在河水里轻轻扬起，然后如花一般落下，结成另一道手印，向世界散发慈悲之意。河底里的无数万恶鬼幽魂还有骷髅，感应到地藏菩萨的变化，纷纷跪倒在地，散出自己的觉识供养，虔诚地开始诵经。

宁缺睁开眼睛，睫毛在河水里画出道道细线，只是睁眼闭眼间，他看到的地藏菩萨，与先前的地藏菩萨已经不一样了。菩萨左手的金刚幢已经变成了人头幢，佛经有云：此为檀陀，右手的无畏印，结成了甘露印，是为檀陀地藏，专门救助地狱道众生！地藏菩萨感应到了宁缺身上的变化，毫不犹豫做了自己的反应，化成了最慈悲、最严酷，也是最强大的檀陀地藏！

宁缺看着地藏菩萨，面无表情地说道："死，或者让路。"

地藏菩萨知道，宁缺已经不再是宁缺，说话的是昊天，不由动容，地狱不安，河水里的万千冤魂骷髅神情惘然，经声微乱，菩萨很快便平静下来，地狱自然平静，河水里的经声重新变得整齐，他看着站在船首的宁缺，感慨地说道："天人合一，天又是谁？"

这不是辩难，而是感慨，菩萨感慨昊天已经不在。

死，或者让路……修行者说出这种话，会显得很强大自信，但昊天不会说这种话，她什么都不会说，会直接让对方死去，哪怕对方是地藏菩萨。

——这只能证明昊天已经变得很虚弱。

经声大作，有佛光弥漫，渗入宁缺的衣衫，触发桑桑神魂里的贪嗔痴三毒，只见一道鲜血从他的唇角流淌而下，散入河水里。这些血里有昊天神辉，极为滚烫，河水被烧沸，变成无数细微的气泡，像珍珠般飘拂在他的脸上，他的脸依然没有表情，或者说，桑桑依然没有什么表情，因为伤在她心，痛在他身，她哪里会在乎这个。

桑桑没有与地藏菩萨交谈，取下铁弓便是一箭射了过去。看似简单的一箭，但与宁缺的那一箭相比，威力不知道大了无数倍！

地藏菩萨神情慈悲，手里的檀陀自有感应，伞缘悬着的无数惨白人头，忽然间同时张开嘴，开始凄厉地尖啸起来。万颗白骨头颅同时尖啸，骨象前的河水仿佛生出一道无形的屏障。无论那道铁箭有多强大，哪怕是昊天射出的，依然不可能穿过那道屏障。

噗嗤一声轻响。

地藏菩萨低头望向自己的胸前，发现一道黝黑的箭镞探出头来，上面染着数滴金色的血液，还有数缕袈裟上的金线。哪怕是最强的檀陀地藏，依然没能挡住这一道铁箭。地藏菩萨的脸上露出痛意，还有些惘然，因为他不知道这道铁箭是怎么来的。

天意难测？

不，天意不可测。

昊天射出的箭，亦不可测。

就在铁箭射穿地藏菩萨的同时，桑桑离开了船首，像真正的水一般，于水流里行走如意，瞬间来到骨象之前。檀陀上的数万颗人头还在尖啸，宁缺的五官流出黑血，眼神却还是那般平静或者说冷漠，毫不畏惧地落在了骨象头顶。

他来到了地藏菩萨的身前。

昊天来到了地藏菩萨的身前。

檀陀地藏乃是最强地藏，手持人头幢乃地狱镇世法器，甘露印有不世慈悲，而这慈悲对中毒的桑桑，又是一番伤害。

宁缺的身体被檀陀上的无数骷髅头尖啸撕裂，到处都是伤口，衣衫破烂，淌血不止，又有无数冤魂受到经声感召，顺着河水流到他身上，拼命向着那些伤口里钻去，虽然刚刚接触到他的血液便被里面蕴含的神辉净化，但伤害却留了下来，并且越积越重，伤口边缘渐渐泛起灰色。他的眼睛也在流血，眼神却还是那样的冷静，看不到任何惧意，也没有痛楚，甚至仿佛连想法都没有，无情冷酷至极。因为眼神是情绪，是桑桑的情绪。

骨象高数十丈，头颅也极大，桑桑落在它的头顶，就像是落在一座极宽敞的宅院里，衬得他的身影那样的渺小。桑桑向象背走去，离地藏菩萨越来越近。

骨象怒嚎一声，象鼻破河水而起，像道鞭子般抽向她。

宁缺最开始想得没有错，象鼻里是没有骨头的，哪怕是地狱冥河里的象也没有骨头，这头象之所以有道白骨组成的长鼻，是因为它来到佛祖的极乐世界之后，犹难忘记生前，所以在河底淤泥里拣了无数碎骨，自己做了个鼻子。象鼻里的那些碎裂白骨，都是人的骨头。骨象在冥河里听经无数万年，早已把这些人骨炼成了自己的法宝，佛威无边，所以先前才能那般轻易地把朱雀和宁缺缚住，哪怕他们拥有知命巅峰境界，也无法挣脱。

怒嚎声中，骨鼻如白影般抽向桑桑，其势威猛如佛祖手里的金刚杵，河水震荡乱流，一旦被抽中，必是身死魂散的悲惨下场。桑桑就像是根本不知道身下的骨象正在攻击自己，不知道那道人骨炼成的象鼻将要落到自己的身体上，她面无表情地继续向前。

她踏出一步，象鼻被踩到了脚下！这一踩看似简单，实际上玄之又玄，难以言说，骨象就像是自己把鼻子伸到那里，等着她来踩！一声凄厉的惨嚎响彻冥河！骨象痛苦不堪，拼命摇动头颅，用尽全身力量终于把鼻子从桑桑脚底抽出，骨鼻断了一半，白骨乱飞！

桑桑走到地藏菩萨身前，伸手握住铁刀柄。

地藏菩萨静静地看着她，手里的人头幢忽然间变大了数百倍，把河底的世界全部笼罩，然后向着她的头顶落下。


清澈的河水再次变得昏暗阴晦，仿佛黑夜来临，夜色里有无数尖锐难听的尖啸声响起，有无数骷髅头正在愤怒咆哮！一个骷髅头便代表着地藏菩萨镇伏的一个信徒，人头幢上无数骷髅头，便代表着无数信徒的觉识，还有他们的不甘！

宁缺身上被撕出了更多道伤口，耳膜也瞬间破裂，如果他不是浩然气大成，如魔宗强者一般拥有极强的身躯，必然会被这些啸声撕成碎片。真正恐怖的伤害，并不在身上还是在心上，他的心脏忽然间跳得快了起来，如暴雨一般，每息跳动千次，随时都可能破裂！宁缺的意识很清醒，求生的本能，让他非常想要远离骨象回到沉船上，但他做不到。

现在控制他身体的是桑桑。桑桑根本不理会这具身体正在遭受怎样的伤害，也似乎毫不在意这具身体随时可能会被毁灭，眼神依然冷漠平静。

她望向地藏菩萨手里的人头幢，喝道："吵死了！"

喝声如雷，回荡在黑暗的河底，把无数冤魂的诵经声都压了下去，人头幢边缘悬挂着的无数骷髅头受震，瞬间变得安静下来。片刻后，这些骷髅头醒过神来，愈发愤怒地尖啸。人头幢上忽然响起无数细微的碎裂声，啪啪作响，无数骷髅头被震得变成极细的骨末，被河水冲着到处漂流，再也不可能发出任何声音！这些骷髅头被自己的尖啸声震碎！

桑桑说这些骷髅头吵死了，既然它们敢不听话，继续这样吵，那么便会死。

这便是吵死了，这便是昊天的意志！

桑桑抽出铁刀，斩向地藏菩萨。

唰的一声，刀锋割开菩萨身上的袈裟，斩断无数道金线，割死菩萨的法身，却只斩出一道微毫深的伤口，金色的鲜血缓缓渗出，没有淌下。

桑桑不喜，于是宁缺皱了皱眉。

她伸出右手落在菩萨的胸前，却把那根铁箭，从菩萨的背后抽了出来，用的依然是天意不可测的神奇手段。看着铁箭上带着的金血，桑桑有些厌憎，取出铁弓，挽弓搭箭，用黝黑而锋利的箭镞对准地藏菩萨的眉心，甚至已经相触。

一道气息向着四周扩散，把骨象笼罩其间，人头幢已然残破，顺河水漂远，却没有漂走，仿佛有无形的屏障拦着。桑桑展开了她的世界——人头幡、骨象、象背上的地藏菩萨都在世界里，没有谁能躲开，没有谁能抗拒她的意志。

她用铁箭瞄准地藏菩萨的眉心，菩萨没能躲开。

地藏菩萨用左手握住了铁箭的前端。

桑桑静静地看着箭下的他，一道神念落在铁箭里。

地藏菩萨神情凝重，宣了声佛号。

桑桑松开手指，铁箭离弦而去。

箭未动。

地藏菩萨握着铁箭的箭杆，左手里金光大盛。

骨象发出一声哀鸣，缓缓向下沉去，右前肢的骨头从中断开！桑桑与地藏菩萨之间，是那样的安静，仿佛那道铁箭没有射出一般，事实上，铁箭的威力已经全面释放！

桑桑收弓，右手握住铁箭，向前再送。

她把神念变成了弓箭。

噗的一声轻响。

地藏菩萨眉心终破，渗出一滴金色的鲜血，如痣。

那滴金血凝成的痣，飘离菩萨的眉心，在河水里极缓慢却又给人一种不可阻挡感地向前漂行，终于落在了宁缺的眉头，落在桑桑的心上。金血及身，贪嗔痴三毒发作，宁缺痛苦地喷出一口鲜血，桑桑却依然毫不动容，握着手里的铁箭，继续向前送去。

地藏菩萨的眉心涌出更多金色鲜血，伤越来越重，而同时，那些金色鲜血里的佛光也让宁缺越来越痛苦，谁会先死？地藏菩萨看着浑身是血的宁缺，看着他身体里的昊天，神情慈悲地说道："以残躯换得昊天死亡，佛亦开颜。"

桑桑面无表情，向前再踏一步，铁箭再深一分。

地藏菩萨再也无法保持平静慈悲的神情，满脸惊恐惘然，怒吼一声，右手散了甘露印，泛出金光一掌拍向宁缺的胸口。桑桑理都不理，继续向前一步，手里的铁箭深深地刺进地藏菩萨的眉心，金色的佛血四溅，佛威始起，便骤然弥散而虚！

死亡之前，地藏菩萨有些惘然，他想不明白。她是最尊贵的昊天，拥有无尽生命，为什么敢和自己赌命？

他不知道，桑桑和宁缺本来就是去找佛祖赌命的。

骨象向黑暗河水深处退去，它右前肢已断，行走极为缓慢。

地藏菩萨闭目坐在骨象背上，佛息已寂。

宁缺的身体被地藏菩萨最后那掌震回了沉船，他看着消失在黑暗里的骨象，忽然间喷出一口鲜血，倒在了船上。桑桑交出了这具身体的控制权。

宁缺睁开眼睛，担心地问道："有没有事？"

桑桑说道："如果他最后不退，或许会有事，但他退了。"

宁缺先前一直在旁观这场战斗，他很清楚，桑桑现在很虚弱，如果地藏菩萨最后还能保持心境，不见得会败，甚至有可能两败俱伤。他看着骨象消失的方向，感慨道："都说地藏菩萨大慈大悲，坚毅无双，没料到最终也是个怕死的秃驴，果然是个假菩萨。"

沉船起，河水分开一条道路，露出河上的天穹，雨云已散，船中积水流淌而净，行于水道之间。两旁的水壁很清澈，看不到游鱼，却能看到那些冤魂与骷髅，它们本能想要把船上的人留下。桑桑控制了一段时间身体，宁缺与她意识交融越发紧密，随意挥袖便有清光落下，瞬间净化了阻碍者，再没有骷髅冤魂敢靠近。

船至彼岸，搁浅在泥滩上，宁缺背起桑桑的身体，用铁刀拄地，向东面的树林走去，来到林前，回头望向已然平静如镜的河流，他生出很多后怕，也生出很多豪情，地藏菩萨都死了，还有谁能拦住自己？便在这时，河西的黑暗天穹里佛光渐盛，隐隐传来诵经声，他知道极乐世界里的无数佛又来了。

他对着那边喊道："有本事就过河来追我。"

## 17

他相信那些佛没有办法过河——河水里有无数万冤魂骷髅。那些东西智商不高，本事不小，没有地藏菩萨的指挥，敌我不分，哪里会放过那些佛，须知佛光能镇压鬼魂，也是鬼魂极好的养料，宁缺和桑桑可以靠着昊天神辉净化，那些佛可没有这种本事。

走到林畔，宁缺跪倒在满地苔藓里，痛苦得脸色急剧苍白起来。地藏菩萨哪里是那般好杀的，直到此时，他才发现自己的身体受伤极重，想找到一根完好的骨头都变得非常困难，识海里的念力更是混乱得一塌糊涂。他艰难起身，靠着棵红杉树坐下，辛苦地喘息，把桑桑抱在怀里，说道："刚才我就觉得有些不靠谱，你打架的时候也太猛了些。"

桑桑在他心里说道："如何？"

"这是我的身体，你怎么也该爱惜些才是。"

宁缺想着先前她与地藏菩萨那场血战，想着地藏菩萨那柄法力无比的人头幢把自己的身体糟蹋成那样，她的眼睛都不眨一下，很是无奈。

桑桑说道："正因为如此，我为何要爱惜。"

宁缺恼火地说道："不要命才能赢，这个道理难道我不懂？我只是要你说些好听的话，都已经合为一体了，怎么连亲热话都不会说？"

桑桑似乎有些疲惫，不再理他，打闹便成一个人的打闹，自然无趣。

他靠着树干百无聊赖地看着对岸的风景，打发时间。按道理来说，他这时候应该要急着冥想静修，以治疗身上的伤势，恢复念力，但他什么都没有做，随着时间流逝，伤自然便好了。昊天与他融为一体，要说起生命复原这方面，谁还能比他更强？

宁缺站起身来，正准备背着桑桑离开，忽然看到对岸的红杉残林里，隐隐约约出现很多道佛光，然后有经声响起。

黑穹渐明，河岸渐亮，佛光渐盛，经声渐肃，一时间，不知有多少万尊佛，来到了冥河岸边，沉默地看着对岸。宁缺的神情变得凝重起来，以他的眼力，竟然都数不清楚究竟有多少佛，更令他感到震惊的是，那些佛居然开始向冥河里走去。数千数万甚至更多的佛，绕过倒塌的红杉树，走过湿软的河滩，沉默着走进了清澈的河水，黑压压的一片，仿佛大军渡河。

冥河深处的冤魂骷髅数量更多，它们感应到这些佛身上的佛光与佛息，却没有感应到地藏菩萨诸幢里的威压，稍一迟疑后，终是没有压制住本能里对光明的喜爱，对那些纯净佛息的贪婪，涌了上去。清澈的河水以肉眼可见的速度变黑，平静的河面骤然间变得湍急无比，有些修为低微的佛直接被河水卷走，然后变成冤魂的食物，修为高的佛则是被数十只甚至上百只冤魂围住，不停地吞噬，场面看着极其恐怖。

在整个过程里，没有一尊佛发出声音，他们沉默地入水，沉默地被卷走，沉默地被吞噬，沉默地化为无数金光碎片，就连明明对冤魂野鬼有极其镇伏效果的佛经，他们也不再吟诵，就像是在刻意送死。无数佛就这样走进浩瀚阴森的冥河，在河水里沉浮，密密麻麻地挤在一处，不时有佛被水卷走，被冤魂拖走，被骷髅的白爪撕扯成碎片。

为什么？这些佛为何如此沉默，如此平静地赴死？

便在这时，大地忽然震动起来，宁缺霍然回首，向震动起处望去，只见遥远东方的天空骤然间变得异常明亮，有无上佛威起于彼处。万丈佛光瞬间来到冥河畔，照亮了树林和林畔的所有生命。光线落下，把宁缺的衣裳镀上了一层金光，他感受到一股极强大的威压，也感受到桑桑正在虚弱，快速撑开大黑伞。

佛光同样落在冥河，黑暗河水急剧地翻滚起来，仿佛有谁在冥河下放置了一个火堆，沸腾的冥河水里，无数佛依然沉默前行，正在吞噬佛息的无数冤魂抬起头来，痴痴地望向佛光，正在撕扯佛体的无数骷髅怔怔地停下手里的动作，想要望向佛光，却有些怯意，然后无论是冤魂还是骷髅，都渐渐变成极细的光点，萤火虫一般，落到那些还活着的佛身上，那些佛的佛息骤然间得到提升，脸上神情更加坚毅，向着遥远东方的佛光起处，不停地向彼岸走去。

"万佛朝宗？"宁缺自言自语。

"万鬼渡河。"桑桑轻蔑地说道。

宁缺不知道为什么这些佛要这样做，也不明白佛被鬼噬，鬼再还附于佛是什么道理，但他知道这些佛变得更强大，也更加可怕，他甚至在沸腾河水里看到数千只冤魂变成了一只青狮，而有位不起眼的佛被这只青狮驮起，行于河面之上，难道又是位菩萨？

地藏菩萨就把宁缺和桑桑险些逼入绝境，冥河洗体，如果再出几位境界相仿的大菩萨，他们哪还能活下来？在这种时候还有什么好想的？遥远东方佛光渐敛，无数佛与其间的大菩萨将至彼岸，宁缺背着桑桑，转身便开始狂奔。

一路狂奔，一奔便是百日。

宁缺自己都算不清楚，这一百天里，他背着桑桑跑了多远，他只知道拼命地奔跑，把后面那些佛与菩萨甩得越远越好。奔跑的旅程里，有高原草甸，有陆地内海，有陡峭山峰，他不知道自己跑到了哪里，只知道朝着遥远的东方而去。

从第四天开始，他便再听不到身后响起的诵经声，偶尔回头时，也看不到夜穹里的佛光，但他知道，那些佛永远不会停下脚步。世界很辽阔，他狂奔百日也没有看到尽头，幸运的是他不需要辨别方向，也不需要担心会跑回原地，因为佛祖就在前面。

那道佛光越来越清楚，便意味着佛祖越来越近，有些奇妙的是，那些佛光并不像前几次的佛光那样，对他和桑桑造成伤害，反而让他们感觉有些舒服。

感觉虽然舒服，心情并不轻松，宁缺和桑桑这些天说话越来越少，奔跑的过程里长时间都保持着沉默，他是因为想着马上便要见到佛祖，要开始赌命，所以心情沉重。桑桑则是在思考欲修佛必先见佛，佛便会从涅槃境中醒来，或者生或者死——天老大、夫子老二、佛祖老三，如今自己虚弱不堪，佛若生，她和宁缺必死。

宁缺和桑桑互为本命，她想什么他都知道，但这次她想的事情太复杂，太深奥，那些思维线条繁密得难以看清，更不要说看懂，就像乱麻一般，纠结在二人的心间。明白到这点，他的心情变得越来越沉重，连桑桑都没有想出法子，见到佛祖后怎么办？

某日来到一片草甸，远处隐约出现一座雪峰，他打破了多日来的沉默，说道："当初我刚学会修行的时候就去赌钱，说明我大概是天生的赌徒，现在是五五之数，我当然有勇气把全副身家押上去。"

数日后，宁缺背着桑桑来到了雪山前数十里，此处田野青草茵茵，池塘密集，塘间小道如线，无法计数。每片池畔都有树，柳树，池上有花，莲花，白红两色，青叶如裙，茎秆都是黄金色，美丽至极。有无数金光弥漫在数千池塘上方，起于一切物，莲花莲枝莲叶柳树石块甚至就连塘水里都在散发金色的光芒，那些是佛光。

佛光太过明亮，宁缺把大黑伞压得很低，却也没办法避过无处不在的光线，眼睛眯了起来，因为桑桑中毒的缘故，他的胸腹间一片烦恶，喉间不时传来甜意，那是吐血的征兆。

美丽圣洁难以言喻的世界，他非常确定佛祖在这个世界，只是不知在何处。

他背着桑桑在池塘间寻找，踩着塘间狭窄的泥道，拨开身前的柳枝，目光在莲花湖石之间来回搜寻，显得极为耐心。桑桑一直保持着沉默，看着他似无目的地寻找了很长时间，终于忍不住问道："你知道佛陀在哪里？"

"不知道啊。"

"那你就这么到处看，有什么意义？"

"只要看见佛祖，佛祖便会醒来，所以看就是找。"

见佛，佛便现，只需要看见就行——他背着桑桑在金色池塘里穿行，看池上的莲花，看塘里的清水，看水底的淤泥，看泥里的莲藕，看塘岸的石块，看石间的柳树，看柳树上的金蝉，很少眨眼，不敢错过任何画面。

某天，听着莲田里传来的呱呱叫声，他想了想，把桑桑的身体解下，然后噗通一声跳进水里，游到莲田深处，抓住了一只肥大的青蛙。他把青蛙举到眼前，瞪了很长时间，那只青蛙很无辜地睁着圆圆的眼睛，回瞪着他，一人一蛙就这样大眼瞪小眼瞪了很长时间。

瞪到最后，宁缺的眼睛开始发酸，默默流下泪来。

桑桑在他心里嘲讽道："就算觉得自己做的事情很白痴，何至于要哭？"

宁缺有些恼火地解释道："我是眼睛发酸。"

"谁让你瞪这么长时间。"

"我看了这么多东西，都没有反应，想来想去，青蛙最有可能是佛祖，当然要多看两眼。"

桑桑有些惘然不解，问道："佛陀怎么可能是只青蛙？"

宁缺认真地说道："佛经里说过，那天在冥河底，地藏菩萨也证实了，佛祖在俗世时是某个小国的王子，那么自然有可能变成一只青蛙。"

"青蛙和王子之间有什么关系？"

"青蛙王子啊，这么著名的故事你都没听过？"

"就是小时候你给我讲的那个童话？"

"王子变成青蛙，这难道不是某种暗示？"

"那你还得亲它一口。"

宁缺现在一心一意想要找到佛祖，竟没有听出她话语里的嘲讽意味，犹豫了会儿后，真的把青蛙举到眼前，叭的一声亲了口。

青蛙没有发生任何变化，只是显得有些委屈。

宁缺擦了擦嘴，往池塘里呸呸吐了好多口水，说道："看来不是这只。"

桑桑说道："这里至少有数万只青蛙。"

宁缺看着数千金色池塘，听着柳树里的蝉声和莲田里的蛙声，心想只怕还不止数万只，如果要把这些青蛙全部亲个遍，自己的嘴巴得肿成什么样？寻找了数日，依然一无所获，根据推算，后面那些满山遍野的佛与菩萨应该已经快追过来了，他的心情变得有些焦虑。

金色池塘占据了很大一片原野，中间便是那座高耸的雪山，山峰被冰雪覆盖了不知多少年，厚厚的雪层从峰顶一直垂落到山脚下，根本看不到山崖本体的颜色，有涓涓细水从雪里流下，湿润原野，数千池塘就是这么来的。在黑暗的天穹下，这座雪白的山峰被数千金色池塘包围，显得极为壮观而美丽，某日宁缺寻找到了山脚下，举头见山忘言。

他想起悬空寺所在的般若巨峰，便是佛祖留在人间的躯体所化，佛祖似乎喜欢以山自喻，那么有没有可能这座雪山便是佛祖？原野间的金色池塘与金色莲枝还有那些事物都散发着佛光，难道是雪水的缘故？想了想，他又否定了自己的这个推论，远在数百里之外，这座雪山便能被人看见，这些天在金色池塘里，他偶尔也会看雪山，雪山始终不动，自然不是佛祖。

"喂，如果你就是佛祖，应我声！"

宁缺看着雪山喊道，雪山自静穆无声，只有他的声音不停回荡，袅袅不绝。

他自嘲地笑了笑，转身向着下一处池塘走去。

然而没走多远，他停下了脚步。一道声音在身后响起，不是雪山的回声，因为声音很大，轰鸣作响，声音来自很高的地方，就像是天上落下一道雷。宁缺转身望向雪山，脸色骤然苍白，身体也有些僵硬。那道声音来自雪山峰顶，是雪崩的声音。

雪层不停崩塌，无数雪哗哗落下，最前方那道雪线积得越来越高，仿佛惊天的巨浪，雪层与山崖摩擦发出雷鸣般的恐怖声响！原野开始剧烈地震动起来，仿佛地震，金色池塘里的水，震出无数波纹，然后开始跳跃，泛着金色的佛光，就像是天女在舞蹈。

狂风呼啸，塘边的柳树弯下了腰身，池里的莲叶招展着身躯，莲花盛放更怒，青蛙与金蝉不停地鸣叫，仿佛准备迎接伟大的诞生。雪崩依然在持续，宁缺站在战栗不安的原野上，看着渐渐露出真实容颜的峰顶，看着积着残雪的黑色山崖，忽然想起人间北方热海畔那座最高的山峰，想起那座雪山是终点也是起点，隐约间明白了些什么。

他的脸色变得更加苍白，身体变得更加僵硬，右手紧紧握着刀柄，左手放在胸前，与身体里的桑桑相通，等待着最后的审判。这场雪崩持续的时间非常长，直到很久以后才渐渐变得安静，黑暗的天穹下，那座雪山早已不复先前的模样，黑色的岩石里残留着剩余不多的雪，隐约可以看清楚大概的轮廓，如果雪山是雕像的话，那么自然有轮廓。

雪崩之后，佛祖终于现出真身，盘膝坐在天地之间，峰顶便是佛的脸，线条很粗糙，很模糊，给人一种似假还真的感觉。

雪落之后，其实山还是那座山，与其他山看上去都没有什么区别，露出的黑色崖石也没有任何特殊，没有光泽，没有生命气息，沉默的……就是崖石。

宁缺背着桑桑站在山前，看着现出真容的山，看了很长时间，直到金塘上的金色被夜风吹成无数的碎片，依然还是一座山。佛祖醒来没有？佛祖是活着的还是死的？等待答案揭晓却不知道什么是答案，这让他很紧张惘然。

"我们赌赢了？"

"好像没有。"

"凭什么啊？"宁缺很失望，很愤怒，一屁股坐到地上。

桑桑平静地说道："因为佛祖是佛祖，不是猫。"

那个关于猫的理想实验，要有个箱子，要有个精巧至极的投毒装置，佛祖没有道理把自己陷在那种情况里。那么涅槃是什么？涅槃依然是量子的叠加态，但与生死无关，只与位置有关，你去观察时，它便忽然出现在那里，或者这里。

"我们还是赢了。"

宁缺站起身来，看着身前的山峰说道："佛便在这里，这座山就是佛祖，毁了便是。"

桑桑说道："不，佛在众生中。"

宁缺明白她的意思，观察便是确定，佛祖不是纯粹依赖于观察确定属性的量子，有自我意识，那便可以出现在任何位置。棋盘世界里众生成佛，便是这种状态的具体表现……金色池塘可以是佛，塘柳莲叶可以是佛，就连宁缺前些天亲吻的那只青蛙也可能真的就是佛祖。

这座雪山也是佛祖，而且应该佛祖在棋盘世界里的中心坐标，唯有如此，处于叠加态里的佛祖，才可以保证自己的存在。但毁了这座雪山也没用，因为佛可以在无数位置出现，没有人能够真正找到他，自然也没有人能够杀死他。

宁缺说道："我们往遥远东方来的时候，这个世界开始战栗，无数佛开始紧张，开始害怕，证明这座雪山对佛祖来说非常重要。"

便在这时，金色池塘外围传来道道震动，原野间行来无数佛，其间有数位渡冥河时变化生成的大菩萨，佛威无边。感应到雪山变化，佛祖露出真容，无数佛与菩萨纷纷盘膝坐在地面，虔诚诵经不止，佛光照亮了漆黑的天穹与山脚。万丈佛光太盛，便是黑夜一片大黑伞都已经无法遮掩，一层金光镀到了宁缺和桑桑的身上，然后向他们的身体里沁入。

受佛祖感召，无数佛与菩萨来到东方，便要镇压邪祟，原野间传来一声惊天怒哮，一只数百丈高的青狮迎天长啸，佛光再盛。宁缺的脸色变得苍白起来，是因为光线太过明亮，也是因为感觉痛苦，更因为藏在他身体里的桑桑在这些佛光里很难过。他感觉到桑桑的虚弱，乘着青狮和白虎的菩萨，每个都有地藏菩萨那样强大，他知道桑桑再也不可能战胜对方。

"万佛朝宗……"宁缺望着原野里气势惊人的无数佛与菩萨，大笑道，"如果这座雪山不是他们的祖宗，他们急什么，他们怕什么？"

说话间，原野间烟尘大作，一道黄龙向雪山下呼啸而来，最前方赫然便是那只数百丈高的青狮，奔掠之间，天地变色！那只仿佛要把夜穹都吞掉的青狮奔到金色池塘前，忽然停下脚步，因为太突然，巨躯重挫，不知掀起了多少黑色的泥土。

青狮仿佛对池塘里的水非常恐惧，伸出前爪试探着，想要踩着池塘间的那些狭窄泥道进来，然而它的身躯如此庞大，一只爪便像是人间皇宫里的一座宫殿，沉重的有若有座山峰，泥道顿时被踩碎，池水浸到了它的爪上。只听得一声痛苦而畏惧的凄嚎，数千池塘畔的柳树再次弯下腰身，青狮恐惧地连连后退，爪上不停冒着金色的佛光，仿佛在燃烧。青狮惧而后退，原野上稍微安静了片刻，无数佛与菩萨都不敢尝试走进这片金色的池塘，只能盘膝坐在地上不停念经。

宁缺不明白，他和桑桑进入金色池塘，虽然那些佛光也令他们有些不舒服，但哪里会像青狮那样，感觉到无比痛苦和惊恐？为什么这些佛与菩萨不敢进入雪山四周的金色池塘，如果说是佛祖设下的禁制，哪有专门针对信徒传人的道理？

桑桑说道："书院至少有一件事情说得对，佛宗果然很恶心。"

处于涅槃的佛祖没有太强的自保能力，严禁佛宗弟子靠近雪山，围绕雪山的数千金色池塘，便是佛祖设下的禁制。对最虔诚的信徒和传人也如此警惕……宁缺有些感慨，心想这样的日子，就算真的能够避开昊天的眼睛，永远存在，又有什么意义呢？他眼力极好，能看到青狮背上的僧人眉清目秀，不禁有些犯嘀咕，佛祖如果在众生间，会不会便是这名僧人？

"如果此时佛祖便在原野上，难道不能解除自己的禁制？"

"不能，因为布下禁制时的佛陀，并不是现在的佛陀。"

"自己给自己设下如此难题，有什么好处？"

"好处在于，涅槃状态里的佛祖，永远不需要担心被人看醒。"

"我们来了，我们已经把他看醒了。"

"佛祖没有想到，我们能够来到这里，而且就算我们来了，也影响不了他的状态，因为我们不是菩萨，也不是佛，无法与其争佛宗信仰。"

宁缺看着青狮上那名年轻僧人，忽然生出一个想法。

桑桑直接否决了他的想法，说道："佛祖不定，自然不可能拥有真正的法威，但即便化作菩萨，又哪里是你能杀死的？"

"我不难过，反正那些佛与菩萨也进不来。"

"但我正在逐渐虚弱，这样僵持下去，总会死。"

"我说过很多次，我不会让你死。"宁缺看着原野上的佛与菩萨们，微笑着说道，"这些人的到来，以及你刚才说的话，都证明我的猜测是对的。"

"就算你猜的是对的，这座雪山是佛陀的佛性本体，你也没有办法改变当前的局面，因为你没有办法杀死佛陀。"

"为什么一定要杀死佛祖？"宁缺走到最近的池塘前，抽出铁刀把塘柳砍下几枝，然后放下刀，坐在柳树下开始不停地编织，想要编出什么东西，动作有些笨拙。

桑桑问道："你要编什么？"

宁缺说道："我想编一把刀。"

桑桑想了想，说道："我来。"

宁缺笑了笑，把身体的控制权交了出去。

在雁鸣湖宅院里，桑桑最喜欢做的事情，就是摘了湖畔的垂柳来编小物件儿，很快一把有些可爱的柳刀，便在他的手里出现。

桑桑把身体交还给他，问道："编柳刀做什么？"

宁缺笑而不答，砍下一朵莲花。

他用莲花盛了些池塘里的清水，微倾莲枝，把花里的清水浇到铁刀上，铁刀顿时变得锋利无比，其间金色驳杂，佛意浓郁。做完这些透着诡异味道的事情后，他背着桑桑的身体，一手撑着大黑伞，一手提着铁刀，向雪山上走去。

"你要去做什么？……这次你再不回答，我就杀了你。"

"我要去见佛。"

"为什么要见佛？而且你已经见了。"

"早就对你说过，见佛是为了修佛，不修佛，怎么祛了你体内的贪嗔痴三毒，怎么把这黑天撕开？"

"你真要修佛？"

"杀不了佛祖，我就修佛，我夺了他的佛性，把自己修成佛祖，我让诸生来信我，佛祖又能奈我何？"

桑桑有些惘然，问道："你打算怎么……把自己修成佛祖？"

"这件事情我早就想好了，在过河之前就想好了。"宁缺来到某处崖坪上，放下桑桑的身体，举起黝黑铁刀向着地面重重砍落，说道，"我把这佛重新修一遍。"

"这就是你说的修佛？"

"修佛……不就是把佛重新修理一遍吗？"

"书院想事情总这么古怪？"

"二师兄修佛也是修理，但他的修理是打架，我可是真修。"宁缺在崖坪上一通乱砍，又开始切割边缘突起的石块，得意地说道，"佛祖的脚指头太宽，我得修得秀气些。"

佛经里曾经说过，塑画佛像是大不敬的行为，但事实上，人间无数古刹旧庙里都有佛像，墙上都有壁画，烂柯寺后瓦山顶的石佛像直入云霄，佛祖死后的身躯化作般若巨峰，亦是佛像之一种，包括这棋盘里的极乐世界，亦有无数佛像，反而真正统治这个世界的道门，却一直没有替昊天立像，这种情况隐约揭示了一些问题。

佛宗立无数佛像，自有其缘由——宁缺想试试通过佛像着手，来看看能不能斩断佛祖与众生之间的联系，这便是他的修佛。

只是有些事情可以想得很清晰，说得很得意，但要真正做起来，却是非常困难。这座雪山很雄伟，如果是佛祖在这个世界里的起始坐标或者说本源佛性集合，他所在的宽广崖坪只是佛祖的一只脚指头，更麻烦的是，山间的黑岩非常坚硬，即便他运浩然气挥刀，也很吃力。

黝黑的铁刀不停地落在黑色的崖石上，发出雷鸣般的巨响，震得碎石滚动不安，却往往只能削掉极薄的一层石皮，以现在的速度计算，宁缺就算只想把佛祖的脚指甲削得圆整些，只怕也要花很长的时间。

"别人逼急了会临时抱佛脚，你却给佛修脚。"

桑桑觉得他的做法很不可理解，她怎样想都想不明白，宁缺就算把这座佛山重新整修一遍，对当前的局面又能有什么改变。

宁缺拿着铁刀不停地砍着崖石，说道："我和你解释不清楚，等修到最后你就明白了，所谓修佛就是修佛。"修佛就是修佛，两个修自然不是一个意思。桑桑说道："就算如此，你会修吗？书院只会破坏，什么时候会建设？"瓦山上的佛祖像被君陌用铁剑直接砍断，而且他正在砍般若巨峰，以此观之，书院确实更擅长毁佛像，没有修佛像的经验。

宁缺把铁刀插进崖石裂缝，用力一扳，扳飞一大块石头，抹掉额头上的汗水，说道："你对书院有成见……谁说我们不会建设，我们能修长安城，难道还不能修个佛像出来？"

"你连柳枝都编不好，还想雕出像样的东西？"

"先前就对你说过，这件事情我早就想好了，在河那边就想好了，我不是拿红杉树修了只船吗？这就是练手。"

"用木船来给佛像练手？听着有些不靠谱。"

"哪里又不靠谱了？顶多最后修出来的佛难看些，又不耽搁什么事。"

桑桑有些疲惫，觉得无话可说，或者不想和他继续说话，于是沉默。说话是单方面的事情，不需要对话，宁缺毫不在意地继续唠叨，继续挥动铁刀向山崖间的石头砍去，轰鸣不断，黑石乱飞。金色池塘外原野上的无数佛与菩萨，听不见山崖间的他在说什么，但能看见他在做什么，脸上的神情渐渐变得严峻起来。

尤其是最前方那头数百丈高的雄骏青狮，显得格外愤怒，又有些不安，对着黑暗的天穹不停发出暴戾的怒啸，不停摆动着头颅，青狮颈间的鬃毛泛着佛光，浓密如林，随着愤怒摆首，纷纷竖起，看上去就像无数把剑。宁缺这时候正拄着铁刀休息，看着远处青狮的变化，先是微怔，然后大笑起来，指着那处说道："快看！那只大猫爹毛了！"

桑桑哪里会理他。

青狮听着山峰间传来的笑声，变得愈发愤怒，摆动狮首的动作显得愈发狂野，带起的狂暴气流，竟把高空上的云都撕成了碎片！恐怖的湍流与呼啸声里，青狮的颈间那些泛着佛光的鬃毛激射而出，变成数百道黑影，破云而飞，来到山前！山外的数千金色池塘是佛祖留下的禁制，便是青狮也无法逾越，但它的鬃毛没有生命，能够发起远程攻击。

青狮鬃毛瞬间来到山崖上，如雨落下，只闻密集的撞击声响起，无数碎石四处溅射，每道鬃毛仿佛都是一根无坚不摧的长矛！有三根鬃毛化成的长矛，狠狠地扎在桑桑身体上，宁缺神情骤凛，就地翻滚到她身旁，撑开大黑伞，把伞柄用力插进崖面。

桑桑的身体没有被破坏，只是脸颊上多了道细细的白口，她的身体是神躯，可以想见青狮的那些鬃毛里蕴藏着多么恐怖的威力！

"看，他们真的怕了，说明我做的事情真的有用。"宁缺紧握着伞柄，伏在桑桑高大的身躯上，在她耳边低声说道。青狮暴怒的远程袭击还在持续，山崖上到处传来沉闷的撞击声，有两道大鬃毛落在大黑伞上，震得宁缺虎口酸痛。

紧接着，原野上无数佛与菩萨也祭出了随身修炼的法器，隔着很远的距离，掷向山峰，只是这些佛与菩萨的修为与青狮明显有所差距，只有几位大菩萨的法宝落到了山崖间，带来一阵震动，更多的法器根本无法飞到山崖上，在金色池塘上空便颓然落下。金色池塘的上空仿佛有一道无形的罩子，那些佛的法器落在上面，瞬间被震成碎片，化作无数金色的流光四处抛射，那些法器里都蕴着佛光，池塘变得更加明亮，便是黑色的天穹都仿佛要被照亮。

宁缺眯着眼睛，感受着体内桑桑的痛苦，沉默地看着原野。

过了很长时间，来自原野的恐怖袭击终于停止，无数佛与菩萨沉默不语，青狮摆动着狮首，对着天穹发出不甘的啸声。山与池塘间佛光极盛，他把桑桑背到身后，把伞柄系在身前，确保桑桑的身体全部被黑伞覆盖，拿着铁刀向原先的位置走去。

宁缺背着桑桑，撑着大黑伞，躬着身子，对着坚硬的崖石不停地挥动铁刀，就像是戴着笠帽的老农在烈阳下不停地耕作。农耕永远是人类最辛苦的活动，他的额头不停冒出汗珠，汗珠滴到他的手上，又滴到地面上，混进微碎的崖石，仿佛在灌溉。

"真的很累。"他抹掉汗水，喘息着说道，"怎么这么累？"

桑桑说道："我在渭城院子里种过辣椒，不累。"

宁缺有些伤自尊，说道："那是因为你先体虚寒，不会流汗，你像我这样试试？汗水到处都是，很烦的，手不停打滑，当然容易累。"

桑桑的声音有些虚弱，却依然毫无情绪："你不行。"

宁缺最不喜欢的就是被人说不行，最最不可忍受被自己的女人说自己不行。

"那是因为你胖！背着你这么个重女人怎么不会累！当年在渭城的时候，你咋不说背着我去松土剪枝！你要负主要责任！"他愤怒地喊道，"小时候我背着你哪有这么吃亏，不说要你挑那么瘦，你挑身体的时候，也得挑个苗条匀称点儿的吧？"

"你喜欢瘦的？"

"这是喜欢的事儿吗？我这是单纯在说重量的问题。"

"你还是喜欢瘦的。"

宁缺把手里的铁刀扔到地上，说道："我说了，这不是喜欢的事儿！"

"我挑选的神躯必然是完美的，只是在神国门前，被你老师灌注了一道红尘意，所以变胖，如果要怪你应该怪他。"

宁缺默默地把铁刀拣起来，继续开始砍山。

"继续说啊。"

宁缺憋了半天，憋出一句话："子不言师过。"

"你修佛，如何去我的毒？"

"你我夫妻一体，我成佛，你自然也就成佛，别说祛毒，到时候这些佛与菩萨便是咱夫妻的小弟，多好玩。"

"你怎么想到的这个方法？"

"哪有这么多问题。我是谁？我是这个故事的男主角，你是女主角，危险时，男主角当然要站到女主角身前，替她排忧解难，最后两个人才能过上幸福的生活。"

"幸福的生活吗？我有些累了，先睡会儿。"桑桑说道。宁缺觉得她的声音有些甜，仿佛喝了糖水，于是他也觉得因为干渴而生辣的咽喉也顿时甘甜起来，很是开心。

桑桑开始睡觉，一睡便睡了三年。

当她醒来的时候，佛祖的右脚已经被修理完毕，变成了一只极秀气的小脚，看上去有些眼熟，如果白些，或许会更眼熟。宁缺流汗耕作三年，终有收获。

他把佛祖的脚修成了桑桑的脚。

桑桑通过他的眼睛，看佛山如旧，崖坪略变了些形状，原野如旧，佛与菩萨依然在彼处诵经念佛，青狮还是那样的愤怒，一怒便是三年，也不知道它会不会累，她忽然间很想知道宁缺这三年是怎么过的。

"怎么过的？扛着铁刀到处挖地，你就不知道，这座破山它怎么就这么硬，三年啊，就整出这么块地，若让南国那些老农瞧见了，指不定得多瞧不起我，可是真累啊，累了怎么办？就歇着呗，就像饿了怎么就得吃。"宁缺的语速很快，音调起伏特别大，就像是在述说一件非常值得吃惊的事情，其实，只是因为他已经三年没有与人说话。

桑桑沉默片刻，没有流露出什么情绪，问道："你吃什么？"

三年里，宁缺能够听到的只有铁刀落在山崖上的声音、青狮在原野怒啸的声音、风拂滚石的声音、山下池塘里的蝉叫与蛙鸣，以及自己和自己说话的声音，这时候终于听到桑桑的声音，直觉仿佛吃了一壶通天丸，浑身舒坦，轻飘飘地直欲向天空深处飘去，美妙得不行。

"吃什么？嘿，你还别说，这个破地方还真有不少好吃的东西，清水煮青蛙、炸青蛙、煎青蛙、烤青蛙、蒸青蛙，换着花样来，不带重的！"桑桑小时候听宁缺说过，在他的世界里有一种人靠说话挣钱，那些人说话往往很快，而且喜欢押韵、重复，或者说很喜欢并且擅长耍贫嘴，此时听着宁缺口里一长串关于青蛙的词，觉得他大概是在学那些人。

宁缺不知道她在想什么，因为他来不及去感受，只是兴高采烈地讲着这三年里的生活，唾沫四溅，似要比流的汗水还要多，他自豪地说道："有，有油，当然得有油……这满野莲花，我自己榨了些莲子油，不论是用来拌野菜还是煎青蛙，都可香了。"

桑桑说道："你应该吃点素的。"

宁缺眉飞色舞地说道："放心，荤素搭配这种事情我从来没有忘，炖莲藕，炒藕带，新剥莲子嘎嘣脆，还没苦味！其实要说我最喜欢吃的，还是炸知了，无论是裹着莲叶烤还是生炸，那香的……只不过想起三师姐，有些下不了嘴。"

三年后的他是那样的瘦削黝黑，看上去和悬空寺下面那些贫苦的农奴没有任何区别，与他相反，桑桑感觉好了很多，贪嗔痴三毒还在，但平静了些，应该没有毒发的危险，不再像沉睡之前那般虚弱。桑桑能够看见他，能够想象这三年里他过着怎样艰苦的日子，此时听着他兴高采烈的讲述，越发觉得他很可怜，那种情绪是那样的浓烈，以至于她觉得有些酸楚，如果能够流泪，便会流下泪来。

宁缺感受到心头传来的那份酸楚，沉默片刻后笑着说道："别瞎担心，你知道我很擅长在野外生活，小时候不经常这样吗？"桑桑没有说话，心想小时候在岷山里，你再如何孤单，身边至少还有我，现在你依然背我，但这三年里我并不在。

宁缺依然在碎碎念着，她静静地听着，渐渐地眯起了眼睛，那便是笑意，然后她感觉有些暖，有些温柔，然后她在他的心头皱起了眉头。

桑桑沉默了很长时间，然后说道："我有些累，想再睡会儿。"

宁缺有些没想到，怔了怔后笑着说道："好。"

桑桑再次开始沉睡。

这一次，她睡了整整十年时间。


十年后，桑桑醒来。

她发现身前这座山变化很大，宁缺已经用铁刀修完了佛的双脚，正在重新刻削佛祖身上那件衣裳，铁刀在山崖间不停切削，一道衣袂的线条慢慢成形。

和最开始修佛时的笨拙生硬相比，现在宁缺的手法已经纯熟了很多，铁刀游走自如，就像是烂柯寺前小镇里最老练的那些雕工。雕刻手法的进步，是时间和辛勤的劳作换来的，已经过去了十三年时间，宁缺不知挥了多少记铁刀，山崖里到处都是他的汗水。

宁缺感觉到她醒来，身体有些僵硬，缓缓把铁刀插入崖壁裂缝，微笑着说道："醒了？"

"是的。"桑桑说道。

"那我休息会儿。"宁缺叹了口气，有些疲惫又有些满足，把她解下抱在怀里，走到崖边坐下，望向原野上那些佛与菩萨。佛与菩萨诵经念佛十三年，金色池塘里的佛光大作，如果桑桑体内三毒未祛，只怕在这些佛光里会当场死去。

桑桑看着这座佛衣襟下摆上的那些线条，怎么看也不觉得是袈裟。

"你修佛还要顺便把佛的衣裳给修了？"

"做事情要细致，这种细节怎么能出错。"

"不穿袈裟也是佛？"

"佛为什么一定要穿袈裟？"

"那这佛要穿什么？"

宁缺想着自己设计的衣裳，得意地说道："刻出来那天你就知道了，你一定喜欢。"

桑桑沉默片刻后说道："你的衣服也破了。"

身为书院行走，宁缺在人间行走时穿的自然是书院的院服，他当初挑的院服是黑色，很禁脏，而且书院院服非常结实，普通攻击都无法撕破，所以那些年里基本上没有怎么换，只有脏得不行的时候才随便洗洗。当初在西陵神殿他被桑桑囚禁，然后千刀万剐，院服不在身上，其后才被桑桑扔给他，这件黑色院服陪着他在棋盘世界里度过了无数年的时光，依然没有一处腐坏破烂，这十三年时间，院服则已经破烂得不成模样。

由此可见，他这些年过得多辛苦，做了多少事。

现在的宁缺非常黑瘦，双手生出极厚的茧，更像一名农夫了。但他的眼睛却非常明亮，因为随着桑桑的毒渐渐清除，他的心情越来越好，精神越来越坚毅，感觉越来越强。

"我这些年做了很多新菜。"感觉到桑桑的情况确实好转了很多，宁缺很开心，抱着她的身体，指着山下的池塘高兴地说道："我一直以为池塘里没有鱼，后来才发现在莲田深处居然真的有，我做了一锅鱼汤，那个鲜的……真是没话说。"他吧嗒着嘴，回味着当时那锅鱼汤的美味，旋即情绪失落起来，说道，"可惜鱼太少，不好捉，而且我没有什么时间。"

桑桑沉默了很长时间，说道："我有些累，再睡会儿。"

说完这句话，她再次开始沉睡，不知道要过多少年才会再次醒来。

宁缺看着怀里她的脸，表情有些呆滞，过了很久才艰难挤出一丝笑容，说道："好好睡吧，这里的事情我会处理的。"桑桑不停地睡觉，这让他联想起当年她病重将死的时候，心里生出一抹阴影，但想着桑桑确实好转，心想佛祖种下的三毒太厉害，可能是要花些时间的。

他觉得有些累，坐在崖畔看着原野，沉默了很长时间，怀里抱着的身躯是那样的高大，他的背影却是那样的孤单。疲惫与痛苦不难熬，因为有希望，人间最难熬的便是孤单，他修佛已经修了十三年时间，只与桑桑说了几句话。因为情绪上的问题，宁缺很奢侈地给自己放了整整一天的假，直到晨光从黑暗天穹的边缘升起然后迅速消失，他才清醒过来。

他伸了个懒腰，过于劳损的肌肉与骨骼关节发出涩涩的摩擦声，然后他低头在桑桑圆乎乎的脸上狠狠地亲了几口，吧唧作响。

"黑……猪。

"黑……猪。

"啦，啦啦，啦啦啦啦！啦啦啦啦！啦……啦！

"啦，啦啦，啦啦啦啦！啦啦啦啦！啦……啦！黑……猪！"

寂寞的歌声里，他背着桑桑，绑着大黑伞，挥着铁刀，在山崖上攀来爬去，熟练至极地砍来削去，刻出一道又一道崭新的线条。佛祖有双秀气的小脚。佛祖的袈裟渐渐变了模样，显得有些飘逸，式样简单，拖着裙摆，就像是有人在小小的身躯上套了件宽大的侍女服。

三年后，桑桑醒了过来。

她看着这件眼熟的侍女服，沉默不语。

宁缺咬着根莲枝，问道："感觉怎么样？像不像？"

"我现在再来穿，必然不会这样宽松。"

"身材虽然变了，但在我眼里，你现在和当年还是一样。"

"修到哪里了？"

宁缺指着峰顶说道："明天就要开始替佛修面。"

桑桑有些意外，而且有些意外的是她并没有流露出喜悦的情绪。

"比前面那些年快了很多。"

宁缺笑着说道:"无他,惟手熟尔。"

"修完便能结束?"

"当然,很快就能结束这一切。"

桑桑沉默了很长时间,说道:"是的,一切都快结束了。"

"你就不好奇我为什么能修得这么快?"

"你说过,手熟。"

"客气话都听不出来?"

"我已经很多年没有听过你说话。"

宁缺沉默了会儿,说道:"我也很多年没有听过你说话。"

桑桑也沉默了会儿,说道:"那么,为什么?"

"因为我的猜想是对的,修佛十六年,你的毒越来越轻,虽然没有醒来,也让我越来越强大,自然越来越快。"宁缺高兴地说道,"当然,最重要的原因是,我现在的雕刻技法真的很好,你给我块烂木头,我雕出来的物件在人间至少要卖几百两银子,我现在可不单单是符道大家,我也是雕刻大师,不,是一代宗师。"

桑桑轻轻嗯了声,显得很平静。

宁缺有些惊讶,说道:"我说的很多银子哎,你怎么没点反应?"

桑桑哦了声,过了会儿说道:"我有些累,想再睡会儿。"

每次她醒来,说不了几句话,便会再次沉睡,宁缺不再像前几次那样失落,想着虽然心毒渐去,桑桑还是虚弱,确实应该多睡会儿。睡眠是恢复精神最好的方法——桑桑前后已经睡了十六年,他这十六年里便没有睡过,困倦疲惫到了难以想象的程度。

他从怀里摸出晒干的蛙肉干,撕下几丝塞进嘴里开始咀嚼。青蛙肉纤维长嫩,只要烹调得法,便会非常好吃,比如香辣锅,比如青椒水煮,或者烤炙,但再好吃的美味,长年累月不停吃,最后在食客的嘴里总会变成木渣,再贪吃的人,连吃十六年青蛙,也会想吐。

宁缺没有吐,他的脸上没有表情,机械地咀嚼着,显得很木讷,直到把嘴里的干蛙肉全部咀嚼成碎茸,然后咽下。童年时的凄惨遭遇,让他清醒地认识到,人类最难对付的敌人绝对不是难吃的食物,而是没有食物，因为饥饿比死还要恐怖。

上个十年的末段开始，他便很少在食物上花心思，他把所有的时间与精力都花在修佛上，想早些离开这里，于是他在金色池塘里捕了很多青蛙，然后晾在崖壁上，风吹日晒变成肉干，这些蛙肉干便成了他最主要的食物，根本不需要花时间处理，饿了便取些出来吃。风干的青蛙肉没有任何味道，无论如何咀嚼也嚼不出什么香味，很难下咽，他坐在崖畔看着原野里的佛与菩萨，用对方的痛苦来当调料。

原野里的佛与菩萨们变得越来越愤怒，随着他把佛祖的身形修得越来越不像样，还给佛祖雕了件侍女的衣裳，这种愤怒达到了顶端，回荡在天地间的诵经声变得越来越威严，向他身体落下的佛光越来越恐怖。

真正恐怖的还是那只数百丈高的青狮。青狮前蹄上满是血与泥渍，它低下狮首，缓缓舔舐受伤的前蹄，不再像前些年那样啸声不断，沉默里却积蕴着极大的霸道凶险意味。

前些天青狮终于踏进了金色池塘，虽然没能奔至山下，只踏破了数片池塘，便被佛祖的禁制震回原野上，但毕竟算是有了进展。青狮并没有变强，只是佛像在宁缺铁刀下被修得日渐变形，佛祖遗落在此地的法力日渐变弱，禁制自然也变弱。数百丈高的青狮不再疗伤，抬起头来，狮首破云而出，它望向佛像上的宁缺，神情庄严而冷酷，充满必杀的决心。

宁缺很疲惫，很困倦，桑桑再度沉睡，让他很黯然，而且他觉得蛙肉真的很难吃，所以他这时候的心情很糟糕。他想休息会儿，做些别的事情，来调剂一下枯燥寂寞的修佛生涯，恰在此时，他看到原野上青狮昂首挑衅，顿时怒了。

他解下铁弓，把坚硬的弓弦拉至最圆满的程度，然后毫无征兆地松开手指，弦间爆出一道圆形的气息湍流，黝黑的铁箭消失无踪。下一刻，盘膝坐在青狮背上的那名清俊僧人，胸口忽然迸出一大道血花，然后向着数百丈的地面摔落，砸到原野上发出一声闷响。那名清俊僧人死了，佛祖却没有死，或许在此前的十六年里，清俊僧人便是佛祖，但当铁箭临体时，他便不是佛祖。他和桑桑的判断没有出错，佛祖在这个世界的众生里，位置变幻莫测，便是光都追不上，元十三箭自然也很难追上。

清俊僧人就这样死去，青狮很是震愕，然后极为愤怒，对着山崖上的宁缺发出一声狂暴的怒啸，狮首前的云层瞬间被震成无数道极细的云絮，金色池塘里的无数金莲纷纷偃倒，气势之盛难以想象。宁缺也对着青狮狂吼了起来，吼声如雷一般在原野间炸开，没有任何文字，却透着股极为霸道的气息，极为狂放肆意。

随着他修佛年久，佛祖留下的禁制渐渐变弱，原野上的佛与菩萨随时有可能突破金色池塘，所以青狮才会那般自信冷酷。但同样是随着修佛年久，桑桑所中的贪嗔痴三毒渐渐消散，昊天于沉睡中缓缓恢复着力量，宁缺自然也变得更加强大。

最终还是要回归到时间或者说因果上，因果是先后，时间也是先后，顺序能够决定宇宙的形状，也能决定这场战争的结局。

宁缺很自信，他知道最终胜利的，必然是自己和桑桑。

两年时间过去了，宁缺修好了佛的双手，佛手里没有持净瓶，也没有持法轮，而是拿着一把伞——黑崖削成的伞，自然是黑伞。最开始，他用了三年时间才修好佛的一只脚，接下来用了十年时间，修好另一只脚，同时修好侍女服的衣摆，待把佛穿的侍女服修好，又耗费了他三年时间，与此相比，他现在的速度确实快了太多。

接下来，宁缺修佛变慢了很多，因为他已经来到了山峰的最高处，开始修佛的容颜，毫无疑问，这是修佛最关键的阶段。铁刀在佛祖丰满的脸庞和圆润的耳垂间落下，非常缓慢，刀锋仿佛挑着一座山，因为慎重，所以感觉极为凝重。

不知不觉间，又是十年。

佛耳不再垂肩，在新刻的发丝后若隐若现，佛面不再圆若满月，变瘦了很多，小了很多，看上去很寻常。

铁刀最终落在了佛唇上。

佛启唇，无声，天地之间忽然响起无数佛言，原野上佛光大作，无数佛与菩萨吟诵相合，一道无上佛威直入宁缺胸腹。噗的一声，宁缺吐出一口鲜血，眼神骤然黯淡，同时他感觉到心间的桑桑微微蹙眉，有些痛苦，似要醒来。他知道错了，毫不犹豫砍出数百道刀，直接把佛的嘴砍掉，砍成紧紧抿着的薄薄的唇，于是佛声与佛威悄然而息。

佛修完了。

现在的佛，黑黑的，瘦瘦的，小小的，穿着松松的侍女服。

桑桑醒来，看着这佛说道："你还是更喜欢她。"

宁缺微笑着说道："你这个样子我在人间看了整整二十年，自然更喜欢些，以后在人间看你久了，自然会更喜欢现在的你。"

他看着黑色崖石刻成的桑桑的脸开怀大笑，不胜欢喜。

"她没有嘴。"

"反正你也不喜欢说话。"

"不说话如何教谕世人，如何夺众生意成佛？"

"我替你说就好，你知道的，在需要的时候，我可以是话痨。"

他的修佛已经完成，但还没有成佛。

佛祖留下的禁制，还剩下极少的残余，原野间的佛与菩萨在这十年里，已经进入了金色池塘的外围，青狮更是已经来到了山下不远处。青狮的身上到处都是伤口，四蹄带起池塘底的淤泥，如染了墨，它缓慢而坚定地向着佛山前行，每一步都重若千钧。

十年时间，足够宁缺重修佛颜，也足够发生很多事情，无数佛与菩萨自原野间行来，留下的脚印变成了一条河道，通向遥远的西方，有清澈的河水自西方卷浪而来，里面有无数阴森气息，无数冤魂骷髅。来自西方的河是冥河，被无数佛与菩萨以极大毅力与无上佛法召引而至，不停冲淡金色池塘里的佛光。

宁缺挥刀斩落，朱雀暴戾而啸，无数昊天神辉自刀锋喷涌而出，绕着山下行走了一圈，斩出一道深不见底的河沟。当年雪崩后，无数雪在山崖下方积了数十年，遇火骤然而化，流入河沟成为一条新的河流，真正的清澈澄静。冥河水与新河水在山下相遇，没有相融，依然分明，冷漠地看着对方，保持着自己的气息，谁都无法向前进一步。

宁缺在佛顶上盘膝坐下，闭目开始静思——他修完山中佛，开始修心中佛，他要成佛，要成天上地下唯一真佛。

## 18

山在天地间，峰顶与天穹极近，宁缺盘膝闭目坐在佛顶上，仿佛只要伸手，便能把这片黑暗的天捅破。他上方的黑暗天穹里忽然出现了一个亮点，起始很黯淡，骤然变得异常明亮，紧接着化作数千道光线，顺着天穹的弧度向原野的四面八方散去。

光线里有很多画面不停闪现，有虔诚叩首的信徒，有娇媚而端庄的天女，有奇异的金花玉树，那些都是他的佛国。原野上的佛与菩萨们抬头望向天空，随着这个动作，有极淡渺的气息从他们的身上散溢，向那些光线融去——气息是觉识，随光线来到天穹，然后洒落在峰顶，进入宁缺的身体。佛与菩萨震惊异常，宁缺能够夺走这些觉识，表示他能够接受这个世界的信仰，这表明他正在成佛，将要成佛。

在他们看来，此人当然是伪佛，这种行为自然是亵渎。极端的愤怒在原野间爆发，众佛神情悲壮，开始抵抗，有佛持金刀割面，有佛撕耳，鲜血乱流，佛光大盛，佛威大盛。

已经深入金色池塘的青狮，发出一声低沉的吼叫，带着无尽佛威向前踏出一步，大地震动裂开，生出一道极深的裂缝。以裂缝为线，原野西面的地面缓缓升起，然后向前滑动，一寸一寸地覆盖到东面的地面上，就像一艘大船要从幽暗的海底冲出来！

大船没有船尾，后面与地面相连，于是整片西面的原野便是船身，随着船首向前，原野及站在原野上的人，也随着被带进船中。数十年来，极乐世界里的无数众生自四面八方赶来此地，原野间的佛与菩萨数量根本无法数清，黑压压的至少有数百万之众。数百万佛与菩萨，现在都在大船之上！只闻经声阵阵，法器破碎变成最纯净的佛息，船身散发无尽佛光，正是大地之舟！这画面何等神奇！

大船缓缓升起，自幽暗的原野海面而出，缓慢而不可阻挡地向着佛山前行，金色池塘间的佛祖禁制早已变弱，此时被船首碾过，伴着无数细碎的脆响，就像烈日下的冰雪一般瞬间破灭，无数青莲与柳树，被碾压成泥地里的碎木，然后被巨舟的阴影遮盖，再也无法看到，至于那些蛙声和蝉鸣，更是不知去了何处。

大船缓慢向前，来到山脚下的那条大河里，河岸崩塌，浪涛冲天而起，河水一半是冥河，里面有无数冤魂骷髅，这些冤魂骷髅遇到船身散发的佛光，未作任何抵抗，恭顺自愿地被净化成缕缕气息。冤魂骷髅化成的无数道纯净的气息，再次附着到大船的船体上，助大船的佛光更盛，继续向前破开雪水化成的河面，快要触到山崖！无数佛与菩萨站立在船板上，双手合十看着峰顶的宁缺，神情庄肃，青狮站在船首看着山崖，神情焦急，恨不得跳过去。

船与山相遇，不知能否把山撞毁，把佛撞塌，把正在成佛的宁缺震死？

宁缺盘膝坐在佛顶，坐在黑瘦的小侍女的发髻里，他闭着眼睛，感受着体会到的一切，正在成佛的关键时刻，根本不知道外界发生了什么事情，就算知道，他也没办法去理会，因为现在他根本不能分神。他知道原野上的佛与菩萨，不会眼睁睁看着自己成佛，夺走佛祖的信仰，让众生意归于己身，他没有提前做安排，是因为他知道自己不是一个人在战斗。

桑桑的身体被他放在一旁，上方撑开大黑伞。

忽然间，桑桑睁开了眼睛！那对细长的柳叶眼里，一片光明。数十年间，她醒来过数次，但她一直没有睁过眼，因为她始终是在宁缺的心里，没有回到自己的神躯。随着宁缺修佛大成，她体内的贪嗔痴三毒即将尽去，她终于可以回到自己的神躯，她终于可以睁眼来看这个世界！桑桑站起身来，举着大黑伞望向山下那艘大船，微微眯眼。

"这就是慈航普度？"

她挥了挥衣袖，青衣上的繁花再次绽放，一场恐怖的飓风从峰顶直冲山脚，然后向着河面上的那艘巨舟呼啸而去。踞在船首的青狮一声怒哮，哮声却根本无法传出，便被飓风灌回它的嘴里，它有些慌乱地闭上眼睛，鬃毛被吹得向后飘舞不停。大船上没有帆，站在甲板上的无数名佛与菩萨穿着的僧衣被飓风吹得不停鼓荡，像新生出千万帆。

大船前行之势骤然减缓。

这船是大地之舟，割于大地，有无限重量，桑桑挥袖便有风起，风起而舟缓，以此观之，她已经恢复了无限威能。然而即便是她，也无法完全阻止那艘大船，大船确实变得慢了很多，但依然在继续向前，向着山崖撞去。

"众生意……果然有些意思。"青衣微振，她的身影在峰顶消失。

下一刻，她来到了大船上。

青狮一声怒哮，鬣毛如剑，欲噬。

桑桑看了它一眼。

青狮气势骤敛，露出畏怯神态，颤抖着转过头去。

桑桑走入佛与菩萨间。她看那些佛与菩萨的脸，无论是佛还是威能恐怖的大菩萨，都不敢与她的眼光对视，转过脸去。她在众生里寻找佛陀。众生不敢看她，佛陀在躲着她。大船便是大地，载着无数佛与菩萨，但她是昊天，如果给她足够的时间，那么谁也不知道她能不能找到佛陀。众佛做出了自己的反应，他们低着头，双手合十向船首走去。

佛挤佛，菩萨挤菩萨，大船上变得拥挤无比，似要把桑桑挤出大船。

桑桑微微蹙眉，伸出手指，点在身前一尊佛的眉心，那尊佛的身体变得越来越明亮，最后变成纯白的光体散开死亡。拥挤的甲板上刚刚空出来一个位置，便有一尊佛向前踏出一步，填补了空缺，无论她杀多少佛，总有后继者。

然后那些佛开始自杀。

以刀割面的那佛，横刀于颈间，用力一拉，把自己的佛首割了下来，一道至纯的金色佛光冲天而起，然后散落于甲板上。以刀刺腹的那佛，把刀锋向上挪了挪，用力一捅，把自己的心脏捅破，一道至纯的金色佛光向前涌出，溅得到处都是。无数佛前仆后继死去，大船上的佛光浓郁得难以想象，桑桑眉头微皱，脸色变得越来越苍白，感觉到有些难受。

贪嗔痴三毒将清，但终究未清，遇着众生成佛决然殉道手段，她体内的残毒，再次爆发——最后那缕残毒是贪。

她回头望向峰顶。

宁缺盘膝坐在那处，闭眼静思，不知身外事。

桑桑只是回头，便来到了峰顶，来到他的身前。

"其实，把你杀了，最后一缕贪就没有了。"

她沉默了很长时间，然后伸出食指轻点他的眉心。宁缺的眉心忽然间变得异常明亮，仿佛透明一般。透明的眉心里，隐约可以看到一粒青色的种子，那是菩提子。

宁缺在这座山上修了数十年佛，但他修佛其实远不止数十年。在进入棋盘之前，或者说千年之前，宁缺曾经在悬空寺崖坪里面壁一日时间，当梨花飘落他的肩头，他才醒了过来。那次面壁，意味着他的修佛之旅正式开始，也正是那次面壁，他体悟到了莲生大师曾经的经历，同时心里种下了一粒菩提子。

进入棋盘后，他在白塔寺里听晨钟暮鼓，修了无数年佛，在这极东方的佛祖像上，又修了数十年佛，佛法渐深。那粒菩提子早已不在他的心头，已经上了他的眉头。

桑桑手指轻触，一道神念度入，菩提子便醒了过来。

宁缺的眉心裂开一道小口，一根极细的青茎从里面探出，遇着峰顶的风，招摇而苗，遇到大船处洒来的佛光，以肉眼可见的速度开始生长。菩提子发芽，破土，开枝，然后生出无数青叶，青青团团悬在峰顶的空中，遮住了黑暗的天穹，也遮住了极乐世界的所有佛光。

这棵菩提树，生在宁缺的眉心，给人一种极诡异的感觉。

菩提树下，宁缺闭眼微笑，不知在梦里看着何等样美丽的风景。

桑桑走到他身旁，坐进菩提树的阴凉里，佛光再也照不到她，苍白的脸色渐渐恢复正常，闭上眼睛，再次入睡。她沉睡便是进入宁缺的身体。

宁缺醒了过来。

他看着离山崖越来越近的那艘巨船，看着船上的佛与菩萨，说道："身是菩提树，心如明镜台……"他讲佛法与众生听，奈何众生自不愿听。众生还要辩倒他，要揭露他伪佛的面目，于是天地间，大船上，佛声大作："菩提本非树，明镜亦非台，本来……"

"本来？……本来我就不是来与你们讲道理的，我不是大师兄，如果你们愿意听我讲道理也罢了，若不愿听，佛家自有棒喝手段，我要与你们说的道理很简单，你们必须听，若不听便要来受棒打刀斫。"宁缺看着众佛说道，"我是唯一真佛，你们须信我。"

众佛怒容大作。

宁缺平静地说道："你们要理解，如果不能理解，那就去死。"

话音甫落，一佛化为灰烬。

下一刻，那佛来到峰顶，盘膝端坐在如蒲团般的树叶上。

青青团团的树叶，是菩提树叶。

菩提树，生在他的眉心。

那佛向宁缺合十礼拜，无比虔诚。

山峰是佛，被他用了数十年的时间修成桑桑，山崖表面已无佛，深处还有残余，宁缺以身化菩提树，接引佛与菩萨来信自己，佛终于再也无法保持沉默。

一道佛识，从山崖最深处来，进入他的心里。

"我已经成佛了。"宁缺对那道佛识说道。

他的神情很轻松，就像在和某个老熟人说话，说最家常的那些话。

佛说道："我在众生里，你寻不到我，杀不死我，便成不了佛。"这里的佛，说的是天上地下唯一真佛。宁缺知道确实如此，就如同在昊天的世界里无法杀死昊天，那么在佛祖的世界里自然也无法杀死佛祖，连找到他都不可能。

"何必这么严肃呢？我从来不认为佛位的传承和俗世帝位的传承那样，一定必须要经过血腥的屠杀，后浪对前浪的折磨。"宁缺笑着说道，"你是佛，不妨碍我成佛，因为我不想统治你的世界，我不是昊天，对杀死你也没有兴趣，我想要的只是离开。"

"你如何能够离开？"

"夺了众生意，立地便能成佛。"

"如何能夺众生意？"

"你懂得我懂得，你看……"

宁缺望向河上那艘巨舟，伸出右手食指，对着船上遥遥写了一个字。

桑桑在他心上，一道神念随他手指而去，落在巨舟之上。

峰顶的菩提树开始摇摆，青青团团的菩提叶迎风招展，变得更圆更广。宁缺与桑桑修的是佛，用的手段是天人合一，其玄妙意味，非言语能够形容，宁缺的佛愿与桑桑的天心合在一处便是无可抵御的意念。

那道意念落在巨船上某位佛的身上。那道意念告诉那佛：你要信我。那佛自然抵触这等亵渎请求，双手合十，闭目诵经，苦苦支撑，然而却撑不住刹那，便破碎成了无数光点，在船上消失。下一刻，那佛来到峰顶的菩提树间，坐在如蒲团的菩提叶上，随风上下摇摆，眉间流露出大彻大悟之意，对着宁缺礼拜致意。

至此时，有两位佛被宁缺以佛愿接来峰顶，变成了他的信徒，高下各一，开始闭目虔诚诵经，诵的是宁缺，赞的也是宁缺。宁缺只觉一道极淡渺却真实的力量，从菩提树间进入自己的身体，令他平静喜乐却又觉双肩沉重，他明白这大概便是信仰的力量。

无数轮回，除了昊天便只有佛祖懂得如何收集并且利用信仰的力量，夫子应该到了这种层次，但他不愿为之，以宁缺现在的境界，远远不足以领悟这等层次的大神通，但他现在与昊天合为一体，自然懂得。受桑桑的神念影响，未及思考，宁缺闭上眼睛，把山崖深处传来的那道残余佛识眨碎，然后与菩提树间那两位佛一起开始诵经。

佛祖沉默，不知去了世界何处，大河波涛如怒，大船奋力向前，想要把山撞破，想要阻止宁缺成佛，却始终无法抵达彼岸。因为在彼岸的佛已不是彼佛。

时间不停地流逝，因为没有人观察，所以不知道是迅速还是缓慢。

——宁缺身体里长出的那株菩提树变得越来越茂盛，无数树枝里生出无数青叶，青叶团团如蒲团，其上坐着的佛越来越多，仿佛结出的果实，沉甸甸的，收获煞是喜人。皈依宁缺的诸佛，已经超过数千，菩提树上多一位，船上便少一位，只是船上的佛与菩萨数量实在太多，暂时还看不到什么变化。宁缺浑然不知身外事，亦不知年月，静默闭目，散莲花，双手随意扶着峰顶的崖石，和桑桑一道修着自己的佛。

佛祖棋盘内的世界，过去了千年，真实的人间，也已经过去了三年时间，时间来到大唐正始五年，西陵大治三千四百五十四年。又是一年春来到，柳絮满天飘，西陵神殿的桃花开了，大河国的樱花开了，荒原上野草里的小野花开了，那棵梨树却没有开花。

"这到底是梨树还是铁树？"书院后山的人们，围在湖畔那棵梨树下，看着毫无反应的树丫，和那些恹恹的树叶，很是恼火。这三年时间里，他们想尽了一切办法，都没有办法打开佛祖棋盘，看来只能等着梨树开花结果才能进入棋盘，然而按照大师兄的说法，这棵梨树五百年才会开花结果，又有几个人能活五百年呢？

梨树没有开花，书院前草甸间的桃花也没有开，长安城里花也极少，因为今年春天的雨水不多，春雷鸣于云间，空气有些干燥。光打雷不下雨，这事情透着诡异，大师兄站在皇宫正殿前的石阶上，看着天空里越来越密集阴沉的云层，觉得有些不解。

忽然间，厚重的阴云里生出一道极粗的闪电，轰鸣声中向着城中某处劈落，惊神阵自然生出感应，散发清光。大师兄身影微淡，瞬间来到万雁塔下，看着被这道闪电劈垮的寺庙，看着那座变得焦黑的佛像，隐约明白了些什么。他来到城墙上，向四野望去，只见云层仿佛要遮盖整片大陆，不时有闪电落下，让大地间某处生出黑烟。

黑烟起处，均是佛门寺庙。

下一刻，大师兄回到书院后山，来到湖畔那株梨树下，静静地看着那张棋盘，看了很长时间，唇角露出真挚愉悦的笑容。

"师兄笑了！"后山诸人很是吃惊。

这些年，大师兄忙于国政，筹备战事，教导新君，又牵挂棋盘里宁缺的生死，很是辛苦，很久没有这样放松地笑过。

人间处处春雷绽放，依然没有落雨。

烂柯寺的前三殿，都已经被雷劈垮，佛像倒塌，就如瓦山顶峰的残砾，满山满谷的石头，一夜时间便生出了青苔，散发着海风的气息。观海僧带着寺中僧人，盘膝跪坐在残殿之前，脸色苍白，不停念诵着佛经，瞎僧悟道，像疯了般不停地喊叫着，用手抓着山石上的青苔，嘶嘶吼叫道："不对，我感觉到不对，有事情要发生！"

西陵神殿崖坪上，观主坐在轮椅里，看着覆盖天空的阴云，看着远处不时落下的闪电，说道："准备大祭祀，恭迎吾主归来。"

西荒深处天坑底的战争还在持续，起义农奴已经发展到数万之众，在原野里与贵族武装还有悬空寺的僧兵，进行着惨烈的战斗。原野间箭声大作，惨嚎声此起彼伏，到处都是死亡，便在这时，天空里的阴云里忽然落下一道极粗壮的闪电。那道闪电准确地劈中了峰顶的大雄宝殿，只听得喀嚓一声巨响，宝殿塌了一半，殿里的佛像更是变成了黑色的粉末！

君陌横铁剑于胸前，以礼意拒七念及戒律院诸长老于数里之外，看着峰顶冒出的黑烟，漠然道："佛祖败了，你们难道还能胜？"

连续数十日的春雷之后，便是一场连续十余日的春雨，今年的春雨并不淅沥，显得极为暴烈，不停冲洗着被闪电肆虐过的大地。雨水落在残破的佛殿上，落在残破的佛像上，落在那些脸色苍白的僧人身上，把残存的那些佛息，洗得越来越干净。

书院后山也在落雨，雨水击打得梨树青叶啪啪作响，然后流淌下来，打湿梨树下的棋盘还有那些看了棋盘数年的人们。六师兄赤裸的身上满是水珠，他挥动着铁锤猛烈向下敲击，随着动作，那些水珠被震离身体，如箭一般到处乱飞。这些年他们一直在砸棋盘，身心都已疲累，却从未想过放弃，更何况大师兄笑了，便说明棋盘被砸开的那天近了。

锤声亦如春雷，汗落如雨。

某天，棋盘上忽然传来一声轻响。棋盘天元位置上，出现了一道细线，这道细线其实是个裂缝，裂缝非常小，如果不仔细去看，根本无法发现它的存在。

某天，脑海里忽然传来一声轻响。宁缺睁开眼睛，望向那艘依然在向彼岸航行的大船，沉默了很长时间，然后伸手到眉间摘下那株菩提树，微微一笑。

那株菩提树已经生长得极为茂密，青青团团的叶子，仿佛要把黑暗的天穹遮住，更没有一丝佛光能够穿透，那些青叶上坐着数千上万座佛，那些佛的形容不同、姿势不同，但都在对着他虔诚礼拜。菩提树已然如此巨大，他却随手便举了起来，然后向侧方走了两步，便在这时，桑桑也醒了过来，举着大黑伞走到他身边。

宁缺将菩提树插进峰顶某处。

这座山峰便是佛，黑黑瘦瘦、穿着侍女服的佛，名为桑桑的佛。

菩提树插在峰顶，就像是插在桑桑鬓间的一朵花。

宁缺回头望向桑桑，牵起她的手。桑桑的鬓间有朵洁白的小花。

画龙需要点睛才能醒来，修佛需要拈花。宁缺拈花，插进桑桑的发，于是佛便醒来。桑桑鬓间的小白花迎风轻摇，峰顶的菩提树轻摇，端坐在青叶上的众佛同宣佛号向她礼拜。宁缺感觉到众生意正在流入自己和桑桑的身体里。

他笑了起来，桑桑也笑了起来，于是菩提树上的众佛也笑了起来。

桑桑笑容渐敛，静穆如宇宙，于是众佛也自沉寂。

桑桑神情漠然，望向这个世界的所有处，于是世界便归于漠然。

大船上的无数佛与菩萨神情变得有些惘然。青狮一声怒哮，却无法抵御来自天佛的威压，随着一声不甘的哀鸣，再难支撑住身体，对着峰顶跪倒。

宁缺和桑桑立地成佛，成的是天佛，天佛之前，众生低首，然而如果他们要完全控制棋盘里的世界，便要夺尽众生意，那将要消耗很多年的漫长时光。宁缺不愿意再继续等下去，伸手握住刀柄。随着这个简单的动作，世界再生变化。

大船及原野上的无数佛与菩萨，宣读佛号的声音变得越来越凄厉，仿佛杜鹃啼血，将自己的佛息拼命地灌输到天地间。佛光变得无比明亮，甚至有十余缕穿透峰顶菩提树的重重青叶，落在桑桑的身上，让她的脸色变得苍白起来。

黑暗天穹上闪烁着无数光线，有天花金枝，有悟法故事，那是佛祖的佛国以及宁缺和桑桑的佛国，重叠在一起，难以分出彼此。宁缺抽出铁刀，向着黑暗的天空斩去，哧的一声轻响，天穹上的金光画面轻摇，佛塔寺像还是抱琴丘女，都被从中斩断。刀势去而无尽，斩断佛国画面后，落在黑暗天穹上，在峰顶上方的天空里，留下了一道数百里长的裂痕。

哪怕是盛满水的水桶，如果只切开一道口子，很难让桶里的水很快地流出来，一般而言，会与前道口子相交再划一道口子。宁缺挥刀再斩，黑暗的天空上再次出现一道清晰的裂痕，与先前那道裂痕在峰顶上方空中相遇，笼罩了数百里方圆的原野。

这两道裂痕，看上去像是个字，又像是伤口，天空的伤口。

峰顶菩提树里的千万尊佛，闭目合十，高声吟诵佛经，将虔诚的信仰和追随意，尽数灌注到宁缺的身体里。

看着天空里的两道刀痕，看着刀痕组成的那个字，宁缺非常满意地笑了起来——与观主一战已经过去了很长时间，把棋盘世界里的岁月算在内，只怕已经过去了整整千年，时隔千年，他终于再次写出了那个字。

桑桑看着天空上那个字，沉默片刻后说道："这个字不错。"

宁缺想了想，说道："如果没有你，我写不出来。"

他自己都不知道这个字是怎么写出来的，那是一种言语难以解释清楚的玄妙境界，最根本的原因是因为桑桑与他合为一体。

神来到人间，所以他能写出这个人字——这便是神来之笔。

天空开始落雨，雨不是来自云层，而是来自更高的天穹。有无数清澈的水，从被宁缺用刀斩开的两道裂缝处淌落，形成数十万道瀑布，瀑布落到原野上，便成了暴雨。

这场暴雨一落便是一年。

一年后，有无限星光从两道裂缝里落下，混进天空瀑布里，泛着幽冷而美丽的光泽，看上去就像是某种黏稠的果浆。星浆淌落又是整整一年时间。宁缺和桑桑看着那两道裂缝，他看到的是美丽的奇景，她看到的则是人间的雨水和星空，她看到了自己的世界。

两年时间里，无数佛与菩萨自爆，极乐世界的佛光与来自人间的雨水星辰对抗，时而黯淡，时而明亮，最终却要湮灭。隐藏在众生里的佛祖，在最后的时刻，让这个世界向宁缺和桑桑发起了最强大的一次攻击，想要阻止他们的离开。

暴雨里，无数佛与菩萨飘浮在数千丈高的空中，将山峰团团包围，无数法器泛着金光，向着山峰逼近，而那座大船距离山崖只有一步之遥。

暴雨里，桑桑站在峰顶，黑发狂舞，青衣里的繁花渐敛，她静静地看着四周的无数佛与菩萨，向天空举起右手。她已经看到了自己的世界，与规则相通，自然天威重生。

她举手，天空裂缝里淌下的暴雨忽然变得明亮起来，因为裂缝那头极遥远夜空里一颗星辰骤然间变得明亮了无数万倍。昊天世界的星辰不是燃烧的恒星，之所以会忽然变亮，自然不是因为爆发，说明那颗星辰和观察者的距离在急速缩短。裂缝里出现一个刺眼的亮点，亮点瞬间即至，轻而易举地穿过裂缝，穿过磅礴的雨水，来到棋盘世界内部，来到峰顶。

一颗星辰，落在桑桑的手里。

桑桑的手大放光明，无数道明亮至极的光线，从峰顶向着原野四周喷射，轻而易举地将自天而降的雨水蒸发，继续蔓延。宁缺从怀里取出墨镜戴好。

峰外空中那些蕴藏着无穷佛威的法器，遇到星辰散发出来的光线，在极短的时间内便销熔破败，最后变成道道青烟。飘浮在雨中的无数佛与菩萨，感受到极恐怖的天威，被星辰之光净化为虚无。星光从峰顶洒落，河水泛着银晖，显得格外静谧，大船同样静止，距离山崖还有一步之遥，却再也没有办法靠近。

无数佛与菩萨，惊恐地向着大船后方的原野间逃去，黑压压一片，就像是退潮，青狮更是化作一道青光，转瞬间便逃去了天边。

看着这些画面，桑桑的脸上没有任何表情，她走到崖畔，将手伸到暴雨空中，手指微松，任由掌里那颗星辰坠落。星辰来到山下，落入河中，激起数百丈高的巨浪，那艘大船被摇撼得吱呀作响，似乎随时可能散架，船面上正在奔逃的佛与菩萨被震至高空，然后重重落下，活活摔死，金色的佛血溅得到处都是。

恐怖的震动从河底来到原野，地面像被用力敲打的鼓面一般高速震动，佛与菩萨、蝉与青蛙就像是鼓面上的雨珠，瞬间被震碎。河底深处被星辰砸出一道深不见底的洞，淤泥被高温烧成瓷屑，有无穷尽的地泉从洞里涌出，瞬间将河水染黑，河水泛滥，淹泛数千金色池塘，于暴风雨里以肉眼可见的速度变成一片无垠的黑色海洋。

黑海掀起数百丈高的巨浪，向着原野四面八方拍打而去，所经之处，无论是坚硬的石头还是软韧的柳枝，都被拍打成最细的碎片。无数佛与菩萨在黑色的海水里起伏，惨嚎不停，然后被吞噬，青狮被震至高空，重重落入海水里，凭着自己有数百丈高，拼命地蹬着海底的原野，前肢不停划动，看着四周的惨景，它的眼神极为惘然恐惧，心想若让这片黑海泛滥，这个世界还有什么能保存下来？

　　暴雨大作，天地不安，只有那座山峰在狂澜不断的黑色海洋里，沉默稳定，从远处望去，就像是桑桑孤傲地站在海洋里。山峰是侍女像，峰顶有花是菩提树，菩提树里有万千佛，宁缺和桑桑站在菩提树下，看沧海横流，看众生颠沛流离。

　　桑桑看见黑海远处那只青狮，伸手遥遥一抓，青狮惨呼一声，便被她抓到峰顶，被抓着颈间，根本不敢动弹，浑身颤抖不停，早已不复曾经的威势，浑身湿漉，只有尺许长短，看上去就像是只落水狗。

　　狂暴的黑色海洋向着远方涌去，相信过不了多长时间，那条真正的冥河，以及河两岸的红杉森林，便会变成废墟，再过些时间，朝阳城便会被毁灭，这个佛国将变成真正的泽国，再难重复曾经的光彩。

　　这一切，只因为桑桑摘了颗星。

　　桑桑看着佛国惨景，没有任何情绪，更没有怜悯，不停摧动天威，让黑色海洋变得更加狂暴，她要用洪水灭世。她被佛祖困在此间已逾千年，若不是宁缺醒来，或许她便会迷失在此间，再也无法寻回自我，昊天变成棋盘的囚徒。这是她无法忍受的羞辱，她的青衣里积蕴了无数的怒火和负面情绪，她必须通过某种方式，把这些情绪发泄出来。

　　"差不多就行了。"宁缺说道，"这世界里的草木树石，都可能是佛祖，你要杀死他，便要真的灭世，那要花太长时间，而且不见得能够成功。"

　　桑桑没有说话，在海浪与暴雨里寻找着佛的踪迹。

　　宁缺走到崖畔，牵起她的手，静静地说道："走吧。"

　　桑桑沉默片刻，说道："走吧。"

　　宁缺转身望向菩提树上的万千佛，单手举至胸前，真挚行礼说道："诸位兄弟……诸位师兄弟，我去了。"菩提树在暴雨里轻轻摇摆，端坐在青叶上的万千佛齐宣佛号，神情平静，纷纷合十礼拜，赞道："恭送我佛。"

宁缺和桑桑牵着手，缓缓飘离峰顶，逆着自天而降的暴雨和雨水里的星光，向着黑暗天穹上两条裂缝交汇处飞去。青狮被桑桑拎在手里不敢挣扎，它看着佛国如同末世一般的画面，心里流露出酸楚的情绪，知道自己再也回不来了。

书院后山，六师兄依然在不停地砸棋盘，众人依然围着棋盘在看，春雨淅淅沥沥，如烟如雾，湿了梨树与众人的衣衫，湿了棋盘。大师兄今夜没有回宫，而是站在梨树下，看着某处若有所思，他没有看棋盘，而是在看天，看夜空里的那些星星。

忽然间，有颗星星离开了它原先的位置，化作一道流光向着地面而来，转瞬间来到后山，破开云门大阵，落到了棋盘上！

轰的一声巨响！

棋盘旁的人们吓了一跳，心想星星怎么会落下来，如果砸到花花草草和自己这些人的头上，那该怎么办？谁能反应得过来！

流星砸落，棋盘天元位置上的小裂口，仿佛变得宽了些。

大师兄看着棋盘，微笑着说道："欢迎回来。"

## 19

宁缺出现在棋盘旁，衣衫褴褛，浑身湿透，肤色黝黑，瘦削疲惫，看上去就像个逃荒的灾民，可怜至极。七师姐木柚眼圈一红，上前摸了摸他的脑袋，其余的师兄们也围了上去，不停地拍打着他的脑袋，以此表达复杂的心情。

他们已经有整整四年时间没有见到惹人疼爱的小师弟，久别重逢，自然难免激动，而对于宁缺来说，他和师兄师姐们已经分别了千年时间，何止久别，仿佛已经过去了无数轮回，再度重逢，更是激动得难以言语。

千年不见，很是想念。

宁缺把四师兄抱进怀里，用力拍打他的后背，然后是五师兄、六师兄，一直到十一师兄王持，便是连七师姐也没有放过，最后他走到大师兄身前，长揖及地。

"师兄，我回来了。"

"回来就好。"

大师兄微笑着说道。他的神情还是那般温和平静，仿佛就算天塌下来，也不会在意，然而不知为何，声音在微微颤抖。

想着在棋盘世界里的蹉跎岁月，想着险些在那处遗忘自己的存在，就此寂灭，宁缺百感交集，说道："再也不走了。"

北宫走到他身旁，关切地问道："究竟发生了什么事情？"

宁缺把自己在棋盘世界里的经历简略讲述了一遍，提到自己在白塔寺里修佛险些沉沦不醒，然后被两把斧子劈醒了过来。"识海里的那把斧子是莲生的意识，天空上那把斧子是什么？如果不是那把斧子不停劈我，我真的可能醒不过来。"宁缺说道，"所有的事情都有答案，现在就是这件事情，我一直没有想明白，是谁在劈我，是谁在救我。"

听着这话，众人转身望向六师兄。六师兄站在棋盘旁，手里还提着那根极粗的铁锤。宁缺明白了，来自天空的斧声，便是落锤声，每一道斧都代表着一道意念，一道来自棋盘外的意念，那意念在唤他归来。他这才知道自己被困在棋里的这些年，师兄一直在试图打开棋盘，想着那些辛苦与情意，他眼眶微湿，对着六师兄拜倒。

六师兄把他扶起，不好意思地说道："大家都砸了的，我只不过是擅长运锤，所以砸得稍多些，真正有力的还是大师兄。"宁缺自然知道这一点，对着棋盘四周的同门再次行礼，宋谦说师弟不用多礼，于是他不再拜谢，而是与众人再次拥抱。

大白鹅不知道从什么地方冒了出来，对准宁缺的脚踝便是狠狠地啄了一口，把他痛得直冒冷汗，险些跌倒到地上。宁缺看着退到一旁的大白鹅心有余悸地说道："这家伙真是看家护院的好苗子，这要在墙里种些红杏，一准刚抽枝就得被它啃光。"

木柚从大白鹅拖着的木箱子里取出衣裳，她把宁缺上下打量一番，觉得准备的新衣有些宽松，不免有些伤感，说道："都瘦成这样了，那到底是个什么鬼地方。"

宁缺想着那条冥河，苦笑着说道："别说，我们还真见了不少鬼。"

"既然是鬼地方，为什么偏要去？"

"她想杀佛祖，谁想到佛祖在棋盘里设了个局。"

后山崖坪上忽然间变得极为静寂，无论是大白鹅还是林里的鸟兽，都紧张地屏住了呼吸，镜湖和溪水里的游鱼根本不敢摆动鱼尾，害怕激起水声，于是渐渐向着湖底与溪底沉去，看上去煞是可怜。因为宁缺提到了她，众人才想起来，离开棋盘的除了他，还有一个她，纷纷望向梨树下，身体显得极为僵硬。

棋盘被打开后，宁缺和师兄师姐们拥抱，共话别后事宜，已经过去了很长一段时间，然而却迟迟没有人想起她来——她不想被人注意，便没有人能发现她的存在，哪怕大师兄也看不到她。众人望向梨树下的桑桑。桑桑静静地看着梨树，不知在想些什么。

待看清楚桑桑的模样，书院众人的情绪变得愈发不安——她左手背在身后，右手垂落在身侧，手指微屈……提着一条青毛狗。养宠物是很常见的事情，但绝对没有谁会像她这样，不把宠物抱在怀里，而是像握剑一样拎在手里。青毛狗紧紧闭着眼睛，似乎在装死。

湖畔一片死寂，梨树被山风轻拂，落下数十滴水珠。

大师兄静静地看着她，然后伸手握住腰间的木棍。

四师兄范悦向溪畔的打铁房走去，河山盘在那处。

五师兄宋谦和八师兄伸手抓起黑白两色的棋子，手指有些颤抖。

六师兄握紧铁锤，肌肉如山岩毕现。

木柚的指间出现一根绣花针，山道上的云门阵法微动。

北宫盘膝坐下，横琴于胸前，西门站在他身后，竖箫于唇间。

数息之间，诸人便已经做好了战斗的准备，并且是最强的手段。因为梨树下的桑桑是昊天，是书院最强大，也是无法避开的敌人。

王持很苦恼，他擅长辩难、花草、用毒，无论哪种都不可能对付昊天，昊天不会与他讲道理，昊天怎么可能被毒死？他左看看右看看，最后目光落在桑桑鬓间，看着那朵在风里微微颤抖的小白花，声音微颤着说道："这花儿……挺好看，在哪儿摘的？"

"没事儿，没事儿，她还是我媳妇儿。"看着场间紧张的局面，宁缺赶紧说道，只是桑桑没有理他，于是很难让人相信真的没事儿，不免让他觉得有些尴尬。

梨树下一片死寂，只有山风穿过箫孔与琴弦的轻响。不知道过了多长时间，桑桑终于不再看梨树，转身看着众人，毫无情绪地说道："因为宁缺，我今日不杀你们。"

宁缺听着这话，终于放下悬着的心，双腿竟有些发软——桑桑现在贪嗔痴三毒尽去，天威重临，即便大师兄和书院诸同门在人间再如何强大，也不可能是她的对手，生死都在她的一念之间。"看，我都说没事儿了。"他拍着胸口，满脸的骄傲，说道，"我有面子。"

北宫觉得很丢脸，说道："书院的面子都让你丢光了。"

宁缺很认真地解释道："先活着，再说面子的事。"

桑桑伸手，棋盘便到了她的手里。

她看着书院诸人，说道："我要这个。"

她虽然没有用疑问句，实际上却是询问，众人有些意外，然后摇了摇头——书院虽然最喜欢逆天行事，但没人真愿意和昊天抢东西。

宁缺知道桑桑拿棋盘做什么，被佛祖困在棋盘里千年时间，险些迷失本性，就此寂灭，便是他也觉得愤怒郁结，更何况是骄傲的昊天？桑桑不会就这样算了，她没有灭掉棋盘里的世界，没有杀死至今不知身在何处的佛祖，她一定会做些事情，才能获得平静。

只是棋盘非凡物，即便她是昊天，也很难在短时间内将其打破。

她准备拿这张棋盘怎么办？她的怒火会落在何处？

桑桑拿起棋盘，振臂一挥，青袖上的繁花盛放，一道清风徐起，后山崖坪上空的阵意被撕开一条裂缝，棋盘便从那个裂缝里飞了出去，飞至天穹之上，变成一个小黑点，然后化作一道流光，向遥远西方坠落。

西荒深处，天坑地底世界的战争还在持续，数万起义农奴在无数敌人的包围中英勇地厮杀，无数佛光与血水喷溅不停。忽然间，一道厉啸在高空响起。拿着简陋兵器的农奴和拿着铁棍的僧兵面带惊愕之色望向天空，战场变得安静下来。天空里出现一道笔直的线条，自遥远东方而来，撕裂云层与空气，直指般若巨峰峰顶的悬空寺大雄宝殿。轰的一声巨响，前些天被春雷劈塌一半的大雄宝殿，瞬间消失无踪，变成一团由无数微粒组成的尘团！

巨峰颤抖起来，无数黄庙倒塌，无数佛像碎裂，无数僧人喷血而亡，恐怖的震动传至原野，无数战马惊恐嘶鸣，跪倒难起。大雄宝殿尽碎，峰顶只剩下平整的崖坪，崖间出现一道漆黑的洞，岩石被高温烧蚀变成流沙状，无数尘屑与火花从洞里喷射而出，快要触及云层。

悬空寺遭受了灭顶之灾。

只是因为桑桑在书院后山把棋盘扔了回来。

她用佛祖的棋盘在佛祖的遗骸上轰出一个深洞。棋盘穿过整座山峰，继续向着原野地底而行，穿透坚硬的岩层和滚烫的热河，依然没有停止，向着恐怖的岩浆层而去。

峰顶一片废墟，到处是断梁石砾，破钟在幔布间不停滚动，发出低沉的声音。讲经首座浑身尘土，走到洞前，抵御住滚烫的热流，眯着眼睛试图寻找到棋盘的踪影，然而哪里能够看到，脸上流露出悲伤的神情。

悬空寺遭受了灭顶之灾，无数黄庙倒塌，数千僧人死伤惨重，原野上的僧兵以及七念等佛宗强者，也被震荡波及，受了不轻的伤。这些都不是讲经首座悲伤的原因，他悲伤是因为感知到此生大概再也见不到佛祖留下的棋盘，这意味着佛祖再难重现人间。

棋盘破开坚硬岩石和滚烫地河，来到地层深处不知多少万里，沉入红色岩浆，被带着高温的地火不停烧蚀。棋盘本来可以隔绝外界一切，但现在棋盘上多出了一道小缝，岩浆便从那里渗了进去。对于棋盘里的世界来说，那条小缝便是天穹上那两道数百里长的大裂缝，渗进去的些微岩浆，便是无穷无尽的高温流火。

黑色海洋淹没了大部分的陆地，然后渐渐退潮，留下满目疮痍的世界，无数佛与菩萨站在废墟里，看着天空流淌下来的火浆，脸上流露出绝望的神情。火浆从天空里的裂缝里不停淌落，看着就像是无数道红色的瀑布，非常美丽，也非常恐怖，火浆落在残留着洪水的原野上，烧蚀出带着毒素的热雾，瞬间笼罩了整个世界，很多佛与菩萨脸色发黑，然后死去。

先遇灭世的洪水，又遇惩罚的天火，棋盘世界里无数生命就此终结，到处都是凄惨的画面，看上去就像是佛经里所说的末法时代。

朝阳城已经被黑色海洋冲毁，泥泞湿软的地面上，到处都是梁木砖石和溺亡的尸体，白塔寺里的钟声再也无法响起。一名青年僧人站在城外，静静地看着远处高空的裂缝，看着从那里流淌下来的天火，看了很长时间，直到城里的惨嚎渐归静寂。

青年僧人离开了朝阳城，向着遥远东方而去，他看着彼处那座侍女佛像，双手合十，面露坚毅神情，踏泥水而行。他准备去修佛，或者要修上千年，才能把那座侍女像重新修成自己的模样，即便那样，他也很清楚自己已经失败了——昊天离开了这个世界，便必然会回到她的神国——但他还是要去做，因为这是他的世界。

书院后山梨树下，桑桑看着西方，脸上没有任何情绪。

她无法在短时间内找到并且杀死棋盘里的佛陀，而且她必须把自己的主要精力放在天上那轮明月上，所以她选择把棋盘封进地底深处——棋盘被高温地火烧蚀，佛陀在里面受万劫之苦，会逐渐虚弱直至死亡。她看着西方，对佛陀说道："山无棱，天地合，乃敢与君绝。"

她是昊天，命令大地来替自己杀死那个胆敢囚禁自己千年的佛陀，她说的话便是天意，便是命运都不能违抗，佛陀再也无法出世。

宁缺明白她为什么说这句话，也清晰地感受到这句话里透露出来的强悍的因果律威能，但还是觉得有些不舒服，"前面六个字，难道不是情人之间才会说的承诺？"

其实谁都清楚，他这是在插科打诨，想要松动湖畔的紧张气氛，只是很明显，效果非常普通，没有谁会认为他真是一家之主。

大师兄的手离开了木棍，木柚收起了绣花针，四师兄范悦停下了脚步，不再去拿河山盘，六师兄把铁锤竖到脚边，宋谦和八师兄放回棋子，北宫有些尴尬地随手一拂弹了几个零散的琴音，西门取下洞箫擦了擦，然后装作没事地插回腰带里，王持走到一丛花树前，低头貌似认真地赏看。

书院诸人解除了战斗状态，不是因为他们相信宁缺能够解决桑桑，而是因为他们看到了桑桑掷出棋盘的威势，确认她已经恢复成了真正的昊天，那么谁都没有办法解决她，打不赢那还有什么好打的？

当然，也是因为桑桑先前说了：今天，她不杀他们。回想着先前棋盘破天而去的画面，众人震撼难消，看着梨树下的高大女子，很难和后山那个黑瘦的煮饭小姑娘联系起来。

大师兄看着桑桑说道："能不能谈一谈？"

宁缺看了她一眼，转身向溪畔走去，虽然他与桑桑的关系特殊，但有资格代表书院和昊天进行谈判的，只能是大师兄。其余的人也纷纷离开梨树，开始做自己的事情，只是没有人能够真的静下心来弈棋弹曲，因为这场谈判对书院对人间来说，太过重要。

湖畔很是安静，鱼儿壮着胆子从石缝莲底游了出来，游到水面轻轻地啄着春风，林里的鸟儿畏怯地探出头，依然不敢鸣叫。

"留在人间，其实也是一种选择。"

"我不需要卑微的人类来替我选择。"

"书院对您是有善意的。"

桑桑背着双手，看着湖面，说道："或许有，但你从未对我有过善意，你对命运的直觉，有时候已经超出了人类的范畴。"

"老师对您有善意。"

"你老师和佛陀做的事情没有任何区别，他们都想让我变得弱小，然后杀死我，我看不出来这是什么善意。"

"佛祖种的是毒，老师给你的是红尘意，前者会毁灭你，后者却是希望你能发生变化，老师……希望你能变成人类。"

桑桑记得在棋盘里，似乎听宁缺说过类似的话，微微蹙眉说道："我为什么要变成人类？这对我有什么好处？"无论是昊天还是普通人类，其实任何问题探讨到最后还是利益和责任的问题，感觉有些俗气，却没有办法绕过。

大师兄无法回答这个问题，沉默稍许后说道："我不知道在这个过程里，您会得到什么样的好处，但我想，老师既然这样安排，必然确认您能够在这个过程里得到一些您想要的，只是那些不是我所能够猜想的。"

这是昊天的世界，她是这个世界的主宰，她拥有一切，无论怎样变化，她都不可能拥有更多，那么夫子认为她能得到什么？没有人知道答案，甚至她也不知道。

这场谈话很简短，没有任何结果，桑桑离开梨树，背着手向山外走去，看着这幕画面，看似正在弈棋弹琴的人们，同时转过身来，互相用眼神示意，心想没有结果大概便是现在能够得到的最好结果。

木柚看着桑桑，有些犹豫地问道："先吃饭？"

桑桑没有理她，就像没有看见她，面无表情地继续行走。

宁缺赶紧追了上去。

山道间的云门大阵，能够轻而易举地拦阻住五境巅峰的强者，当年西陵神殿掌教能够突入崖坪，那是因为阵法无人主持，也是因为余帘本就等着他进来，如今掌教想要再次入山，便没那么容易。但对桑桑来说，这道阵法没有任何意义，随意行走间，便走出了后山崖坪，来到了书院前院，也没有落下宁缺。

宁缺对她说道："问你吃不吃饭，你就算不吃，怎么也得应声，那是尊敬。"

桑桑没有理他，继续向前，没有任何情绪。

宁缺神情微涩，沉默着跟了上去。

走过旧书楼，向静僻处去，越过那片草甸，便来到了那片剑林。

桑桑负手看着这些笔直的树，沉默片刻后说道："那年你登山的时候，我在这里，这些树林变成剑，想要杀我。"

"事后听二师兄说过，应该是老师设下的关隘。"

"不，是轲浩然留下的剑意想要杀我。"

宁缺有些吃惊，这片剑林确实有小师叔的意志，但那时候的桑桑还是老笔斋里不起眼的小侍女，为什么剑林会有反应？

"轲浩然认识我，有趣的是，当时我还不认识我。"说的是有趣，她的神情却是那样的淡漠，感受不到丝毫有趣，"除了他留下的剑意，没有人知道我是昊天，我自己都不知道，真正天心之下，握笔之人都不知道笔落何处，这才是神来之笔。"

宁缺感慨道："是啊，你都不知道自己是谁，自然没有人知道你是谁，最后连老师都被你骗去了神国，你还骗了我的青春。"桑桑没有笑，看着他面无表情地说道："我见你写过很多字，我知道你落笔如有神，在你看来，我这笔写得如何？"

宁缺不明白她这句话的意思，如果她是指以前那些事情，为何要在这时让自己评价，还是说她已经又写出了新的一笔？崭新的一道神来之笔？

他很不安，甚至觉得有些寒冷。

桑桑看了眼被剑林割裂的天空，转身向书院外走去。

"去哪儿？"

"长安。"

听着这个答案，宁缺的不安，就像遇到春日的软雪一般，尽数融化，滋润他的心田，新稻渐生，无比满足。如今人间能够威胁她的，便是长安城里的惊神阵，她愿意去长安，那么便表明她可能真的愿意留在人间，留在他身旁。

## 20

长安城南，官道畔杨柳依依，当年那场战争的痕迹，已经被时间消除了很多，只有茶铺里挂着拐棍的伤残士卒，在不停唤起人们的记忆。

桑桑重新回到这座有过很多记忆的城市，神情却很平静，仿佛根本没有离开过，负手随意行走，穿过熟悉的街巷。由南门入，转向西城，她带着宁缺先去了那家赌坊，没有收取自己的分红，看着赌客们欢愉或绝望的神情，沉默不语。

接下来，桑桑去了红袖招，宁缺始终与她寸步不离，自然没有时间去见简大家，在楼后某个安静的小院里，见到了小草。小草看着桑桑，神情有些惘然，她隐约记得在光明神殿的幔纱后，看到过这个高大的身影，然而不等她说些什么，身前便多了杯茶。

桑桑说道："喝了这杯茶。"

小草的思绪愈发混乱，不明白为什么她要自己喝这杯茶。

宁缺说道："喝了吧，她不会害你。"

小草端起茶杯，喝了下去，完全不知道茶水是什么滋味，然后觉得身体变得有些轻，有些暖洋洋的，很想睡一觉。

看着进入香甜梦乡的小草，宁缺有些不敢确认地问道："这就长生不老了？"

桑桑没有理他，转身离开红袖招，去了学士府。不知道是不愿意相见，还是不想青衣沾染上妇人的眼泪，她直接让曾静夫妇沉睡，然后让宁缺喂曾静夫人饮了杯亲手沏的茶。

宁缺端着茶杯说道："你妈长生不老了，你爸怎么办？过个几十年，你爸死了，你妈一个人孤苦伶仃地活着，怎么看也不是件好事。"

"那把这杯茶取回来？"

"你就不能多泡杯茶给你爸喝？"

桑桑说道："首先，我是昊天，我无父无母，他们只是我肉身的前宿，其次，这杯茶不是谁都有资格喝的。"

宁缺看着她不说话。

她又沏了杯茶。

宁缺笑了笑，端着茶杯走到曾静大学士身前，喂他喝了。

走出学士府，他很认真地问道："那杯茶真的能让人长生不老？"

"我说过，要赐他们永生。"

"那你还欠几杯茶。"

"君陌既然不想喝，我不勉强。"

宁缺很无奈地叹息一声，指着自己说道："那我呢？"

桑桑说道："你从来都不喜欢喝茶。"

宁缺有些恼火，说道："长生不老的茶谁不想喝？"

桑桑说道："我说过，不是谁都有资格喝这茶。"

宁缺真的怒了，说道："你是我老婆，你沏的茶我没资格喝谁还有资格！"

桑桑不说话，向东城方向走去。

宁缺追在她的身后，不停地说道："就一杯茶，你这么小气做甚？"

桑桑还是不说话。

宁缺哀求道："你就行行好，给杯吧。"

桑桑依然不说话。

宁缺大怒，喝道："你要不给我茶喝，我就不给你做饭！"

一路恳求威胁无趣单方面对话，二人回到了临四十七巷。推开老笔斋的门，屋里没有灰尘，走到小院，惊走了窗台上的那只老猫，桑桑走进灶房看了看，然后走回前铺坐下，敲了敲桌子。宁缺明白这是什么意思，很是无奈地去菜场买了菜，做了两荤两素四碟菜，然后盛了两大碗香喷喷的白米饭。以往都是桑桑做饭，除了她离家出走那次，如今她是昊天，自然不会再做饭，从光明神殿开始，他早已习惯家庭地位的变化。

吃完饭后，宁缺洗碗，桑桑走出老笔斋，走进隔壁那家铺子。

因为某些原因，临四十七巷里的店铺生意不好做，很多铺子在前些年搬走，但这些年因为老笔斋一直关着，那些商家陆陆续续又搬了回来。

老笔斋隔壁的铺子，依然是那家假古董店。

桑桑走进假古董店，对吴老板说道："你可以纳妾了。"

说完这句话，她便转身离开。

吴老板端着茶壶，坐在太师椅里，看着空无一人的铺门，觉得自己是不是有些眼花耳聋，先前那姑娘说了什么话？他没有听清，铺子里自然有人听得清清楚楚。吴婶提着湿淋淋的洗碗抹布从后院里冲了过来，瞪着吴老板问道："这是怎么回事？你要纳妾？"

吴老板有些惘然，说道："说的是纳妾的事儿吗？"

吴婶眼圈一红，颤着声音说道："我在里面都听得清清楚楚，你居然还好意思撒谎，你给我说清楚，究竟是哪家的女人。"

吴老板很是无辜，说道："那女人我都不认识。"

吴婶鼻息骤然变粗，声音也变得粗了起来："不认识的女人你也敢往家里带！"

吴老板生气地说道："这都哪儿跟哪儿啊？我什么事儿都不知道！"

吴婶用空着的左手抓住吴老板的衣领，右手里湿淋淋的抹布，劈头盖脸便向他抽了过去，破口大骂道："好你个吴老二！现在你是发达了，在长安城里开了几年铺子便不知道自己姓啥了！当年如果不是靠我的嫁妆，你就是东郡里的一个小流氓！居然想讨小妾！我告诉你，门儿都没有！"临四十七巷的古董店里上演着完美的家庭闹剧，不时传出堪与戏剧比美的声效，惨嚎声与家具倒地声此起彼伏。

桑桑不理会这些事情，在她看来，宁缺当了大河国一天国君，当年赌约便告成立，至于吴老板能不能做到，那是他自己的事。

此时，她正和宁缺在长安城里逛街。

他们去了陈锦记，没有买脂粉，他们去了东城菜场，没有买菜，他们去了香坊，没有买纸笔，他们去了松鹤楼，没有要席面。她是游遍长安却不留痕迹的游客，她只是在她曾经留下过足迹的街巷里，重新印下崭新的脚印，去除曾经的那些痕迹。

长安城是惊神阵，她在这座城市里曾经生活过很多年，她留下的气息让惊神阵受到了很大的影响，如今的行走便是修复。

第二天清晨，她与宁缺回到了雁鸣湖畔的宅院里。

她去了湖畔，站在堤上对着湖面莲田静思片刻，摘下数根韧软的柳枝，以肉眼看不清的速度编了十几个小玩意儿。她编的小玩意儿里有竹篮，有桌椅，还有一只青蛙。编好之后，她没有递给身旁的宁缺，而是扔进了雁鸣湖里。

看着在湖水里漂浮，然后渐渐下沉的柳条小玩意儿，宁缺沉默不语，待看到那只柳条编成的青蛙也沉进湖底后，他打破沉默，说道："佛祖不是青蛙，我也不是王子，看起来，这个世界确实没有什么童话。"桑桑回到长安城，做的这些事情是重温，也是还债，以前在光明神殿里，她便决意用这种方式来切割自己与人间的牵绊，现在她还是在这样做，那么这便意味着，她还是想离开人间，回到神国。

"很多年前，在岷山里你曾经说过，在北山道口的篝火堆旁，你也曾经说过，童话都是骗人的，丑小鸭能变成天鹅，不是它努力的结果，而是因为它本来就是天鹅，我是昊天，便不能留在人间，你再如何努力，也无法改变。"

宁缺沉默了很长时间后说道："你知道，我还有很多手段。"

桑桑看着莲田，说道："是的，你可以动用惊神阵来镇压我。"

"你知道我不会这样做。"

"因为你很清楚，惊神阵就算被修复，也无法杀死现在的我。"桑桑问道，"为什么？当初你想让我重回长安，不就是存的这个念头。"

"我们只是想让惊神阵断绝你与神国之间的联系，书院其实从没想过要把你杀死。"

桑桑想着李慢慢在书院后山说的话，沉默片刻后说道："为什么？轲浩然是我杀死的，你们老师也注定要被我杀死。"

宁缺说道："以前便解释过，杀死小师叔的是昊天，不是你，现在的你是活着的人，而不是冰冷的规则。至于老师……他也没有想过让你去死。"

桑桑静静地看着他说道："夫子怎么想的，我不清楚，但我知道你在撒谎，书院知道夫子必将失败，所以才会急着让我修好惊神阵，因为只有惊神阵修好了，书院才有能力对神国造成威胁，帮助你们的老师。"

宁缺沉默不语。

桑桑微微一笑，转身离开湖畔。春光照亮城墙，她来到了城墙上。

她看着遥远南方，看着那座桃花盛开的山，说道："你们知罪吗？"

西陵神殿在桃山上。数百神官和数千执事，还有难以计数的虔诚昊天信徒，正在进行盛大的祭祀，这场祭祀已经持续了很多天，起始于春雷绽放时，哪怕后面那场绵绵的春雨也没有让祭祀中止，虔诚的祈祷声未曾断绝。

今日，这些祈祷声忽然静止。

因为天空里忽然响起一道如雷般的声音，充满了无法抗衡的力量与最深远的威严感，就像是苍天在对人间训话。

"你们知罪吗？"

没有人知道这道声音是从哪里来的，为什么会在天空里响起，但下一刻，所有人都知道，这声音便是昊天的声音。只有昊天的声音才会如此威严，才会在这些虔诚的昊天信徒的意识里，映出如此鲜明的画面，触动最深处的灵魂。

桃山数道崖坪和前坪上的所有人都跪了下来，以额触地，恨不得要低进尘埃里去，如此才能表达自己对昊天的敬畏与爱戴。

掌教熊初墨正站在纱幔间带领信徒进行祷告，身影在光芒里显得极为高大，听到这道声音后，他顿时扑到地上，身影卑微得就像条狗——传闻中，他的声音也如雷霆一般恢宏，然而和这道响彻天空的声音相比，什么都不是，哪怕用来相比也是一种亵渎。

崖坪偏僻处的石屋前，观主离开轮椅，双膝跪倒，用瘦弱的双臂支撑着身体，不停颤抖，神情却是那样的平静而骄傲。那名中年道人的双手终于离开了轮椅，跪到了观主的身后，隆庆跪在更后方的位置，脸色苍白如雪，眼神里满是惊恐。他很清楚观主做的事情，对昊天来说意味着怎样的不敬，如今昊天离开了佛祖的棋盘，天威重临人间，他如何能够不害怕？

桑桑的声音破云而至，落在桃山，响彻天地。

无数人被这道来自天空的声音惊醒。

有老人扶着围墙看着灰色的天空，浑浊的眼睛里满是困惑，心想今年究竟是怎么了，难道又要开始打春雷，这道雷怎么好像有人在说话？有孩童涌到书塾窗边，指着天空兴奋地议论着，叽叽喳喳听上去就像是一群小鸟，正在犯春困的先生被吵醒，拿起戒尺准备去教训这些调皮的学生，孩童们异口同声地说天说话了，结果却被多打了几记。

宋国与燕国交界处的那座小镇，也听到了天空传来的声音，人们涌到镇上唯一的那条长街上，满脸不安地看着天空，不知道发生了什么事情。肉铺里，屠夫举着那把宽厚的油刀，遮着头脸，藏在案板下面，案板上积着的蹄膀不停落下，每落一根，他的身体便会颤一下。

比屠夫更恐惧的是酒徒。酒徒坐在茶铺里，举着酒壶对着嘴不停狂饮，即便以他的酒量，眼神也变得有些迷离，脸却没有变红，苍白得很是可怕。屠夫没有参与观主对昊天的布局，他却是亲自参与了的，他一路看着昊天和宁缺进入悬空寺，还曾经阻止书院破开棋盘。

如今昊天归来，问人间可否知罪，他有罪，如何能够不惧？

除了把自己灌醉，还有什么方法能够让他不心神俱丧？

朝小树站在茶铺门口，看着灰暗的天空不解地问道："发生什么事了？"

酒徒终于放下了酒壶，声音微颤着说道："这是你所不能理解的事情，你最好离我远些，不然天威难测，你随时可能会死。"

朝小树转身看着他，神情有些复杂。

酒徒继续饮酒，想把自己灌醉到人事不省，含糊不清地说道："我们都是为了她好，但如果她不领情，这可怎么办？"

在桑桑被囚佛祖棋盘一事里，道门看似什么事情都没有做，但正因为如此，这便是罪，眼看着昊天遇险而不言，便是大罪。

更何况桑桑事后一推算，便明白了道门想要做什么。

她向人间问罪，问的是有罪之人。最有罪的那个人，自然便是观主陈某。

跪在他身后的隆庆脸色苍白，浑身汗如雨下，中年道人身体微微颤抖，仿佛随时都无法保持跪姿，而观主已经是个废人，修为境界与隆庆及中年道人完全不能相提并论，却比他们更加镇定，嘴角甚至还有一抹笑容。

他看着天空微笑着说道："我无罪。"

桑桑的声音再次在崖坪前的空中响起："你与佛宗勾结，意图使我沉睡，便是大不敬之罪，有何可辩？"这一次她没有让整个人间听到，只有崖坪上的人能够听到，因此愈发惊心，很多神官执事道心受撼，再也无法支撑，两眼一黑便晕厥过去。

"绝无此事。"

"你不承认曾经想杀死我？"

"我想杀死的是桑桑，并不是昊天。"

"我便是昊天。"

"我信仰的是昊天，并不是那名叫桑桑的女子。"

"若我不能在棋盘里醒来？"

"昊天无所不能，更何况，这本来便是您的意志，我只是在执行您的意志，相信您现在应该明白我的虔诚。"

春风轻拂山间的桃花，一片静寂，没有任何人敢发出任何声音。

过了很久，桑桑的声音再次响起。

"身为凡人，妄揣天心，便是罪。"

观主平静地说道："如果这是罪，我情愿罪恶滔天。"

"你既追随于我，便应听从我的意志。"

"昊天的意志从未改变，那便是不惜一切代价守护这个世界的秩序。"

"哪怕我改变想法？"

"是的，因为世界之外是寒冷的冥界，您想法改变，便意味着人类的毁灭。"

"有理。"

这两个字之后，桑桑的声音再也没有响起。

过了很长时间，隆庆才敢把目光从被自己汗水打湿的地面移起，望向前方不远处的观主，眼神里充满了敬畏与不解。昊天值得敬畏，在昊天问罪的情况下，依然能够如此平静地对话，观主更值得敬畏，他甚至无法理解，观主的勇气是从哪里来的。观主艰难起身，看着遥远的北方，看着长安城的方向，沉默了很长时间，说道："让祭祀继续，昊天准备回神国了。"

和隆庆的想象不同，与昊天进行对话，甚至辩论，并不让观主觉得恐惧，因为他是这个世界上最了解昊天的人。昊天是必然要与人类讲道理的，因为她本来就是道理。

长安城墙上，桑桑想着宁缺描述过的那个世界，确认陈某说的有道理。

而且正如他所说，这本来就是她的意志。

"有理？有个屁道理！"宁缺说道，"如果这是罪，我不怕罪恶滔天？这种典型非主流的腔调，难道你不觉得恶心？居然还能听出道理？"

"如果没有道理，他已经死了。"

"虽然说道门没有做什么，但很明显，他事先就知道佛祖棋盘会给你带来危险，他什么都没说，这是什么道理？"

桑桑忽然说道："你有没有想过，是我自己想进佛祖棋盘，他所做的事情，只不过是在执行我的意志，那他有什么罪？"城墙上的春风忽然变得非常寒冷，宁缺转身过，想避过这场春风，想避开这个问题，因为他真的觉得很冷。

桑桑静静地看着他，说道："你懂了？"

宁缺伸手去摸她的额头，说道："你病了。"

桑桑微笑着说道："你有药吗？"

宁缺正色说道："十一师兄最擅长做药，我去给你讨些？"

说的都是笑话，因为这时候他只敢说笑话，因为桑桑与观主的对话，让他的心脏变得越来越寒冷，哪怕她的微笑都无法带来暖意。她的微笑是那样的平静，那样的冷漠。

"我说过，你要我进长安城，是要我修惊神阵，你们要破天，助夫子胜我，我知道你想的所有事情，你无法骗我。"桑桑看着他平静地说道，"如果说有罪，你该当何罪？"

宁缺渐渐平静下来，看着她说道："不要忘记，我也知道你想的所有事情，你是想用惊神阵重新打通昊天神国的大门，你也无法骗我。"

"终究都是在骗。"

"你骗我的事情，终究要比我骗你的事情更多，就像昨天在书院里说的那样，你骗了我的青春，就不要再骗我的感情了。"

"感情？我大概明白是什么，但我没有骗你。"

宁缺面无表情地说道："你无法驱除老师在你身体里留下的红尘意，没法斩断人间以及你我之间的情意，所以你回不去。你我一道游历人间，始终找不到方法，直到去了烂柯寺，看到瓦山上的残破佛像，明白了佛祖为你设的局，所以你毅然赴局，让自己中贪嗔痴三毒……"

"你找佛祖，说想要杀死佛祖，都是假的，我们去悬空寺，被困佛祖棋盘，都是你自己的选择，因为去掉贪嗔痴三毒，便是去了红尘意。"他声音微涩，"佛祖自以为算清因果，哪里想到，在你的眼里，他只是一把锋利的雕刀，你要借这把雕刀割掉自己的血肉，割掉身上的尘埃，从而回到神国。但你有没有想过这样做，对我意味着什么？"

"这是场战争，你怎么不明白呢？"

"这些事情似乎与我没有关系，但在棋盘里共度漫漫时光，让你中贪嗔痴三毒的那个人……是我，最后拿起雕刀把你修成佛，帮你去除贪嗔痴三毒，同时去除红尘意的那个人……是我，是我是我，还是我。"宁缺看着她微笑着说道,"棋盘里的一千年,便是我的感情。你利用我,便是欺骗我的感情。我说亲爱的,你怎么不明白呢?"

他的笑容很淡,淡得像水,他的情绪很浓,浓得像血。

至此,与棋盘相关的故事以及这场因果终于水落石出。

是的,这就是所有的真相。桑桑无法摆脱身体里的红尘意,于是她寻找佛祖,来到棋盘里的世界,在那个世界里与宁缺情根深种,便有贪嗔痴三毒深种。宁缺要救她,便要去她体内的贪嗔痴三毒,贪嗔痴就是情感,就是红尘意,修佛便是祛毒,便是斩断她与人间的羁绊。

书院没能算到这点,佛祖也想不到事情会发展成这样,无数轮回,无数众生,没有人能够猜到她的做法,因为天意不可测。佛祖看到因果,她便是因果,她借佛祖的局破了书院的局,于不可能里见可能,这便是昊天的大智慧,也是宁缺的大沉痛。

宁缺站在城上望春风,神情淡漠地说道:"在朝阳城的小院里……看着我每天那么开心地买菜做饭,你是不是觉得很开心?我这辈子骂过很多人是白痴,我觉得他们真的很白痴,如今想来,我才是最蠢的那个白痴。"桑桑走到他身边,背着双手看着春风里的人间,说道:"没有骗字,因为我亦不曾知晓,只有因果落定时,才明白何为我的意志。"

宁缺微嘲道:"你觉得我能相信这句话?"

桑桑说道:"你相信与否并不重要,就像昨天在书院里说的那样,没有人知道事情会怎样发展,连我自己都不知道,这才是真正的神来之笔。"

"果然是神来之笔……其实在棋盘里最后那些年,我隐约猜到了些什么,只是不想相信,所以我始终没有问你。那些年我在那座山上挥着铁刀修佛,虽然背着你,但始终都是一个人,我很孤单,孤单得恨不得去死……"宁缺看着城墙上行人如织的街巷,看着热闹的市井,说道,"每次你醒来却不肯与我多说几句话,开始的时候,我以为你很疲惫,后来才发现,那是因为你不想与我说话……我很失望,并且开始警惕,因为这证明你的情感在变淡,或者说证明你在害怕什么,你在害怕什么呢?"

他转身看着桑桑,平静地说道:"你害怕与我相处,便不忍斩断与人间的联系？如果是这种害怕，我会觉得有些欣慰。"

桑桑没有回答他这个问题，说道："既然你已经隐约猜到，并且开始警惕，为什么你什么都没有说，什么都没有做。"

"天算能算一切事，确实很可怕，但我不怕，因为惊神阵还在我的手里，你不该对我说这些，我不确认你已经去除了体内的红尘意，书院真有可能用惊神阵轰天，那时候你便可以借势重归神国，而现在这已经不可能了。"宁缺面无表情地说道，"你就算变回当初那个冷漠无情的昊天，只要你无法回到神国，那么最多便只能回到原先的状态，就像我们在光明神殿里度过的那些日子，我们必然会继续纠缠在一起。"

桑桑说道："既然我对你说这些，那么便说明，即便没有惊神阵开天，我也有别的方法离开人间，回到神国。在棋盘的世界里，我体味红尘万劫，削肉刻骨祛毒，切断与人间的联系，我还看到了那只大船，神意通明。"

宁缺想着极乐世界里那只恐怖的大船，觉得有些不安。

桑桑继续说道："佛陀与你老师不同，你老师与人间融合，便是我都不能找到他，而佛陀则是集众生意相助，另辟世界瞒过我的眼睛。两种都是大神通，我不能与人间相融，便只能用佛陀的方法来获得开辟世界的力量。众生意便是信仰，我是世界之主，拥有无数虔诚的信徒，然而无数万年来，我于神国冷漠俯瞰，力量来源于众生，却没有想过如何利用并且增强这种力量，在这方面，我从佛陀处学习到了很多。"

"就是那艘大船？"

"佛祖普度众生，众生便助他驶抵彼岸，我要让众生度我，便要先度众生。"

"你的彼岸在哪里？"

"我出于神国，彼岸自然便在神国。"

宁缺望向灰暗的天空，没有说话。

桑桑向着南方某处伸手。城南数十里外是书院。

被桑桑带出棋盘的青狮正在溪畔与大白鹅对峙，鬃毛如剑竖起，不停低哮恐吓却不敢轻举妄动，不时望向远处的草甸。大白鹅就让它觉得有些棘手，而草甸上还有只老黄牛在打盹，它很清楚，如果老黄牛睁开眼，那它就惨了。青狮非常不理解，为什么一出棋盘便能遇到这么多可怕的同类，这和它在棋盘里获得的信息完全不同，这个世界太可怕了。

忽然间，一道无形的力量破云门阵落到崖坪上，抓住青狮消失无踪。青狮出现在城墙，出现在桑桑的手中，颈间的鬃毛被揪得生痛，却不敢有任何反抗的意思。

桑桑对着城墙外挥了挥衣袖，便有清风降临人间。那年光明祭时，人间也曾经迎来这样一道清风，只是与当年相比，今日的清风更加清净，更加柔和，拥有更多的生命气息。

清风首先来到西陵神殿，山坳间盛开的桃花迎风招展，瞬间变得更加美艳，跪倒在崖坪和前坪上的信徒们，被清风拂面，顿时精神一振。不安、惶恐、悲伤、绝望等所有负面情绪尽数被净化一空，盲者觉得眼前的世界渐渐亮起来，聋者隐约听到了一些声音。

那声音起于无数信徒之唇，是吟诵教典的声音，在西陵神殿掌教的带领下，十余万神官执事和虔诚信徒，不停地高声诵读教典。这段教典文字优美，韵脚相叠，形成格外神圣的感觉，大有离尘之意，正是西陵神殿的终篇——《太上玉华洞章拔亡度世升仙妙经》。

春风满人间，吟诵之声随之流满人间所有地方，各国里的数万座道观，无数道人都开始诵读这段人人耳熟能详的教典。春风缭绕山林，轻拂垂云，最终化雨，向着人间淅淅沥沥落下，那些雨水泛着金色的光泽，落到地面却是无比清澈。春雨落在桃山，湿了树林，深了桃花的颜色，落在天谕院偏僻处，堆在墙角里的一堆干柴也被打湿了。

一名瘦弱的小道僮正在避雨，他是神殿里最不起眼的杂役，即便是如此重要的祭祀仪式，也没有人通知他，他是被人遗忘的存在。看着柴堆被雨水打湿，小道僮有些着急，以袖遮脸跑了出去，想要把那堆木柴搬进灶房里，哪里顾得上自己被雨淋湿。清澈的雨水落在他身上，变成了无数斑驳的金色光点，然后渗过肮脏的道袍，开始缓慢地滋润他的身体与道心。

宋燕交界的小镇上，酒徒扶门看着天空落下的雨水，握着酒壶的右手微微颤抖，任由那些雨水打湿他看不出来年龄的容颜。雨水落在肉铺失修的瓦檐上，顺着那些裂口流下，淌到案板上，淋湿白胖的猪蹄，然后带着血水，打湿屠夫的头脸。他们清楚地感觉到，自己压制在灵魂最深处的那些污浊，被这些自天而降的雨水一洗而清，腐朽的身体甚至出现一道清新的生机。酒徒离开茶铺，屠夫走出肉铺，两个人来到镇上唯一的直街上，分别站在街道两头，站在淅淅沥沥的春雨里，满脸动容，心意渐坚。

春风满人间，春风化雨，自然也洒遍处处，无论西陵神国还是东海之滨，都被细雨笼罩，便是遥远北方的荒原深处，也落了一场雨。雨水落在金帐上，发出啪啪的声音，仿佛有人在随意敲击着破落的战鼓，原野是那样的安静，这声音便显得那样的清晰。神情肃穆的单于，带着所有的妻子和儿子还有数十名王庭大将，跪在雨中，不停祈祷长生天赐予他们勇气。

国师带着十余名大祭司，跪在最高处的草甸上，伸出双手迎接自天而降的雨水与恩泽，国师苍老的容颜在雨水的冲洗下，以肉眼可见的速度变得年轻起来，那些大祭司的身体也被淡淡的金光包裹。国师缓缓闭上眼睛，跪在雨中，静静体会着雨水里的生命气息和那道深不可测的神威，内心恬静而充满敬畏。

悬空寺也在落雨，君陌看着被雨水打湿的铁剑，微微挑眉。铁剑被雨水浸湿，变得更加黝黑，又镀上了一层光泽，变得锋利了很多，他的衣衫被打湿，整个人也变得锋利了更多。君陌知道这是为什么，数年前，他当着她的面说过，不会接受昊天的馈赠，但她想做些什么，他不想接受也不行。

坑外荒原上，大黑马低着头拖着沉重的车厢，在残乱的胡杨林里行走着，忽然一阵春雨落下，打湿它的身体，所有的疲惫与孤单尽数消失。它眯着眼睛看着春雨深处，忽然生出一些不舍。

相似的画面，在人间各个地方发生。有修行者在雨中狂喜痛哭，苦修数十年都未能进入洞玄境的他，今天终于跨过了那道门槛，甚至有隐居深山的道门修行者一夕知命。重病的人得到救赎，悠悠醒来，将死的人得到救赎，不再痛苦，平静地回到神国，信昊天的，必有福报，因为这场春雨是她赠给人间的礼物。

一场春风化雨，天谕院那位小道僮，必然不会再做杂役，他将成为修行界的天才，道门最器重的新一代强者。酒徒和屠夫不再苟延残喘，在被接引去神国之前，将在人间拥有一段鲜活的生命。金帐王廷的国师和很多道门强者被雨水洗得道心通明，各有所得，更加强大。

佛普度众生度的也只是信他的众生，昊天的礼物自然不是谁都能收到，悬空寺里的僧人便被这场春雨淋得极为狼狈，而西陵神殿崖坪石屋前，跪在雨中的观主也依然还是个废人，被寒雨冻得脸色苍白。

道门所有信徒都得到了好处，只要他们是真心虔诚信仰昊天，观主是人间道门的领袖，却被排除在这个过程之外，他很清楚并不是自己对昊天的信仰不够虔诚坚定，而是因为昊天依然记得他曾经的那些不敬。

看着春雨里的人间，观主微涩而笑，眼神却还是那样的坚定，只要人间还是这样的平静，就算自己被昊天抛弃又算什么呢？

临康城里的陈皮皮与唐小棠，南晋皇宫前的数万新教信徒，宋国那座破落小道观里的叶苏，还有正在听他传道的十几个街坊，他们又在想什么呢？

春雨也落在长安城里，那些清澈的雨水里有着无比浓郁的生命气息，那是对人间的仁慈，所以惊神阵没有做出什么反应。小草在红袖招里睡了整整一天一夜，简大家把宫里的御医都请了过来，也没有瞧明白她究竟得了什么病——春雨落下时，她醒了过来，走到窗边倚栏而立，看着檐上落下的水珠，在心里默默说了声谢谢。曾静夫妇也在春雨的滴答声中醒来，夫妻二人携手走到园里的雨亭间，看着春雨，总觉得发生了些什么，伤感离绪无由而生。

春雨降临人间，昊天赐福于亿万信徒，普度众生，众生信仰更为坚定，甚至狂热，无数道不可见的精神气息，自殿宇草屋间生出，从众生的灵魂里生出，向着雨中而去，直上天穹，这便是众生对昊天的回报。亿万道纯粹的精神气息来到长安城南，不拘强弱，无比和谐地融在一起，扰得雨丝微乱，把黯淡的云照耀得光明一片。

城头上，宁缺站在桑桑身旁，首先闻到一丝极淡的香气，然后整个人间都闻到了这抹香气，紧接着又有高妙飘渺的乐声响起，异香神曲中，无数金色的花瓣飘落，无数道精神气息照亮的云层里，隐隐出现了一艘无比巨大的船，那船竟也是金色的。

无数信徒，把自己的意念凝成了这条大船，准备恭送昊天回归神国。

## 21

桑桑的脚离开城墙，向云里那艘大船飘去。

宁缺抱住她的腿，不让她离开。

就像很多年前在荒原上，云破光明现，昊天神国大门开启，她向天上飘去，他站在原野上，毫不犹豫地抱住她的腿。那时候，桑桑带着他向天空飘去，最后是夫子抓住了他的脚，现在人间已无夫子，他再不想她离开，又如何敌得过整个人间？

桑桑飘离城头，来到空中。

宁缺没能留下她，只留下了她的鞋——他给她买的布鞋。

桑桑落在船首，将手里拎着的青狮扔进云中。青狮迎风而长，变回数百丈高，颈间鬃毛乱晃，狂啸一声，云破青天现，它奋力拖动着大船，向青天而去。

长安城做出了反应，惊神阵释放出一道凌厉至极，仿佛可以撕开天空的杀意，凝蕴在城中无数街巷建筑里，时刻可以击出。无数唐人走出屋门，涌到街巷上，看着南方光明的天空，看着天上那艘不可思议的巨船和船首那只大青狮，脸上写满了敬畏和恐惧。惊神阵没有向那艘巨船发起攻击，因为船在城外。桑桑站在船首，背着双手，无限的光明，把她高大的身影投影在地面上，让城头变得有些黯淡，便如宁缺此时的情绪。

青狮拖着大船出云，向着高空而去，开始的速度很缓慢，但很明显正在逐渐加速，而天空遥远某处，隐隐出现了一道金线。那道金线不是昊天神国的大门，神国的门早已在数年前便被夫子毁了，那道金线是岸，是桑桑想要抵达的彼岸。有岸便不需要门，她若有无上的智慧，便能抵达彼岸，而她的智慧早已得到证明，无论夫子、佛祖还是宁缺，甚至是她自己，都在那份智慧里。

"就这么走了？难道所有的一切都是假的？"宁缺站在城头，看着天上那艘巨船，面无表情地问道，"我为你修了几十年的佛是假的？我一把屎一把尿把你拉扯大也是假的？那场饥荒是假的？整座岷山都是假的？渭城是假的还是长安是假的？"

桑桑站在船首，没有转身，沉默不语。

"不说岷山，不说当年，只说你我在一起折腾了千年时光，你连杯茶都不给我喝，就想这么离开，你觉得合适吗？"

宁缺看着越来越远的那艘船，艰难地笑着说道。

桑桑站在船首，依然不转身，依然沉默。

宁缺缓缓握住铁刀的刀柄，盯着她的背影，声音微沉，一字一句地说道："我觉得不合适，所以你就别想走！"铮的一声，他抽出铁刀，向着天上那艘巨船斩去！

在佛祖棋盘里修佛，是他和桑桑一起修佛，桑桑悟通了慈航普度的方法，他又何尝没有收获，他同样学会了凝聚众生之意！无比磅礴的天地元气，被惊神阵召集，经由阵眼杵，源源不断地灌输进他的身体里，城里无数把刀离鞘而起，千万刀再现人间！

两道极凌厉的刀痕，从长安城墙破空而起，须臾间来到天空里，组成一个清晰的人字，两道笔画交汇之处，正是船首！当年在长安城里，唐人众志成城，他借惊神阵之力，集百万人之念，在青天上写出了一个人字，斩得观主生死不知。在佛祖棋盘里，他于峰顶修佛，夺来千万佛与菩萨的信仰，借桑桑之力，在黑暗天穹上写出一个人字，破了千年困局。

这是他第三次写出这个字，会带来怎样的结果？

宁缺知道自己的这道刀符，不可能斩破桑桑脚下的巨舟，因为那是信仰之舟，所以他斩的是船首之前的那片空间。

青狮踏云而行，与船首之间有根无形的绳索，便在那处。

宁缺要把那根无形的绳索斩断。

两道刀痕，出现在青天上，笼罩巨舟。

桑桑终于转过身来，神情不变，伸出手指点向刀痕。

她伸出一根手指，那根手指很纤细，指尖的面积很小。

宁缺的两道刀痕，已经快要把整片天空切割开，相汇之处，足有方圆数里。

但她的指尖，却把这方圆数里的空间笼罩。

无数气流溅射，光明的云层被撕成无数碎絮。

大船继续稳定前行。

她一指便破了宁缺的人字符。两道笔画渐行渐远，最终在天空里分崩离析，散作无数符意，就像是无头绪的乱风，然后被光明净化成虚无。看着这幕画面，宁缺沉默无语。

铁刀斩出的那瞬间，他便感觉到，这两道刀痕不够精纯，写出的人字符显得非常勉强，只是他想不明白这是为什么。因为畏惧？是的，观主再如何像神仙，在意志强大的唐人眼里，依然是和自己一样的人，但昊天毕竟是昊天，他们怎能不畏惧？不是所有人都敢对昊天出手。意志不统一，便不能发挥出人字符的最大威力，众志不能成城，这城又如何挡得住天威一指？

"在棋盘里，你能写出那个字，破开天穹，是因为我在你的身体里，那些佛拜的是你。你须知晓，即便在长安城里，众生依然是我的信徒，这众生如何会听从你的意志？我已不在，你又如何能够再写得出那个字？"桑桑站在船首，看着他平静地说道，"不过你能够领悟众生意，这让我很欣慰，仔细看着我身下的船，或许你会领悟更多。"

宁缺沉默了会儿，说道："欣慰个锤子，领悟个鬼。"

桑桑说道："想来再会之时，那便是生死之间，你若要战胜我，便要学会真正写出那个字来，到时你我再见。"

宁缺面无表情地说道："到那时，我或许已经老死了。"

桑桑静静地看着他，不再说话，准备转身。

便在这时，宁缺忽然说道："你以为这样就结束了吗？"

桑桑微微蹙眉。

宁缺大笑起来，说道："当年在岷山里没有屠夫，我也没让你吃过带毛的肉，我打不赢你，你也别想着能跑掉，不要忘记，这么多年来，我一直都在不断地败给你，但你什么时候真的能离开我？"

说完这句话，他转腕回刀，插进自己的胸膛。

他插得很用力，黝黑而锋利的刀身直接捅破他坚硬的血肉与骨头，深入胸腔内部，锋尖抵着正在不停跳动的心脏。

城上响起一阵大笑。真的很痛，他的脸色变得异常苍白，但他看着天上的大船，依然在笑，笑得很开心，笑得很惨淡，笑得很决然，笑得那般放肆，甚至有些疯癫。

桑桑站在船首，看着下方城墙上的男子，神情平静，没有像从前那样，因为对方的不敬而愤怒，或者因为对方的存在而厌憎。她觉得这种平静的感觉非常好，非常强大，哪怕可能是自以为平静，但终究是平静，平静之后是静穆，静穆便是永恒。

她以为自己能够保持平静，但看着宁缺苍白的脸色，看着他胸膛间不停流淌出的鲜血，不知为何觉得自己的胸口也有些痛。这是错觉还是幻觉？桑桑以难以想象的意志，把这个问题从自己的心头抹掉，却无法阻止眉头微微蹙了起来。

她静静地看着宁缺，忽然问道："不痛吗？"

宁缺看了眼胸口，看着深入骨肉的刀锋，挤出一道凄惨的笑容，说道："男人，应该要对自己狠点儿。"

桑桑喃喃说道："但还是会痛啊。"

宁缺手指用力，把铁刀向胸口里插得更深些，数十颗汗珠淌过苍白的脸颊，抬头看着她说道："我是纯爷们儿。"

桑桑看着他怜惜地说道："真的不痛吗？"

宁缺握着刀柄的右手微微颤抖，刀锋在胸间拉出一条更长的口子，鲜血像瀑布般淌落，说道："在西陵神殿，我全身的血肉被你割了无数刀，无数次，早就习惯了，没什么新鲜，现在想来应该要感谢你。"

桑桑问了三句他痛吗，他始终没有回答，刀锋入心，怎能不痛，只是他的心本来就极痛，已经变得麻木了。

"是啊，只要是人就会痛。"怜惜的神情瞬间消逝，桑桑面无表情地说道，"你是人，体内天然有贪嗔痴三毒，棋盘千年，情根深种，我的毒没有了，你的毒呢？"

宁缺看着她，再次笑起来，笑声愈发淡漠。

"在人间游历，你一直想要我明白什么是情，什么是爱，直到现在，我还没有完全理解，但我至少清楚一点，情与爱有时候并不是接受，而是施予，人皆有不忍人之心，你对我付出的越多，便越不忍伤我。"桑桑看着他平静地说道，"我要离开，你要阻止我便只有自尽一条道路，那样我便会死去，你真的忍心这样做？"

宁缺大笑着说道："你说得不全面，情与爱不是单方面的接受也不是单方面的施予，而是共同度过，我确实不舍得让你去死，难道你就舍得看着我去死？如果你真是昊天无情，先前走了便是，何必与我说这么多？"他一面说话，一面咳血，牙齿与苍白的脸颊上满是血污，看着异常狰狞，然而其间却隐藏着天都不能忽视的意志与决心。

桑桑沉默了很长时间，然后微笑着说道："你说得有道理，既然最终的结局是分离，我不应该说这么多。"春风拂动青衣，上面的繁花渐渐盛开，青狮踩云而行，大船向着天空远处那道金线缓慢而去，她在船首不再看他。

宁缺看着天空里那艘大船，看着她的背影，脸色苍白，说道："你知道我不喜欢死，直到那天，渭城查无此人，那些人都死了，我以为你也死了，后来，皇后娘娘也从这里跳了下去，我才明白死并不可怕。"桑桑没有转身，背在身后的双手指节发白，应该是在微微用力，她看着远处的彼岸，默默想着："你就这么想我死吗？"

这个问题她问过很多次，宁缺再次笑了起来，笑得浑身颤抖，大声说道："在西陵就说过，一起死或者一起活着。

桑桑没有理他，大船继续向着彼岸而去。

"是啊，如此铭心刻骨，怎舍得让你去死？你是昊天，能算世间一切事，又怎么能算不到这些，你知道我不忍心让你去死。"宁缺抽出铁刀，把手伸进胸口，握住心脏，用力地拉了出来，血水哗哗地流淌，他的心就这样暴露在湛湛青天之下。他痛得脸色苍白如雪，身体不停地颤抖，再也无法站立，啪的一声跪倒在自己流出的血水里，膝前溅起两蓬血花。

"铭心刻骨？我把心捏碎，上面铭刻的文字再深，还能存在吗？不忍心让你去死，我把心捏碎，心自然没有什么不忍。"宁缺痛苦地喘息道，"如果你再不停下，那就一起死。"

桑桑依然没有理他，大船继续前行。

红尘意已然尽去，现在的她是昊天，是纯粹的客观规则集合，自然冷漠无情，不再被人间羁绊，自然不受任何威胁。

宁缺自杀，桑桑便会死去，但昊天还会活着。

绝望的神情，出现在他的脸上，同时还有一道狠意，用力握掌！

他的掌心里是那颗鲜红的、正在跳动的心脏。他现在浩然气接近大成，身躯坚硬如铁，最关键的是，桑桑挥袖便能医白骨，想要自杀是件非常困难的事情。随桑桑游历人间的那些时间里，他设想过很多次如何自杀，先前以浩然气运刀，剖开胸腹，直刺心脏，再次确认哪怕刀锋刺入，也很难瞬间死去。只要给桑桑留下瞬间，她便能治好他。

所以他把心脏掏了出来，只要手掌一握，便能碎成无数碎片，即便是昊天，也没有办法再让他活过来。他死桑桑便会死，昊天还会活着，他似乎没有道理这样做，但依然决定这样做，因为这代表他的态度，而且他想最后看看她的态度。

手掌握紧，以他现在的力量，即便是个铁球，也会被捏扁，然而……那颗鲜红的心脏只是有些变形，连道裂痕都没有产生。很痛，宁缺的心非常痛，但没有碎。

他很震惊，很迷惘，不明白这是为什么。

桑桑站在船首，微笑不语。在棋盘世界的最后数十年时光里，从红杉林到那座山峰的峰顶，她离开神躯，一直住在他的心里，他的心早已变得无比强大。宁缺自己都不知道这种改变，她知道。他想什么，她都知道，所以他怎么可能胜过她？

一道清风拂过，天空里又落了一场微渺的春雨。雨水落在宁缺的身上，洗净那些血水，洗去那颗心脏上的尘埃。那颗心从手掌里，重新回到胸中，伤口瞬间愈合，连道疤痕都看不见。宁缺看着胸口，觉得那颗心脏跳动得似乎比以前还要更加强劲有力。

他可以举起铁刀，再次剖开胸口，把心脏掏出来，但他没有这样做，再意志坚定的人，也很难在自杀失败的情况下，毫不犹豫地马上开始第二次自杀，更关键的原因在于，他知道桑桑不会给自己第二次机会。

先前那次，是他与她不曾明言的约定，或者说赌博。

他输了，心间传来一道甜意，但他不甘心。

宁缺说道："我舍不得你。"

"我说过，等你能真正写出那个字，便会再见。"桑桑静静地看着他，脸色也有些苍白，情绪有些复杂，说道，"另外，你喝过我的茶，还喝过很多次。"这么多年来，他们在同一个屋檐下生活，在同一张大床上辗转，在同一口铁锅里吃饭，他当然喝过她沏的茶。

宁缺怔住，沉默了很长时间，忽然指向双腿间。

他大声质问道："你就这么走了，这怎么办？"

桑桑微笑不语。

她与他曾经合体，他的心脏现在都变得坚不可摧，双腿之间的伤势自然早已好了。

宁缺当然知道，他只是想找个借口把她留下。

这个借口有些可笑，很可怜。

大船继续向天边驶去，然后渐渐消失在金线里。

她即将抵达她的彼岸。

看着渐渐消失的大船，看着再难见到的遥远的她，泪水在宁缺的脸上不停流淌，苦涩说道："你都走了，这还有什么用呢？"


大船离开，人间无数信徒跪地恭送。

那道金线便是彼岸。无数光明涌至眼前，桑桑下意识地眯了眯眼睛。神国的门被夫子毁了，她也是第一次通过这种方法回去，这种感觉有些陌生，但她知道不会出错。因为她来自神国，她的彼岸自然便是神国。她闭上眼睛，准备开始与神国里的自己相见，然后融合。

当她睁开眼睛时，看到的是一片葱郁的山岭。她的脸色有些苍白，身体有些僵硬。

这片葱郁的山岭，她很熟悉，但这里不是神国，而是岷山。

在山岭间，她沉默不语，站立了无数日夜，想要推算出原因。小青狮不安地跪在她的身旁，看着四周的风景。无数日夜后，她终于想明白了其中的原因——她是人类的选择，她来自人间，而不是神国，于是她的彼岸，便是人间。

她，还在人间。

除此之外，还有一个原因。

她望向小腹，微微蹙眉，感觉陌生，甚至有些惶恐。

或许，这才是真正的神来之笔。


## 22


深春的临康城，客舍青青，有辇自城外门来，在街间缓慢行走，柳亦青坐在辇里，闭着眼睛，神情平静。今日春祭，城中升起无数盏明灯，向着夜空飘去，无数道门信徒，对着那些明灯虔诚跪拜，向昊天颂祈，画面很是庄严神圣。柳亦青不能视物，看不到春夜景致，自然也看不到千万盏明灯，但他能听到那些颂祈的声音，能感受到信徒们的狂热。

很自然地，他想起了数日前那场春风化雨，那场洒遍人间的甘霖，那些神奇的画面，那艘驶向神国的大船。昊天离开了人间，恩泽却留在了人间，由此而产生的那些变化，必将深刻地改变这个世界，这个时代。

柳亦青有些疲惫地抬起手，辇转入侧方的一片街巷里，在这些年重新拓宽的道路里缓慢行走，来到一间旧屋前。旧屋已不像当年那般破落，被虔诚的新教信徒粉刷一新，柳亦青下辇，走进屋中，站在窗畔，沉默了很长时间。

陈皮皮走到他身旁，向着窗外的星空望去。

柳亦青说道："我看到大时代正在来临。"

他的眼睛上蒙着白布，看不到任何画面，但他能够看到波澜壮阔的未来，风云际会的人间，看到鲜血以及杀戮。

在这数年里迅速传播的新教，在短短的十余日里遭受了近乎灭顶之灾，不仅仅是因为西陵神殿诏告世间，取缔新教，信仰新教的信徒生前要受火刑惩罚，死后更会被打落万丈深渊，永远不可能进入昊天神国，更因为昊天向人间展示了她的慈爱与威能——对新教教义而言，昊天留在人间的福泽，那些重病忽愈的虔诚信徒，那些破境的修行者，那些新生的手指，是最沉重的打击。

陈皮皮看着星夜里那轮有些黯淡的月亮，沉默很长时间后说道："除了等待，或许，我们还能做些事情，比如抗争。"

柳亦青看着自己看不到的星空，说道："人无法与天争。"

陈皮皮说道："这不像是你会说出来的话。"

数年前桃山光明祭，柳白持剑直入光明神殿，以剑逆天，其后剑阁诸弟子，想也未想，护着陈皮皮与唐小棠杀出桃山重围，回到临康。从那一天开始，剑阁站到了道门的对立面，柳亦青在选择里所展露出来的决绝强悍，直到数年后依然令修行界很是震撼。

星光落在柳亦青蒙着眼睛的白布上，仿佛镀上了一层寒冷的霜，冷而坚定，他的声音也同样如此，"无法与天争，不代表不去争。"

陈皮皮沉默不语。柳亦青的这句话，便是剑阁的态度，如剑锋一般冷硬，然而其间依然有很多无奈与不曾出口的喟叹。这种决然，并不能改变人间的局势，所以徒添悲壮。

"西陵神殿的诰书应该马上就要到了。"柳亦青说道，那封诰书的内容他还没有看到，但能够猜到，自然是要求南晋取缔新教，并且交出陈皮皮等人。他收回望向星夜的目光，隔着那层薄薄的白布看着陈皮皮，平静地说道："剑阁没有力量再继续保护你，开始准备离开吧。"

陈皮皮感叹道："在临康城住习惯了，一时要离开还真有些心乱。"

柳亦青没有说什么，转身向外走去。

南晋国力强盛，仅次于唐国和金帐王廷，按道理来说，如今成为唐国盟友，对战局平衡非常重要，然而剑阁并不能完全斩断道门对南晋的影响力，随着昊天把甘霖洒遍人间，南晋民众对昊天的信仰愈发坚定，临康城暗流涌动，无论皇宫还是军方都在做准备，剑阁再如何强势，也已经没有办法挽狂澜于既倒。除非书院出手，或者唐军提前出青峡，破清河渡大泽，赶在西陵神殿之前，直接控制南晋，才有可能改变局面。

然而无奈的是，这数年时间里，唐国的国力虽然在恢复当中，因为向晚原被割让，铁骑的真实力量变弱了很多，最关键的是唐国现在的巅峰战力严重不足，就算加上剑阁，也不可能是道门的对手。在数年前那场战争里，道门强者也有很多陨落，但道门毕竟统治着这个世界，潜力无限，随着南海一脉回归，尤其是随着那场甘霖，无数道观里涌现出了无数新生的强者，酒徒和屠夫隐而未发，便让书院最顶尖的那几人不敢轻动，那么又有谁能来对付这些新生的道门强者？

说来说去，还是那场春风化雨。那场甘霖让修行界的面貌发生了很大的变化，无数修行者迈过了眼前那道高高的门槛，很多人一夜洞玄，知命境强者的数量也增加了很多，真可谓是强者辈出，或许，这便是所谓大时代到来的证明。


天谕院准备初夏的大比，已经成为副院长的花痴陆晨迦，看着那些紧张的学生，回忆着当年的那些故事，神情有些惘然。当年正是在天谕院的夏日大比中，隆庆脱颖而出，今年会有相似的故事吗？偏僻角落里，小道僮看着堆得整整齐齐的柴堆，沉默了很长时间，把柴刀插进腰间，向人群中间走去。他有些紧张："我要报名。"

陆晨迦静静地看着小道僮，问道："你叫什么名字？"

小道僮被她美丽容颜照耀得有些心慌，说道："横木立人。"

"你要报名做什么？"

"我要参加大比。"

"你现在是什么境界？"

小道僮摇摇头，说道："我不知道。"

天谕院里有湖，众人正在湖畔，小道僮望向湖，有鱼忽然静止。

"我不知道你的身上发生过什么……但那必然是神迹。"

陆晨迦看着那名小道僮，声音微颤："因为你是昊天留给人间的礼物。"


在西陵神殿春日大比里，一位出身天谕院柴房的寂寂无名的小道僮，夺得了头名，并且展现出了极人难以想象的境界。在遥远的草原里，一名拣牛粪为生的少年奴隶，夺得了大会的优胜，被金帐单于当场解除奴籍，成为一名荣耀的勇士。在这场草原大会上，有两名年轻的侍者，被国师收为亲传弟子，金帐拥有了十三名境界深厚的祭司，国师本人似乎也变得更加强大。这样的情况在世间各地发生，宋国道观里一位中年道人，在井畔进入知命境，还有很多道观里，也出现了相同的画面。

西陵神国深山里那座朴素的道观，却还是那样的安静。自从观主离开之后，知守观里已经荒废了几年时间，枯黄的落叶积在那几级石阶上，被风酥化得很是薄脆。

野观无人门自开。

观中的阵法还在持续运转，没有人能够进去，只有风能够进去，清风拂过湖面，牵着檐下金白色的稻草，然后从窗口渗入，依梁贴壁缭绕不去，最终来到窗前桌上，像双无形的手般翻开那本大书。那本大书被翻得簌簌乱响，雪白的纸张不停地掀起落下，上面的那些墨字变成模糊的线条。

春风渐缓，字渐清晰。

这本记载着修行界强者姓名的日字卷，和几年前相比少了很多名字，比如曾经写在最高处的柳白，比如叶苏，比如陈皮皮，却多了更多的名字，新出现的那些名字以往从来没有出现过，有些陌生感，比如横木立人。


昊天是公平的，她春风化雨，让自己的信徒得到各种好处，也没有忘记让长安城里的某些尘缘相牵者得到永生，但同时，她也是不公平的，因为西陵神殿是那般的凉爽，长安城的夏天还是这样的酷热。

深夏时节，好些天没有下雨，长安城的街道被烈日晒得快要生烟，巷口井里的井水清澈微凉，井上冒着的热气却令人生畏，干燥的世界里，到处都是烟熏火燎的味道，仿佛只需要一粒小火星，这座城市便会燃烧起来。长安城的局势也是如此，看似平静的气氛里，隐藏着无穷的压力与躁意，帝国已经全面启动，准备马上便有可能到来的战争，部衙里的官员书吏哪怕传递文书，都在奔跑，粮草辎重的转运已经进入最重要的阶段，军方更是严阵以待，无数道军令从这座城市发往各州郡和前线。

朱雀大道向北，过了建神坊，有一大片树林，林后是青色的草甸，草甸里散布着数十座明瓦乌檐的楼阁，这里便是军部。最中间的那座楼阁，便是军部的正衙，数名执事军官，神情肃然地站在楼外石阶下，浑身都已经被汗水打湿，只是不知道是因为令人窒息的热浪，还是身后传来的那些声音所代表的令人窒息的紧张气氛。

"战局的重点，必然是南晋，如果我们能够在半个月之内出青峡，打通清河郡，便有希望帮助剑阁把南晋稳住。"说话的人是舒成，他数年前便已经调回长安城，负责全面处理唐军布防，不再担任镇西大将军，徐迟大将军则是留在镇北营，负责直面强大的金帐王廷，如今军部便以他为首，他的意见自然重要。

楼阁里很安静，数位将军还有十余名参谋军官，都保持着沉默，没有对这句话表示赞同，也没有提出反对意见。所有人都清楚，如果能够与南晋联盟，那么大唐便必然处于不败之地，然而这却是不可能发生的事情，首先唐军没有把握能够在半个月之内打通清河郡，就算能，也没有办法在短时间内重建水师，大泽如何渡？

最关键的问题在于，大唐与南晋乃是多年世仇，剑阁现在虽然站到了道门的对立面，但从南晋皇族到军队再到普通的百姓，都不可能选择与唐国联盟。

"我以为，决战还是在北方。"有位将军提出了自己的意见，在数年前那场举世伐唐之战里，对唐国造成最大威胁、最大损伤，战后获得最大好处的，便是金帐王廷，毫无疑问，那些草原上的狼骑才是唐军最强大的敌人，也是唐军最想要战胜的敌人。两军交战，首重其势，如果能够将敌人的最强力量击溃，自然很多困难便将迎刃而解，唐军选择金帐王廷作为决战的对手，没有任何错误，然而问题在于，因为向晚原被割让的缘故，数年后的唐军严重缺乏战马，单凭镇北军远远不足以战胜金帐王廷，甚至都没有办法把敌人驱逐出七城寨。

"当年与西陵神殿签和约的时候，书院曾经向朝廷承诺过，即便割让了向晚原，也不会出问题，那么，我想便不应该有问题，徐迟大将军在来信里也表达了相同的意思，我们要做的事情是与书院做好配合。"舒成大将军的神情显得有些疲惫，说道，"问题在于，如果我们一开始就选择与金帐决战，就算能够集全国之力而胜之，其余几个方向怎么办？西陵神殿一旦重新控制南晋，清河郡还如何收回？"

清河郡必须要收回，因为诸阀在这个世界上存在一天，大唐便会多承受一天的羞辱，金帐王廷必须被血洗，因为边塞里有无数唐军的英魂等着被同袍救赎，燕国必须被攻克，因为那处代表着背叛与不可忍受的屠杀。

相对应地，唐国四周到处都是危险，月轮国的暂时安静，不能说明任何问题，遥远西荒深处，那些唐军从未战胜过的蛮人已经开始集结骑兵，或许就在数月后，便会加入到金帐王廷的南侵军队里，同样，燕国在崇明皇帝统治下，在西陵神殿帮助下，正在快速恢复元气，拥有东荒骑兵帮助的燕国，必然不会再像当年那般孱弱，至于南方的清河郡和南晋更是如此。

在这个世界上，到处都是唐国的敌人，那么便没有平静的边疆，在这个世界上，到处都是唐国必须战胜的敌人，那么便没有主攻的方向。

"上次让剑阁弟子入大河国暂避，有没有消息回来？"舒成问道。

当前的局势很清楚，西陵神殿北上，南晋必然不可能保住，在唐人看来，剑阁弟子曾经帮助过他们，那么他们便有保护对方的义务。

便在这时，楼外传来一份来自南晋的军报。

剑阁不愿意撤离，决意死守临康城。

为什么不愿意撤离？

柳亦青在信中给出的解释很简单：因为不愿意。


柳亦青坐在辇上，闭着眼睛，仿佛已经快要睡着，或许是因为辇不停摇晃，很像摇床的缘故。抬辇的是四个普通仆役，不是剑阁弟子，所有的剑阁弟子都不在临康，也不在剑阁，而是在路上。剑阁弟子随陈皮皮一道，带着数千名新教教徒北迁，按照原先的计划，这时候应该已经快要接近宋境，离唐国越来越近。

今夜的柳亦青，只有一个人——他虽然是知命境强者，也不可能改变这座城市的命运，他是去迎接自己的命运。惨嚎与打杀声渐渐被小辇抛在身后，离皇城越近，越是安静，暂时没有信徒来到这里闹事，也没有宅院着火，街道黑沉。黑暗的街道两侧，隐隐传来无数急促的呼吸声，偶尔还能听到兵器与盔甲撞击的声音，这些声音里蕴藏着无穷的凶险。柳亦青自然听得清楚，但他没有做什么，脸上也没有什么警惕的神情，他知道能够让自己听到的人，绝对不敢向自己出手。是的，南晋号称世间第二强国，军力强盛，但没有人敢向他出手，小辇从城西一直走到皇城前，都没有一名军人敢动。因为他是剑圣柳白的弟弟，他是当今剑阁之主，他曾单剑入宫杀死南晋皇帝，这些年，他是南晋人最后的精神与气魄。

皇城笼罩在夜色中，没有一点灯光，黑暗无比，非常死寂。

辇停，柳亦青缓缓抬头，望向紧闭的城门，他早已经瞎了，但他的目光却仿佛透过眼前的那层白布，要把城门切开。他的右手离开膝头，落到身旁的剑柄上。

抬辇的四人，满脸惊恐不安，向着夜色里逃去。

柳亦青很清楚，真正的凶险，或者说自己最后的命运，便在这座幽静的皇城里。

数月前那场春风化雨，那艘驶向神国的大船，彻底改变了人间的局势，西陵神殿颁下诰令，全世界开始剿杀新教，南晋从皇族到军方再到普通的民众，都彻底倒向了西陵神殿，暗潮已经变成狂澜。无人有力量能够挽回，如果柳白还活着，以他在南晋的无上声威以及难以想象的实力境界，或许可以，但柳白已经死了。他只是柳白的弟弟。

面对着这道狂澜，他只有两个选择：或者走，或者死。

他选择了留下，也就是选择了死亡。

沉重的城门悄无声息地开启，蹄声大作，数百名全身盔甲的南晋重骑兵，从皇城里疾驰而出，铁枪如林，寒光逼人。

皇城上忽然挺起数百根火把，就像是数百支火箭同时射中夜里的船帆，黑暗的夜空瞬间被照亮，有如白昼，甚至有些刺眼。南晋皇帝在数十名高手的护卫下，来到城墙上方，看着柳亦青厉声喝道："死瞎子，今夜便是你的死期！"

现在的南晋皇帝年纪很小，当年柳亦青杀死前任南晋皇帝，选择了死者最小的儿子继位，便是想着他年纪很小，不那么麻烦。如今数年时间过去，小皇帝依然还是小皇帝，但很明显，他现在已经变得很麻烦，南晋皇族对剑阁的惊惧恨怒，都在他的这句话里得到了体现。

"你们杀不了我。"

柳亦青说道，神情平静，因为他陈述的是事实——无论是涌出宫门的数百重骑，还是城头那数十名为皇帝效力的修行者，都不可能杀死他。

如果这样便能杀死他，当年那位南晋皇帝怎么会被他杀死。

皇城前的地面微微颤动，那是远处传来的震动，紧随其后，是空气里的微微爆裂声，还有如雷般沉重的马蹄声。柳亦青知道，两千名西陵神殿护教骑兵到了。

亮若白昼的皇城，忽然暗淡了些，随夜色一道出现的，是数十名西陵神殿的神官。

柳亦青没有看他们，而是望向了深沉的黑夜。

不知道那片黑夜里有谁。

柳亦青看着那片夜色问道："神殿准备直接干涉世事？"夜色里传来一道声音："这本来就是由你开始的。"柳亦青想了想，认同了这个说法。新时代的幕布，最早是被他掀开一角，那么今夜便让他把这块幕布完全掀开。


千年之前的人间和现在很不一样，那时候的人间很乱，人很少——只有能够修行的人才有资格过上人的生活，不能修行的人过的是狗的日子，至于西陵神殿，则是地面的神国，与尘世无关的天堂。直至夫子建唐、教谕世人，这种情况才有了改变，西陵神殿也被迫把目光投向尘世，修行者再也不能像以往那样奴役凡人，修行界再也无法像以往那样高高在上，于是人间的人便变得越来越多。所谓千年圣人出，便是这个道理。

随着夫子离开人间，很多事情再次发生改变，再也没有谁能够阻止修行者重新统治这个世界，至少在长安城能够看到的疆土之外。数年前，柳亦青单剑入宫，杀了当时的南晋皇帝，便是这种改变的明证，一个崭新的时代来临了，他是第一个掀起帷幕那角的人。

人间失去了守护者，规则开始崩坏，新时代将会重新变得原始蛮荒而血腥，每个人都有机会用自己的力量讲述自己的道理。强者是这个新世界的主人，柳亦青是强者，他今夜面对的敌人，也都是强者，都是有资格讲道理的人，他只希望能够快一些。

柳亦青看着夜色，说道："那么，来吧。"

皇城里传来一道脚步声。

皇城四周的所有人都听到了那道脚步声。

那道脚步声很稳定，很有节奏，那双脚上穿着的鞋应该不是皮的，而是棉的，声音显得有些沉闷，就像是木头折断的声音。一名少年从皇城里走了出来。火光把地面照得有若白昼，也把少年的影子照得异常鲜明，只是无法看清楚他的容颜，只能看清他穿着件青色的旧衣，青衣边缘绣着崭新金线。

——西陵神殿里，只有红衣神官才有资格绣金线，令人不解的是，少年没有穿红色神袍，青衣洗得发白，看上去就是名小厮。

柳亦青侧脸，静静地听着脚步声，握着剑柄的手时松时紧，似乎其间也有某种节奏，在与那道脚步声相和，或是相战。随着行走，青衣少年的身后不停响起金属摩擦声，十三把细长的刀缓缓探出刀鞘，出现在人们的视线里。那些刀就像花瓣，他便站在花中间。他停下脚步，抬头向夜穹望了一眼，因为这个动作，火光照亮了他的脸颊，平凡的眉眼被耀得很清晰，脸色有些苍白。除了身后由刀组成的花，他的手里捧着一朵金色的大花，他看着那朵金花，神情很是虔诚狂热，目光里仿佛蕴着极高温的火焰。

他伸手摘花瓣，同时喃喃念道："死，不死，死，不死……"

摘一片花瓣，说一声死，再摘一片，说一声不死，最后一片花瓣离开花茎，落在地面上，同时他说了声死。青衣少年像孩童一样天真地高兴，脸颊显得更加苍白，他看着辇上的柳亦青，"你今夜要死了。"

他的声音微颤，是因为有些紧张，他从来没有真正地战斗过，但他并不畏惧，因为他知道自己绝对不会输，在昊天的世界里。

柳亦青没有说话，他很清楚，无论这个少年怎么数，最后都必然是一个死字，因为他虽然不能视物，但知道对方是谁。皇城四周的人们也知道这名青衣少年的来历，包括南晋小皇帝在内，所有人都显得有些兴奋，又因为敬畏而绝对沉默。

深春时节，西陵神殿大比，有位青衣小厮夺了头名，他没有师承，便在数月前，他还不能修行，但一场春雨便让他知命，包括西陵神殿掌教在内，没有人知道他的潜力极限或者说真实境界在哪里，他的出现有若神迹。在昊天信徒眼里，他才是真正的道门天才，无论是曾经的叶苏还是传闻里的陈皮皮，都无法与这名青衣少年相提并论。

因为他是昊天留在人间的礼物。

他叫横木立人，曾经是天谕院砍柴的青衣小厮，现在是西陵神殿的红衣神官。

"你准备让我怎么死？"

"我用刀。"

"什么刀？"

"砍柴刀。"

他的十三把刀都是细刀，适合杀人，不适合砍柴，但他还是坚持称为砍柴刀，不知道是因为他砍了很多年的柴，还是因为别的什么原因。

柳亦青摇了摇头，说道："你比他差得太远。"皇城四周的人们，保持着绝对的沉默，所以二人的对话很清晰地传到所有人的耳中，却没有人能听明白。

你比他差得太远？他是谁？

横木立人知道柳亦青说的他是谁，眼神变得炽热起来，厉声喝道："没有人能够战胜我，你不行，他也不行！"

柳亦青轻抚身畔的剑鞘，说道："你很骄傲。"

横木立人说道："因为我很自信。"

柳亦青隔着白布看着他，说道："我们这一代人，从来不用言语或神情来表现自信，我们习惯见面拔刀。"

因为长年劳役，被风吹日晒，横木立人显得并不稚嫩，与年龄有些不符，但他的神情依旧天真，笑起来显得有些残忍。"当年那个人把你砍成了瞎子，我今夜会把你砍成死人，过些天遇到他时，我会先把他砍瞎，也算是替你了个心愿。"

"我从来没有这种心愿。"柳亦青说道，"因为我很清楚，无论我怎么努力，也不可能变得比他更强大，你更不行。"

横木立人说道："你似乎对他很有信心。"

柳亦青看着他怜悯地说道："如果你真的遇到他，那么便是你的死期，这是一个很简单的道理，只可惜你天真狂妄到连这都想不明白。"他望向夜色，说道，"那个人肯定明白，但很明显，他没有提醒过你，由此看来，西陵神殿里喜欢你的人并不多。"

横木立人没有听懂柳亦青的这句话，他不明白为什么自己遇到那个人就一定会死，也不明白为什么柳亦青说夜色里的那个人明白。作为一个刚刚从天谕院杂役变成神殿强者的少年，这个世界上有很多事情他都不明白，但站在皇城前的光线里，看着辇上的柳亦青，他清晰地察觉到灵魂里的悸动兴奋，明白对方将会是自己杀死的第一个强者。

柳亦青缓慢环视四周，脸上的白布反耀着城头投下的光线，显得非常洁白，他的神情很平静，没有因为四周的安静而生出讶异的情绪。

西陵神殿的神官还有效忠南晋皇室的修行者，保持着绝对的平静，都没有向柳亦青出手的意思，因为他们很清楚，即将发生的战斗只能属于横木立人，这是西陵神殿对人间的一次展示，展示的是昊天留在桃山的礼物，展示的是道门永远无法摧毁的永恒力量。

横木立人走到辇前数丈，停下脚步，伸手到背后拔出一柄刀，这柄刀的刀身真的很细，看上去与大河国的秀剑有几分相似，他拔刀的动作很寻常，给人感觉下一刻他会去找块木块，然后把木块砍成两半。然而就是这样简单的一个动作，夜穹与地面之间的数千丈空间，都随之而产生了变化，刀身与鞘口摩擦，发出轻微的声响，高空上的夜云如受惊的禽鸟四处散开，露出了弯弯的眉月还有清淡的数百粒星辰，而当他直执细刀，刀锋直对辇上的柳亦青时，皇城前狂风大作，护城河掀起波澜。

云散夜现，风起水乱，这些都是自然现象，当这些自然现象与人类的动作联系起来，那么便说明天地元气正在发生急剧的变化。细刀出鞘，天地便生出如此强烈的感应，握着刀柄的青衣少年，究竟拥有多么深不可测的境界，多么深厚的念力？

注视着场间动静的人们，因为天地元气的变化而极度震惊，即便是来自西陵神殿的神官，呼吸都变得急促起来。他们知道横木立人是神殿非常器重的天才，但没有谁见过他战斗，直到此时，他们才发现横木竟是强到了如此程度！月光、星光、城墙上火把散发出来的光线，落在横木立人的身上，把他身上的青衣照耀得仿佛碧天，把他手中的刀锋照耀得仿佛燃烧的火柴。横木立人的身躯仿佛燃烧了起来，燃烧在湛蓝的青天里，无穷无尽的昊天神辉，从刀锋上喷薄而出！

观战的人群更加震惊，急促的呼吸声戛然而止，人们下意识里屏住了呼吸，不想让自己污浊的气息与这幕圣洁的画面相触。这些昊天神辉是那样的纯净恐怖，即便是神术造诣极高的裁决大神官也没有他强，因为这与修道天赋无关，与勤勉无关，与悟性无关，只与昊天本身有关——得到了神眷的少年，他是昊天留给人间的礼物！

柳亦青看不到正在燃烧的横木立人，但他能感受到炽热的温度，能体会到昊天神辉里蕴藏着的无尽威压。他脸上的那块白布，仿佛也要随着一道燃烧起来，但他神情依旧平静。今夜的临康城，火花处处，蹄声阵阵，西陵神殿大举入侵，南晋皇室与军方严密配合，剑阁已散，只剩下了他一人。这是西陵神殿最想看到的战场，因为柳亦青是真正的强者，而横木立人，只有战胜这种级别的强者，才能一战惊人间。

数年前，柳亦青已经是知命境的大剑师，现在呢？柳亦青的右手自然垂落在身侧，手指修长，非常适合握剑，而他的剑正在他的手旁，只需要动念，便可以握住剑柄。

横木立人因为黝黑而稍显粗糙的脸庞上，没有任何情绪，他隔着神辉看着辇上的柳亦青，神情漠然，在他看来，柳亦青勉强够资格做自己的对手。横木更想挑战的对手，现在应该还在长安城里。这是神殿给他安排的对手，更准确地说，这是观主给他安排的对手。

"举起你的剑，然后去死。"

说完这句话，横木立人举刀向柳亦青的头顶砍落。

他的神情很平静，就像在做一件很普通的事情，只是他自己都没有注意到，先前说那句话的时候，声音还是有些颤抖。他的目标是长安城里那个同样用柴刀的人，但出道之战能够杀死柳亦青这样的剑道强者，对于数月前还是杂役的他来说，怎能不兴奋？

柳亦青感受到了他的情绪，抬起头来，望向对面。

隔着白布，他望向城头，望向那名脸色苍白的小皇帝。

横木立人脸色也有些苍白，不是恐惧，而是愤怒，他不明白，柳亦青虽然是瞎子，但既然要看，为什么不看自己？我这时候便要杀死你，你为什么不看我？我因为要杀死你，都有些兴奋和紧张了，你为什么不看？我是道门新一代的最强者，你凭什么不看我？我是昊天留在人间的神性，你怎敢不看我？你凭什么瞧不起我？

柳亦青握住剑柄，向前刺出。

他依然没有看横木立人。

因为他这一剑，刺的不是横木立人，而是小皇帝。


## 23


横木立人的人和刀都在燃烧，源源无尽的昊天神辉，把空间所有天地元气都焚烧至最细微的尘粒，但他没有办法阻止柳亦青这一剑。因为柳亦青的剑破空而出，剑意瞬息间撕裂夜色，跃过那道圣洁的白色火墙，就像是被风荡起的柳枝，飘过湖面，连涟漪都没留下一丝。

柳亦青看着城墙上的小皇帝，面无表情。

目光落处，便是剑落处。

小皇帝看不到那道剑，但他能够看到柳亦青的目光，他的脸色变得越来越苍白，紧张地喘息着，心跳得越来越厉害，仿佛随时可能崩裂，他伸手捂住胸口。

横木立人的刀势至，空中发出滋滋的响声，那是火焰焚烧空气的声音，光明之前，挡着辟易，柳亦青握着剑柄的右手齐腕而断！鲜血从柳亦青的手腕喷涌而出，剑与手落回辇上，这必然是极痛苦的，但他脸上依然没有任何神情，平静得就像株无言的柳。握剑的手断了，剑跌落尘埃，但剑意早已破空而去，已经来到了城墙上。

青石筑成的城墙，在夜色里泛着厚重的黑，被火光尤其是昊天神辉照耀时，没有任何斑驳的感觉，就像颗黑色的宝石。这颗黑色宝石的表面，忽然出现了无数道细密的裂罅，城墙青砖间崩落无数细碎的石粉，转眼间裂罅扩展，皇城将倾。

城墙上的人们并不知道自己的脚下正在发生什么事情，南晋小皇帝的喘息变得越来越急促，心脏跳得越来越快，脸色越来越苍白。终于，有人听到了城墙裂开的声音，看到了那些恐怖的裂痕，发出惊慌的呼喊，武将与修行强者，扶着小皇帝准备逃下墙去。然而已经晚了，城墙裂开，小皇帝的心脏也随之裂开，无数道细密的裂痕，摧毁了这堵历尽沧桑的城墙，也毁灭了小皇帝的性命。城墙上一片慌乱，人们围在喷血倒地的小皇帝四周，惊恐到了极点。

柳亦青坐在辇上，唇角极缓慢地掀起，露出一丝欣慰的笑容。

先前夜色里响起如雷般的蹄声，还有横木立人等西陵神殿强者的到来，说明了很多事情，柳亦青对此并不意外，只是一旦证明，还是不免有些失望。

天子，守国门。

今夜，小皇帝打开南晋城门，迎进了西陵神殿的铁骑——你是剑阁替南晋选择的天子，就算不要求你拼死守国门，但你怎能自己把国门打开？虽然你今年只有十三岁，虽然你是南晋皇室最后的直系血脉，虽然你喊了我数年老师，虽然你品德可以称为善良，但还是死了吧。

柳亦青是这样想的，也是这样做的，所以他第一剑刺的不是横木立人，而是城墙上的小皇帝，他要南晋皇室最后的血脉替南晋的城墙殉葬。为此，他握剑的右手齐腕而断，横木立人来到了他身前三尺，圣洁的昊天神辉，将他脸上的白布照耀得像是祭奠死人用的纸钱。他根本不在乎，对于剑阁弟子们来说，死亡和伤痛向来是最不需要在乎的事物，怎样让敌人感到痛苦，才是他们需要思考的事情。横木立人的刀很细，很锋利，刀锋间燃烧的昊天神辉更是恐怖到了极点，柳亦青以剑摧城，自然便再无法抵挡。

轰的一声，皇城南向的城墙终于塌了，无数砖石落到地上，令大地震动，无数烟尘升起，直向夜穹而去。这道崩塌的城墙，这些崩坏的砖石，上面都刻着南晋的历史，这些尘埃，都是历史的尘埃，充满了令人感伤的味道。烟尘令整个世界都变得昏暗起来，唯有那团昊天神辉，始终是那样的稳定，根本没有熄灭的征兆，相反，光线被烟尘里的微粒折射，变成了极明亮的银色，显得更加圣洁庄严，如繁星下的云层。

银色光辉深处，横木立人与柳亦青沉默相对。柳亦青的身躯上多出十七道血口，他的右手与两条腿都已离开了自己的身体，他的唇角也被刀锋所伤，看上去像是胭脂没有涂好。他的眉前有道刀锋，刀意凌厉得直刺灵魂。那把刀很细，并不如何沉重，横木立人握在手里，很稳定，他只需要向前一送，柳亦青便会死去，没有任何人能够改变这一切。

柳亦青缓缓举起左手，擦拭掉唇角浓稠的血水，神情很平静，仿佛自己的眉前根本没有这样恐怖的一把刀。与之相反，横木立人的脸色有些苍白，神情有些惘然，清澈而坚定的眼眸里，写满了愤怒和不解，以及浓郁的羞辱感。

"为什么？"他看着柳亦青问道。

"为什么？"他厉声喝道。

自从那场春风化雨后，横木立人对自己的实力境界从来没有产生过怀疑，他不认为人间有谁是自己的对手，但先前看着柳亦青一剑摧城，他必须承认，如果柳亦青把这一剑用在自己身上，那么自己应对起来也会有些麻烦。

可是为什么？

为什么柳亦青的第一剑不是刺向自己？难道在此人的眼里，自己还没有那个南晋小皇帝重要？还是说此人自大到以为可以用第二剑杀死自己？

柳亦青仿佛感觉不到眉心前那道刀锋。

他说道："因为你不配。"

横木立人觉得这是自己听到过的最好笑、最荒谬的一句话。

"整个修行界都在传说，你是昊天留给人间的礼物。"

"难道这样还不配接你的第一剑？"

"我的剑是用来杀人的，不是用来拆礼物的，你自然不配。"

这是羞辱，赤裸裸的羞辱。羞辱有很多种，言语上的羞辱最常见，也最无力，对于阅尽红尘、见惯世情的强者们来说，这种羞辱没有什么力量，对于横木立人来说却并非如此——他拥有强者的力量，却还没有强者的心态。

那种心态是精神气魄，需要漫长的时间和无数战斗来锤炼，所谓道心通明，指的也正是这方面，然而他的命运转变得太过离奇突然，因为一场春雨，便从天谕院的杂役变成了西陵神殿最强大的少年，他的修道历程里，有个很明显的缺口——所以当他听到柳亦青的这番话后，变得非常愤怒，愤怒到握着刀柄的手都开始颤抖起来。

横木立人声音微寒："你在同情我？"

柳亦青摇摇头："我在怜悯你。"

"你有什么资格怜悯我？"

"不能得偿所愿，自然令人心生怜悯。"

"你知道我想要什么？"

"无论今夜你要什么，你都不可能得到。"

横木立人沉默片刻，忽然冷静下来，他很清楚，今夜这场战斗，本来就是神殿对自己的考验或者说磨砺，他需要从战斗中学会怎样做一名真正的强者。

于外显为改天换地，挽狂澜于既倒，于内敛为冷静从容，桃山崩而面不改色，这才是真正的强者，唯如此才能走到更远的地方。柳亦青想要让他愤怒，那么他便不能愤怒，因为愤怒会影响判断，会对战斗造成严重的影响，但是，今夜柳亦青舍了第一剑，此时已经浑身是血，断腿残臂，已经没有任何办法可以改变战局，那么他让自己愤怒又有什么意义？

来吧，让我看看你准备怎样做。

横木立人身躯表面的昊天神辉不停燃烧，手里握着的细刀泛着温暖或者说炽热的光,撕裂夜风以及最后那点残留的距离,向着柳亦青的眉心刺去。柳亦青盘膝坐在辇上,没有闪避,因为他双腿已断,也因为他根本没有想过闪避,他选择直接出剑。

断手与剑落在辇上,他怎样出剑?

他用左手握住断落在辇上的右手,然后……出手。

出手,便是出剑。

这幕画面有些诡异,在皇城四周的人们眼中,又有些熟悉。

数年前,在青峡之前,有人也这样做过。

那个人叫君陌,当时他的剑刺的是剑圣柳白。

柳亦青当时也在那片原野里,他看到了那一剑,也记住了那一剑。

剑阁的剑,本来就是世间最快,此时拟的是书院二先生的剑形,用的还是剑阁剑意,两者相叠,那么更是快到难以想象。夜色中仿佛有一道闪电亮起。柳亦青的剑,后发先至。横木立人的刀锋,在他的眉前的夜风里只来得及走过一根发丝的距离,他的左手握着的右手握着的剑,便已经来到他的胸前。

噗嗤一声轻响,剑锋刺进横木立人的胸口。

剑锋入肉半分,创处鲜血隐现将溢。

皇城四周观战的人们,来不及发出惊呼。

噗嗤那声轻响,还停留在两人身间,没有传到外围。

剑锋入胸处的鲜血,还没能淌下。

因为这一切都发生得太快。

柳亦青的第一剑,霸道决然到了极致,一剑斩断一面城墙,那么他的第二剑便是快到了极致,快到没有任何人能够反应过来。

痛楚的传递,似乎要比声音更快。横木立人清晰地感觉到胸口传来的冰冷锋利意味,还有那抹带着淡淡腥味的痛楚,是的,这种痛楚是有味道的。但他并不慌乱,更不恐惧,相反,他觉得很愉悦,因为柳亦青的这一剑,似乎比先前的第一剑还要强大,他以为这是自己最渴望的尊重,他兴奋起来,他的眼睛变得异常明亮。

柳亦青的剑,再也没有办法向前进入一分,因为剑已经接触到横木立人的血。

那些血正在燃烧，燃烧的都是昊天神辉。

哧哧响声，青烟缕缕。

剑入神躯，染神血，被一寸寸燃烧成看不见的烟尘。

他的左手握着自己的右手。

他的右手握着被烧残的剑。

剑渐被神辉烧成灰烬，如无力的蜡烛。

断落的右手也被神辉烧蚀，露出森白的指骨，然后指骨渐黑，前端渐锋。

柳亦青挥手，焦黑的指骨破风而出，如剑般飘到横木的眼前。

飘一般用来形容很轻的事物，很少用来形容剑，哪怕是最轻的飞剑。

但柳亦青的最后一剑确实是飘过去的。

就在他挥剑的同时，皇城四周护城河畔的垂柳，随夜风飘起。柳枝轻点河水，荡出点点涟漪。柳亦青脸上的白布飘起，拂开刀锋上喷吐的昊天神辉。

横木立人的眼神，终于第一次变得凝重起来。柳亦青的这一剑，如风般不可捉摸，不愧是剑阁的至强者。横木立人先凝重，然后兴奋。柳亦青伤重难复，今夜不可能战胜他，但这一剑，对他来说是真正的考验，他想完美地破掉这一剑，让此人承受痛苦和羞辱。

一声断喝！无数炽白光线，从他双手间迸发，刀锋秉承着那道伟大意志，一往无前而落！

剑势如风？那我便把风斩断！

迎风，一刀斩之！

静寂一片。

风被斩断，自然无声无息。

护城河畔无数垂柳，无声而断，落入河水里，似飘萍般无力轻荡。

柳亦青眼上蒙着的白布，被斩断一截，飘到他的胸前，然后停止。

他的胸前插着一把剑。

他的右手。

鲜血从那里不停地流出。他的身上到处都是血口。

大部分是被横木立人的刀势所破。但真正致命的，还是他自己的剑。

"为什么？"横木立人脸色苍白，看着他问道，"这最后一剑，你为什么没有刺我？"

柳亦青说道："我说过，你不配。"他一面说话，一面咳血，还带着笑。

横木立人愤怒地吼道："我为什么不配！"

"相同的话，何必重复。"柳亦青微笑着说道，"不能杀死我，是不是很难受？"

今夜西陵神殿强者云集，他单剑赴会，知道毫无幸理，但他依然来了，因为偌大一个南晋，总要有个人说明些态度。他很清楚，西陵神殿安排这场战斗的用意，这是一场盛大的舞会，南晋皇城前是昊天道门向人间展现力量的舞台。

他走上这个舞台，却不准备当配角。他先杀死南晋皇帝，然后杀死自己，那么便没有谁能够再杀死他。横木立人在这个舞台什么事情都做不成，那么有什么资格当男主角？他是柳亦青，是注定会被记载在历史上的人物，那么在生命的最后一刻，他当然要占据舞台所有的光彩，这便是他向西陵神殿刺出的最后一剑。

横木立人的身影有些落寞。在这一刻，他忽然明白自己离开桃山的时候，观主为什么说了那样一段话，也明白了为什么观主会让夜色里那个人一直跟着自己。

成为强者的道路，原来真的这样困难。

他真的很不甘心。

横木立人低着头，手里的金花不知敛去何处，站在夜色里，落寞得像是受了委屈的孩子，声音里的情绪还是那般倔强与不甘，"不管是第一剑……还是最后这剑，你都伤不到我的根本！你不是我的对手！所以你不敢向我出剑！你休想用这等言语来乱我道心。"

柳亦青不停咳血，面色如雪，还有那抹夜色都遮掩不住的怜悯意味："我要死了，先前我没有出剑，以后也不会再出剑，那么，永远没有人知道答案，你也不知道究竟能不能接住我的剑，在今后的修道旅途上，你或许可以制霸人间，可今夜的遗憾会一直伴随着你。"

皇城的墙塌了，到处都是砖块与石砾，护城河里的水静了，被斩断落下的柳枝渐渐向水底沉去，一片死寂里，忽然有花盛开。

那花与夜色仿佛融为一体，没有粉嫩的颜色，也没有灿烂的金边，只是纯粹的黑，花瓣繁密得难以数清，隐约能够分清是朵桃花。黑桃显现在夜色间，那人也从夜色里走了出来，脸上的银色面具经过数年时间的风吹雨打，不再那般明亮，如旧物般蒙着层模糊的雾面。

就像那朵黑色的桃花一样，此人曾经也有过光彩夺目的金色，只不过现在他把金色都给了别人，把纯粹的黑留给自己，他的衣衫、他的眼神以及他的气息，都是那样的寒冷而厚重，就像砚中快要干凝的墨汁。

柳亦青看着从夜色里走出来的那人，脸上的神情变得有些复杂，有些凝重，和先前面对横木立人时完全不同，因为他察觉到了此人比以前更加纯粹，从而更加强大，不禁开始担心起书院里的那些唐人。

隆庆走出夜色，来到皇城前。

横木立人没有任何反应，依然盯着辇上的柳亦青。

隆庆看着他有些落寞的背影，还有那件刚刚染上血的青衣，沉默了一段时间，然后望向夜穹里的月亮，脸上流露出遗憾的情绪。今夜西陵神殿向临康城派出横木立人这样重要的人物，出动五名知命境强者，两千重骑千里来袭，皇城四周提前布下强大的阵法，还有⋯⋯他一直站在夜色里。这般阵势，除了让南晋重回昊天的怀抱、杀死背叛神殿的柳亦青，自然还有些别的想法，比如杀死那些前来救援剑阁的强者们。

敢在神殿威势之前对剑阁伸出援手的人很少，准确来说，只可能是书院里的那些人，而隆庆判断，最有可能出现在临康城的人是宁缺。书院依然是要讲规矩、讲道理的，西陵神殿为书院安排了那么多道理，至少当然前书院无法解开那些道理，所以他们只能眼睁睁看着神殿剿灭新教，看着神殿北入南晋，却什么事情都无法做。

只有宁缺向来不讲规矩，也不讲道理，所以在隆庆看来，今夜他很有可能出现在临康城，这让他感到很满意，同时很期待，然而就像横木立人失望于柳亦青的最后一剑没有刺向自己那样，他这时候也有些失望，因为宁缺始终没有出现。

"书院不会来人，神殿摆出这么大的阵势，真的太浪费了。"

柳亦青的唇角淌着血，声音却还是那样清楚。

隆庆看着他平静地说道："我不认为这是种浪费，因为我不会低估任何对手，尤其是……被很多人低估的你。"

柳亦青是柳白的亲弟，少年时寂寂无名，出道战便在书院侧门被宁缺一刀斩瞎了双眼，如隆庆先前在夜色里所言，他后来单剑入宫，杀死南晋皇帝，掀开了大时代的开篇，但他的声望依然不够高，在很多修行者看来，他远不如宁缺和隆庆，更没有资格接替柳白在人间留下的位置。但隆庆不这样想，因为他有过与柳亦青非常相似的经历，他也曾经惨败在宁缺的手下，付出极惨重的代价才重新崛起——柳亦青双眼皆盲，却能执剑踏破知命门槛，夺剑道造化，他知道这是多么困难的事情，这代表着多么强大的意志。

"你是剑阁的主人，你的剑代表着你的意志，不刺横木，自然不可能真是意气之举，而是因为你要杀死皇帝和那些皇族。"隆庆看着柳亦青说道，"城墙上的那些人死了，南晋必然陷入内乱，短时间内无法恢复平静，神殿想要借用南晋的军力与国力，自然也不那么方便，这便是你剑阁的意志……伤己从而伤敌。"

柳亦青脸上的白布已残，正在滴血，说道："末六字总结得极精辟，但我对横木说得也没错，很多年前，神殿要宣扬你的神子之名，很多修行强者死在你的手中，如今神殿准备推出他，我为什么要成全你们？"

"这……正是我所不理解的事，南晋国门已开，既然无力回天，你为什么不选择离开？为什么还要替唐人送死？"

"多年前，大兄让我去书院洗剑，结果我被宁缺所伤，就此盲了双眼，此后虽然剑心通明，但其实依然没有看透这件事情。"

"可你还是选择站到了书院那一边。"

"不是我的选择，是大兄的选择。"

柳亦青艰难地摇了摇头，说道："我不懂大兄为什么要帮助书院，但既然你要这样做，那么我便这样做。"

"唐人无信，你坚持的意义在哪里？"

"意义，在于自己。"

柳亦青的神情显得有些疲惫，淡然说道："我不喜欢唐人，我不喜欢书院，我不喜欢神殿，不喜欢你们这些神棍，我不明白大兄为什么要帮助书院，不明白为什么所有南晋人都想要帮助神殿，大兄死了，南晋人把剑阁当成鬼域，我向前看没有人，向后看没有人，向身旁看没有同伴，我变成了一缕孤魂，一只野鬼……"

"但就算是孤魂野鬼，也可以做些事情，唐军若来侵，剑阁弟子当抵抗，西陵来，亦当抵抗，即便战不过，但总要先战过。"

"自取灭亡之道，愚痴难赞。"

"听闻观主当年入长安，千万唐人赴死，如今神殿入临康，我南晋千万人，束手相看，我想总得有人表明些态度……有一人赴死，终究也还是好看些。"柳亦青觉得肺部正在燃烧，破裂的心脏就像垮塌的河堤，痛苦地停顿了下，艰难地笑着说道，"既然是死，当然不能让你们太顺意。"

隆庆看着柳亦青颈间那道越来越清晰的血线，说道："像你我这样的人，应该活着，看看这个大时代。"崭新的大时代，帷幕已然掀开，你是启幕的人，我将是出演的人，我们应该一道看看幕后的风景，如此才能不负来这世间走过一遭。隆庆的这句话，是对柳亦青极高的评价，但柳亦青只是艰难地笑了笑，没有对此发表什么看法，然后他看向横木立人，说道："这幕戏刚刚开场，但我的部分已经结束了，即便再有不甘，你也必须学会接受。"

横木立人身体微震，忽然抬起头来，盯着他说道："这场戏还没有结束，昊天的意志又岂能允许凡人改变？"他的声音微微颤抖，他的眼神很复杂，有不甘，也有暴虐，如当年上山砍柴的童儿，看见枯树上的寒蝉，有同情，更多的却是自怜和愤怒。话音落处，一道圣洁的昊天神辉，从他的掌心喷出，落在柳亦青的胸口，他的脸色以肉眼可见的速度消瘦，同时，柳亦青的伤势以肉眼可见的速度恢复。

隆庆的脸色变得沉凝起来，说道："你知道自己在做什么吗？"

横木立人没有理他，盯着柳亦青的脸，将身躯里的昊天神辉不停地逼出，脸颊变得越来越消瘦，眼神却越来越明亮。这是真正的西陵神术。现在的修行界，没有谁比横木立人的神术境界更高，哪怕叶红鱼都不如他，因为他直接继承了昊天的意志与光辉。

西陵神术可以杀人，也可以救人，他身躯里的神辉，拥有昊天的气息，能医世间一切不死人，柳亦青将死，但终究未死。横木立人不允许柳亦青就这样死了，为此，他要付出极大的代价，要损耗极多的昊天神辉，可以看见的容颜的枯槁是一方面，看不见的生命的流逝才是真正重要的那部分，而且他马上便会因此身受重伤。

当年被宁缺砍瞎之后，柳亦青的眼睛再也没有任何感觉，但此时，他忽然觉得自己的眼睛有些发热，有些发痒，甚至隐约看到了模糊的白光。那是白布的颜色还是圣洁的光辉？柳亦青依然冷静，脸上的情绪甚至显得有些冷漠，他很清楚，横木立人付出如此大代价让自己活着，必然不会让自己活得很舒服。

"没有意义。"他说道。

一位知命境的强者不想活着，那么没有谁能够让他不死。

横木立人的面容微微抽搐，显得很可怕，在圣洁的神辉里，看上去就像是受了重伤的魔鬼，他的声音就像是哭泣般，非常难听。"你们这些蝼蚁般的凡人……根本不知道我现在拥有怎样的境界！我想你活着，你就必须活着，你想死都不可能！"

柳亦青说道："活着又如何？便能让你好过些？"

"也许最终，你也不肯与我战斗，拒绝用失败来证明昊天的意志不可抗拒，但我会让你承受无尽的痛苦，来告诉整个人间，背叛昊天会迎来怎样的下场。

"我让你活你就必须活，因为我代表着昊天的意志！

"我要你活着，不是要你看什么见鬼的大时代，我要你备受羞辱地活着，我要你每天承受千刀万剐的痛苦，我要你看着南晋分崩离析，剑阁弟子不停死亡，我要你看着你的故土变成焦土，故人变成死人！我要你活着，就是要你后悔地活着！"

横木立人看着柳亦青胸间的伤口渐渐收缩，看着他颈间那道血线越来越细，大笑说道："到那时你会不会后悔今夜做过的这些事情，如果再给你重来一次的机会，你还会不会像现在这般对我不敬？"西陵神殿最天才的少年，发出最狂傲的笑声，无比愉悦，那般癫狂，压缩的空气掠过他不停颤抖的声带，尖细得如鸽群的鸣哨，很是刺耳。夜色下的皇城一片死寂，只有横木疯狂的笑声在不停回荡，护城河上的柳枝畏怯地轻轻摇摆，落到水里的断柳向河底沉降得更快，想要把身体藏匿进数千年沉积下来的淤泥中，不想再听到这些笑声。

柳亦青感受着生命的气息重新回到身躯，听着横木的言语和笑声，神情没有任何变化，更找不到畏惧，只是平静。隆庆想了想后，他举起右手——指间开着一朵黑色的桃花，花瓣里隐藏着寂灭的气息。场间只有这朵黑色的桃花可以打断横木立人施展的神术。

"不要阻止我！"

横木立人吼道，瘦削的脸颊惨白如雪。他盯着柳亦青的脸，不明白这个南晋人在生死之间往还，受了这么多的精神冲击，为什么还能如此平静，他更不明白为什么在这个时候，自己还能清楚地从对方处感知到怜悯的情绪，这些人究竟在同情自己什么？

隆庆说道："道门需要你散播光辉，而不是发疯。"

横木立人癫狂地笑了笑，说道："但我这时候感觉很好，我终于明白了，只有真正疯狂的人，像你那样，才能真正地强大。"隆庆指间的黑色桃花，随夜风轻颤。

"不要阻止我！"

横木立人说道："虽然你是前辈，但我对你没有任何敬意，也不需要有敬意，这既然是神殿安排给我的事情，你就不要插手。"隆庆看着他，仿佛看着一个倔强天真而冷酷的孩子，正在山路间行走，露水湿了破旧的青衫，他握着柴刀，以为自己就是太阳。

一声叹息在隆庆的心底响起，最终，他什么都没有做。

便在这时，浓重的夜色深处，也响起了一声叹息。

于是，临康城的山川石河，都随之叹息起来。

## 24

　　这声叹息清清浅浅，就像花上盛着的水，水上映着的花，自夜色深处而来，把这安静的夜洗得更净，夜穹上悬着的那轮明月更净，就连满是尘砾的皇城废墟，都因此而显得干净起来，垂柳轻拂河面，仿佛今夜什么都没有发生过。

　　隆庆知道来的人是谁，看着夜色里叹息起处，知道目光落处并不见得有那人，神情变得异常凝重，多年前在荒原雪峰下，那人一声轻噫粉墨登场，便断了道魔两宗的一场大战，其后某年在白塔寺，那人一声叹息再次登场，困住悬空寺讲经道座，放走了宁缺和桑桑，今夜此人再次叹息登场，又会做些什么？

　　垂死的柳亦青听到这声叹息后，脸上露出一丝微笑，不是因为他终于等到了谁，证明了什么，而是因为他确信自己所求的必将实现。横木立人也猜到了来人是谁，因为修行界只有那个人能够悄无声息地突破西陵神殿两千护教骑兵的防线，来到离自己这么近的地方。

　　隆庆看着夜色深处，说道："放手。"

　　这句话不是对那人说的，而是对横木说的——柳亦青伤重将死，横木不要他死，要他活着承受无尽折磨，于此时，夜色里才传来那声令山川动容的叹息，其中的意思非常清楚，那人不允许这样残酷的事情发生。

　　横木的脸上没有任何表情，手掌依然落在柳亦青的身上，看着夜色深处说道："书院果然来人了，这难道不正是神殿想要看到的画面？为何要我放手？"

　　"我等的是宁缺，不是他。"

　　"有什么区别？都是书院贼子，而且这人要比宁缺重要得多。"

　　"更重要的人，必然更强大。"

　　横木眼眸深处有星辰残片在燃烧，如烈火一般，声音也变成被风拂乱的篝火，呼啸有力，看着夜色深处说道："我想试试留下他。"

　　隆庆的眼眸里出现一抹怜悯的神情，怜其勇而无知。

便在这时，夜色里再次传来那人的叹息声，显得有些无奈，所谓无奈，很像成年人看着孩子胡闹时的感觉，其间自然也隐着怜悯。横木清晰地感觉到这种情绪，脸色变得异常阴郁，心境却越发冷静，因为既然他想尝试留下对方，便必须冷静到极点。

那人终于说话了："你可还有什么心愿未了？"

这种问话一般会出现在两名强者决斗之后，胜利者看着失败者，充满同情地问上一句，给观众带来十足的英雄惺惺相惜之感，而这种问话如果出现在决战之前，则充满了不屑一顾的嘲弄感。横木没有误会那人是在嘲弄自己，虽然那缓慢的语速，平静的语调，听上去确实是嘲讽的语气，但他知道不是，因为那人不是那样的人。

这句话是问柳亦青的。柳亦青抬起头来，隔着白布看着夜色下的临康城，虽然他现在看不到，但他以前看过很多次，记得这座城的很多细节。作为一名修行者，他数年前便已经晋入知命境，作为一名剑师，他今夜单剑赴死，一剑摧皇城，已然领悟到剑道的真谛，他这辈子杀死了两名南晋皇帝，注定将会写在历史上，已然没有任何遗憾。

作为一个人，他平生心愿已足，只是作为剑阁之主和一名南晋人，他确实还有很多放不下的人和事，但他没有说得太具体，因为他相信，唐国和书院如果能够在这场战争中获胜，自然会处理得很好，如果不能获胜，想来这个世界上大概再也不会有南晋和剑阁，既然如此，何必多言？于是他什么都没有说，抿紧了薄薄如剑的双唇，满怀喜乐地等待最后的解脱。

夜色里再次响起一声叹息，这声叹息里充满了感慨与尊敬，又仿佛告别。有徐徐清风起于护城河间，直上夜穹，吹散几缕想要缠住明月的夜云，吹散地面上散落的石砾，来到皇城前，来到辇前。横木立人神情骤凛，断喝一声，十余柄细刀齐声出鞘，于夜风里绽放无限光明，双手横握刀柄，集无数神辉，便向那道清风斩去！

迎风一刀斩！就算你是真正的清风，也要被我一刀斩断！就算你已经是修行界的传说，又如何越过我这道由刀意神辉凝成的樊笼！明刀照亮夜色，横木立人的眼眸一片明亮！他的刀意神辉尽数喷吐而出，他觉得浑身通明，仿佛将要御风而去，他从未生出如此完美的感觉！

然而什么都没有发生，清风没有被斩断，也没有任何事物越过樊笼，完美的依然完美，只是停在夜色里，却是那样的孤单。因为在他挥刀之前，那阵清风已然飘过，在他用刀意神辉布下樊笼之前，那道身影已然出现在辇前，在他的完美一击开始之前，这场战争已然结束。

一位书生站在辇前，穿着件满是尘埃的旧棉袄，腰带间插着根木棍，还有一卷旧书，神情温和，就像是乡间最常见的塾师。看着此人，横木立人握着刀柄的双手微微颤抖，不是因为恐惧，而是因为愤怒，寒声问道："书院大先生？"

那书生，自然便是书院大师兄。

大师兄没有理他，看着辇上的柳亦青，说道："抱歉。"

柳亦青还活着，但他受的伤极重，横木立人用无穷无尽的昊天神辉，让他暂时活着，那种活着必然会比死去更痛苦。大师兄出现在临康城，出现在皇城废墟前，站在横木立人与柳亦青之间，昊天神辉自然断绝，柳亦青即将解脱——正是因为解脱，又或者因为解脱之前的那些故事，大师兄对柳亦青说抱歉，沉重而诚恳。

横木立人不想柳亦青得到解脱，这让他感到很愤怒，大师兄不理他，这让他觉得自己没有受到足够的尊重，于是愈加愤怒，"大先生终究还是来晚了，或者说，在这件事情结束之前你根本不敢出现，那么这时候你出现，对这个临死之人说抱歉……还有什么意义？大先生不觉得虚伪？还是说这样能够安慰你自己？"无论如何，书院今夜始终没有出手，柳亦青必然死去，横木立人这些满含嘲讽意味的话语便是最锋利的刀刃，直诛人心。

大师兄却像是根本没有听到这些话，没有注意到这个人，看着辇上浑身是血的柳亦青，再次重复说道："抱歉。"

柳亦青平静地说道："大先生很清楚，这是我自己的选择。"

大师兄想了想，说道："书院本来可以不让你做这种选择。"

柳亦青摇摇头，说道："夫子曾经说过，求仁得仁，又有何怨？书院不可能解决人间的所有事情，人间的事情需要人间的每个人为之而奋斗，大先生何必自责？"

"然而看着河堤崩塌，怎能袖手旁观？"

"这便是大先生不如十三先生的地方。"

大师兄摇头说道："小师弟如今和当年已经不一样了。"

柳亦青微微一怔，想到一件事情，满是血污的脸上流露出笑容，感慨道："原来十三先生一直在长安城上看着这里。"

大师兄说道："或许看不真切，但他必然是看着这里的。"

隔着染透血的白布，柳亦青看着夜色里的皇城废墟，微笑着说道："幸亏我提前想到了他可能看着这里，才没有选错位置。"他的修行时间不短，在修行界散发光彩的时间却不长，他曾经选错过位置，并且因此而付出过代价，但之后便再也没有错过。

今夜，他坐在辇上，这便是他的位置。

辇正对着那座曾经沧桑的城墙。

坐北朝南，风水极好，适宜落葬。

大师兄看着他说道："抱歉，请放心。"直到最后，书院依然觉得抱歉，书院让他放心，他便可以放心——无论是将来的南晋，还是那些流离失所的剑阁弟子，他都不再需要担心。染着血污的白布下，柳亦青的双眼缓缓闭上，就此进入一片黑暗。这些年他早已习惯了黑暗，故而毫无畏惧，死亡与沉睡并无区别。大师兄看着辇上没了气息的柳亦青，沉默了很长时间，然后他缓缓转过身来，望向隆庆和横木，说道："何必？"

说出何必二字时，他看的是横木。看着这名承袭了昊天馈赠的道门少年天才，他的神情很从容宁静，虽然他能够看到对方身躯里仿佛无穷无尽的昊天神辉。横木立人，浑体光明，正是昊天的选民。然而自轲浩然拔剑问天，书院与昊天为敌已然数十年，往前回溯，夫子建书院，于长安城里布惊神阵，书院与昊天为敌已然千年。书院连昊天都不怕，怎么会害怕一名昊天的选民？书院连昊天都不敬，怎么会敬一名昊天的选民？

大师兄望向隆庆，却微微动容。他自幼博览群书，虽未曾修过道法，但读过不知多少道典，不然如何能在小道观前与叶苏辩难三日？他没有修成道心通明，但人间有谁能胜过他的慧眼？他能看穿横木青衣下的无限光明，自然也能看到隆庆袍子里藏着的无限黑暗。大师兄从未见过这般浓郁稠污的黑暗，隔着那件普通的神官袍子，他隐隐约约看到隆庆身躯的暗雾里，有无数冤魂正在哭泣，有无数怨念正在翻滚。

大师兄看着隆庆叹息道："何苦？"

隆庆有些不安，于是他缓缓向后退了一步，他的身后是浓郁的夜色。可还是不足够，他缓缓运转道念，把所有的气息都敛进身躯的最深处。敛入身体的气息，带动着皇城前的夜风轻轻缭绕，轻柔的风息向他的衣衫里渗去，甚至就连光线仿佛都要被他的身体所吞噬。

横木立人的选择完全相反，当隆庆向后退去一步，借夜色遮掩自己，甚至把自己变成一片纯粹的黑域时，他向着大师兄踏出一步，神情漠然而骄傲。无数昊天神辉从他的身躯里迸发而出，一股难以形容的威压感，出现在皇城前。横木变成了一尊熊熊燃烧的神像，能够焚毁净化一切物事。他此时展露出来的境界，足以令整个修行界感到震惊。

他很清楚，以自己真实的境界，杀死柳亦青并不困难，但想要杀死面前这名穿着棉袄的书生，却并不是那么容易，因为传说毕竟就是传说。横木还是想试一下，因为他很愤怒，愤怒于对方看着自己时那般从容，看着隆庆时却微显动容——总之，今夜所有的事情都让这位骄傲的昊天传承者感到愤怒，他必须让书院大先生感受到自己的愤怒。

而且他很清楚，就算自己失败，大先生也不可能伤到自己，换句话说，对方根本不敢伤到自己，不然在柳亦青死前，他何必说抱歉？

与光辉夺目的横木立人相比，渐渐隐入夜色里的隆庆，就像是不起眼的一点小污痕，但在大师兄看来，隆庆其实更加危险，当然，他也不会无视站在身前的横木，书院习惯与昊天为敌，不代表会轻视昊天。穿着青衣的少年是那场春雨化成的繁花里最美丽的那瓣，是昊天留在人间的礼物，被信徒们视为传说中的选民或者说传承者，即便他是书院大师兄，面对这样的一个人，也必须表示出足够的重视。

横木立人展露出来极为强大的境界，而且就在瞬间里又有变化，那些如玉浆般燃烧的昊天神辉，以肉眼无法看清的速度回到他的身体里，收敛进他的肌肤下与刀身中，他的身躯与刀并没有变黑，而是变成了琉璃般的事物，晶莹剔透，神圣的昊天神辉就在里面不停折射，无数光线不停叠加，变得越来越明亮，渐要变成最纯粹的白，当那些光线骤然迸射出琉璃的那一刻，会拥有怎样恐怖的能量？

大师兄的右手离腰带里插着的木棍还有半尺的距离，他清晰地感知到横木立人即将施展的境界有多么的可怕，但令人不解的是，他保持着沉默，没有出手，不知道是身为传说的自信，还是因为夜色里飘来的那缕酒香……横木立人的身体变得越来越透明，手里紧握着的刀与身后的十二柄细刀，也早已变成冰的模样，纯白的炽烈光线在他的身躯与刀内不停折射，变得越来越浓郁，渐渐逼近最终的极限，有几丝溢泄而出，瞬间照亮夜色下的皇城废墟。

与此同时，夜色里飘来的那缕酒香，如这些圣洁的光线一样，变得越来越浓郁，没有风能够吹散，直至稠不可化。望向横木的人，被神辉刺得痛苦地捂住双眼，闻到酒香的人骤然迷醉，仿佛进入神国，如此，便与真实的世界暂时脱离。大师兄在真实的世界里，在圣洁的光线与醉人的酒味之间，神情恬淡温和，谁也不知道接下来他会怎样做。

在那缕酒香飘出夜色之前，他便已经提前知道，因为在过去的这些日子里，他一直追寻着那缕酒香，不然先前柳亦青临死前，他何必说抱歉？西陵神殿在临康城里摆下这般大的阵势，除了必杀柳亦青的缘故，更是想借机狙杀书院强者，那他何必要来？或许就是因为要对柳亦青说那声抱歉，所以他来了？

光明的、灿烂的、夺目的、逼人的横木立人，就在眼前，大师兄微微眯眼，依然没有紧张，就像是看着顽劣学童的乡村教师。他想起很多年前，在小镇上自己曾经养过鱼，有天晚霞满天，鱼池里的水也是这般光辉万丈，和现在眼前的这名少年很像。

他有些感慨，向右前方踏出一步。

横木立人眼前的世界，已经变成光明的世界，他忽然警惕起来，因为他不明白对方为何不警惕？他现在是道门的重要人物，知道很多秘密，所以他确信大先生不敢出手，才会对柳亦青说那声抱歉，现在就算大先生不得不出手，时间已经晚了，这不是道门预先布好的局，而是巧合而成的机缘，即便天算都算不出来，他如何躲开？

没有人算到那一刻是哪一刻，就像没有人知道，万物之始的那一刻究竟是哪一刻，就连横木立人自己都不知道，就算他心生警兆，也无法停止。某一刻，或许就是大师兄向右前方踏出那一步的那一刻，万道圣洁的昊天神辉，冲破了他身躯和刀身的束缚，尽数溢出琉璃的表面，向着大师兄的身体喷涌而去。下一刻，熊熊燃烧的昊天神辉，便会照亮漆黑的夜穹，无论是那轮清美的明月，还是亘古不变的满天繁星，都将被夺去光彩。

他将照亮整个世界。

而整个世界，也将看清楚他的位置。

唯有如此恐怖的神威，才能把书院大先生瞬间焚为灰烬。

夜色里传来的那缕酒香，也在瞬间变浓，一道由尘埃组成的旧风，不知从何处袭来，于大师兄身畔缭绕不去，其间隐藏着无数难以言说的威力。

大师兄依然没动，没有闪避，一方面，他不见得能在那道旧风的牵绊下，避开横木爆射出来的无尽神辉，另一方面，仅仅只是一道风并不足够，他想要看到的更多，他想要那个人显出身形，同时像横木一样，被整个世界看到。这是一个极为短暂的时间片段，不是刹那，也不是须臾，用语言根本无法形容，因为没有什么能够比光线更快，无论是大师兄还是那道旧风源头的那人，都不可能比光线更快，那么这便意味着，结局已然注定。

没有人能够停止这一切，但有人出手了，试图改变这一切。不是因为他比光线更快，而是因为他把横木立人身躯里迸射出来的光线，全部吞噬进了自己的身体里！

不知何时，隆庆站在了横木立人的身前。

他的身体四周弥漫着一层黑雾，熊熊燃烧的昊天神辉，不停被黑雾吞噬，他的脸色变得异常苍白，从黑雾里渐渐浮现，看着像鬼一般！嗡的一声轻响。横木立人爆溢出来的昊天神辉，尽数被隆庆吞噬，只有极少数几缕神辉散逸而走，然后迅速黯淡，别说照亮整个人间，就连护城河畔的柳树都没有照亮。皇城废墟前，骤然恢复宁静，夜穹里的月光与星光重新散落地面。那道满是尘埃的旧风缓缓停止，酒香也不知去了何处。

横木立人看着身前的隆庆，感受着那道黑雾里传来的寂灭意味还有那抹恐怖的气息，震撼愤怒到了难以遏止的程度。自己酝酿已久的光明一击，配合夜色里那位传奇，眼看着便能把书院大先生焚为灰烬，结果却被此人用难以想象的手段破坏了！他震撼于隆庆展现出来的恐怖境界，更愤怒于对方的行为，他究竟想做什么？

在如此短的时间里，强行吞噬了如此多的昊天神辉，隆庆苍白的脸色上不停浮现出诡异的光斑，看来仿佛受了不轻的伤。他疲惫地低着头，喘息了很长时间，抬起头来望向大师兄，盯着他的眼睛，声音微哑，问道："宁缺……他一直看着这里吧？"

前不久，柳亦青曾经说过：十三先生正在长安城上看着这里吧？只不过当时皇城周围的人，因为大师兄的忽然出现紧张万分，没有细想，把这当作剑阁之主将死，对过往的追忆与感慨。直到此时，人们才隐约明白了些什么，生出极大的恐惧。

春天那场细雨后，横木立人诸窍皆通，智慧早开，瞬间便明白隆庆在说什么，身躯变得异常僵硬，脸色变得极度苍白，下意识里望向遥远的北方。那座名为长安的雄城，他未曾亲眼见过，此时却仿佛能够清楚地看到那些蒙着青苔的城墙砖，看到城墙上那道身影，看到那道身影手里的那张铁弓，才明白如果不是隆庆，或许此时自己已然死了。

隆庆盯着大师兄的眼睛，说道："难怪从始至终，您都显得这般平静从容，看不到任何警惕的神情，因为您一直在等着我们攻击的那一刻到来，先前那刻您向右前方踏出一步，我本以为您准备遁入虚空，现在才明白那只不过是让路。"

替千里之外的那道铁箭，让开道路。

回思先前那刻的画面，隆庆的衣衫渐被湿冷的汗水浸透，如果他没有打断横木立人的神术，那么现在会是怎样的一个局面？

大师兄看着他说道："没想到你能看破，并且能破之。"看破书院的想法，是很困难的事情，更困难的则是在那么短的时间内做出决断，并且有能力破掉横木立人的神术——先前他便警惕于隆庆的成长，此时更加觉得此人将来可能会给宁缺带来很多麻烦。

"能够得到大先生的赞扬，我本应该喜悦。"隆庆有些感伤地说道，"但或许，只不过是因为我对那道铁箭更了解的缘故，所以才会想到这种可能，算不得什么。"那道铁箭第一次出现在修行界，是在数年之前的北荒雪山里，射的便是他，他的修道生涯或者说生命，正是因为那箭发生了根本的变化。

"不错，你始终还是破不了小师弟的箭。"

"看来，他果然在长安城上看着这里。"

"先前我便说过，或许看不真切，但他总会看着这里。"

隆庆看着他的眼睛，不解地问道："这就是书院的局？可如果大先生您不出现，只凭柳亦青，不足以逼得横木被宁缺看见。"

大师兄说道："神殿的想法很清晰，你们想要杀死柳先生，如果能够把小师弟诱至此地杀死，自然更好，这本就是你们的局……书院做的事情只是顺势而为，既然最终逼得我出现，那么你们自然便能被看见。"

只要被看见，便能被射死。

这样的事情以前也曾经发生过，当时二师兄君陌带着他新婚的妻子来到清河郡，踏进溪畔的庄园，平静地报出自己的身份。因为他叫君陌，清河郡崔老太爷毫不犹豫地展露了全部的境界，变成了真实世界里的明灯。当时那把铁弓在桃山，在西陵神殿之下，执铁弓的人看到了清河郡里的那两盏明灯，于是下一刻灯灭，人死。

"书院……果然好生阴险。"

横木立人眼中的悸意尽数化作愤怒，盯着大师兄寒声喝道："为了这个局，自命仁义的大先生，居然眼睁睁看着柳亦青死去，也不肯出手！"

大师兄沉默片刻，说道："你错了，我不是不肯出手，而是不能出手，如果我能出手，又何必需要你们被长安看见？"

横木听懂了这句话，于是更加愤怒。

隆庆自然也能听懂这句话，说道："出手……不见得一定要真正出手，您出现在这里，就是出手，不然我们也不会敢向您出手。"

"就算我不出手，我想你们也不会错过这个机会。"

"先前那刻，就算横木被射死，我被大先生杀死，可您还有自信能够继续活下去吗？"

"世间本没有完全确定的事情。"

隆庆神情沉凝地说道："堂堂书院大先生，换我们两条命，值得吗？"

"你说得不错，先前我踏出那步，便是准备好了离开，而你们留不下我。我所说的不能确信，指的是接下来会发生的事情。"大师兄望向夜色某处说道，"我不知道他会不会强行留下我。"夜色里酒香再起，随之而来的是一道极为沧桑的声音，那声音就像是陈了无数年的酒，醇厚至极，又像是放了无数年的酒瓮，满是腐意，"原来你一直是在等我出手。"

大师兄看着那处说道："是的，你不出手，书院便永远无法出手。"

一名文士从夜色里走将出来，看不出有多大年纪，似乎苍老至极，又似乎还有无尽寿元，在此人身上形成极怪异的统一。文士的手里有只酒壶，他是个酒徒。

酒徒走到大师兄身前，静立。大师兄的棉袄上满是灰尘，给人的感觉却是由内至外干净无比，酒徒的衣衫上纤尘不染，给人的感觉却是由内至外尽是尘埃。

从跪倒在桑桑身前那刻开始，酒徒便成为了道门最强大的力量，正是因为他的存在，横木先前才确信大师兄不敢出手。大师兄确实没有出手，准备出手的是小师弟。

今夜，道门准备杀死书院的小师弟，迎来的却是大师兄，无论是谁，他们都很愿意把对方杀死，只是他们没有想到，书院也想杀人。今夜，书院准备杀死酒徒。酒徒是曾经度过永夜的至强者，是修行史上的传奇，是平衡人间局面的重器，杀死这样一个人物，毫无疑问是场革命。可惜，革命未能成功。

酒徒把酒壶递到唇边，鲸吸般痛饮良久，直至小腹微鼓，苍白的脸色渐复，方始感慨道："好险，真的好险。"

大师兄感慨道："差一点，终究还是差一点。"

## 25

观主在长安城里被斩成废人，向昊天投降的酒徒和屠夫，便成为了道门在人间最巅峰的战力，如果不能解决这个问题，尤其是解决驭风游于人间的酒徒，那么书院便只能眼睁睁看着神殿灭新教，追杀新教的教徒，逼得剑阁分崩离析，柳亦青不得不单剑入临康，最终成为一个死人。

君陌在极西荒原深处带领数万农奴与佛宗厮杀连年，余帘在东荒销声匿迹，不知在谋划何等大事，书院能够尝试解决这个问题的人，便只剩下大师兄李慢慢以及宁缺——这里指的是留在长安城里的宁缺。大师兄想救柳亦青，想救更多的人，若要救人，先要杀人，他能杀人，却不能杀——千里无距的境界，再多道门强者，最终也只能成为木棍下的亡魂——然则他能杀人，酒徒也能杀人，而且同样是无距杀人。如果书院不想看着唐国的将军、官员甚至是最普通的民众，纷纷死去，那么在当前的局面下，便只能保持沉默，看着道门步步紧逼。

书院曾经尝试与酒徒和屠夫进行交流，想要说服对方，只可惜没有成功，交流还将继续，说服也会持续，但如果始终不行，书院并不惮于做出别的选择，比如直接把酒徒和屠夫杀死。只是，要杀死这样的人，实在是太过艰难，当年观主若是不进长安城，书院便伤不到他分毫，酒徒和屠夫同样如此，到了这种境界的人，近乎半神，对冥冥之中的命运变化自有感应，很难布局杀之。

今夜临康城发生的一切，都与书院无关，这是西陵神殿布的局，书院所做的事情，只是借对方布下的局势，想要获得一些想要的结果，便是所谓借势而行，正因为是借的势，所以被借势的神殿才没有算到，酒徒也没有感应到。借灭剑阁、杀柳亦青，逼书院出手，西陵神殿诸强者云集临康，酒徒隐于夜色最深处，道门画了一条巨龙，书院却要抢先点睛。

可惜，终究还是差了一点。

点睛的那一点。

宁缺站在城墙上，看着南方遥远某处，松开弓弦，把铁箭重新收回箭匣里。从今夜开始，酒徒肯定会极为警戒，再难寻找到这样的机会——今夜就是书院最好的机会，结果最终没能杀死或者重伤酒徒，这自然令他生出极大遗憾。但他的神情还是那般平静，没有任何变化，以至于城墙上那几名唐军根本不知道先前发生了什么事情，不明白他先前为何会忽然开弓。

先前他在临康城方向，看到了一抹极炽烈的光明，当然不是真的用肉眼看见，而是借助惊神阵的力量，在识海里感知到了那抹光明——那抹光明圣洁而纯净，既然桑桑已经离开了人间，想必便应该是那名叫作横木立人的道门少年。宁缺毫不惮于杀死横木，哪怕会让神殿与唐国之间的战争提前打响。他没有射死横木，是因为隆庆出手，隐去了横木在他感知世界里的位置，当然如果他真的想横木死，先前横木与柳亦青作战的时候，他便可以松开弓弦，但他没有这样做，因为那时候酒徒还没有出手，他的第一箭必然要留给最强大的敌人，还因为另外一个很重要的原因。

柳亦青的辇在北面，正对皇城，拦住了他的箭的去路。

或者是因为柳亦青不想让他把这么好的机会浪费在横木的身上，或者是因为柳亦青想要与横木公平一战，或者只是因为柳亦青想这样做。

"求仁得仁？不，你是在求死。"

宁缺看着夜色下的南方，嘲讽道："你丫一门心思求死，不就是想把南晋和剑阁留给书院照看，以为我不明白？"说完这句话后，他忽然陷入了沉默，脸上的情绪渐渐变淡，变得有些麻木。纵使明白又如何？他也只能接着，因为柳亦青已经死了，还有更多的人已经离开或者将要死去，他没有办法拒绝，只能沉默接受。

大师兄离了长安城，去拖住酒徒，把小皇帝留给他照看，二师兄在西荒杀人，把七师姐留给他照看，三师姐去了东荒，把笔墨留给他照看，朝小树去了那座小镇，把朝老太爷和妻子女儿留给他照看，师傅和陛下死了，留下了阵眼杵，把长安城和唐国留给他照看，今夜柳亦青又死了，把南晋和剑阁留给他照看。

　　站在城墙上，他照看整个人间，所以不能离开。当年和桑桑开始那段旅途之前，他也曾经做过一段时间长安城的囚徒，但二者间有区别，那时候的他只能照看长安城，现在他可以照看整个人间。责任自然更重。宁缺站在城墙畔，看着夜色下的人间，很长时间都没有说话，如果他知道柳亦青在临康城里曾经自比为孤魂野鬼，大概会生出很多同感。

　　他照看着人间，而老笔斋和雁鸣湖的宅院，现在是谁在照看着？湖畔的柳树，湖里的莲田，后院的断墙，墙头的野猫，又是谁在照看着？

　　桑桑走了，谁来照看他呢？

　　火光在宁缺身后亮起，在他身前的城墙上留下一道清晰的影子。

　　城墙上搁着张小桌，桌上的炉子里燃着银炭，没有一丝烟生出，铜锅里的汤汁正在沸腾，旁边陈列着些菜蔬肉片，暖意渐渐升腾。一名唐军把调好的蘸料碟摆到碗筷前，望向他问道："先生，今夜要开酒吗？"

　　"嗯。"

　　宁缺这些天一直生活在城墙上，饮食起居皆如此，早已习惯在瑟瑟秋风里吃饭，也唯有火锅与美酒，能让他添些暖意。极肥美的牛羊肉浸入白稠却不腻的骨汤汁里，以肉眼可见的速度熟起来，香气刚要溢出，便被紧接着下锅的青菜叶子压了下去。宁缺坐到桌旁开始吃饭，没有陪客，自然不需要寒暄，没有同伴，不用行酒令，食材虽美，吃得却很是沉默孤单。

　　夜宴虽然孤单，但酒是最烈的双蒸，菜是宫里送来的美食，那些令人唾液横流的香味，随铜锅里蒸腾的热气飘起，掠过城头，被秋夜的寒意所凝，向着城墙之下的人间飘落，经过带着斑驳风雨痕迹与新旧青苔的城墙，过某处鹰巢，惹得窝里的雏鹰睁开了眼睛，茫然地四处寻觅，然后飘落到朱雀大道上，钻进夜街上那些寥寥无几的行人鼻子里。

　　那年观主入长安，朱雀大道南段在那惨烈的一役里基本上全部毁灭，其后数年不停重修，总算是恢复了当年的盛景，但毕竟是新修的建筑，终究少了些岁月才能积累出来的烟火气，显得有些清冷。晚饭的时辰已过，朱雀大道两旁的诸坊市，此时也很安静，但和正街上的清冷相比，那些宅院并不冷清，到处都能听到棋子落在木盘上的声音、瓷碗摔在灶沿上的声音、妇人打骂孩子的声音，热闹得厉害。

秋夜的长安城，真正热闹的所在自然不是这些民宅，松鹤楼的露台上摆上好几张圆桌，不知谁家的少爷从账房里偷偷取了银子，在那里宴请自己交好的同伴，毕竟是年轻人，未经世事，自然也不怎么懂酒事，不是夫子，没办法喝出酒里掺了多少水，把自己灌得大醉不堪，早忘了明天该如何向家里交代。红袖招里的热闹与松鹤楼的热闹又不相同，那些并不知道自己的孩子偷偷溜出府玩耍的官员和商人们，坐在栏畔的酒桌旁，神态自矜，气氛热烈却没有人闹，曼妙的曲声和旋转的裙摆里，热闹二字只取了前一半。

和民间相比，朝廷的气氛自然要严肃很多，尤其是草甸里那些灯火通明的小楼，看情形大概会一直亮到凌晨，数十名唐军在那些小楼之间快速奔跑，传递着从边疆各处以及各州郡传回来的情报，催促着批复。西陵神殿已经开始战争的脚步，战火虽然没有正式点燃，也暂时还没有烧到大唐的边境线，但大唐军部已经进入了战争状态，充满了紧张肃然的气氛，桌上搁着的热茶已经换了不知多少道水，旁边的糕点却没有人吃。

最重要的那些决定，军部也不能单独决定，需要经过皇宫，将军们不能睡觉，自然皇宫里也有很多人不能睡觉，从羽林军到侍卫处，从掌管御书院的太监到负责茶水的宫女，都必须跟着强撑。和当年相比，御书房的墙上多了两道条幅，两道条幅由不同的人书写，水准差距很大，但对现在的皇宫来说却是同样重要，正是鱼跃花开两帖。

皇帝陛下已经不再年幼，但毕竟是个少年，书院不允许他长时间熬夜，此时已然睡去，在御书房里审阅奏章的是李渔。她神情专注地看着奏章和各郡的政事文书，看了很长时间，觉得嘴有些渴，伸手去端茶，却碰翻了碗，这才发现碗里不是茶，而是先前宫女送进来的银耳羹。银耳羹有些稠，落在奏章上，倒是比较好清理。

城墙上，铜锅里的汤也溢了出来，与炽热的锅壁一触，发出滋滋的声音，迅速被蒸干，留下灰白的垢迹，有些则是顺着桌腿淌下，落到一根铁箭上。宁缺没有理会，继续吃鲜美的羊肉，肥美的牛肉，喝醇美的烈酒。他吃得很慢，因为反正是要坐在城墙上，那么找些事情做总是好的，只不过一顿饭，吃得再慢，也有吃完的时候，待他放下筷子，几名唐军走上前来把桌子收拾干净，留下了那壶酒和一碟下酒的小菜。他从怀里取出手帕擦了擦嘴，又擦了擦桌子，最后拾起铁箭，把上面的火锅汤擦掉，然后搁到弓弦上，以保证随时能射出。

他重新望向南方，临康城的方向，先前酒徒没有变得明亮，那么想来今夜他再也没有看到他的机会，但他必须一直看着。到此时为止，他并不清楚临康城里发生了什么事情，但他知道柳亦青应该已经死了，因为大师兄不能出手，因为柳亦青想死。

宁缺把酒洒到地上，以作祭奠。

柳亦青死了，酒徒却没有死，很遗憾。

不过无所谓，今夜没能杀死，他朝总能杀死他。

酒水打湿了地面，城墙的青砖变成了黑色，于是月光被衬得更白，如霜一般，他这才注意到，今夜的月亮不是很圆，却很明亮。

明月照人间。

照就是看，就是照看。

宁缺斟满杯中酒，遥对夜空里那轮明月，说道："老师，请继续看着我们，我们会代替您继续看着这个人间。"


遥远的南方，临康城里一片混乱，到处都是火光，唯独已经变成废墟的皇城某门之前，没有任何声音，安静得令人心悸。

酒徒说道："问题在于，宁缺他能看多长时间呢？"

大师兄沉默，没有人能一直看下去。

酒徒看着他面无表情地问道："而且除了你，谁能让他看到我？"

听着这句话，大师兄神情微变，恳求道："请不要。"

青衫未湿，酒壶未启。

风起处，酒徒的身影消失不见。

酒徒离开了，大师兄却没有走。他走到辇前，把柳亦青的身体放平，然后转身望向夜色里的皇城废墟，听着那处传来的风拂河水的声音，沉默不语，似乎在等着什么事情的发生，神情略显伤感和无奈。隆庆知道他在等什么，所以愈发不解他为何没有跟着离开，看着他身上的棉袄、棉袄上的那些灰尘，神情渐渐变得凝重起来。

留在场间的三人里，横木最年轻，也最骄傲，今夜所受的挫折冲击也最大，神情难免有些落寞，眼眸深处的怒火很是暴烈，直到此时，他才知晓书院的局从始至终针对的都是酒徒，自己从来不在对方的眼中。他缓缓握紧双拳，看着大师兄想道，就算你已经晋入传说中的无距，难道以为就能轻松地战胜我？你可知我现在又是什么境界？隆庆感知到了横木的情绪变化，神情愈发凝重，警惕地看着大师兄，缓缓移动脚步走到横木的身旁，随时准备出手。

春天后的这段时间里，西陵神殿与书院之间一直保持着诡异的平静，在今夜之前双方都清楚彼此都是安全的，没有人先出手，便不会打破平衡。

——两名无距境大修行者之间的平衡。

今夜，这种平衡终于被打破了。

虽然是西陵神殿的局，但真正感受到危险的无距者却是酒徒，书院险些重伤甚至直接杀死他。隆庆的警惕便在于此，平衡已破，大师兄没有随酒徒离开，便极有可能向自己和横木出手，他和横木能不能活下来？先前酒徒还隐藏在夜色里时，他曾经问过大师兄，换两个人的性命是否划算，这说明他认为自己和横木有能力做出某些事情。

横木的信心来源于信仰，他的信仰来源于哪里？

"你和传闻中很不一样。"清淡的星光落在隆庆的身上，像溪水漫进干涸的沙地，瞬间便被吞噬，大师兄有些不解："如果背离对昊天的信仰便能获得黑暗的能力，这能力又是谁赐予你的？我想观主也无法解释。"隆庆很清楚，以前自己哪怕在修行界再风光，也没有资格被书院大先生记住，所谓传闻，大概便是宁缺在闲谈里提过。他知道对方已经看穿了自己的境界，但正如对方所说，连观主都无法解释，自己都无法理解，那么便没有人能明白。

"说这些废话做什么？"横木说道。

大师兄望向青衣少年，说道："西陵神殿尚华美，但真正的道门却是以青衣为尊，观主这些年一直青衣飘飘，叶红鱼于崖畔石屋悟剑时也穿着青衣，小师弟当年杀上桃山时，也穿着青衣，以你现在的境界穿这件青衣不免有些可笑。"

横木很愤怒，笑得愈发天真，说道："不与观主比较，但说裁决那女人和宁缺那蠢材比我更有资格穿这件青衣，大先生的眼光才真正可笑。"

大师兄看着他平静地说道："越过那道门槛，便是你的自信来源？"

横木闻言骤惊，没有想到对方竟然能够看穿自己一直隐藏着的真实境界，淡然说道："既然你看出来了，我凭何不自信？"

大师兄看着他说道："作为有史以来迈过那道门槛最年轻的修行者，无论从哪个角度上看，都应该骄傲自信，然而可惜的是，那道门槛不是你自己走过去的，而是被昊天抱过去的，所以现在的你还只是个婴孩。"

隆庆忽然说道："我不理解大先生您为何现在要说这些。"

"因为我不明白他为何敢离开。"

忽然，大师兄露出明悟的表情，感慨说道："光明与黑暗本就是昊天的两面，我何其愚笨，竟到此时才想明白这一点。"

"大先生智慧过人。"

"若横木有你现在的心境，或许会比较麻烦。"

"既然如此，您现在就不应该等待，而应该出手。"

大师兄神情微惘，说道："我能否承受出手的代价呢？"

"您知道他去做什么了。"

"是。"

"您既然犹豫是否出手，那么至少应该跟着。"

"跟着也无法阻止，只能做个旁观的过客，那将是更大的痛苦。"

"在这里等待，不停猜测远处正在发生什么，难道不是最大的痛苦？"

大师兄沉默片刻后说道："眼不见为净，看不到总会好过些，小师叔当年说君子当远庖厨而居，大概便是这个道理。"

"虚伪。"横木毫不客气地指责道，"书院就是一群伪君子。"

"或许……我确实虚伪，但我不能代表书院，若今夜在此的是君陌或是三师妹，想来不会像我说这样多的话。"

皇城废墟前一片安静，夜风轻拂河水，荡起柳枝，来到场间，在柳亦青满是血污的脸上飘过，飘过他紧闭的双眼，然后消失。就像时间的流逝那般，没有任何痕迹。正如隆庆所说，等待是最煎熬的一件事情，好在众人没有等太长时间。

酒徒回来了。

酒壶在他的腰间轻轻摆荡。

长衫下摆上隐隐可以看到几点血渍。

大师兄的脸色变得有些苍白，他知道酒徒是故意让这些血染了衣衫再让自己看见，却依然难以抑制地开始自责并且痛苦起来。

酒徒解下酒壶，说道："片刻辰光，酒意未消。"他饮了口酒，眯起了眼睛。

大师兄沉默了很长时间，然后问道："谁死了？"

酒徒离开是去杀人，这世间很少有他杀不死的人。

"死的也是个好酒之人。"

酒徒回忆着先前杀人时的画面，感慨道："先前，我去了滁州。"

"大唐滁州？"

"不错，环滁皆山，东山有亭，那亭子是一个太守修的。"

"滁州太守清廉爱民。"

"清廉如水，爱民如子。"

"真贤人也。"

"贤人好酒，果然真贤人。"

"可你杀了他。"

"滁州太守若不是贤人，我还不会杀他。"

大师兄声音微颤，说道："为何？"

酒徒看着他平静地说道："因为死的越是贤人，你便越痛苦。"

滁州太守是位贤人，但看他黝黑的脸颊，粗糙的双手，大概会以为只是个寻常的农夫，贤愚这种事情，向来很难从外表分辨。他刚刚从河堤归来，准备迎接秋污的来犯，心情难免有些焦虑，但真正令他焦虑的，还是即将来犯的敌人——滁州风景极美，却在边境。情绪和贤愚一样，在他脸上没有丝毫呈现，他平静地处理完政事，在童子的陪伴下走出官衙，持杖登临东山，想要觅些清静。

东山有座新修的亭子，是他主持修建的，耗费了不少的银钱，值此国势艰难时刻，自然给他带来了一些非议，他却显得极不在意。泥瓮轻破，酒香渐弥，太守在亭下饮酒，看夜穹里那轮明月，看月光下这片河山是那样的美好，很是满意，诗意渐起，又想写篇文章。

便在此时，一场清风自无数里外的南方翻山越岭、偃草乱松而来，于亭外周游三圈，然后入内缭绕片刻而去。太守死了，他没有来得及吟出那首诗，没有写下那篇可能会沉醉千古的游记，没有留下纸墨，没有对滁州的百姓再说些什么，就这样悄无声息地死了。

临康城寂静的皇城废墟前，大师兄看着滁州的方向，沉默了很长时间，脸色苍白，问道："让我与唐人痛苦，于先生又有何益？"

"因为……我很怕死，活得愈久愈是怕死。"

酒徒看着他的眼睛，说道："先前，当我感觉到危险的那一刻，我真的很害怕，无数年来，我从来没有这样接近过死亡，其中真的有大恐怖……我活的年头太久，对这种感觉真的很陌生，今夜重温，才发现那种大恐怖依然存在，而且变得越来越强烈，强烈到我的心境都无法承受，于是，我很愤怒。"

他的脸上没有表情，就像耕种了无数年直至严重缺乏养分的结板田野，他的身上依然飘着酒香，他的愤怒没有具体的呈现，却那样清晰地呈现在人间之前，因为遥远的滁州城外，那个爱喝酒的太守死了。

"我不想再体会这种感觉，我不想再被书院当作目标，所以我必须让你痛苦，让唐人痛苦，让书院痛苦，痛苦到恐惧，到不能动弹。"酒徒依然盯着他，眼眸里没有任何情绪，只是漠然和强大，"我可以杀人，可以杀无数唐人，只要我动念在先，那么无论你再如何快，都无法阻止我，而且杀那些普通人，不需要太费力，宁缺他看不到我，自然也无法阻止我，你们只能看着我不停地杀人，最终被痛苦折磨到崩溃。"

大师兄的身体微微颤抖，棉袄袖里的双手握得极紧。

酒徒继续说道："不止十人，不止百人，将会有千万人死去……所以除非确定能够杀死我，那么书院不要再尝试杀我，哪怕连杀意都不要有……比柳枝更细的一丝杀意都不要有，比柳絮更轻的一丝杀意都不要有。"

大师兄低着头，很长时间都没有说话，忽然，他抬头望向夜穹里那轮明月，说道："我也可以杀人吧？"然后他望向酒徒，沉重而坚定地说道，"当我想杀人的时候，同样没有人能够阻止我，您也不行，所以请不要逼我。"

酒徒神情不变，说道："请。"

大师兄挑眉。

酒徒说道："请杀。"

大师兄皱眉。

酒徒说道："请杀人。"

大师兄敛眉，静思，犹豫。或许下一刻，他便将要离去，去杀人。

"宋齐梁陈，无数道人，等着你去杀，亿万信徒，够你慢慢杀，草原上，无数蛮人等着你去杀，你想杀谁便可杀谁。"酒徒看着他被夜风拂平的双眉，说道，"若你能进桃山，想来可以杀更多你愿意杀的人，然而，你究竟要去杀谁？谁应该被你杀呢？"

杀不杀是一个问题，杀谁同样是问题，红尘浊世里，满山桃花间，谁大奸大恶？谁应该被杀？谁来判断？谁有资格判断？

这些问题要答复很难，有人不屑答，因为他认为尘世里的所有人都该死，比如当年的莲生；有人不屑去思考，因为他认为自己是尘世里的半神，比如酒徒，而对于大师兄来说，这却是他必须回答的问题。他站在河畔的柳枝下，站在满是血污的小辇前，沉默思考了很长时间，辇上的柳亦青静静地闭着眼睛，仿佛在沉睡，河畔的那些修行者与大臣们都已昏迷，只有酒徒和隆庆横木三人在等待着他的决定。

看着那件棉袄在夜风里摆荡，看着那些万里路积贮的灰尘渐渐落下，隆庆有些很难理解的期待。如果大先生真的离开去杀人，那么这个世界将变成一个崭新的世界，没有任何人曾经见过的新世界。在那个世界里，所有的秩序都将崩溃，因为最基础的生死秩序将被打破，两名无距境界的大修行者不停杀人，谁都不知道下一刻谁会死去。只需要一个人，便能动摇这个世界的秩序，两个人，便能毁灭这个世界。横木看着酒徒与大师兄，终于明白为什么在五境之上，无距境始终是最特殊的那一个，甚至隐隐成为了那个世界的代名词。

黑夜渐深，河水渐静，直至死寂，不知道过了多长时间，黎明终于到来。

大师兄一直站在辇前，没有离开过。

"确实没有人能够阻止你，但你自己可以。"酒徒看着他说道，"你终究还是不敢杀人。"

"不是不敢，是不忍。"

大师兄已经想通了，说道："人皆有不忍人之心，你自视为神，自然非人，所以能杀人，我却不能，因为我还是人。"


## 26


阅历见闻改变气质，层次决定高度，修行者与普通人自然不同，千古以来，那些逾过五境门槛的大修行者，能够呼风唤雨、动天撼地，俯瞰苍生，精神世界自然渐渐远离尘世，向着非人的领域而去。这是很容易理解的道理，夫子当年也没能避开这段心路历程，后来他与宁缺辩过此事，他用来寻回本心的方法，很是匪夷所思。

大师兄是世间走得最快的人，却叫作李慢慢，因为他做什么事情都很缓慢，就连青春期以及成为大修行者之后的困惑期，都来得要比旁人慢很多，但来得再慢终究会来，他曾经思考过这个问题，并且拥有自己的见解，或者说选择——此时他说酒徒非人，并不是在赞美对方的境界高妙，而是隐晦的指责。像他这般温和的人，居然会指责对方，说明他此时看上去再如何平静，实际上已经愤怒到了极点。

——他愤怒于酒徒杀人，杀贤人，毫无道理地杀贤人，并且可能会杀更多人，这是他很难理解，更不能接受的事情。

横木嘲讽道："果然虚伪。"所谓修行，无论入世出世，图的是成仙还是涅槃，本质上修的都是与普通人背道而行，先前他便说过书院虚伪，此时听着大师兄说人皆有不忍人之心，坚持把自己放在普通人的范畴里，他忍不住再次出言嘲讽。

大师兄回想起书院后山曾经的那几段对话，说道："二师弟和小师弟以往都批评过我，小师弟说得隐晦些，君陌则很直接，三师妹虽然一直没有发过议论，但我知道这些年她一直都有些瞧不起我的行事方法……确实虚伪……既然我能杀人，便应该杀人，如果不杀，便是把本属于我的责任推给旁人，而且……总能找到一些应该被杀的人吧。"

他渐渐平静，看着酒徒说道："水清水浊，洗衣洗脚，都可行，泗水已红，我总不能始终在水畔行走，而不湿鞋。"这段平静的话语，隐藏着某种决心，对道门来说，预示着某种极大的危险，一直沉默听着的隆庆微微眯眼，神情渐凛。

"就算你现在开始杀人也没用。"酒徒的神情很冷漠，说道，"昊天爱世人，我不是昊天，你爱世人，我不是你，我杀人，你会痛苦，你杀人，又能奈我何？"

大师兄问道："难道这个世界里没有你关心的人或事？"

"我活了无数年，亲朋皆死，旧友全无，现如今的我，老病孤独，于人间无所爱憎，你再如何杀，又如何能让我动容？"酒徒神情淡然，言语间却有无尽沧桑意，令其余三人沉默。

便在此时，有小雨落下，雨水净了地面的尘埃，柔了河畔的柳叶，湿了头发，为人间带来一股凄冷的秋意。秋雨里，大师兄看着酒徒说道："所以我必然会输？"

酒徒说道："有所爱，故有所惧，你无法不输。"

隆庆和横木在雨中离开皇城，带着两千西陵神殿护教骑兵，向着大泽和宋国方向进发，凄迷烟雨里，将有千万人死去。秋雨越来越大，大师兄低头站在辇前，站在柳亦青的遗体前，雨水打湿他的头发，耷拉在额前，显得有些凄凉。

世界是平的，雨水却不可能完全均匀，不然人间也不会有旱灾洪涝，但今年秋天的这场雨，却很奇异地覆盖了绝大部分山川河流与城镇，好在雨势并不大，淅淅沥沥，不疾不徐，不像夫子登天那年令人恐惧，更像春雨打湿人心。

滁州也在下雨，东山上的亭檐湿了，人们的衣裳也湿了，两名老仆跪在太守的遗体前痛哭流涕，凌晨从城中赶过来的官员士绅们则是脸色苍白，震惊得无法言语，谁也没有注意到一个师爷模样的男人在亭柱上做了些什么。

东山风景虽好，但地势太高，游人罕至，一直没有人明白，以清廉爱民著称的太守，为什么要在国势严峻的时刻，发动民夫耗费银钱，在峰顶修这样一座亭子，没有人知道，这座给太守带来极罕见负面评价的亭子，实际上是一座传送阵，可以向长安城传递极简略的一些重要情报。这样的传送阵，耗资巨大，即便以大唐的丰富资源，也只能修建数处，贺兰城、土阳城各一，滁州因为直面燕宋两国，战略位置日渐重要，所以朝廷才会耗费巨资，由太守出面，背着恶名主持修建此亭。

走进东山亭的男人，在滁州官员百姓眼中，是太守的幕僚师爷，事实上他是直属皇宫的暗侍卫，他要做的事情是启动这座亭子。东山亭向长安城传回了第一份情报，不是燕宋入侵，也不是河堤崩塌，而是，修建这座亭子的那人……死了。

长安城也在落雨，雨水顺着明黄色的宫檐淌落，御花园里因应时节的秋菊，愈发娇艳明媚，黄蕊相叠，悦目至极。御书房里，李渔看着刚刚从小楼处传来的太守的死讯，沉默了很长时间，望向窗外的秋菊，又沉默了很长时间。

曾静看着她略显苍白的侧脸，强行压制住心头的震惊与愤怒，声音微哑："朝廷必须做出应对，不然……真会大乱。"一个帝国，一个朝廷，一片疆域，维持这些名词的，可以是精神或者是勇气或者是历史传承，但真正重要的是管理机构，换句话说，就是各级事务官员，再完善的制度，也需要由人来进行具体执行。当官员随时可能死去，当官员发现自己随时可能死去，管理帝国的体系便会摇摇欲坠，并且将不可逆地走向崩溃。

滁州太守死了，朝廷必须做出应对，或者找出并且杀死凶手，或者隐瞒真相，或者让敌人罢手，既然真相无法隐瞒，便只剩下其余两种选择。能够深入国境，无视天枢处和书院，于悄无声息间，杀死滁州太守的人，世间只有两三人——无论是谁，都不是大唐朝廷能够对付的，哪怕大唐是世间最强大的国家——因为那些人已经超出了世俗的范畴。

李渔很清楚这点，看着窗外被雨水打湿的黄菊，说道："让书院处理吧……杀死那个人，或者想办法让那个人住手……不过，宁缺啊，你最后还是要把那个人杀死啊，不然欧阳先生如何能够瞑目？"

宁缺知道太守死讯的时候，正在城墙上吃面，这数十天里，因为要俯瞰人间等待时机的缘故，他的饮食起居都在城墙上。

他不认识滁州那位欧阳太守，只听说过对方的贤名，有些感伤，然后沉默，昨夜举着铁弓瞄准临康城，等待着酒徒出现的那一刻，他就知道自己和师兄的计划如果没有成功，必然会迎来酒徒的反击，只是没有想到反击会来得这样快。

"我要下去。"宁缺说道。

有数十名唐军一直在城墙上负责照顾他的饮食起居，临时搭建的厨房里忙碌的那些人，更都是宫里的御厨，人们知道他这些天来，一步都没有离开过城墙，忽然听到他说要离开，很是吃惊。宁缺走下城墙，在被秋雨湿润成深色的青石地面上行走。

入秋后，朱雀大道两旁的树叶迅速被染成红黄二色，清晨雨后，无数树叶离开梢头落下，在街上堆起如彩澜，深处几可没膝。短时间内，酒徒不会再给机会，西陵神殿的强者们，也会变得很谨慎，而且他们也不敢进长安，那么他再守在城墙上，意义不大。

现在他要解决的问题是，怎样让酒徒不再杀人——如果让酒徒继续杀下去，不等西陵神殿和金帐王廷的大军来袭，唐国便会倾覆。酒徒以前没有这样做，因为他对书院有所忌惮，因为夫子余威犹存，也是因为他虽然向往神国，却不愿意毁灭人间。

现在他开始发飙了，书院该怎样应对？

夫子和小师叔若还活着，那事情自然简单，一棍或者一剑把那厮宰了便是，顺便再把屠夫给宰了，遗憾的是他们已经不在。大师兄很难阻止酒徒，因为他不是那样的人，二师兄同样不行，这两个人只会去和酒徒拼命，就像以前在悬空寺里做的那样。在不需要拼命的时候，宁缺很瞧不起拼命这种法子，因为他总以为，自己的命以及书院师兄师姐们的命，总是要比别人的命更重要些，无论你是酒徒还是屠夫，首座还是观主，都没资格换我们的命，所以他非常不同意朝小树的安排，也根本没有考虑过两名师兄会怎样做。

如果三师姐在长安，她会怎样做？如果莲生还活着，他会怎样做？宁缺行走在黄红两色的落叶间，吸着秋雨里清新的空气，头脑变得非常清醒，知道自己应该怎样做了。

宁缺找到上官扬羽的时候，这位大唐的新贵正在红袖招里灌酒，那双颇有特色的三角眼因为迷离而显得愈发猥琐，沾着酒水的山羊胡就像是墨笔一样在桌上扫来荡去，形状滑稽甚至令人感到厌恶。按道理来说，大唐当前的局势极为严峻，皇宫里御书房里的灯火昼夜不歇，各部衙更是忙碌到了极点，他实在想不明白，上官扬羽为什么会出现在这里，只是因为时间急迫的缘故，他也懒得去问。上官扬羽见着他，酒意便醒了大半，只觉腹中坠坠，想去茅厕解决问题，却哪里敢离开，问道："十三先生有何事交代？"

宁缺说道："我要杀些人。"

他说得很轻描淡写，落在上官的耳中却像是一道惊雷，剩余不多的酒意顿时全部消解，小腹更是一阵抽搐，打了个寒噤，仿佛已经去了趟茅厕。反应这般大是因为上官非常清楚，宁缺说杀人，杀的必然不是一般人，也不会仅仅是杀人。多年前，宁缺便开始在长安城里杀人，他曾经犯下很多桩命案，杀死过很多朝廷命官，也正是从那时候开始，上官开始与他接触，从装作什么都没有看见，到最后不得不效忠于对方。当年如果不是宁缺杀了御史张贻琦，他根本没有可能坐上长安府尹的位置，从某种意义上来说，他是宁缺杀人最早的观众，也是最初的受益者，那些血腥他从来没有忘记过。

然而宁缺现在已经是大唐最重要的大人物，他说的话比皇帝陛下更有威力，无论他要杀谁，都没有人敢反对，那么他为何要来找自己？上官扬羽有些想不明白，脸上的神情更加谦卑，宁缺知道他在想些什么，却也不解释，用有趣的眼神看着他说道："不打算帮我办？"

"这是哪里话？"

上官扬羽神情坚毅，待看着楼里没有人注意到此间，压低声音却依然显得极为斩钉截铁，说道："您这时候就算是要杀进宫去，我也必然跟在您的身后！"

宁缺很满意他表现出来的态度，带着他向红袖招外走去。上官扬羽哪里敢有二话，揪着前襟，跟着他的脚步踏进街上的积水里。当年那场战争里他的表现极为出色，连连擢升，早已晋为大学士，但他很清楚，自己能够拥有现在的地位，最根本的原因，是宁缺和书院信任自己，所以无论书院决定做什么，宁缺想杀谁，他都必须跟着——只是宁缺究竟想杀谁？他不会真的再杀死一位大唐的皇帝陛下吧？

秋雨淅淅沥沥，长街早已湿透，车轮碾压石板的声音渐渐停止，上官扬羽掀起窗帘，发现自己没有进宫，稍微觉得安心了些。宁缺带他来的地方是一大片不起眼的宅院，整片宅院里没有任何声音，在凄迷如烟的雨中显得有些阴森。上官扬羽知道这片宅院是做什么的，愈发不解，心想如果宁缺要杀的人住在这里，随便杀了便是，为什么一定要把自己带着？

走进宅院正堂，坐在太师椅上，接过刑部官员递来的热茶，宁缺拎着茶盖轻轻拨了两下，看着他说道："户部的那些钱粮师爷过会儿就到。"说完这句话，他望向堂外被秋雨打湿的行廊，感知着空气里若隐若现的天地元气锁，说道，"时间有些紧，所以要快些。"

当年举世攻唐，李珲圆趁机篡位，何明池掌管天枢处和南门观，掀起一片混乱，那些夜晚的长安城，不知道流了多少血。宁缺和皇后回到长安城稳定局势后，紧接着做的事情便是镇压和肃清，天枢处和南门观那些参加过叛乱的修行者们，被杀死或擒获，现在便关押在这一大片宅院里，这里的阵法无法困住知命境的强者，却足以把那些修行者变成普通人。

"这些人杀便杀了……"上官扬羽没有把这句话说完。

"要杀的人很多。"宁缺说道，"除了这里的人，还有很多人要杀，我一个人怎么杀得完这么多人，总需要朝廷来办。"

上官扬羽神情愁苦，说道："当年下官虽然在长安府里做过司法参军，但从来没有监过斩，这种事情找刑部来办不是更方便些？"

"判断死活我也能，哪里是监斩的事。"宁缺说道，"我说过，今天要杀的人太多，不能有任何错漏，而计算数目这种事情，本就是你管着的户部最擅长。"想到先前他说户部那些钱粮师爷正在往这边来，上官扬羽震撼无比，身体僵硬，难道需要户部来数人头？这……这是……准备杀多少人？

"滁州太守的事情，你应该知道了。"宁缺起身走到槛畔，看着雨帘说道，"你在害怕，所以才会在红袖招里胡混。"全大唐都知道，上官大人贪财无德，最受人敬佩的便是不弃糟糠或者说畏妻如虎，这样的人居然大清早在青楼里喝花酒，自然有些古怪。

听着宁缺的话，上官扬羽沉默了很长时间，然后疲惫地说道："是的……我确实在害怕……我不想那样悄无声息地死去。"

"只要你在长安城内，我便能保你不死。"

"城外呢？书院不能保证朝廷官员们的性命，那官员怎么可能会不害怕？"

"你说得有道理，所以我今天要杀人，要杀很多很多人，只有这样，才有希望让对方不敢再杀我们的人。"

上官扬羽的三角眼骤然明亮，他知道书院准备怎么做，然而下一刻，他的眼神再次黯淡起来，因为这并不见得能解决问题。便在这时，羽林军护送着十余名户部官员冒风雨前来，这些人都是最优秀的算账好手，数什么都不会数错，数人头自然也不会出错。

于是，宁缺可以开始杀人了。

院子里黑压压跪了一地囚犯，这些囚犯有男有女，有老有少，衣衫褴褛，脸色苍白，明显已经多年没有见过阳光，他们早已失去了继续活下去的勇气或者说渴望，死亡对于他们来说或许是种解脱，他们跪得很麻木，没有任何赎罪的意味，于是自天而降的雨水也没有让这场景增添多少肃然的感觉。那些来自户部的官员看着这幕画面，不免有些紧张，拿着笔的手微微颤抖，而那些在旁等候的行刑者，则显得很平静，握着刀柄的手稳定至极。

"怎么杀？"

上官扬羽半躬着身子站在宁缺身后，低声说道："当年参与叛乱的修行者，除了病死和受刑死的，都在这里，是全杀了还是挑着杀？"

宁缺看着秋雨里那些囚犯，说道："可能要杀几次，今天先别杀光。"

"按照什么标准挑选？对西陵神殿的重要性还是当年在叛乱里犯下的罪行轻重？这些家伙手上都是染过血的。"

"既然是给神殿看的，随机挑些来杀便是。"

"随机？"

"就是瞎挑的意思。"

户部官员面面相觑，便是那些握着刀准备行刑的杀人老手也有些愣，只有上官扬羽毫不犹豫，对着雨中挥手，示意先挑一半杀了。

杀人的画面难免血腥，宁缺转身走回厅内。举起犹有余温的茶杯喝了口，他再次抬头望向厅外，只见秋雨里已经倒下了十几具尸首，青石地面上的血变得浓郁了很多。

秋雨凄迷，庭间杀人如除草，除了刀锋入肉断骨的声音，便只有尸首前倾，重重砸到地面，把积水砸出水花的声音。宁缺看着碗里澄透的茶水，不知道在想什么。上官扬羽看着他的侧脸，不知道在想些什么。户部官员们在囚犯名册上不停勾画涂抹，随着那些名字越来越少，他们的脸色变得越来越苍白，不知道心里在想些什么，秋雨持续，庭间声音响起的频率渐渐变慢，刀斧手们的呼吸声越来越粗，斩落这么多颗人头，终究还是件很累的事情。

刑部派来的仵作和户部的相关职司人员，涌进庭前开始检查尸体，同时准备处理这些尸体，刀斧手们饮完一碗烈酒后，在旁稍事休息。还没有完，宁缺说过，今天要杀很多人，把这些尸首搬走，庭前的地面空出来，待刀斧手们恢复体力，还要继续杀人。接着送过来的囚犯更多，除了刑部押过来的，还有应宁缺要求，军部专门送过来的数十人，庭前的地面上根本没办法跪下，只好分成几批。

"这些……大部分只是家眷。"一名户部官员翻了翻手里的囚犯名册，望向上官扬羽震惊地说道，"难道这些人也都要杀？"

上官扬羽没有回答他的问题，望向宁缺问道："也瞎挑着杀？"

官员脸色有些难看。被押到庭前的数百人都是受牵连的家眷，难道就要这样杀了？

数年前那场战争爆发后，有很多唐人自世间各处归来，但依然有虔诚的昊天信徒誓死效忠西陵神殿不肯归来，甚至在西陵神殿的护教骑兵里任职。这些人都是叛国者，他们的家眷便是通敌者，无论有没有与远在西陵的亲人断绝关系，永远都是通敌者，因为血脉联系是斩不断的，这便是唐律里最冷血、最残酷的律条。过去数年，唐国朝野四处搜捕，在边境线严防死守，擒获数千名涉嫌通敌的民众，然后把他们关押在长安城和各州郡的大牢里，除了明正律法，最重要的原因自然是为了震慑牵制那些远在他乡的叛国者。

宁缺抬起头来，看着跪在秋雨里的那些男女老少，仿佛看到很多年前老笔斋对面的那堵被春雨打湿的灰墙，看到了死去的小黑子。看着雨水里那些人头，他想起更多年前将军府里发生的灭门惨案，想起那些溢出门缝的血浆和那些像西瓜般的熟人的头颅。

"那年长安城落了场春雨，朝廷和神殿正在谈判，准备议和，我带着鱼龙帮和羽林军冲进清河郡会馆，在雨中把清河郡的人全部杀光了。"他说道，"现在想来，我有些后悔。"官员们神情微和，心想书院仁善……然而紧接着宁缺说道："当时应该留些慢慢来杀，或许能够得到更多的好处。"庭间一片死寂，只有雨声和孩子们压抑不住的哭泣声。

"我知道你们觉得自己很无辜，那些清河人大概也这么觉得，甚至从唐律或者道德来看，你们有些人真的是无辜的。"宁缺看着雨中的数百人，说道，"但我不在乎。"庭间的官员和羽林军都是唐人，他们很在乎这些事情，所以脸色有些难看，然而上官扬羽不在乎，在秋雨里缓缓举起右手。他和宁缺都是非典型唐人，唐律对于他们来说只是工具，至于那些美好的道德或者说情怀，用来欣赏便好，不需要拥有。

手起，便是刀落。

刀落，便是头落。

苍老的脸颊，年轻的脸颊，犹带稚气的脸颊，因为失去血液又被秋雨洗过，瞬间变得苍白无比，再没有任何生命的气息。伴着惊恐的喊声、凄惶的求饶声、怨毒的叫骂声、悲凉的哭泣声，各式各样的头颅不停掉落在雨中。数百名叛国者的家眷，在秋雨里纷纷死去，刀锋切过骨肉，带来死亡，声音变得越来越闷，那是锋口卷刃的关系，直至最后，砍头的声音变成某种棒击，像是破鼓在被不停敲打，沉闷而恐怖至极。

刀斧手的手终于颤抖起来，户部官员们的手更是快握不住笔，名册上涂抹的墨块变得越来越大，画的勾再难成形，却始终没有听到停止的信号。上官扬羽以为自己真的不在乎，然而看着庭间雨水里的头颅堆得越来越高，他才明白自己的内心依然不够强大坚硬，伸手抹掉额上不知是汗还是雨的水珠，看着宁缺颤声问道："够了吗？"

宁缺说道："户部最擅长算钱粮数人头，我让你做这件事情，就是想知道杀多少人才够，所以这个问题应该是你来回答我。"

上官扬羽叹息着说道："我是个普通人，无法理解大修行者们的心境，最关键的是，我不知道神殿对那个人有多少影响力，所以……我不可能知道杀多少人才足够，我甚至怀疑怎么杀都是不够的。"

宁缺知道上官扬羽的说法有道理，这也是他最没有把握的事情，俗世里的悲欢离合真能影响到酒徒这样的人吗？冷雨沥沥风自寒，却无法阻止刺鼻的血腥味在庭间弥漫，他看着雨水无法冲淡的稠血，说道："秋风秋雨愁煞人。"

便是此时，上官扬羽也没有忘记赞美："好诗。"

宁缺说道："或者你也来首？"

上官扬羽苦笑着说道："哪里有这心情。"

"我其实也不知道杀多少人才够，不过就像刚才说的，反正闲着也是闲着，反正这些人都该死，反正朝廷养这些闲人还要花钱粮，那么不妨杀杀看。"

宁缺走到雨中，转身看着官员们说道："或许，可以再多杀些试试，户部管着战俘的口粮，你们应该很清楚人数，怎么杀？"

## 27

本就安静的庭前，骤然间变得更加死寂，没有人回答宁缺的问话，只听到啪的一声轻响，一名官员最终还是没能握紧手中的笔，落到了地面积着的雨水里。

在人类的语言里，杀俘是个专门单列出来的词，那代表着历史上最血腥残酷的某些画面，随着蛮荒时代的远去，那些画面变得越来越少见，至于大唐，数百年来除了夏侯曾经做过，更是再也没有发生过这种事情。即便是以无耻著称的上官扬羽，听着宁缺的这番话，也被震撼得无法言语，有些苍白的脸颊上写满了荒谬和不赞同。

秋雨沙沙落地，异样的沉默仍在持续，沉默啊沉默，让人觉得好生紧张不安，最终还是宁缺自己打破了沉默。"这么严肃做什么？很难回答？那我自己随便定了。"他望向上官说道，"让诸州先杀三分之一，看看情况如何。"前些年那场战争里，唐军俘获了三万余名战俘，和谈中因为交换而释放了部分，现在被囚禁在矿山里的战俘人数依然很多，三分之一的数量……矿山会被染成一片血红，那些矿坑里的白骨会堆多高？

"杀俘不祥，天将降怒，还请十三先生三思……"一名官员声音微哑着说道。现在大唐朝野没有任何人敢对书院的意见提出质疑，更不要说反对，但在某些事情上，终究还是有人会展现自己的勇敢。宁缺没有看这名勇敢的官员，而是看着庭院上方那片阴晦的天空，从那片高远的天穹降落的没有愤怒，只有连绵的秋雨。

杀俘不祥于是天降怒火？那天是什么天？俯瞰人间春秋无语的苍天，还是暗中主持天理循环不偏不倚的青天，总之就是昊天罢了。

那么这便是个笑话。

他笑着摇了摇头，没有说什么，也没有收回命令。

上官扬羽声音微涩，说道："我担心执行不下去……"杀俘这种事情和唐人的三观确实抵触得有些厉害，而且严重不符合唐人的审美情趣，这便是他的担心或者说借口。

"怎么会执行不下去？"

"事情总是需要人来做的，我怕没有人肯做。"

宁缺笑了笑，说道："没有人肯做，你来做不就行了？"

上官扬羽是朝中的大学士，有书院和皇族的全力支持，如果他出面强力推动，杀俘这种事情再难做也能做成，只是那个恶名要背多少年？

"难怪您今天一定要把我带在身边。"

"能做好这件事情的人不多，有胆量做这件事情的人更少，敢于背这恶名并且心境舒畅来做这事的，便只有你了。"

"可不敢说心境舒畅，那太变态。"

"怎么感觉你这是在骂我？"

"您就别光顾着挖坑了，坑底总得放点啥吧？"

"书院若能一直在，你家十世平安。"

上官扬羽眼睛微亮，想了想后说道："那便做吧。"他是堂堂大学士，自然不会亲自拿着刀斧去砍战俘的脑袋，把事情吩咐下去，再向宁缺请示道："垒人头山还是骨堆？"

杀俘这种事情如果要做，向来走两种极端，或者极隐蔽，以免让敌人知晓，也避免会被记载在史书上受后人唾骂，或者极嚣张，故意让敌人知晓，至于史书上会记载什么，那只能暂时不去理会。大唐杀人是杀给西陵神殿看的，是要杀到道门觉得痛不可耐，那么光杀人自然不够，还得让对方看到，让整个世界知道，如此才能帮助对方确认大唐杀人的决心，从而感到恐惧，所以理所当然应该选后者。

先前被杀的数百名修行者和叛国者家眷，以及随后数日里将会死去的成千上万的战俘，应该以怎样的方式展现给人间看？

"我们又不是草原上那些原始人……再说了，这么多人头怎么堆？堆在哪里？朱雀大道上还是万雁塔下面？要是有人头滚下来吓着小朋友怎么办？"宁缺看着他批评道："太血腥了！太残忍了！"上官扬羽觉得很无辜，不过想到今天有很多无辜者已经变成死人，所以他决定不做任何辩解，只是神情谦和地听着。

"我知道你的意思——就像我以前听过的那句话，正义不但必须被实现，还得让人看见——杀人也同样如此，确实应该想办法让人看见，让神殿看见，但没必要吓着自家的民众，总有别的方法。"宁缺望向旁边椅子里那名男子，说道，"我觉着神殿应该会看得非常清楚，一定不会误会我们的意思，你说是不是？"

庭院里是杀人的地方，石阶上则是看杀人的地方，不知道什么时候，多了两把太师椅，椅上除了宁缺还有个满头白发的男子。满头白发依然不见苍老，只是容颜已然不复当年，眉眼间写满了疲惫，正是西陵神殿天谕司大司座程立雪，"神殿应该会看得非常清楚，只是我很好奇，你究竟清不清楚自己在做些什么。"他被西陵神殿派驻长安城，全权负责一应事务，看上去似位高权重，事实上所有人都知道他已失势，而且是发配到了最凶险的鬼域。

"你应该很清楚我在做什么，那么我自己更没有道理不清楚，只是究竟有没有效果，我确实需要你的意见。"

"我是西陵神殿的人。"

宁缺看着庭院间的秋雨说道："天谕死了，神座被南海来的渔夫抢了，你也被赶出了桃山，那么你便可以不再是西陵神殿的人。"

程立雪笑了笑，说道："你想听什么意见？"

宁缺说道："我想知道，酒徒到底听谁的话。"

程立雪说道："自然是昊天的话。"

宁缺静静地看着他，说道："如今昊天不在人间，那么谁负责把昊天的话传给酒徒听？以前是天谕神殿，现在又是谁？"

程立雪只说了一句话："观主一直住在桃山上。"

宁缺知道他想表达什么，看着庭间越来越大的雨水，说道："赵南海想做天谕，你还没有死，这就说明了问题。"程立雪沉默不语。

宁缺转过身来，继续说道："天谕神殿里，你的话还是有分量的，不然你早就死了，桃山上那些人何必把你送到长安城来让我杀？我来与你谈，不是有什么故旧之情，只是因为你还能活着，这就证明了你的力量，如果你觉得自己的力量太过弱小，那么我甚至可以给你提供一些力量，要知道西陵神殿里也有我的人。"

程立雪哑然失笑，他知道宁缺说的人是谁，只是觉得他这种说法未免太过可笑，只是他此时心情有些沉重，笑不出声来。

宁缺问道："忽然变得这么沉默，为什么？"

程立雪想了想，打破沉默解释道："沉默代表着意志，很可贵的某种意志，比如虔诚，比如坚定，比如……信仰。"

宁缺摇了摇头，指着雨水上方那片灰暗的天空，说道："如果你对昊天的信仰真的足够虔诚，她就应该选你继位。"西陵神殿三大神座的继承方式各不相同，裁决神座靠的是力量与杀戮，光明神座是指定继承，天谕神座领受昊天的意志，直接由昊天决定。

"当年在荒原上第一次见到你的时候，舒成将军就说你已经晋入洞玄境巅峰，距离知命只有一步之遥，与隆庆差相仿佛，如今这么多年过去，隆庆早已晋入知命，甚至有可能已经到了知命巅峰，而你呢？你还停留在原来的位置，看着相同的风景，哪怕今年春天那场雨水，也没有给你带来任何变化。"宁缺略带怜悯，"昊天早就放弃你了。"

程立雪平静地说道："知命境的门槛本就极高险，迈不过去亦是正常，修行界有多少人能够知命，更何况我现在还年轻。"三十余岁，在修行者里确实还算年轻，能够修至洞玄巅峰，距离知命只差一步，已经是非常了不起，然而那是从前。

"睁开眼睛，看看现在的人间吧。"

宁缺看着他的眼睛，微嘲道："这些年变故迭生，夫子登天落了一场雨，春天她回神国又落了一场雨，在现在这个洞玄满地走、知命多如狗的年代，你这个堂堂天谕神殿司座还只是现在这种境界，丢不丢人？"

程立雪笑了起来，笑容里没有什么苦涩的意味，因为苦涩的那些感受，早在春天的时候便已经尝够了。"如果是那场春雨之前，或许你真的能够说服我，但那场春雨证明了太多事情，我对昊天的信仰不得不重新变得虔诚坚定起来，所以我不敢被你说服。"

他离开太师椅走到台阶前，转身看着宁缺微笑着说道："至于昊天会选择谁坐上天谕神座……你猜错了，她选择的是隆庆，只要隆庆完成清剿新教的任务，他便将继任天谕神座……赵南海当然想坐那个位置，但他不行。"

"隆庆……这是让他杀叶苏破心障？叶红鱼会让他杀吗？"

"裁决神座能做些什么呢？还是说你一直等着她做些什么？你说你在桃山上有人，可以帮助我，想来指的也就是她，然而……你觉得这样便能让西陵神殿改朝换代？你为什么会有这样幼稚的想法？"

"再如何幼稚的想法也是想法，总比没有办法好，再说从道门决意摧毁新教的那一刻开始，她必然就会开始做些什么事情。"

"你不信教，所以你无法理解很多事情。"

"是的，我一直想不明白她究竟想做什么。"宁缺站起身来，看着阶下被雨水冲刷得渐渐淡去的血迹，说道，"如果你不愿意回桃山，那么至少请帮我带封口信给她。"

"什么口信？"

"让她赶紧逃。不管她留在桃山是想帮叶苏，还是想做别的什么事情，不要尝试，不要布置，甚至不要想，赶紧离开，逃得越快越好、越远越好。"

程立雪沉默半晌后说道："你或许……有些低估裁决神座。"

"从认识她的第一天开始，我就从来没有低估过她，我知道她肯定有她的想法，她的计划，她的沉默必然代表着某种事情即将发生，但我很担心她会低估一个人。"

"谁？"

"观主……哪怕如今是个废人的观主。以她现在的境界实力，想要和观主战斗没有丝毫胜算，她必须赶紧逃。"

程立雪并不赞同他的看法，说道："难道你认为裁决神座这种人会低估自己的对手，而且还是观主这样层级的对手？"

"我知道她不会低估自己的对手，但她没有与观主战斗的经验，她不知道观主是一个怎样高估都不为过的真正强者。我最担心她现在在算计……观主是不会落于算计之中的人。"

"当年长安一战，观主不就是落于书院的算计之中？"

宁缺说道："不一样，因为我的算计是天算。"

其实他想说的是，自己的灵魂并不归属于这个世界，所以观主无法算到自己，但在程立雪听来，这句话未免对昊天有些不敬的意味，他沉默片刻后说道："书院终究不是道门的对手，唐国必然会覆灭，就算裁决神座离开桃山，与你联手，这种挣扎又有何意义？"

"觉得是徒死的挣扎，所以你和天谕神殿的旧人不愿意加入？我不明白的是，为什么所有人都认为道门必然会获得最后的胜利。"

"从柳亦青一剑杀了南晋皇帝的那一刻开始，这个世界便已经变了，战争的胜负变成了少数人可以决定的事情，判断局势变成了简单的算术题，你想要策反我和天谕神殿，自然也就会变得困难。"

宁缺沉默了会儿，然后说道："我很想知道，你是怎么算的。"

有能力影响整个人间的走势，这种人很少，程立雪才会说这道算术题很简单，宁缺却有不同的想法，所以想看看那个简单的答案。

程立雪看着站在雨帘前的他，说道："大先生只留在宫中，守在唐帝身边，直到你从悬空寺回来，他才能离开长安，但依然要跟着酒徒，不得自由。二先生用一柄剑拖住整个佛宗，令修行界震撼敬畏，但他也没有办法在短时间里离开西荒悬空寺，他毕竟不是夫子。三先生行踪飘渺，看似无人知晓，但其实我们都清楚，她一直在草原上，和唐一道带着荒人部落的强者，在暗中狙杀东帐王廷的人。"

"东荒离燕不远，离长安也不远。"

"但她不会南归。当代魔宗宗主，怎么可能把时间耗在东帐王廷那些人身上？她看的是贺兰山缺，书院想让荒人部落直入西荒，和镇北军夹击金帐王廷，这不可能瞒过观主。"

"这种事情本就极难瞒人，你不能否认至少看上去，书院成功的可能性很大。"

程立雪微微一笑，说道："你曾经在渭城从军，应该很清楚金帐王廷如何强大，何必自欺欺人？哪怕她是二十三年蝉，也不可能凭一己之力战胜金帐，想要完成书院的战略，她哪有余力顾及中原之事？"

"我可不想让三师姐太累。"

"三位先生都不在，那么书院还剩下谁？陈皮皮雪山气海皆废，唐小棠随他四处逃亡，徐迟在勒布大将和数位大祭司的压力下只能苦苦支撑，就凭你和后山那几位先生怎么对抗道门源源不绝的强者？"

宁缺沉默片刻后说道："这些都不是问题。"

程立雪看着他神情平静的面容，说道："观主，掌教，赵南海，隆庆，横木，无论谁，你都没有必胜的把握，居然说都不是问题？"宁缺说道："对阵不是棋枰之上对弈，这些道门的强者，在我看来都是能解决的问题，所以不是问题，其实你还漏了一个人……推着观主轮椅的那位中年道人，在我看来要远比赵南海、隆庆之流麻烦得多。"

"为何你会这样认为？"

"神秘兮兮的人，看上去总是更可怕些，当然，我只是认为他比较麻烦，不会害怕，因为我依然认为，这是可以解决的问题。"宁缺看着他的眼睛说道，"只要能解决酒徒和屠夫，西陵神殿对我来说就是一间破屋，这便是我想给你的信心。"

从开始到现在，书院对人间局势的判断始终清晰——助新教传播，长安备战，余帘入荒原，君陌剑撼悬空寺——无论有意还是无意，这些举措都是为了撼动道门的根基，从而在尽可能短的时间内灭掉道门，唯如此，才能断绝昊天力量的来源，才能帮助老师战胜昊天。

想要在昊天的世界里毁灭昊天道门，必然要打很多恶仗苦仗——观主现在是废人，哪怕智慧依然无双，但已没有当年单身入长安时近乎神般的力量，春天那场雨哪怕让道门生出再多的年轻强者，也不可能是书院三位先生的对手。遗憾的是，昊天在离开人间回归神国之前，替自己的信徒找到了两位最强大的庇护者，为道门套牢了两条最恐怖的看家狗。

"我说过，这是一道简单的算术题，只要在塾师那里上过两天学的孩童，都能算得清楚，谁会不知道书院想杀谁呢？问题是，这是两个杀不死的人。"

"只要是人，就不可能杀不死。"

"那两个人，从某种意义上来说，已经不能算是人。"

"观主当年神威如海，亦非凡人，一样被书院重伤将死。"

"酒徒屠夫和观主最大的区别便在于，他们更擅长活着，他们能在昊天的眼光下存活这么多年，能够熬过漫长的永夜，似乎时间都拿他们没有办法，便是夫子都没有出手，你们怎么能杀得死他们？"

宁缺不再多言，说道："杀死他们的那天，你和天谕神殿来归？"

程立雪神情微凛，说道："书院的信心……究竟来自何处？"

宁缺转身，望秋雨如瀑，沉默不语。

南晋偏南，已是深秋，临康城外山上的树叶依然不是太黄，被晨时开始落下的这场雨洗过，青意渐泛，竟似重新回到了春天。酒徒与大师兄在山道上随意行走，没有并肩，用肉眼也很难分出先后，自然不会携手，但终究是旅途上临时做了个伴。观主现在坐在轮椅上，他们便是世界上走得最快的两个人，此时走在雨中山道上却很缓慢，显得极为潇洒淡然。

"其实我很清楚，书院一直很想杀我，最想杀我，比杀屠夫更想，因为我比屠夫快，所以我对你们的威胁最大。"雨珠落在酒徒的长衫上，纷纷滚落，就像荷叶上的露珠，他的声音也像这些水珠般，再没有平时的沧桑和腐朽意味。

大师兄看着他长衫前襟上那抹血，说道："也曾经是最想携手的人。"

"为何？"

"我们想助老师战胜昊天，便要灭道门。"

"那岂不是更应该杀我？"

"前辈和道门本就没有任何关系，若与书院携手，灭道门，只是一念之间，人间想来会少流很多血。"

"那是以前……从她出现在我身前那刻起，我与道门便有了关系。"

"她已经离开了人间。"

酒徒微微一笑，意味深长地说道："都说你是世间至仁至善至信之人，没想到今日却来劝我做背信之事，何解？"

"信乃人言，她不是人，故难称信……"

大师兄忽然沉默。

隔了很久，他指着酒徒的长衫说道："那些都是假话，背信就是背信，只是你若能背信，我便连太守的血都能视而不见，何况别的？"

说这话时，大师兄很平静，眉还是那么直，眸还是那么正，但其实能感觉到，这平静的背后，隐藏着的是极深的痛苦，带着冷意的痛苦。酒徒听到这句话后，表现得也很平静，而他的平静是凝重，因为这份来自书院的邀请与背信相关，但出自对方，却不得不信。

——千年来，他和屠夫与书院，或者说与夫子之间，并没有太多嫌隙，直至后来，直至太守昨夜死，若真能把那些抛却，双方携起手来，或许真的可以灭了桃山，焚了神殿，毁了道门，真正撼动昊天世界的基础！

临康城外的青山一片安静，他望着秋雨里的天地，沉默不语，腰间系着的酒壶在风雨里轻轻摆荡，就如滔天浪里的小舟。雨丝渐疏，山野上方的云层由厚变薄，光线透出渐渐偏移，时间逐渐流逝，他始终沉默，没有回复书院发出的邀请，山道上弥漫着紧张的气息，令人窒息。这个答案，从某种程度上将会决定人间的走向，想再久也理所当然，直到日头渐西，天色渐暗，暮光把云层染红，然后把它烧成灰烬，黑夜终于来临，那轮皎洁的明月出现在眼前，他终于打破沉默，做出了回答。

酒徒的答案很简洁，只有两个字："不行。"

月光洒在大师兄的脸颊上，显得有些苍白："为什么？"

"因为昊天无所不能。"酒徒看着他脸上的月光，平静地说道，"那场春雨，横木以及北方那个蛮族少年，还有曾经的观主，都是证明……无数年来，我与屠夫隐匿在人间，冷眼看着道门统治着这个世界，我看到了太多类似的画面，虽然道门从来没有出现过一个像你老师那般强大的人类，但昊天已经证明了太多。"

听着这番话，大师兄摇了摇头，指着夜穹说道："老师也曾经说过，而且说过不止一遍，昊天无所不知，无所不能，但他老人家其实从来没有真正相信过，所以他才会登天与天战，人间才会多出一轮明月。"他的手指所向，正是夜穹里那轮美丽的月亮。

酒徒顺着他的手指望去，说道："但你看……月亮的脸一直偷偷地在改变，普通人看不到它在变暗，你我怎么能看不到呢？"万古长夜，唯夫子为月，月亮变暗，说明夫子正在逐渐变弱。酒徒这种层级的强者，自然不会看错天象，事实上书院也很清楚这是事实，包括大师兄在内的弟子们，一直处于某种焦虑的状态里。

"但既然还亮着，就有希望。"

酒徒摇头说道："即便能再亮数万年，对我来说又有什么意义？我要的是永恒，除了昊天，谁能赐我以永恒？你老师自己都做不到，又如何帮助我？既然书院无法给予我想要的东西，又如何能够说服我？”

大师兄沉默了很长时间，问道："这些……真的这么重要吗？"

酒徒看着他说道："生存的意义，就在于生存。"

大师兄说道："难道不应该是体会？"

酒徒嘲讽道："只有无法永恒的人，才会漠视永恒的意义，只有吃不到葡萄的人，才会说是酸的，才会说出这样酸而无用的废话。"

大师兄感慨道："那么在您看来，所谓爱这种字眼必然也是酸而无用的了。"

"先前我便说过，我对人间无所爱……什么是爱？你终究还是太年轻，不够老，不明白在时间的面前，这些字眼真的很轻。"说到此处，酒徒眼里流露出些许感伤与怀念，说道，"我够老，我活得足够久，见的事情足够多，悲欢离合在我眼前不停重演，生老病死一直在我身边，对我来说，世间早无新鲜事，又哪里有什么看不透的？"

"时间会杀死你所有的旧友，把你的新朋变成旧友，然后再杀死，你会变成看淡情爱的智者，你会变成身体与灵魂都腐朽不堪的走尸，但同样你会思考很多，你最终会想明白，存在的意义就是存在，除此别无所求。"他看着夜空平静地说道，"我与时间这个鬼东西相处了太多年，我很清楚它是怎样的不可战胜，所以我不会错过任何战胜它的机会。"

今夜的酒徒与以前有些不同，以往无论在小镇还是在悬空寺，他并不显强大，仿佛是山野间的一颗石，此时他却是一座险崛的山峰。因为从前的他，自敛而不思，顺势而行，如朽木和不会言语的石，今夜的他，则是在思考，在表达自己的思想，于是这山峰便活了过来。

听着这番话，大师兄沉默片刻，然后问道："那么，自由呢？"

酒徒说道："什么是自由？是掌握，是了解，是知识和目光的边界……确实，这是比爱比欲更美妙的东西，然而谁能自由呢？"

大师兄摇头说道："没有绝对的自由，但会向往，所以要追求……老师曾经向青天黑夜里不停地飞翔，我想那时候的他虽然寂寞，但肯定也很愉快。"

"哪怕触到边界便会死去？哪怕打破边界的结局是寂灭？"

"当年因为桑桑的事情，小师弟曾经教育过我，不能因为坏的可能性，就破坏所有的可能性，因为活着就是无数可能性的集合……没有可能性的活着，就是死去。"

"或许外面从来没有你们想象的那么好。"

"还是小师弟曾经说过，人类注定的征程就是星辰大海。"大师兄看着夜穹里的满天繁星，仿佛看到夜穹之外那些真正的星辰，露出极明朗的笑容，说道，"我虽不喜远游，但每每思及，亦心神荡漾，喜不自胜，觉得其间有极大欢愉，竟能超出寂灭的恐惧。"

酒徒静思良久，问道："如此欢愉之征程，何以名之？"

大师兄说道："当名为：逍遥游。"

听着"逍遥游"三字，酒徒望向满天繁星，竟忘了该如何言语。

酒徒看着满天繁星，沉默良久，眼眸里的情绪淡而不散，如饮美酒无量，误入星海深处，沉醉不知归路，即便知晓也懒回舟。

"或许，那真的很美。"他看着繁星，眼中忽然流露出几抹悸意，像孩子看到大山那边陌生的世界，充满了畏惧与不安，声音轻颤，"但也很可怕。"最甜的蜜糖往往就是最毒的砒霜，最美的向往有时候也正是最大的恐慌，自由很好，但无所依凭很坏，只在每人一念间。

大师兄轻轻叹息一声，知道他已经醒了过来，并且做出了决定。

酒徒回首望向他，神情肃然，说道："存在，对我来说是最重要的事情，比别的所有都要重要，为之我可以放弃很多。"

"存在与追求并不矛盾。"

"但书院的追求与昊天的意志矛盾。"

"昊天的想法与你我的存在又有什么关系呢？"

"我能存在这么多年，便是因为我绝不会打必输的仗，连你老师都胜不了昊天，我又怎么能呢？"

大师兄沉默了很长时间，忽然说道："那书院呢？"

酒徒微微挑眉。

大师兄静静地看着他的眼睛，说道："不与昊天为敌，便要与书院为敌，您没有战胜昊天的自信，就确信能够战胜书院？"

酒徒挑起的双眉，变成夜风里静止的两道笔画。

"策反不成，便要反正。"

"书院能做什么？"

"书院……会拼命。"

当年在秋雨里的烂柯寺，书院曾经拼过命，后来在长安城，在青峡，在荒原，书院都曾经拼过命，用自己的命去拼敌人的命。书院弟子都是骄傲甚至可以说自恋的人，他们将自己和同门的性命看得比天还要重，当他们开始拼命时，那必然是到了绝境，他们必然会爆发出来难以想象的光彩。剑圣柳白、讲经首座、观主，书院面对再如何强大的对手，只要开始拼起命来，那么便没有不能战胜的人，或者天。酒徒和屠夫，会是例外吗？

"有趣的是，书院真正能拼命，会拼命的人追不上我，比如林雾，比如君陌，甚至包括宁缺。而能追得上我的，不会拼命。"酒徒看着他平静地说道，"书院要和我拼命，你是最好甚至是唯一的选择——你我皆无距，我们走着相同的道路，看着相同的风景，于是才有可能相遇，这是拼命的前提，可是你确信自己真的会拼命吗？"

"任何事情都是可以学习的，我擅长学习。"

"在悬空寺外，我便赞过你进步神速，当时你便比战观主时要强大很多……朝闻道而暮悟道，果然不愧是夫子最疼的弟子，你确实很擅长学习，但你真的确认能够学会拼命？"

大师兄叹息道："拼自己的命简单，拼别人的命困难。"

"这便是昨夜我已经证明了的问题，你学会了打架，继承了木棍，杀过人，但你依然……不会杀人，因为杀人不与杀人同。"

"或许，我可以带着会杀人的人。"

"你能带着梨树万里回书院，却不能带着人千里奔袭，像当日在悬空寺你带着君陌行走，能走多远？我最怕的其实是这个，如果你真能带着林雾千里奔袭来杀我，那我除了躲回小镇，藏在屠夫身边，还能做什么？"

大师兄微涩，说道："你若回小镇，小师弟的箭便到了。"

酒徒神情微变，才知道书院事先已经做过这方面的计算安排，只是实施不成，于是才有今日的这番谈话。秋风忽起，树叶上的水珠哗哗落下，他的身影忽然消失不见。

大师兄的神情变得有些愤怒，密集的水点落在棉袄上，仿佛落在沙滩上般，涂出很多湿意，然后迅速消失不见。雨水落在地面，没能全部渗进山岩泥土，他脚前的地面上积了个浅浅的小水洼，有只蚂蚁正在水洼里拼命挣扎。他沉默地低头看着水洼，轻弹手指，有片金黄的树叶无风而来，落到水面上，不多时，那只蚂蚁艰难地爬上树叶边缘，捡回了一条性命。

水洼微微颤抖，有影覆盖。酒徒回到了山林间，身影遮住星光，暗沉阴晦。

大师兄抬头看着他，问道："为什么又要杀人？"

酒徒的长衫上没有新鲜的血水，但确实有人死去。

"我说过，书院不要对我有杀意，再轻的，再淡的都不行，因为我会感到恐惧，这让我痛苦，那么我便会杀人让你们痛苦，让你们恐惧。"

"这次……死的又是谁？"

"不知道，应该是个普通人？"酒徒面无表情地说道，"或者是唐人，也许是燕人，我只是杀人，并不挑选对象，也许下一次我会杀个荒人。"

大师兄沉默。

酒徒看着他怜悯地说道："仁者爱人，你不敢杀人，不愿我杀人，便无法与我拼命，那么你便只能学会接受，书院从今日开始安静些，待神殿烧死新教的数十万信徒，再廓清唐国周边的世界，再来最后的焚烧吧。"

大师兄盯着他的眼睛，问道："杀人对你来说究竟意味着什么？你已经把自己当成非人的存在，所以没有任何心理障碍，甚至陶醉其中？"

"没有心理障碍是真，陶醉则不然。"酒徒走到崖畔，负手望向夜色下的人间，看着临康城稀疏的灯火平静地说道，"我不是一个滥杀之人，在我眼中，凡人皆如鸡狗……即便性情扭曲变态，杀同类大概能有快感，像我这般杀鸡杀鱼又有什么刺激的地方？"

大师兄走到他身旁，负手看着夜色下的人间，看着临康城里的光影，右手不知何时已经握住了木棍的另一端，说道："难道一切无可改变。"

黑夜很漫长，消失却仿佛是瞬间的事，只是眨眼工夫，红暖的朝阳便跃出了地面，照亮了秋雨中的山野。酒徒说道："太阳一定会再次升起，白昼永远不会黑暗，在昊天的世界里，唯有昊天能够永恒，而这是你改变不了的规律。"

大师兄说道："大唐没有认输的习惯，书院也没有，我或许改变不了这个世界的规律，也改变不了你，但至少可以改变自己。"

酒徒的目光落在他握着木棍的右手上，说道："想杀我？"

"杀不死你，但可以杀死别的人。"

"你所说的改变，哪怕是堕落？"

"是的，哪怕是堕落。"

酒徒沉默片刻，问道："你打算去杀谁给我看？"

大师兄说道："我要去小镇看看那位当垆卖酒的姑娘，看她是否生得漂亮，问她卖的几年陈酿，你有没有欠她银两。"

酒徒沉默了很长时间，说道："请便。"

秋雨如昨、如前，静静落着，山下忽然传来急促的蹄声，有骑兵破雨而至，高声喊着什么，准备离开的大师兄，看了酒徒一眼。那骑兵浑身湿漉，神俊的战马满身湿泥，原本庄严华美的黑金盔甲，早已看不出当初的模样，显得狼狈至极。

是西陵神殿的骑兵，看来应该是有非常紧要的事情，酒徒微微挑眉，对他来说这是少见的反应，因为世间已经没有多少事能够让他动容了——在漫天秋雨里，想要找到他和李慢慢，是非常困难的事情，此时来到山下的是一骑，西陵神殿只怕动用了无数万人在世间寻找，究竟发生了什么事情。啪的一声，那名神殿骑兵跪倒在满地雨水里，以额触地不敢起，用颤抖的声音传达神殿想要让酒徒知晓的那个消息。

——宁缺在长安城开始杀人。

听着骑兵的话，酒徒的双眉挑得越来越高，大师兄的双眉则是敛得越来越平，彼此有彼此不同的情绪。西陵神殿不知道宁缺杀的人是谁，杀了多少人，只知道他开始杀人，而且根据唐国境内传来的情报，各州郡似乎都开始准备杀人。

"你知道的，先前……我真的准备离开……去杀人。"大师兄转身望向酒徒，敛平的双眉里隐藏着深深的负疚与自责，说道，"但现在看来，小师弟还是要比我勇敢得多。"

"这种决心与勇敢无关，只是习惯，他习惯了杀人，也习惯了用别人的性命去拼，就像先前说过的那样，他是擅于拼命的人。"酒徒面无表情地说道，"但先前我还说过，我对人间无所爱憎，所以宁缺的方法对我来说没有任何意义。"

大师兄指着跪在雨地里的那名神殿骑兵说道："但对道门是有用的，不然他们不会如此焦虑地寻找你，你或许应该听听他们的想法。"

听到这句话，那名骑兵把头垂得更低，声音也更加颤抖，就像雨水里那些孱弱的黄叶，随时可能中断，显得那样可怜，"请您……再等等。"

酒徒微讽道："不管宁缺昨日在长安城杀了多少人，不管他以后还会杀多少人，难道我会在乎那些普通人的生死？等待有什么意义？"

大师兄说道："杀死所有的唐人并不是你想要的结局，你也在等待着被人说服，小师弟做的事情，只是给你一个理由。"

酒徒说道："这种理由未免太幼稚了些，难道你杀我来我杀你，最终彼此便不再相杀？难道他就真的不害怕人间大乱？"

大师兄说道："昊天要统治的世界，不是一个冰冷无人烟的世界，那样她也会灭亡，所以她更不想看到人间毁灭。"

酒徒眼神陡然锋利，喝道："难道他真敢灭世？不要说昊天，就算是夫子也会直接把他灭了！真是荒唐至极！"大师兄说道："小师弟做下的决定，从来没有人能改变，无论我还是君陌都不可能说服他，昊天对他也没有影响力，至于唯一大概能管他的老师……现在暂时还回不来，那么他若真的想要灭世，谁能阻止？"

便在此时，远处传来密集的马蹄声，那声音竟连天地间的落雨声也压了过去，数百神殿骑兵从临康城，从别的地方向秋山疾驰而来。大师兄看着这幕画面，看着那些神情焦虑的骑兵，说道："观主很清楚宁缺的决定，所以……他一定会想办法说服你。"

深秋的某一天，大唐滁州太守辞世。

同一天，长安城里杀死了五百三十一人，随后的数日内，唐国诸州郡暗中集体处决了一批囚犯，人数在两千以上，这些人有老有少，有男有女，是囚犯但不是死因，他们被处死只因为一个原因。酒徒挥袖杀太守，令大唐震怒不安而且恐惧，宁缺杀了这数千人，便是要令道门震怒不安而且恐惧，这是对等的报复，是另一种形式的殉葬。

收到消息的西陵神殿，果然如宁缺所推算的那样，陷入疯狂的愤怒和冰冷的恐惧之中，而当神殿得知前次战争留在唐国境内的数万名战俘，如今也面临着被秘密处死的境遇，这两种情绪顿时到了顶点。幸运的是，西陵神殿只用了一天时间，便在临康城外的秋山上找到了酒徒，并且在书院大先生的帮助下，劝说酒徒暂时等待。哪怕只等一天，也算是给了道门面子，寒雨不绝，神殿动用数千南晋民夫，只用了半日时间，便在临康城外的山上修了座楼。楼外有风，秋风，秋风行于人间，有时西行，有时向东，谁也不知道东风和西风谁能压倒谁，谁也不知道局势会怎样发展下去。

站在楼里看秋风，酒徒等的是消息，宁缺究竟杀了多少人的消息，以及道门怎样说服他，但实际上看的是自己内心的风向。大师兄在楼外等着，手里握着木棍，看着满山红叶黄叶还犹带青意的绿叶，若酒徒最终不愿意等了，他便会朝着秋风打下去。


宁缺收了油纸伞，掸掉衣上的雨珠，望向南方，说道："听说南晋秋天的雨水更多，如果我是神殿主事的人，可不能忘记给酒徒修座亭子，要这样一位大人物、大前辈无趣干等，总得好好伺候着。"

程立雪解下头巾，满头雪般的银发披散开来，他走到城墙边缘，看着秋雨洗过，干净无比的长安城，沉默片刻后说道："前日说过，就算你能威慑道门，也无法影响到酒徒，道门能不能说服他，这本身也是个问题，你想要酒徒收手，那么你为何不能先暂时收手？要知道你已经杀了这么多人。"

"我只要确信自己的手段能够震慑道门就足够。道门怎么说服酒徒，是道门的问题，我相信观主的智慧和能力。"宁缺说道，"别的人我暂时可以不杀，但军部押过来的那数十人，我肯定会轮着慢慢杀，不如此不足以让神殿里的人发疯。"

## 28

数年前，举世伐唐，大唐东北边军在燕国成京遇伏，虽然于绝境里成功杀死燕帝，然能够回到土阳城的唐军寥寥无几，基本上等于全灭，渭城等七城寨被金帐王廷攻破，屠城连连，无数军卒百姓变成白骨，其后惊神阵受损，长安城血火数夜，又不知死了多少人。

——总之，唐国承受了难以想象的痛苦，付出极其惨重的代价，那么在唐人的复仇名单上，自然会有很多必死的对象，不用怀疑，那些人必死无疑。

复仇开始得很早，比所有人想象得更早，在前次那场战争刚刚结束的时候，唐人就开始了他们的复仇，被列在必杀名单首位的何明池，带着数名亲信离开长安城，回到桃山后便被神殿派往南方，为的便是躲避唐国无处不在的暗杀，然而他的家人却没有这么幸运，军部和暗侍卫付出很多代价、付出难以想象的耐心，终于把他的家人抓回了长安城。

前天宁缺在秋雨里杀人，军部押送过来的数十人全部都是这样的身份，有何明池的家人，有熊初墨的族人，还有西陵神殿别的大人物们在乎的人。

宁缺看着程立雪说道："西陵神殿对何明池的家人的保护极为严密，如果不是军部动作快，数年前在神殿把他们接回桃山之前硬生生抢回来，我便是想杀他们都很难。为了抓何明池的老母兄弟回来，军部死了三百多人，所以你说他们怎么可能不死？不杀他们我该杀谁？"

程立雪叹息道："付出如此大代价，只是为泄口怨气，值得吗？"

宁缺看着城墙下那摊殷红血渍，看着那名倒在血泊里的白发苍苍的老妇，满意地笑了起来，说道："杀死何明池全家，死去的唐人们一定会很欣慰，那些牺牲了的唐军，一定觉得很值……人活在世间，不管是闲气还是怨气，争的不就是这口气？

"道门必须清楚，这就是唐人的做事风格，也是我的做事风格，不管观主用什么方法，他都必须说服酒徒，不然酒徒杀我大唐一人，我就杀你们道门千人。我知道，这般杀下去用不了两天，便会沦入无人可杀的境地，只是道门愿意等到我把人杀光？我今天能杀何明池老母，明天就能杀了熊初墨的舅甥，然后我会继续去杀……确定能够忍下去？"

"你很清楚，这不是道门想要的局面。"

宁缺平静地说道："酒徒要的是心境安宁，要我书院不敢再尝试杀他，道门是借势而为，要我大唐不敢援南晋清河，要我书院不理新教之事，所以酒徒杀人，所以道门看着酒徒杀人，既然杀人是表明态度以及逼迫对方表明态度的手段，那我自然也只好杀人，拿人头当筹码，只看谁能撑到最后，那么现在，我全部离手，道门敢不敢接？"

程立雪紧紧皱眉，看着他问道："全部离手？"

宁缺离开城墙，走到另一面，望向苍茫秋色，看着遥远的荒原方向，沉默片刻后说道："我会继续杀下去，直到无人可杀。"

程立雪觉得手有些冰冷，说道："你疯了。"

宁缺没有回应这句话，说道："按道理来说，能和酒徒拼命的应该是大师兄，但我不愿意大师兄去拼……这种事情不符合他的美学观点，和我倒比较合适。"

"那最后你准备怎么破局？"

"在没有把握杀光对方所有人之前，终究还是会妥协，我和观主就像输急了眼的赌徒，其实只是虚张声势。谈判是必需的，我现在做的事情，只是给谈判加些筹码。"

"人头作筹码？"

"我说过的这句话虽然有趣，但不用重复。"

"你还曾经说过，关键还是酒徒的态度，可为什么你表现得毫不在乎？"

"把赌桌掀了，筹码落得满地都是……这不是昊天想看到的结局，她要保证赌桌上的筹码摆得整整齐齐，我却敢掀赌桌，那么，我有什么好担心的？"

宁缺看着清旷渐有肃杀意的北方，平静地说道。

程立雪说道："为何？这和酒徒又有什么关系？"

这个问题有两个层次，宁缺没有解释深层的那个问题，那个他为何敢于掀翻整张赌桌的问题，只是笑了笑，对酒徒做出了自己的评价。

"昊天不愿意，他就不能做……因为他只是条狗啊。"

他看着程立雪微笑着说道："我是人，为何要在乎狗的想法？"

雨落秋宫分外寒，李渔坐在御书房窗前，沉默了很长时间，然后说道："既然他说与朝廷无关，便与朝廷无关。"曾静大学士看着她日渐消瘦的背影，沉默片刻后说道："株连、杀俘都是不光彩的事情，这个恶名也只能由他来担着。"

"大唐胜在有书院，书院胜在有不择手段的他。"李渔转身看着曾静说道，"这是很值得我们庆幸的事情，朝野间如果有人敢对此擅发议论，诸位大人应该清楚该怎样做。"

曾静叹息道："理当如此。"

秋雨持续，时歇时起，秋风持续，时起时歇，红黄二色的树叶，渐被积水泡至发软，快要渗进青石板的缝隙里。等待在持续，宁缺依然站在城墙上，盯着遥远的北方，前些天他一直盯着南边，不知道现在为什么忽然改变了方向。他说酒徒是昊天养的一条狗，所以不在乎对方的想法，然而岂能真的不在乎——就算是狗，那也是条最凶恶的狗，而且跑得太快。

这些天，唐国诸州郡还在不断地杀人，他平静地接受了所有的恶名与责任，只要求朝廷尽可能地保密，因为他不想让骄傲的唐人因这件事情而无法骄傲起来，同时他没有忘记让唐国以外的亿万民众知晓这件事情，因为他想要传播恐惧。死亡是传播恐惧的最佳方法，只是死讯的传播需要时间，而且需要媒介，他选择信得过的一些人来做这件事情。

数日前，他便做好了选择，人选是褚由贤和陈七，这意味着二人要远赴西陵神殿进行谈判，同时沿途进行吓人的工作。没有唐人能拒绝书院的安排，只是反应有些不同，陈七临行前那夜，与最宠的小妾下了三盘五子棋，褚由贤则是在红袖招里醉了一场。

车厢在秋风里微微颤抖，窗缝里传出呼呼的声音，雨点从风里飘过来，很短的时间便湿了青帘，车里的那盏油灯忽明忽暗，看着随时可能熄灭，灯光照耀下，褚由贤的脸色显得有些苍白，但那不是因为畏惧，而是因为坐在对面的父亲在哭。褚老爷子老泪纵横，抓着儿子的手怎么也不肯放，不知道是不是因为马车颤抖太厉害的原因，声音也颤得非常厉害："这些年，千两万两白银流水似的花在你身上，家里就是想给你谋个好出身，结果谁承想，最后竟是把你送到了这条死路上。早知如此，当初我哪里会让你进书院？"

听着这话，褚由贤沉默了很长时间，忽然掀起帘布，指向风雨里那片灰暗的天空，说道："父亲，人这辈子其实就和这片天一样，谁也说不准会遇到什么天气，但我想得明白，总是要遇事儿的，那便要做大事儿，这次朝廷和神殿之间的事儿，往前看一千年，也是最大的一件事……"他收回手，指着自己的鼻子说道："……而你儿子我，就是去办这件事情去，这个使臣的位置，别说几千几万两银子，就算您拿出一千万两银子，也别想买到。"

"可你们去有什么用？"褚老爷子哭着说道，"不管朝廷还是书院，要和神殿谈判，都是那些大人物的事，你们去也罢，不去也罢，谈还是他们谈，那你们何必要去冒这个险？"

褚由贤没有解释得太清楚，说道："您就不要想太多了，春天的时候不是说要修族谱吗？您可得把这件事情整好，万一我真回不来了，我的牌位可得供在好位置。"

褚老爷子气极了，斥道："尽说这些不吉利的话！你可是我褚家的独苗，怎么能死？"

褚由贤不以为意，说道："只是说万一。"

褚老爷子一巴掌拍到他脑袋上，知道无法改变什么，强颜笑骂道："就算你死了，在祠堂里还指望能争什么好位置？难不成你敢摆到你爷爷头上去？"

褚由贤大怒说道:"我要死了那就是为国捐躯,凭什么不能?"

青帘微掀,风雨渗入,陈七面无表情地走了进来。

褚老爷子知道启程的时间到了,叹息一声,走出马车。看着父亲有些伛偻的背影,褚由贤沉默无语,最后父子笑骂,看似气氛松缓了很多,但他很清楚父亲此时的心情——就如同整座长安城的人都很清楚,他们是去送死的。

陈七没有理会他此时的情绪,看着手里的卷宗,说道:"如果不想死,就不要想死。"

一句话里两个想死,意思自然不同。褚由贤看着这位鱼龙帮的智囊人物,叹道:"都说你智谋无双,但我真的不相信,你能在这条死路里找到生机。"

陈七依然低着头,借着如豆的灯光看着卷宗上那些情报,说道:"那些是不重要的事情。"褚由贤沉默片刻,笑了起来,说道:"你说得对,能不能活着回长安,本来就不是重要的事情。"所有人都知道,他们此次出使西陵神殿,代表的是唐国和书院的意志,但他们没有官方身份,而是宁缺的私人代表,因为他们拿着的筹码是数千颗血淋淋的人头,而这些无法摆到台面上,不能污了唐国和书院的名声。那么如果谈判失败,他们自然也要把自己血淋淋的人头留在桃山上,再也没有回到长安城的可能。正如褚老爷子悲伤不解的那样,很多人都想不明白,朝廷和书院为什么要派他们去西陵神殿,谈判只在刀锋之间,在疆场之上,这种行为看上去完全是多此一举。

车轮碾压青石板,发出嘎吱的声音,马车缓缓向城外驶去,陈七和褚由贤不再说话,沉默异常。能不能回到长安,不是重要的事情——那不是他们的任务,他们此行西陵,除了沿途宣扬某人的冷血,用言语展示那数千颗人头,真正的任务是要替某人给桃山上的某人带句话。那句话很重要,不能落在纸上,不能传之于口,要听到那句话的人在桃山深处,便是书院大先生都看不到她。所以哪怕前途危险,极有可能死亡,褚由贤和陈七依然义无反顾地坐上马车,开始了自己的旅途。

当褚由贤和陈七的马车在秋雨里驶出城门的时候，那个要他们传话的某人，正在皇宫御书房里，看着眼前如帘般的雨丝，看着御花园里那些花嫩的菊花发呆。御花园里，少年皇帝在太监宫女们的簇拥里向后殿行去，远远看着窗畔的身影，有些僵硬地停住脚步，极不符合礼法地长揖行礼，就像是对待那位漂流在外的老师。

宁缺点头示意，看着皇帝的身影消失在宫殿里，伸手关上窗户，把微寒的风雨尽数摒在外面，回身望着书桌后面那个愈发清减的宫装女子，说道："空闲的时候，多出宫走走，你应该很清楚，长安城秋天没雨的时候多好看。我不是说这种文艺画面多么重要，而是在陛下真正成熟之前，你必须保持身体健康。"

李渔将书卷收好，平静地说道："我再活个几十年没有问题，倒是你今天怎么会下了城墙？难道你不需要盯着那些恐怖的大人物？你就不怕这段时间里会出事？"宁缺在城墙上已经生活了很长一段时间，他用自己的铁弓和铁箭，震慑着四野的强者，就像酒徒用自己的速度和杀戮震慑着唐国的君臣将兵。

"总得歇歇。"他说道，"而且有些事情总要确认才安心。"世间纷争未休，唐国与西陵神殿之间的大战将启，书院不在世外，自然要关心这些事情，宁缺信任李渔的治国能力，所以要从她这里得到准话。"以前便推演过无数次，如果书院不能解决酒徒，那么不要说胜利，这场战争根本没有办法开始。"李渔静静地看着他说道，"你到底有没有办法。"

宁缺沉默片刻后说道："还需要一些时间。"

李渔说道："这便是问题。"

酒徒游于世间，不惮于杀人，这便是唐国面临的最大威胁，不能杀死此人，开战只是一句空言。对于西陵神殿来说，这不是问题，他们可以选择何时开战，而时机对战争胜负的重要性，不言而喻。

"所以要再等一段时间。"

"所以你让褚由贤和陈七去西陵神殿。"

"人世间的悲欢离合，影响不到酒徒，但能影响道门，我们只能希望道门能够影响到酒徒。"

"如果不能呢？"

"幸运的是，酒徒和屠夫这样的人，从来不做无意义的事情，包括无意义的杀戮，他们当昊天的狗，执行的便必然是昊天的意志，而解释昊天意志的人在桃山。"

"你说的是观主。"

"不错。"

李渔转而说道："褚由贤和陈七去了清河，诸阀会和他们谈吗？如果知道你杀了那么多人。"

"我杀的人越多，清河诸姓便越想和我谈，就算不谈，至少也会请他们吃顿饭。"

"但你杀的人越多，名声也越……即便是唐人也很难接受这样的杀戮。"

宁缺想着先前在窗口看到的，那位穿着明黄衣衫的少年天子脸上流露出来的畏惧和不喜，说道："我终究不是大师兄那样的人。"

李渔说道："你可以成为那样的人。"

宁缺神情坚定地说道："我不要成为大师兄那样的人……因为那只是好人，却不是能与整个世界对话的人。"

"与整个世界对话？"

"不错。"

"什么意思？"

"当我说话的时候，整个世界都必须听到我的声音。"

"以前有过这样的人吗？"

"老师自然可以做到，大师兄也可以做到，但他们都没有做，因为就像先前说的那样，他们是好人。"

"谁做到过？"

"如果没有小师叔，莲生一定能做到。"

"哪怕要毁灭这个世界？"

"那是他的目的，不是我的。"

宁缺顿了顿，说道："我只是想和这个世界谈谈。"

只是谈谈，他的态度很温和，甚至有些拘谨谦卑，然而不知为何，李渔却觉得御书房里的空气变得寒冷起来，甚至要比门外的秋雨更要寒冷，她走到宁缺身旁，推开窗户，任由风雨飘入，仿佛觉得这样才能得到更多的温暖。秋雨在御花园里不停落下，金黄色的菊花依然夺目，仿佛在燃烧，但在不起眼的角落里，有很多残枝落叶，湿漉的泥土半掩着将要腐烂的果子，如头颅一般。整个唐国笼罩在寒冷的秋雨里，道旁的枯树就像树下的行人一般湿漉，就像各州郡的行刑场那样，到处都是黏糊糊的血水，那些血水里泡着各式各样的头颅。

今年秋天，宁缺想和这个世界谈谈。

就像他对程立雪说过的那样，既然这个世界不肯安静地倾听他的声音，那么他便把自己所有的筹码都放了出去。那些在秋雨里坠落的果实，那些在血水里浸泡着的头颅，都在证明他的决心和意志。就在这样的局势下，褚由贤和陈七的马车驶出了青峡，驶过烟雨凄美的小桥流水，来到了清河郡。

数百具强弩瞄准了这辆马车，数十名洞玄境的修行强者，在街道侧方的小巷里沉默待命。清河郡诸阀的大人物们，这时候都不在富春江畔的庄园里，而是在阳州最大的那间酒楼里。只要他们一声令下，弩箭如雨落下，数十名强者齐出，那辆马车里的人不可能活下来。

酒楼上死寂一片，诸阀家主沉默不语。

酒楼名金萃，阳州城出名豪奢的地方，菜品极为讲究，有几例传承千年的古风菜，更是长安城里也吃不到。对于清河郡诸阀的大人物们来说，这些自然算不得什么，他们的注意力也根本没在桌上，没有人举箸，没有人举杯，盘中热气升腾，迅速被秋风吹散，渐趋冰凉。

"家主，杀不杀？"

单膝跪在槛外的管事，用颤抖的声音问道，他已经无法承受房间里的死寂气氛，想要尽快得到一个答案。那辆马车里的两名男人，是长安城派往西陵神殿的使臣——清河郡与长安之间仇深似海，早已没有和解的余地，为了向西陵宣示自己的忠诚，替神殿解决他们不方便解决的麻烦，他们没有留下这辆马车的道理。是的，西陵神殿想要这两个人活着，西陵神殿里还有一些人想要这两个人死去，那些人的意志很清楚。

然而很长时间过去了，甚至已经能够隐隐听到远处传来的车轮碾压石板声，房间里依然一片死寂。清河郡诸阀的家主们脸色或铁青或冷峻，嘴唇没有一丝翕动，便是连眼睛也没有眨一下，如雕像一般。当年君陌带着木柚走进富春江畔的庄园，远在桃山的宁缺用一道铁箭射死崔家的老太爷，从那天之后，清河郡诸阀便失去了所有的底气，不复当初的锐利，所以这些家主们在犹豫，在挣扎，没有人能够做出决断。必须要有足够的信息，才能帮助他们做出决断，所以他们在等待，等待长安城传来的最新的消息，等待唐国各州郡传来的消息，他们想知道唐国朝廷是不是真如传闻中那般做了，他们想知道那个人是不是真的这么狠。

数道尖锐的哨鸣声划破阴晦的天空，撕裂淅沥的秋雨，传入酒楼里，同时也带来了最确切的消息。是的，长安城在杀人，固山郡在杀人，北大营在杀人，青峡后方在杀人，唐国到处都在杀人。数千名战俘被处死，叛向西陵神殿的唐籍神官的家眷有半数被处死，何明池全家都被凌迟处死，就连神殿掌教熊初墨的亲眷……似乎也倒在血泊中，这场秋雨里死了太多人。酒楼里的人们对此有心理准备，他们没有忘记当年那场春雨里，就在唐国和西陵神殿达成和约之前，宁缺带着羽林军和鱼龙帮帮众，冲进清河郡会馆，杀光了里面所有人。当年死在会馆里的那些人，是他们的兄长，是他们的子女，是他们的亲人，他们怎能忘记？

诸阀家主的脸色变得越来越阴沉，阴沉得仿佛要滴出水来，就像是烈阳下的冰雕，浑身透着寒意。然而他们依然没有下令对长街上那辆马车进行攻击。不知过了多久，楼间的死寂终于被一道苍老的声音打破，如今诸姓里辈分最高的宋阀家主，看着楼外的秋雨，无力地说道："请贵客登楼。"

没有战斗，没有杀戮，当褚由贤和陈七走进酒楼，拾阶而上，看到槛后那七位家主时，看到的是一片祥和的场景，听到的是极温和的问候声。桌上的菜肴早已换了新的，热气腾腾，香味扑鼻，盘下点着烛火，纵使楼外秋风再冷，也能常保温暖。

诸阀家主就像是活过来的雕像，脸上是温和矜持的笑容，眼眸里满是热情，有人携起褚由贤的手，分席坐下，开始回忆书院旧时的风景，有人与陈七对揖，然后对饮，开始讨论西城银钩赌坊哪位女荷官长得最漂亮。仿佛回到当年，诸阀在阳州城里小意而不失尊严地招待来自长安城的钦差，仿佛这些年双方之间没有发生任何故事，大唐水师没有覆灭在大泽里，那些忠于朝廷的官员没有被他们悬尸在道畔，也仿佛宁缺当年没有进过清河郡会馆，那场春雨没有下过，今年这场秋雨也是假的。

"公主殿下和十三先生想要什么？"宋阀家主看着褚由贤和陈七，谦卑地说道，"无论钱还是矿，哪怕是我这条老命，都是可以谈的。"

宁缺想和这个世界谈谈，其实这个世界也想和他谈谈，当他在这场秋雨里杀了这么多人，向整个世界表明了自己的态度之后，正如他推算的那样，清河郡非常想谈一谈。人头已经摆了出来，清河郡诸姓，终究要考虑一下后路的问题，神殿或许必将取得最后的胜利，但夹在唐国与神殿之间的他们，战后还能有几个人活下来？

然而世界上的事情总是难以尽如人意，以往当长安城想谈的时候，他们不想谈，现在他们想谈，就轮到长安城不想谈了，至少褚由贤和陈七不想谈，他们可以谈书院的风景和赌坊里的漂亮荷官，就是不想谈这些。因为长安城很清楚，清河郡不可能再重新回到大唐的怀抱，而这也是诸阀谈话的前提，既然如此，不如不谈。

见褚由贤和陈七只对着桌上的佳肴动手，宋阀家主沉默片刻后说道："这样有意义吗？"陈七放下手里的乌木象牙筷，静静地看着对方，说道："您指的是什么事情？杀人？"

"十三先生杀的人再多，哪怕数千数万，终究是有数目的，把那些战俘和人质杀完了，他还能做什么呢？"宋阀家主以一种自己人的态度，忧虑地说道，"他终究不可能一个人毁了这个世界。"陈七静静地看着他，然后环视四周，看着这些身着锦衣，气度儒雅不凡的大姓高阀家主，忽然笑了起来。

他觉得就像离开长安城之前，宁缺说的那样，这件事情果然很有趣，杀的人越多，他们便会越温顺，哪怕他们的骨子里还在燃烧着悲愤的火焰，但他们什么都不敢做。笑意渐渐敛去，陈七的眼神恢复平静，幽深至极，给人一种很奇怪的感觉，让席上的人们渐生不安。陈七想起了宁缺说的那句话，但他没有说出来，他很直接地问了一句话："谁想杀我们？"

宋阀家主毫不犹豫地回答道："掌教大人。"

酒楼上那些清河郡的大人物，以为宁缺的杀戮没有任何意义，殊不知在陈七看来，他们这场宴席才没有任何意义。宁缺想要谈话的对象，从来都不是诸阀家主，而是某些年轻人，他以为那才是真正的希望。

第二天清晨，褚由贤和陈七再次启程，他们接受了清河郡诸阀的善意与金银，却没有留下任何话。诸阀家主站在岸边，看着渐渐消失在大泽水雾里的船影，想起昨日酒楼上陈七的眼神，觉得有些寒冷。

因为那是看死人的眼神。


大泽浩浩荡荡，放眼望去，根本看不到岸，泛舟其上，如同行于汪洋之中，令人顿生渺小之感。褚由贤心知到桃山上只怕必死，干脆放宽胸臆，欣赏湖景，站在微雨里提着壶果子酒，学足了落拓文士的模样。

可惜的是，很快他的心情便被破坏得一干二净，因为湖面上忽然出现了很多巨大的船影，那些船极为巨大，帆影遮天，行于水面竟如同移动的山峰一般，气势惊人。

南晋水师来了。

褚由贤看着湖面的千艘巨舸，看着这支在大唐水师覆灭后已无敌手的舟师，脸色苍白。听着动静，陈七走出船舱，脸色也变得严峻起来。他没有想到，柳亦青杀死南晋小皇帝，剑阁远迁之后，南晋竟然能够在这么短的时间里重新稳定。对这场战争，大唐已经做了极为充分的准备，眼下看来，西陵神殿的反应速度也不慢。

南晋水师里响起极为雄壮的军号声，船队渐散，湖水拍打着坚实的船舷，发出巨大的声响。一艘巨船，缓缓驶至褚由贤和陈七前方数百丈外，惊起无数雪般的浪花，惊走数百只水鸟。数百名骑兵牵着骏马站在甲板上，黑压压一片，气势威严，这些骑兵身着黑甲，甲上绘着金线符文，正是西陵神殿野战能力最强大的护教骑兵。

褚由贤很好奇那些战马为什么会不惧风浪，陈七的注意力则是完全落在那些神殿骑兵中间的某个人身上。隔着数百丈远，他依然能够清晰地看到那个人的面容，不是他的目力有这般敏锐，而是因为对方想让他看到。

那是个身着青衣的小厮，稚嫩的眉眼间写满了无法质疑的骄傲，天真的神情里满是视人命如草芥的残忍感。这名青衣小厮站在湖水秋雨天地之间，就是这样和谐。陈七没有见过此人，但猜到了对方是谁——横木立人，昊天留给人间最丰厚的那件礼物。

"我很好奇，宁缺让你们去西陵神殿，究竟想说些什么，你们可不可以提前告诉我？"横木立人看着陈七和褚由贤，认真地问道。褚由贤有些紧张，面对这位西陵神殿最年轻的知命巅峰强者，他觉得自己的生命随时会消逝。陈七却是神情不变，摇了摇头。

横木立人微微皱眉，有些不悦，巨船四周的湖水似乎感觉到了他的情绪，畏惧地轻轻摆荡起来。湖水摆荡得极温柔，不远处的一畦秋苇，却在瞬间碎成无数齑粉，被湖风吹成暴雪，然后被雨水冲入湖水里。褚由贤觉得嗓子很干，快要冒烟。陈七依然神情不变，背在身后的双手却开始微微颤抖起来，他知道横木立人很强，却没有想到强到这种程度。

离开长安城的宁缺，能够战胜他吗？

横木立人忽然笑了起来，像孩子一样开心地笑了起来，或可用莞尔这个词来形容。他看着对面船上的褚由贤和陈七，微笑说道："放心吧，我不会杀你们，所以你们不用这么害怕。"明明是在微笑，甚至有些可爱，却有股说不清道不明的轻蔑感。

陈七不喜欢这种感觉，说道："人总是都会死的。"

横木立人摇头，说道："我只是暂时居住在这里，事情做完之后，便会回到神国。"

隔着数百丈，陈七要极用力，才能把声音传到对面那艘大船上，他的轻言细语，却像是雷鸣一般在湖上响起。湖风拂面，褚由贤起了一身的鸡皮疙瘩，不是被这位年轻绝世强者的雷声所震，而是被硌硬了。

陈七忽然说道："我忽然想起了十三先生说的一句话。"

听到宁缺的名字，横木立人的神情变得严肃起来，身体微微前倾，肃然说道："他要对我说什么？"

陈七复述了那句话："你们会死的。"

不是你，而是你们。哪怕是横木立人，也没有资格让宁缺专门说些什么，他这句话的对象，包括横木，包括隆庆，包括何明池，也包括清河郡诸阀的家主们和那片草原上的敌人。

应该死的人，一定会死。

哪怕你们去神国获得了永生，哪怕你们去冥界变成了幽魂，我依然会杀死你们，或许不止一遍——宁缺想和这个世界谈的事情很多，陈七说的这句话，便是其中的一点。


登岸后，褚由贤余悸未消，一个劲儿地埋怨陈七，不该把宁缺那句话说出来，万一真的激怒了横木，他们肯定会比那片化雪的苇花下场更惨。

"他在西陵神殿的地位如此尊贵，当着数万南晋水师的面说了不杀我们，自然便不会杀我们。"陈七说道，"最重要的是，西陵神殿想知道十三先生让我们带的话，那么在知道之前，我们便是安全的。"

"可是你难道没有看到那个横木立人的神情？这种看似天真的家伙，往往都是变态的，真发疯了怎么办？"褚由贤唠叨道。

陈七却想着别的事情："横木带着南晋军队北上，很快便会接手清河郡事务，那隆庆去哪儿呢？"作为曾经的西陵神子，隆庆皇子在道门信徒心目中的地位极高，只是随着时间的流逝，他的光彩被宁缺和横木立人夺走，但陈七知道，在宁缺心中隆庆的重要性要远远超过横木立人，他相信宁缺的判断绝对不会出错，这样一个重要人物忽然销声匿迹，并不是件好事。

褚由贤说道："天枢处的情报，说那位皇子殿下带着一队神殿骑兵去宋国追杀叶苏去了。"

陈七说道："叶苏带着数千新教信徒，不可能走得太快，隆庆没道理现在还没追到。"

褚由贤说道："我更不明白叶苏神使为什么不去长安城，偏要冒着这么大的风险去宋国。"

陈七说道："用十三先生的话来说，叶苏是能够真正改变历史的人，这样的人哪里能用常理判断？"

二人继续前行，空中落下的秋雨渐渐凝结成霜，变成了雪，将南晋境内的道路渐渐染成白色。当他们抵达西陵神国时，已到了初冬时节，这片往年罕见雪迹的神眷之地，风雪如怒，极为严寒——这些年，人间变得越来越寒冷，却没有人知道是什么原因。

西陵神国的边境线上，两名红袍神官带着数十名神殿护教骑兵正在等待，人们的脸却没有什么善意，连表情都没有，带着浅浅冰霜的眉眼间满是冷漠与警惕。褚由贤和陈七是唐国的使臣，这样的待遇是应有之义，对方没有施展神术把他们烧成灰烬，已经让他们很是满意。

行不得数日，到了一片莽莽群山之前，风雪终于停了，山峰清秀妩媚，远处的峰峦间隐隐可见一些巍峨庄严的建筑，应该便是传说中的西陵神殿。褚由贤望着远处，嘴唇微微张开，没有说什么，只是发出一声感叹，作为昊天世界里的一名普通人，能够在有生之年，亲眼看一看西陵神殿，他虽然是唐人，也有些心神摇撼。

陈七要冷静一些，作为鱼龙帮的智囊人物，他习惯性地观察西陵神国的军事防御，还有那些骑兵神官的精神状态，最关心的当然是笼罩着桃山的三座大阵——他不是修行者，连那道湛然的青光都看不到，自然看不明白那道阵法的恐怖威力，只是想着连书院大先生都没有办法破阵而入，难免关心。

那两名红衣神官应该是受到了严厉的命令，一路从北行来，竟是没有与褚由贤和陈七说一句话，饮食起居事宜，也是他们单方面安排，根本没有征求过陈七二人的意见。这等沉默，自然让队伍的气氛显得有些压抑，褚由贤和陈七也不以为意，随着对方一道沉默，直到车队来到山前的那座小镇里，陈七忽然要求对方停车。

看着那名红衣神官的眼光，陈七面无表情地说道："沿途都没有吃饱，我要去买些东西吃。"此处距离桃山不过十余里，小镇四周暗中不知隐藏着多少道门强者，红衣神官觉得应该不会出什么问题，点了点头。陈七和褚由贤离开马车，在那些护教骑兵的保护或者说看守下，沿着道路向镇里走去。小镇真的很小，加上饭时已过，几家食肆都关着门，他们能够买到的食物，只是烤红薯。

站在那家烤红薯铺子前，陈七和褚由贤捧着滚烫的红薯，小心翼翼地撕着皮，用嘴吹气，模样看着有些好笑可爱。一不注意，陈七手指被红黄色的薯肉烫着了，他赶紧甩了甩手，又找老板要了点冷水。当那位老板把水盆放到他面前时，他抬头看了对方一眼，笑着道了声谢。手指在清水里划过，留下转瞬即逝的字迹——老板却像是没有看见他的动作，面无表情地转身离开，这个动作看似毫无深意，实际上如果把头颅和身躯分开，是在……摇头。

回到马车上，陈七想着先前看到的回应，难免有些失望，对于完成任务的信心渐渐消退，摇头说道："十三先生说这家红薯一定要吃，却不知道好在哪里。"褚由贤这才知道先前他与烤红薯的男人已经完成了交流，听着这话又知道事有不顺，情绪难免有些低落。

坚硬的车轮碾压着青石板，发出咯咯的声音，四周到处都是西陵神殿的护教骑兵，天光落在他们的身上，被那些黑色夹金的盔甲反射，透过车窗，让他们的眼睛眯了起来。

褚由贤和陈七对视，眯着眼睛，沉默无语。他们来西陵神殿谈判，秉承的是宁缺的意志，代表宁缺和这个世界谈谈，按道理来说，神殿在没有听到他们说的话之前，应该不会杀他们，但在清河郡险些发生的战斗，说明有人想他们死，而那个人是西陵神殿的掌教大人。

——宁缺谈话的对象不是掌教大人，对掌教大人来说，这或许显得有些羞辱，但远不足以让他妄动杀意。

如今看来，掌教大人或许可能猜到了一些什么。

陈七想着先前烤红薯男人摇头的画面，心情沉重地说道："如果连人都不见到，怎么传话？"

西陵神殿没有安排他们上桃山，而是让他们住在山前的天谕院寓所里，这里离那片著名的桃花坳很近，可惜的是现在已经是冬天，很难看到桃花满山的美丽画面。褚由贤对此非常遗憾，显得有些没心没肺，陈七知道他是装的，但也没什么办法，所有的事情都是由神殿安排，他们只能不安地等待。神殿方面没有给他们更多不安的时间，第二天清晨，负责谈判的大人物，便亲自到了天谕院。

赵南海是南海光明大神官一脉的嫡系传人，是观主最强大的助力，这场战争之后，光明神殿或者天谕神殿里的神座，总有一方是留给他的——毫无疑问，这是真正的大人物，他来与褚由贤和陈七这样两个普通人谈话，应该算是给足了唐国颜面，也表达了足够多的诚意。

但褚由贤和陈七并不这样认为。临行前宁缺说得很清楚，现在的昊天道门，说话有分量的只有一人，能够并且愿意响应唐国意愿的，也只有一人，如果要谈，便只能和这两个人谈。

“抱歉。”褚由贤歉疚之意十足，连连揖手，说道，“不是不想谈，实在是没法谈。”

赵南海久在南海，纵使回归道门数年，肤色依然黝黑，一身神袍无风轻摆，气势慑人，不怒自威。“想谈的是你们，所以急的也应该是你们。”赵南海并未动怒，颇含深意地看了二人一眼，说道，“什么时候想谈，那便再谈吧。”说完这句话，他带着十余名红衣神官飘然离去，竟没有给褚由贤陈七二人说话的机会。

褚由贤看着消失在山道上的那些人，有些幽怨地说道：“连我们想和谁谈都不想听？居然警惕成这样？”

接下来的日子里，褚由贤和陈七被西陵神殿的人们遗忘了，他们整日在天谕院吃饭睡觉看桃花……桃山的桃花本来四季不败，但当年被夫子斩了一遍，又一个当年，被宁缺和桑桑折腾了一遍，早已变得孱弱无比，根本无法撑过寒冷的冬天，被寒冷吹落成泥，无人问津。褚由贤和陈七觉得自己就是桃花，没有人理会，没有人来探看，他们想见的人见不到，想说的话没有人听，这场曾经被很多人寄予厚望的谈判，似乎将要无疾而终。

西陵神殿确实不着急，只要书院无法杀死酒徒和屠夫，道门便在这场战争里处于不败之地，无论宁缺杀再多人，也改变不了这个铁一样的事实，所以急的应该是对方。秋雨杀人，宁缺的目的是为了震慑道门和人间，从某种意义上来说，他达到了自己的目的，但他的行为，同时也是在人间点燃了一把名为愤怒的火。无论西陵还是南晋、金帐王廷还是燕国，那些亲人死在他手上的神官将士民众们，都恨不得生剥了他的皮，吃了他的肉。

他替神殿把战争动员做得极好。

至于时间……随着时间的流逝，世间的局势越发对西陵神殿有利，普通凡人或许看不明白，桃山上的人们怎会不明白？

能看明白这个趋势的人还有很多，比如荒原上那位雄才大略的金帐单于，他很清楚这个漫长的冬天对于自己和部落里的勇士来说并不是煎熬，而是美妙的等待，所以渭城北方那座华丽夸张的巨帐里溢出的酒香一天比一天浓郁，如云田般的部落帐篷四周被宰杀的牛羊一天比一天多。金帐王廷的人们都很开心，就像当年宁缺回到渭城时看到的那样，阿打本来也应该很开心，在人们看来，命运忽然转变的少年没有任何道理不开心，但他就是不开心。

阿打出身于草原上一个小部落，在与单于叔父的部落发生的冲突中被击败，部落里很多青壮被编进敢死军，而他因为年纪小，被王庭一名贵人收成了奴隶，如果不出意外，他应该活不过十六岁，因为活得太艰难。幸运的是，春天落了一场雨，当时他在草原上拾牛粪，被淋得很惨，或许正是因为这个原因，雨停后他变得很强。

那是真正的强大，来自仁慈上苍赐予的强大，摔跤大会上，王庭里最强壮的勇士也不是他的对手，就连恐怖的勒布大将，看着他的眼光也有些异样，而当时单于的眼睛在放光，国师看着天空沉默。那天之后，阿打成为了金帐王廷最著名的年轻勇士，成为了国师的记名弟子，成为了单于的亲卫，成为了一名先锋将领。

王庭与唐国的战争时停时歇，虽然不复当初那般惨烈，但边境的局势依然严峻，夏天的时候，为了争夺向晚原东南方向的一块草场，更是爆发了一次极为剧烈的冲突。失去向晚原的唐军对此志在必得，由镇北军强者华颖上将亲自领兵，谁能想到，他居然输了。

他输在了阿打的手里。

阿打没有道理不开心，但他就是不开心，因为他那些被编入先锋军的部落亲人，被唐人俘虏了很多，而就在前些天，他听说那些亲人，都被唐人杀了，全部都被杀了，一个都没留下来。眼看着自己变得如此强大，明年便能够重建部落，召回所有的亲人与玩伴的时候，那些人都死了。那些该死的唐人。那个叫宁缺的唐人，该死。

当天夜里，阿打带着十余名亲随骑兵，离开了金帐王廷，穿过荒废的渭城，向着南方而去，手里拿着单于的军令。阿打没有愤怒到丧失理智，他不识字但也并不愚蠢，他没有疯狂到想要去长安城杀宁缺，但他要代表单于和自己做些事情。

唐人杀了他们的人，他们就要杀唐人。

当阿打来到两军对峙的前线时，看到的是满天风雪，看到的是紧缩防线的唐国军营，他的眼中露出轻蔑的神情。

这片草场在渭城西南七十里，和向晚原相比明明在南方，气温却更低，水草谈不上肥沃，唐军却愿意付出极大代价，顶着风雪驻营于此，保持着随时出击的态势。为什么？因为唐军现在快要没有战马了，他们必须在明年春天之前，把那片草场抢回来，那是他们最后的希望。

风雪那面，唐营里到处都是火堆，厚厚的褥子盖在战马的背上，唐军对这些仅剩的战马看得要比自己的生命更加重要，这只能让阿打觉得更加轻蔑，他永远不会同情弱者。就像他不会同情那位曾经的手下败将一样。没有战马的唐军还是曾经凭铁骑横行世间的唐军吗？被杀死的男人还是那个曾经强大的名将吗？

华颖正在唐营饮酒，打着赤膊的中年悍将，浑身滚满了黄豆大小的汗珠，苍白的脸上满是痛苦的神情。夏天的时候，他在战场上败给那名少年蛮子，其后伤便一直未曾好过，他违背军令也要饮酒，是因为只有酒精——只有九江双蒸里浓郁的酒精，才能让他压制住体内的伤，让他能够清醒并且强势地继续统领这两千多名骑兵。

上次战争，唐国与西陵神殿缔结和约，付出的最惨重的代价便是把向晚原割让给了金帐王廷，为此公主殿下李渔向唐国臣民颁文谢罪，亲王李沛言更是自系而死。失去向晚原，唐国便失去了战马最主要的来源，随后数年，边境的小规模战斗却始终没有停止过。

单于的手段异常毒辣狠厉，他就是要消耗唐军的战马，为此，他不惜让麾下的骑兵付出两倍甚至三倍的代价，因为王庭的战马可以补充，唐军的战马又到哪里补充去？镇北军的战马数量随着时间的流逝和未曾停止过的战斗，急剧变少，到现在已经进入了绝境。

身为唐军名将，华颖一身武道修为，强悍异常，在镇北军里无论资历还是能力都只在徐迟大将军之下，当年他麾下的铁骑便超过万数，恐怖的重骑兵亦有三千之数，然而现在……两千四百三十二人，配两千四百三十二匹战马，便是两千四百三十二名骑兵，是他麾下所有的骑兵。也可以说是镇北军最后的骑兵。

华颖接受军令，把所有骑兵带到这里，与金帐骑兵大队从夏天对峙到此时，等于是把所有的希望都砸了进来。唐国自然不可能只剩下这些战马，然而从南方调马来没有意义，因为数量并不足以改变当前的局势，更令镇北军感到不安甚至愤怒的是，朝廷似乎根本没有这种想法。华颖看着酒碗，两眼里仿佛有幽火在燃烧，当初是书院决定把向晚原割让给金帐王廷，也是宁缺承诺由他负责解决战马的问题，然而数年时间过去了，唐军在这片草原上流血牺牲，他和他的将士们被煎熬得有如厉鬼，马在哪里？

"如果你是在骗我们，那么就算我死在雪地里，也会回到长安城里找你问个明白。"

他端起酒碗，看着南方某处，对宁缺说道。

就在这时，营外传来警讯，同时传来一道厉狠的叫阵声。风雪之中，那道声音清晰得很，荡向四野。华颖收回目光，望向酒碗里那张脸，那张有些憔悴，不复当年英锐的面容，忽然笑了笑。他在亲兵服侍下，仔细地穿戴好盔甲，向帐外走去。

走出帐外，还在营中，他再向营外走去，雪花落在盔甲上，没有融化，很快便填满了缝隙。唐军站在各自帐外，沉默地看着自己的主将。来到营外，隔着风雪，看着远处那个蛮族的少年，华颖微涩地说道："将军肯定会批我一顿。"他当然记得那名蛮族少年是谁，夏天时就在这片草场上，他败在这名不起眼的少年手里，伤势绵延至今。

没有人知道金帐王廷什么时候出现了这样一名强者，如果是败在凶名昭著的勒布大将手中，华颖大概能够想通，但他想不通这名少年是从哪里来的，为什么这样强。直到传闻渐渐在草原上流传开来，人们才知道，原来这名叫阿打的少年奴隶，就像西陵神殿的横木立人一样，都是昊天留给这个人间的礼物，是天赐的强者。现在横木立人在昊天信徒心中，拥有难以想象的地位，而阿打如果不是偏居荒原，名声想必也不会稍弱。

知道事实真相后，华颖才明白自己输得不冤——昊天真的抛弃了唐国，就像千年之前抛弃了荒人那样——他不会因此心生怯意，但心境终究还是受到了影响。他望向远处风雪深处，在看不到的天边，那里有道雄奇的山脉把整片大陆分成两个部分，那里是岷山，也是天弃山。

"被昊天遗弃……很可怕？"

华颖微微一笑，伸手到空中，接过亲兵递过来的朴刀，手掌里传来的微凉触感，让他的精神为之一振。那名蛮族少年很强，很可怕，他知道自己不是对手，如果出战，或许只有死路一条，他没有出战的道理。两军对峙，没有主将单挑的道理，战场之上，也从来不相信勇者胜这种说法，他若避战，没有人能说什么。

但先前出营的路上，他看到了将士们的神情和目光，看到了无尽的疲惫以及最可怕的疲倦，他看到了那些裹着毯子，像病人一样的老马，他知道镇北军的士气已经低落到难以复加的程度。他若出战，即便败了死了，也有好处……哀兵不见得必胜，但想来能够多撑些时间，一直撑到战局变化的那刻来临。所以他握住朴刀，向风雪那头走去。

"我要拿你的人头，替我的部落殉葬。"阿打看着华颖，面无表情地说道，"而总有一天，我会带着王庭的勇士杀到你们的长安城里，把那个人杀死。"

华颖把盔甲上的雪拍散，说道："你或许能杀死我，但我也不准备让你活着回去，长安城你是看不到了。"说这话的时候，这位镇北军第二强者的神情很平静，他没有信心战胜昊天留给人间的礼物，但有信心换命。

一个人不怕死的时候，自然不会畏惧天命。握在刀柄上的手指缓缓依次合拢，如铁铸一般，雪花飘落在上面，没有融化的迹象，因为他的手就是那样冷。从他的身体，到细长的刀柄，再到沉重的黝黑刀身，一道极为冷厉的气息缓缓释出，然后陡然提升。飘舞在空中的雪花，受到这道气息的干扰，向着四周激射而去，发出哧哧的破空之声，有如利箭一般。

阿打面无表情地抽出腰畔的弯刀，这刀是单于赐给他的宝刀，锋利至极，就像他此时的眼睛一般明亮。就像每场重要的战斗之前那样，少年开始默默地祷告，请求长生天赐予自己力量，帮助他战胜所有的敌人。空中激散的雪花，仿佛听到他的祷告声，畏怯地减缓了速度，颓然地无力飘着，原野上的残雪渐渐融化，露出下面的残草。雪消草现，却不是生机勃勃，相反却给人极阴森的感觉。

阿打看着对面的华颖，明亮如宝石、如刀锋的眼眸里，流露出轻蔑而怜悯的神情，然后向前踏了一步。

他只向前踏出了一步，便停了下来。

他觉得有些事情似乎不对。

他抬头望向落雪的天穹，胸臆里忽然生出无尽悲伤，有些发青的嘴唇微微翕动，如呻吟一般："长生天啊……"部落当初失败的时候，他还小，不懂得悲伤，后来给王庭贵人作牛作马的时候，来不及悲伤，拾干粪的时候，没有力气悲伤，再之后他变成了不起的少年强者，便远离了悲伤。但此时此刻，那股悲伤的情绪是如此的浓郁，瞬间占据了他的身心，他仿佛看到了下一刻自己的死亡。为什么会这样？

他不再望天，望向南方遥远某处，觉得有人正在看着自己。虽然远隔万里，听不到任何声音，但他有一种强烈的感觉，那个人正在对自己说话，只要自己踏前一步，便会死去。阿打犹有稚气的黝黑脸庞上满是不甘与愤怒不解，如果那个人真能隔着万里射死自己，夏天的时候为什么没有这样做？最令他感到愤怒的是，他感受到了对方毫不掩饰的倨傲，而在这份倨傲之前，长生天都保持着沉默！而他开始恐惧！

风雪里传来一声嘶鸣，不知是哪边的战马，傲意十足。

阿打望向唐营，握着弯刀，不知是否会踏出那一步。


南方万里之外。

城墙上落雪纷纷，宁缺站在城头，背倚整座长安，看着遥远的荒原方向，看着看不到的那片疆场。黝黑沉重的铁弓，搁在他身前的城砖上，惊神阵的阵眼杆，被他紧紧握在手中，他的识感随之而向四野散去。镇北军杀死金帐王廷所有的战俘，这是他的命令，他知道这会给镇北军带去很大的压力，但他不在乎，因为他和这个世界说话的方式，除了秋雨里落下的人头，还有身后这匣铁箭。

令人不解的是，即便借助长安城的帮助，他能看得再远，也不足以看到整个世界，万里外的荒原，在他的识海里只是一片灰暗模糊的画面，只要金帐王廷的强者不愚蠢到把自己点亮，便没有意义。但他依然看着北方，仿佛随时可以看到那些灯，然后一道铁箭把对方送进冥界或者神国，或许，点灯的火一直在书院手中？


## 29


铁弓在宁缺身前，弦是松的，天下这把巨弓的弦却已经绷得极紧，如风雪原野里发生的那幕画面一样，处处都在对峙，战斗随时可能发生，谁也不知道世界开始毁灭的那一刻何时到来。阿打是桑桑选择的虔诚信徒，是金帐王廷最杰出的少年强者，所以他能感觉到万里之外长安城墙上宁缺的目光，横木立人和他的境遇相似甚至犹有过之，却感受不到，或者是因为宁缺此时没有看他，又或者是因为此时落在他身上的目光太多。

神辇在阳州城的大街上缓慢地移动，雍美的神圣乐声不停响起，清河郡的百姓们跪在街道两旁，看着神辇的目光格外炽热，神情格外谦卑——这些炽热和谦卑或者来自虔诚，或者来自畏惧，无论哪种，都是横木愿意看到的，他也只想看到这些。隔着神辇的幔纱，看着跪在后方的那七名清河郡诸阀家主，想着先前召见那些人时的谈话，横木的唇角微微扬起，露出一丝冷冽的笑容，默然想着对待蝼蚁，哪里需要太过操心？

不管你们在想什么，都不用再想，因为神殿会帮助你们思考，你们需要做的事情，就是执行昊天的意志。这是先前横木立人对诸位家主说的唯一的话，然后他漠然地挥挥手，就像驱赶真的蝼蚁一般把这些人赶走，在数十名神官和更多西陵护教骑兵的拱卫下，向阳关城外走去。他带着浩浩荡荡的南晋水师和强大无匹的神殿骑兵，自南而来，有些不稳的清河郡，在他毫不掩饰的轻蔑态度和杀意下，很快便重新稳定下来，那些隐藏在黑暗里，准备配合唐人行动的年轻人，也在神殿执事们的搜捕下纷纷死去，或者逃亡。

现在他的神辇离开阳州城，自然是向北方而去。

长安城就在那个方向。

崇明也在看着长安城，只不过是不同的方向，从成京城望过去，长安在西方，在太阳落下的地方。如今他已经不再是当年那个为质长安十载的崇明太子，而是燕国高高在上的皇帝陛下，但对那座城的感情没有发生任何变化。

没有怀念，没有感慨，只有无比的厌憎以及……畏惧。

在他身后，数年前被唐军毁掉的燕国皇宫正在重建，依靠从唐国拿到的战争赔款，美轮美奂的宫殿群不停从废墟里新生——此时的燕国都城，热火朝天，欣欣向荣，从官员到民众都很骄傲。他却还在畏惧。他在长安城里生活了很多年，他知道唐国是多么的强大，他知道唐人从来不会忘记仇恨，他知道李渔在想什么。

他更知道，如果唐国真的缓过劲来，那么燕国根本无法抵挡对方的铁骑，身后这片刚刚重建好的宫殿，会在很短的时间内，重新变成一片废墟，而李渔绝对会给他难以忘记的报复。三年前，唐国重新组建了东北边军，将军府依然设在土阳城，和过去相比，似乎没有什么变化，崇明却明白，这支新建的东北边军只有一个目标，那就是毁掉燕国。

崇明不敢奢望凭借燕国孱弱的国力便能抵抗唐军，他只能把希望寄托在西陵神殿的身上，寄托在自己兄弟的身上。正因为如此，他不顾国内臣民的反对，坚定地执行着西陵神殿的命令，从自己子民家里搜刮出最后的粮食，不停输送到荒原上，送到那些世代为仇的左帐王廷贵族手里。只有左帐王廷的骑兵越来越强大，才能抵抗住更北处的荒人部落，大战爆发之时，才能援燕抗唐。

崇明本来以为，自己和自己的国家付出了如此多，左帐王廷即便不能在短时间内对唐国形成威胁，至少可以保证燕国摆脱荒人的阴影，然而谁能想到，局势的发展竟是大大出乎他的意料。为什么？为什么数年前荒人部落已经被神殿联军打残了，还能苟延残喘到现在？甚至还似乎开始慢慢恢复强大？这个困扰着燕国君臣，也令神殿感到极度警惕的问题，随着荒原上更多信息的回流，得到了最接近真相的答案。

有个幽灵。有个幽灵在荒原上飘荡，身影很娇小，却像魔王一般恐怖，无论是漫天的风雪还是噬人的黄沙，都无法阻止那个幽灵。

左帐王廷法力最强横的大祭司，两年前惨死在月牙海畔，紧接着又有数名祭司莫名暴毙，到了现在，根本没有祭司敢走出王庭范围。每隔一段时间，草原深处便会传来骑兵小队覆灭，或是某位军中强者变成血肉堆的恐怖消息。草原上不断有人死去，包括西陵神殿前去救援的强者，隆庆带到王庭的那些堕落统领，也无法摆脱那个幽灵的诅咒。到了现在，依然没有活人看到过那个幽灵的真实面目，但西陵神殿和各国早已确认那个幽灵是谁。

那个幽灵是个魔头。

虽然她生得像娇小的少女，但她毫无疑问是世间最恐怖、手段最冷酷的大魔头，她不惮于杀人，她杀人如割草。她叫余帘，或者叫林雾。

她是书院三先生，还有一个更著名、更令人闻风丧胆的身份——她便是当代魔宗宗主，修行界最神秘的二十三年蝉。即便在春风化雨之后，修行界强者迭出，但依然没有人相信，一名修行者，便能改变一场战争的结局。直到余帘在荒原上开始杀人，直到她用了数年时间杀死了数百名道门强者，人们才渐渐相信，这种事情真的发生了。

崇明感到心寒，身体也很寒冷，下意识里紧了紧衣领，收回望向长安城的目光，望向荒原深处，却发现更冷了些。有风从荒原来，寒冽至极，里面却有极深的血腥味。

荒原极西深处，也在落雪。雪从铅般的重云里挤出，然后落到地面，渐渐覆盖住那些杂乱的脚印。有马蹄也有人的脚印，密密麻麻根本无法看清的脚印，在原野间向着前方蔓延，踏雪的声音甚至仿佛要撕破云层。应悬空寺的征召，右帐王廷单于下令，所有部落倾其所有，组成由数万骑兵构成的远征队伍，冒着风雪前去支援。曾经端坐在九霄云外，极少理会世事的佛宗高人们，现在已经沦落到需要普通信徒帮助的程度，想来不禁有些可悲，然而那数万名骑兵或许在路上的风雪里便会死去，谁又来悲悯他们？

此时，地底世界的原野到处在燃烧，因为热泉而经年不冻的青稞田被点燃了，溪流旁的树林被点燃了，金坑外的水车被点燃了，贵族居住的帐篷被点燃了，远处般若巨峰下面一座不起眼的僧庙，正在熊熊火焰里逐渐坍塌。星星之火，可以燎原，数年前开始的这场农奴起义，终于蔓延到了所有部落，再也无法熄灭。佛国里处处烽火，这些火带来炽热的温度，焚毁华美的金器，带来肮脏的黑烟，遮住峰间那些神圣的黄庙。原野间处处杀声，这些发自灵魂最深处的呐喊，能够压倒那些虔诚的诵经声，能够无视那些晨钟的呼唤。

烽火与杀声暂时还未能影响到佛祖身躯化成的巨峰，宝山无恙，山间的僧人则已是渐渐冷了心肠，才会命令右帐王廷火速来援。之所以如此，最重要的原因是地底世界里有只幽灵，那只幽灵是道铁剑的影子，在肮脏与神圣之间穿行，未曾停过。

君陌在战斗。

他受过伤，受过很重的伤，但他没有一刻停止过挥动铁剑的动作，他不眠不休地战斗已经好长时间，已经好几年。

在撕开这片佛光，带领人们离开地狱之前，他不会停止。

宋国都城邻着海，时已初冬，依然相对温暖，雪花从天空落下，被海风吹得轻颤数下便会融化，很难引起人们的注意。就像广场前方那名正在传道的男人一样，他穿着很普通的神袍，拿着一卷西陵教典，和普通的神官没有任何区别。只是他传道的内容，与西陵神殿的神官明显有些不同。

"我们每个人都有罪，所以我们需要……赎罪？如果要赎罪，究竟应该寄希望在神国，还是自身？伟大的昊天，自然会响应我们的呼唤，但你我又曾做过什么？"叶苏看着黑压压的信徒们，"不要说自己什么都不能做，不要认为改变世界更是难以想象的，这个世界就是由无数个我自己组成的，那么只要我们能够改变自己，其实也就是改变这个世界，而且是最根本的改变。我们正看到一个人改变一场战争，看到一个人改变数万年的不义，那么我们为什么不能改变世界，改变自己？"

宋国都城广场周遭的街巷一片死寂，偶尔能够听到几声粗重的喘息，那不是人类的喘息，而是战马的鼻息。某人传道的声音从远处传来，因为距离的缘故，显得有些飘忽，仿佛来自上苍，听不到完整的意思，只隐约能捕捉到女人、石头、罪过、炊饼、盐巴这些有些古怪的词语，很快便被战马的鼻息喷散，融入寒冬的空气里，再也寻不到任何痕迹。真的没有痕迹吗？自然不是，声音进入人们的耳中，会在心上留下痕迹。

呼吸声渐渐加重，来自数百匹待命的战马，来自数千名随时准备出击的神官执事和士兵，在幽静的街巷里渐渐汇聚。在西陵神殿的计划里，稍后这些全副武装的人们便会冲出街巷，冲向广场，用手里的兵器将那些孽贼杀死，把那个故弄玄虚的传道者砍成碎片。

掀起新教覆灭的第一个大高潮！

只是……那些脸色铁青的神官、那些脸色漠然的执事、那些脸色苍白的宋国骑兵们，其实都有些不理解，为什么会有这么多曾经虔诚的昊天信徒，愿意继续听那名渎神者传道？为什么听那人传道时，那些新教的信徒们站着或是坐着，难道他们不应该跪着吗？为什么？

道殿终于传来了动手的命令，随着沉重的城门关闭声响起，宋国都城变成了一座死城，谁都无法离开，那些胆敢无视神殿禁令，改信或者支持哪怕只是同情新教的民众，都将被逮捕，至于那些新教的传播者，那几名渎神者，自然会被马上杀死。

从海岸线拂来的风也渐渐寒了，吹不动雪花，街道上的雪也不再融化，渐渐积起，随着整齐而恐怖的脚步声，城市渐渐变成一片洁净又肃杀的白色，所有人都知道，稍后这些白雪便会被血染红。铁枪撞击着盔甲，战马急促地呼吸，骑士冷漠的眼眸，空气里清晰的金属味道渐渐变成血腥的味道，广场四周响起无数震惊而恐惧的呼喊，人们知道神殿一定不会允许新教就这样传播下去，但他们依然没有想到，这场信仰之争一开始就显得这般铁血。

同情新教的信徒们，被西陵神殿的执事们带领骑兵强行向某个角落驱赶，蹄声乱如骤雨，到处都能听到铁棒敲打在血肉之躯上的声音，到处都能听到民众惨嚎的声音，自然最多的还是哭声，恐惧而绝望的哭声。

鲜血在人群里抛洒，冷厉的呵斥声不停响起，铁枪和刀锋的亮光不停响起，然后有更亮的光响起，那是剑光。人群里，二十余名南晋剑阁弟子同时拔剑，继承自柳白和柳亦青的剑，以一往无前之势斩破那些降临到人间的愤怒上。神殿的怒火随之稍敛，然而随着骑兵的不停涌入，以及更多道门强者加入战斗，场面变得越来越混乱。

三名神殿骑兵统领，带领着自己的部属，突破了剑阁弟子的拦截，向着广场深处突进，他们的眼中没有那些哭喊着四处躲避的新教信徒，只有平台上那个神情平静的男人，只要能够杀死那名渎神者，这些新教信徒谁还会继续相信那些荒谬而邪恶的论说？看着场间不停流血的民众，看着抱着孩子哭泣的母亲，看着白发苍苍满脸恐惧的老者，叶苏眼中流露出极深沉的哀悯，然而很奇怪的是，看着那些向自己杀来的神殿骑兵，他同样怜悯哀悯。

陈皮皮走到台上，准备带着师兄离开这里，离开南晋后的逃亡旅程中，这样的事情他们已经经历了很多次。"今天，好像真的是最后一天了。"叶苏拍了拍他的肩膀，示意他不要慌着收拾行李，然后抬头望向不停飘落雪花的天空，说道，"只是，老师为什么要这样做呢？"

逃亡旅途里，曾经不知愁的少年心性和身上的肉一道渐渐消失，陈皮皮说道："没到最后，就不是最后。"他的神情是那样的严肃，眉眼间写满了疲惫，疲惫的深处却是毫不犹豫的坚定，只有这句话才表明他依然还是当初的陈皮皮，他相信正确的，并且愿意为之而努力，最重要也最令宁缺这样的伙伴敬佩的是，面对再绝望的局面，他依然乐天。

"不一样了。"叶苏不再看天，望向广场四周越来越多的骑兵，还有那些境界强横的道门强者，平静地说道，"今天阵势太大。"

"就凭这些人，还拦不住我们离开。"陈皮皮走到他身前，看着那几名越来越近的骑兵统领，还有那些杀意盈天的神殿骑兵，说道，"他们马上就要死了。"数年前，他曾经身受重伤，雪山气海被桑桑锁死，已经是个废人了，根本不是今日场间任何一名神殿强者的对手。

但他说得很平静，很理所当然。

当然，就是书院的理所当然。

然而就在说出这句话后，他神情微变，因为他看到人群渐分，一位少女正缓步向木台走来——南海少女小渔、他曾经的未婚妻。曾经骄傲而强大的南海少女，如今依然强大，但骄傲已经完全沉进她的骨子里，她穿着神袍，气息沉静而冷冽。她是知命境的强者，那些剑阁弟子根本无法让她的脚步停下，再坚硬的剑，遇到她的双手，都会变成废铁。

走到二十丈外，南海少女停下脚步，静静地看着那三名神殿骑兵统领带着不可阻挡的神殿骑兵向前突进。她看着叶苏，眼神很复杂，有些佩服，有些畏惧，有些厌憎，有些轻蔑，她知道这位道门历史上最杰出的叛徒之一，马上就要死了。她望向陈皮皮，眼神非常复杂，却看不出在想些什么。

一名骑兵统领纵马来到台前，势若奔雷，刀锋破空而落，刀身上的符线骤然明亮，挟起无尽天地元气斩落。如果还是当年，那两名男人都可以很轻松地接下这一刀，甚至大概会无视这一刀，叶苏和陈皮皮是二十年里道门最响亮的名字，无论叶红鱼还是隆庆，都没有资格与他们相提并论。这两个男人是道门真正的天才，而现在他们已经叛出道门，或许正是因为这个原因，昊天夺走了他们所有的修为。

那名骑兵统领就是这样想的，他拥有洞玄上境的修为，得刀上符意相助，这一刀已经有了知命境的威力，杀两个废人如何杀不得？便在这时，一根铁棒从天外飞来，就像是一座小山。骑兵统领的刀便撞在了这座小山上，战马根本无法停下，于是接着他的身体也撞到了这座小山上。那座山是铁铸的，撞不动，任何试图去撞的人，都会变成粉末，骑兵统领的刀变成了粉末，他的人变成了粉末，他座下的战马也变成了粉末，带着金属光泽的粉末和血红色的肉粉，在广场上轰的一声散开，混在一起开始散发一股诡异的光泽。

嘈杂而混乱的战场，在这一刻忽然安静了下来，那些正向着平台冲锋的神殿骑兵，拼命地拉动缰绳，那些正在厮杀的执事，愕然停下手上的动作，望向声音起处。烟尘渐敛雪复落，不管是什么粉，落在地上与积雪一混，便看不到最初，视线变得清明，一道娇小的身影出现。兽皮在寒风里微微颤抖，就像她颊畔那几缕细细的发丝，她从地上抽出铁棍，望向前方的南海少女。

"唐小棠！"小渔看着那道身影说道，唇齿间仿佛有火焰在幽冥里燃烧，然后她望向陈皮皮，眼神很深，满是悲伤与愤怒。唐小棠看着她，很认真地说道："如果你再敢这么看着他，那么我一定会把你的眼睛挖出来。"小渔声音极为寒冷："凭什么？"

唐小棠说道："几年前在桃山就说过，他是我的男人。"

她说得很理所当然，就像陈皮皮先前那般理所当然。

当然，这依然还是书院的理所当然。

他虽然出身道门，拥有最尊贵和天才的血统，她虽然出身魔宗，拥有最邪恶和霸道的血统，但终究他和她都是书院的人。

广场上一片死寂，只有伤者的呻吟和死者同伴的哭泣声。

看着站在一起的陈皮皮和唐小棠，南海少女渐渐平静了下来，眼中流露出淡淡的自嘲神情。"一起赴死的道理在哪里？观主还在桃山上等你。"

她问陈皮皮。

陈皮皮很认真地解释道："宁缺曾经说过，金风玉露一相逢，便胜却人间无数，我是金风，她是玉露。"

小渔微微一怔，有些凄伤，说道："果然好诗。"

陈皮皮看着她微笑着说道："其实……宁缺接下来的说法，更符合我的追求，他说要的就是长长久久，要天长地久。"

"所以？"

"所以今天不能是我们的最后一天。"

"你应该清楚，这是谁的意志。"

"我父亲？我不认为他的意志就一定会得到执行。"

"这是昊天的世界，观主执行的是昊天的意志，没有人能改变。"

"我是他儿子，师兄是他的弟子，我们或许真的没有能力改变他……但我想，这个世界有人能阻止他。"

"谁？"

"宁缺。"

陈皮皮很认真地说道："那个家伙，就连昊天都不是他的对手，你说我父亲怎么可能是他的对手？"

"宁缺远在长安，他不敢出城，便改变不了今天这里发生的事情。"

小渔举起右臂，西陵神殿骑兵再次准备发起攻势。

陈皮皮说相信宁缺能够改变这一切，其实并不是真的相信，只是习惯性的吹牛，兼替自己朋友抬面子。他望向叶苏，确认了一个事实，"师兄，看来你真的得道了。"

"为什么这么说？"

"因为你能够预知未来。"

"嗯？"

"你刚才说……这是最后一天。"

叶苏微笑着说道："这是我的最后一天。"

陈皮皮说道："那也必然是我的。"

只看场间局势，唐小棠不会惧怕少女小渔，剑阁弟子们的剑光依然凄厉决然，应该能够保护他们撤离。但兄弟二人知道，真的是最后了。因为今次是观主的意志。

那个男人是他最尊敬的老师，是他的父亲，他们很清楚，那个男人是怎样的强大，怎样的可怕，哪怕对方像他们兄弟二人一样，如今也是雪山气海俱毁的废人，但动念间，亦能颠覆天地。除了面对夫子，观主永远不会出错，今天出现在宋国的绝对不是只有这些，肯定还有人准备做最后的收割。气氛先是压抑，然后随着陈皮皮的沉默，和那些伤者的呻吟声，渐渐变得阴森恐怖起来，雪落之势都变缓了些许。

"我们自己，就是道路、真理以及生命。"叶苏看着场间那些神情惘然痛苦的信徒，缓声说道，"跟随自己行走，必将走出幽暗的河谷，得到最大的喜悦。"随着这句话，雪落骤疾，宋国都城上空的雪云却裂开了一道缝隙，天光洒落，恰好落在他的身上，替他镀了一层金边。场间的新教信徒，看着这幕画面，震惊无语，然后纷纷跪倒。

"道路、真理以及生命？"

隔着数座不起眼的建筑，有个小院，隆庆皇子站在院中，负着双手，听着墙外传来的声音，若有所思。在他身后的地面上堆着数十垛干柴，这些干柴很干，给人很圣洁的感觉，没有一片雪敢落在上面。这些柴垛燃起的火焰，应该会很高。


人间的局势异常紧张，在唐国的边境线上，在宋国的都城内，在幽暗的天坑底，到处都在对峙，战争一触即发，有些地方已经发生，有些地方则是根本就没有停止过。世间的民众们，他们把最末的希望寄托在唐国派出的使臣身上，希望他们能够与西陵神殿达成新的和议。那两名使臣只是普通人，不懂修行，更不可能是什么知命境的强者，但在此时此刻，他们却是世间最重要的人。

热爱和平的人分两种，一种是恐惧战争的人，还有一种人只是担心打不赢，所以暂时热爱和平，褚由贤和陈七自然就是这种人，他们不知道自己已经身负天下重负，但他们的想法与天下其实相同，他们也很想与西陵神殿达成和约。然而问题在于，他们想要见到也必须见到的两个人，根本没有办法见到，更令他们感到身心俱寒的是，如果那两个人有心相见，即便现在是在西陵神殿，也一定能够相见，如今相见不能，似乎代表着某种不好的征兆，难道没有人想知道宁缺准备说些什么？求不得是所有焦虑的来源，褚由贤和陈七非常焦虑，他们在天谕院里沉默思考，却始终想不到完成任务的方法。

今日前来天谕院与他们见面的是一名身着褐袍的普通神官，看服色和排场，这名神官在桃山上的地位明显非常低下——事实上这些天，神殿方面的态度越来越冷淡，褚由贤和陈七拒绝与赵南海谈话之后，与他们对谈的神官级别便越来越低。

"我这个小人物，自然不是二位使臣想要见到的对象。"那名褐衣神官看着二人说道，"那么你们到底想要见谁呢？"从这句问话来看，西陵神殿方面的耐心越来越少，或者说好奇心越来越少，竟有了撕掉窗户纸的意思。到了此时，遮掩已经没有任何意义，不如真的尝试下，虽然那或许是徒劳的——褚由贤想了想，望向那名褐衣神官，神情十分认真地说道："我们十分想见叶红鱼。"

那位褐衣神官不觉意外，微笑着说道："为何？"在清河郡曾经险遭暗杀，褚由贤和陈七便已经猜到对方猜到了些什么，那么这时候自然也不会意外于对方的不意外。

"道门无信，我们……准确来说，十三先生只相信裁决神座。"

"好吧，这是一个比较合理的解释。"褐衣神官平静地说道，"我会把你们的想法汇报上去，至于会不会做安排，那便不是我所负责的事情。"说完这句话后，神殿方面的人便退出了天谕院。正如这句话一样，褚由贤和陈七再次被很不负责任地遗忘，直到暮时。站在天谕院前的石阶上，看着上方山坳里凋落的桃花，想象着隐藏在山道和桃丛里的那三座大阵，陈七说道："就算神殿能够抵抗住我大军，大阵外的所有人也都会被大先生杀死。"

褚由贤说道："所以神殿的反应让你有些不解？"

"不，我不解的是书院的态度。"陈七摇头说道，"宁缺为什么急着要与道门谈判？他究竟在害怕什么？"夕阳渐沉，暮色如血，二人沉默不语，心情有些沉重，便在这时，他们终于等到了神殿的答复，那是一句恭喜。

明天清晨，掌教大人会亲自召见他们，神殿为了此次谈判安排了一场极为盛大的仪式，他们十分想见的裁决神座，其时也会在场。参加完晚宴后，褚由贤和陈七回到房间，相看无言，正如先前在暮色里看桃花时那样，因为他们的心情依然沉重。明日神殿里会有掌教大人，会有数千神官执事，当着这么多人的面，他们怎么与叶红鱼私下交谈？

"或许，不一定要私下交谈。"陈七忽然说道。

褚由贤有些不理解，问道："什么意思？"

陈七沉默片刻，然后说道："我们只负责把宁缺的话说给她听，无论什么场合，只要她听到就行。"听着这话，褚由贤沉默了更长一段时间，脸色变得有些苍白，喃喃自言自语道："相见真不如不见。"在千万人前相见，还要说出那番话，那么便是觅死。

他抬起头来，看着陈七叹息道："你真够狠的。"

宁缺选择他二人来神殿传话，取的是陈七的谋划，褚由贤的行事无忌，此时看来，陈七或许更擅长狠辣的手段。正如褚由贤说的那样，他对人对己都极狠。

陈七说道："千万人都听到那段话，效果或许更好。"

褚由贤的情绪有些复杂，眼看着自己在寻死觅活的道路上狂奔，有谁心情能好起来，只是离开长安城的时候，他便已经有了这方面的自觉，所以脸色虽然苍白些，还算镇定。

"既然说了那番话便要死，或许我们应该先试试能不能见到那人。"褚由贤走到窗边，看着桃山腰那道如刀斧劈出来的崖坪，看着夜色笼罩着的几间不起眼的小石屋说道。

陈七走到他身旁，皱眉说道："很难走到那里。"

褚由贤看了他一眼，幽怨地说道："比死还难？"

一夜无话，各自沉默压抑，对过往做告别，于是清晨醒来时，二人精神都不是太好，尤其褚由贤顶着两个极深的黑眼圈，看着颇为喜感，又透着股丧气的味道。

"是喜丧。"褚由贤自我安慰道。

在神殿执事的引领下，二人离开天谕院，顺着石阶向桃山上走去，青翠的山坡上落着桃花，积着前些天落下的雪，看着很是清净美丽，青石阶被露水打湿，颜色显得有些深，在香雪里愈发醒目。没有走多长时间，峰顶那座白色的神殿便撞进了他们的眼眸，晨光洒落在彼处，圣洁光明，自有神圣气息播散。

褚由贤和陈七对视一眼，忽然一转身体，向着崖坪上某处跑去！靴底踩着坚硬的石阶，呼吸急促得像是山风，他们根本没有理会神殿执事惊慌的呼喊，完全无视那些追过来的神殿骑兵，甩着胳膊，张着嘴巴，向着崖坪深处拼命地奔跑。真的是一路狂奔，燃烧生命的狂奔，已经做好去死的准备的两个人，在这个清晨迸发出前所未有的速度，就像是两只夺路而逃的兔子，在草丛间穿行，嗖嗖的，连身影都变得模糊起来。神殿方面的反应有些慢，直到他们跑到了崖坪中段，执事和骑兵才追到，但不知道为什么，他们却不敢再向前一步。

赵南海从桃山峰顶飘然而至，看着崖坪上那两道身影，他的脸上没有什么表情，心情却有些怪异。如果崖坪尽头石屋里的那人不想见，那么这两名唐人不要用燃烧生命，就算真的燃烧起来，也不可能跑到这里。他为什么想见？

跑到崖坪尽头那几间石屋前，褚由贤和陈七气喘吁吁，扶着腰，险些直不起身来，觉得肺仿佛快要炸开。神殿方面或者是因为畏怯，或者是因为别的什么原因，没有派人追到这里，这其实是他们事先推算的结果，所以并不意外。石屋里的那人果然愿意见自己，因为即便是他，也很想知道宁缺要说些什么，褚由贤擦着额上的汗，有些得意地想着。

一声轻响，石屋的门被推开，一名中年道人从里面走了出来。中年道人穿着身普通道袍，形容也极普通，无论形容还是气息，都找不到任何突出的地方——无论从哪方面来看，这名道人都不应该也不可能是普通人，但他偏偏普通了一辈子，这很不普通。

褚由贤知道这不是自己要找的人，但他的神情依然恭顺到了极点，整理衣着的双手甚至恰到好处得有些微微颤抖。中年道人看着他刻意的做派，温和微笑着说道："非要过来见见，你们想说些什么，或者说想做些什么呢？"

褚由贤想做些什么？他对着中年道人，更是对着石屋里那人，毫不犹豫地跪了下去，谦卑地说道："褚由贤想跪请天师听一个故事。"中年道人静静地看着他，似是没有想到他跪得如此自然，如此决绝，如此不像个唐人，竟是没有给自己阻止的机会。褚由贤神情平静，跪得理所当然，宁缺选择他二人来道门谈判，取的是陈七的谋与勇，至于他，取的便是无底线。

中年道人微笑着问道："什么故事？"

既然褚由贤和陈七能够来到石屋前，便代表着得到了允许，石屋里的人想听听，不管是故事还是寓言。褚由贤恭敬地说道："那个故事发生在一个和我们世界很相似的世界，在那个世界上，有一个和道门很相似的宗教，那个宗教的神被称为上帝，无所不知，无所不能……"

　　晨光渐移，时间随之而移，褚由贤的嘴变得越来越干，声音变得越来越沙哑，终于把那个漫长的故事简要地讲述了一遍。中年道人静静地看着他，然后又回头看了石屋一眼，最终望向崖坪外的天空与流云，说道："果然是个很长的故事。"基督教的前世今生，新教的崛起，历史的重述再如何简约，也必然漫长，把两千年的历史，浓缩在一个故事里，在故事的结尾回头望去，当初那些血腥的宗教战争，确实有些可笑。

　　褚由贤恭敬地低着头。

　　中年道人想着那个故事的起承转合，那些王室与教徒之间的合作争执，那些利益分配，越来越觉得精彩。"听闻十三先生当年给昊天讲过很多故事，不知道这个故事他有没有讲过，不过至少证明了他是个很擅长讲故事的人。"中年道人说道，他自然清楚，这是宁缺讲的故事。然后他向旁让开，石屋的门便直接出现在褚由贤和陈七的身前。这个故事只是谈话的开端，宁缺用如此宏大的一个故事来做引子，便是他，也开始好奇他最终想说些什么。

　　看着石屋紧闭的门，褚由贤的脸色变得越来越苍白，陈七也变得呼吸急促起来。屋里那人，对于世间的昊天信徒们来说，拥有太不一样的地位与意味，即便是他们，也有些承受不住。中年道人说道："想说什么，便开始说吧。"

　　褚由贤神态更加谦恭，额头仿佛要压进崖坪的地面里去，然而接下来，他颤声说出的这句话，却是那样的大逆不道。

　　"上帝死了，昊天也会死的。

　　"所以，请观主还是多想想人间的事情。"

　　上帝死了。

　　昊天也会死的。

前一句话，曾经在某个世界里如雷一般响起，震碎了黑暗的天穹，惊醒了无数蒙昧的人。后一句话，出现在这个世界里，本来也应该产生相似的效果，只是有些遗憾的是，当它第一次出现时只有四个人听到，能够稍减遗憾的是，石屋里的那个人听到了。

褚由贤讲述的故事，是宁缺的故事，他连这个故事要讲的是什么都不清楚，只是按照宁缺的交代，非常认真地、以远超书院学习态度的认真背了下来，连一个字都没有遗漏。

听完这个故事后，中年道人有所感慨，听到最后这两句话，中年道人的神情终于发生了变化，然而石屋始终安静。褚由贤对于这种局面早有准备，他强行压抑住心头的不安，完全不去管对方的反应，低着头继续复述宁缺的话——那些是宁缺想对这个世界说的话，想对石屋里那人说的话。

"一起毁灭，不如一起进步，世间没有永恒不变的，在昊天出现之前，世间本就没有昊天，那么为什么不能没有昊天？有昊天之前，先有道门，道门想要守护这个世界，于是才有了昊天，那么书院和道门本来就应该是同道中人。"

褚由贤低着头，说话声音越来越小，因为他隐约懂得这句话的意思，觉得宁缺的同道中人四字实在是太过无耻，作为复述者，他自然很难像先前那般理所当然，汗水从他的额头滴落，砸在石屋前的地面上。

"既然是同道中人，何必生死相见？千年以降，道门自然以观主最强，然而昊天当死，道门总要选择新的道路，如此千年未有之大变局，非观主这等大智慧之人无以主持。即便您有所保留，为何不能再多看两年？叶苏是您的学生，他若成圣，您便是圣师，陈皮皮是您的儿子，他若成圣，您便是圣父，道门走上崭新的道路，您便是圣师圣父圣主，三圣一体，有何不可？"

崖坪上很是安静，除了山风便只有褚由贤的声音，石屋里的人没有做出赞成或者反对的表示，只是静静地听着。褚由贤的声音越来越小，说得却是越来越顺，近乎于唠叨一般碎碎念着，最后竟下意识里加了一句自己的话。

"一个是您最成器的学生，一个是亲生儿子，道门……其实不就是您家的事情？都是一家人，就不能好好谈？"说完这句话，褚由贤才发现自己说多了，脸色瞬间变得更加苍白，汗水却骤然间敛去，觉得崖间的风有些冷。下一刻，他发现自己还活着，不由好生庆幸，决定稍后如果还能去神殿，那么自己一定闭紧嘴，一个字都不说，都让陈七去说。

听完褚由贤转述的宁缺的话，石屋依旧安静，中年道人挥了挥手，示意褚由贤和陈七离开崖坪，二人已经完成了任务，哪里还敢多停留，向着山道方向退去，依然如不安的兔子。吱呀一声，石屋的门再次开启，一个式样普通的轮椅从里面缓缓驶出，椅上坐着位老人，老人身上覆着件灰色的毯子。椅中的人活了一千多年，按照时间来计算，他早已垂垂老矣，但事实上他仙踪偶现人间时，从不会让人觉得苍老，直到长安城一战，直到他被昊天封死雪山气海，他以肉眼可见的速度老去。他鬓现花白，眉眼渐柔渐善。

但不管他如何苍老，就算他现在已经是个废人，只要他还活着，他便能把道门紧紧握在手中，他便是书院最恐怖的对手。在宁缺眼里，观主要远远比酒徒和屠夫更重要，不是因为此人曾经展现过的那些难以想象的大神通，而是因为他是观主。这千年的人间，是夫子的人间，是夫子的千年，但观主一直都在，只是这个事实本身，就证明了很多事情。

中年道人推着轮椅到了崖畔。观主静静地看着崖外的流云，看着青山间的残雪，缓声说道："宁缺自困长安半年，在很多人看来他什么都没有做，只是上次自囚的重复，但其实他一直在思考，这就是他做的事。"

是的，宁缺一直在思考。

他在思考怎样解决人间的事情，从而解决神国的事情，最终他得出的结论是，要解决人间的事情，便需要说服观主。不是战胜，也不是杀死观主，而是说服——他认为观主有被说服的可能，因为观主不是酒徒、屠夫，不是被存在这个执念折磨成腐朽的怪物，在他看来，观主是一个脱离了低级趣味的人，是一个有极高级审美的人，是一个内心强大的人，换个说法，他认为观主是一个和老师很像的人，这是极大的赞美。

通过夫子的教诲，与桑桑一道在佛祖的棋盘里生活了无数年，宁缺对于信仰的认识要比当年深刻了很多，他知晓了道门的来历，也知晓了昊天的来历，于是他很确信，观主绝对不是世间那些看见神辉便痛哭流涕的愚妇，观主的虔诚不在昊天，而在他坚守的理念。

那个理念便是道门从古至今最大的秘密。

以昊天守世界，世界才是根本，是道门想要守护的对象。

无论开创道门的那位赌徒，还是如今统治道门的观主，在他们的心里，昊天并没有先天的神圣性。所以宁缺费尽心思，也要告诉观主那个故事以及最后那两句话。他知道观主不需要自己来点醒，但他想提醒对方。

上帝死了，昊天也可以死。

那个世界有新教，道门也可以走上新的道路。

旧世界挥手告别，新世界闪亮登场，只要道门主动迎接这个趋势，那么便依然可以在新世界里拥有自己的位置。道门依然可以守护这个世界，只是换个方式。

宁缺要提醒他，这个世界本身要比昊天重要得多。这不仅仅是书院的看法，也是道门最本质的理念。那么书院和道门为什么不能同道？宁缺选择观主来做对话的对象，是因为他知道观主能够听懂，他知道观主拥有足够的智慧，观主是个真正了不起的人。

只有真正了不起的人，才能做出如此了不起的决断。

"夫子是个了不起的人，能够教出这样的学生。"观主平静地说道，"宁缺能看透道门的根本，能看到我的理念，他也是个很了不起的人。"中年道人动容，因为在这句话里，观主对宁缺的评价极高，更因为观主隐隐承认了自己最真实的想法。

观主看着崖外，沉默了很长时间。

中年道人落在轮椅上的手微微颤抖，即便是他，在此时也感受到了无穷无尽的紧张，因为接下来发生的事情，必然会改变整个人间甚至是昊天神国的命运。崖外有很多云，白色的云絮到处飘着，就像水上的浪花，来去看似随心，其实都在被风塑形，被大地吸引。

观主看着那些云，平静地说道："只可惜……他还看不明白他自己。"

褚由贤也不明白。虽然他是讲故事的人，但和鹦鹉没有任何区别。

离开崖坪，赵南海和数十名神殿骑兵正在那处等着他们，场面有些紧张，褚由贤却不害怕，指着那几间小石屋说道："我能到那里，那便没有错，我能活着回来，你便不能杀我。"赵南海看着那间小石屋沉默不语，也不知道在想些什么，最终什么都没有做，带着褚由贤和陈七向峰顶前进。

桃山峰顶那座白色道殿是西陵神殿的正殿，是昊天道门在人间最顶峰的建筑，也正是今日双方谈判的场所。神殿地面铺着极光滑的石砖，如铜镜一般，反射着四处透来的天光，又像是黄金铺就，殿内的空间极大，石壁上镌刻着宗教意味浓郁的壁画，到处都镶嵌着宝石，仿佛汇集了整个世界的财富，于是也仿佛有了整个世界的重要，异常庄严神圣。

数千名神官执事，沉默地站在神殿里，排着整齐的队列，没有人说话，听不到任何声音，就像一片沉默的海洋。褚由贤和陈七在人群里行走，仿佛分海前行，总觉得静寂的人群里隐藏着令人心悸的风暴。走了很长时间，他们终于走到神殿最深处高台之前，台上悬着如瀑布般的光幕，幕上映着一尊极为高大，有如天神般的身影，那身影发出的声音仿佛雷霆，拥有令人恐惧的神威。

褚由贤和陈七对那道高大身影保持着足够的尊敬，无论行礼还是参拜都一丝不苟，挑不出任何毛病。不过说实话，就连最迟钝的神官都看得出来，他们两人的注意力根本不在光幕后的掌教大人身上，而是在高台下方那把不起眼的椅子上。

那把椅子不是整块南海墨玉刻成的奇宝，但因为那名女子静静地坐在椅中，于是这把普通椅子便变成了墨玉神座。她闭着眼睛坐在那里，身周的世界便被坐成了一片血色的海洋，因为她穿着血色的神袍，裁决神座叶红鱼，宁缺想要将话带给她听的那个人，褚由贤和陈七一直想见的那个人，今天终于相见。

然而，当着数千名神官执事，当着西陵神殿掌教等强者，即便见到叶红鱼，又怎样才能避开那些目光，让她听到宁缺的话呢？神殿里的仪式已经进入到礼赞的程序，留给褚由贤和陈七的时间已经不多了，无论唐国和神殿的谈判能否继续进行下去，他们稍后便要离开桃山。

褚由贤望向陈七，想着昨夜说的那法子，觉得唇舌有些发干，喃喃说道："真的要这么做？"陈七盯着叶红鱼，说道："不然还能有什么方法？"

褚由贤沉默了一段时间，终于鼓起勇气，艰难地向前踏出两步，吸引殿内人海的目光，然后轻咳两声，打断了某名红衣神官的祝祭。"我们有话要说。"因为紧张，他看着神殿里的人们，声音有些沙哑，"我们带着和平的意愿而来，是不是应该让我们说说话？"

殿内数千名神官执事，面无表情地看着他，他们身上红的紫的黑的神袍，就像不同颜色的海水，无声无息却扑面而至，变成了某种仿佛实质的压力，压得褚由贤呼吸艰难。

便在此时，陈七也向前踏了一步。

殿内的气氛变得更加紧张压抑。陈七却像是什么都感觉不到，看着远处那把普通的椅子，看着那片血色的海洋，神情平静而坚定地说道："您愿意听吗？"这场谈判本来就是笑话，如果真的有谈判，那么先前在崖坪石屋前就已经完成，椅上的她闭着眼睛，似有些倦意。哪怕听到这句话，她依然没有睁开眼睛。陈七盯着她，声音微哑地说道，"所有人都知道……宁缺想和这个世界谈谈，其实，他只是想和你谈谈。"

是的，所有人都知道，宁缺如果想和谁谈谈，当今裁决神座必然便是谈话对象里的一位——掌教知道，赵南海知道，西陵神殿里的神官执事，哪怕扫地的那些仆役都知道。

所以在清河郡，熊初墨想这两名唐人去死。

所以在桃山上，他们怎么都遇不到叶红鱼。

直到此时此刻，在数千神官执事之前，在无数强者云集之地，他们终于见了叶红鱼，于是他们想要谈谈，哪怕下一刻便会死去，因为哪怕去死，他们也要让她听到他的话。

宁缺想和这个世界谈谈，是想改变这个世界的走势，那么他谈话的对象里，便必然包括叶红鱼。这是很多人不曾宣之于口，却默然确定的一件事情，因为如今的裁决神座，在还是道痴的时候，便和宁缺相识，这二人曾经誓不两立，但终究没能生死不两立，这二人曾经战斗过，也曾经并肩战斗过，她曾在长安城里雁鸣湖畔住过很长一段时间，那便是同生，也曾在魔宗山门里浴血，那便是共死。

更令道门感到不安的是，如今神殿誓要消灭的新教由叶苏一手建立，而她是叶苏的妹妹，叶红鱼是书院最天然的盟友，最好的策反对象。

殿内数千名神官执事，看着站在最前方的陈七，猜忖着这名唐人会说些什么，或者说宁缺会说些什么，神情很是复杂，有很多不安，有很多震惊与不解，还有很多担忧。难道书院真的想策反裁决大神官？难道宁缺要说的话，真与这件事情有关？然而……此时数千双眼睛看着，殿内道门强者云集，那些大逆不道的话怎么说得？裁决神座又如何相应？

作为当事人的叶红鱼，脸上表情没有任何变化。

"那家伙……想说些什么呢？"她闭着眼睛问道，神态很随意。明明是很重要的事情，隐隐透着极恐怖的意味，在她的朱唇微启间，却变成了一件小事，一句寒暄。

殿内的人们再次望向陈七，想知道他准备说些什么。

被数千道冷漠的目光看着，陈七很紧张，却不仅仅是因为这数千道目光，而是因为接下来他所说的话，将有可能成为自己的墓志铭。

"宁缺他说……"

说到此处，陈七微微停顿，褚由贤恨不得自己昏将过去。

陈七深深吸了口气，望着叶红鱼方向，沉声说出后面半句话。

"他在长安城等你。"

在长安城等你，等你做什么？庄严神圣的道殿本就极安静，此时更是变得死寂一片，只有那句话还在金色的光线里飘荡，飘进每个人的耳中。这是……在劝裁决神座背叛道门？宁缺真的敢这样想，这些唐人居然真的敢在神殿里这样说？他们都疯了吗？

说完这句话，陈七只觉咽喉干得有些生痛，似乎瞬间失去了所有水分，然而事前所有的畏怯都随着那些水消失不见了。

"他说破罐子就要破摔！犹豫不符合你的性格！

"他问你为何还不叛？你究竟打算何时叛？

"他说不管你什么时候叛，他会一直在长安城等你！"

到了此时，先前或许还有些恍惚，觉得自己听错了的神官执事，终于完全确认了宁缺那些话的用意。在桃山峰顶最神圣的道殿里，当着数千名最虔诚的昊天信徒，宁缺居然劝裁决大神官叛教！这是策反？世间有如此荒谬近乎儿戏的策反？或许，这是书院的挑拨反间？可是谁会相信呢？不对！书院怎么会做如此可笑的事情？面露荒唐之色的神官执事们，忽然想到一个很可怕的推论。

——宁缺就是要当着千万人的面说这几句话，只要让世界听到，他便达到了自己的目的！这不是阴谋，也不是阳谋，这根本不是谋划，而是直指神殿根本矛盾的一道锋利铁刀！

道门无法解决新教的问题，便无法说服自己继续信任叶红鱼以及她领导的裁决神殿，宁缺做的事情，只是揭开了那层皮，但……他揭得如此狠厉，以至于殿内所有人都感到了一阵生痛！痛会带来愤怒，神殿里的人海拂起微波，神官执事们愤怒地逼向陈七和褚由贤，如黑潮红浪，滔天而至！数千名神官执事的意念，集结在一处，拥有难以想象的恐怖威力，陈七噗的一声吐血，脸色变得很是苍白。

这时，叶红鱼终于睁开了双眼。就在陈七快要撑不住的时候，她的冷冽目光，让他感觉到稍微轻松了些，呼吸到了新鲜的空气。一道仿佛要毁天灭地的气息，从神殿深处生起，如海洋上的飓风一般，来到褚由贤和陈七身前，真正地扑面而至。

就在此时，叶红鱼起身，站在了这道气息之间。

神殿里的气氛随之一抑，变得异常紧张。数百名身着黑衣的裁决司执事，从人海里显身，如黑色的泡沫，拦在了那些愤怒的同僚之前。

一道雷鸣般的声音响彻殿内："叛教者死。"

这道来自掌教大人的声音，平静而充满无可阻挡的神威。

叶红鱼平静地说道："既然已经开始说了，何妨说完？听故事听到一半总是最痛苦的事情，听完何妨？"殿内数千名神官执事面面相觑，不知该如何办，难道今日道门真的会分裂，就因为……宁缺在千里之外说了那几句话？

掌教大人缓声说道："大逆之言，听到便是亵渎。"

"我只是想听听，宁缺还会说些什么有趣的话，至于亵渎，听完后再把这两人杀死，那么便不再亵渎。"叶红鱼平静地说道，算是某种解释。

掌教沉默，算是某种接受。

叶红鱼看着陈七，平静地说道："继续。"

陈七想着宁缺说的那几句话，心情变得有些怪异，但此时哪里敢有半点隐瞒，很诚实地复述了出来。

"他说……青春作伴好还乡。

"他说……漫卷诗书喜欲狂。

"他说……我想见你，已经想得快发狂了。"


## 30


道殿里一片静寂，仿佛来到万物俱灭的深冬——是的，殿外的世界本就是深冬，但这冬意怎么入得殿来？——只有陈七的声音在飘来荡去，前面那三句话还在飘着，后面三句又至，如后浪推着前浪，撕破宁静的空间，撞到刻满宗教壁画的石墙上，摔个粉碎，却溅得殿内数千名神官执事浑身雪沫，寒冷侵体。

宁缺的话里透着如铁一般的生硬味道，又显得很轻佻，混在一处便是理所当然，书院的理所当然——我在长安等你来，你便要来，这是唯一符合逻辑的结果，那么便必然发生。

道门供奉昊天，而新教正在严重动摇昊天的根基，无论叶红鱼做什么，都无法解决双方之间的这个根本矛盾，所以新教必然覆灭，叶苏必然死亡，既然叶苏会死，那么她就一定会叛。她迟早会叛出道门。迟叛不如早叛，因为早叛，或许还能给叶苏和新教带去生机。其实这些很多人都清楚，叶红鱼自己最清楚，只不过道门所有人都不去想，仿佛不看，太阳上的那道裂痕便不存在。

便在这时，宁缺说了这样几句话，很粗鲁的几句话，而陈七和褚由贤完美地领会到他的意图，以死亡为代价，让他的这几句话响彻整座西陵神殿。撕掉蒙在信仰身上的神圣血袍，让赤裸的真相袒露在炙热的昊天神辉之下。这几句话是点题，他把这道题目直接点出重点，甚至顺便做出了解答，于是神殿里这数千人便是想装作看不见，也已经无法做到。

接下来便是道门的选择——无论叶红鱼叛或不叛，无论她何时叛，道门都必须当作她已经叛教。掌教站在万丈光幕之后，高大的身影没有一丝颤抖，光幕却忽然颤抖起来，荡起一圈圈光纹。看着那道摇晃的光幕，褚由贤的心神也摇晃起来，他和陈七做出这个决定，便不再怕死，但知道自己死定了的感觉并不好。

所有人都看着叶红鱼，等待着她做出决定，等待着西陵神殿历史上第一次有裁决神座叛变，等待着道门的决裂。明明群情哗然，却没有喧哗的声音，明明万众瞩目，她却仿佛感受不到那些目光，依然静静地站在原地。叶红鱼此时在想什么？

青春作伴好还乡？她想起很多年前，在荒原深处的魔宗山门外，想着那道穿过云雾，把死地和现实联系在一起的铁索，想起铁索下的那个吊篮，想起当时篮内篮外的那几个年轻人。

她微微眯眼，望向殿外远处的天空。那片天空下是宋国，唐小棠这时候应该就在那里，就在兄长的身旁，隆庆消失了这么多天，应该也已到了那里。她执掌裁决神殿，虽然没有办法控制隆庆、横木等人，却能查到对方的行踪，只是两地相隔太远，若要救援，怕是来不及了。当年铁索下的吊篮里，穿过云雾的时候还有谁？除了宁缺还有莫山山，曾经的书痴，现在的大河国女王，这时候又在哪里呢？

叶红鱼微微一笑，不知想到了什么。当年的青年男女们，现在都已经变成了很了不起的人，她是西陵神殿历史上最年轻的裁决大神官，宁缺更是成为了书院和唐国的代言人，而他现在正在强势地攻击自己。是的，她很清楚，此时仿佛还在殿内飘拂着的那六句话，就是宁缺手中黝黑的铁刀，前三刀后三刀，刀刀惊心动魄。

"我一直以为，宁缺那个家伙是书院的耻辱。"叶红鱼终于开口，打破了令整座神殿都感到压抑痛苦的安静，而她说的内容，很明显出乎了所有人的意料。"因为他的格局太小，他总喜欢针对每个具体的人和具体的事下手段，当然他的手段确实不错，如果换成别的人，被他推到这个位置，大概也只能顺水推舟地叛了。"

殿内安静无比。她笑意渐敛，面带寒霜。

"但我不是别的人，我是叶红鱼。他指望用这几句话便能破我心防？青山不来就我，我就青山？不，我从来不是这样的人，他不来就我，我为何要去就他？让他死了这条心吧。"她看着陈七面无表情地说道。

是就，还是救？陈七不明白，他更不明白为什么会失败。叶红鱼的容颜是那样的美丽，神情是那样的平静，仿佛根本没有听到宁缺的话，似根本不在意宋国那处叶苏的生死。为什么？陈七盯着她完美的脸庞，看得非常认真，他自己的脸色逐渐苍白，眼眸里仿佛有野火在燃烧，把灵魂尽数化作勇气。他还没有认输，因为宁缺还有一句话。

在离开长安城的时候，宁缺非常严肃地嘱咐过，不到绝望的时刻，不到最后的关头，绝对不要把那句话告诉对方。陈七不知道那句话的意思，但从宁缺的态度中，他知道那句话必然是胜负手，一定有用，那么他凭什么不用？

"宁缺最后还说了一句话。"陈七盯着叶红鱼的眼睛说道。

叶红鱼神情漠然。

"那个人……是熊初墨。"陈七的声音有些嘶哑，不是因为缺水的缘故，而是因为紧张，因为用力过猛，因为他的咽喉里开始渗血。这句话无头无尾，殿内数千名神官执事，没有人能听明白是什么意思，那个人是熊初墨？什么人？熊初墨是谁？

陈七自己都不明白，那些外人自然也不明白。

神殿里，人海中，只有两个人明白了这句话的意思。因为那两个人是当年的当事人。

万丈光幕不再摇晃，掌教的身影渐渐变得深沉起来。

叶红鱼站在光幕前，神情渐渐深沉起来。

那个人是熊初墨。

那个人是谁，熊初墨又是谁？

此时殿内的数千名神官执事，脑海里都在回荡着这个问题，没有答案，但他们知道，既然这是宁缺的最后一句话，必然极为重要，于是望向叶红鱼的眼光越发凝重，就如她此时的脸色一般。只有极少人听说过熊初墨这个名字，只有寥寥数人知晓，那是掌教的俗家姓名，这些人自然更加紧张。

高台前那道如瀑布的光幕，停止了流淌，肃穆得仿佛一面无声的墙，墙后那个高大的身影越发伟岸，一道强烈的气息弥散四向，没有杀意，只有神圣的威严，因为局势到了最关键的时刻，那道高大身影必须碾碎一切的质疑，还有来自于她的压力。

叶红鱼站在光幕前。和光幕以及幕后那道身影相比，她显得很渺小，却站得那样稳定，似乎无论身后将会掀起怎样的巨澜，都不会被吞噬。

时间缓慢却不容置疑地流逝，就像殿外崖间吹来的风，虽然轻柔但却严寒，不容置疑地降低着温度。下一刻便是掌教与裁决神座之间的战争？再次出乎所有人的猜想，叶红鱼脸上的神情渐渐宁静，不再深沉，没有凝重，只是浅淡如梅树下的清溪。

她没有任何表情，就这样缓缓坐回椅中。那件血红色的裁决神袍，随着她的动作飘起，然后落下，如一朵红花般敛回枝头，再无声息。似乎什么都没有发生，似乎没有听到一个字，她静静地坐在椅中，只有裁决神殿最亲近的下属和那些境界高深的红衣神官，才能看出她眉眼间的那抹躁意与那丝疲倦之意。她举起右臂，遥遥指向陈七和褚由贤二人，如葱般的手指仿佛滴着露水，洒落的却是毫不遮掩的冷漠。

裁决神殿的黑衣执事们，毫不犹豫上前，用重手段将陈七和褚由贤击倒，以禁制牢牢锁死，然后拖向殿外。陈七和褚由贤会被押往幽阁，等待他们的或许是永世不见天日，但至少不是即刻的死亡。对于这个决定，殿内自然有很多人有不同看法，但此时此刻，没有人敢质疑她的决断，就连光幕后那道高大的身影都保持着沉默。

然后她看了一眼。她只看了一眼，殿内数千名神官执事，却都觉得裁决神座是在看自己，都被那道目光里的冷酷强大震慑得难以自持。红色黑色褐色各色神袍组成的海洋，可以平静，可以狂暴，但在她的目光之前，都变成了四散的水流，向着低洼处淌去。寂静无声，连脚步声都没有，在极短的时间里，数千名神官执事悄无声息地退出了大殿，把这个世界留给两人。

叶红鱼，以及光幕后的掌教大人。

"我很好奇，书院是怎么知道的。"

叶红鱼坐在椅上，面无表情地说道，没有转身向那道光幕望上一眼。

光幕后，掌教微微眯眼看着她的背影，不知在想些什么事。

叶红鱼没有等他的回答，声音冷淡地说道："书院知道这件事情，只有一个可能，那就是余帘。"余帘是书院三师姐，更是当代魔宗宗主二十三年蝉。如果说宁缺和隆庆被修行界认为是对一生之敌，那么数十年前的修行界，余帘和熊初墨才是真正的一生之敌。

最了解你的不是朋友，而是敌人。

熊初墨终于开口说话了："从听到那句话开始，你似乎就没有怀疑过，这是为什么？"

叶红鱼坐在椅中，面无表情地看着殿外的冬空，说道："我一直都知道是你，只不过没有想到，别人也知道是你。"

熊初墨沉默了很长时间，问道："你从什么时候开始知道的？"

叶红鱼有些疲倦地揉了揉眉心，说道："光明祭时，你的大辇被宁缺射破，第一眼看到你时，我就知道是你。"

熊初墨笑了起来，笑意很怪异，说道："我没有想到你这么能忍。"

叶红鱼说道："当日惨败在余帘手下，你一直很痛苦，哪怕昊天治好了你的伤，也治不好你的道心，既然最后你总是要死在我手里，何妨让你多承受几年痛苦？我为什么要着急？"

熊初墨沉默地看着她的背影，忽然发现自己再难像过去那些年一样，看着她的身影回味很多年前她的身影——现在的她很强，强到能够威胁到自己。

"你为什么能确定是余帘？这件事情应该没有人知道。"

"不是因为她是你的敌人，在她看来，你或许根本没有资格成为她的对手，只因为她是二十三年蝉，她是魔宗宗主……人间最擅长阴谋诡计的，从来都是魔宗，她知道再多事，我都不会意外。"

"就因为这个原因，你就确定她知道？"

"还因为当年在书院后山，她把你伤成废物，却没有杀你。"

叶红鱼缓缓起身，说道："我一直想不明白她为什么要放过你，宁缺也想不明白，直到现在，答案才终于出现。"她依然没有转身，依然看着殿外的冬空。

"因为她知道我一定会杀死你，所以她让你活着，给我一个叛教的理由，必然的理由，用你一个废物换来道门分裂……"她神情平静道，"果然不愧是二十三年蝉。"

熊初墨沉默了很长时间后说道："然后？"

然后，没有然后。

没有恐怖的神辉播洒，没有凄厉的道剑飞舞，没有战争，没有复仇，没有雪耻，甚至就连恨意都没有流露一丝。叶红鱼向殿外走去，血色的裁决神袍在寒风里一荡一荡，如花在枝头一朵朵地盛开，掩掉墙壁上所有神明的光彩。

光幕后方，熊初墨的眼睛眯成了两道线，其中一道里面满是血污，似永世不能复原，看着极为肮脏邪恶，渐有幽芒在他的眼眸最深处蕴积，那是震惊，那是愤怒与畏惧。

今天他才明白，当初自己能在余帘手中逃出生天，不是因为自己够强，而是因为这是余帘布的局。用叶红鱼的话来说，在余帘眼里，他从来都没有资格成为对手，他的死活对余帘来说毫不重要，她让他活着，只是因为从一开始她就清楚，他会成为道门的乱因，或者说罪人。只是余帘也没有想到，叶红鱼居然没有出手，熊初墨也想不明白，为什么数年前光明祭后她没有出手，此时依然如此。

离开峰顶的白色神殿，叶红鱼顺着山道向下方走去，一路集云于裙，心意终于渐清，来到崖坪上时，已经心静如水。望着崖坪深处那几间小石屋，她目光静柔如水，下一刻，她道心坚硬如铁。

这道崖坪，小石屋，对她来说很有意义，不只是纪念意义。当年她在魔宗山门为脱离莲生的魔手，强行堕境，道心及修为受到极大损害，回到桃山后，很多人以为她此生再无复起的机会，她饱受白眼，甚至掌教让她嫁给统领罗克敌……她把自己关进了小石屋，沉默地继续修行，她知道自己可以越过所有的障碍，然后她又收到了来自剑阁的一封信。

她再次变得强大，她杀死了前代裁决大神官，成为西陵神殿历史上最年轻的大神官，开始书写自己的传奇。那天之后，罗克敌不再是问题，就连掌教也不再是问题，整个人间，都没有什么能够难住她的问题。包括今天宁缺说的那几句话，书院给她出的那道题，对她来说依然不是问题，她此时来到石屋前，不是要屋里那人帮着解除困惑与痛苦，而是要收取自己做出解答之后应有的报酬。

她没有叛出道门，没有向掌教出手，没有带着裁决神殿把道门撕扯成一盘散沙，她没有理会宁缺的邀请，没有向书院靠近一步，她依然留在桃山上，那么她便把自己置在了危险之中。现在，她孤身一人，冒的是奇险。她有资格向石屋里的那个人要所有想要的。

暮色不知何时降临在桃山上，把她身上的裁决神袍染得更红更重，就仿佛是真的在血水里浸泡了千万年，才重新披在身上。她静静地站在石屋前，却没有望向屋内，因为本应在屋里的那人，此时正在崖畔，坐在轮椅里看夕阳。

"虽然我不是很清楚具体的事情是什么，但我想，宁缺既然选择把那句话放在最后，那么那句话必然是极重要的。"轮椅里的老人没有回头，平静地说道。

叶红鱼说道："对于我来说很重要，对人间并不重要，或者说，对于过去很重要，但对现在不重要。"

"终究还是重要的。"

"但我不想听。"

"宁缺和你说的态度不够端正。"观主微笑着说道，"派两个人来说了七句话，便要你替书院出生入死，这太不尊重你，毕竟那七句话不是七卷天书。"

叶红鱼说道："确实，这也是我不想听他话的原因。"

观主说道："也因为你早就知道了事情的真相，所以不够震撼，那么便很难攻破你的心防，让你做出决然的举动。"

叶红鱼说道："宁缺和余帘，终究还是看低了我，魔宗和书院合流，或许能算尽天下，却算不到我在想些什么。"

观主坐在轮椅里，微笑着说道："我先前也说过类似的话。"

"我一直都知道是熊初墨。"叶红鱼说道,"光明祭后我没有出手,不是因为我想看他苟延残喘,而是我知道您不会允许。"

"我是道门之主,不会有所偏倚。"

"我依然不会出手,我甚至可以永远不出手。"

"因为信仰?因为对昊天的虔诚?"

"与信仰无关。"

"那与什么有关?"

"我要用熊初墨的命换一条命。"

观主笑了起来,摇头说道:"首先,你得证明自己能够要去熊初墨的命,才能拿来换别人的命。"只有属于你的,才能用来换别的,不然那就是偷,是抢。熊初墨乃是神殿掌教,修行早破五境,以天启神辉镇四方邪祟,除了大师兄和余帘这样的绝世人物,有谁敢言必胜?叶红鱼天赋再如何惊人,再如何万法皆通,终究太过年轻,境界就算已至知命巅峰,又如何能够取熊初墨的性命?

"那么,我用自己换那条命。"她说道,"不管宁缺在这件事情里扮演的角色再如何无耻,我还是很感谢他,也感谢二十三年蝉。"

"为什么?"

"因为书院向神殿证明了我的重要性,他们耗尽心思也要得到我的帮助,道门也应该付出足够多的代价来说服我不要离开。"

观主笑了笑,没有说什么。

掌教的性命,确实不在叶红鱼的手中,但她是裁决大神官,她拥有无数忠心的部属,如果她叛出道门,在光明神殿荒废、天谕神殿无主的情况下,将是对西陵神殿最沉重的打击。书院为此,算尽所有,余帘埋线于数年之前,沉默等待,就是希望能够看到这一幕,而她,却没有让这幕画面发生。

观主看着天边的红霞,悠悠地说道:"他是我最杰出的弟子。"

叶红鱼说道:"小时候,观里的人都觉得他不如陈皮皮。"

观主摇头说道:"不要说别人,即便是我也曾经这样认为过,但他证明了我是错的,所有人都是错的。"

叶红鱼说道:"所以您认为我不够资格换他的命?"

"新教教义，看上去和昊天教义没有太多区别，实际上却是在把权柄从道门手里收回到信徒手里，把荣耀从昊天的神国收回到俗世的大地。魔宗影响的只是修行界，新教影响的是整个人间，他走得比千年前的光明神座走得更远。"观主平静地说道，"从这个意义上来说，他是道门最大的叛徒，他是真正的掘墓人，每每思及此事，我这个做老师的也不禁动容，甚至隐隐地觉得骄傲，这样的一个人，自然不能轻易交换。"

叶红鱼看着晚霞，那里是东方，那里有海，宋国就在海边。

"您还是坚持要杀他？"

"宁缺要我多想想道门的未来，其实他不知道我一直都在思考。新教教义已成，传播必远，信徒必众，杀死他已经无法改变这种局势，我为何要杀他？我为何要杀了他再逼走你？"

观主转过身，看着她微笑着说道。

叶红鱼不知道宁缺对观主说过些什么。

"先前我说过，你没有离开是因为信仰。"

他看着叶红鱼怜爱地说道："那个信仰说的不是昊天，而是叶苏，哪怕他现在和我一样，都是废人，但在你心里，也要比昊天重要无数万倍，只要他有一线生机，你都不会冒险。我说宁缺看不清楚自己，所以与我说的那些话只是徒然，很明显，他也没有看明白你，与你说的话也是徒然。"

叶红鱼沉默不语，她承认这位不是自己老师，却胜过自己老师的老人，很准确地把握住了自己的心理。兄长的存活，是布满雷霆的池，里面是他曾经光耀大陆的剑，她无法向前迈一步，只要他能活着，再无法忘记的羞辱，再想要忘记的旧事，她都可以忘记，可以平静面对。书院不能保证他活着，那么做再多事情都没有意义。更何况她很清楚宁缺是如何自私冷酷无耻的一个人，以前他已经证明过，今天他更证明了，那么将来同样如此。

暮色渐退，夜色终至，雪云不知飘去了何处，天穹里布满了繁星，星辰间有轮明月，照耀着人间，包括桃山的崖坪。观主抬头看着明月，沉默了很长时间，然后说了一句话，声音很淡，淡得就像身上覆着的月光，清淡如水，没有情绪。

"我会把熊初墨的命给你。"

叶红鱼行礼，在得到想要得到的承诺后，离开了崖坪。

——虽然言语中，除了熊初墨的死，观主没有承诺任何事情，但她知道兄长的性命保住了，前往宋国的隆庆或者酒徒，应该都不会出手，因为观主说得很清楚，现在杀死叶苏，对道门没有任何好处。问题在于，书院难道认识不到这一点，难道宁缺做的事情真的只是徒劳，将来在史书上只能被描述成一个笑话？

观主伸手在寒冷的夜风中轻摆，似想捉住些月光。

"掌教和裁决神座之间的旧事究竟是什么事？"

"我不知道，也不需要知道。"

"书院如此看重此事……"

观主平静地说道："书院向来自诩只做有意思的事，不在乎意义，其实……他们从来都不会做无意义的事，无论是对我说的那些话，还是对叶红鱼说的那些话，都是一个局。"

"宁缺看准了新教对道门的破坏性，以此来说服我，我必须承认他看的是准确的，虽然他并没有看到所有的画面。如果他能说服我，道门自然就败了，或者说结束，如果他不能说服我，叶苏必死，那么叶红鱼必叛，道门同样必败。"

中年道人若有所悟，看着观主的背影，发自内心地赞叹道："什么都不做，书院便无计可施。"看上去这就是观主的应对，以不变应万变的绝妙应对，然而……观主却摇了摇头，再次抬头望向那轮明月，沉默不语。


走进裁决神殿，站在黑色石柱的下方，负手看着覆雪的青山，叶红鱼沉默了很长时间，眉上渐被夜风染了层霜。没有人知道她在想些什么事情，忠诚于她的下属们，神情复杂地留在了偏殿里，不敢前来打扰。

月移星不移，夜色渐浓渐深。

她看着宋国的方向，仿佛能够看到那处的厮杀，那处熊熊焚烧的圣火，那些为了信仰而像野兽般互相噬咬的人们。她脸上没有任何表情，就像是冰雕出来的一般。

便在这时，幽静的裁决神殿里响起轻微的脚步声。

按道理来说，再轻微的脚步声，也会惊醒偏殿里的黑衣执事们，然而有些诡异的是，那人一直走到她身后，也没有遇到拦阻。或者是因为最冷酷的黑衣执事也不敢拦那个人，又或者是哪怕是裁决司的强者也听不到那个人的脚步声。

那是一个形容猥琐，四肢瘦若枯枝的矮小老道。

西陵神殿掌教熊初墨，于夜色深沉时，悄无声息地来到了她的身后。

叶红鱼看着遥远的宋国方向，看着远处的雪云在夜空里隐隐散发光辉，仿佛能够看到海上正在酝酿着恐怖的风暴。她的脸色微微苍白，眼睛渐渐眯起，变成一道细线，一道剑。

叶红鱼转身，洒落露台的那些月光星光尽数被她甩在身后，脸上的苍白因为阴影的遮掩而淡了很多。她静静地看着掌教，没有说话，思绪却有万千。熊初墨也静静地看着她，看着被月光星光勾勒出来的线条，看着那张处于阴影里却依然明媚美丽的面庞，再次确认现在的她已经不再是当年那个小姑娘了，于是有些莫名其妙地愤怒起来。

叶红鱼没有惊讶，没有愤怒，没有讥讽，没有恨意，什么表情都没有，看上去似乎并不意外于他的出现。因为她的平静，熊初墨变得更加愤怒——当年最丑陋邪恶的举动被人揭破，这让他感到非常不安，对方的平静让他感到惘然不解，让他觉得尊严受到了极大伤害，他宁肯看到一个因为疯狂而恐怖的裁决大神官，也不想对方眼眸里根本没有自己的存在。

"你和观主说了些什么？"

叶红鱼看着他，没有应答。

熊初墨沉默片刻，忽然笑了起来，丑陋猥琐的苍老面容里，有着一丝极为变态的快意，说道："原来你在怕我。"

叶红鱼还是没有说话。

"是的，你很怕我。"熊初墨的眼眸深处有幽芒闪烁，像是狼，又有些怪异，声音也带着因为兴奋而产生的颤抖，"当年的事情，让你记忆太深刻，当你发现是我之后，你根本不敢报仇，因为你害怕再遭受当年的经历。"

叶红鱼看着他平静地问道："我为什么要害怕？"

熊初墨微微色变，他不明白她为什么会问出这个问题，难道这不是理所当然的事情？就算现在的你不怕，当年那个可怜的、瘦弱的双腿像芦柴棒般的女童，又怎么不害怕那片阴影？他的呼吸变得沉重起来，有些像是重病之后的喘息，眼瞳也染上了一层血腥的潮红色，声音微颤："你在知道真相之后，想来除了愤怒，也会有很多的不解，为什么当年身为掌教的我，会冒着被叶苏发现的危险，也要做那件事情，其实连我都没有确切的答案，事后想起来，或许是嫉妒？"他看着她发畔的月光，看着她美丽的容颜，有些失神。

叶红鱼平静地说道："我对这些不感兴趣。"

"不感兴趣？"熊初墨愣了愣，不可置信地说道，"你对这些不感兴趣？当年观主远游南海，叶苏自荒原归来，入世修行悟生死关，然后……才会有这件事情，你难道就不想知道为什么会发生这件事？"

叶红鱼面无表情地说道："你趁着我兄长不在，玩些小孩子把戏，难道我还需要弄清楚你在想什么？"熊初墨的眼睛瞪得极大，干瘦的身躯里骤然散出一道极恐怖的毁灭意味，他张着双臂，不可置信地说道："小孩子把戏？"他的声音变得有些尖锐，非常难听，就像是妇人的指甲在粉墙上快速地刮过，里面满是愤怒和不信。

"小孩子把戏！"他激动得尖声重复道，"你觉得那只是小孩子的把戏？那时候你哭得多么可怜！你怎么喊叶苏，都没有人回应你，这么多年你是不是过得很痛苦？我都不明白，你受了这么大的羞辱，怎么还能对那个没用的男人寄予那么多希望，叶苏救不了你！"

叶红鱼如湖水般的眼眸最深处有星辰变幻，同样有很多画面在她的眼前不停变换，然后渐渐消失，变成冷漠。那件事情怎能忘记？若能忘记，当年在道观里沐浴被陈皮皮看到身体，她何至于一定要杀他？若能忘记，她为何从来不在意被别人看到自己曼妙的身躯？难道不是因为潜意识里觉得这具身躯很脏？好吧，那便无法忘记，但那又如何？

她看着熊初墨微讽道："我不是天谕院里那些发癫的教授，我对你的心理状态不感兴趣，或者你嫉妒他，或者你脑子有问题，或者你想舔观主的脚，我对那些事情并不关心。"

　　熊初墨极为瘦矮，远不及普通的正常人，这些年他始终藏身在万丈光幕的身后，把身影弄得高大无比，正是有这方面的心理疾病。当年他冒着极大的风险，极为不理智且疯狂地欺凌还是幼女的叶红鱼，或许也是来自于他这方面的心理疾病。

　　叶红鱼淡然地说道："我知道你很想看到什么，你想看到我难过悲伤愤怒绝望，看到我觉得自己不再洁净从而羞辱，但很遗憾，你不会在我这里看到这些，因为我可不想陪你玩这些小孩子把戏。"又是一句小孩子把戏。

　　熊初墨的脸色变得异常难看，眼眸里的幽芒变得更加疯狂，身上的气息更加恐怖，寒声说道："我不是小孩子。"

　　"你比十岁的孩子还要矮。"叶红鱼比他要高很多，居高临下地看着他。

　　然后她的眼光渐渐下移，落在他双腿之间。

　　"几十年前，你的阳具便被余帘毁了，就算想对我做些什么，也做不到，我为什么要觉得羞辱？"她说道，"从身高来说，你是小孩子，从心智来说，你是小孩子，从性能力来说，你这辈子都只能是小孩子。"

　　愤怒，极度的愤怒占据了熊初墨的身心，但他反而极诡异地渐渐平静下来，眯着眼睛沉默了很长时间。"所以你把这件事情理解成……被疯狗咬了一口？但你不要忘记，就算是被狗咬了一口，也会留下伤疤。"

　　叶红鱼平静地说道："疯狗也有牙齿，你那东西废了，便等于没牙的狗，被咬了两口又能留下什么？"始终，她都表现得很平静，没有嘲弄，没有刻意的怜悯，没有不经意的愤怒，然而这便是最大的嘲弄与轻蔑。因为这些都是事实。哪怕熊初墨是强大的西陵神殿掌教，是道门第一人，是恐怖的天启境界强者，是曾经凌辱过她的凶手。在她平静的目光下，只是一个阳具被废、终生不能人事、长不高、废到不能废的孩子。

　　"我会杀死你。"熊初墨忽然说话，语气严肃而沉重，"我不知道你和观主说了些什么，虽然你此时表现得很平静，但我知道你很想我死，你比世间任何人都更想我去死，那么我必须杀死你。"

叶红鱼静静地看着他，说道："你来裁决神殿说这些话，不就是想激我先对你出手？我没有给你机会，你是不是很失望？"对道门来说，掌教大人自然要比裁决神座更加重要，但绝对不代表他可以做任何自己想做的事情。夫子登天，陈某重归大陆，从那刻起，熊初墨便不再是道门第一人，他重新变回了一只狗。打狗要看主人，狗要去咬人，更需要看主人的脸色。

"你不敢对我出手。"叶红鱼平静地说道，"因为你担不起道门分裂的责任，你只能眼睁睁看着我变得越来越强，你只能等着我强大到可以杀你的那一天，却什么都不能做。你只能向着绝望的深渊不停坠落，却不知道底部在哪里，你将承受无尽的煎熬与痛苦，而这……就是我还赠予你的。"她的声音依然平静，神情依然平静，眼神依然宁静，就这样静静地看着熊初墨，就像看着一个死人。裁决神殿里一片静寂，月光落在露台上，落在她的肩头，于是那些星光便被掩盖，如尘埃落地，如这段往事。

然而就在这个时候，黑暗的道殿角落里响起一道声音。

"很遗憾，或许这一切都不会发生。"随着这道声音响起，那个角落瞬间变得明亮起来——站在角落的那个人很亮，仿佛有万道光线正从他的身躯里射出来。裁决神殿里再次多了一个人，那个人是赵南海，南海大神官一脉的神术源自光明，此时他将气息境界提至巅峰，于是整个人光明一片。熊初墨不知道赵南海为什么会出现，但他欢迎这种变化，因为赵南海的出现极有可能代表着观主的某种意愿。

叶红鱼望向裁决神殿入口处。

中年道人也来了——他在知守观里处理杂务数十年，在观主的轮椅后站了数年，没有任何表现，似乎只是个普通人。他就像个普通人一样，普普通通地站在那里。

叶红鱼闭上眼睛，开始思考。

暮时在崖坪上，观主曾经说过，要把熊初墨的命交给她，但她不会误会中年道人的出现是为了践约。此时杀死掌教，对道门没有任何好处。那么中年道人不是来杀掌教的，他是来做什么的？隆庆去了宋国，横木在清河，都不在桃山。

此时裁决神殿里的四个人，便是道门最强的四个人。

叶红鱼睁开眼睛，明悟却依然不解。

为什么？

为什么观主要杀自己？

叶红鱼相信观主远胜书院，尤其是宁缺主持下的书院，她更坚信自己的判断没有任何问题——杀死自己和兄长，对现在的道门没有任何好处，无论是现时的利益还是更深远的那些影响——所以她才有胆魄选择退让，选择放弃很多，选择将自己置身危险之中，什么都不做，以求双方能够冷静地看待彼此。

然而暮时的谈话结束还不到一个时辰，夜空里的月辉正在耀眼，崖坪上她曾经以为出现过的那些沉默的同意，忽然间消失不见，掌教为了杀死她来到裁决神殿，紧接着赵南海到了，最后中年道人也到了——这三个人或许都不知道彼此会来到这里，却聚集于此地，为了一个共同的目标：杀她。

叶红鱼蹙着眉，有些苍白的脸上多了两道有些清淡的笔触，疑惑无法解决，震惊无法释去，但现在没有时间继续思考。看着裁决神殿里的三个人，她的眼睛变得越来越明亮。如果宁缺在场，自然能看懂，那是她遇见强敌时的反应：警惕缜密但不失信心，遇见真正的强者而兴奋，然后她会施展出最强硬的手段战胜对方。

在过往的修行岁月里，她曾经数次流露过这样的眼神，比如遇见宁缺时，但她眼眸真正最明亮的那一瞬，出现在青峡前，当她面对君陌的时候。今夜，她的眼神也异常明亮，甚至要比数年前在青峡更明亮，因为她此时面对的三名敌人都很强大，都能与君陌相提并论。

西陵神殿掌教，五境之上的天启强者，熊初墨的前缀很简单，但这不意味着无趣单调，只意味着恐怖——逾过知命境巅峰的门槛，修行便进入另一个世界，截然不同的层次，叶红鱼很清楚，自己没有办法正面胜过熊初墨，如果能——光明祭后的这几年，不管观主如何，她只怕早就将其人杀了。

赵南海，来自南海，六百年前分裂西陵神殿的那位光明大神官之后，神术造诣当世前三，与西陵神殿本宗同道而不合流，境界高深莫测，乃是真正的知命巅峰，就算单独与叶红鱼作战，也必然不落下风。

熊初墨和赵南海，毫无疑问是西陵神殿现在地位最高、境界最恐怖的大人物，与二人相比，此时站在裁决神殿门口的那位中年道人，则显得非常普通。然而他才是真正让叶红鱼感到警惕，甚至隐隐觉得道心有些微寒的对手。中年道人站在殿门口，什么都没有做，却仿佛把裁决神殿内外隔绝开，在这段时间里，叶红鱼用了数种手法想要通知下属，都完全失效！

这个看上去普普通通的道人，绝对不是一名真正普通的道人。观主当年被夫子逐至南海，那些年的知守观，便是由这名道人主持，在道门里的地位不跌不堕，他怎么可能普通？

熊初墨，赵南海，中年道人……

这样的三个人，世间哪里都可以去得，什么人都可以杀得。

便是余帘遇见了，或许也要化蝉遁入雪林深处，便是大先生遇到了，也要布带轻飘，先行远离，便是酒徒、屠夫或讲经首座，或许都可能被这三人杀上一杀。

叶红鱼默然心想，自己如何能胜？

裁决神殿里一片死寂，黑色的石壁上，夜明灯散发着极柔美的光线，没有人知道是什么时候那些明珠变得明亮起来，是受了什么激发。熊初墨、赵南海、中年道人沉默而立，在远端、中麓、近处，把神殿占据，气息布满天地之间，将这片数千丈的巨殿完全封死。

空旷的神殿里，只有她一个人。

她走下露台，来到墨玉神座之侧，轻轻抬起手臂，落在微凉的玉座上，沉默了很长时间，望着中年道人说了一句话："昊天会给信徒选择的机会，或者解释。"

中年道人没有说话

叶红鱼看着熊初墨，说道："我始终想不明白，像他这等俗物，为何能够修至五境之上？昊天难道瞎了眼睛？"

中年道人神情肃然："掌教强大，在于天真。"

叶红鱼微微挑眉，嘲弄道："天真就是幼稚？"

中年道人笑了笑，没有解释什么："道法万千，修至最末，还是要求个天真烂漫，归于本心，或许幼稚，甚至残忍，并无关联。"

"天真烂漫……"叶红鱼若有所思，看着熊初墨说道，"从身到心都烂成了腐泥，愚顽不堪，信仰所信仰的，听从而不怀疑，这种天真也会带来强大？都说陈皮皮之所以是道门不世出的天才，难道也是因为这个道理？"

中年道人想了想，说道："皮皮乐天而知命，想来不同。"

叶红鱼看着他的眼睛，问道："我不管这些天真或者愚蠢的人如何知命，我只知道观主说把他的命给我，现在却似乎将要反过来。"

中年道人脸色不变，平静地说道："或许某年深秋，观主助掌教大人复归昊天神国，将与神座您在那处相遇，这也是相送。"

"死后再送，那是祭。"

"祭，也是送。"

叶红鱼沉默不语，当像观主这样的人物，也开始像孩童般玩起无赖的招数时，世间大概没有几个人能够是他的对手。

"那么，请给我解释。"她看着中年道人，非常认真地说道，"请给我真正的解释。"

不知所以然而终，是她不能接受的事情。

中年道人说道："抱歉，我不能说。"

叶红鱼望向赵南海。

从进入裁决神殿后一直沉默的赵南海终于开口说话："抱歉，我不懂。"

最后，她望向掌教。

"那么，来吧。"


与西陵相隔千里，有无数肥沃的田野或贫穷的村庄，也有城镇。还未入夜，长安城里的残雪在天光的照耀下，就像是画卷上的留白，城墙上的残雪要保存得更完整些，看上去就像是尚未书写的白纸。在南面的城墙上，白纸上落着几个墨点，那是帐篷和临时木屋，屋外有两个土灶，灶坑里冒着热气，那些比雪颜色深很多的灰应该很烫。

宁缺蹲在灶旁，盯着那些滚烫的灰，等待着烤地瓜完全熟透的那一刻，却下意识里想着城外的那两座孤坟，坟里的两只瓮，瓮里的那两捧灰，以及当年那个捧灰的人，于是莫名其妙地觉得心酸起来，起身走到墙边。站在城墙后，他的身影有些孤单，他不喜欢这种感觉，也不喜欢给后方那些军士这种感觉，所以他尽量望向远处，也不想去揉眼睛。

城墙里的风景是长安城里的大街小巷以及街巷里的人们，他以为这种城景是热闹的，可以冲淡自己的情绪，然而当他看到远处隐约可见的雁鸣湖时，才知道这种希望只是奢望，而老笔斋隐藏在东城那些乱七八糟的街巷里，根本看不到，这让他的情绪变得越发低落，只期望能够尽快看到局面的变化。

杀死了数千上万人，流的血足以染红泗水，他才赢来了与道门谈判的机会，拖延时间的可能，才能把那两段话送到桃山上。

给观主一段话，给叶红鱼一段话，这两段话看似简单，其实用尽了心思，用尽了他两世所学所历，书院以及唐国朝廷所有的情报信息，都只能够做这两段话的注脚，他对这两段话的效果，自然寄予极大希望。他在等着来自桃山的好消息，却永远也想不到，自己将会等到什么，毕竟他不是能算尽一切事的桑桑，他⋯⋯只是个普通人。


31


宁缺是普通人，那么他为何如此自信，相信自己说的那两段话，能够起到相应的作用，而不会随风而逝？因为那两段话与心理战无关，和观主说的话是他上一世的学识，和叶红鱼说的话是这一世的经历，他算来算去，算不出来漏洞，怎样看都是对的，怎么想都可能成功，更关键在于他对观主和叶红鱼的认知。

他认为像观主这样的人，一定能被自己说服，他认为像叶红鱼这样的人，一定能被自己说服，像这样的两个人，总会有一个被自己说服。如果能说服观主，人间便在掌握之中，自然最好，如果能说服叶红鱼，分裂道门，书院必将最后获胜，也很好，至于叶苏……叶苏会死，叶红鱼事后大概会觉得自己很冷酷，很混蛋，还是说她现在已经想到了这一点，但依然只有寄希望在书院的身上？

宁缺站在城墙边，看着远处的雁鸣湖，发现天边又有雪片落下，觉得扶着城头的手冷了两分，怀里的阵眼杵快要变成一块冰疙瘩。是的，自从桑桑乘着那艘大船离开人间，回到神国那天开始，他确认她再也不会回来，再也无法相见后，某些变化便开始发生。渭城被屠将军死，她也死了，他对这个人间、对于那个神国，对于整个世界都再难保持足够的情感热度，思考做事变得越来越冷漠现实。不是因为痛苦而麻木，也不是因为失望而要刻意冷酷，只是曾经把他的心暖过来的人已经不在了，那么他在渐渐变回当年的那个宁缺。

那个柴房里拿着锈刀，对着少爷和管家不肯去死的孩子，那个行走在死尸与食人者之间不肯去死的孩子，那个游走在危险的野兽以及更危险的猎人之间不肯去死的少年，那个在梳碧湖畔砍柴杀人不肯去死的少年。那是当年的宁缺，真正的他，没有是非善恶，更不知道什么是道德，不会在意妇孺无辜者的死活，无论是谁都只是他利用的工具。

三师姐在离去前，告诉了他那段秘辛，让他知晓了叶红鱼那段耻辱痛苦的往事，他同情对方，却毫不犹豫地开始利用这件事情。至于叶苏，他不在乎这位新教奠基者的生死，那是道门自己的事情，如果叶苏能活下来，帮助新教传播，书院已有预案，如果叶苏死去，那么必然成圣，对于新教的传播、对于书院的目的，会有更多的好处。

从某种意义上来说，他是夫子的门徒，学的是书院的本事，继承的是轲浩然的衣钵，然而本质上，他是莲生的传人。君陌远在西荒，大师兄守着酒徒，现如今真正负责书院事务，引领书院走向的人是余帘以及他，这两个早已入魔的人。

不要忘记，余帘在成为魔宗宗主之前，便是莲生的希望。

如此看来，现在的书院，走的真的不是夫子的路子，而是莲生的路子，莲生如果死后有知，会不会觉得欣慰甚至狂喜？

但还是有些区别。最大的区别在于宁缺没有发疯，他在冷静地计算一切，冷酷地算计一切，比观主所以为的想得更深，他让褚由贤和陈七出使桃山，用这般激烈的手段掀了餐桌，撕开窗户纸，就是要迫使道门做出应对。他很清楚，只要观主没有发疯，叶苏便不会死，叶红鱼不会叛离道门，道门只能用不变以应万变，镇人间以静穆。

这个结局，看似是对他谋算的无情嘲笑，然而却没有人知道，这本来就是书院的目的，因为他现在无比饥渴地需要时间。宁缺扶着雪墙，望向灰暗的天穹，看着那轮暂时还没有出现的明月，心想老师很难赢得这场战斗，但得替书院再多争取些时间啊。

现在的人间，只有像观主酒徒这样拥有真正大神通的人，才能看清楚神国的细微变化，宁缺离那种境界还远，但他有长安城这座大阵的帮助，所以他也看得很清楚，他知道月亮正在缓慢地变暗，令人悲伤地变暗。夫子在与昊天的战争里，逐渐落于弱势，时间，似乎在道门一边，对书院极为不利，但他的想法不一样，他做的所有事情，都是为了得到时间。

只有拥有足够充裕的时间，他才能缓缓布局，解决向晚原之困，他才能等待西荒深处的好消息，才能等待着道门不可弥合的裂缝越扩越大，真正重要的是，随着时间缓慢流逝，信仰新教的人越来越多，昊天便会越来越弱。得夫子教诲，得小师叔遗泽，得莲生点化，得歧山大师青眼，在极乐世界里修佛千万年，与桑桑合体奔波千万里，他修道、修佛、修魔，无一不可修，对于信仰这种事情，认识早已直抵根本，昊天在他眼中不再高远。

无数年前，道门替人类选择了昊天，当新教出现，道门渐衰，昊天便会变弱，看似过于简单的推论，却是如此的正确。所以对于书院和唐国来说，新教很重要，叶苏很重要。新教必须有时间传播到更远的地方，争取到更多的信徒，叶苏必须获得开宗圣人的地位，无论活着还是死去。为此，宁缺不惜杀了数千人，替叶苏和新教背书，却有意无意间，对道门如何处置叶苏，不给予任何评说影响。

他看着灰暗的天空，看着远处的落雪，沉默了很长时间。

他觉得自己能够把握观主的想法，因为毕竟月亮在变暗。道门和书院，都认为时间对自己有利。就看书院和新教在人间合力，先削弱昊天，还是她先战胜老师。他赌前者，观主如果不同意他的劝说，那么便是在赌后者。

宁缺对这场赌局有信心，因为无数年前，道门替人类选择了昊天，最终却把希望完全寄托在昊天身上，而他和书院不一样，把希望寄托在统一大陆的唐国，寄托在叶苏和新教的身上，都是寄希望于人间。

希望在人间。

希望，本来就应该在人间。

他看着天上，如此想。

32

"那么，便来吧。"

昏暗的裁决神殿里，响起叶红鱼平静的声音。

她美丽的眉眼间没有任何畏惧，平静的情绪里透着强大的自信和一往无前的决心，便是场绝望的战局，也不能让她有任何绝望。

掌教、赵南海还有中年道人站在道殿三个方位，沉默地看着神座旁的她，这样强大的组合，没有任何道理自我怀疑，但依然难免警惕。因为今夜他们对战的是西陵神殿历史上最年轻的裁决神座，大概也是千年以来桃山最擅长战斗的人，她不会赢，但没那么容易输。

叶红鱼的手掌离开神座，殿内昏暗的光线随之发生改变，仿佛有千缕光线如蛛网一般被她的手指轻轻拈起，殿外洒来的月光与星光发生着美丽的折射，道殿里约半人高的空间中，仿佛多了一层星的海洋。

她就那样静静地站在星光之中，随着手掌的移动，星的海洋渐渐浮起，月光与星光折射得越来越厉害，最后渐渐拱起，变成一蓬光线构织而成的几何形状。锋锐线条的组合，是剑。她握住了一把光线构成的剑，剑的表面光滑，如清澄的湖水，剑的表面反射着血红色的裁决神袍，仿佛有红鱼在其间游动。这是一道虚剑，却真实无比，这就是她的道剑。

殿外绝壁间，有风乍起，吹拂雪花飘舞不停，吹得月光星光有些不安，随露台灌入殿内，拂到她手中的剑上，拂醒了剑里的那只红鱼。叶红鱼醒了过来。首先醒过来的是她的衣衫。血红色的裁决神袍，微微颤动，就像是承了太多露珠的晨时红花。

红花轻颤，她出现在数十丈外，赵南海的身前。

今夜裁决神殿的战斗，对她来说，或许是场注定失败的战斗。但她还是想试试，因为她不习惯在战斗还没有结束的时候就提前认输，就像多年前她对宁缺说过的那样，既然要战，那么就要赢。像血花一般飘行在星海里，叶红鱼什么都没想，只想胜利，专注到了一种恐怖的程度，如画的眉眼，就是江山，如瀑的黑发上戴着的神冕，沉重亦如江山，她以裁决神座之尊，携江山而至，气势何其庄严。

一座青山、一道江水，自夜空里扑面而来。

即便以赵南海的境界道心，亦不免觉得有些震撼。赵南海想避，但他的双脚像是铁铸一般，生根在道殿光滑的地面上，因为他很冷静，知道自己不能避，哪怕避的心思都不能有。叶红鱼选择他，就是要逼他避一瞬。赵南海不能避，不能退，因为一退，便给叶红鱼留出了退路。不能留退路，不能留后路，对敌、对己都是如此。

看着夜空里落下的这片江山，赵南海的神情变得异常坚毅，道袍于寒风间轰的一声燃烧起来。他是当代的南海大神官，继承的是六百年前那位光明大神官的衣钵，此时燃烧的是最纯正的昊天神辉。他燃烧自己，把自己变成了一根烛，照亮了幽暗的道殿。

叶红鱼来到他的身前，便来到了光明的世界里。

她握着那道由光线构成的虚剑，神情宁静，没有刺出。

她身上的神袍轻飘，被照得有些发白，就这样进入了光明的世界里，就像一只朱红色的鸟儿，毫不犹豫地投进了林中。光明的世界，炽热的树林，到处都是恐怖的杀机。那只朱鸟，可会被烧焦羽毛，那朵血花，可能盛放？

叶红鱼神情漠然，不以为意，因为她也燃烧了起来。无穷无尽的昊天神辉，从她的身躯里喷薄而出，穿透血色的裁决神袍，突破赵南海释出的昊天神辉，向着对面席卷而去。树林在燃烧，投入树林的朱鸟，也开始燃烧，向夜空里展开的树林的双翅，吐出数丈的火苗，在石壁上溅出无数的火星！血花的花瓣，变成透明的火焰本体，肃杀而恐怖！

西陵神术对西陵神术！

昊天神辉对昊天神辉！

她是裁决神座，但她更是万法皆通的道痴！她自幼便通西陵神术，昊天神辉对她来说，何曾陌生过？她的神术和赵南海的神术，究竟谁更胜一筹？都是知命境巅峰，都是神术的强者，一者苍老而老辣，一者年轻而强势，如果是别的时刻，在短时间内根本看不到答案。但今夜的情况特殊——赵南海是来杀人的，他不可能拼命，哪怕他脸上的神情再如何坚毅，叶红鱼则是在燃烧自己的灵魂与生命，虽然她的脸上没有任何表情。

裁决神殿里光明大作，温度骤然提升，那些刻着繁花的桌椅，瞬间变成灰烬，就连那方墨玉神座，似乎都开始散发青烟。炽热的神辉海洋里，忽然响起一声鸣啸，那啸声很清，很尖锐，像是某种禽鸟，传说中的禽鸟。火星四溅，火焰骤分，火海里出现一条通道，一只血色的火凤，从海洋深处飞了出来，一展翅，神殿便开始燃烧。

裁决神殿里没有真的火凤，有的只是最纯洁庄严的昊天神辉，她飞舞在神辉之前，如高傲暴烈的凤，神情漠然至极。光明微敛，赵南海出现在地面上。他脸色苍白，唇角留着血渍，明显已经受了极重的伤，看着那只火凤，脸上写着佩服，又有些同情。

道门历史上最年轻的裁决，果然强得不可思议——然而正因为她强，所以她一定要死——她越强，道门便越不能容许她活着。在这场神术的较量中，赵南海败了，受了伤，但叶红鱼也没有达到自己的目的，因为赵南海没有让开道路，她还在场内。她没能在一开始击倒最弱的赵南海，便失去了所有离开的可能，这很遗憾，但她的脸上却看不到任何遗憾的神情。

或许，这是因为赵南海本来就不是她真正的目标。借着这场熊熊圣焰的掩护，凤鸣于殿，于光明大乱之间，她以不可思议的速度来到熊初墨的面前。或许，这才是她的目标。

她手里握着的是一把虚剑，也是她的本命道剑，对赵南海时，她始终没有出剑，此时借势而来，她究竟会不会出剑？下一刻，她的剑……还在鞘中，剑与鞘都是假的，也都是真的，再下一刻，鞘不复存在，剑便现于眼前，那便是出剑！一道犀利至极的剑意瞬间撕裂殿里的空气，那道隐隐然站在五境最巅峰的剑意，最后竟甚至要撕裂空间！

　　她在空中折还地突然决绝，快到难以想象，这道剑意更是快意至极，当年全盛时的柳白或君陌，在速度上也只能如此。剑意之前，如果换作别的强者，大概都会被一剑斩作两段。但此时她要斩的人是西陵神殿的主人，这很难。

　　熊初墨神情凛然，眼瞳缩成黑豆，早在她离开那片火海之时，便开始做准备，当那道剑意迎面而至时，他的双手已经伸向夜空。夜空漆黑一片，没有光明，但神国就在那里。面对叶红鱼这样危险的敌人，熊初墨没有任何犹豫，出手便是最强手，也是胜负手。

　　一道极为磅礴的力量，一道完全不属于人间的力量，从遥远的夜穹深处，从神国的位置，穿越无数万里的距离，穿透无数云层与山峦，灌进他的体内。

　　天启。

　　叶红鱼的剑，已经是五境巅峰，与天穹只有一丝距离。

　　熊初墨的境界，却已经逾越了五境，来自天穹之上。

　　熊初墨瘦矮的身体，骤然间变得无比威猛巨大，他的身躯里仿佛有无穷无尽的力量在翻滚沸腾。他伸出右掌向叶红鱼拍了过去，孩童般可笑的手掌在破风的过程中摇晃而成一把蒲扇，巨扇般的手掌握住了火凤咽喉。

　　刺眼的炽白神辉里，响起火凤凄厉的鸣啸。

　　火凤愤怒地挣扎！无数炽白的光浆从它的身体上剥落，落在地面，点燃一片无源的火海！那道肃杀的剑意，隐藏在它的身体里，不停爆发！熊初墨脸色骤然苍白，神情却依旧漠然，瘦矮身躯在磅礴力量的加持下，仿佛天神般威严无比。有很多人始终无法理解熊初墨的强大，比如叶红鱼，既然西陵神殿掌教的称谓并不能带给修行者先天强大，那么他的强大来自哪里？这个猥琐恶心的矮子凭什么能够拥有五境之上的境界？就因为他是昊天的一条狗？有人试图做出解答，但都是猜测，熊初墨依然站在万丈光幕之后，无比强大，扼住命运和火凤的咽喉，令人觉得不公地继续无敌。

熊初墨的巨掌继续前移，桃山上方的夜穹，随着他的动作，仿佛也向地面靠近了一分，一道难以想象的巨大力量，拍了下来。火凤一声凄鸣，光羽四散，那道自它身躯内爆射而出的绝世剑意，也无法抵挡夜穹的压力，啪的一声碎作了无数片！

剑意被熊初墨的手掌生生拍碎！无数细碎的剑意，激射而飞，尽数落到了叶红鱼的身上，血红色的裁决神袍上，出现无数裂口，里面隐隐有血水渗出。这便是恐怖的反噬。叶红鱼的脸色很苍白，眼眸深处星辰流失灭亡的过程骤然加速。血红色右袖在天启的力量之前尽数化作虚无，露出她如玉的手腕，剑意已然尽灭，但她手里依然握着剑。

黑发不停飘舞，如狂风下的瀑布。她看着熊初墨，眼眸无情无绪，她的灵魂在燃烧，她的生命在燃烧，她身躯上无数伤口里流出的鲜血在燃烧，她用西陵神术把自己的肉与灵，尽数燃烧成圣洁的神辉。她要拥抱近处的熊初墨。与很多年前被羞辱地拥抱不同，她的拥抱没有别的意味，不狂热，不冷酷，只是平静，平静地邀请他一道死亡。

熊初墨看着燃烧的叶红鱼，眼瞳微缩，感觉到其间隐藏的大恐怖。他的身体颤抖起来，脸色变得更加苍白，一声如雷般的暴喝迸出双唇！

"奉天斩！"

他是西陵神殿之主，他的声音便是雷鸣。夜穹向着地面缓慢地碾压过来。裁决神殿里那道霸道、不可阻挡的力量，变得更加清晰而直接。熊初墨的手掌，最终破开了叶红鱼最后残留的剑意，扇开那些圣洁的光焰，落到了她的肩上，实实在在地印了下去！

噗的一声闷响。

叶红鱼的右肩处衣料尽碎，露出赤裸的肌肤。

掌落，她便死了。

即便她是叶红鱼，被昊天的力量击实，也必然要死。

唯一令熊初墨有些不解的是，她的眼神还是那般的漠然。修道如痴，难道真的能痴狂到无视生死？下一刻，熊初墨才明白叶红鱼为什么如此平静。

　　因为她不会让他的手掌像当年那样，如此轻易地落在自己的身体上。

　　她的右肩上绽开一道伤口，就如身躯上别的地方一样，鲜血淋漓，裁决神袍四裂，然而就在血水之下，在伤口深处，有金线闪耀。这些金线便是她与普通修行者最大的区别——修行界无数强者，她和宁缺是真正的异类，他们是真正的狠人。她修道如痴，痴者狂也，她没有痴狂到无视生死，但她痴狂到把自己的身体修成了一把剑，那才是她真正的道剑。

　　裁决神袍裂了。剑鞘裂了。她，这把剑，正式出鞘。

　　金线，美妙地弹起，曼妙地飞舞，轻轻柔柔地来到熊初墨的手掌上。与巨掌相比，那道金线，比秋天最细的稗草还要细柔。但那是她的本命，比最锋利的剑还要韧，不可断，不可绝。咔的一声轻响，熊初墨将要触到她肩头的食指上，多出了一道细细的红线，血水从线里溢出，瞬间便见白骨森然，然后断绝。

　　熊初墨的食指，如熟透的果实般，落下枝头。

　　熊初墨的脸色变得异常苍白，眼瞳深处，涌出无尽的痛楚。

　　他瘦削的脸庞上，涌现出无尽愤怒。然后，瞬间尽数归为平静。他面无表情，手掌继续下压。便是五指尽断，手掌齐腕而落，他也要把叶红鱼拍死！

　　因为这是最好的机会。

　　然而，叶红鱼不可能再给他机会。

　　叶红鱼闭眼。紧接着，她敛了全部的剑意。残破的裁决神袍，如枯叶般卷起，裹住她的身躯。一丝剑意，都不再泄出。甚至连生机都不复存在。前一刻，还像是一把剑的她，这一刻，变成了无知无识的顽石。就像是多年前，魔宗山门外明湖底那些布满青苔的顽石。那些顽石上刻着两道剑痕。更多年前，那些剑痕是轲浩然留下的。后来，有些新的剑痕是她留下的。现在，她把自己变成了那些石头，身上的伤口，亦和剑痕一般。

她想做什么？不及思考，更来不及分析。熊初墨的手掌，终于完全落在了她的肩上。喀嚓一声巨响，她的肩骨尽碎，鲜血狂飙。熊初墨不解，赵南海不解，不解她为何宁肯重伤，也要承受这一击。便在这时，神殿那头的中年道人，抬头看了一眼。

她就像颗真正的石头，被来自天穹的力量击飞。力量，决定速度。她承受了无人承受过的力量，便拥有了难以想象的速度。除了无距，人世间再没出现过这般快的速度。她在裁决神殿里飞掠，残破的裁决神袍拖出道道残影，与空气剧烈地摩擦，甚至开始燃烧起来，顽石便变成了陨石，拖出了火尾。或许，这也是火凤的另一种形态。

从进入裁决神殿后，中年道人便一直低着头，沉默不语。

直至方才，他终于抬起了头。

他抬头看殿内的神辉海洋，看光影之间那道身影，看那颗砸向自己的陨石，看那只沉默而肃杀的火凤，想明白了她要做些什么。叶红鱼的目标，从一开始就是他。

与赵南海神术比拼，只是热身。

硬接熊初墨的天启，只是加速。

这两大强者的全力出手，对叶红鱼来说，只是借势。她不惜身受重伤，也要把自己的状态调到最强，最狂暴的那一瞬。为什么？就为了杀死自己？叶红鱼来得太快，中年道人只是抬头看了一眼，她便到了。

火凤燎殿，陨石降世。即便是观主在场，也无法避开。

中年道人发现，无论观主还是自己，依然低估了叶红鱼的能力。年轻的裁决神座，真的是万法皆通的天才，她的神术造诣竟胜过赵南海，她竟把自己的身躯修成了本命道剑，而她最后把自己变成顽石，那更是传说中千年前那位光明大神官领悟出来的块垒阵意！当今世间，懂得块垒阵意的，只有如今的大河国女王，她又是从哪里学的？

中年道人想不明白，但他必须接住对方。

不然，这只火凤便将飞出裁决神殿，破开桃山，得到真正的自由。

这是道门绝对不允许的事情。

中年道人伸出右手，一指点出，动作很迟缓。火凤来得如此之快，快到前无来者。他的动作如此缓慢，却抢在了火凤之前。他的神情凝重，手指也沉重到了极点。

知其，守其，为天下溪。知守观绝学，天下溪神指。

一指出，天下皆宁！裁决神殿里熊熊燃烧的昊天神辉，仿佛被冰冻的火焰，不再摇晃！那道来自天穹的力量残余，仿佛感受到了指间的意味，也平静了下来！火凤的焰尾，瞬间敛没！狂暴的陨石，忽然间露出了真实的面容，那些青苔，何能伤人？

叶红鱼的神情却依然是那般漠然，似乎什么都不在意。她握剑，然后，出剑。殿内劲气四溢，狂风席卷，火凤骤然散去，只剩下她的本体。她一剑刺向中年道人，很普通的一剑，却是最强大的一剑。如箭中重革，如石落幽潭。一声响，有回响，念念而响。

中年道人的手指与她的剑在空中相遇。

风骤息，尘渐落，裁决神殿瞬间恢复幽静。

数道金线，从叶红鱼的身体里迸出，然后飘落，似真正的枯叶。

她握着虚剑，面无表情地站在中年道人身前，裁决神袍半散，卷落在腰间，露出赤裸的上半身，血水从她的身上淌落，落到她的脚下，流进石板里的缝隙中。那些缝隙渐渐被血水灌满，然后开始发光，就像是一道道的线。

血海里，有光线飘拂，光线起，便是一座樊笼。

中年道人的神情终于变了，因为他，正在樊笼中央。

今夜一战，叶红鱼先战赵南海，再战掌教，最后对中年道人出手，这种选择很嚣张，哪怕她是惯常嚣张的叶红鱼——因为那三个人太强，强到她没有任何战胜其中一人的把握，这嚣张不免显得有些可笑，有些绝望。但叶红鱼是什么人？她怎么可能做出可笑的事？她根本不知道绝望二字怎么写，那么她连环三击的目的是什么？

是的，从开始到现在，她的目标从来就没有变过！她根本没有想过逃走，她根本没有想过离开裁决神殿！非但不逃，她还要抓住中年道人！她要用中年道人的命去换一条命！毫无疑问，这是很狂妄的想法，甚至可以说是赌命。但她就这样做了，因为她不惜己命，因为她要那条命！因为，她有樊笼。

今夜之战，她没有天时，因为昊天已经抛弃了她，她没有人和，因为观主已经抛弃了她，但她有地利。地利便是双脚所立之处。

她此时站在光滑的石板上。她身在裁决神殿。她就是裁决。

今夜，她把这座肃杀的神殿，变成了一座樊笼。

樊笼，不再仅仅是裁决神殿最强大的道法。

而变成了真实的囚牢。

前代裁决神座，立木为栅，用樊笼把前代光明神座关了十余年。

今夜，她也要把中年道人关进去，然后镇压之。

中年道人神情凝重，天下溪神指如泥牛入海，他收指，然后一袖拂出，精纯至诚的道门正宗玄功，落在那片光幕之上。那片光幕由地而起，染着斑驳血迹，正是樊笼的本体。道袖如锤，在裁决神殿的空中，砸出数声轰隆的雷鸣，却无法撼动光幕丝毫。

看着这幕画面，中年道人的神情愈发沉重。

赵南海和掌教的脸色，更是难看到了极点，高速掠来。他们终于知道了叶红鱼的安排，自然不能让她得逞，必须在樊笼真体成形之前，抢先打破，若真的让她把中年道人关进樊笼，今夜结局难料。熊初墨胸腹深陷，雷鸣悠悠而出，那道磅礴的力量，自天外而来，落在他的身上，继而随雷鸣而出，轰击在樊笼阵间！赵南海紧随其后，神情肃然，双掌绵柔而至，昊天神辉再次猛烈地燃烧，似要把那座起于殿底的樊笼阵生生烧熔。樊笼阵里的中年道人自然不会束手待毙，他神情凝重地看了一眼夜穹，撤了天下溪神指的双手在身前变幻出数种形状，如蝶般扇动！三道难以想象的强大力量，以截然不同的三种形式呈现，几乎完全同时，落在了叶红鱼的身躯上，落在樊笼阵法上。

无数光亮浩翰而来，瞬间照亮裁决神殿里的每个角落，把樊笼阵最细微的光线都照耀得清清楚楚，夜殿里仿佛多了无数颗太阳。极盛时的光明，便是黑暗，令人双眼皆盲，无论处于光明正中央的叶红鱼，还是其余三人，都再也看不到任何事物，只能感知。

叶红鱼身上的伤口变得越来越多，越来越密，流的血越来越疾，她面无表情，静静地看着樊笼里的中年道人，虽然看不见，却依然盯着。血水淌落地面，顺地缝而流，唤醒裁决神殿隐藏无数年的精魄，遭到合力攻击的樊笼阵，非但没有破碎，反而愈发牢固。

某一瞬间，盛极的光明深处，仿佛响起一声庄严的断喝。

樊笼阵，终成。

她终于成功地将这座裁决神殿，变成了樊笼，困住了最强大的敌人，护住了自己，或许这也是一种自困，但她心甘情愿。就在那瞬间，中年道人撤了蝴蝶散手，缓缓抬起头来，光明渐黯，他看清了浑身是血的叶红鱼，然后有两道血水从他的眼中淌出。只是瞬间，他便在樊笼阵的镇压下受了极重的伤。但他依然平静。

叶红鱼也很平静。她上半身未着寸缕，美好的曲线毫不遮掩地让夜穹里的月与星、让夜殿里的人们看着，袒露了所有，神情却很坦然。她松开剑柄——从开始到现在，她的道剑出了两记，根本未能伤到熊初墨和中年道人，而现在，她已经不再需要出剑。

熊初墨和赵南海罢手。

因为樊笼已成，她只要一动念，中年道人便会死去。

中年道人隔着那道肃杀的光幕，静静地看着叶红鱼，沉默了很长时间，神情有些复杂，有些佩服，有些凝重，有些怜悯。

"没有意义。"他说道。

叶红鱼说道："熊初墨和赵南海，只是两条狗，如果拿着他们的性命，自然没有意义，但师叔……你不同，观主会想你活着。"中年道人看着她怜悯地说道："就算如此，现在时间也已经晚了，隆庆在宋国应该已经动手，就算观主垂怜，想让我活着，也不再有意义。"

听到这句话，叶红鱼沉默不语。

"而且……你关不住我。"中年道人把手伸进怀里，看着她感慨地说道，"所以，没有意义。"

叶红鱼看着他的手，秀眉微挑，说道："你打不破樊笼。"

"当年卫光明叛离桃山时，曾经说过，我心光明，樊笼何能困？我不及光明老人强大，你这座樊笼，较前代裁决更加强大，但你依然困不住我。"

中年道人的手重新出现时，手里多了一卷书。那卷书不知是什么材质所造，在如此恐怖的战斗里，竟没有被气息对冲碾碎，也看不出来新旧，隐隐透着股高妙的气息。中年道人看着手里的这卷书，有些犹豫，有些遗憾。叶红鱼隐约猜到这卷书的来历，神情骤变。

"久在樊笼里，复得返自然。"中年道人最终下定决心，缓声吟道。随着他的吟诵，他手里那卷书，也缓缓掀开了一页。那卷书掀开了第一页，那页瞬间燃烧成灰。

一道极似于天启的磅礴力量从那页消失的纸里迸发出来，轰击到了樊笼阵法上，只是要比天启更加真切！轰隆一声巨响，樊笼阵微微颤抖起来。看着这幕画面，感知着那卷书的力量，叶红鱼知道自己的猜测果然是真的，神情剧变，寒声道："你们竟敢以天书为器！"

是的，中年道人手里那卷书是天书！天书落字卷！一页落，而惊天下！何况樊笼？

叶红鱼双臂一展，裁决神袍无风而舞，如瀑的黑发也狂舞起来！她竟是要用裁决神殿这座樊笼，硬抗天书！中年道人的神情异常凝重，因为他发现，一页天书，并不足以冲破这座樊笼。于是，天书继续燃烧！落字卷，一页一页地落着，落地便成灰烬。仿佛无穷无尽的最本原的力量，随之释放，向着夜殿四处袭去！

中年道人看着天书落字卷，在自己手里越变越薄，神情愈发痛苦。道门弟子，亲手毁去天书，谁能舍得？樊笼与天书的战斗，依然在持续。落字卷一页一页地燃烧着，裁决神殿不停地颤抖，石壁上出现了无数道细微的裂缝，有石砾簌簌落下，仿佛要地震一般。

战斗至此进入最恐怖的时刻，先前被掌教天启所慑，此时又闹出如此大的动静，桃山上的人们终于被惊醒。数千上万名神官和执事，站在各处山峰，站在各处道殿之前，看着崖畔那座黑色肃杀的神殿，看着神殿在夜穹下摇摇欲坠，脸色苍白至极。轰的一声巨响，裁决神殿东南角，应声而塌！无数石砾激射而起，山腰下方坳里的桃枝，不知被打碎了多少根，无数神官执事痛哭着跪倒，不敢抬头，不敢出声。

裁决神殿里，烟尘弥漫。

这是天书落字卷和裁决神殿之间的战斗，这是昊天与道门之间战斗的缩影。

看似很久，实际上很短暂。天书落字卷，在中年道人的手中，烧毁了约半数书页，樊笼阵终于还是破了。叶红鱼被天书的力量震回墨玉神座旁，脸色苍白，神情却还是那般漠然。裁决神殿里安静了很长时间。无论是中年道人，还是熊初墨、赵南海，都没有说话，看着墨玉神座旁浑身是血的女子，心生敬意，或者还有些惧意。

差一点，只差一点。

面对着道门如此强大的狙杀阵容，年轻的裁决大神官，竟然只差一点，便能逆转局面，甚至让整个局面导入她的想法里。如果中年道人没有拿着天书落字卷。如果他不是领受观主的命令，以近乎亵渎的手段，把天书当作了道门的兵器，那么叶红鱼或许真的会胜利。现在她败了，真的败了，但她面对如此强敌，最后逼得对方底牌尽出，生生毁了半卷道门至宝的天书，她有足够的资格骄傲，并且得到敬重。

只可惜还是没有能赢。

叶红鱼脸色苍白，不是因为受了重伤，不是因为畏惧即将到来的死亡，而是因为她知道自己如果败了，那么叶苏便会死。她今夜所有的目的，就是为了擒住中年道人，借此换叶苏一条命。中年道人说这没有意义，但她还是必须这样去做，因为叶苏——她的兄长，对她来说，从很多年前开始，便是她活着的所有意义。

中年道人以虔诚的神情，把天书落字卷重新纳入怀里，然后看着叶红鱼，非常诚恳地说道："你很美丽，也很强大。"

叶红鱼面无表情地说道："我知道。"

中年道人看着她，看着她内心最深处的那份倔强，仿佛看到小时候观里那个喜欢爬树，喜欢欺负陈皮皮的小姑娘，怜惜渐生。"很遗憾，你必须死。"

裁决神殿坍塌了一角，叶红鱼受了重伤，她再也没有别的办法。

中年道人、熊初墨和赵南海，依然看着她，站在三个角落。

她败了，便只能死，因为道门没有给她留路。

她站在墨玉神座旁，身后是无尽的深渊绝壁，那或许是路，但不是活路。

就在这时，她忽然笑了起来，笑声里满是愤怒与不甘，显得有些疯癫。她和叶苏兄妹替道门卖命多年，最终会没命。她不甘心，她尽力地去做，却没能挽回。但她会认命吗？不，像她和宁缺这样的人，表面上看，或许有极虔诚的信仰，比如昊天，比如书院，但实际上，他们永远只相信自己。这一点，即便是昊天都无法察觉，即便是夫子都没能看穿。

她的笑声很冷，很寒冷，如锋利的道剑，被雪海畔的冰冻了无数万年，然后被人拔起，回荡在裁决神殿里，似在向四处劈斩。下一刻，她不再发笑，说道："我要活着。"

熊初墨看着她嘲弄道："或许，你可以试着求我。"

叶红鱼没有理他，平静重复地说道："我要活着。"

中年道人说道："你不能活。"观主决意杀死叶苏，毁灭新教，那么她就必然要死去，尤其今夜之后，她若活着，那么熊初墨便会死，道门会沦入火海之中。

叶红鱼说道："我会活着。"

她说得很平静，因为不是乞求，不是恳求，只是通知。

她告诉这些强大的人，告诉观主，她想活着，便会活着。

"先前我不离开，是因为我想做些事情，现在看来，我没有成功，叶苏大概会死了，那么我自然会离开，你以为你们能留住我？"

她看着中年道人，神情漠然："半卷天书，还杀不死我。"

中年道人微微皱眉，觉得似乎有些问题。

熊初墨看着她说道："你如何能够离开？"他指着她身后的绝壁悬崖，微讽道："当年宁缺跳下去了，昊天也跳下去了，或许你也想跳下去？你以为你能活下来？"

桃山绝壁，高远入云，最可怕的是隐藏在里面的阵法，还有深渊底部那些难以想象的危险，当年即便是卫光明，也从来不敢奢望这般离开。

宁缺跳下去没有死，那是因为昊天也随之跳了下去。

叶红鱼再强，也不是昊天。如果她从这里跳下去，必死无疑。

裁决神殿一片安静，露台上残雪映月，很是美丽。

叶红鱼看着熊初墨微嘲一笑。

她转身走向露台。一路鲜血流淌，雪与她赤足上的血相触，便告融化。

来到露台畔，凭栏片刻，然后，她纵身而下。

图书在版编目（CIP）数据

将夜9：精修典藏版/猫腻著. -- 北京：作家出版社
2022.2

（网络文学名作典藏丛书）

ISBN 978-7-5212-1773-5

Ⅰ.①将… Ⅱ.①猫… Ⅲ.①长篇小说-中国-当代
Ⅳ.①I247.5

中国版本图书馆CIP数据核字（2021）第275422号

将夜9：精修典藏版

总 策 划：何 弘 张亚丽
主 　 编：肖惊鸿
作 　 者：猫 腻
责任编辑：王 烨 袁艺方
装帧设计：天行云翼·宋晓亮
出版发行：作家出版社有限公司
社 　 址：北京农展馆南里10号 　 邮 编：100125
电话传真：86-10-65067186（发行中心及邮购部）
　 　 　 　 86-10-65004079（总编室）
E-mail: zuojia@zuojia.net.cn
http://www.zuojiachubanshe.com
印 　 刷：唐山嘉德印刷有限公司
成品尺寸：152×230
字 　 数：390千
印 　 张：27.75
版 　 次：2022年2月第1版
印 　 次：2022年2月第1次印刷
ISBN 978-7-5212-1773-5
定 　 价：45.00元